세월 1

세월 1

초판 1쇄 발행 | 2012년 11월 20일

지은이 | 김형경
펴낸이 | 김정숙
펴낸곳 | 사람풍경

등록 | 2011년 9월 20일 제 300-2011-167호
주소 | 110-719, 서울특별시 종로구 내수동 74번지 광화문시대 920호
전화 | 02)739-7739
팩스 | 02)739-6739
이메일 | sarampungkyung@hanmail.net

세월

1

김형경 장편소설

사람풍경

＋＋

내가 낮은 곳에 엎드린 흙이었던 시절
내면에 석탄이나 철광석 키우고 싶었다.
검붉은 철광석으로 웅크리던 시절
몸 밖으로 맑은 물줄기 흘려보내고 싶었다.
계곡을 구비 도는 개울이던 시절
미세한 입자 되어 날아오르고 싶었다.
사방을 떠도는 구름이던 시절
산란하는 빛으로 허공에 흩어지고 싶었다.
내가 오직 물, 불, 공기, 흙
그것뿐인 지금도.

＋＋

【 1부 】

1

그곳에도 집이 하나 있다. 그 여자가 살았던 여러 집 중 하나가 서울시 은평구 불광동에 있다. 창을 열면 멀리 눈앞으로 북한산 자락이 내려와 있던 집. 여자는 아침에 잠을 깨면 창을 내다보는 것으로 하루를 시작한다. 산자락은 볼 때마다 모양이 다르다. 어떤 날은 웅크린 짐승의 등 같고, 어떤 날은 나란히 서 있는 두 모자의 모습 같다. 또 어떤 날은 한껏 팔을 벌리고 있는 어떤 존재, 인간의 운명이거나 저잣거리의 일상을 조종하는 힘 있는 자의 가슴 같다. 그 가슴에서 날아오르는 참새 떼나 진달래 군집을 바라보면, 그 시절에는 그것으로 충분하다. 아침마다 산을 바라보는 것으로 또 하루를 살아낼 힘을 얻곤 한다.

물론 충분하다는 말에는 많은 체념과 자제가 담겨 있다. 아침에 창을 열 때마다 스며드는 찬바람을 타고 마음의 전부가 몸을 빠져나가곤 하던 망연함, 혹은 안타까움. 몸을 빠져나간 마음이 순식간에 산까지 닿고 그러면 모든 것을 작파하고 산으로 달려가고 싶던 충동들. 그런 때 산은, 자신에게서 벗어나는 방편이며 일상을 제 손으로 운용할 수 있는 틀이며 그 여자가 마지막으로 가 닿으리라 생각하는 이상의 장소이다.

그러나 산을 향해 달려가는 마음을 거두고 서둘러 세수를 하고 종종걸음하며 출근한다. 그 시절, 그 여자는 무엇 때문인지 몹시 바쁘다. 한 달에 네 번 있는 일요일 중 두 번은 출근을 하고, 나머지 두 번은 밀린 빨래를 하거나 밀린 잠을 잔다. 그 한 달 중 열흘 정도는 또 야근을 한다. 산을 외면한 채, 거기 산이 있다는 사실을 잊은 채, 아니 산이 보이는 집이 어딘가에 있다는 사실도 잊은 채.

산은 볼 때마다 그 모습이 다르다. 어떤 날은 떠나는 자의 뒷모습 같다. 완강한 침묵, 손댈 수 없는 냉담함, 모든 것을 뿌리치는 가파른 경사. 또 어떤 날은 세상을 다 산 사람의 뒷모습, 둥글고 깊고, 넓고 부드러운 어떤 사람의 등 같기도 하다. 그 여자는 지금도 세상을 다 살고 떠나는 사람의 몸이 일시적으로 딱딱하게 굳는다는 사실을 이해하지 못한다. 세상을 다 살고 떠나는 사람은 허리띠를 풀고 깊은 숨을 내쉬며 편안하게 긴장을 풀고 있어야 옳다. 그 여자가 알고 있는, 그 여자가 꿈꾸어온 죽음의 얼굴은 그것이다.

어느 일요일. 그 여자는 정신없는 낮잠에서 깨어나 또 버릇처럼 창을 열고 산을 내다본다. 그날 산자락은 서산으로 지는 해를 받아 황금빛을 띠며, 갓 구워낸 빵의 모습을 하고 있다. 빵 중에서도 봉우리를 세 개쯤 이고 있는 식빵이다. 그 여자는 어슬렁거리며 밖으로 나가 처음 만나는 제과점에서 식빵 두 쪽을 먹는다. 돌아오는 길에 보는 산은 이제 식빵이 아니라 어떤 사람의 얼굴 같다. 어렸을 때 읽은 '큰 바위 얼굴'이 그렇게 생겼을 것 같다.

그때 왜 그런 마음이 들었을까. 저 산에 올라가봐야 한다는 생각. 그 산속에 있는 어떤 것이 그 여자를 부르고 있다. 금방이라도 산속에서 무슨 일이 일어날 듯한 위급함 같기도 하고, 산이 그 여자에게 긴요히 할 말이 있는 얼굴을 하는 듯도 하다. 큰 바위 얼굴을 한 산이 그 여자를 부르고 있다.

그 여자는 산이 보이는 쪽으로 걷기 시작한다. 차가 한 대 지나갈 만한 골목이 끝없이 이어지며 그보다 더 좁은 골목들을 좌우에 거느리고 있다. 길과 길 사이에는 집들이 저마다 다른 방향을 보거나 혹은 마주 보며 서 있고 산은 서서히 눈앞으로 다가든다. 그 여자는 걸음에 속도를 붙인다. 알 수 없는 기대감으로 가슴이 조금쯤 부풀어 오르기도 한다.

그러나 막상 산 앞에 다다르자 길이 뚝 끊긴다. 길 끝에는 큰 대문을 가진 집이 막아서 있고, 거기가 그 길의 끝이다. 인간이 만든 세상에는 곳곳에 길이 있고, 그 길이 끝나는 곳마다 집이 있는 것은 너무나 당연하다. 그럼에도 그 여자는 마치 낯선 물체를 보듯 산을 가로막고 있는 집을 한참 바라본다. 그러나 쉽게 포기할 수는 없다.

어디엔가 있을 거야. 저기 산이 있는데. 그리로 가는 길이 없다니. 그런 일은 있을 수 없어.

그 여자는 옆 골목을 한참 걸어 다시 산 쪽으로 난 길을 찾아낸다. 그러나 이번에는 폐허가 되어 방치된 집과 그 집 뒷담이었을 법한 축대만이 덩그러니 서 있다. 허물어진 돌담이며 돌담에서 자라는 잡초며 엉성하게 드러나는 철근이며를 또 한참 바라보다가 다시 돌아선다. 그러나 포기하지 않는다. 돌아 나와, 다시 그 옆의 골목으로 들어간다. 이번에는 집이다. 아까보다 작은 집이지만 산을 막는 데는 아무 문제가 없다. 다시 돌아 나와, 그 옆의 골목으로 또 들어간다. 그런데 이번에는, 그렇다, 이번에는 철망을 보고 만다. 얼마나 오래전부터 그곳에 있어온 철망인지는 알 수 없으나 붉게 녹슨 철망이 눈앞을 가로막는다. 철망에는 큰 별 같은 쇠붙이 조각들

11

이 군데군데 붙어 있다. 그 여자는 그 철망에 손을 대고 한참을 서 있는다.

그래, 이 세상에는 아무리 가려고 해도 갈 수 없는 곳이 있는 법이야. 아무리 말하려 해도 말할 수 없는 게 있는 법이야.

손바닥에 묻은 붉은 녹을 옷자락에 문질러 닦으며 그 여자는 북한산을 포기한다. 다시 미로같이 구불구불하고 긴 골목을 돌아 나오며 더 기다려야 한다고 생각한다. 그 산속에 방치되어 있을 뱀의 허물이며, 죽은 소나무며, 파헤쳐진 흙더미며……. 그런 것들을 아직 볼 수 없다. 가슴속에 산처럼 쌓여 있는 그 많은 기억을, 아직은 햇빛 아래 꺼내볼 수 없다. 볼 수 없으므로, 말할 수 없다.

그 무렵, 그 여자는 한번 말하려 한 적이 있다. 〈민달팽이〉라는 짧은 작품에서. 집 없는 달팽이, 다른 달팽이들은 모두 저마다의 집을 등에 지고 다니는데 민달팽이라는 놈은 집이 없다. 그 여자는 안정된 거처 없이, 보호받을 가정 없이 여기저기 떠돌아다니며 산 지난 날을 민달팽이를 내세워 말하려 했다. 그러나 그때도 되지 않았다. 어설프게 길목만 뒤지다 돌아서 나왔다. 고통스러웠고, 그리고…… 다른 감정은 떠오르지 않는다. 고통스러웠다는 것밖에.

그 여자도 안다. 그때까지도 가슴에 담긴 그 이야기들, 마음 깊은 곳에 똬리를 틀고 앉아 불쑥불쑥 솟구칠 때마다 얼굴로, 머리로 피를 몰리게 하는 그 이야기들을 풀어내야 한다는 것을. 그 여자가 정신과 의사라도 자신에게 그런 처방을 내렸을 것이다. 그 이야기들을 풀어내세요. 그러지 않으면 자신을 사랑할 수 없을 겁니다. 자신을 사랑하지 못하면 결코 세상을 껴안을 수 없습니다.

어떤 사람들은 이따금 그 여자에게 왜 말하지 않느냐고 다그친다.

"넌 왜, 네 얘긴 하나도 쓰지 않니?"

그 여자가 첫 창작집을 냈을 때 한 친구는 그렇게 묻는다. 그 친구는 고등학교 때부터 그 여자의 친구다. 그 여자의 유난스러웠던 성장기며 가족사에 대해 많이 알고 있다.

"청산하지 못한 과거는 미래야. 넌, 네 얘기를 쓰지 않으면 앞으로 소설을 세 편 이상 쓰지 못할 거야."

그렇게 말한 친구는 대학 동기다. 그 역시, 그 여자의 지난날에 대해 많이 알고 있다. 무엇보다, 그 여자가 어떤 일로 인해 몹시 삶을 망가뜨리고 말았다는 사실을 알고 있다. 더구나 그는 그 여자가 소설들에서 늘 삼인칭 남자 화자를 내세워 이야기하게 하고, 자신은 그 인물 뒤에 숨어버리는 행위를 위태롭게 지켜봐 왔다. 아니, 위태롭다는 표현은 그 여자의 생각이다. 그 여자는 그런 식으로 소설을 만들어내는 일이 위태롭다고 스스로 생각한다.

두 친구는 모두 기자라는 직업을 가지고 있다. 그들은 저널리즘적인 냉철한 시각으로 그 여자를 보고 있었을 것이다. 그들의 말은 마치 공갈이나 협박 같다.

그렇지만 어떤 경우에도 그 여자는 할 말이 있다. 고등학교 친구에게는 그렇게 대답한다. "그런 사사로운 개인적인 기록들이 문학적으로 무슨 의미가 있겠어." 대학 동기에게는 다르게 대답한다. "나는 그 모든 일을 다 극복했어. 꼭 그걸 글로 써서 극복했다는 증거를 보여줘야 해?" 그건 그 여자의 정직한 생각이다.

그러나 그들에게서 돌아서면 늘 다른 마음이 솟는다. 이제는 그 일들이 새삼스러운 고통이 되지는 않지만, 그러나 그것들을 들추기가 여전히 두렵다고. 지금의 이 평화로운 상태가, 마음의 평정이, 속절없이 허물어질까 봐 도저히 그 이야기를 시작할 수 없다고. 산처럼 쌓아놓기만 했던 일들을 어떤 식으로 꺼내야 하는지, 어떤 방식으로 풀어내어 정리해야 하는지, 그 방법조차 알 수 없다고.

그 몇 년 후, 그 여자는 다시 북한산에 올라간다. 집 앞에 바로 북한산을 두고 이번에는 아주 먼 길을 우회해서 간다. 구파발을 지나 일영 쪽으로 가다가 북한산 등산로 입구를 통해 가는 길을 택한다. 넓은 아스팔트 주변으로는 음식점과 술집이 늘어서 있고, 계곡 바위 위에서는 사람들이 모여 앉아 화투를 치고 있다. 그렇게 쓸쓸하지도 두렵지도 않다. 여자는 아주 천천히 걸어 그 산의 높은 곳에 이른다. 사람들이 별로 없는 꼭대기 한적한 곳에.

그곳에는 함부로 파헤쳐져 붉은 흙이 드러난 구덩이가 있고, 손을 대면 삭정이가 떨어져 내리는 죽은 소나무가 있고, 사람들이 칼로 흠집을 내놓은 바위가 있다. 바위는 제 몸에 난 흠집에 푸른 이끼를 키우고 있다. 그 곁으로는 이제 막 알에서 나온 매미가, 그 높은 곳에서도 피어나는 개망초가 있다.

그 여자는 죽은 소나무와 바위의 흠집과 파헤쳐진 흙구덩이의 붉은 흙을 오래도록 바라본다. 거기에 다 있다. 아직 모든 것이 파헤쳐진 채로, 죽은 채로, 이끼로 살짝 흠집을 덮은 채로, 다 있다. 그 여자가 말하지 못한 것들, 말할 수 없었던 것들, 어떤 식으로 말해야 하는지 알 수 없었던 것들.

그 여자는 오래도록 그 산 위에 서 있다. 서편으로 해가 지고, 둥지를 찾아 돌아온 까치들이 밤송이보다 더 많이 가지마다 내려앉고, 바람이 더 큰 짐승의 소리로 울어대기 시작한다. 눈을 크게 뜨고 어둠에 묻혀가는 산의 상처들을 바라본다. 어둠에 묻혀가며, 더 무겁고 어둡고 무서운 빛을 띠는 그것들을 보며, 이제는 말해야 한다고 다짐한다. 이렇게 우회해서 북한산에 올랐듯이 그만큼 시간이 필요했던 거라고.

　이 글은 그때부터 기록된다. 그때, 1992년부터. 생각날 때마다 조금씩, 그 일을 기록하는 일이 고통스럽지 않을 때마다 조금씩. 그러나 아직도 이 글을 쓰는 어느 지점에서 여자는 목이며 가슴이 뻐근하게 아파온다.

　그때, 이 글을 시작할 때, 그 여자는 아버지와 어머니를 한 글 속에서 동시에 말하는 것이 불가능하다고 생각한다. 아버지는 강릉에 계시고, 어머니는 대구에 계신다. 아버지는 다른 여자와 가정을 꾸리고 사시고, 어머니는 대구에 집을 두고 시골 초등학교 사택들을 옮겨 다니며 사신다. 아버지는 고등학교에서 과학을 가르치시고, 어머니는 초등학교 저학년 꼬마들에게 한글이며 동요를 가르치신다. 풍금을 치면서. 아버지는 감정적이며 서정적이고, 어머니는 이성적이며 서사적이다. 한 인간에 대해 서정적, 서사적, 그렇게 말하는 게 온당한 건지 모르겠지만, 그러나 그렇게밖에 말할 수 없다.

　그럼에도 두 분 다 비현실적이라는 공통점을 가지고 있다. 아버지는 현실의 생활이 어떻게 영위되는지 전혀 모르고, 또 관심도 없다. 아버지가 관심을 가지는 분야는 아마 당신의 과학 속에 있는 화학물질이나 물질의 물리적 변화에 관한 것이 전부였을 것이다. 어머니는, 어머니는 현실을 알고 있지만 그것은 당신의 머릿속에 만들어진 이상적 개념으로서의 현실이다. 증조할아버지의 문집을 영남대 도서관까지 가서 복사해 와서, 두고두고 그것을 보는, 그런 의식 속의 현실이다. 어머니가 현실적으로 행동할 때마다 그건 너무나 엉뚱하여 주변 사람들을 겁나게 한다. 어머니의 의식 속에도 현실의 질서가 들어 있지 않다.

그 여자는 아버지와 어머니를 두 가지 글로 나누기로 작정한다. 아버지의 어깨. 어머니의 손. 그것이 그때 두 편의 소설을 구상하며 붙인 제목이다.

아버지의 어깨. 그 여자가 어렸을 때 본 아버지의 어깨는 넓고 반듯하다. 누구에게도 굽힐 줄 모르는 자의식과 당신이 하는 일에 대한 확신이 그 어깨에 가득 차 있다. 그러나 아버지의 어깨가 점점 수긋해지며 둥글어질 때, 그 여자는 거기서 절벽을 본다. 가파른 경사면을 만들어 불분명한 태도로 그 여자를, 어머니를, 가족을 밀어내는 절벽. 그 여자는 거듭 아버지의 절벽에서 떨어져 내린다. 아버지의 어깨에 아주 많은 것이 얹혀 있음을 본 것은 나중이다. 아버지의 어깨에는 좌절된 꿈과 못다 한 열정, 걷잡을 수 없이 흘러간 지난날이 켜켜이 쌓여 있다. 그리고 지금, 아버지는 그 모든 짐을 내려놓고 편안하다. 이제 아버지의 등에는 아무것도 없다.

어머니의 손. 끊임없이 당신의 삶이 더 온당하고 더 나은 모습이 되도록 빚어내는 이상주의자의 손. 어머니는 그 손으로 당신의 삶뿐 아니라 주변 사람들의 삶까지 빚어내신다. 어머니의 형제들을, 어머니의 자식들을. 이상주의자인 어머니는 손이 작다. 그 손으로 풍금을 치며 아이들과 노래 부르고, 겨울에도 맨손으로 빨래를 하고, 지금은 사람들에게 침을 놓아준다.

그 여자도 어머니를 닮아 손이 작다. 컴퓨터 키보드를 두드리기 불편하고, 하다못해 시디를 열 때도 손바닥을 한껏 펴지 않으면 케이스를 한 손에 잡을 수 없다. 수상을 보는 사람들은 말한다. 손이 작은 사람들은 통이 크다고. 친구들은 그 여자에게 말한다. 생각보다 통이 크다고. 친구들이 그 말 앞에 생각보다, 라는 단서를 붙이는 것은 그 여자의 외모 때문일 것이다. 작은 체격. 혹은 그 여자가 일에 대해 보이는 완벽주의적인 어떤 면, 혹은 도덕적인 강박관념, 그런 것들 때문인지도 모르겠다. 어머니는, 그 여자가 보기에는 통이 컸다.

　아무튼 그 여자는 그 두 가지 서로 다른 제목의 이야기를 1992년부터 컴퓨터에 기록한다. 그건 기록이다. 덧붙이는 것도 빼는 것도 색칠하는 것도 없이, 그대로 적어 내려가기만 한다. 두 이야기는 서로 다른 디렉터리 밑에 저장된다. 어머니의 손은 퍼플, 아버지의 어깨는 블루라는 디렉터리에. 그 여자는 컴퓨터에 자신이 사용하는 디렉터리를 따로 만들고 디렉터리 이름을 색깔들의 단어로 정해둔다. 화이트, 바이올렛, 코발트블루, 스칼릿.

　그 여자는 이 소설에, 또 하나의 이야기를 담는다. 십구 세부터 이십 대 중반까지, 아니, 지금까지도 그 여자를 고통스럽게 하는 그 이야기를 넣는다. 그때 차라리 정신과 치료를 받았더라면 좋았을 것을, 하는 혼돈의 기억이 있다. 정신과 치료를 받았더라면 그 일을 극복하는 데 그토록 오랜 시간이 걸리지는 않았을 것 같은 일, 누군가 의논할 만한 사람이 한 사람만이라도 곁에 있었더라면 인생을 그런 식으로 풀어나가지는 않았을 거라고 회한으로 가슴 치는 일이 있다. 그 이야기는 스칼릿이라는 디렉터리 밑에 기록되어 있다. 언젠가는, 언젠가는 한번쯤 벗어나야 한다는 생각으로 조금씩 적어둔 글이다. 1992년부터. 그러나 아무리 기록해도 그것 역시 픽션의 성격을 띠지 못한다. 그걸 따로 말한다는 건……. 말할 수 없다.

그 이야기를 말할 수 없는 게 아니라, 그것을 말하는 자신을 견딜 수 없다. 대학 일 학년 때, 시골에서 갓 올라온 열아홉 살짜리 여자가 서울에 대해 낯설고 공포스러워 하고 있을 때, 대학이라는 것이 그렇게도 사람을 외롭고 절망하게 만드는구나 생각하고 있을 때, 그때 알게 되었던 어떤 사람. 아무것도 알지 못한 채 휩쓸려 들어갔던 어떤 사건, 그 사건이 삶의 물길을 엉뚱한 방향으로 틀어놓았을 거라는 생각이 들 때마다 어금니를 힘주어 물어야 했던 일. 그 일을 따로 말할 자신이 없다. 그래서 그 일도 이 이야기 속에 섞는다.

사실, 죽은 나무도, 흠집 난 바위도, 파헤쳐진 흙도 모두 그 산 위에 있는 것이다. 그것들은 따로 말할 수 없다. 그 산을 얘기하면서, 그 산과 함께 말해야 한다. 그 산은, 한 아이가 어른이 되기 위해 가슴을 쓸면서, 눈물을 참으며, 그렇게 넘어온 산이다. 그래서 그 여자는 모든 이야기를 한군데 묶는다. 퍼플과 블루와 스칼릿을 섞어 그것이 전혀 다른 어떤 색이 되기를 바란다. 고통과 고통을, 기억과 기억을, 사물과 사물을 서로 뒤섞어, 그것이 아무것도 아니고 무엇도 아닌, 딱딱한 나뭇등걸이나 무표정한 바위, 허공을 지나가는 바람 같은 것이 되어 나타나기를 기대한다.

이 글을 쓰는 동안에도 벌써 목이 멘다. 온몸이 녹신녹신해지면서 힘이 빠진다. 그럼에도 그 여자는 이 글을 쓰기 시작한다.

처음에 블루나 퍼플에 기록된 글은 일인칭이다. 그러나 그 여자는 일인칭으로 쓰는 일이 고통스럽다. 쓸 때마다 얼마 못 써 중단하곤 하는 것은 문장마다 그것이 제 일이었음을 환기시키는 일인칭 대명사가 있는 까닭이다. 그래서 그 여자는 '나'라는 일인칭 대명사 대신 '그 여자'라는 삼인칭을 택한다. 그러고 나자 그 기억들과 지금 이 글을 기록하는 손길 사이에 얼마간의 거리가 생긴다. 그 거리를 꾸준히 유지할 수 있다면 싶다.

사실 그 여자는 지금 다른 소설을 쓰는 중이다. 그 여자는 구 년 동안 잡지기자로 일했는데 그중 오 년 동안 대중음악을 다루는 잡지에서 일했다. 그때, 1980년대 중반에는 대중문화에 대한 올바른 논의도, 잘 정리된 이론도 없었다. 그때 보았던 대중문화의 위력, 그럼에도 여전히 하잘것없는 것으로 치부하는 문화적 편견, 그때 보았던 연예 메커니즘의 모순, 그때 만났던 가수들에게서 받았던 감동, 그때 치유한 대중문화에 대한 그릇된 편견들, 그런 얘기들을, 우리의 대중문화에 대한 논의로써 짚어보고자 한다. 그 일에서 손을 뗀지 오 년, 이제는 그 이야기를 할 수 있다.

그 여자는 그 이야기를 쓰기 위해 집에 들어앉는다. 지난 시월부터. 그런데, 자꾸만 다른 이야기가 나오려 한다. 퍼플, 바이올렛, 스칼릿, 그런 디렉터리들이 그 여자를 부른다. 그 여자는 도망간다. 아직은 아니야. 솟아나는 이야기들을 안으로 안으로 밀어 넣는다. 안에서 소용돌이치는 그것들과 싸우면서 겉으로는 다른 이야기를 만들어나간다. 예전에, 고통스러웠던 기억들과 싸우면서도 겉으로는 범상한 일상을 영위했던 그 기술로. 그 이야기의 초고를 약 일천 매쯤 쓴다. 그러다가 그 여자는 지치고 만다. 솟아나려는 이야기를 안으로 밀어 넣는 일에 지쳐버린다. 일주일 만에 몸무게가 이 킬로그램쯤 줄고, 가슴에 목에 거대한 돌덩이 같은 것이 막혀 있어 늘 뻐근하게 아프다. 숨이 막히고 오래 울고 난 뒤끝처럼 온몸이 녹신녹신하다. 급기야, 그동안 쓰던 이야기의 실마리도 잃고 만다.

그 여자는 공연히 모과차를 담그고 냉장고를 정리하고 이불을 빤다. 그러나 모과를 썰다가 손톱을 썰고, 냉장고를 정리하다 받침대 유리를 깨고, 베란다 난간에 이불을 널다가 바닥으로 떨어뜨린다. 정신이 헛것을 보고 있다. 여자는 그렇게 일주일을 보낸다. 솟구치는 이야기를 안으로 밀어 넣으려, 잃어버린 이야기 가닥을 되찾으려, 헛되이 헛되이 노력하면서.

그 여자는 컴퓨터를 끄고, 방문을 잠그고, 도망치듯 근처에 사는 친구에게 간다. 한혜정, 대학 때부터의 친구, 중학교 국어 교사다. 그 여자가 지금 사는 곳으로 이사 온 것도 그 친구 때문이다. 그 여자는 친구에게 힘들다고 말한다.

"너무 힘들어. 평소에는 괜찮다가도, 이따금 한 번씩 억울하다는 생각이 들면. 그러면 모든 게 엉망이 되어버려."

말을 하면서도 자신을 이해할 수 없다. 무엇이 그렇게 억울한가. 이미 다 지난 일이다. 힘들게 넘어왔지만 그래도 그 산을 넘었고, 지금은 멀리서 담담한 눈으로 그 산을 바라본다. 어금니를 물면서 상실감을 참고, 입술을 깨물며 굴욕을 받아들이고, 모든 울분과 회한이 곧잘 제 가슴을 겨누는 칼날이 되기도 했지만, 그래도 이미 넘은 산이다.

억울하다는 것은…… 그러므로 억울하다는 것은, 그 일들을 부끄러워하거나 후회하거나 없었던 일로 만들고 싶은 게 아니다. 다만, 그런 일이 없었다면 더 좋았을 것을, 하는 마음이 들 때면 어떤 무거운 쇳덩이에 가슴이 눌린다. 그러면 그 여자는 몸이 납작해져서 지층 깊은 곳까지 단숨에 내려간다. 백악기나 쥐라기의 깊은 지층까지, 인류가 처음 죄를 지었다고 말해지는 그 동산까지. 한번 내려가면 올라오기가 힘들다. 억울한 점은 바로 그거다. 왜 쓸데없이 땅 밑을 오르내려야 하는가. 불필요한 감정과 힘의 소모가 억울하다.

사람들은 얼마나 자신의 삶에 만족하면서 살까. 낯 붉히는 일 없이 자신의 지난날을 돌아볼 수 있는 사람은 몇이나 될까. 혜정이는 곱게 절여진 배추와 빨갛게 버무려진 배춧속을 내놓는다.

"가끔은 너 자신을 위해주기도 해야 해. 네가 원하는 것을 들어줘."

그 여자는 노란 배추에 빨간 배춧속을 싸서 먹다가 목이 멘다. 사람들도 이해할까, 혜정이처럼. 그 여자가 이따금 억울해, 억울해, 잠꼬대하다가 울면서 잠 깬다는 사실을. 그 여자가 억울하다고 말하는 그 가장 깊은 곳에 있는 것, 그것을 이해할까. 그 여자는 혜정이 어머니가 싸주시는 김장 김치를 들고 밤길을 돌아오며 생각한다. 나 자신을 위하는 일, 지금 내가 원하는 것.

집으로 돌아와 그 여자는 컴퓨터를 켠다. 이야기를 시작하기 위해 햇수를 꼽아보다가 놀란다. 십 년이 되어간다. 그 일이 있었던 그해 가을로부터 구 년을 넘어서고 있다. 그때는 그런 생각을 했다. 한 십 년쯤 지나면, 지금과는 다른 삶을 살고 있겠지…….

그때 막연히 생각했던 다른 삶이란 무엇이었을까. 모든 사람이 마음속에 저마다의 짐승을 기르고 있다면 그 시절 그 여자의 짐승은 황량한 벌판에서 울부짖는 이리였다. 솟구치는 울분과 적막한 상실감을 어쩌지 못해 아무 때나 울부짖는 야성의 짐승이었다. 자연의 질서를 알지 못해, 이 세상의 이치를 이해하지 못해, 한밤에도 잠 깨어 울부짖는 야성의 이리.

　그러나 이제 그 짐승은 달라졌다. 자연의 질서를 이해하고 그 흐름에 맞추어 살 줄 안다. 장마가 지려 하면 개미들이 먼저 이사를 하고, 무너질 위험이 있는 건물에서는 쥐들이 먼저 짐을 싸서 떠난다는, 동물들의 본능 같은 것을 안다. 모든 자연이 가지고 있는 자정 작용이나 자연 치유력을 믿으며 자연이 들려주는 소리에 귀를 기울일 줄 안다. 그러기 위해서 참으로 많은 울부짖는 밤들이 있었지만, 그것으로 충분하다. 그때와는 다른 삶, 그 여자는 이제 그것으로 충분하다.

2

그 여자는 지금, 하나의 작은 물방울이다. 땅속 깊은 곳의 수맥을 더듬으며 몇 세기를 떠돌다 앞선 물방울을 따라 어찌어찌하여 땅 위에 올라왔는지도 모른다. 태평양이나 대서양에서 증발한 수분 입자가 공중에 모여 떠돌다가 어느 소나기 줄기를 타고 이 땅에 내려왔는지도 모른다. 아무튼 지금, 그 여자는 갓 땅 위에 생겨난 물방울이다. 깊은 계곡, 모든 사물이 시작되는 시원이 그렇듯이 그 여자가 있는 곳도 아주 좁은 세계다. 세상에 대해 어리둥절한 마음, 알 수 없는 것투성이인 세계, 그러나 오염되지 않은 세계.

아직 물방울에 불과한 그 여자를 이 글에서는 '그 아이'라고 부른다. '그'라는 관사를 앞에 붙인 것은 그 아이 역시 여러 물방울 중 하나일 뿐이기 때문이다.

그 아이는 고갯마루에 올라서자마자 맞은편 언덕의 완만한 능선을 바라본다. 거기, 맞은편 언덕 밑에 나란히 늘어서 있는 집들을 본다. 집들은 대체로 잿빛 기와를 얹고 있다. 그리 큰 집도, 그리 작은 집도 없이 그만그만한 집들이다.

아이는 그 집들 가운데서 대문을 이쪽으로 내고 있는 집을 하나 찾아낸다. 대문은 닫혀 있고 대문 안에 보이는 마당과 마루도 여전히 비어 있다. 마루에 잇대어 있는 두 개의 방문도 닫혀 있다.

아이는 빨간 가방을 오른손에서 왼손으로 바꿔 들고 걷는다. 왼쪽 이마쯤에 떠 있는 해는 아직 반도 기울지 않았다. 길은 텅 비어 있고, 길 양옆으로 따라오는 수수밭에서 키 큰 수숫대들만이 바람과 쏴쏴 이야기를 나누고 있다. 아이는 비탈을 조금 걷다가 마치 수숫대들의 이야기에 귀를 기울이기라도 하듯이 걸음을 멈춘다. 주변을 한번 살펴보고, 수수밭 속으로 들어간다. 수숫대가 팔뚝을 스칠 때마다 살갗이 따갑다. 팔뚝을 쓰다듬으며 수수밭을 지나 고추밭으로 나온다. 고추밭 가에는 누런 호박이 마지막 햇살을 받아 누렇게 익어가고 있다.

고추밭 너머는 야트막한 야산이다. 거기에는 무덤이 두 개 나란히 붙어 있고, 무덤 주변에 깔린 잔디도 호박을 닮아 누렇게 변해가고 있다. 개간한 고추밭에서 나온 자갈들을 모은 건지, 잔디 바깥으로는 크고 작은 돌들이 쌓여 있다.

아이는 무덤 앞 잔디밭에 책가방을 내려놓고 그 옆에 쭈그려 앉는다. 앉아도 맞은편 언덕에 있는 집들을 다 볼 수 있다. 아이는 그 집을 오래 바라보고 있다. 아무리 보아도 그 집에서는 사람이 나오거나 하지 않는다.

'엄마는 오늘도 오시지 않은 게 분명해.'

아이는 문득 일어나 자갈들이 있는 곳으로 가 쭈그려 앉는다. 소변을 보는 것이다. 그리고 모양이 반듯한 돌을 골라 들고 아까 앉았던 자리로 돌아온다. 책가방에서 책을 꺼내 펼쳐 들고 돌을 베고 눕는다. 아이가 읽는 책은 만화책이다.《엄마 찾아 삼만 리》.

아이는 아까 점심시간까지, 주인공 소년 마르코가 엄마가 있다는 코르도바를 찾아가는 장면을 읽었다. 마르코는 이탈리아에서 배를 타고 두 달 만에 아르헨티나에 도착했다. 아르헨티나로 돈 벌러 간 후 소식이 없는 엄마를 찾아가는 것이다. 마르코는 열두 살, 아이와 나이가 같다. 부두에 내려 부에노스아이레스에 있는 메렐리 아저씨 댁을 찾아간다. 그러나 메렐리 아저씨는 돌아가시고 없고 어머니가 메키네즈 댁에서 일한다는 얘기만 듣는다. 메키네즈 댁은 그러나 코르도바라는 곳으로 이사를 갔다고 한다. 마르코는 차를 타고, 기차를 갈아타고, 보카, 로사리오를 거쳐 코르도바에 도착한다. 그동안 세 번이나 허탕 쳤으니 이제는 어머니를 만날 것이다. 아니, 만나야만 한다. 마르코는 돈이 다 떨어졌고 먹을 것도 얼마 남지 않았다.

마르코는 낯선 집 대문을 두드린다. 한참 만에 대문 안에서는 뚱뚱한 할머니가 나타난다. 마르코는 엄마를 찾으러 왔다고 말한다.

"네 엄마가 누구니?"

할머니는 의아한 듯 묻는다. 마르코는 목걸이를 꺼내 보인다. 엄마가 준, 엄마 사진이 들어 있는 목걸이다. 할머니는 마르코의 목걸이를 보더니 말한다.

"메키네즈 댁에 있던 아주머니구나. 어쩌지. 메키네즈 댁은 이사를 갔단다."

네모 칸 속에 있는 마르코의 얼굴이 일그러진다. 풍선처럼 부풀어 하얗게 비워진 말풍선은 그 끝이 마르코의 입을 향해 뾰족하게 그려져 있다. 그러나 마르코의 입에서는 아무 말도 나오지 않는다. 다만 '……' 표시만 있을 뿐이다. 말없음표. 아이는 그 말없음표가 무얼 의미하는지 안다. 어머니가 외가로 떠난 이후, 아이도 말수가 줄어들었다. 마음속에 있는 얘기를 하지 않는 버릇이 생기고, 어떤 때는 아예 말이 하기 싫어지기도 한다.

다음 칸에서 마르코는 겨우 말풍선에 말을 채운다.

"어디로 갔어요?"

"투쿠만으로 갔지. 메키네즈 댁 온 가족이 그리로 이사 갔다."

아주머니의 입에서 나온 말풍선은 풍선처럼 둥그렇고, 그 안에 적힌 투쿠만이라는 글씨는 애드벌룬에 적힌 것처럼 둥글다. 투쿠만이라는 글씨가 풍선처럼 둥실 떠올라 다시는 잡을 수 없는 곳으로 멀어진다.

아이는 만화책을 집어던진다. 왜 늘 한 발짝씩 어긋나서 못 만나게 되는지, 그 아슬아슬한 우연들에 화가 난다. 누군가 소년을 놀리고 있는 게 분명하다. 아이는 자기가 놀림을 당하는 것처럼 화가 난다. 눈가의 물기를 닦고 책가방을 뒤져 다른 책을 꺼낸다. 음악 5. 표지에는 그렇게 씌어 있다. 첫 장부터 넘기며 하나하나 노래를 부르기 시작한다.

"풀 냄새 피어나는 잔디에 누워, 새파란 하늘가 흰 구름 보면, 가슴이 저절로 부풀어 올라, 즐거워 즐거워 노래 불러요……."

그래도 즐겁지는 않다. 너무 크게 부르지 않도록 조심한다. 지나가던 어른이 노랫소리를 듣고 다가와, 너 여기서 뭐 하니? 하고 물을까 봐 조심한다. 여기서 뭐 하느냐고 묻거나 왜 여기 있느냐고 물으면 대답할 말이 없다.

음악책 뒤쪽에는 아직 배우지 않은 노래도 있다. 아이는 아는 노래까지 다 부르고 나서 하늘을 본다. 하늘은 아주 파랗다. 크레파스에 있는 하늘색보다 더 파래서, 하늘을 그린다면 하늘색이 아니라 파란색을 칠해야 할 거라고 생각한다. 해는 아직도 아이가 보아둔

하늘까지 가지 않았다. 아이는 저만큼 던져둔 만화책을 끌어다 다시 펼친다. 아무래도 마르코가 어머니를 찾을 수 있을지 궁금해서 견딜 수가 없다. 만화책 속에서 마르코는 빗살무늬 모자를 쓰고 무릎을 기운 바지를 입고 손에는 작은 가방을 들고 있다. 곁에는 마르코의 허리만큼 키가 큰 개가 한 마리 있다. 마르코는 개의 목을 한번 쓰다듬어주고는 다시 떠난다.

걸어가는 마르코의 입에서 나온 말풍선은, 실선으로 그린 화살표시가 아니라 동그라미가 점점점 이어진 표시다. 그건 마르코가 혼자 속으로 생각한다는 뜻이다. 마르코가 혼자 생각하는 것은 투쿠만이다. 투쿠만, 엄마가 있는 곳.

외가에 가신 어머니는 몸이 다 나아야 오실 것이다. 아이는 어머니가 왜 아픈지 , 어디가 아픈지 잘 모른다. 그저 밤에 가끔 잠에서 깨어, 아버지가 어머니를 업고 병원으로 달려가는 것을 잠에 취한 눈으로 보았을 뿐이다. 한번은 눈을 감고 숨을 거칠게 쉬는 어머니 곁에 쭈그려 앉아 "엄마 죽지 마, 엄마 죽지 마." 그러며 울기도 했다. 마음이 어둡고 캄캄한 곳으로 들어가서 갇혀버리는 것 같은 느낌으로. 또 어느 날은, 아침에 일어나니 어머니의 잠자리가 비어 있었다. 한참 만에 돌아온 아버지는 옷가지를 챙기며 어머니가 병원에 입원했다고 말했다. 그럴 때마다 아이는 어머니가 아주 떠날까 봐, 다시는 돌아오지 못하는 곳으로 갈까 봐 조바심쳤다. 그리고 어느 날 학교에서 돌아와 보니 어머니가 없었다. 세 동생 중, 더 어린 두 남동생도. 정말 떠난 것이다.

"외가에 가셨다. 병이 나으면 오실 거야."

아버지는 더는 말씀이 없었다. 그게 지난 여름방학이 시작되기 전 일이다. 여름방학 내내 아이는 산에 올라와, 멀리 철길에서 집까지 이르는 길을, 어머니가 오는지 지켜보았다. 간혹, 잠깐 한눈을 판 사이에 어머니가 그 길을 지나갔을까 봐, 한달음에 집까지 달려가기도 했다. 그러나 집 안에는 늘 아버지밖에 없었다.

아이는 철길에서 집으로 이르는 길을 유심히 바라본다. 몇몇 사람이 오가지만 어머니 같은 사람은 보이지 않는다. 철길 너머는 큰 호수다. 서호라고 불리는 호수. 지난여름에는 그 호수에 가서 수영을 했다. 호수 너머에는 아버지가 다니던 농촌진흥청이 있고, 그 옆에는 서울농대가 있다. 그러나 지금 아버지는 그 회사에 다니지 않는다.

아이는 어쩌면, 아버지가 어머니를 아프게 했을 거라고 짐작한다. 그 무렵 아버지는 술을 많이 드셨다. 술을 드시고 오면, 아버지와 어머니 사이에 무슨 일인가 생겨나곤 했다. 싸움 같은 것. 그러나 아이는 그 장면을 직접 본 적이 없다. 아버지가 술을 마시느라 늦어질 때면 어머니는 아이들을 일찌감치 잠자리에 뉘고 가슴을 토닥이며, 이제 그만 자거라, 빨리 잠들거라, 한다. 아이는 어머니의 말투에서 묻어나는 초조함의 기미를 느끼며 잠 속으로 빠져들곤 한다.

아이는 늘 잠을 자고 있어서 밤사이 아버지와 어머니 사이에 어떤 일이 일어나는지 알지 못한다. 다만 이튿날 아침, 어머니의 부석부석한 얼굴과 안방에 어지럽게 흩어져 있는 물건들을 볼 뿐이다. 그런 날 아침이면 아버지는 출근할 때까지 한마디도 말이 없다. 아버지와 어머니 사이에 어떤 일이 있는지는 구체적으로 알지 못하지만 아버지가 술을 마시고 들어오는 일은 좋지 않다는 것은 알고 있다. 아버지가 왜 술을 많이 마시는지, 어머니가 왜 아픈지, 그 모든 것이 아이에게는 알 수 없는 수수께끼다.

아이는 만화책을 가방에 넣고 일어난다. 넓적한 돌을 다시 잔디밭 가로 가져다놓고, 엉덩이를 툭툭 털고, 혹시 울음의 흔적이 남았을까 봐 마른손으로 눈가를 몇 차례 문지른다. 다시 한 번 맞은편 언덕의 집을 본다. 아무도 움직이는 사람이 없다. 아이는 마지막으로 무덤을 향해 꾸벅 머리 숙인다. 놀게 해주셔서 고맙습니다.

고추밭을 지나고 수수밭을 지나 큰길로 나온다. 아무 일도 없었다. 그저, 학교에서 조금 늦게 오는 것뿐이다. 아이는 너무 빠르거나 늦지 않게 알맞은 속도로 걷는다.

대문을 열자 생선 굽는 냄새가 난다. 아이는 책가방을 마루에 던져두고 얼른 부엌으로 간다. 그러나 어머니는 아니다. 우리 공주님 오셨네, 활짝 웃으며 반겨주던 어머니 대신 아버지가 어두운 표정으로 고개를 든다.

"왔니?"

아이는 아버지 곁으로 다가가 생선이 구워지고 있는 부뚜막에 걸터앉는다. 연탄아궁이 위에 동그란 석쇠가 놓여 있고, 빨갛게 단 석쇠 위에서 생선이 타닥타닥 소리를 낸다. 아이와 아버지는 말없이 구워지는 생선만 바라보고 있다. 한참 만에 아버지는 젓가락으로 생선을 뒤집는다.

"이게 무슨 생선이에요?"

"꽁치다."

꽁치, 이름도 참 슬프다. 아이는 그렇게 생각한다. 꽁치는 더 큰 소리를 낸다. 타닥타닥, 슬퍼서 내는 소리 같다. 그러나 정말 슬픈 것은 꽁치가 아니다. 병이 들어 외가에 간 어머니이고, 어머니 대신 꽁치를 굽고 있는 아버지다. 늘 크고 당당하고 자랑스러웠던 아버지, 그 아버지가 부뚜막에 걸터앉아 꽁치를 굽고 있는 모습이다.

그 아이는 나중에 커서, 십삼사 년쯤 후에 회사에 다니게 된다. 그 여자가 다니는 회사 앞에는 생선구이만을 전문으로 하는 식당이 있다. 그 식당은 드럼통을 개조해 만든, 연탄이 세 장이나 들어가는 화덕을 길가에 내놓고 그 위에 쟁반만 한 석쇠를 얹고 생선을 굽는다. 고등어, 삼치, 갈치, 그리고 꽁치가 있다. 그 여자는 그 식당에 가는 일이 불편하다. 사람들과 어울려 갈 때면, 겉으로 표를 내거나 무슨 말을 하거나 하지는 않지만, 언제나 마음 저 깊은 곳에 있는 아주 가느다란 바늘 같은 것이 가슴을 콕콕 찌르곤 한다. 한번은 동료에게 묻는다.

"꽁치라는 생선 이름, 참 슬프죠?"

동료는 픽 웃는다.

"슬프긴? 우습기만 하구먼."

슬픔이나 기쁨, 그런 정서는 하나의 사건이나 하나의 대상에서 유발되는 게 아니다. 눈앞의 낙엽과 아주 오래된 기억이 만나, 발부리에 걸린 돌멩이가 잊은 줄 알았던 기억과 만나, 기쁨이 되거나 슬픔이 된다. 기쁨이나 슬픔, 그리고 공포 같은 것들은 감정의 직조 속에 아주 복잡하게 얽혀 있어, 여자는 나중까지도 그것들의 느닷없는 휘둘림에 당황한다. 꽁치를 보고 슬프다고 할 때, 인형을 보고 무섭다고 할 때, 달맞이꽃을 보고 기쁘다고 할 때. 사람들은 그 여자를 이해하지 못한다. 그런 때, 그 여자는 외로워진다.

"생선을 구울 때는 말이다……."

아버지는 목소리가 낮고 굵다. 얼굴은 어둡고 숨결에서는 술내가 묻어난다. 아이는 마음이 작아져버린다. 아이는 생선만 바라본다. 언제부터인가 아버지에게 어리광을 부릴 수 없게 되었다. 용돈을 달라고 떼를 쓰지도 못하게 되었다. 지난여름, 아버지가 직장을 그만둔 이후부터다. 어머니가 외가로 간 이후 더 심해졌다.

"석쇠가 충분히 달궈진 다음에 생선을 올려놓아야 한다. 그래야 생선 살이 석쇠에 눌어붙지 않고 깨끗하게 구워진다."

아이는 왜 아버지가 그런 말을 하는지 알 수 없다. 아버지는 늘 아이에게 무엇인가를 일러주곤 했지만, 그건 그전까지 배운 것들과 조금 다른 내용이다. 그전까지 배운 것들은 장기나 오목 두는 법, 세발자전거에서 두발자전거 타는 법, 식물채집을 할 때는 땅 위의 이파리만 뜯을 게 아니라 땅속의 뿌리까지 캐야 한다는 것 등이었다. 거기에는 생선 굽는 법 같은, 어른들이 하는 일은 없었다. 아이는 그 차이를 예민하게 느낀다.

지난 여름방학 전, 어머니가 아프던 무렵부터 아버지도 집에만 있다. 그 전에는 농촌진흥청에 다녔고, 그 전에는 고등학교 선생님이었다. 어머니도 결혼하기 전까지 초등학교 선생님이었다고 한다. 강릉에서 수원으로 이사할 때 어머니는 이삿짐을 싸면서 말했다.

"아버지는 농촌진흥청 연구실에서 근무하게 되었다. 거기서 연구하면서, 대학원 다니고 학위 받고 하면, 아버지는 서울농대 교수가 될 거다."

어머니 얼굴은 분홍빛으로 빛났고, 아버지 어깨는 넓고 반듯했다. 세상은 아름답고 집안은 평화롭고 아버지는 크고 자랑스러웠다. 무엇보다 미래는 장밋빛이었다.

아이는 아버지가 농촌진흥청에서 한 일을 몇 가지 알고 있다. 아버지는 우리나라에서 양송이를 재배할 수 있는지, 그것을 연구했다. 우리나라에서 양송이를 재배할 수 있게 되면 그 기술을 농가에 알려주어서, 농가 수익을 올리고 농민들의 식단을 풍성하게 할 수 있다고 했다. 아버지는 대관령 산속에 양송이 재배 단지를 만들고 자주 그곳으로 출장을 갔다. 아이는 아버지가 찍어오는 양송이 재배 단지 사진을 보는 걸 좋아했다. 거기에는 반듯반듯하게 자란 키 큰 나무들과 그 밑동에 두텁게 깔린 낙엽들이 있었다. 빨갛고 노랗고 때로 갈색인.

"아버지, 나 이거 한 장만……."

아버지는 아이에게 사진 몇 장을 골라주었다. 아이는 그 사진을 오래 들여다보며 논다. 산속에 있는 나무들을 보며 강릉을 생각하고 강릉 친구들을 생각한다.

나중에 어른이 된 그 여자는 슈퍼마켓에 가서 하얗고 동글동글한 양송이를 본다. 아버지가 연구했던, 그러나 이제는 누구나 먹을 수 있는 식품. 아버지가 안 했으면 또 다른 누군가가 했을 테지만 그 여자는 양송이를 볼 때면 이따금 아버지를 생각한다. 그 여자는 양송이 요리를 몇 가지 할 줄 안다. 프라이팬에 버터를 두르고 납작납작하게 썬 양송이를 살짝 볶다가 그 위에 맛소금과 후추를 뿌리는 요리가 있다. 다른 재료는 하나도 들어가지 않는다. 양송이의 맛을 가장 잘 살릴 수 있는 요리는 그거다. 그 외에 여러 종류의 버섯을 넣고 만드는 버섯전골, 살짝 데친 파로 양송이를 꼭꼭 싸는 파양송이 강회가 있다. 파양송이 강회에는 곁들여지는 초고추장을 잘 만들어야 한다.

양송이 말고도 아버지는 다시마 인공양식을 연구했다. 아이는 아버지가 다시마를 앞에 놓고 그걸 조금 뜯어 맛보곤 하는 모습을 보았다. 다시마를 양식하는 건 문제가 없는데, 그게 사람들 식생활에 얼마나 도움을 줄 수 있을지, 아버지는 그때 그걸 걱정했던 것 같다.

또 아버지는 쥐약을 만드는 일도 했다. 전국 쥐잡기 날에, 모든 가구에 나누어주는 쥐약을 만드는 일. 일용직 사람들을 채용해서 그 사람들과 함께 쥐약을 만들고 그걸 포장하여 전국에 나누어주는 일, 아버지는 그 일의 책임자였다. 전국의 집집마다 나누어주는 쥐약이면 대체 얼마만 한 양일까. 아이는 아버지가 하는 일이 참으로 중요한 일이라 생각했다. 아버지가 자랑스러웠다.

그런데 어느 날 모든 게 달라졌다. 어머니가 아프고 아버지가 회사를 그만두었다. 어머니가 아픈 게 먼저였는지, 아버지가 회사를 그만둔 게 먼저였는지 정확히는 모른다. 어머니가 왜 아픈지 모르는 것처럼 아버지가 왜 직장을 그만두었는지도 모른다. 아버지는 말이 없어지고 얼굴이 어두워지고 아이들에게 꽁치를 구워 밥상을 차려줄 뿐이다. 아무도 어른들의 일에 대해서는 말해주지 않는다.

아이는 아버지가 일러주는 꽁치 굽는 법을 다시 생각해본다. 석쇠가 잘 달구어진 다음에……. 그러자 알 수 없게도 목이 메고 만다. 무언가 다르다. 아버지가 그전까지 말해주었던 것들과 다르다. 아버지는 한 번도 꽁치를 굽는 법이나 빨래하는 법 따위는 일러준 적이 없다.

"들어가거라. 어린이 시간 시작하겠다."

아버지는 다 구워진 꽁치를 접시에 옮기며 말한다. 아이는 마루의 책가방을 집어들고 건넌방으로 들어간다. 동생은 방바닥에 엎드려 숙제를 하고 있다. 책이며 공책이 여기저기 흩어져 있다. 산수 3-2. 자연 3-2.

"숙제하니?"

숙제한다는 걸 알면서도 아이는 동생에게 그렇게 묻는다. 동생은 아이의 말을 못 들었는지 공책에 코를 박고 산수 문제를 풀고 있다. 동생은 자주 그런다. 무슨 일에 집중하면 적어도 서너 번을 불러야 대답한다. 아이가 곁을 지나자 그제야 동생은 고개를 든다.

"누나, 이거 봐라!"

동생은 무릎걸음으로 캐비닛 앞으로 다가간다. 아이의 가슴까지 오는 키 작은 캐비닛이다. 동생은 캐비닛 문을 열고, 아래쪽에 나란히 달린 두 개의 서랍 중 왼쪽 것을 연다. 오른쪽 서랍은 아이가 사용하고 왼쪽 서랍은 동생이 사용한다. 서랍 안에는 동생의 보물이 많이 들어 있다. 딱지, 구슬, 쇠붙이 들……. 동생은 서랍 앞쪽에서 구슬을 한 움큼 집어 방바닥에 내려놓는다. 구슬들이 또르르 사방으로 구른다.

"내가 민 거 다 땄어. 누나 이거 가져."

동생은 구슬을 한 주먹 쥐어 앞으로 내민다. 아이는 이제 구슬 따위는 가지고 놀지 않지만 그래도 동생이 내미는 구슬을 받는다. 아이와 동생은 연년생이다. 아이는 4·19 학생운동이 있던 해 정월에 태어났고, 동생은 5·16 혁명이 나던 해 오월에 태어났다. 클 때부터 누나와 동생이라기보다 같이 노는 친구였고, 아이가 동네 아이들에게 놀림을 당할 때는 늘 동생이 앞을 막고 지켜주었다.

"우리 누나한테 그러지 마. 누구든 까만 안 둘 거야."

그러나 동생은 동생이다. 아직도 구슬을 가지고 논다.

"다 따면 민기는 어떻게 하니?"

동생은 씩 웃는다. 반듯한 이마, 크고 검은 눈, 오뚝한 콧날. 아이는 언제 봐도 동생이 예쁘다.

"괜찮아. 다 땄다가, 인생이 불쌍해서 반은 돌려줬어."

인생이 불쌍해서. 그건 그때 아이들이 장난처럼, 어른들의 흉내를 내고 싶어서 쓰던 말이다. 무슨 뜻인지 알고 썼을까마는, 나중에도 그 여자는 그때 동생이 뜻 모르고 사용했던 그 말을 떠올리곤 한다. 일부러 떠올리는 게 아니라 우연히, 아주 우연히 그런 말이 속에서 솟아나온다. 인생이 불쌍해서. 그러면 어김없이 삼킨 기억도 없는 바늘이 가슴을 콕콕 찌르곤 한다.

아이는 구슬을 받아 책상 위에 올려놓고 라디오를 켠다. 라디오에서는 어린이 시간 시작을 알리는 음악이 흐르고 있다. 그 음악은 노랫말 없이 멜로디만 나오지만 아이는 그 음악의 노랫말도 함께 듣는다.

"꽃과 같이 곱게, 나비 같이 춤추며, 아름답게 크는 우리, 무럭무럭 자라서, 새 나라의 꽃 되자, 웃음의 꽃 피어나리……."

"어린이 여러분 안녕하세요? 시월 십오 일 어린이 시간입니다."

아나운서의 목소리는 상냥하다. 아이는 어머니의 목소리가 생각난다. 어머니도 목소리가 곱다. 학교에서 돌아올 때마다. 우리 공주님 오셨네, 그렇게 반길 때의 어머니 목소리는 아나운서의 목소리처럼 높낮이가 있어, 음악처럼 들리곤 했다.

"오늘은 어린이 여러분의 편지를 소개하는 날입니다. 오늘 소개할 편지는 수원 매산초등학교 오 학년 이 반 김정숙 어린이가 강릉 성덕 초등학교 오 학년 어린이들에게 보내는 편지입니다."

아이는 가슴이 철렁 내려앉는다. 그러더니 쿵쾅쿵쾅 누군가 가슴 속에서 주먹질을 해댄다. 동생은 공책에 코를 박고 산수 문제를 풀고 있다. 아이는 라디오 앞에 가만히 앉는다.

"얘들아 안녕? 너희들과 헤어진 지 벌써 일 년도 더 지났어. 난 아직도 너희들의 이름과 얼굴을 다 기억하고 있는데, 너희들은 벌써 내 얼굴도 잊고, 내가 쓰는 이 편지도 못 받으면 어쩌나 걱정이 돼. 여기, 내가 다니는 학교는 큰 삼 층 건물이고 선생님도 친절하고 친구들도 상냥해. 그렇지만 나는 너희들이 보고 싶어. 학교 운동장 가에 심어져 있던 봉숭아랑 맨드라미가 지금 활짝 피었을 거야. 그리고 교문 밖 신작로에 쭉 늘어서 있던 미루나무도 잘 있는지."

아이는 가슴의 두근거림이 가라앉지도 않았는데 갑자기 눈물이 핑 돈다. 봉숭아, 맨드라미, 미루나무……. 아나운서의 목소리로 듣는 그 꽃들의 이름이 왠지 슬프다. 그렇게 슬픈 편지를 쓴 건 아니었다. 그런 편지를 보내긴 했지만 그렇게 읽혀질 거라고도 생각하지 않았다. 얼마나 많은 아이들이 편지를 보낼 텐데 제 것이 방송되겠는가. 그런 생각으로, 그런 안심하는 마음으로 편지를 보냈다. 그친구들이 보고 싶고, 보고 싶지만 그런 얘기들을 이곳의 친구들에게 할 수는 없었다. 이제는 안 계신 어머니에게도, 늘 무거운 표정을 띤 아버지에게도, 그런 얘기를 나누기엔 어린 동생에게도, 아무에게도 말할 수 없었다. 그래서 산 밑 무덤가에서 편지를 썼다. 너희들이 보고 싶어, 거기 가고 싶어…….

"여기 학교는 어제 운동회를 했어. 어디나 운동회는 청군과 백군으로 나눠서 하나 봐. 나는 여기서도 또 청군이었어. 달리기에서는 또 꼴찌를 했고. 거기 학교도 운동회를 했니? 청군이 이겼니, 백군이 이겼니?"

아이는 그만 라디오를 끈다. 그리고 방문을 열고 마루로 나간다. 소매 끝으로 눈가를 문질러 닦고 마루 끝에 앉아 맞은편 산등성이를 바라본다. 아까 아이가 누워 노래 부르던 곳이 서산으로 지는 해를 받아 황금빛으로 빛난다. 아이는 크게 숨을 들이쉰다.

기억하기로, 그건 그 여자가 공식적인 매체에 글을 발표한 최초의 경험이 아니었나 싶다. 그때 보인 반응, 공식적으로 발표되는 제 글을 들으며 초등학교 오 학년 아이가 보인 반응은 조용히 라디오를 끄고 방을 나가는 것이다. 아무에게도 그 사실을 알리지 않고 끝까지 듣지도 않는다. 그때 마루 끝에 앉아 먼 산을 바라보던 아이의 마음속에는 공연한 일을 했다는 부끄러움과 제 속맘을 들켜버린 당혹감이 있다. 친구들에게 편지를 하고 싶으면 직접 강릉으로 하면 된다. 그게 한결 빠르고 정확하다. 그럼에도 방송국으로 편지를 보낸 마음의 배면에는 어떤 허영심 같은 게 있었을 것이다. 아이가 부끄러워한 것은 그 점일 것이다.

그 여자는 처음으로 문예지에 시를 발표했을 때도 그런 기분을 느낀다. 가족 중 아무에게도 등단 사실을 알리지 않고 제 글이 발표된 책을 열어보지도 않는다. 부끄러움이다. 작가가 되고 싶다는 꿈이, 작가가 되기 위해 노력해온 날들이, 책에 사진이 실리고 몇 편의 시가 실리는 이것이었는가. 아니라고 생각하며 책을 밀친다. 아직은 아니라고, 허명심에서가 아니라 소명감에서 글을 쓸 수 있을 때까지 아직은 아니라고, 누구에게도 책을 주지 않는다. 글쎄다, 지금은 소명감에서 글을 쓴다고 할 수 있을까. 확신을 가지고 대답할 자신이 없다.

<u>3</u>

"호랑이는 암놈이 새끼를 낳을 때가 되면 수놈이 마른풀을 가져다 바닥에 깔고, 암놈은 그 위에서 새끼를 낳는다. 그리고 새끼가 아주 어릴 때 위험에 처하면 어미는 새끼를 먹어버린단다."

아이는 등줄기로 소름이 돋아난다. 바로 눈앞에 호랑이를 보고 있기 때문이다. 작고 힘없는 새끼 호랑이 한 마리와 그보다 큰 호랑이 두 마리가 우리 안에 있다. 새끼 호랑이가 아이와 아버지 쪽으로 가까이 오자 큰 호랑이가 다가와 새끼의 목을 물고 어슬렁어슬렁 안쪽으로 걸어간다. 새끼는 공중에 들린 채로 가만히 있다. 큰 호랑이 언덕에는 마른 똥이 묻어 털이 군데군데 뭉쳐 있다. 기계충에 먹혀 털이 듬성듬성 빠진 모습 같기도 하다. 호랑이는 새끼를 시멘트로 막아진 다른 방 안에 넣는다. 우리 바깥쪽 공간은 아이의 팔뚝만 한 쇠창살로 막혀 있고, 쇠창살과 아이가 서 있는 곳 사이에는 폭이 넓은 시멘트 도랑이 파져 있다.

"먹는다고요?"

아이는 목소리가 떨린다. 아침부터 흐린 날, 아주 조금씩 가느다란 빗줄기가 내리고 있다. 그러나 아버지가 그냥 비를 맞고 있어, 아이도 그 정도면 맞을 만하다고 생각한다. 아이가 떨리는 건 추위 때문이 아니라 두려움 때문이다.

"그래, 다른 짐승에게 잡아먹히는 것보다는 그게 낫다고 생각하는 모양이다. 지금 저건 새끼를 잡아먹는 게 아니라 안전한 곳으로 데려다놓는 거지. 짐승들은 입이 손이거든."

아이는 고개를 끄덕인다. 그 정도는 알 수 있다. 아이가 두려운 건 호랑이가 새끼를 먹는다는 사실 때문이 아니다. 아버지의 설명에서 떠오르는 어떤 느낌, 그러나 그것이 무엇인지 알 수 없는 답답함 때문이다. 알 수 없는 것은 아버지의 느리고 무거운 말투가 아니라 아버지의 마음이다. 갑자기 아이에게 서울 나들이를 시켜주고 창경원을 구경시키는 아버지의 마음. 그러면서도 동생은 데려오지 않고 아이만 데리고 나온 아버지의 마음. 호랑이는 위험에 처하면 새끼를 잡아먹는단다…….

아이는 아버지와 함께 다음 칸으로 이동한다. 그 옆에는 사자가 있다. 얼굴에 긴 수염이 많이 난 사자. 그래서 인자한 외할아버지 같은 동물이다. 외할아버지도 얼굴에 수염이 길다. 그 옆의 여우, 몸은 개와 비슷한데 얼굴이 뾰족하다. 그 옆의 원숭이, 코끼리…….그것들은 아버지의 동물도감에서 보았던 것들하고 다르다. 책에서 보았던 원숭이는 푸른 숲 속에, 푸른 나무 위에 서 있었다. 그러나 동물원의 원숭이는 아무것도 없는 쇠창살 속에 있다. 우리 안에 있는 것이라고는 사람들이 던져준 과자 봉지뿐이다.

다음 장소로 옮기자 새들이 있다. 새들은 하늘까지 철망으로 막힌 방에 있다. 호랑이 우리를 막고 있던 철망보다는 가늘지만, 그 철망은 아주 높은 공중까지 둥글게 쳐져 있다. 그 안에 새들이 있다. 공작새. 그것도 책에서 보았던 것과 다르다. 책에서는 공작새의 활짝 펼쳐진 깃에서 나오는 빛이 무지개보다 더 곱고 찬란했다. 그러나 동물원의 공작새는 색깔이 흐려서, 거의 회색과 갈색에 가깝다. 다른 철망에 사는 새들도 마찬가지다. 비둘기, 까마귀, 백로……. 그 모든 새가 죽은 나뭇가지에 힘없이 앉아 있거나 아주 잠깐 날았다가 내려앉는다. 새들은 젖은 깃을 후르르 털기도 하지만 흉하게 엉긴 깃은 잘 펴지지 않는다.

'아무리 높이 날아도 저 새들은 철망보다 높이 날지는 못할 거야. 저건 옳은 일이 아니야.'

아이는 동물원이라는 곳도 무서운 곳이라는 생각이 든다. 바다에, 들에, 산속에 사는 동물들을 잡아다가 사람들에게 구경시켜주기 위해 가둬놓는 건 아무래도 좋은 일이 아닌 것 같다. 아버지에게 그런 이야기를 하기 위해 고개 돌리니, 아버지는 새들을 바라보고 있지 않다. 새들의 우리에 등을 돌린 채 담배를 피우고 있다. 담배 연기가 날아가는 쪽으로 아버지의 시선도 멀어진다. 그곳에는 흐린 하늘, 아주 조금씩 빗방울을 뿌려대는 하늘뿐이다. 아이는 다시 더럭 겁에 질린다.

지금도 그 여자는 동물원을 좋아하지 않는다. 그 후로 자의에 의해 동물원에 가본 적이 없다. 동물원을 생각할 때면, 인간의 잔인함에 대한 전시장 같다는 생각이 든다. 누가 인간에게 그런 권리를 주었는가. 아직도 동물원이라는 제도가 옳은 건지 알 수 없다. 특히 아프리카나 북극 같은 데서 포획당해 오는 동물을 보면, 그놈이 생후 몇 개월 된 새끼일 때는, 그 여자는 금방 그 동물의 마음이 되어 버린다. 어쩔 도리가 없다.

나머지 동물들을 모두 보았을까, 아니면 거기서 그냥 동물원을 나왔을까. 그 여자는 기억이 없다. 잿빛 기억. 그 동물들도, 시멘트

와 철망으로 지어진 우리도, 빗방울을 뿌려대는 하늘도, 무엇보다 아버지의 얼굴과 아이의 마음이 잿빛이었던 기억만 남아 있다.

동물원을 나와 길을 걷는 아이의 얼굴이 파랗게 질려 있다. 방금 보고 나온 동물들 때문인지, 부슬부슬 내리는 초겨울 비 때문인지, 아버지의 말없는 얼굴 때문인지 알 수 없다. 어쩌면 오른편으로 계속 따라오는 높고 긴 담벼락 때문인지도 모른다. 담벼락은 아이의 키보다 세 배는 높다. 커다란 돌멩이를 쌓아올려 만든 벽은 어둡고 칙칙한 색깔이고, 드문드문 이끼마저 끼어 있다. 아이는 파랗게 질린 얼굴로 제 발끝만 내려다보고 걷는다.

곁에서 걷고 있던 아버지가 아이를 내려다본다. 아버지는 아이 곁에 쭈그리고 앉아 아이의 볼을 감싸 쥔다. 아이는 더 파랗게 질린다. 기어이 이빨이 딱딱 맞부딪친다. 아버지의 눈빛 때문이다. 그래, 아이는 짐작하고 있다. 아버지의 크고 슬픈 눈빛은 방금 본 호랑이의 눈빛을 닮아 보인다. 위험이 닥치면 새끼를 먹어버린다는. 아이가 진짜 무서워하는 것은 앞으로 일어날 일이다. 아버지가 왜 갑자기 아이를 서울까지 데려와 창경원 구경을 시켜주는지, 그것을 어렴풋이 짐작하고 있다.

아버지는 아이를 데리고 가까운 식당으로 들어간다. 밥때가 아니어서인지 식당에는 사람이 하나도 없다. 주방 쪽에서 한 아주머니가 물컵을 두 개 들고 나온다. 아버지는 아이를 난롯가에 앉히고 아이의 손을 끌어다 난로 가까이 대어준다. 난로가 있다. 난로 위에서는 커다랗고 노란 주전자가 김을 내고 있다. 초겨울, 어쩌면 겨울방학 때인지도 모른다.

"따뜻한 걸 먹으면 나아질 거다."

아버지는 국밥을 하나 시킨다. 아이가 눈을 크게 뜨고 아버지를 바라본다.

"나는 괜찮다."

그러나 아이는 아버지가 국밥을 하나만 시키는 이유를 안다. 아버지는 돈이 없다. 외가에 간 어머니가 다시 초등학교 선생님이 되어 그 월급을 조금씩 보내주고 있지만 그 돈으로 부족하다. 아이는 아버지가 시계며 라디오, 아버지가 입던 양복, 그런 것들을 하나하나 들고 나가는 것을 보았다. 아버지가 그것을 시장에 내다 파는지, 아니면 그것과 쌀을 바꾸어 오는지는 알 수 없다. 그러나 아이는 제가 먹는 밥이 아버지의 시계와, 아버지의 양복과 바뀐 것이라는 거는 안다.

국밥이 오자 아버지는 아이에게 나무젓가락을 반으로 쪼개어 준다. 멀리 놓인 깍두기도 아이 앞으로 옮겨준다. 그리고 아버지는 물 컵의 물을 다 마신다. 아이는 목이 아프다. 목이 아프지만, 그래도 국밥을 몇 숟가락 떠 넣는다.

"호랑이는 말이다, 아까 봤지? 새끼 호랑이는 삼 년만 지나면 어른이 된단다. 혼자서도 사냥을 할 수 있고 어떤 동물과 맞붙어도 이길 수 있는 늠름한 밀림의 왕자가 되지."

아이는 아버지가 갑자기 그런 말을 하는 게 또 이상하다고 생각한다. 꽁치 굽는 법을 일러주실 때처럼, 알 수 없는 슬픔의 기미를 느낀다. 그전에 아버지가 말해주던 것과 많이 다르다. 아이는 밥이 넘어가지 않는다.

나중에 생각해보니, 그때 아버지는 아마 아이가 앞으로 혼자 살게 될 거라는 걸 예감하고 있었던 모양이다. 의식하든, 무의식중에

서든. 그래서 아이가 혼자 살아가게 될 때에 대비하여 그런 말들을
하셨는지도 모른다. 꽁치 굽는 법이라든가 혼자 독립해서 밀림의
왕자가 되는 호랑이 이야기를. 부모들은 자식들의 앞날에 대해 얼
마간 예지력을 가지고 있게 마련이다. 부모 말이 문서다. 그런 속담
이 공연히 생긴 것은 아닐 것이다.

생각해보면, 꽁치 굽는 법이나 밀림의 왕자가 되는 호랑이 얘기
말고도, 아버지가 해준 모든 얘기가 나중까지도 그 여자를 지배한
다. 지금까지도 인상적으로 기억하는 것이 몇 가지 있다.

아버지는 아이에게 장기 두는 법을 알려주었다. 장기를 둘 때 말
을 운용하는 방법에 관해서. 직선으로 된 길을 어디든 갈 수 있는
차(車)나, 무엇이든 타 넘을 대상만 있으면 아무리 멀리라도 갈 수
있는 포(包)도 소중하지만, 가장 중요한 것은 졸(卒)을 잘 이용하는
거라고 했다. 졸은 늘 한 칸씩밖에 이동할 수 없고 절대 뒤로 후퇴
할 수 없지만, 튼튼한 방어벽이 되고 다른 말들을 지원해주고 지켜
주는 중요한 기능을 한다. 포와 차를 하나씩 떼고 아버지와 장기를
둘 때, 아이는 아버지의 수를 읽어보기도 한다. 내가 이렇게 두면
아버지는 저렇게 둘 테고, 내가 다시 이렇게 막으면 아버지가 저렇
게 공격할 테고……. 그러나 아버지는 아이가 읽은 수대로 놓지 않
을 때가 더 많다. 미처 아버지의 수를 읽지 못했거나 혹은 아버지가
아이를 시험하기 위해 일부러 엉뚱한 말을 움직이곤 했는지도 모
른다. 어쩌면 아이에게 자신감을 심어주기 위해 일부러 져주었는지
도 모른다.

그 후로도 그 여자는 자주 그런 잡기들에 빠져든다. 중학교 때는

한동안 다이아몬드 게임에 밥을 거르고, 화투를 배우고 나서는 고스톱으로 밤을 새우기도 한다. 지금도 서너 시간씩 컴퓨터 게임에 매달리는 것은 보통이다. 다 아버지에게 배운 것이다. 아버지에게 장기나 오목을 배웠듯이, 그 여자가 나누어 가진 아버지의 피가 그런 일을 하게 한다. 그 대상에 흠뻑 빠져들어서.

각종 잡기나 컴퓨터 게임들에서 그 여자가 배운 것은 단 하나다. 그게 우리네 삶의 축소판이거나 이 세상을 상징적으로 압축해놓은 것이라는 점이다. 장기에서 말을 운용하는 방법이나 컴퓨터 게임의 주인공들이 적과 싸우고 난관을 헤쳐 나가는 과정들, 그것들이 곧 인간의 삶이라는 것이다. 아마 아버지는 아이에게 그런 것들을 가르쳐주고 싶었을 것이다. 혹은 어떤 대상에 완전히 몰입하는 집중력이나, 그것에 몰입할 때 세상이 마음 뒤편으로 물러나는 그 백지의 상태를 일러주고 싶었는지도 모르겠다. 모르겠다. 한 가지 확실한 것은, 아직도 그 여자가 테트리스나 헥사, 지뢰찾기 게임을 좋아한다는 점이다.

아버지가 가르쳐준 것 중 또 하나 인상적인 것은 현미경을 본 일이다. 아버지는 아이를 학교의 과학 실험실로 데려가 포르말린 속에 보관된 갖가지 동물을 보여준다. 유리병 속에 담긴 커다란 뱀, 알록달록한 왕개구리, 무엇인지 알 수 없는 빨간 생물들을 아이는 신기함과 두려움을 가지고 둘러본다. 그런 생물들이 한 벽을 가득 채우고 있다. 아버지는 그 액체 때문에 생물들이 썩지 않는다고 설명한다.

그 옆으로는 비커, 플라스크, 알코올램프 등 실험도구가 놓여있고 그 가운데 허리 굽은 노인의 모습을 한 물체가 있다. 그것이 현미경이다. 아버지는 얇은 직사각형 유리판에 수돗물을 한 방울 떨어뜨린 후, 그것을 현미경 아래쪽에 놓고 위쪽을 가리키며 들여다보라고 한다. 아이는 시선이 그렇게 낮은 곳으로, 그렇게 깊숙이 떨어져 내리는 경험을 처음 한다. 그냥 볼 때는 이십 센티도 안 되는 곳에 둔 유리판이, 렌즈를 통해서 보니 이십 미터는 되는 깊이에 있다. 그 깊은 밑바닥에는 투명한 동그라미, 막대기 모양들이 꼬물꼬물 움직이고 있다. 분명 아무것도 없는 수돗물이었는데…….

아버지는 아이가 눈을 대고 있는 동안 유리판을 갈아 끼우며 이건 피(지금 생각하면 그건 혈청 같았는데, 아이가 이해하기 쉽게 피라고 한 듯하다), 이건 나뭇잎(그것도 나뭇잎이 아니라 나뭇잎의 가장 바깥쪽 표피를 얇게 벗긴 것이다), 이건 사람의 살갗(그것은 비듬 같은, 살갗의 얇은 박편이었을 것이다) 등등을 일러준다. 렌즈를 통해 보는 피나 나뭇잎은 아이가 그전까지 알고 있던 그 물체들의 모습과 너무나 다르다. 시선이 아주 깊은 곳으로 내려갈 수도 있다는 사실, 그렇게 깊은 곳으로 내려가는 시선은 사물의 다른 면을 볼 수도 있다는 사실을 그때 막연히 깨달았을 것이다.

그 여자에게는 지금도 사물의 내면, 대상의 배면을 보려 하는 버릇이 있다. 현미경처럼 시선을 더 깊이 아래로 내려뜨릴 수는 없을까 안타까워한다. 땅 밑에 묻힌 해골들의 형상도 환히 본다는 어떤 지관처럼, 세상의 배면을 더 깊이 볼 수 있다면 싶다. 한 가지 대상을 붙잡고 너무 깊이 들여다보는 버릇은 좋지 않다. 그럼에도, 아직 그 여자에겐 그런 버릇이 남아 있다. 그 현미경을 본 이후.

또 하나 인상적으로 기억하는 일이 있다. 아버지는 라디오 뒤판을 열어놓고 그 안에 미로처럼 얽힌 전선이며 알록달록한 작은 쇠

붙이들을 이리저리 살피고 있다. 아이는 아버지 곁에서 숨을 죽이고 그것을 바라본다. 아버지는 납땜인두 끝에 납을 녹여 라디오 내부 어딘가에 갖다 댄다. 지지직 소리가 나며 연기가 피어오른다. 그러면 끊긴 부분이 서로 연결된다는 것이다. 라디오 뒤판을 다시 닫다가, 아버지는 문득 아이에게 납땜인두를 들어 보인다.

"이게 몇 센티쯤 되는 것 같니?"

아이는 느닷없는 질문에 당황한다. 아이는 초등학교 사 학년이고, 그때는 이미 이등변삼각형은 밑면을 제외한 두 면의 길이가 같다는 것을 배운 때다. 아이는 유심히 납땜인두를 바라본다.

"십 센티나 십일 센티쯤⋯⋯."

정확한 길이를 알 수 없어 애매하게 대답한다. 아버지는 곁에 있던 줄자를 풀어 길이를 재어본다. 십이 센티다. 아버지의 얼굴에 대견해하는 기색이 퍼진다. 그 끝에 아버지는 덧붙인다.

"네 손가락이 몇 센티인지 아니? 그걸 알고 있으면 어떤 물체를 잴 때 사용할 수 있지. 가운데 제일 긴 손가락과 새끼손가락, 그리고 뼘의 길이가 얼마인지 기억해두면 편리하다."

그때 아이의 가운뎃손가락 길이는 칠 센티, 한 뼘의 길이는 십오 센티였던 걸로 기억한다. 지금, 그 여자는 자를 들고 가운뎃손가락을 재어본다. 칠 센티다. 기억이 잘못되었는지, 손가락이 하나도 자라지 않았는지 알 수 없다. 뼘의 길이는 십칠 센티다.

아이는 국밥을 조금만 먹고 숟가락을 놓는다. 아버지도 배가 고플 것이다. 아이도 아버지도, 일찍 아침을 먹고 서울로 오는 버스를 탔다. 아이가 숟가락을 놓자 아버지는 얼굴이 굳는다. 아이는 아버지가 숟가락을 놓는 제 마음을 알고 그러는가 싶어 조금 당황한다.

"늘 그렇게 조금밖에 안 먹으니까 키가 안 크지."

아이는 자주 아버지께 밥을 조금밖에 안 먹는다고 걱정을 듣는다. 사실 아이는 무얼 많이 먹는 편이 아니다. 생선은 비린내가 나서 싫고 미역국은 입안에서 미끄덩거려 싫고 두부는 물컹물컹해서 싫다. 그중에서도 제일 싫은 건 변소 냄새가 나는 청국장이다. 그러나 그보다 더 싫은 건 어머니가 없는 밥상에서 밥을 먹는 일이다. 아버지가 차려주는 밥을 먹는 일이다. 원래도 무얼 많이 먹는 편이 아닌 아이는 어머니가 떠난 이후 밥을 더 못 먹는다.

"한 숟가락만 더 먹거라."

아이는 진짜 한 숟가락만 더 먹는다. 이번에는 아버지가 야단쳐도 상관없다고 속으로 고집을 부린다. 아버지는 아이가 남긴 국밥 그릇을 가져다 국밥을 먹기 시작한다.

아이는 다른 것이 먹고 싶다. 어렸을 때 외가 뒷산에서 따먹은 진달래나 아카시아 꽃잎, 혹은 감꽃 같은 것. 그리고 먹을 수 있다면 구름이나 바람 같은 것을 먹어보고 싶다. 고드름을 먹었듯이 비도 먹을 수 있을 것 같다.

아버지는 국밥 그릇을 깨끗이 비우고, 물컵의 물을 다 마시고, 그리고 자리에서 일어난다. 아이는 아버지를 따라 일어난다. 아버지와 아이는 앞쪽으로 쭉 뻗어 있는 돌담을 마저 걷는다.

그 돌담이 창경원이었을 텐데……. 그 여자는 지금도 창경궁 근처를 지날 때마다 돌담을 유심히 본다. 저기였을까. 아니면 저기였을까. 그러나 아이 적 기억 속에 있는 그런 돌담은 없다. 몹시도 위협적으로 높고, 색깔이 짙고, 파란 이끼마저 끼어 있었던 돌담. 그리고 돌담 중간쯤에 안으로 폭 들어간 국밥집이 있었는데, 그런 돌담은 없다. 기억이 무엇인가를 왜곡시킨 모양이다. 그러나 아직도 그 여자는 창경궁 근처를 지날 때면 돌담을 유심히 보는 버릇이 있다.

돌담이 끝나고 나자 시장이 있다. 아이는, 통 말이 없고 아무것도 설명해주지 않는 아버지를 따라 시장 안으로 들어간다. 시장 안은 훈훈하다. 좁은 길을 사이에 두고 양편으로 옷가게들만 가득하다. 아주머니들이 그득그득 쌓인 옷 위에 걸터앉아 큰 소리로 서로 이야기를 나누거나 웃거나 한다. 아주머니들 중 이따금 아이에게 말을 붙이는 사람이 있다. 참, 인형같이도 생겼구나. 몇 살이니? 그러나 아이는 대답하지 않는다. 아주머니도 곁에 있는 아버지의 얼굴을 한 번 본 후 더 묻지 않는다.

아버지는 한 옷가게 앞에 멈춘다. 아이들 옷을 파는 집이다. 아이는 기어이 목에 걸려 있던 돌멩이가 입으로 솟아오를 것 같다. 힘주어 입을 다무니까, 솟구치던 아픈 기운이 코로, 눈으로 나오려 한다. 아이는 아버지 몰래 깊은 숨을 들이쉰다.

옷집 아주머니는 아이에게 빨간 코트를 권한다. 앞쪽에는 황금빛 큰 단추가 두 줄로 나란히 붙어 있고, 허리는 빨간색 굵은 허리띠로 매게 되어 있다. 아이는 입고 있는 스웨터 위에 코트를 덧입는다. 팔이 약간 긴 듯하지만 길이는 무릎까지 알맞게 온다. 크레파스에 있는 빨간색처럼, 그렇게 온통 빨간색이다. 그렇게 예쁘고, 그렇게 어른스러운 옷은 처음이다. 그러나 새 옷을 입은 아이는 점점 더 긴장과 공포의 낯빛이 된다. 목이 뻐근하게 아프고 금방이라도 눈물을 떨굴 것 같다. 아이는 몇 차례 눈을 깜박여 밖으로 나오려는 눈물을 안으로 밀어 넣는다.

아이는 알고 있다. 창경원을 구경시켜주는 것도, 빨간 코트를 사주는 것도, 아버지가 아이에게 주는 마지막 선물이라는 것을. 헤어질 때 사람들은 어떤 물건인가를 상대방에게 준다. 어머니가 해준 이야기 속에는 거울을 나누어 갖는 부부가 있고, 엄마와 헤어지는 마르코는 엄마 얼굴이 담긴 목걸이를 받는다. 아버지는 아이에게 빨간 코트를 사준다.

아버지는 시장을 나와 버스를 탄다. 한낮의 버스에는 사람이 별로 없다. 아버지는 맨 뒷자리 창가에 아이를 앉히고 그 옆에 앉는다. 차가 달릴 때마다 아이의 몸이 흔들리고, 모퉁이를 돌 때면 몸이 오른쪽으로 왼쪽으로 많이 쏠린다. 아버지는 아이의 어깨를 잡아준다.

그러면서도, 끝내 아무것도 설명해주지 않는다. 아침 일찍 집에서 나올 때도, 서울행 버스를 탈 때도, 창경원의 동물들을 구경시켜줄 때도, 시장에 가서 빨간 코트를 사 입힐 때도, 아버지는 아무것도 말하지 않는다. 그러나 아이는 아버지가 말하지 않는 그것을 짐작하고 있다. 그것을 짐작하면서 버스 안에서 멀미를 한다.

속이 울렁거리고 눈앞이 빙빙 돈다. 방금 먹은 국밥이 올라오려고 요동을 친다. 안으로 안으로 밀어 넣은 울음도 터지려 한다. 아이는 이제 얼굴이 노래진다. 아버지는 아이의 얼굴을 걱정스럽게 내려다본다.

"조금만 참거라. 다 와 간다."

아이는 참으려고 애쓴다. 멀미를, 울음을, 두려움을, 아버지의 무표정한 얼굴을, 모든 것을 참으려 해본다. 무엇보다, 어디로 가고 있느냐는 물음을 참기 위해 애쓴다. 그러나 참지 못한다. 기어이 시내버스 바닥에 토하고 만다. 모든 것이 한꺼번에 솟아오른다. 먹은 걸 토하면서, 그동안 안으로 밀어 넣은 울음도 토한다. 오래 참았던 울음은 길목을 틔워줘도 시원하게 나오지 않는다. 아이는 입을 다문 채, 소리 죽이며 눈물만 떨군다. 아버지가 손수건으로 아이의 얼굴이며 눈가며 입가를 닦아준다.

아이는 또 알고 있다. 아버지는 강원도 교육위원회에 복직을 청구했다. 이번 겨울방학이 끝나 신학기가 되면 아버지는 다시 강릉으로 돌아가 교단에 서게 된다. 아버지는, 그때 아버지는 동생만 데리고 가려는 생각이다. 그리고 아이는 지금, 어딘지 모르는 곳으로 아버지와 함께 가고 있다. 아이는 아마 그곳에서 살게 될지도 모른다. 아버지와 떨어져서, 동생도 없이.

멀미와 울음 뒤끝에 아이는 탈진한다. 아버지의 무릎을 베고 누워, 아버지의 손이 볼을 쓰다듬는 것을 느끼며 잠이 든다. 아버지의 손은 어머니의 손보다 크고 딱딱하다.

금세기의 위대한 실존주의 작가 사르트르가 일찍이 〈구토〉라는 작품을 쓴 이후, 많은 사람이 그 말을 사용해왔다. 그들은 '구토'를 이 불합리한 세상에 대한 자신의 존재 증거로 삼는다. 이 세상의 불합리함과 비인간화에 대해 구역질을 하고, 구토할 수 있는 자만이 이 세상의 탁하고 어두운 흐름 속에서 깨어 있을 수 있다고 말한다. 그렇게 말하는 자들 중에 정말 구토의 고통에 대해 아는 자가 있을까. 속이 울렁거리고 머릿속이 빙빙 돌면서 눈앞의 사물들이 아득히 물러나는, 그런 고통을 직접 느껴본 사람이 있을까. 무엇보다 정말 실존의 문제와 직결하여 구토를 해본 사람이 있을까.

그 여자는 자주 멀미를 한다. 아주 어렸을 때, 어머니가 아이를 외가에 데려다 맡길 때도 낯선 사람의 양복 위에 오물을 쏟았다 한다. 초등학교 육 학년 때의 그 서울 나들이에서의 구토는, 아버지가 아이를 낯선 집에 데려다 맡기려 한다는 데서 오는 반응이다. 그 후로도 오래도록 그 여자는 멀미에 시달린다. 삶에 변화를 겪는 때마다, 긴장된 신경의 뒤끝에서 멀미를 한다.

대학입시를 보러 다시 서울에 올라왔을 때도, 대학을 졸업하고 교직에 발령받아 낯선 도시로 떠날 때도, 교직을 그만두고 다시 서울로 올라올 때도, 어김없이 구토를 한다. 대학입시를 보러 서울에 올라왔을 때는 시내버스를 타고 가다가 창을 열고 토한다. 마침 눈이 내려 오물이 눈 속에 가려질 수 있는 게 다행스럽다. 나중에 보니 그 여자가 토한 곳은 도심 한가운데, 종로 2가 YMCA 앞이다.

구토를 할 때마다 그 여자는 제가 먹은 것, 살기 위해 참아낸 모멸과 긴장된 신경이 한 줄로 풀려나가는 것을 느낀다. 같은 신경으로 연결된 눈물샘이 자극받아 이유 없이 눈물이 흐르고, 그러고 나면 몸도 마음도 편안해져 나른한 잠으로 빠져든다. 그 일련의 과정에 대해 아는 사람만이 구토에 대해 말할 수 있을 것이다. 구토는 실존에 대한 상징적 어휘거나 문학적 표현이 아니다. 구토는 생존에 대한 생물학적 반응이다.

잠을 깨니 아이는 아버지의 등에 업혀 큰 집들이 늘어서 있는 거리를 지나고 있다. 아이는 창피한 생각이 들어 내려달라고 한다. 아버지는 아이를 내려주고 그 앞에 쭈그려 앉아 손수건으로 아이의 얼굴을 꼼꼼히 닦아준다. 구겨진 옷도 단정하게 당겨 편다. 아이는 아버지의 머리 저편 하늘을 올려다본다. 하늘은 흐려서, 크레파스의 하늘색보다는 회색에 더 가깝다. 크레파스의 하늘색을 만든 사람은 무얼 잘못 안 것 같다. 하늘은 한 번도 크레파스에 있는 그 하늘색과 같은 날이 없다. 아이는 잠든 동안 잊고 있던 생각이 되살아나며 목이 아프기 시작한다. 그러나 입을 꼭 다물고 마른침만 몇 번 삼킨다.

큰 집이 있다. 그동안 아이가 본 집 중에서 가장 새 집이고 가장 큰 집이다. 아버지는 그 집 대문 곁에 달린 단추를 누르고 그제야 아이를 보며 말한다.

"여기는 도찬이 아저씨 댁이다. 예의 바르게 인사드려야 한다."

아이는 다시 마른침을 삼킨다. 이 집이구나. 아버지는 나를 이집에 데려다 두려고 하시는구나. 아이는, 뒷발로 땅을 파며 버티면서도 억지로 끌려가던 황소가 떠오른다. 두 발에 힘을 준다.

도찬이 아저씨에 대한 이야기는 어머니에게서 많이 들었다. 아버지의 육촌이라고 했고 아이에겐 칠촌이 된다고 했다. 도찬이 아저씨는 아주 훌륭한 사람이라고 어머니는 말했다. 법무부 차관이란다. 아이는 법무부가 무얼 하는 덴지, 차관이 어떤 일을 하는 사람인지 자세히 알지 못한다. 다만, 도찬이 아저씨에 대해 이야기할 때 자랑스러움이 가득 담기는 어머니의 표정으로 미루어, 훌륭한 사람일 거라고만 짐작하고 있다. 그러나 칠촌이라면 얼마나 먼가.

잠시 후 뚱뚱한 아주머니가 나와 문을 열어준다. 대문 안에는 그리 넓지 않은 화단이 있고, 그 뒤로 이층집이 있다. 만화책에서 보았던 외국의 집들 같다. 이 층에 있는 큰 유리창이 더욱 그렇게 보인다. 서너 개쯤 되는 계단을 올라가 현관으로 들어서니 넓은 마루가 있다. 아이와 아버지는 마루를 지나 또 그만큼 넓은 방으로 안내

된다. 한쪽 벽에 큰 병풍이 펼쳐져 있고, 병풍 앞에는 보료가 있고, 그 앞으로 앉은뱅이책상이 놓여 있다. 아이와 아버지는 앉은뱅이 책상 맞은편에 앉는다. 방석을 내어주며 뚱뚱한 아주머니는 "곧 오신답니다."라고 말한다. 아이는 이상하게 마음이 상한다. 이런 집에 들어와서, 이런 자리에 앉아서, 빈 보료를 바라보며 누군가를 기다린다는 일이 기분 나쁘다. 어쩌면 이 집에 맡겨져, 언제까지가 될지 모르지만, 이 집에서 살아야 한다는 생각은 더 기분 나쁘다. 그러나 아버지가 아직 아무 말이 없기 때문에 아이도 아무 말 하지 않는다. 만약, 만약 아버지가 그 이야기를 꺼낸다면, 아이는 결사적으로 떼를 쓰리라 다짐한다. 이 집이 마음에 들지 않는다고 말해야지. 아이는 마른침을 삼킨다. 아버지와 함께 강릉으로 돌아갈 거야.

도찬이 아저씨라는 분이 방에 들어오자 아버지는 자리에서 일어난다. 아이는 그냥 앉아서 아버지가 자리에서 일어나는 모습을 본다. 아저씨라고 하지만, 막상 뵈니 할아버지다. 머리가 희끗희끗하고 보료에 앉는 동작이 할아버지들처럼 느리다. 아이는 아버지가 시키는 대로 그분께 인사를 드린다. 집안 어른들의 안부가 오가고, 뚱뚱한 아주머니가 과일이며 과자가 담긴 접시를 내오고, 그러고 나자 도찬이 아저씨는 아이를 유심히 바라본다.

"얘가 정숙이구나. 과자 좀 먹거라."

아이는 그때까지도 과자에 손을 대지 않고 있다. 아이는 도찬이 아저씨가 제게 시선을 고정시키자 얼른 아버지를 돌아본다. 아버지는 아무 표정이 없다. 다만 과자 하나를 집어 아이에게 줄 뿐이다. 아이는 과자를 받아들고 그것을 가만히 내려다본다. 알록달록한 색깔이 태극무늬처럼 들어 있는 과자다.

"마침 집사람이 집을 비워서⋯⋯. 얘가 몇 학년이지?"

그분은 아버지를 보며 묻는다. 겉모습은 할아버지 같지만 목소리는 칼칼하다. 아이는 고개를 숙인 채 몸을 뒤튼다. 이 집도 싫은데 저 아저씨는 더 싫어. 아이는 떼를 쓸 때만 기다리고 있다. 그 이야기가 나오기만 하면⋯⋯.

그리고 무슨 말들이 있었는지 기억나지 않는다. 이내 저녁상이 나와서 저녁을 먹었고, 아이는 긴장과 식곤증으로 또다시 잠이 든다. 누군가 흔들어 깨워서 잠에서 깼을 때 아이는 아주 낯선 곳에 버려졌다는 공포에 휩쓸린다. 아버지는? 그사이 가버린 걸까? 그러나 이내 아버지의 웃음 띤 얼굴과 마주친다. 아버지가 웃고 있다. 그날 하루 종일 한 번도 보이지 않던 웃음을 보인다.

아버지는 웃는 얼굴로 아이에게 빨간 코트를 입혀주고, 그 집 어른께 인사를 하고, 그리고 그 집을 나온다. 아버지는 큰 걱정에서 벗어난 사람 같고, 아주 높은 산을 넘은 사람 같다. 아이도 아버지와 함께 산을 넘은 기분이다. 수원으로 돌아가는 차 안에서는 멀미를 하지 않는다. 아버지와 같이 살 수 있다는 것, 낯선 집에서 살지 않아도 된다는 것, 그것 때문에 아이는 멀미를 하지 않는다.

그 여자는 지금도 그때 아버지의 마음을 모른다. 왜 그 집에 아이를 맡기지 않고 그냥 데리고 나왔을까. 마음이 약해서 아이를 떼어놓지 못했을까. 아니면 그 어른이 거절했을까. 어떤 경우에도 자식은 부모 무릎 밑에서 키워야 한다고 아버지를 타일렀을까. 모르겠다. 그러나 그 여자는 지금도 생각한다. 차라리 그때 그 집에 맡기는 게 더 나았을 거라고. 그 집도 별로 마음에 들진 않았지만, 그래

도 그 후 아이를 아무 연고도 없는 집들을 이리저리 옮겨 다니면서
살게 하는 것보다는 그게 나았을 거라고.

4

"여기 버스정류장을 잘 봐둬라. 어딘지 기억할 수 있게."

버스에서 내리자 아버지는 사방을 둘러본다. 아이도 아버지처럼 사방을 둘러본다. 넓은 차도 옆으로 잡화점이 하나 있다. 매교상회. 아이는 그 간판을 외우며 동생을 본다. 동생은 상점 앞에 진열해둔 장난감들을 보고 있다.

"그리고 이쪽 골목으로 들어간다. 여기, 지물포하고 교회 담 사이. 알겠지?"

아이들은 고개를 끄덕인다. 낯선 길, 그러나 이제부터 매일 다녀야 하는 길. 아이는 아까부터 목에 돌멩이 같은 것이 걸려 있어 뻐근하게 아프다. 숨을 쉬기도 힘들다. 이십 미터쯤 되는 골목을 지나자 다시 차도가 나온다. 버스에서 내린 큰길보다는 좁지만 그래도 차들이 두 대는 지나다닐 수 있는 도로다.

"이 길을 건널 때는 반드시 좌우를 살피고 조심해야 한다."

"네."

동생이 대답한다. 아이는 대답하지 않는다. 어딘가, 가야 하는 목적지가 다가올수록 목에 걸려 있는 돌멩이가 자꾸 커진다. 막연히 염려했던 일, 아버지가 서울로 데리고 가 동물원을 구경시키고 빨간 코트를 사줄 때부터 막연히 염려했던 그 일이 이제 일어나고 있다. 바로 눈앞에. 아이는 가슴까지 뻑뻑하게 아파온다. 횡단보도를 건너자 바로 이어지는 골목으로 들어간다. 골목이라고는 해도 방금 건너온 도로만큼 넓은 길이다. 양편으로는 정원이 넓은 양옥들이 나란히 서 있다.

"이제 다 와 간다. 길을 잘 봐두거라. 먼 친척이어서 처음 보겠지만 좋은 분들이다. 어른들 말씀 잘 듣고."

아이는 말없이 아버지를 따라가며 그저 고개만 끄덕인다. 이미 한 번 그런 시도를 했던 아버지는 이제 그 서울 나들이 때처럼 말이 없고 무서운 얼굴이 아니다. 이미 한 번의 충격이 지나간 후이므로, 아이는 이제 그때처럼 공포에 질리지는 않는다. 눈앞에 아버지의 손이 있다. 바지 주머니 근처에 늘어뜨려진 채로 힘없이 흔들리고 있다. 흔들리는 모양만 그런 게 아니라 손의 모양도 힘이 없어 보인다. 주먹을 쥔 것도 아니고 손을 편 것도 아닌 둥그스름한 모양이다. 저 손을 잡고 싶다. 그런 생각을 하자 다시 가슴이 뻑뻑해진다. 저 손을 잡고, 친척 집에 가기 싫다고 아버지와 함께 가겠다고, 잡아끌고 싶다. 그러나 아이는 고개 숙이며 왼손에 들고 있던 책가방을 오른손으로 옮겨 든다. 제 발끝만 내려다보며 말없이 걷는다. 아버지에게 어리광을 부리거나 떼를 쓰지 않은 지가 벌써 반년이 넘고 있다.

"이 집이다."

아버지는 대문 옆 기둥에 붙어 있는 초인종을 누른다. 초인종 소리는 뻑뻑해진 가슴을 정으로 쪼듯 가르고 지나간다. 정말 아버지가 떠나는구나. 우리를 이 집에 맡기고 떠날 모양이구나. 조금 낡은 대문 안으로 넓은 마당이 보이고 한쪽에는 포도나무 같은 덩굴식물이 올라가고 있다. 그 밑으로 긴 의자가 두 개 놓여 있다. 아이는 책가방 손잡이만 만지작거린다. 동생도 옆에서 말이 없다.

"누구세요?"

안에서 신발 끌리는 소리가 들리고, 한 아주머니가 나타난다. 아주머니는 대문을 열고 아이들을 보며 활짝 웃는다.

"어서 들어오세요. 안 그래도 기다리고 있었어요."

젊고 예쁜 아주머니, 활짝 웃으며 반기는 아주머니를 보자 어머니가 생각난다. 이렇게 낯선 집으로 옮겨버려서, 어머니가 영영 우리를 찾지 못하면 어떡하지…….

대문 안으로 들어서는 순간, 그러나 아이는 모든 것을 포기한다. 친척집에 가기 싫다고, 아버지와 함께 강릉으로 돌아가겠다고, 그렇게 떼쓰고 싶은 마음마저 완전히 사라진다. 그건 아이의 힘으로는 어쩔 수 없는 어른들의 문제다.

안방에는 그 집의 온 가족이 모여 있다. 친척 아저씨와 그 집의 아이들 셋. 아이는 아버지와 동생과 함께 안방에 앉는다. 친척 아저씨는 웃음을 가득 담은 얼굴로 아이들을 살펴보고, 아주머니는 부엌으로 나가 금세 과일이 담긴 쟁반을 들고 온다.

"애들이 정숙이하고 정훈입니다. 인사하거라. 친척 아주머니와 아저씨다."

아이는 아버지가 시키는 대로 친척 어른들께 인사한다.

"그래, 참 예쁘게들 생겼구나. 정숙이는 육 학년이 된다고 했지? 그럼 현숙이가 언니겠다. 우리 현숙이는 이번에 중학교에 들어간다. 그리고 정훈이와 현석이는 서로 동갑이겠구나. 사 학년이면."

그 집의 아이들이 빙 둘러앉아 아이와 동생을 바라본다. 현숙이라는 언니는 손에 알파벳이 적힌 공책을 들고 있다. 아이는 속으로 화가 솟구친다. 번번이 엄마를 만나지 못하는 마르코를 누군가 놀리고 있다고 생각했을 때처럼, 누군가 자신을 놀리고 있는 것 같다. 화가 난다. 이게 뭐냐고.

"얘는 우리 막내, 현규. 이제 일곱 살이 된다. 형제처럼, 다들 사이 좋게 지내거라. 공부하다 모르는 거 있으면 서로 물어보기도 하고."

속으로는 화가 나지만, 누구를 향해 투정을 해야 하는지 알 수 없다. 아니, 투정할 대상이 없다는 것을 이미 알고 있다. 아이는 입을 다문 채 고개만 끄덕인다. 어른들은 이런저런 얘기를 나누고 아이들은 곁에서 과일을 집어 먹는다. 아이는 과일을 한 쪽도 먹지 않는다. 정숙이도 좀 먹으라고, 아주머니가 집어준 과일도 그냥 손에 들고만 있는다. 목이 아프고, 가슴이 아프고, 그리고 화가 난다. 이게 뭐냐고, 왜 이래야 하느냐고.

"얘들, 방으로 좀 데려다 주시죠. 방도 구경시켜주고."

"그게 좋겠군요. 정숙아, 정훈아, 따라오너라. 가방 들고."

아이는 천천히 일어난다. 동생도 말없이 몸을 일으킨다.

"너희들도 이제 그만 방으로 돌아가거라."

친척 아저씨가 그 집 아이들에게 말하는 소리를 들으며 방문을 나선다. 걸을 때마다 삐걱삐걱 소리 내는 마루를 지나자 방이 두 개 나온다. 아주머니는 그중 왼편에 있는 방문을 열고 아이와 동생을 먼저 들여보낸다. 아주 넓은 방이다. 창 밑으로 앉은뱅이책상이 두 개 놓여 있다. 물건이 없어 방이 더 넓어 보이는지도 모른다.

"이 책상 마음에 드니? 공부는 여기서 하고, 그리고 여기는 벽장이다."

아주머니는 책상을 가리킨 다음 그 옆쪽 벽에 달린 문을 연다. 안에는 두 칸으로 나누어진 붙박이장이 있다. 아래쪽에는 아이들이 사용하던 이불이 있고, 위쪽에는 옷가지들이 놓여 있다. 아버지가 미리 날라다 놓은 모양이다. 낯익은 물건, 그러나 낯선 곳에 옮겨져 있는 그 물건들은 흉물스럽고 초라해 보인다.

"그럼 여기 책상에다가 책가방 풀어놓고, 좀 쉬어라. 어른들은 또 어른들끼리 할 얘기가 있으니까."

아주머니가 방을 나가고도 아이는 방 한가운데에 가만히 서 있는다. 여기서 살아야 하는구나. 이 집에서. 어머니도 아버지도 없이 바로 이 방에서 살아야 하는구나. 아이도 말이 없고 동생도 말이 없다. 방 가운데 우두커니 서서 두 아이는 움직이지 않는다. 한참 만에 동생이 먼저 책가방을 들고 책상 앞으로 간다. 책가방을 열고 책들을 꺼내 책꽂이에 꽂기 시작한다. 아이는 책가방을 책상 옆에 내려놓고 아랫목으로 가서 앉는다. 벽에 등을 대고, 무릎을 세운 자세로.

다른 물건들은 다 어디 갔을까. 동화책들, 동물도감과 식물도감들, 가지고 놀았던 비커며 플라스크들, 그런 것들은 다 어디로 갔을까. 아버지마저 저렇게 홀가분한 차림으로 떠나면 집에 있던 캐비닛이며 어머니가 사용하던 그릇이며 이불들, 앨범 몇 권은 되는 가족사진들, 그런 것들은 다 어떻게 되는 걸까.

목이며 가슴이 점점 더 아파온다. 통증을 너무 오래 참아서일까, 온몸에서 힘이 모두 빠져나간 듯하다. 금방이라도 모로 몸을 눕히며 쓰러져 잠들 것 같다. 그러나 아이는 그 자세로 앉아 숨을 크게 들이쉰다. 이제 나는 다 컸어. 이제는 뭐든 혼자 할 수 있어.

아이는 고개를 들고 멀리 바라본다. 맞은편 벽에는 담요만큼 큰

천이 걸려 있다. 색깔이 다른 실들을 촘촘하게 엮어 수놓은 천이다. 두 마리 사슴이 서로 비스듬히 마주 보고 서서 뿔을 맞대고 있고 사슴들 뒤로는 머리에만 눈이 덮인 산이 있다. 아이는 산과 사슴을 오래 바라본다. 사슴은 또 다르다. 동물도감에서 본 사슴, 푸른 들판에서 뛰놀던 사슴은 힘차고 자유로워 보였다. 동물원에서 본 사슴, 더러운 우리에서 똥을 밟으며 서성이던 사슴은 불안정하고 병든 것처럼 보였다. 그런데 헝겊 위에 수놓인 사슴은 또 다르다. 하고 싶은 말을 참고 있는 것 같고, 슬픔을 참고 있는 것 같고, 오래 앓고 난 후처럼 힘이 없어 보인다. 저건 수놓은 그림일 뿐이야. 아이는 다시 크게 숨을 들이쉰다.

생각해보면, 아무리 아이라고 하지만, 그때 왜 그렇게 아버지의 마음을 헤아려볼 줄 몰랐는지. 아버지는 늘 든든하고 자랑스럽고 모든 걸 다 알고 있는 사람이라고 믿어서 그랬을까.

이제 그 여자는 혼자 짐을 꾸렸을 아버지의 심경을 짚어볼 수 있다. 처가로 보낼 아내의 짐과, 친척집에 맡겨야 하는 아이들의 짐, 그리고 낯선 곳으로 가야 하는 당신의 짐을 따로 꾸리고 있었을 그 스산한 마음을. 그동안 꿈꾸었을 모든 것을 버리고 지나온 길로 되돌아가기 위해 짐을 꾸리고 있었을 그 힘없는 손을. 그러면 아버지를 이해할 수밖에 없다.

"누나, 책가방 안 풀 거야?"

책상 정리를 마친 동생이 아이를 돌아본다.

"이따가."

"내가 해줄까?"

"아니."

동생은 아이를 바라보더니 무릎걸음으로 곁에 다가온다. 그러고
는 아이와 비슷한 자세로 앉는다. 아이가 말이 없어서일까, 동생도
더는 말을 걸지 않는다. 안방에서 어른들이 나누는 말소리가 두런
두런 들려오고, 그 사이로 옆방에서 친척네 아이들이 웃는 소리가
섞여든다. 두 아이는 벽에 나란히 기대앉아 말이 없다. 아버지가 방
문을 열고 들어올 때까지.

아버지는 벽에 나란히 기대앉은 아이들을 보자 언뜻 동작을 멈춘
다. 아주 잠깐. 그러나 이내 아이들에게 다가오며 심상한 표정을 짓
는다.

"방이 넓고 시원하지?"

아이도 동생도 대답하지 않는다. 방이 넓은 게 무슨 상관인가. 아
버지도 어머니도 없이 살아야 하는데…… 아버지는 두 아이 앞에
와서 앉는다. 아버지 얼굴을 정면에서 가까이 보니, 얼굴에 수염이
많이 자라 있다. 수염 때문에 아버지는 아픈 사람처럼 보인다. 아버
지도 아플까. 목이, 가슴이 나처럼 아플까. 아이는 고개를 숙인다.

"정숙아, 정훈아."

동생이 옆에서 네, 대답하는 소리가 들리지만 아이는 고개를 들
지 않는다. 아니, 몸이 더 아래로 가라앉아 아예 땅속으로 들어가
버렸으면 싶다.

"아버지가 말했지. 우선 당분간만 여기서 지내는 거라고. 가서 자
리 잡는 대로 곧 데려가마."

아이는 입술을 깨문다. 가서 함께 자리를 잡으면 되지 않느냐고.
그러나 말하지 않는다. 몸 전체에 돌멩이가 가득 들어찬 느낌이다.
손이, 발이 끝에서부터 차갑고 딱딱하게 굳어지고 있다. 아버지가

손을 잡아주었으면, 그러면 괜찮을 텐데……. 그러나 아버지는 아이의 손을 잡아주지 않는다.

"아주머니 아저씨 말씀 잘 들거라. 부모라 생각하고, 뭐든 필요한 게 있으면 서슴지 말고 말씀드리고. 알겠지?"

이번에도 동생만 대답한다.

"정숙아, 너도 알았지?"

아버지는 아이에게서도 꼭 대답을 듣고 싶은 모양이다. 아이는 고개만 끄덕인다. 목이, 가슴이 녹슨 쇠붙이처럼 잘 움직여지지 않는다.

"절대 기죽지 말고, 뭐든 갖고 싶은 게 있거나, 하고 싶은 일이 있으면 아주머니께 말씀드려. 아버지가 말해두었으니까 원하는 건 뭐든지 할 수 있어. 알았지?"

아이는 다시 고개를 끄덕인다. 아버지는 양손으로 아이들의 머리를 한 번씩 쓰다듬고 몸을 일으킨다.

"그래, 아버지는 이제 가봐야겠다."

아버지가 마루에 서서 큰 소리로 가겠다고 말하자 안방에서 아주머니와 아저씨가 나온다.

"저녁 드시고 가시래도요."

"아닙니다. 밤차로 내려가 봐야 합니다. 내일 교육위원회에 들러야 하거든요."

아버지가 먼저 마당으로 내려서고, 아주머니와 아저씨가 나가고, 아이는 동생보다 더 뒤에서 마당으로 나간다. 몸이 녹슨 쇠붙이처럼 뻑뻑하다. 아버지는 이미 대문간에 서 있다. 수염이 까맣게 자란 얼굴이, 멀리서 보니 더 아픈 사람처럼 보인다.

"그만 가보겠습니다."

아버지는 아주머니와 아저씨께 인사한 후, 뒤에 서 있는 두 아이를 다시 한 번 바라본다. 그러고는 돌아서서 걷는다. 더는 머리를 쓰다듬어 주지도 않고 손을 잡아주지도 않는다. 예전처럼, 아이를 안고 수염이 까끌까끌한 턱으로 볼을 비벼주지 않은 지는 이미 오래되었다.

아이는 아버지에게 이끌리듯 대문간으로 걸어간다. 대문간에 서서 그 길이 끝날 때까지, 멀어지는 아버지의 뒷모습을 바라본다. "절대 기죽지 말고, 원하는 건 뭐든지 할 수 있어." 아버지의 등이 그렇게 말하고 있다. 절대로 타인에게 굽힐 줄 모르는 자존심을 가지고 있는 아버지의 등이.

아버지는 골목이 끝나 오른쪽으로 꺾어질 때, 고개를 돌려 뒤를 돌아본다. 아이는 얼른 손을 든다. 그동안 아무 동작도, 아무 말도 하지 않던 아이는 멀리서 바라보는 아버지에게 거의 반사적으로 손을 들어 보인다. 동생도 크게 손을 흔든다. 멀리서, 아버지가 고개를 끄덕인다. 그러고는 골목이 꺾이는 곳을 돌아 사라진다.

그 여자는 아직도 그렇게 생각한다. 모든 골목이 꺾이는 곳은 기대와 상실의 지점이라고. 뒤에 남겨져, 골목의 에움길을 돌아 사라지는 아버지를 배웅하거나, 떠난 어머니가 길모퉁이를 돌아 나타나기를 기다리면서 어린 시절을 보내지 않은 사람은 그 말을 이해하지 못할 거라고. 그 말 속에 담긴 참된 상실감을 알지 못할 거라고.

아이는 어김없이 그날 저녁을 먹지 못한다. 목 안에 여전히 딱딱한 돌멩이 같은 것이 막혀 있어 밥을 넘길 수가 없다. 울면 될 텐데,

울면 돌멩이가 토해져 나올 텐데……. 그러나 아이는 입술을 깨문다. 울지 않아. 이제 울어서는 안 돼.

아이는 다시 벽에 기대앉아 맞은편 벽에 걸린 태피스트리를 바라본다. 사슴은 아직도 뿔을 맞대고 슬프고 힘없는 모습을 하고 있다.

"자리 잡으면 데려가마……."

아이는 아버지의 말을 떠올려본다. 왜 함께 가서 자리 잡으면 안 되는가. 함께 하면 더 쉬울 텐데.

그러나 그때 아이는 알지 못한다. 아버지가 두 아이를 돌보며 출퇴근할 수는 없다는 것을. 자리 잡으면……. 그 말이 얼마나 큰 막막함과 상실감인가를 그 여자는 나중에야 깨닫는다. 무수히 많은 집을 옮겨 다니며, 낯선 곳에 가서 방을 얻고 낯선 바람에 몸을 길들이는 일이 얼마나 처연한 쓸쓸함인가를 직접 체험한 다음에야 알게 된다. 그 말을 하시던 아버지의 마음도.

동생과 아이는 서로 말이 없다. 동생은 현숙이 언니가 가져다준 어린이 잡지를 보고 있고, 아이는 여전히 꼼짝 않고 앉아 있다. 친척 아주머니가 들어와 잠자리를 봐준다. 이불을 펴고 아이들을 누인 후 머리를 쓰다듬는다.

"그만들 자거라. 피곤하겠다."

아주머니는 방을 나가며 불을 끈다. 아이는 동생과 함께 어둠 속에 누워 양손을 가슴에 얹는다. 어머니는 잠자리에 누울 때마다 그렇게 하라고 했다.

"가슴에 손을 얹고, 오늘 한 일을 돌아보거라. 혹시 잘못한 일은 없는지, 해야 하는데 빠뜨린 일은 없는지."

이제 그런 말을 하는 어머니는 없지만 아이는 잠자리에 누울 때마다 두 손을 가슴에 얹는 게 버릇이 되었다.

"잘못했다고 생각하는 일은 내일부터 다시는 그러지 말고, 오늘 못한 일은 내일 안으로 꼭 하거라."

아이는 어둠 속에서 들려오는 어머니의 목소리를 들으며 하루를 돌아본다. 크게 잘못한 일은 없다. 한 가지, 책가방을 풀지 않은 것은 걸린다. 내일 아침 일찍 책상 정리를 해야지. 아이는 어둠 속에서 생각한다.

그랬다. 어머니는 늘 잠자리에서 가슴에 손을 얹고 그날 일을 돌아보게 했다. 지금 생각하면, 그건 아이에게 자기 성찰의 방법을 익히는 훈련이 되었던 것 같다. 어머니는 아이가 반성한 내용이나 빠뜨린 일에 대해 묻지 않는다. 마치 타인의 일기장을 들춰보지 않는 것처럼. 어머니는 또 큰소리로 야단을 친 적이 없다. 혼자 판단하여 혼자 반성하게 할 뿐이다.

어머니께 야단맞은 일이 있다. 아이가 강릉에서 수원으로 전학 오게 되었을 때, 아이는 캐비닛을 열고 어머니의 오버 주머니에서 돈을 꺼낸다. 그건 아버지가 아이에게 준 용돈을 어머니가 맡아 가지고 있는 것이다. 어머니가 집에 없어, 아이는 그냥 돈을 들고 나온다. 돌아와서 말씀드리면 될 것이라고.

아이는 그 돈으로 헤어질 친구들과 군것질을 하고 학용품을 사준다. 아이가 그 친구들에게 학용품을 사주었던 것은 그들이 고아원에서 살기 때문이다.

어머니는 늘 어려운 친구를 도와주라고 말했다. 아이는 고아원 아이들과 친하게 지내고, 무엇이든 그 아이들에게 주고 싶어 한다. 그러나 아이가 너무 늦게 돌아온 모양이다. 아이가 어머니께 돈 꺼내 간 사실을 말하기 전에 어머니가 먼저 아이를 부른다.

"이리 앉거라."

아이는 어머니가 벌써 그 사실을 알았다는 걸 안다. 그래서 조금 당황한다. 나쁜 뜻은 아니었는데……. 어머니는 말없이 아이의 눈을 바라본다. 어머니의 눈빛이 강하다. 아이는 그만 고개를 숙인다.

"네가 무얼 잘못했는지 알지?"

아이는 별로 잘못했다는 생각이 들지 않는다. 아버지가 저에게 준 돈이고, 엄마가 맡아 가지고 있는 것뿐이고, 엄마가 없어서 그냥 꺼내 갔을 뿐인데.

"어디다 썼니?"

"친구들이랑 뭐 사먹고…… 공책도 사고…….."

어머니는 잠시 말씀이 없으시다. 아이는 고개를 들어 어머니를 바라본다. 어머니의 눈빛이 조금 눅어졌다.

"그래도 잘못한 게 있다는 건 알지?"

아이는 생각해본다. 그래도 잘못한 거……. 아마, 어머니께 말씀 드리지 않고 어머니 옷 주머니에 손을 넣어 돈을 꺼낸 것을 말하는 것 같다. 아이는 고개를 끄덕인다.

"다음부터는 그러지 마라. 엄마한테 말하고 집에서 같이 저녁 먹었으면 좋잖아."

아, 아이는 또 하나 잘못한 것을 찾아낸다. 엄마한테 말했으면 집으로 초대할 수 있었는데…….

어머니는 아이를 야단친 적이 없다. 늘 혼자 판단해서 혼자 반성하고 다음부터는 그러지 않겠다는 다짐을 하게 할 뿐이다. 때로는 그런 가르침이 버거울 때가 있다. 한 친구를 마음속으로 미워한

날 저녁, 어머니가 오성과 한음의 이야기를 해주며 우정의 소중함에 대해 말하면 아이는 어둠 속에 누워서도 얼굴이 붉어진다. 친구와 함께 다른 친구의 흉을 보고 온 저녁에 "말하기 좋다 하고 남의 말을 말을 것이……." 그런 시조를 들려주면 누워 있는데도 가슴이 철렁 내려앉는다. 어머니는 모든 걸 다 아시는구나. 그런 일이 있고 나면 다시는 같은 잘못을 되풀이하지 못한다. 절대로.

어둠 속에 누워 있는 아이는 금방이라도 어머니의 목소리가 들려올 것 같다. 반성하는 시간이 끝나면 어머니는 늘 이야기를 한 가지씩 해주었다. 어머니는 밤마다 아이와 동생을 양팔에 하나씩 뉘고 이야기를 들려주었다. 두레박을 타고 내려오는 선녀며, 황금 보기를 돌같이 한 최영 장군이며, 어둠 속에서 어머니는 떡을 썰고 아들은 글을 쓰는 한석봉의 이야기며, 계곡을 막아 적군을 물리친 살수대첩의 을지문덕 장군이며. 그런 때 아이와 동생은 서로 어머니의 고개를 제 쪽으로 끌어당기곤 했다.

"엄마, 나 보고 얘기해."

어머니는 동생 쪽을 한번 봤다가, 아이 쪽을 한번 봤다가, 고개를 돌려가며 이야기한다.

아이는 그 이야기들 속에서 배우는 게 많았다. 어머니는 뭐든지 이야기해주었으니까 그 이야기 속에 답이 있을지도 몰라. 이렇게 슬플 때는 어떻게 해야 하는지. 아이는 생각해본다. 이렇게 슬플 때, 이렇게 아무 준비도 없이 혼자 있을 때는 어떻게 해야 하는지. 그런 시조가 있을까. 아이는 어머니가 들려준 시조를 속으로 하나하나 읊어본다.

"까마귀 노는 곳에 백로야 가지 마라, 성난 까마귀 흰빛을 세우나니, 청파에 고이 씻은 몸 더럽힐까 하노라." 그건 아닌 것 같다. "마을 사람들아 옳은 일 하자스라, 사람이 되어 나서 옳지 곧 못하면, 마소 고깔 씌워 밥 먹이나 다르랴." 그것도 아니다. "말하기 좋다 하고 남의 말을 말을 것이, 남의 말 내 하면 남도 내 말 하는 것이, 말로써 말이 많으니 말 말을까 하노라." 아이는 고개를 젓는다. "이고 진 저 늙은이 짐 벗어 나를 주오, 나는 젊었으니 돌인들 무거우랴, 늙기도 설워라커늘 짐을조차 지실까." 그것도 아니다.

아이는 초조해진다. 없는 것 같아. 어머니는 이런 때, 이렇게 혼자 남겨질 때 어떻게 해야 하는지는 알려주지 않았어. 그러고는 어느 날 학교에서 돌아오니 외가에 가버렸어. 아무 말도 없이. 그 후로 어머니는 한 번도 우리를 보러 오지 않았어. 아이는 거의 울음을 참을 수 없을 지경이 된다. 목이, 가슴이, 머리가 아주 많이 아프다. 울음을 참으면 왜 몸이 아픈지. 어머니가 있다면 그것도 대답해줄 수 있을 텐데.

그러다가 아이는 하나 생각해낸다. "내 죽음을 적에게 알리지 마라." 그렇게 말했다던 이순신 장군. "한산 섬 달 밝은 밤에 수루에 홀로 앉아, 긴 칼 옆에 차고 깊은 시름 하는 차에, 어디선가 일성호가는 남의 애를 끊나니." 아이는 그 시조를 다시 한 번 생각해본다. 이순신 장군은 달 밝은 밤에 혼자 앉아 있다. 긴 칼을 옆에 차고. 이순신 장군은 슬펐을까. 아이는 애가 끊어진다는 말이 무슨 뜻인지 안다. "애가 뭐야?" "애는 창자란다. 창자가 끊어질 만큼 슬프다는 뜻이지." 대답해주는 어머니의 목소리도 울림이 많아 슬프게 들렸다. 그래, 이순신 장군은 혼자서 슬퍼하고 있었다. 그림책에서 보았던 무서운 거북선을 만든 어른도 이따금 슬플 때가 있는 모양이다.

누구나 슬플 때가 있을 것이다.

그런 생각을 하고 나자 마음이 조금 편안해진다. 혼자 슬퍼하는 어른의 이야기가 또 하나 생각난다.

신사임당이다. "강릉에서 서울로 시집가서 살면서 강릉을 그리워했단다. 그래서 이런 시를 지었지." 오죽헌에 다녀온 날 밤, 어머니는 그런 얘기와 함께 시를 들려주었다. 아이는 다른 시조보다 조금 더 긴 그 시를 속으로 외어본다.

산이 덮인 내 고향은 천리련만은
자나 깨나 꿈속에도 돌아가고파
일송정 가에는 외로이 뜬 달
경포대 위에는 한 줄기 바람
갈매기는 모래 위로 흩어졌다 모이고
고깃배는 바다 위를 오고가련만
언제나 강릉 길 다시 밟아 가
색동옷 입고 앉아 바느질할꼬.

그 시를 외다 보니 기어이 눈물이 난다. 강릉 친구들이 보고 싶다. 탱자나무 울타리를 친 집도, 운동장에 눈이 많이 쌓여 개학하고도 교문 앞에서 되돌아와야 했던 학교도, 어른들이 길 양옆으로 치워둔 눈이 아이의 키를 넘던 신작로도. 이제는 강릉 친구들도 다 잊어버렸다. 너희들이 보고 싶어, 거기 가고 싶어. 그런 편지도 보내지 않는다. 아버지는 왜 함께 그곳에 가서 자리를 잡으면 안 되었을까. 그런 생각이 들자 더 슬퍼진다. 아이는 입을 꼭 다물고 울음을 참는다.

그래, 어른들도 가끔씩 슬픈 모양이다. 어른들은 슬플 때 시조를 짓는 모양이다. 그러나 아이는 아직 시조를 지을 줄 모른다. 시조를 지을 줄 안다면, 아이는 막연히 그런 생각을 한다.

그 여자는 그때, 그렇게 슬플 때는 그냥 울어버리면 된다는 사실을 몰랐다는 게 아주 이상하다. 왜 그 조그만 아이는 울지 않아야 한다고 스스로 다짐했을까. 슬플 때 울음을 참는 게 가장 나쁘다고, 슬플 때는 울어야 한다고, 누군가 한 번만 가르쳐주었으면 좋았을 것이다. 울음을 참으며 온몸이 아픈 신열에 시달리지 않아도 되었을 것이다. 그러나 울음을 참는 행위야말로 예술의 출발이다, 라는 명제를 생각해보면, 아마 그때부터, 목이며 가슴이 아프도록 울음을 참았던 그 시절부터 제 삶의 미래를 짐작하고 있지 않았나 싶다.

생각해보면, 아버지는 아이들에게 자존심과 자신감을 길러주는 교육을 했던 것 같다. 원하는 것은 무엇이든 가질 수 있도록 했고, 끊임없이 무엇인가 가르치려 했고, 아이들을 칭찬하고 같이 놀아주는 교육을 했다. 그 시절에 두발자전거나 스케이트는 흔한 게 아니다. 심지어 빨간 책가방이나 플라스틱 필통조차. 그 여자 또래 중에 아버지로부터 장기를 배웠다는 친구는 없다.

어머니는 아이에게 도덕과 정의를 가르치고 감수성을 계발시키는 교육을 했던 것 같다. 무수히 많은 시조를 외어주고 무수히 많은 이야기를 들려주며 늘 교훈적인 결말을 이끌어낸다. 지금 그 여자가 알고 있는 시조의 반은 열두 살 이전에, 어머니에게서 배운 것이다. 아이는 어머니의 이야기 속에서 상상의 세계를 경험하고 어떻게 사는 것이 올바른 것인가를 터득한다. 어머니의 이야기를 들을 때마다 머릿속의 공간이 점점 넓어지는 것을 느낀다. 아주 딴 세상,

여우와 두루미가 사는 세상, 개미와 베짱이가 사는 세상, 어둠 속에서 어머니는 떡을 썰고 아들은 붓글씨를 쓰는 세상으로 들어간다. 그 세상에서 어머니가 해준 얘기보다 더 많은 것을 보고 느낀다.

그 여자의 부모도 알지 못했을 것이다. 당신들의 삶이 그토록 순식간에 회오리바람에 날려 곤두박질치게 될 줄은. 그리하여 자식들을 낯선 도시에 남겨두고 따로 떨어져 저마다 다른 삶을 다시 시작하게 될 줄은 몰랐을 것이다. 알았더라면, 아이를 그토록 자존심이 강하고 감수성이 예민한 아이로 키우지 않았을 것이다. 원하는 건 뭐든 들어주고, 흠뻑 사랑을 베풀던 아버지는 아이를 자의식이 강한 아이로 만들었다. 동화책을 읽어주고 시조를 외어주던 어머니는 아이의 감수성을 예리하게 벼려놓았다. 그래서는 안 되었다. 그 후로, 끊임없이 척락의 길을 걷게 되는 아이가, 바로 그 자존심과 감수성 때문에 무수히 고통받게 될 줄 알았더라면, 부모는 결코 아이를 그렇게 키우지 않았을 것이다. 그렇게 키워서는 안 되었다고 생각한다.

먼저 어머니가 떠나고, 다음으로 아버지가 떠나고 친척집에 남겨지게 되는 아이는 그날 밤, 오래도록 어둠 속에 누워 어머니와 아버지를 생각한다. 목이 아프면서, 가슴이 아프면서, 힘들게 울음을 참으면서. 그러나 그것은 아직 시작이다. 그 여자가 그 후로 무수히 많은 하숙집과 자취방을 혼자 옮겨 다니게 되는 첫 발걸음이고, 그 후로 거듭 겪게 되는 상실의 가장 첫 경험이다. 끊임없이 더 낮은 곳으로, 더 험한 진흙구덩이로 떨어져 내리는 척락에 대한 가벼운 서주일 뿐이다.

그 여자는 가끔 사람들로부터 질문을 받는다. "혼자 살면 외롭지 않으세요?" 혹은 다른 이야기도 듣는다. "지독해. 어떻게 두세 달씩 집 안에 틀어박혀 있을 수 있지?" 그때마다 그 여자는 답답하다. 그들이 말하는 외로움이나 지독함이 무얼 뜻하는지 알 수 없어 답답하고, 그렇지 않다고 아무리 해명해도 그들에게 이해되지 못하는 게 또 답답하다.

열두 살 이후, 그 여자는 늘 그렇게 살아왔다. 혼자서. 더러는 동생과 함께 산 때도 있었지만 더 많은 날을 혼자 살아왔다. 온종일 벽에 기대앉아 맞은편 벽에 걸린 태피스트리를 올려다보며 지내기도 하고, 햇빛 아래 가만히 앉아 대여섯 시간을 보내기도 한다. 늘 혼자서. 방학 때면 며칠이고 책만 읽기도 하고, 때로는 복사뼈가 헐어 고름이 나도록 혼자 스케이트를 타러 다닌다.

지금도 그 여자는 외롭다는 게 어떤 감정인지 잘 알지 못한다. 머리 위의 해가 서산을 넘어갈 때까지 혼자 창가에 앉아 있는 것, 하루 두 끼를 꼬박꼬박 혼자서 먹는 일, 매일 밤 혼자 잠자리에 들면서 거실과 화장실에 일부러 불을 켜두는 것, 그런 게 외로움인가. 적어도 그 여자에게 그건 외로움이 아니다. 그건 그저 일상일 뿐이다. 열두 살 때부터 지속해온, 그 여자의 당연한 일상이다.

마찬가지로 방 안에 틀어박혀 며칠이고 책만 읽는 게, 일이 있어 두세 달쯤 외출하지 않는 게 왜 지독함인지도 알지 못한다. 어떤 이들은 집 안에 있는 일이, 힘겹게 자신과 싸우는 일이기도 한 모양이지만, 그 여자는 전혀 그렇지 않다. 집에 혼자 있는 일에 익숙하고, 그런 때가 가장 마음 편하다. 그건 자연스러운 일상이다. 열두 살 때부터 지속해온, 그 여자의 당연한 일상이다.

무리를 짓지 않고 늘 혼자 다니는 습성을 가진 호랑이에게 물어
보라. 외롭지 않느냐고. 몇 날이고 횃대에 앉아 알을 품고 있는 암
탉에게 물어보라. 답답하지 않느냐고. 그 여자 대신 호랑이와 암탉
이 대답해줄 것이다.

<u>5</u>

아이는 젓가락으로 밥알을 하나하나 집어본다. 아무래도 밥이 먹히지 않는다. 어머니와 아버지가 차려주시던 밥하고 다르지 않다. 그러나 아이는 늘 밥을 먹는 숟가락질이 더디다.

"정숙아, 밥을 푹푹 먹어야지. 그래야 키도 크고……."

친척 아주머니는 멸치볶음을 집어 아이의 밥 위에 놓아준다. 아이는 멸치볶음이 너무 딱딱해서 싫다.

"그래, 많이 먹으렴, 현숙이 언니처럼."

친척 아저씨도 거든다. 현숙이 언니는 더 씩씩하게 숟가락질한다. 일요일 점심이다. 그러나 아이는 대답만 할 뿐, 여전히 숟가락질이 느리다. 친척 아주머니와 아저씨는 자상하고 다정하다. 아이 남매를 자식들과 똑같이 대해준다. 용돈도 똑같이 주고 도시락도 똑같이 싸고 학용품이나 옷도 똑같이 사준다. 어떤 때는 현숙이 언니에게 하는 것보다 더 마음을 써주고, 필요한 것을 말하면 언제든지 들어준다.

아이는 숨을 크게 들이쉬고 밥을 먹는다. 시금치나물을 한 점 집어 먹는다. 시금치나물은 어쩐지 속는 것 같은 맛을 준다. 푸른색 나물은 시원하고 상쾌하게 씹는 느낌이 올 줄 알았는데 뜻밖에도 물컹하다.

"이상하시다. 니들 아버지가……."

아이는 입안에 든 시금치나물을 뱉고 싶다. 그 물컹한 음식을 삼키면 금세 도로 토할 것 같다. 이상하다. 아버지는. 아이도 그 생각을 하고 있다. 아버지는 지난 여름방학에 다녀간 후 석 달이 넘도록 소식이 없다. 어디 아프신 걸까.

아버지는 지난 여름방학 때 와서는 두 남매를 동해로 데려갔다. 아이는 동생과 함께 새로 산 수영복을 입고 해당화가 자라는 바닷가에서 해수욕을 했다. 파도가 아이의 키보다 더 높게 밀려오는 바다를 바라보며 아버지가 까주는 노란 성게를 먹었다. 물론 아이는 그 물컹하고 비릿한 것을 잘 먹지 못했고 그래서 또 아버지에게 무얼 잘 먹지 않는다고 걱정을 들었다. 아버지는 아이들을 다시 수원으로 데려다 주고 떠났다. 아직도 자리를 잡지 못한 걸까, 아버지는 언제 데리고 가겠다는 말은 없었다. 정말 그런 일이 있었는가. 다시 생각해도 긴 꿈을 꾼 것 같다.

"석 달째 소식이 없구나, 하숙비도 안 오고."

아, 아이는 아주머니의 말을 듣는 순간, 머릿속이 뺑뺑이처럼 핑그르르 돈다. 순간적으로 어지럼증이 몰려오며 머릿속의 생각들이 헝클어진다. 아저씨가 "애들 듣는데……." 하면서 아주머니에게 힐난의 눈길을 보내는 모습도 빙글 돈다. 아이는 동생을 바라본다. 동생도 숟가락질이 느려진다. 그래서는 안 된다고 생각하면서도 아이는 뭇국을 뒤적이던 숟가락을 놓고 만다.

"왜, 더 먹지 않고?"

그러나 아이는 말없이 밥상에서 물러난다. 동생이 아이를 올려다본다. 큰 눈, 커서 공연히 슬퍼 보이는 눈으로. 동생이 그런 눈으로 바라보면 아이는 이상하게도 슬퍼진다.

"쟤가 영 입맛을 못 찾네. 어린것이……."

등 뒤로 방문을 닫아 아주머니의 말을 자르며 아이는 안방을 나온다. 복도 끝에 있는 화장실에 들러 시금치나물을 뱉어내고 제 방으로 들어간다. 벽에 등을 기대앉아 맞은편 벽에 걸린 사슴 그림을 올려다본다. 사슴은 배가 고파 보인다.

하숙비도 안 오고……. 아이는 그 말을 오래 생각한다. 친척이 아니었어. 친척이기 때문에 우리를 돌본 게 아니라 아버지가 보내는 하숙비 때문에 우리를 양육해준 거였어. 돈을 받고 우리를 길러주는 남이었어. 아이는 또 목에 돌멩이가 걸린다. 입을 다물고 안에서 솟구치는 울음을 참으니 금세 가슴이며 머리까지 아파온다. 친척이 아니라 남이었어…….

에밀 아자르의 소설에 《자기 앞의 생》이라는 것이 있다. 그 소설은 유대인 창녀에게 양육되는 아랍인 소년 모모가, 자신이 하숙비로 보살펴지고 있었다는 사실을 깨닫고 충격받는 장면으로 시작된다. 모모는 유대 여자에게 마구 화를 내다가 아래층 찻집에 앉아 있는 늙은 랍비를 찾아간다. 그리고 묻는다. "할아버지, 인간은 사랑 없이도 살 수 있어요?" 늙은 랍비는 모모의 눈을 바라보다가, 부끄러운 듯 고개를 숙이며 대답한다. "그렇단다." 모모는 테이블에 고개를 박고 운다. 그 여자는 《자기 앞의 생》을 읽을 때, 오래전에, 숟가락을 놓고 일어나던 열두 살짜리 아이를 떠올린다. 잊고 있던 그 날의 감정도 고스란히 되살아난다. 인간은 사랑 없이도 살 수 있는가. 어머니도 없고 아버지도 없이, 낯선 도시의 친척집에 맡겨진 후에도 친척 아주머니의 사랑을 믿었던 아이. 그러나 그들이 남이라는 것을 깨달으며, 막연한 두려움과 슬픔을 느꼈던 아이. 앞으로도, 더 많은 날을 사랑 없이 살아야 할지도 모른다는 사실을 두려워했던 아이.

에밀 아자르는, 아니 모모는, 그 나이에 어떻게 사랑 없이 사는 일의 가파름에 대해 알았을까. 그때 모모는 열여섯 살이다. 열여섯이면 알 만하겠다. 그 아이도 이듬해, 열세 살에 사랑이라는 걸 알았으니까.

밥을 다 먹은 동생이 방으로 들어온다. 동생은 여전히 씩씩하고 공부도 잘하지만 예전하고 다르다. 방 안에 있으려 하지 않고, 늘 밖으로 나가 논다. 저녁을 먹은 후에도 동생은 어두워질 때까지 골목에서 논다. 친구들이 모두 집으로 돌아간 다음, 가장 나중에야 골목을 떠난다.

"누나, 배 안 고파? 아침도 얼마 안 먹었잖아."

아이는 괜찮아, 라고 말한다. 동생은 주머니를 뒤적이더니 무언가를 앞으로 내민다. 한 움큼 되는 딱지다.

"누나, 이게 별이 제일 많은 거야. 이것도 가져."

동생은 따로 딱지를 한 장 골라 보여준다. 동그란 딱지 안에는 탱크가 그려져 있고 가장자리를 따라 둥글게 별들이 그려져 있다. 딱지치기를 할 때는 별이 많은 딱지가 더 힘이 세다. 아이는 말없이 딱지를 받는다.

"누나, 나 나간다."

"이리 와봐."

아이는 동생을 가까이 오게 해서 바지에 묻은 실밥을 떼어준다. 동생은 아이 앞에 서서 아이의 머리카락을 당겼다 놓는다. 아이와 동생은 마주 보며 희미하게 웃는다. 웃다가 만다.

동생이 나간 뒤에도 아이는 여전히 벽에 등을 기댄 자세로 앉아 있다. 맞은편 벽에 걸린 사슴을 바라보면서. 사슴은 배가 고파 보인다. 배가 고파서 금방이라도 눈물을 쏟을 것 같다. 아이는 천천히 일어나 태피스트리 쪽으로 간다. 사슴의 눈에서 눈을 떼지 않은 채로. 가까이서 봐도 그렇게 눈물을 쏟을 것 같은 눈빛일까. 그러나 반쯤 걸어가기도 전에 사슴의 눈은 형체가 흐트러진다. 눈물을 쏟을 것 같은 눈은 어디 가고 한낱 검은 실올들만 보인다. 눈뿐만 아니라 사슴의 몸, 그 뒤의 산이 모두 실뭉당이로만 보인다. 아이는 더 가까이 다가가지 않고 되돌아온다.

사실을 모르는 게 나을 때가 있다. 멀리서, 그 내막을 잘 모르는 채 사슴의 검고 슬픈 눈만을 좋아하는 게 낫다. 너무 가까이 다가가, 너무 많이 알고 나면 그 다음에 찾아오는 건 절망이거나 환멸뿐이다.

그들이 타인이라는 것, 그들이 돈을 받고 자신들을 양육하고 있었다는 것을 안 이후 아이는 더 밥을 먹지 못한다. 용돈을 달라고 말하지 않고 학교에서 받아온 상장들을 보여드리지 않는다. 그들은 남이다. 기억하기로, 그 아이가 다닌 초등학교는 아이들에게 상을 많이 주는 교육 방침을 갖고 있었던 것 같다. 매달 시험을 봐서 평균 90점 이상인 아이들에게 우수상을 주고, 교내 글짓기대회나 사생대회, 일기장 검사 따위에서도 꼬박꼬박 상장을 준다. 육 학년 한 해 동안, 아이는 늘 무슨 상인가를 받는다. 그때까지는 상을 받으면 주인아주머니에게 보여드린다. 그러나 그날 이후, 아이는 상을 스케치북 사이에 꽂아둔다.

지금 생각해보면, 그 집에서 아이들을 맡아준 것은 아버지와의 친분 때문이었던 것 같다. 그 집은 아이들을 하숙 쳐야 할 만큼 경제적으로 어렵지 않다. 오히려 그 시절의 어느 집보다 부유한 편이다. 그 집은 농촌진흥청 옆에 넓은 복숭아 과수원을 가지고 있다. 아마 아버지가 농촌진흥청에 다닐 때 그 과수원집 아저씨와 친분을 맺었던 게 아닌가 싶다.

아이는 다시 벽에 기대앉는다. 여전히 멀리서 사슴을 바라본다. 오래도록. 방문이 열리고 현숙이 언니가 들어올 때까지. 현숙이 언니 뒤로 언니의 친구 두 명도 따라 들어온다. 한껏 멋 부린 사복 차림들이다.

"나가자. 우리 영화 구경 가는데, 엄마가 너도 데려가래."

아이는 고개를 젓는다. 그렇게 덤처럼 따라다니는 일은 싫다. 언젠가, 어머니와 아버지가 주는 돈으로 영화 구경을 갈 것이다.

"난 컨디션이 안 좋아요."

현숙이 언니와 친구들이 잠깐 서로 마주 보더니 일제히 웃는다. 아이는 그들이 왜 웃는지 알 수 없어 마음이 언짢아진다.

나중에, 중학교에 가서야 아이는 그때 그 언니들이 왜 웃었는지 깨닫는다. 아이가 사용한 컨디션이라는 말 때문이다. 중학교에 가서야 겨우 아이 엠 어 걸을 배우는 때에, 아이는 초등학생이면서 컨디션이 안 좋다고 말한 것이다. 그건 아버지 말투다. 아이는 자주 나이에 맞지 않는 말을 사용한다.

그런 일을 또 하나 기억한다. 수원으로 이사하고 처음 등교하던 날, 아이는 하굣길에 길을 잃는다. 아이는 길눈이 어두운 편이다. 길을 잘못 들었다고 깨닫는 순간 어머니의 말을 떠올린다. "야무지게 행동하거라. 공연히 어리비같이 굴지 말고." 아침에 어머니는 책가방을 건네주며 그렇게 말했다. 어리비는 어리숙하다는 뜻의 경상도 사투리다. 아이는 크게 숨을 들이쉬고 입안으로 화서동을 발음해본다. 화서동, 화서동. 그러고는 가까운 곳에 있는 가게에 들어가 길을 묻는다.

"실례합니다만, 화서동으로 가자면 어디로 가면 됩니까?"

가게 아주머니는 아이를 아래위로 한번 훑어본다. 아이는 그 아주머니의 시선을 당연하다고 느낀다. 길을 잃은 아이니까. 가게 아주머니가 가르쳐준 방향으로 가다가 갈림길을 만난다. 이번에는 복덕방 앞에 앉아 있는 노인에게 묻는다. 실례합니다만, 화서동으로 가자면 어디로 가면 됩니까? 복덕방 노인도 아이를 유심히 본다. 아주 나중에야, 아이는 그때 가게 아주머니와 복덕방 노인의 눈길을 이해한다. 그 말투는, 열 살짜리 아이가 사용할 만한 게 아니다. 아이는 어머니의 말투를 고스란히 흉내 내고 있었던 것이다. 예의바르고 의젓하게, 어리비 같지 않고 야무지게 행동하려면 그래야 한다고 생각했을까.

현숙이 언니는 친구들과 함께 방을 나간다. 아이는 조금 더 사슴을 바라보다가 책을 집어들고 옥상으로 올라간다. 옥상은 아이가 가장 좋아하는 장소다. 넓은 옥상 한쪽에는 빨래가 많이 널려 있다. 아이는 빨래가 햇빛을 가리지 않는 곳을 골라 시멘트 바닥에 주저앉는다. 책을 펼쳐 들고 읽기 시작한다.

추리소설이다. 외눈 안대를 하고 비단 모자를 쓴 젊은 도둑 뤼팽이 홈스와 겨루는 내용이다. 뤼팽이 훔쳐간 다이아몬드를 찾기 위해 영국에서 명탐정 홈스가 프랑스로 온다. 그러나 홈스는 벌써 몇 번이나 뤼팽에게 당해 빈집에 갇히고, 빈털터리로 거리에 쫓겨나고, 나무토막 벼락을 맞곤 한다. 아이는 홈스보다 늘 한 발 앞서 생각하는 뤼팽이 멋지고 감탄스럽다. 비밀 문을 통해 비밀 계단으로 감쪽같이 사라지는 그의 기술을 배우고 싶다. 나중에 크면 뤼팽 같은 사람이 되고 싶다.

그러나 아이는 이미 마음을 바꾼 지 오래다. 뤼팽은 멋지지만 어머니의 가르침에 어긋난다. 아무리 정의에 넘치는 사람이라 해도 도둑이 될 수는 없다. 뤼팽보다는 둔하고 답답하지만 그래도 홈스 같은 사람이 되는 것도 괜찮을 것이다. 아이는 이미 오래전에 홈스 같은 사립탐정이 되리라 꿈을 정했다.

아버지는 아이에게 늘 판사나 검사가 되라고 하셨다. 그러나 아이는 한 번도 판사나 검사가 되고 싶은 마음이 없었다. 뤼팽의 소설에 보면 거기 나오는 경감이나 예심판사들은 얼마나 어리석고 고집만 센지. 그들은 늘 뤼팽에게 조롱만 당한다. 검사나 판사가 하는 일은 별로 재미도 없다. 아이는 아버지가 판사나 검사가 되라고 말할 때마다 대답 없이 입을 다문다. 난 뤼팽이 될래요. 아니면 홈스가. 속으로 그런 생각을 하면서.

생각해보면, 아이가 판사나 검사가 되기를 바랐던 아버지의 마음에는 도찬이 아저씨, 아버지의 육촌 형님에 대한 동경이나 선망이 있었을 것이다. 어쩌면 그분에 대한 콤플렉스가 있었을지도 모른다. 그런 아버지의 마음을 알았다 해도 아이는 결코 판사나 검사가 되지는 않았을 것이다. 아이는 뭔가 재미있는 일, 상상력을 펼치고 사건을 추리하고 직관을 활용하는, 그런 일에 흥미를 느낀다. 이런저런 단서들을 논리적으로, 과학적으로 분석하고, 거기에 직감을 더하여 범인을 찾아보는, 그런 일을 좋아한다. 어떻게 하면 홈스보다 먼저 범인을 잡을 수 있을까, 초조해하면서 소설을 읽곤 한다.

아이는 그만 책을 덮고 햇빛 아래 가만히 앉아 있는다. 목에는 여전히 돌멩이가 걸려 있다. 오래 햇빛 속에 앉아 있으니 목에 걸린 돌멩이가 조금씩 작아지는 게 느껴진다. 돌멩이가 얼음처럼 조금씩 녹아, 나중에는 흔적도 없이 사라진다. 그러면 기분이 좋아진다. 아이는 이 집에 이사 온 이후부터 옥상에 가만히 앉아 햇볕을 쬐는 일을 좋아한다.

지금도 그 여자는 햇볕이 따뜻한 창가에 앉아 있는 일을 좋아한다. 정신의학에서는 일조량이 부족하면 우울증에 걸리기 쉽다고 한다. 동지에서 춘분까지, 일조량이 적어지는 시기에는 우울증 환자가 급증한다. 우울증을 치료하기 위해 높은 광도의 빛을 한꺼번에 집중적으로 쬐게 하는 시술도 있다고 한다. 슬플 때나 우울할 때마다 옥상에 올라가 가만히 햇볕 속에 앉아 있곤 했던 아이는 거의 본능적으로 자신을 지키는 법을 터득했던 것 같다. 힘든 일이 있을 때, 몸이 정신을 탁 쳐서 잠 속으로 빠뜨리는 본능처럼, 그 아이에게 햇볕을 쬐는 습관이 있었던 것은 다행이다. 햇빛 속에 오래 앉아 있었던 덕분에 시력이 나빠져 이 년 후 안경을 써야 했던 점만 빼면.

아이는 햇빛 속에 앉아 눈을 감고 있다. 햇빛 속에 눈을 감고 있으면 눈앞으로 소금쟁이나 물방개들이 뱅글뱅글 강물 위에 동심원을 그리며 돌아다닌다. 그것들의 영상이 점차 희미해지다가 아예 하얗게 바랜다. 다시 눈에 힘을 주어 눈을 깜박이면 바다처럼 짙은 푸른색이 나타난다. 바다에서는 오징어잡이 배의 집어등 불빛이 하나씩 하나씩 켜진다. 그러다가 그것도 점점 바래간다. 다시 아까보다 조금 힘을 주면, 눈앞이 온통 노랗다. 눈 가득 민들레 꽃잎이 화, 화, 피어난다. 눈을 계속해서 깜박이면 눈앞에 보랏빛이, 다홍빛이, 초록빛이…… 그런 것들이 번갈아가며 나타난다.

그 영상 속에는 여섯 살 때까지 살았던 외가가 있다. 아이는 동생과 연년생이어서 어렸을 때에는 외가에서 자란다. 그 영상 속에는 또 초등학교 사 학년 때까지 살았던 강릉 입암동의 집이 있다. 그 모든 것을 볼 수 있다.

여섯 살 때까지 살았던 외가. 봄이면 뒷산을 뒤지며 입안이 퍼렇게 물들도록 진달래를 따 먹고, 여름이면 냇가와 과수원이 있는 모래밭에서 뜸부기를 잡았다. 그때는 어쩐 일인지 뜸부기가 모래 속에 산다고 알고 있다. 날개를 뾰족하게 접고 모래를 파고 들어가 잠을 잔다고 믿었다. 제멋대로. 그래서 한나절을 모래밭을 파헤치며 돌아다니곤 했다. 사과나무에 올라가 떨어지지 않고 낮잠을 자는 법도 알고 있었고, 가을이면 나무를 하는 어른들 사이를 누비며 산꼭대기에서 바닥까지, 단숨에 미끄럼을 타고 내려오기도 했다. 나뭇단들과 함께. 거기에는 완전한 평화와 안락함이 있다.

단 하나, 아이를 어렵게 한 게 있다면 거위와 염소다. 외할머니는 이따금 아이에게 냇가로 거위를 데리고 나가 목욕을 시키라고 한다. 아이는 제 키만 한 막대기를 들고 거위를 몰고 간다. 아이보다 더 큰 거위도 있다. 거위는 뒤뚱뒤뚱 제멋대로 걸어, 아이가 원하는 길로 가주지 않는다. 엉뚱한 방향으로 가도 결국은 냇가 아니면 집으로 간다는 사실을 몰랐던 아이는 거위가 딴 길로 들어설 때마다 애가 탄다. 달려가 한 마리를 데리고 오면, 어느새 다른 놈이 저만큼 가 있다. 그렇게 겨우겨우 거위를 냇가에 데려다 놓고, 아이는 모래밭에 앉아 운다. "할매요, 거위가 내 말을 잘 안 듣니더." 아이는 그때 경상도 사투리를 쓴다.

고집이 세기는 염소도 마찬가지다. 막내 이모가 없을 때는 아이가 염소를 데려오는 일을 한다. 염소를 데리고 돌아오며 들판에서 큰 소리로 노래를 부르면, 염소는 옆에서 매애애애 하고 따라 한다. 그때 아이가 불렀던 노래도 기억난다. "올해는 일하는 해, 모두 나서자⋯⋯." 요즘으로 치면 건전가요다. 그해는 1965년, 제1차 경제 개발 오개년 계획이 한창이던 때다. 그러나 염소가 이따금 고집을 부리면 아이의 힘으로는 도저히 당할 수가 없다. 아무리 달래도, 소리쳐도, 울어도, 염소는 그저 말끔히 아이를 바라보기만 한다. 두 발을 땅바닥에 완강히 붙이고 서서. 그래도 아이는 거위나 염소 돌보는 일을 좋아한다. 늘 그 일을 하겠다고 나선다.

"정숙아, 정숙아!"

아래에서 아주머니가 부르는 소리가 들린다. 아이는 눈을 감고 앉아 대답하지 않는다. 아주머니는 남이야. 돈을 받고 우리를 길러 주는 것뿐이야. 아이는 나른해진 몸을 일으키고 싶지 않다.

"전화 받아라. 아버지다."

그제야 아이는 눈을 뜬다. 쏟아지듯 계단을 달려 내려가는데 벌써 가슴이 뛴다. 아주머니가 아이의 얼굴을 유심히 바라본다. 아이는 안방으로 들어가 수화기를 집어든다. 까맣고 무거운 전화기다.

"여보세요?"

아이는 벌써 목소리가 울먹인다. 숨을 크게 들이쉰다. 강릉에서 수원까지, 그 먼 길을 달려오는 아버지의 목소리는 아주 멀게, 작게 들린다. 목소리를 크게 내고 있다는 것만 느껴질 뿐 자세한 말은 알아들을 수 없다.

"아버지다. 잘 있니?"

아버지의 말에 대답하려는데 윙, 소리와 함께 전화가 끊어진다. 아이는 몇 차례 아버지를 불러보다가 힘없이 수화기를 내려놓는다. 그러고도 전화기 곁에 앉아 일어나지 않는다. 한참을 기다려도 전화벨은 다시 울리지 않는다. 아주머니가 조용히 곁에 와서 앉는다.

"다시 전화 안 하실 모양이구나. 겨울방학 때 오신다더라."

아이는 천천히 안방을 나온다. 왜 다시 전화를 하지 않을까. 아이는 다시 옥상으로 올라간다. 그게 뭐야? 슬그머니 화가 나려 한다. 그렇게 전화가 끊겼는데도 다시 하지 않는 게 어디 있어? 아이는 다시 뤼팽과 홈스가 다이아몬드를 찾는 얘기를 읽는다. 그러나 눈앞이 뿌옇게 흐려져서 글씨가 보이지 않는다.

아이는 숨을 크게 들이쉰다. 울어서는 안 돼. 해를 바라보며 눈을 감는다. 눈 안으로 온갖 영상이 펼쳐지면서 강릉 입암동 집의 탱자나무 울타리가 보인다. 탱자나무 가지 사이를 성큼성큼 오가던 사마귀, 겨울이면 노란 잎이 다 지고도 푸르고 뾰족하게 남아 있던 가시들. 여름에는 멱을 감고 겨울에는 마을 오빠들이 도끼로 얼음을 잘라 만든 얼음 배를 타고 놀았던 남대천……. 아이는 오래오래 햇빛 속의 영상을 본다.

그 여자는 글을 쓰면서 빙그레 웃는다. 열두 살, 그 시절에 벌써 과거를 회상하는 것으로 일상의 어려움을 이겨보려 한 아이를 생각하니 웃음이 난다. 그 후로도 아이는 오래도록 햇빛 속에 앉아 이런저런 생각을 하며 지낸다. 그러나 기억은 한정되어 있다. 기억을 되새기는 일은 늘 사실의 범주를 벗어나지 못한다. 기억들이, 너무 오래 씹어서 단물이 빠지고 고무질도 삭아버린 껌 같이 되어버릴 때, 아이는 다른 것을 찾아낸다. 그것은 환상이다. 공상이나 상상 같은 것.

아이의 머릿속에는 늘 커다란 모자가 들어 있다. 그 모자는 외가 마을이나 강릉 남대천의 냇가 같은, 물이 맑고 모래자갈이 깨끗하게 깔린 곳에 놓여 있다. 어른들이 쓰는 중절모 같은 모양이고, 어린 왕자가 그린 보아뱀 같기도 하다.

모자는 뒤집혀 있기도 하고 엎어져 있기도 하다. 아이의 몸보다 서너 배쯤 큰 모자다. 모자가 엎어져 있을 때는 챙을 들치고 들어가고, 뒤집어 있을 때는 사다리를 놓고 가파르게 기어오른다. 모자 안으로 들어가면 방사선 모양으로 길이 나누어진다. 아이는 날마다 다른 길을 선택한다. 입구는 어둡고 좁지만 안으로 들어갈수록 넓고 환해진다. 길 끝에는 다른 세상이 나타난다.

완전히 다른 세상. 아이들만 뛰노는 해가 지지 않는 마을이 있고, 해가 된 오빠와 달이 된 누이가 사는 오래된 마을이 있고, 뤼팽이 낡은 성의 지하 계단을 내려가는 기암성이 있다. 아이는 그곳을 돌아다닌다. 오누이가 살던 빈집을 열어보기도 하고, 뤼팽의 뒤를 따라 어둡고 습한 지하 계단을 내려가 보기도 한다. 날마다 다른 길로 들어가, 날마다 다른 세상에서 논다.

냇가에 놓인 모자. 그 얘기를 동화책에서 읽었는지, 꿈을 꾼 건지, 완전한 상상인지는 알 수 없다. 하지만 아이의 머릿속에는 늘 모자가 들어 있다. 모자는 알리바바와 사십 인의 도적이 알고 있는 '열려라 참깨!' 보다 더 좋은 암호다. 세상의 모든 문을 열 수 있는 만능

열쇠다. 하늘을 나는 요술 담요보다, 문지르면 무슨 소원이든 들어주는 요술 램프보다 모자는 더 많은 소원을 들어준다.

심리학자나 프로이트적인 정신분석학자들은 그 모자에 대해 다른 해석을 내릴 것이다. 그 모자가 여성의 성을 상징하고, 모자 안의 점점 넓어지는 길은 질에서 자궁에 이르는 길을 상징하고, 길 끝에 있는 세상은 모태의 세계를 상징한다고 풀이할 수도 있을 것이다. 모자 이미지에서 아이의 퇴행 욕구 혹은 보호받고 싶어 하는 상실감을 읽어낼지도 모르겠다. 아니, 그렇게 분석하는 게 옳을 것이다. 낯선 도시에 버림받았다는 생각에 시달리던 아이가 되새기던 상상의 공간이었으니 당연히 그럴 것이다. 너무 빨리 모태에서 떨어져 나왔다는 불안감, 너무 빨리 세상에 버려졌다는 무의식이 아이에게 그런 공상을 만들어내게 했을 것이다.

그러나 다르게 이야기하자. 모자 속 상상의 공간이 아이에게 얼마나 따뜻한 위안이 되고 얼마나 많은 충족감을 안겨주었는지에 대해서만. 지금도 그 여자는 모자의 존재를 믿는다. 지금 이곳이 아닌 다른 곳, 지금 이것이 아닌 다른 것을 꿈꾼다. 그런 기대는 삶을 팍팍하고 힘들게 하지만, 때로는 현실의 어려움을 견딜 수 있는 힘이 되어준다. 삼십 대 중반의 스산한 독신 여자가 혼자 영화관에 가거나 장거리 버스를 탈 때, 그의 입가에 몽롱하게 매달리는 웃음이 실은, 바야흐로 검은 모자 속으로 들어간다는 사실에 대한 황홀감에 찬 것임을 아는 사람이 있을까. 지금까지 그 여자가 쓴 이런저런 소설 역시 그 모자 속에서 나온 것이리라.

혼자 목이 아프도록 울음을 참던 열두 살 무렵부터, 자신이 만들어낸 상상의 공간 속으로 숨어들던 열두 살 때부터, 그 여자는 글을 쓰는 사람이 되는 길로 접어들었을 것이다. 비록 그때의 꿈은 사립 탐정이 되는 것이지만. 지금도 그 여자는 문학의 가장 첫 번째 기능이 자기 위안이라는 명제에 동의한다.

그날 이후, 아이는 더 이상 사랑받고 보호받는 존재가 아니라는 것을 느낀다. 마음속으로 어렴풋이, 모든 것이 달라졌다는 것을 받아들인다. 어머니가 떠나고 아버지가 떠날 때보다 더 큰 구멍이 마음속에 생긴다. 세상은 아무것도 달라지지 않았고, 아이의 삶에도 아무 변화가 없지만, 그럼에도 모든 것이 바뀐다. 그날 이후, 아이는 누군가에게 무엇을 해달라고 말한 적이 없다. 몸이 아플 때도, 갖고 싶은 것이나 하고 싶은 일이 있을 때도, 이제는 아무에게도 말하지 않는다. 모든 일을 혼자서 해내고, 혼자 할 수 없는 일은 체념한다. 어떤 일을 억제당했을 때의 상대적인 상실감과 박탈감까지 참아낸다. 입을 꼭 다물고 참아내는 것, 그것은 그때 조금씩 싹트기 시작하는 자의식이었을 것이다.

그 여자는 한때 어린이 잡지에서 일한 적이 있다. 스물아홉에서 서른까지. 그 여자는 직장생활 모두를 소중한 경험이었다고 생각하지만 그중에서도 어린이 잡지에서 일한 경험을 가장 고마워한다. 그 이유는 다음에 얘기하기로 하자. 다만 여기서는, 그때까지도 어른들의 무책임함으로 인해, 아무 영문도 모른 채 가난과 외로움 속에 방치된 어린이들을 보는 일이 고통스럽더라는 얘기를 하고 싶다.

그 잡지는 매년 어린이날이 낀 달과, 연말에 한 차례씩 어린이 수기를 싣는다. 불우한 환경에서도 역경을 딛고 꿋꿋이 살아가는 학생 가장 어린이들의 건강한 이야기를 소개한다. 그렇게 함으로써 비슷한 환경에 처한 어린이들을 격려하고, 다른 모든 어린이에게 귀감이 되고자 하는 게 그 기사의 목적이다. 기사는 어린이가 화자가 되어 서술하는 일인칭 수기 형식으로 쓰인다.

처음 그 일을 배당받았을 때 그 여자는 충무로에 십삼 층짜리 건물을 가지고 있는 한국어린이재단을 방문한다. 재단의 책임자가 내어주는 전국 학생 가장 어린이 명단은 두꺼운 사전 한 권 분량이다. 아이의 이름과 학교, 부모를 잃은 동기, 현재의 주거 현황, 그리고 재단의 지원 상황 들이 일목요연하게 잘 정리되어 있다.

"아니, 이렇게 많아요?"

그 여자는 명단을 볼 때부터 진저리가 쳐지면서 목이 아프다. 배가 많이 나온 재단 책임자는 심드렁하게 대답한다.

"요즈음은 세상이 많이 달라졌어요. 예전에는 남편이 죽으면 어머니가 아이들을 키우면서 혼자 살았는데, 요즈음 어머니들은 남편이 죽으면 대체로 집을 나가죠. 그러면 아이는 할머니하고 남게 되는 겁니다. 학생 가장 어린이들의 오십 퍼센트는 그런 이유에서 할머니와 사는 어린이들입니다."

그도 학생 가장 어린이들이 처한 상황에 대해 화가 나는 모양이다. 그러나 그 모든 책임을 예전과 달라진 어머니에게만 돌리는 그의 의견에는 공감할 수 없다. 어머니만 달라진 게 아니라 아버지도, 세상도 달라졌다. 이유야 어쨌든, 그 여자는 아직도 그런 아이들이 있다는 데, 아니 그렇게 많다는 데 화가 난다.

그 여자는 책임자로부터 취재원이 될 만한 어린이 몇 명을 소개받는다. 글짓기대회나 사생대회에서 상을 탄 어린이, 똑같이 불우하지만 그래도 뭔가 이야깃거리가 있고, 눈으로 보여줄 만한 극복의 성과를 이룬 어린이. 그들 중에서 다시 데스크와 상의해서 당일 치기로 출장을 다녀올 만한 지방을 고른다. 그러는 과정에서 내내 여자는 묘한 자책감을 느낀다. 아이의 불행을 이용하고 있는 게 아닌가 하는 자책감.

그 여자가 처음으로 취재한 학생 가장 어린이는 원주에 사는 김연승 어린이다. 연승이는 할머니와 한 칸짜리 셋방에서 살고 있다. 어렸을 때의 그 여자처럼 오 학년이고 할머니와 함께 산다. 어렸을 때의 그 여자처럼 키가 작고 나이에 비해 어려 보이는 얼굴이고, 말이 없다. 그 여자는 아이에게 아무것도 물어볼 수가 없어 집안 환경에 대한 이야기는 대체로 할머니에게서 듣는다. 그리고 사진 촬영을 진행한다.

"여기 마루에, 할머니 옆에 앉아볼래?"

사진기자는 그림이 만들어지면 재빨리 셔터를 누른다.

"그렇게 가만히 있지 말고, 할머니하고 얘기 좀 나눠봐." 다시 찰칵, 찰칵. "이번에는 연승이가 할머니 어깨를 두드려드려." 아이는 말없이 시키는 대로 한다. "이번에는 책상 앞에 앉아볼래?" 찰칵, 찰칵.

그런 다음 아이를 데리고 집을 나온다. 분위기 좋은 사진을 건지기 위해 들판으로, 학교 생활을 보여주기 위해 학교로, 아이를 데리고 다니며 사진을 찍는다. 그 여자는 아이의 머리를 쓸어 넘겨주고 옷매무새를 고쳐주고, 사진기자가 셔터를 누르는 동안 아이에게 말을 시킨다. 조금만 방심하면 금방 굳어버리는 아이의 표정을 부드럽게 유지하기 위해 학교에서 돌아오면 뭐 하고 노니? 무슨 일을 할 때가 제일 재미있니? 잘 때 꿈도 꾸니? 자연스럽게 말을 시키는 것 같지만 그러나 아주 조심스럽게 말을 고른다. 어머니가 보고 싶지 않니? 할머니와 사는 게 외롭지 않니? 부주의하게 그런 질문이 나가지 않도록 애쓴다. 그런 말만으로도 아이에게는 상처가 된다는 사실을 알기 때문이다.

아이는 금세 그 여자를 따른다. 그 여자는 또 목이 아프다. 이 정도의 다정함에 마음이 쏠리는 아이의 외로움이, 일을 위해 아이를 이용하고 있다는 자책이, 결국 몇 시간 후에는 아이를 떼어놓고 가야 하며, 그러면 아이의 상실감만 더 커질 뿐이라는 사실이 모두 목에 걸린다.

그 여자는 일이 끝나고도 아이를 떼어놓을 수가 없어 아이를 차에 태워 원주 시내로 데리고 나간다. 차 안에서 아이는 그 여자의 손을 만져보고, 얼굴을 유심히 올려다보고, 조심스레 손을 들어 볼을 쓰다듬어본다. 그런 아이를 향해 웃어 보이면서, 그 여자는 목에 걸린 돌멩이가 조금씩 커지는 걸 느낀다. 아이의 머리를 쓰다듬어주고, 아이에게 밥을 사 먹이고, 고기며 과일을 한 아름 안겨 다시 집까지 태워다 준다. 아이는 집으로 돌아가는 길에 벌써 입이 나오고 어두운 얼굴이 된다. 아무리 달래고 말을 시켜도 대답이 시들하다. 아이를 집에 내려주고 잘 있으라고, 아줌마가 꼭 편지하겠다고, 말해도 대답이 없다. 그저 고개만 끄덕이고 집으로 들어가 버린다.

돌아오는 길에 그 여자는 목에 걸린 돌멩이가 걷잡을 수 없이 커지는 것을 느낀다. 아이에게 무언가를 더, 조금이라도 더 해주고 싶은 마음은 진심이지만, 그게 아이를 이용하고 있다는 자책을 보상받기 위한 얄팍한 행동이 아니었나 의심해본다. 그 아이에게서 그 시절의 제 모습을 보고 자기 연민에 휩싸여 있지나 않았나 점검한다. 동행한 사진기자와 취재차 기사와 헤어지고 나자, 목 안에 가득 차 있던 돌멩이가 기어이 눈물을 밀어 올린다. 아이에 대한 가당찮은 동정이나 혹은 극복하지 못한 자기 연민 때문이 아니다. 그보다는 오히려 분노와 절망 때문이다. 아직도 세상에는 제 탓이 아닌 이유로, 어른들의 부주의한 이기심에 의해, 가난과 상실감 속에 방치된 아이들이 있구나 하는 분노, 그런 세상에 대해 신뢰를 잃은 절망 때문이다.

두 번 학생 가장 어린이를 취재한 다음, 그 여자는 세 번째로 수기가 실릴 달에 데스크에게 부탁한다. 말 속에 고통이나 간청이 묻어나지 않도록 조심하면서.

"이번에는 그 일, 제게 배당하지 마세요."

"왜?"

사십 대 초반의 데스크는 딱딱하고 건조한 시선으로 그 여자를 건너다본다. 그렇게 딱딱한 시선으로, 그렇게 칼로 자르듯 물으면, 그 여자는 역시 대답하지 못한다. 그 아이들을 보는 일이 너무 고통스럽다고, 그 아이들에게 아무것도 해줄 수 없는 자신이, 그 아이들을 이용하고 있다는 자책이, 그 아이들에게 투영되는 어린 시절의 자신을 보는 일이, 아이의 입으로 말하는 수기 형식의 글을 쓰는 일이, 모두 너무 힘들다고, 그러나 말하지 못한다.

"그 기사는 딱 김정숙 씨가 써야 하는 기사야. 일반 기사하고 다르잖아."

그 여자는 할 말이 없다. 일반 기사하고 어떻게 다른지, 왜 꼭 자신이 써야 하는지 납득할 수 없는 것처럼, 그 일이 힘든 이유도 설명할 수 없다. 어린이 잡지에서 일하는 동안, 다섯 명쯤 학생 가장 어린이를 취재한다. 강원도 원주뿐 아니라 경북 상주, 서울 구로동, 경기도 이천, 전국 어디에나 가난과 외로움 속에 방치된 아이들이 있다. 그때마다 무책임한 어른들에 대한 분노로, 세상에 대한 신뢰를 잃는 절망으로, 아이의 불행을 이용하고 있다는 자책으로, 어린 시절의 제 모습을 보는 고통으로, 돌아서면 늘 눈물을 흘리곤 한다. 서른 살이나 된 여자가. 그러나 그 일에는 결코 내성이 생기지 않는다.

<u>6</u>

그 여자의 물방울은 이제 작은 개천쯤에 흘러와 있다. 주변의 수분을 받아들여 조금 더 커진 물방울이 되어. 개천은 시원보다는 넓다. 그러나 아직도 얕고 좁은 개천에 불과하다. 작은 돌멩이에 걸려도 하얗게 포말이 일고 물풀과 만나도 그 뿌리 근처에서 오래 서성인다. 주변에는 그 여자와 같은 물방울이 많아진다. 다른 물방울을 만나는 기쁨으로 그 여자의 물방울은 가슴이 부풀기도 한다. 개천이 되어 흐르는 그 여자의 물방울을 이제 '그 여학생'이라 부르기로 한다.

그 여학생은 큰 강당에서 투명한 통을 돌린다. 선생님이 일러준 대로 투명한 통에 달린 손잡이를 오른쪽으로 한 번 돌린다. 통 안에서 분홍색, 초록색, 하얀색 구슬들이 와르르 뒤섞인다. 각 구슬이 어느 학교인지는 아직 비밀이다. 현숙이 언니는 수원여중은 흰색일 거라고 말했다. 그리고 매향여중이 있고, 이제 막 생긴 영복여중이 있다.

"영복여중은 아직 이 학년까지밖에 없어. 이번에 신입생 받아야 삼 학년이 다 채워질 거야. 그러니까 영복여중만 뽑지 않으면 돼."

그 언니는 선배답게 말했지만 여학생은 꼭 어떤 학교에 가야 하겠다는 생각은 없다. 어느 학교나 다 마찬가지일 거다. 여학생은 이번에는 투명한 통을 왼쪽으로 반 바퀴 돌린다. 오른쪽으로 한 바퀴 돌려 그 안의 구슬을 섞은 다음, 왼쪽으로 반 바퀴 돌리면 그때 구슬이 한 알 떨어지게 된다. 선생님은 왼쪽으로 돌릴 때는 천천히 돌리라고 했다. 여학생은 선생님의 지시대로 천천히 돌린다. 구슬이 떨어지는 입구로 하얀 구슬이 나오려 한다. 왜 그랬을까, 바로 그 순간, 여학생은 일부러 약간 힘을 준다. 흰 구슬이 다른 것들과 섞이면서 초록색 구슬이 나온다.

초록색 구슬은 영복여중이다. 그런 식으로 앞날이 결정된다는 건 아무래도 우습다. 영복여중은 야산을 깎아 새로 지은 학교로 여기저기 초록 나무가 많이 심어져 있다. 여학생은 초록색 배지를 달고 초록색 체육복을 입고 칠판이 초록색인 교실에서 수업을 받는다.

그 여자는 이제, 삶이란 우연의 연속이거나, 구슬이 가득 담긴 통에서 어느 것이 될지 모르는 구슬을 하나 꺼내는 것과 같은, 확률 낮은 도박의 일종이라는 것을 인정한다. 돌아가는 뺑뺑이에 화살을 쏘아 그것이 18면, 혹은 36면으로 나누어진 칸들 중의 하나에 맞는 일이라는 것을 안다. 때로는 면과 면의 경계에 맞아, 어느 쪽을 선택해야 할지 모르는 상황에 처하기도 한다는 것을 받아들인다.

그 여학생은 중학교에 들어가서 처음 배우는 과학을 재미있어한다. 얼굴이 희고 살이 좀 찐 편인 과학 선생님은 생물의 기원에 대해 가르치면서 비루스라는 단어를 알려준다. 지금 우리가 바이러스라고 부르는 걸, 과학 선생님은 칠판에 virus라고 쓰고 비루스라고 읽는다. 지구상에서 가장 작은 생명체라고. 여학생은 또 아메바와 유글레나, 파충류 등의 말을 처음 배운다.

그 여학생은 과학자가 되고 싶어지기도 한다. 과학 시간이 국어나 영어 시간보다 적은 것이 불만스럽다. 아버지의 과학 실험실에서 본 실험 기구들로 직접 실습을 하는 것이 즐겁고, 과학 시험에서 만점을 맞는 것이, 선생님이 그 여학생을 지목해 친구들이 풀지 못한 문제를 풀게 하는 것이 기쁘다. 과학은 모든 문제에 대한 해답을 줄 것 같다. 과학이 아니라면 누가 인류의 기원에 대해 설명할 수 있는가. 인류의 기원뿐 아니라 인류의 미래, 지구상의 모든 생물, 천체의 오묘한 신비 그 모든 것이 과학의 범주에 있다. 그 여학생은 이제 꿈이 두 개가 된다. 사립탐정이 되거나 과학자가 되는 것.

그 여자는 지금도 이따금, 과학자나 탐정이 되었더라면 하고 후회한다. 그 여자의 내부에는 아버지와 어머니의 피가 반반씩 들어 있다. 과학을 좋아하는 것은 아버지의 피고, 소설책을 열심히 읽는 것은 어머니의 피다. 감수성이 예민하고 자의식이 강한 것은 아버지의 피고, 도덕적 완강함이나 일에 대해 완벽주의적 태도를 보이는 것은 어머니의 피다. 아버지의 피 중에서 과학을 좋아하는 요소와, 어머니의 피 중에서 완벽주의적 기질을 선택했더라면, 아마 과학자가 되었을 것이다. 그랬다면 사는 게 덜 힘들었을 것이다. 그러나 그 여자는 아버지의 감수성과 어머니의 책읽기 취향을 받아들인다. 어떻게 해서 그렇게 되었는지 알 수 없지만.

그럼에도, 그 여자의 내부에는 지금도 과학에 대한 호의가 남아 있다. 일상에서 무의식중에 과학 용어를 사용하기도 한다. 전기밥솥을 꽂아두고 나와 그것을 걱정하는 친구에게 "괜찮아. 그건 바이메탈의 원리에 의해 일정한 온도가 넘으면 저절로 꺼지게 되어 있어."라고 말한다. 청주 목욕이 피부 미용에 좋을 거라고 말하는 친구에게 "그래, 삼투압 작용에 의해 피부의 노폐물이 밖으로 나오게 될 거야." 한다. 무거운 물건을 들어 올리지 못해 애쓰는 친구에게 "지렛대의 원리를 이용하자."고 한다.

그 여자는 자신이 그런 용어를 사용한다는 사실을 친구의 지적으로 깨닫는다. "그거, 콤플렉스지? 수리감각 없고 비과학적인 사람이 과학용어 사용하는 거." 그렇다. 콤플렉스일 것이다. 과학자가 되지 못한 것, 조금 다른 방식으로 인생을 풀어나갔으면 덜 고단했을 거라는 것, 인문계적 사고가 아니라 자연계의 사고로 사물을 받아들였으면 좋았을 거라는 것, 그건 모두 콤플렉스다. 그랬다면 감수성 따위는 무디게 접어두고, 비커나 플라스크와 함께, 혹은 바이러스나 삼엽충과 함께, 덜 고통스러운 삶을 살았을 것이다.

사립탐정이나 과학자가 되고 싶어 하면서도 그 여학생은 여전히 책을 읽는다. 그 일밖에 할 것이 없으므로. 수업이 끝난 후 교실에 남아, 저녁을 먹은 후 잠자리에 들 때까지, 늘 책을 읽는다.

그날은 사 교시가 끝난 후부터 비가 내린다. 수업이 끝나고도 비는 그치지 않는다. 종례를 마치자 아이들은 문 밖에 우산을 가지고 와 기다리는 가족들과 함께 빗줄기를 그으며 학교를 떠난다. 둘씩, 셋씩. 우산이 없는 아이들도 책받침이나 손수건을 머리에 얹고 빗속으로 뛰어든다. 집으로 돌아가 젖은 옷을 벗고, 따뜻한 아랫목에 누울 수 있다는 사실을 위안 삼아. 여학생은 집으로 갈 엄두를 내지 않는다. 늦게까지 교실에 남아 책을 읽는다. 여학생이 읽는 책은 《데미안》이다.

지붕을 거쳐 창 밑으로 흐르는 빗소리는 너무나 일정해서, 어떤 음악처럼 들린다. 여학생은 책을 읽다가 이따금 창밖을 보며 빗방울이 처마 밑으로 떨어지는 소리를 듣는다. 빗방울 소리에 맞춰 부를 수 있는 노래가 있을까 생각해본다. 그러나 여학생은 이제, 초등학교 때 배운 동요는 부르지 않는다. 어머니도 아버지도 기다리지 않는다. 기다림은 마음만 상하게 만든다. 외가에 내려간 어머니는 한 번도 연락이 없고, 지난 겨울방학 때 다녀간 아버지는 그 후로 또다시 소식이 없다.

앞으로 어떻게 될까. 그 하숙집에서 어른이 될 때까지 머무르게 될까. 일 년, 혹은 이 년에 한 번씩 아버지가 다녀가고, 어머니는 영영 한 번도 오지 않고. 그러다가 어머니도 아버지에게서도 소식이 없어지면, 그렇게 낯선 도시에 버려지는 걸까. 동생과 함께. 그런 생각은 공포가 된다.

아버지가 자신과 동생을 낯선 도시에 버릴지도 모른다는 생각, 그건 지난 겨울방학 때 아버지가 다녀간 후부터 들기 시작했다. 아버지는 두 남매를 보며 활짝 웃었지만 여학생은 아버지께 웃지 못한다. 목이 메며 눈물이 핑 돌아서만이 아니다. 아버지 뒤에 서 있는 어떤 여자, 여학생을 보며 웃는 낯선 여자 때문이다.

아버지는 아이들에게 그 여자를 고모라고 소개한다. 여학생은 기억을 짚어본다. 고모는 한 사람뿐이다. 그 고모는 경상북도에 있고 아버지보다 나이가 많다. 아버지가 고모라고 소개한 여자는 아버지보다 나이가 적어 보인다. 그러나 여학생은 아버지의 말을 믿는다. 다른 고모가 있었구나. 고모뻘인 먼 친척이거나, 한 번도 본 적 없는 다른 고모가 있었던 모양이구나.

아버지는 무엇인가 선물을 내밀지만 여학생은 풀어보지 않는다. 아버지가 무슨 말을 했는지, 동생은 무얼 했는지, 아무것도 기억나지 않는다. 울음을 보이지 않기 위해 얼마나 힘을 주었는지, 목이, 가슴이, 머리가 몹시 아팠다는 기억밖에 없다.

아버지와 고모는 그 집에서 하룻밤을 묵고 떠난다. 아버지는 동생과 한 이불을 덮고, 여학생은 고모와 한 이불에서 잔다. 고모에게서는 향기로운 냄새가 난다. 아버지가 한 밤밖에 자지 않고 떠난 이후, 여학생은 이상한 의혹에 사로잡히기 시작한다. 그 여자는 고모가 아닐지도 몰라. 그 생각이 들면 이내, 아버지가 이제 머지않아 낯선 도시에 여학생과 동생을 버릴지도 모른다는 두려움에 휩싸이고 만다.

그러나 여학생은 그런 생각을 자주 하지는 않는다. 되도록 그런 생각은 피하고, 책을 읽거나 숙제를 한다. 그때까지 여학생은 모범생이다.

"얘들아, 이제 문 닫는다. 그만 가거라."

교실 문이 열리며 삼 학년을 가르치는 선생님의 얼굴이 불쑥 들어온다. 선생님은 그 여학생을 한 번 보고, 교실 뒤쪽도 한 번 본다. 그제야 여학생은 교실에 다른 친구가 있다는 것을 알아차린다. 보경이다.

김보경. 어른이 된 지금도, 그 여자는 그 이름을 쓰는 것만으로도 가슴이 떨린다. 그 여자에게 사랑이라는 것을 가르쳐준 친구. 나중에 그 여자의 어떤 행동들에 모델이 된 친구. 그리고 더 나중에, 한 번 만날 수 있을까 하는 마음으로 수원행 전철을 타게 만든 친구. 어떻게 생겼더라. 두꺼운 안경을 쓰고, 눈은 옆으로 길고, 얼굴은 둥근 편이고, 항상 서글서글한 웃음을 담고 있고……. 그리고 잘 생각나지 않는다.

보경이는 키가 커서 48번, 교실 뒤에서 두 번째 줄에 앉는다. 그 여학생은 키가 작아 16번, 교실 앞에서 두 번째 줄에 앉는다. 보경이는 제 주변에 앉는 키 큰 친구들과 어울려 다니고, 그 여학생에게는 저만한 키를 가진 친구들이 있다. 학기 시작하고 한 달쯤 지났지만 두 사람은 그때까지 말을 해본 적이 없다.

그 여학생은 가방을 주섬주섬 챙기며 보경이가 그때까지 교실에 남아 있었다는 사실을 의아해한다. 혼자인 줄 알았는데 또 다른 친구가 있었다는 사실 때문이 아니라, 바로 보경이가 있다는 데 놀란다. 보경이는 그렇게 혼자 조용히 앉아 있는 친구가 아니다. 언제나 많은 친구에게 둘러싸여 있고 반에서 제일 큰 소리로 웃는다. 덜렁거리며 책상 사이를 뛰어다니고, 그러면서도 친구들의 일을 발 벗고 도와준다.

그 여학생은 보경이와 함께 교실을 나선다. 둘 다 말이 없다. 그 여학생은 원래 말이 없지만 보경이가 말이 없는 것은 이상하다. 그동안 보았던 보경이와 전혀 다르다. 현관에 서니, 비는 창으로 보던 것보다 더 거세다. 두 여학생은 난감한 표정으로 서로 마주 본다. 그 여학생이 아직도 망설이고 있는데, 보경이가 그 여학생의 손을 잡아끌고 빗속으로 뛰어든다. 그 여학생은 얼떨결에 끌려 나간다. 막상 비를 맞으니, 그리 나쁘지만은 않다. 사월의 비.

그 여학생은 보경이에게 잡힌 손을 빼지 못한다. 가방을 든 팔이 아파도, 얼굴로 흘러내리는 빗물을 닦고 싶어도, 보경이가 손을 놓아주지 않는다. 학교에서 교문까지의 긴 비탈길을 다 내려가서도, 버스 정류장에서 버스를 기다리면서도, 버스 안에서 한 손은 가방을 들고 한 손은 보경이에게 잡힌 채 아슬아슬하게 균형을 잡으면서도 그 여학생은 보경이에게 잡힌 손을 빼지 못한다. 무언가 이상한 느낌, 보경이에게서 건너오는 무겁고 진지한 분위기, 조금씩 몸을 휘감는 낯선 감정……. 여학생은 그런 것들을 감지한다. 이게 무얼까…….

여학생은 그날 집으로 돌아와, 역시 비를 맞고 돌아온 동생의 이마를 짚어본다. 열이 약간 있지만 동생은 괜찮다고 한다. 이제 오학년이 된 동생도 점점 말이 없어진다. 때로 그 여학생은 동생과 마주 보고 앉아 있다가 슬그머니 눈물이 나는 때가 있다. 아무 이유도 없이, 아무 일도 없이. 그런 때면 여학생은 또 목이 아프도록 울음을 참는다. 동생도 그런 게 아닌가 싶다. 동생은 대체로 집 밖으로만 나다니고, 밥 먹는 시간과 잠자는 시간에만 집에 들어온다. 이제는 누나에게 구슬이나 딱지를 주는 일도 없다.

"이거 좀 읽어볼래?"

여학생은 제가 읽었던 헬렌 켈러 전기를 동생에게 준다. 동생은 대답이 없다. 여학생은 책을 동생에게 밀어준다. 동생은 책을 집어들고 이리저리 둘러보더니 저쪽으로 밀어놓는다. 동생이 좋아하는 책은 만화책이다.

여학생은 동생이 만홧가게 유리창을 오래 바라보고 서 있는 것을 본 적이 있다. 여학생이 다가가 뭐 하냐고 묻자 동생은 화를 내려한다. 왜 그러는데? 동생은 화가 많이 난 목소리로 돈이 없어, 한다. 만홧가게 유리창을 손가락으로 가리키면서. 유리창에는 새로 나온 만화 표지가 가득 붙어 있다. 여학생은 교복 주머니를 뒤져 아껴둔 제 용돈을 꺼내준다. 동생은 굳은 얼굴인 채 돈을 받아들고 만홧가게로 들어간다.

그렇지만 동생은 아직 모범생이다. 반에서 공부를 제일 잘한다. 그럼에도, 동생은 이제 반장이 아니다. 반장은, 부모가 학교 일을 열심히 돌볼 수 있는 학생만이 할 수 있다. 그래서 여학생은 공연히 동생에게 미안하다. 아무도 없는 도시의 낯선 집에서 우리는 어떻게 되는가. 그 여학생은 동생을 보며 가끔 그런 생각을 한다. 버림받았다는 생각, 아니, 그런 표현은 나중에 붙인 것이다. 그때는, 그 상황이 무엇인지도 모른 채, 그 상황 속에 있다. 점점 말이 줄어들면서, 점점 화난 얼굴을 하는 동생과 함께.

이튿날 등교했을 때, 그 여학생은 보경이의 시선을 의식한다. 보경이가 줄곧 자신을 보고 있다. 점심시간이 되자 보경이는 그 여학생 곁을 지나가면서 아무도 모르게 책상 위에 무엇을 놓고 간다. 편지다. 여학생은 얼른 그 편지를 교복 주머니에 넣는다. 그러고는, 어디, 아무도 없는 곳에 가서 편지를 읽고 싶어 두리번거린다. 어디나 친구들이 있다. 교실에도, 복도에도, 층계참에도, 운동장에도. 그 여학생은 편지를 들고 화장실로 들어간다. 화장실 문을 안으로 잠그고 변기 위에 양 다리를 벌리고 서서 편지를 꺼낸다. 장미꽃이 그려진 분홍빛 편지지가 나온다.

지금 나는 왼쪽 어깨가 많이 아파. 네 손을 놓고 싶지 않아 한 손으로만 들고 온 가방 때문에 어깨가 아파. 넌 오른쪽 어깨가 아프지? 네 손을 잡고 있는 동안은 그 손에만 신경을 쓰느라고 몰랐는데, 이제 아프기 시작한다.

내가 널 기다렸어. 네가 가지 않기에, 얼마나 오래 남아 있는지 지켜보려고. 어쩌면 그렇게 꼼짝도 하지 않고 앉아 책만 읽니? 네겐 무슨 슬픈 비밀 같은 게 있는 것 같아. 네 눈빛이 그래. 난 너의 그 눈빛에 끌렸던 것 같아. 처음부터 널 좋아했어. 그래서 한 달간 지켜봤는데, 넌 한 번도 날 실망시키지 않았어. 네겐 공부 잘하는 아이들이 보이는 교만 같은 게 없어서 좋아. 이런 노래 아니? '너의 침묵에 메마른 나의 입술, 차가운 네 눈길에 얼어붙은 내 발자국⋯⋯.' 내게 답장 줘. 널 사랑해. 우리 사랑은 반 아이들에게는 비밀로 하자.

그 편지에는, 그때 유행하던 양희은의 〈이루어질 수 없는 사랑〉이 삼절까지 적혀 있다. 그리고 그 여학생이 처음 들어보는, 사랑한다는 말도 적혀 있다. 여학생은 화장실에 서서 편지를 세 번 읽는다. 공연히 끈을 잡아당겨 변기의 물을 내린 후 화장실을 나온다. 거울을 들여다보니, 제 얼굴이 달라 보인다. 무언가 다르다. 화사하고 발그스레하고, 전에는 없던 어떤 기운으로 인해 아주 밝아 보인다.

그때, 그런 일에 대한 사전 지식이 전혀 없었던 그때, 어떻게 보경이의 비밀스런 접근을 자연스럽게 받아들였을까. 어떻게 보경이의 편지를 아무도 없는 곳에 가서 읽을 생각을 했을까. 그러나 그런 것은 중요하지 않다. 중요한 것은, 그 여학생이 마른 스펀지처럼 보경이를 받아들였다는 점이다. 그 후 어떤 사랑이, 어떤 사랑한다는 말이 그 분홍색 편지지에 서툴게 쓰인 글보다 순수했을까. 그 후 어떤 사랑한다는 말에 그때처럼 감동했을까. 생각해보면, 그때처럼 순수한 도취, 두근거리는 기대감, 새롭고 신기한 세계를 펼쳐주는 사랑이란, 그래, 없는 것 같다. 피를 나누지 않은 사람의 존재도 몸 안으로 스며들어 핏줄을 타고 흐를 수 있다는 사실을 일러준 경험.

그 여학생은 도취와 충만감으로 가득해진다. 어머니와 아버지가 떠난 자리, 가정의 울타리가 와해된 모든 자리에 보경이가 들어찬다. 여학생은 그날 집으로 돌아가 보경이에게 답장을 쓴다.

오늘은 네 웃음소리가 다르게 들렸어. 네 웃음소리가 모두 나를 향해 달려오는 것 같았어. 나는, 나는 뭔가 다른 세계로 들어서는 기분이야. 네가 나를 다른 세계로 데리고 가고 있어. 나는 네 뒤에 앉고 싶다는 생각이 들어. 그래서 네 모습을 더 많이, 마음껏 볼 수 있었으면 좋겠어. 아까 청소 시간에, 난 유리창을 닦으면서도 줄곧 너만 보고 있었어. 혹시 알고 있었니? 운동장 청소를 하면서 너는 빗자루를 들고 운동장을 이리저리 뛰어다녔지. 너의 그런 모습이 좋아. 《데미안》이라는 소설 읽어봤니? 거기 이런 구절이 있어. '모든 사람의 인생은 자기에 이르는 길이다.' 자기에 이르는 길, 그게 무슨 뜻일까 오래 생각하고 있어.

대충 그런 내용이었던 것으로 기억한다. 그 여학생은 자신의 답장이 보경이의 마음에 들지 않으면 어쩌나 초조해지기까지 한다. 다음 날 편지를 주머니에 넣은 채 보경이에게 그걸 건네줄 기회만 엿본다. 보경이 주변에는 언제나 친구들이 많이 모여 있어 틈이 나지 않는다. 물론 그 여학생에게도 친구가 많다. 두 번째 줄 근처에 앉는 여섯 명쯤 되는 친구들과 같이 다닌다.

보경이가 해결책을 만든다. 점심시간에, 교실 앞쪽에 있는 음료수대에 물을 먹으러 와서 그 여학생에게 살짝 눈짓한다. 그 여학생은 조용히 일어나 보경이를 따라 나간다. 복도에서, 재빨리 편지를 건네준다. 그리고 가슴을 두근거리며 자리로 돌아온다.

이튿날 보경이는 답장을 보낸다.

어제 집에 갈 때는 왜 혼자였니? 난 네 뒤에서 걷고 있었어. 혼자 걷
는 네 보습을 보는 일이 얼마나 가슴 아팠는지 몰라. 다가가 네 손을
잡아주고, 네 동그란 어깨를 감싸주고 싶었어. 하지만 내 주변에는 친
구들이 많았어. 난 지금도 네 어깨 주변에 머물던 쓸쓸한 햇빛을 생각
해. 내일 해가 나서 네 어깨에 따뜻한 빛이 내린다면, 그것을 내 마음
이라고.

여학생은 보경이의 편지가 어른스럽다는 것에 늘 놀란다. 보경이
는 때로, 음악실 같은 곳에 가면 그 여학생 옆에 앉기도 한다. 그러
면 그 여학생은 그 시간 수업에 전혀 집중하지 못한다. 가슴이 뛰어
서. 그 여학생과 보경이는 그렇게 우정을 가꾸어간다. 이틀에 한 번
씩 보경이의 편지를 받고, 이틀에 한 번씩 보경이에게 편지를 쓰면
서. 내밀한 우정, 같은 반 친구들이 아무도 모르는 그들만의 우정.
때로 그 여학생은 잘 믿기지 않는다. 교실에서 여전히 큰 소리로
떠들며 이리저리 뛰어다니는 보경이는, 그 여학생에게 편지를 보내
는 사람과는 전혀 다른 사람이다. 믿을 수 없을 만큼. 그러나 보경
이가 몰래 편지를 건네거나, 교실 앞의 음료수대에서 물을 마시며
그 여학생을 바라보거나, 운동장 청소를 하면서 유리창을 닦고 있
는 그 여학생에게 몰래 손짓할 때면, 그 여학생은 그제야 제가 알고
있는 다른 보경이를 본다. 다른 친구들이 아무도 모르는 보경이, 자
신을 사랑하는 보경이, 생각이 깊고 조용한 보경이.
편지가 서른 통쯤 오간 뒤, 보경이는 그 여학생의 손을 잡고 걸으

며 말한다.

"난 아무도 우리 집에 데려가지 않았어. 너만 초대하는 거야."

보경이가 어쩐지 화난 것 같은 얼굴을 하고 있어 여학생은 가만히 있는다.

"이제부터 무엇을 보더라도, 나를 대하는 마음이 달라져서는 안돼."

여학생은 그러겠다고 고개를 끄덕인다. 보경이의 집은 그 여학생의 집에서 한 정류장 정도 거리에 있다. 큰길에서 골목으로 들어서니 보이는 것은 온통 목재들뿐이다. 하얗게 다듬어진 긴 나무들이 하늘을 향해 서로 어깨를 기대고 서 있다. 삼각뿔 모양을 이루는 그 목재 곁을 지나니 제재소 옆으로 낮고 작은 집이 나온다. 지붕은 슬레이트 같은 걸 얹고 있고, 벽은 시멘트로 찍어내는 벽돌 그대로다. 담이 없어서 골목에서 바로 창 안이 보인다. 방 두 개와 부엌이 일자로 나란히 붙어 있다.

보경이는 두 방 중 부엌에서 먼 쪽 방문을 연다. 방 안에는 책상과 침대가 있다. 여학생은 그때 침대를 처음 본다. 가수 양희은의 사진도 그때 처음 본다. 공책 크기만 한 양희은의 사진은 벽에 붙어 있다.

"아버지는 돌아가시고, 어머니는 집을 나갔어. 언니랑 둘이 이 방을 썼는데, 언니도 어디론가 가버렸어."

보경이는 재빨리 말해버린다. 그래, 버리듯이 말한다. 제 말을, 제 말 속에 있는 이야기들을 집어던지듯이. 여학생은 보경이가 버린 말들을 가만가만 주워서 되새겨본다. 나만 슬프다고 생각했는데, 나만 혼자 남겨졌다고 생각했는데…… 여학생은 공연히 엄살을 부린 것 같아 부끄러워진다. 보경이는 교복을 벗고 간편한 옷으로 갈아입은 후 옆방 문을 연다.

"할머니가 또 어디를 가셨나 봐. 집에 있기 답답하다고 자주 밖으로 나가셔."

보경이는 부엌에서 밥을 차려온다. 밥, 김치, 고추장. 그리고 마른 멸치가 한 줌 상 위에 놓여 있다. 여학생은 보경이와 함께 밥을 먹는다. 보경이처럼 밥에 고추장을 넣고, 김치도 몇 조각 넣어 비빈다. 그걸 한 입 넣고, 멸치를 고추장에 찍어 반찬으로 먹는다. 여학생은 밥이 잘 넘어가지 않는다. 그러나 그 밥을 다 먹는다. 고추장과 김치를 비벼 빨간 밥을.

밥을 다 먹고 보경이는 상을 들고 나간다.

"밥은 할머니가 하지만 설거지는 내가 해."

여학생은 보경이를 따라 나가, 보경이가 파란 수세미로 그릇을 하나하나 닦는 동안 옆에 서 있다. 보경이가 그릇을 부뚜막에 차곡차곡 엎어놓는 것을 보다가 묻는다.

"너는 슬픈 적이 없니?"

보경이가 여학생을 돌아본다. 바보 같은 질문을 했구나 싶어진다. 보경이는 여학생에게 웃어 보인다. 입을 옆으로 길게 늘어뜨리는 소리 없는 웃음.

"왜 없겠어."

여학생은 바보 같은 질문이지만 다시 또 묻는다.

"그런 때는 어떻게 해?"

"그런 때는 큰 소리로 웃어. 친구들과 떠들기도 하고, 그러면 금방 괜찮아져."

보경이는 이번에는 웃지 않고 대답한다. 여학생은 고개를 끄덕인

다. 슬플 때, 울음을 참기 위해 목이 아프도록 인상을 쓰고 있는 것
보다는 친구들과 큰 소리로 떠드는 게 더 낫다는 사실을 배운다. 그
게 더 좋은 방법 같다.

"난 절대 슬픈 모습을 사람들에게 보여주지 않아. 그래봐야 동정
밖에 더 받니? 난, 동정은 딱 질색이야."

그 여학생은 골똘히 생각한다. 그래, 나도 이제는 슬플 때 혼자 옥
상에 올라가거나 운동장 끝에 앉아 있지 말고 아이들하고 웃고 떠
들어야지. 그러나 그 여학생은 그렇게 잘 하지 못한다. 보경이처럼
어른스러워지려면 아직 멀었다고 생각한다.

보경이는 어떻게 그런 방식을 터득했을까. 어떻게 동정은 딱 질
색이라고 잘라 말할 줄 알게 되었을까. 언니가 있었기 때문일지도
모른다. 언니가 있는 아이들은 세상을 더 빨리 배운다는 걸 그 여자
는 나중에 안다.

보경이의 생일쯤이었을까. 여학생은 보경이에게 줄 선물을 사러
백화점에 간다. 그때가, 그 여학생이 처음으로 백화점에 들어간 때
이고, 무언가를 제 손으로 직접 산 때가 아니었나 싶다. 여학생은
백화점 안을 이리저리 걷다가 주머니에 든 돈으로 살 수 있는 물건
을 하나 고른다. 보랏빛 손수건이다. 합성섬유로 만들어진 까끌까
끌한 천에, 끝단은 지그재그 모양으로 잘려 있다.

지금 생각해보면, 어떻게 그렇게 무얼 몰랐는지 모르겠다. 합성
섬유로 된 손수건은 전혀 땀 흡수를 할 수 없고, 재단용 가위로 잘
라놓은 끝단은 금세 올이 풀린다. 그러나 그 여학생이 그것보다 더
몰랐던 게 있다.

여학생은 손수건을 예쁘게 포장해서 점심시간에 보경이에게 준

다. 그런데 그 점심시간이 끝나기도 전에 보경이가 여학생을 찾아온다. 딱딱하게 굳은 얼굴로 할 얘기가 있다고 말한다. 여학생은 어리둥절해진다. 보경이의 굳은 얼굴도 이해할 수 없고, 친구들이 많이 있는 곳에서 말을 붙이는 것도 금기로 되어 있는 일이다. 여학생은 보경이를 따라 나간다. 보경이는 복도에 서서 여학생이 나가는 교실 문 쪽을 바라보고 있다.

"왜 손수건을 선물했니?"

"뭐가 잘못됐니?"

여학생은 그때까지도 보경이가 묻는 말뜻을 알아듣지 못한다. 그저 눈을 크게 뜨고 보경이를 바라보기만 한다.

"무슨 뜻으로 손수건을 선물했는지 알고 싶어."

"아무 뜻 없어. 네 생일이어서……."

"다른 뜻은 없고?"

"응."

글을 쓰면서 그 여자는 또 입가에 웃음을 문다. 보경이는 그때 이미 손수건이란 이별을 상징하는 물건이라는 것을 알고 있었고, 여학생은 아직 그걸 모르고 있다. 보경이가 그토록 다급하게 찾아와, 왜 손수건을 선물했느냐고 따지듯 물었던 건 얼마나 당연한가.

보경이와 함께 돌아다녔던 모든 곳이 생각난다. 긴 그림자를 만들던 팔달공원의 나무들, 낚싯대를 드리운 사람들이 나란히 앉아 있던 서호, 팔달성에 올라가 보았던 수원성의 성곽들. 멀리까지 구불구불 뻗어나가는 성곽을 보며, 이걸 누가 다 쌓았을까 생각했던 그 해질녘.

"나는 이따금, 너를 볼 수 없는 날이 오면 어쩌나 싶어지는 때가 있어."

성곽에 걸터앉아 보경이는 아주 먼 곳을 바라보며 말한다. 여학생은 성곽에 기대서서, 저무는 햇빛을 받아 성곽이 빨간색을 띠어가는 것을 보고 있다.

"이 학년이 돼 다른 반으로 갈라지거나 고등학교 때 서로 다른 학교로 가게 되면……."

볼 수 없는 날이 오면……. 여학생은 그런 일에 대해 생각해본 적이 없다. 그러나 보경이의 말을 듣고 나니 그런 일이 생길지도 모르겠다고 생각된다. 생각만으로도 목에 돌멩이가 걸린다.

"그런 날이 오더라도, 난 영원히 널 잊지 않을 거야. 영원히."

영원히……. 그 말이 여학생의 가슴에서 큰 울림을 만든다. 영원히. 여학생이 기대서 있는 수원성은 1796년에 지어진 것이다. 그건 이백 년 가까이 된 건축물이다. 그 건축물도 영원을 견디어내며 여기저기 모서리가 부스러지고 있다. 발밑에 있는 흙은, 그건 지구라는 혹성이 최초로 폭발한 이후, 생명체가 숨 쉬기 시작한 때부터 지금까지 거기 있다. 영원을 꿈꾸며. 그리고 저 태양, 지구보다 더 오랜 생명을 지닌 우주의 가장 큰 핵심, 그것도 영원을 지향하고 있을 것이다. 그러나 어디서부터 어디까지를 영원이라고 말할 수 있는가. 여학생은 자신이 없다. 영원이란, 영원히 무얼 어떻게 하겠다는 말은, 그렇게 섣불리 뱉는 게 아니라는 생각이 든다. 그런 생각이 들자 목에 걸린 돌멩이가 더 커진다.

"넌 어떠니?"

보경이는 여학생의 손을 끌어다 잡는다. 손을 잡고 손등을 쓰다 듣는다. 보경이 손의 따뜻한 온기가 여학생의 온몸으로 퍼진다. 목에 걸린 돌멩이가 조금쯤 작아지는 것 같다.

"모르겠어. 난, 영원이라는 게……."

여학생은 제 대답이 보경이를 서운하게 하리라고 짐작한다. 그래서 얼른 덧붙인다.

"우리가, 영원이라는 것보다 더 오래 함께 있었으면 좋겠다고 생각해."

보경이는 여학생의 손에 조금 더 힘을 가한다. 여학생은 아주 따뜻한 안정감을 느낀다. 아버지의 손을 잡고 싶어 했던 것, 아버지가 손을 잡아주었으면 하고 바랐던 것, 바로 그것을 보경이가 대신 해주고 있다.

열세 살에도 사랑을 알까, 진정한 사랑을. 여성들 사이에도 사랑이 있을까, 진정한 사랑이. 어른이 된 그 여자는 그렇다고 고개를 끄덕인다. 그게 첫사랑이었다고. 그 사랑에는, 사랑이 가지고 있는 모든 속성이 다 있었다고.

우선 거기에는 사랑이 가지고 있는 배타적 비밀의 속성이 있다. 같은 반 친구들이 아무도 몰랐던 관계, 보경이는 처음부터 그걸 조건으로 내세운다. 또한 그 사랑에는 전제된 배반이 있다. 보경이는 초등학교 때부터 친했던 다른 친구에게 등을 보이면서 그 여학생에게 다가온다. 보경이의 등을 보며 마음 아파하는 친구가 있다는 사실을 여학생은 뒤늦게 알게 된다. 그러므로 사랑은 가해자가 되든 피해자가 되든, 고통을 매개로 하여 자란다는 것도 알게 된다. 그럼에도, 보경이의 옛 친구에게는 미안하지만 그럼에도, 보경이가 오직 자신만을 사랑한다는 사실을 만족스러워하는 마음에는 사랑이 가지고 있는 독점의 속성이 있다.

거기에는 사랑의 모든 요소가 다 있다. 열세 살 여학생들의 친밀한 관계, 그건 사랑이다.

그 여자는 지금도 동성애자들을 이해한다. 모르겠다. 그들이 성의 문제를 해결하는 방식에 대해서는 논외로 하자. 여성 동성애자들이 남성 기피자들이고 남성 동성애자들이 여성 혐오론자라는 편견에 대해서도 논외로 하자. 다만, 동성에게 그토록 강하게 이끌리고 강하게 도취되는 그 정신의 영역에 대해서는 이해한다. 사실, 사랑이란 그 대상이 누구냐가 그리 중요하지 않다. 중요한 것은 그 도취의 세계이고 도취가 만들어내는 새로운 환상의 세계일 것이다.

7

1972년 여름, 태풍 리타가 전국을 휩쓸 때, 그때 그 여학생은 과수원에 있다. 수원 하숙집은 농촌진흥청 근처에 과수원을 가지고 있어, 여름방학이면 온 가족이 과수원에 가서 지낸다.

과수원은 몹시 넓고, 여름방학 때면 잘 익은 복숭아들이 나무가 휘어지도록 열린다. 여학생은 과수원 일을 좋아한다. 아침 일찍 일어나 밤사이 떨어진 복숭아를 양동이에 주워 담는 일도 좋아하고 복숭아를 크기에 따라 나누는 일도, 복숭아에게 얇은 종이옷을 입혀 상자에 차곡차곡 뉘는 일도 즐겁다. 그중에서도 제일 좋아하는 것은 새벽에 복숭아나무 밑으로 걸어가는 일이다. 머리 위에는 푸르고 둥근 천장이 있고, 양편으로는 복숭아나무들이 정겹게 서 있는 그 밑을 걸어가며 바닥에 떨어진 복숭아를 주워 담는다. 한 손으로는 물이 줄줄 흐르는 복숭아를 베어 먹으면서. 그 길을 걸어가면 그 끝에서 전혀 다른 세상을 만날 것 같다. 어떤 신비감 같은 것, 푸르스름한 공기 속에서 농밀한 복숭아 향기를 맡으며 걷는 일에는 늘 어떤 신비감이 있다.

그해, 태풍이 왔던 그해에는 유난히 복숭아가 많이 떨어진다. 낮에는 우산을 쓰고 복숭아를 사러 오는 이웃 사람들에게 복숭아를 세어 주고, 리타 때문에 올해는 망쳤다고 말하는 아주머니의 이야기를 듣는다. 아주머니는 그런 이야기를 아주 평화롭게 한다. 한 번도 얼굴을 찡그리지 않고 한 번도 화를 낸 적이 없다. 넉넉한 살림에 착하고 똑똑한 아이들, 그것이 아니더라도 아주머니는 온건하고 낙천적인 성품을 가지고 있다. 아주머니는 늘 여학생과 그 동생에게 친절하지만, 바로 그 점 때문에 여학생은 이따금 울적해진다.

동생도 과수원 일을 좋아한다. 여학생은 동생과 함께 누가 더 많은 복숭아를 주워오는지 내기도 한다. 동생은 저쪽으로, 여학생은 이쪽으로, 각각 양동이를 들고 출발한다. 나중에 과수원 마당에서 만나 복숭아를 비교해본다. 일일이 꺼내서 세지는 않는다. 그저 비교해보고 웃고만 만다.

동생은 여전히 말수가 적지만, 그래도 여학생이 하는 말은 다 듣는다. 여학생도 동생이 해달라는 일은 다 해준다. 숙제를 대신 해주고, 식물채집을 함께 한다. "식물채집을 할 때는 땅 위의 잎만 캐는 게 아니라 땅속의 뿌리까지 캐야 하는 거다." 아버지의 말을 떠올리며 여학생은 막대기로 땅을 파헤친다. "어떤 식물도 뿌리가 없으면 자랄 수 없어. 뿌리도 그 식물의 소중한 일부분이지." 여학생은 아버지의 말이 옳다는 것을 깨닫는다. 식물마다 뿌리 모양이 많이 다르다. 마름은 굵은 뿌리 하나에 자잘한 실뿌리가 많이 달려 있고, 질경이는 아주 짧은 뿌리가 조금밖에 없다. 또 어떤 풀은 머리카락처럼 길고 가는 뿌리가 아주 풍성하게 달려 있다.

이제 그 여학생은 더 이상 어머니나 아버지를 그리워하며 울음을 참지 않는다. 그보다는 활짝 웃으며 사람들과 어울리기를 더 좋아한다. 어디서든, 보경이를 생각하면 마음이 따뜻해진다. 보경이만 있으면, 보경이만 있으면 괜찮을 것 같다.

그날은 여러 날 계속되던 장마 사이에 잠깐 갠 날이다. 여학생은 과수원 원두막에 앉아 있다. 방학 책을 가지고 갔지만 보지는 않는다. 그저 가만히 앉아 하늘의 구름을 바라본다. 그날의 하늘은 크레파스에 있는 하늘색과 비슷하다. 크레파스의 하늘색을 만든 사람은 바로 저런 하늘을 본 모양이라고, 크레파스에 있는 하늘색을 이해한다. 그러다가 너무 오래 외딴곳에 앉아 있다는 생각 때문에 집으로 돌아온다. 너무 오래 안 보이면 아주머니가 걱정하실 것이다.

여학생은 복숭아를 하나 먹을까 하고 창고로 들어간다. 창고에 들어서면서 무언가 달라진 것을 느낀다. 저쪽 편에 쌓여 있던 나무 상자들이 다 치워져 있다. 비 때문에, 오랜 장마 때문에 나무 상자들을 좀 널어둬야겠다고 걱정하던 아저씨의 말이 생각난다. 나무 상자들은 넓은 창고 바닥 가득히 널려 있다. 그리고⋯⋯ 나무상자 뒤쪽에 있다가 막 모습을 드러낸 두 개의 캐비닛. 여학생은 그게 무엇인지 금방 알아본다. 강릉에서 이삿짐 트럭에 싣고 왔던 캐비닛, 파란색 키 큰 캐비닛과 쑥색의 키 작은 캐비닛. 두 개의 캐비닛이 그 구석에 서 있다. 캐비닛 앞에는 동생이 붙어 서 있다.

여학생은 아주 부끄러운 무엇을 본 것 같다. 보아서는 안 될 것, 아무에게도 내보여서는 안 되는 것, 그런 것을 본 것 같다. 집 안의 모든 것, 자주색과 파란색 공단이불이며, 둥글게 모여 앉아 밥을 먹던 그릇들, 여학생이 가끔 궁금하던 장난감들, 동생의 총, 딱지, 구슬, 그리고 십 년 동안 찍은 사진들, 그것들이 모두 거기 있을 것이다. 거기, 창고 구석에, 캐비닛 안에.

여학생은 동생에게 다가간다. 동생은 캐비닛 다이얼에 손을 대고 있다가 발소리를 듣고 놀란 듯 고개 돌린다. 여학생을 보자 금세 화난 얼굴이 된다.

"뭐하니?"

여학생은 동생이 뭘 하는지 알면서도 그렇게 묻는다. 목이 아파 오려 한다.

"이게 안 열려."

"번호를 잊어먹었니?"

"72 12 34잖아. 맞지?"

여학생은 그 번호가 큰 캐비닛 번호라고 기억하고 있다. 둥근 다이얼을 오른쪽으로 돌리면서 72를 맞추고 왼쪽으로 돌려서 12를 맞춘 다음 다시 오른쪽으로 돌려서 34번을 맞추면 열리게 되어 있다. 그러나 시작하기 전에 다이얼을 이리저리 많이 돌린 다음에 맞추기 시작해야 한다. 중학교 뺑뺑이를 돌릴 때, 구슬들을 섞기 위해 오른쪽으로 한 바퀴 돌렸듯이.

"많이 돌린 다음 다시 해봐."

"얼마나 많이 해봤다고. 안 돼."

말은 그렇게 하면서도 동생은 다시 해본다. 오른쪽으로 72, 왼쪽으로 12, 다시 오른쪽으로 34. 그런 다음 손잡이를 오른쪽으로 젖히며 잡아당긴다. 열리지 않는다. 동생은 주먹으로 캐비닛 문을 쾅, 친다. 여학생은 캐비닛 옆으로 돌아간다. 캐비닛 왼쪽 몸체에 아버지가 번호를 적어두었다는 게 기억난다. 검고 굵은 잉크로 휘갈겨 쓴 번호는 72-12-34다. 번호는 맞다. 여학생은 어떻게 하면 좋을지 몰라 옆의 작은 캐비닛을 가리킨다.

"그럼 이거 열어보자."

"그것도 안 돼. 벌써 해봤어."

동생은 이번에는 작은 캐비닛을 발로 찬다. 여학생과 동생이 함께 쓰던 캐비닛, 동생이 그 아래쪽 서랍에서 구슬을 꺼내 여학생에게 주었던 캐비닛.

"그래도 한번 해봐."

"안 된다니까!"

동생은 화를 낸다. 화를 내며 돌아서 가버린다. 여학생은 동생의 말에 묻어나는 울음의 기미를 느낀다. 여학생은 동생을 따라 나간다. 동생은 복숭아나무들 사이로 재빠르게 달아나버린다. 여학생은 동생을 찾아간다. 정훈아, 정훈아. 그러나 동생은 대답이 없다. 과수원은 너무 넓어서, 그곳을 차례차례 살피기란 쉬운 일이 아니다. 그래도 여학생은 복숭아나무들이 줄지어 있는 곳을 한 칸씩 찾아나간다. 썩은 복숭아를 밟아 미끄러지기도 하고, 날카로운 풀잎에 쓸려 종아리에 피가 맺히기도 한다. 복숭아가 머리 위로 툭 떨어져 금세 이마가 깔끄러워지기도 한다. 그래도 여학생은 열심히 복숭아나무들 사이를 뒤진다.

동생은 과수원 서쪽 끝에 있다. 할미꽃이 핀 무덤 옆에 쭈그리고 앉아 할미꽃처럼 고개를 숙이고 있다. 이미 다 울었는지, 아니면 처음부터 울음을 참았는지 여학생이 갔을 때는 괜찮은 얼굴이다. 여학생은 동생 곁에 앉는다. 동생은 고개를 들어 여학생을 바라보고는 시선을 아주 먼 곳으로 보낸다. 여학생도 동생이 바라보는 곳을 멀리까지 바라본다. 하늘이, 크레파스에 있던 것처럼 온전한 하늘색인 하늘이 거기 있다.

두 아이는 한참 동안 말이 없다. 어느 날부터, 여학생은 동생에게 할 말이 없어졌다. 언젠가는 아버지가 우리를 데리러 올 거야. 언젠가는 어머니와 아버지와 다 함께 모여 살 날이 있을 거야. 스스로도 확신이 없는 그런 말들로 동생을 달랠 수는 없다. 동생도 그런 말이 그저 거짓 위안에 불과하다는 걸 다 알고 있을 것이다.

"거기, 내 스케치북이랑, 그런 것들이 들어 있을 텐데……."

여학생은 동생의 말을 듣기만 한다. 그래, 우리 사진이랑, 비커, 플라스크 그런 것도 있을 거야. 그렇게 말할 수는 없다. 어떠한 말도 할 수 없다. 동생은 말이 없는 여학생을 한번 돌아보고는 툭툭 엉덩이를 털며 일어난다.

그날 이후 그 여학생은 과수원 창고에 들어가는 일을 피한다. 어쩔 수 없이 들어가야 할 때는 캐비닛이 있는 쪽을 보지 않으려 애쓴다. 함부로 버려진 소중한 것들, 남들에게 보여주어서는 안 되는 것들, 아주 부끄러운 것들, 그런 것들이 거기 있다. 언제나 여학생을 부르면서. 여학생은 도망친다. 난 어떻게 할 수 없어. 이건 어른들의 일이야.

그 여자는 어른이 된 이후에도 가끔 그 캐비닛들을 생각한다. 어떻게 되었을까. 어머니와 아버지의 결혼사진이 있고, 그 여자가 어렸을 때 잔디밭에 쭈그리고 앉아 소변을 보는 사진이 있고, 가족들이 덮고 자던 이불이며, 일상을 살아가는 데 그렇게 많은 것이 필요했던가 싶게 많은 물건이 거기 있었다.

어떻게 되었을까. 아마 어느 날, 과수원집 아저씨가 캐비닛을 통째로 내다버렸을지도 모른다. 어쩌면, 도끼로 문짝을 따고, 그 안에 있는 물건들을 다 태워버렸을지도 모른다. 태우기 전에, 물건들을 하나하나 꺼내보며 무어라고, 남의 말을 하는 사람들이 항용 그러하듯, 무어라 무책임하게 한두 마디쯤 했을 것이다. 당사자가 들으면 마음이 많이 아플 그런 얘기들을.

　나중까지도, 그 여자는 그 캐비닛을 생각할 때마다 집착이 고통이라는 사실을 확인한다. 그곳에 있던 어린 시절의 사진이며 추억들, 그것들을 다시 한 번 볼 수 있다면 싶은 때가 많다. 아주 간절히. 그러면 어김없이 마음이 아프곤 한다. 그 여자는 고통에서, 미련에서 벗어나기 위해 빨리 체념하는 법을 익힌다. 어떤 물건에도, 어떤 대상에도 마음이 묶이지 않도록 조심한다. 욕심을 버리는 일, 스스로 마음을 접는 일, 평온한 마음을 지니기 위해서는 그런 훈련이 필요하다는 것을, 이미 열세 살 때 깨달았을 것이다.

　지난날에 대한 집착을, 그것이 아름다운 형태로든 쓸쓸한 형태로든 가장 극명하게 드러내는 것은 사진이다. 사람들이 사진을 찍는 것은, 지나가버릴 어떤 순간을 영원히 잡아두기 위해서일 것이다.

　사진은 순간을 영원으로 고착시키는 기능을 한다. 예전의 사진을 들여다볼 때, 거기서 보는 것은 어떤 사람의 모습이나 그 사진을 찍은 배경이 아니다. 사진 속에서 입고 있는 털스웨터에 있던 보풀들, 사진 속에서 끼고 있는 시계를 선물한 사람의 미소, 국화들을 한반도 모양으로, 도자기 모양으로 공들여 가꾼 사람의 자상한 손길, 그 사진을 찍어준 사람의 하나, 둘, 셋, 하던 목소리. 사진 속에서 보는 것은 그런 것들이다.

　그런데, 지금 그 여자는 사진을 가지고 있지 않다. 과거의 기억들을 가지고 있지 않다는 뜻이기도 하고, 과거의 어느 시절을 잃어버렸다는 뜻이기도 할 것이다. 이건 비유적인 표현이 아니다. 그 여자는 사진을 잃었을 때, 어린 시절을, 그리고 중고등학교 시절을 모두 잃어버렸다.

사진은 두 차례에 걸쳐 분실된다. 한 번은 1972년에, 또 한 번은 대학을 졸업하던 해인 1982년에. 그 여자가 어렸을 때부터 초등학교 오 학년 때까지 찍은 사진은 수원 하숙집 과수원의 철제 캐비닛 속에 있었다. 그러나 거기 들어 있던 모든 살림살이와 함께 되찾을 수 없게 된다. 중고등학교부터 대학 때까지의 사진은 또 다른 사람의 집에서 잃는다. 대학 졸업 후, 취직이 돼 지방으로 내려가면서 당장 필요하지 않은 물건들을 그 집에 맡겼는데, 그 집이 이사하는 과정에서 분실된다. 두 차례의 분실 사이에는 십 년의 시간이 존재한다. 인생이 십 년 단위로 되풀이되는 것이라면, 그 여자는 1992년에 또 한 번 사진을 잃었어야 한다. 그러나 그런 일은 일어나지 않는다. 그 후 그 여자는 거의 사진을 찍지 않았으므로.

　그 여름방학이 끝날 무렵, 반 년 동안 소식이 없던 아버지가 폭풍우 치는 빗속을 뚫고 과수원으로 들어선다. 아주 낯설어진 아버지. 과수원으로 복숭아를 사러 오는 아저씨나 거리를 걷다가 곁을 스쳐가는 아저씨 같아진 아버지. 전번에 봤을 때보다 더 서먹하다. 이제는 여학생뿐 아니라 동생도 아버지를 대하는 태도가 데면데면하다. 아버지를 그렇게 대하는 게 미안하기도 하지만 그래도 이제는 절대 예전처럼 아버지에게 어리광을 부릴 수 없다.
　"애들 전학 수속을 밟다 보니 늦었습니다."
　아버지는 기분이 좋아 보인다. 여학생은 이제 또 어딘가로 옮겨지게 되었구나 생각한다. 이제 자리를 잡으신 건가. 이제 와서. 여학생은 왠지 떠나기가 싫다. 보경이 때문일 것이다. 보경이와 헤어져야 하는 일, 벌써 그것을 생각한다. 굳이 보경이 때문이 아니라도, 또 어딘가로 옮겨가야 하는 일이 싫다. 버스를 타고 오래 달리는 일도, 낯선 곳에 가서 다시 친구를 사귀는 일도.

"이렇게 갑자기……."

아주머니는 여학생과 동생을 바라본다. 슬픈 눈빛이다.

"오늘 밤, 수원으로 나가야 하겠습니다. 내일 첫차를 타야 하거든요."

아버지는 확신에 찬 어조로, 단호하게 말한다. 문밖에서는 여전히 비가 쏟아지고 아주 먼 곳에서 온 바람이 과수원 위를 회오리치고 있다.

"비 때문에 차가 끊겼을 텐데, 오늘은 여기서 자고 내일 아침 일찍 나가세요."

"아닙니다. 들어오는 차가 있었으니까, 아직 차는 있을 겁니다. 그럴 시간이 없어서요."

여학생은 시간이 없다는 아버지의 말을 이해한다. 여학생도 내일모레가 개학이다. 지루하도록 긴 여름방학이 있었는데 방학이 끝날 무렵에야 촉박하게 시간을 내어 온 아버지를 여학생은 이해하려 노력한다. 무슨 일이 있었을 거라고.

여학생은 과수원집 식구들에게 인사를 하고, 방학 책을 넣은 책가방을 들고 동생과 함께 아버지를 따라나선다. 아주머니는 과수원 멀리까지 따라 나오며 여학생의 머리를 쓰다듬어주고, 동생의 손을 쥐어보곤 한다. 꼭 편지하라는 아주머니의 말에 여학생은 쓸쓸함을 느낀다. 아마, 편지라는 말이 주는 어떤 느낌이 그렇게 쓸쓸한 것이었을 것이다.

큰길로 나갔지만 차는 여간해서 오지 않는다. 이미 사방은 완전히 어두워져, 눈앞에 보이는 거라고는 희끗희끗한 물줄기뿐이다. 아스팔트 위로도 발목을 적시며 물이 흐르고 있다. 세 가족은 아무도 말이 없다. 세차게 내리는 빗소리며, 길 위를 흐르는 물줄기만이 어지러운 소리를 낸다. 한참 만에, 온몸이 다 젖어 오들오들 떨고 있을 때 버스가 한 대 온다. 세 식구는 버스를 탄다. 아무도 말이 없다.

아마 너무 지쳐버렸기 때문일 것이다. 어머니와 아버지를 기다리는 데, 자주 화난 얼굴이 되어 말이 없어지는 동생을 바라보는 데, 안방에서 건너오는 화목한 웃음소리를 외면하는 데, 목이 아프도록 울음을 참는 데, 그 모든 일에 지쳐버렸다. 열두 살에서 열세 살까지 일 년 육 개월 동안. 오랜만에 만난 아버지와도 별로 말을 나누지 않은 것, 그것은 지쳤기 때문이다. 동생도 그랬을 것이다.

수원 시내에 있는 그 집으로 돌아와 여학생은 짐을 싼다. 동생도 자기 짐을 싼다. 그 나이에는 사는 데 필요한 게 별로 없다. 그래서 짐이랄 것도 없다. 책과 공책, 그리고 옷가지들. 제일 큰 짐은 아이들이 덮고 자던 이불이다. 짐을 챙기다가 아버지는 문득 손길을 멈춘다.

"너희들 통지표 좀 보자."

아버지는 선생님이다. 여학생과 동생은 저마다 책가방에서 통지표를 꺼낸다. 여학생은 그때까지는 모범생이다. 성적도 좋고 행동발달상황도 모두 가에 동그라미가 쳐져 있다. 하나만 나다. 동생도 비슷하다. 아버지는 두 장의 통지표를 번갈아 보시더니 얼굴에 웃음을 띤다.

"좋은 성적 받는 것도 중요하지만, 더 중요한 건 행동발달상황이다. 지식 몇 자 더 아는 것보다는 어떤 사람이 되느냐가 중요해."

동생은 네, 힘없는 소리로 대답하고, 여학생은 그저 고개만 끄덕인다.

"그리고 더 중요한 건 건강이다. 운동도 열심히 하고, 친구들과 노는 것도 잘해야지. 특히 정숙이 너는 밥을 많이 먹거라."

여학생은 다시 고개만 끄덕인다. 그리고 묵묵히 짐을 챙긴다. 책들을 가지런히 해서 책가방에 넣고, 공책도 가지런히 해서 그 곁에 넣는다. 책가방 하나와 작은 가방 하나에 짐을 다 챙긴 후 여학생은 아버지를 바라본다. 아버지는 동생의 책들을 챙기고 있다. 여학생은 아까부터 참고 있던 말을 꺼낸다.

"좀 나갔다 오겠어요. 인사할 친구가 있어요."

아버지는 밤이 늦은 시간이고 비가 많이 오는 것을 걱정한다. 여학생은 고집을 부린다. 이미 일어서서 버티듯 서 있다.

"그럼 다녀오거라. 빨리 와야 한다."

여학생은 우비를 입고, 우산을 쓰고 밖으로 나간다. 아까는 발목까지 적시던 아스팔트 위의 물이 이제는 종아리까지 온다. 장화 속으로 물이 들어온다. 걸음마다 절그럭절그럭, 여학생은 한 정류장 저쪽에 있는 보경이의 집을 찾아간다. 보경이가 집에 없으면 어쩌나 생각되자 걸음이 빨라진다.

보경이의 창에는 불이 켜져 있다. 여학생은 그 창을 보며 깊은 한숨을 쉰다. 창밖에서 보경이를 부른다. 빗소리가 커서 보경이는 듣지 못하는 모양이다. 여학생은 팔을 길게 뻗어 창을 두드린다. 커튼이 젖혀지면서 보경이의 얼굴이 나타난다. 가로등 덕분에 보경이의 얼굴이 환히 보인다. 아이들과 웃고 떠들 때의 그 얼굴이 아니다. 어둡고 우울한 얼굴. 창에서 얼굴이 사라지고 잠시 후 보경이가 집

모퉁이를 돌아 나온다. 잠옷차림에 우산을 쓰고 있다.

"나, 전학 가."

여학생은 더 할 말이 없다. 보경이는 아직도 어두운 얼굴인 채로 여학생을 바라보기만 한다. 우산을 받치고 있어도 휘몰아치는 비는 두 여학생의 어깨며 머리까지 적신다.

"어디로?"

"강릉. 아버지가 데리러 왔어."

보경이는 여학생의 손을 잡아끌고 방으로 들어간다. 방바닥에 물에 젖은 발자국이 찍힌다. 여학생은 보경이가 내미는 수건으로 얼굴이며 머리를 닦는다.

"편지해. 난 네 주소를 모르니까, 네가 편지하지 않으면 우리 사이는 끝나버리고 말 거야."

여학생은 양희은의 사진을 보며 고개를 끄덕인다. 그러고는 두 여학생은 말이 없다. 여학생은 의자에, 보경이는 침대에 걸터앉아서. 이별은 짧을수록 좋다는 걸, 그 여학생은 그때 깨닫는다. 울적한 얼굴을 마주 보며 이별의 시간을 연장해나가는 건 고통스럽다. 어머니가 왜 말없이 외가로 떠났는지, 아버지가 왜 과수원에서 그토록 황급히 여학생과 동생을 데리고 나왔는지 알 것 같다. 이별하는 시간은 짧을수록 좋다.

보경이는 생각난 듯 책상 서랍을 열고 무언가를 뒤적인다. 여학생은 사진 속의 양희은의 짧은 머리카락을 바라보고 있다. 보경이는 서랍에서 꺼낸 것을 여학생에게 내민다. 하얗고 반들반들한, 여학생의 엄지손가락만 한 돌멩이다.

"이거……."

여학생은 돌멩이를 받아든다. 손바닥 안에 쏙 들어오는 돌멩이의 차가운 기운이 팔을 타고 몸으로 퍼진다.

"나한테는 아주 소중한 거야. 절대 잃어버리지 마."

"이게 무슨 돌이니?"

무슨 돌이냐니. 아무래도 그 여학생은 이별 앞에서 당황하고 있었던 모양이다. 보경이는 잠시 말이 없다.

"나중에 말해줄게. 나중에, 네 편지에 답장할 때."

여학생은 더 묻지 않는다. 옆방에서 보경이 할머니의 기침 소리가 들린다. 기침 소리는 숨이 잦아들 듯 오래 계속된다. 기침 소리가 계속되는 동안 보경이가 완연히 긴장한다. 기침이 잦아들자 보경이의 표정도 편안해진다. 두 여학생은 다시 어색한 침묵 속에 앉아 있는다.

"전학 가면, 거기서, 다른 친구들 사귀겠지……."

보경이의 목소리가 문득 낮고 힘없어진다. 여학생은 잠자코 보경이의 손을 끌어다 쥔다. 빗속을 걸어온 여학생의 손은 차고, 방 안에 있는 보경이의 손은 따뜻하다. 내가 떠나면 넌 다른 친구를 사귀지 않겠니?

"이상하게도, 난 언제나 그게 걱정이었어. 언젠가는 네가 떠날 것 같은……."

어쩐 일인지, 여학생의 손이 따뜻해지는 게 아니라 보경이의 손이 차게 식는다. 두 여학생의 손이 모두 차가워진다.

"편지할게. 우리가 한 말……."

여학생은 목이 잠긴다. 목의 통증이 점점 가슴 쪽으로 번져가고 있다. 마주 잡고 있는 차가운 손바닥에서 서늘한 식은땀이 배어난다. 무언가, 무언가 더 확실하게 보경이를 안심시킬 방법이 있었으면 싶다. 무언가, 더 분명하게 마음을 표현하는 방법이.

생각해보면 그런 때, 그런 이별 앞에서 성인인 연인들은 포옹을 하거나 입맞춤을 할 것이다. 좀 더 분명하게 마음을 표현할 무언가가 있었으면 좋겠다고 생각할 때, 그 여학생은 아마 그런 점을 아쉬워했는지도 모른다. 손바닥만 마주 잡고 있는 것으로는 미흡한 무엇.

"나, 갈게."

여학생은 보경이에게서 손을 빼낸다. 보경이의 손이 길게 늘어나면서 제 손을 따라오는 것 같은 느낌이다.

"편지해, 꼭."

여학생은 고개를 끄덕이며 다시 우비를 입고 장화를 신고 골목을 빠져나온다. 골목이 꺾이는 곳에서 돌아보니, 보경이는 창 밑에, 가로등 불빛을 받으며 서 있다. 보경이는 가로등 밑에서 아주 작아 보인다.

골목을 돌아 또 하나의 상실과 기대를 경험하며 여학생은 그때 알게 된다. 이별은 짧을수록 좋다는 것을, 누군가와 헤어지는 일은 물 고인 장화를 신고 절벅거리면서 걷는 일처럼 고통스럽고 버거운 일이라는 것을. 어머니가 말없이 외가로 떠난 것도, 아버지가 떠나갈 때 그토록 말이 없었던 것도, 모두 그래서인 거라고, 이별은 짧을수록 좋은 거라고.

8

　오랜 전통을 가지고 있는 학교는 그 전통만큼 낡은 건물과 묵은 이야기들을 간직하고 있다. 그 여학생은 이제 강릉여중 일 학년 오 반에 다닌다. 강릉여중은 강릉여고와 같은 건물에 있다. 일제강점기에 지어졌다는 학교는 진입로에 키가 크고 가지가 늠름하게 벌어진 상록수가 줄지어 심어져 있다. 히말라야시다다.

　강릉여중에 대한 첫인상은 아름드리 히말라야시다와 마룻장에 윤이 반들반들 나는 긴 복도다. 그 복도 중간쯤에 교무실이 있다. 여학생은 할아버지와 함께 교무실로 들어간다. 아버지는 그 여학생을 전학 서류들과 함께 할아버지에게 맡기고, 동생만 데리고 가버렸다. 아버지는 강릉에서 조금 떨어진, 정선군 임계면에 있는 고등학교에 나가신다.

　교무실에 들어서자 선생님들의 시선이 일제히 쏠린다. 여학생은 선생님들의 시선이 의미하는 걸 금세 감지한다. 자신이 남들과 다르게 생겼다거나 특별해서가 아니다. 예민한 촉수로, 그 시선들에 담긴 동정과 연민의 기미를 읽어낸다. 강릉은 작은 도시다. 오 년에 한 번씩 전근 다니는 선생님들 중에는 이미 그 여학생의 아버지와 함께 근무했던 분도 있다.

　"어휴, 저 어린것이……."

여학생은 그 말을 분명하게 듣는다. 온몸의 숨구멍이 막히는 느낌이다. 제 모습이 그렇게 낱낱이 밝혀지는 것, 그로 인해 공연히 선생님들의 관심을 끌게 되는 것, 그 모든 일이 죽을 만큼 싫다.

담임은 사십 대쯤 되어 보이는 여선생님이다. 영어를 담당하고 있다. 할아버지는 집으로 돌아가시고, 그 여학생은 선생님을 따라 교실로 들어간다.

"새로 전학 온 친구예요. 앞으로 사이좋게 지내세요."

여학생은 친구들을 빙 둘러본다. 그러나 낯익은 얼굴이 없다. 초등학교 때 친구들은 다 어디 갔을까. 수원으로 전학 간 후 그토록 보고 싶어 했던 친구들은 다 어디로 갔을까. 여학생은 자신을 보고 있는 모든 친구가 낯설게 느껴진다.

담임은 반장을 일으켜 세우더니 여학생에게 그 옆자리에 가서 앉으라 한다. 무언가 다른 점, 담임이 자신을 무언가 다르게 대하고 있다는 사실을 여학생은 또 예민하게 받아들인다. 동정은 딱 질색이야. 보경이의 말투를 그대로 흉내 내어 속으로 중얼거린다.

그 여자는 이제 기억의 오류에 대해 안다. 아무것도 예전 같은 것은 없다. 기억 속의 그 시간, 그 공간, 그 사람. 그런 것은 현실에 존재하지 않는다. 예전에 가보았던 곳이 좋아, 예전에 먹었던 음식이 맛있어, 예전에 보았던 영화가 좋아, 다시 찾는 일이 있다. 그러나 언제나 실망하고 만다. 시간 때문이다. 시간이 그 대상을 바꾼 게 아니라 우리가 변하기 때문이다. 그 영화를 보았을 때의 바로 그 정서, 그곳을 찾았을 때의 바로 그 기분, 그 음식을 먹었을 때의 바로 그 입맛, 그것이 없어진 것이다. 자신이 변하기 때문에, 예전과 같은 것은 이 세상에는 존재하지 않는다.

아직 그런 사실을 깨닫지 못한 그 여학생은, 예전의 친구들, 성덕초등학고 때의 친구들을 찾으려 노력한다. 아는 친구가 하나도 없다는 사실에 초조해지기까지 한다. 초조한 마음을 안고 쉬는 시간에 보경이에게 편지를 쓴다.

보고 싶어.

그렇게 써놓고 나니 할 말이 없다. 멀리 있는 것을 그리워하는 일이 얼마나 몸을 상하게 하는지 알기 때문에 손에서 힘이 빠진다. 수원으로 전학 가서 강릉 친구들을 그리워했던 일이며, 외가로 간 어머니를 그리며 매일 산 위에 올라갔던 일이며, 동생과 함께 수원에 남겨져 아버지를 기다린 일이며……. 여학생은 이제, 그런 일이 너무 힘들다. 그래도 편지를 쓴다.

나는 강릉여중 일 학년 오 반에 들어왔어. 아직 모든 것이 낯설어. 아까는 무심히 고개를 돌려 뒤쪽을 바라보았어. 거기 네가 없다는 것을 알고는 가슴이 철렁 내려앉았어. 넌 어떠니? 너도 가끔은 내가 앉았던 자리를 보니? 내가 앉았던 자리에 지금은 누가 앉아 있니?

그날 수업이 끝나고 집으로 돌아오는 길에 여학생은 또 한 번 길을 잃는다. 이번에는 방향감각이나 지리를 잃은 게 아니라 마음을 잃어버린다. 또 다른 하숙집으로 가야 하는 일이 내키지 않아서, 하숙집과 반대방향으로 걷는다. 전혀 모르는 사람들이 사는 집으로 들어가기가 싫어서 낯선 곳으로, 낯선 곳으로 걸어간다. 포장되지 않은 길에서 피어오르는 마른 흙먼지 냄새를 맡으면서.

그 여학생은 다시 하숙을 하게 된다. 아버지와 동생은 임계로 가고, 강릉에는 그 여학생만 남겨진다. 시내에는 할아버지가 있지만 그 집에는 여학생이 묵을 만한 방이 없다. 번화한 시장 거리에 있는 할아버지의 집은 일본식 이층집이다. 검은 콜타르를 칠한 나무판을 벽으로 한, 그래서 멀리서 봐도 집이 그저 검게 보이는, 그런 이층집이다. 그 근처에는 할아버지의 집과 같은 일본식 이층집이 여러 채 모여 있다.

할아버지의 집에는 방이 여섯 개 있지만, 그 방은 모두 장터를 오가는 사람들의 몫이다. 그렇다고 무슨 하숙집이나 여관은 아니다. 할아버지의 집 문에는 오히려 '의성김씨 종친회'라는 현판이 걸려 있다. 할아버지는 그곳에서 종친회 일을 보고, 할아버지의 친구들과 장기를 두거나 육백을 치신다. 그러면서 장터를 떠도는 장돌뱅이들에게 밥을 해주고 잠자리를 빌려준다. 그 집에 오래 사셨기 때문에 닷새나 열흘에 한 번씩 오는 장꾼들은 거의 한 식구 같다. 일년에 한 번씩, 단오 때만 강릉을 찾는 장꾼들도 할아버지에게 선물 같은 것을 사오며 늘 할아버지 집에서 묵어간다.

장꾼들에게 밥을 해주거나 잠자리를 마련해주는 일은 할머니의 몫이다. 친할머니는 여학생이 태어난 다음에 돌아가시고, 그 다음에 들어오신 할머니다. 할아버지도, 아버지도 그 집이 여학생의 교육에 별로 유익하지 못하다고 판단했던 것 같다. 여학생은 제 뜻과는 상관없이 또다시 하숙집에 맡겨진다.

황량하고 낯선 길에 망연히 서 있던 그 여학생은 길을 벗어나 숲으로 들어간다. 숲에서는 매콤한 나무 냄새가 난다. 소나무 향기다.

여학생은 가장 양지바른 소나무 둥치에 기대앉는다. 오랜 시간이 지나도록 가만히 앉아 있기만 한다. 햇빛 아래 눈을 감은 채. 초등학교 때처럼 만화책을 보거나 노래를 부르지도 않는다. 그저 가만히 앉아 있는다. 동생은 잘 있을까. 보경이는…… 여학생은 공책을 꺼내 책가방으로 받치고, 아까 보경이에게 쓰다 만 편지를 계속해서 쓴다.

　지금 네가 준 돌을 만지고 있어. 차갑고 동글동글한 느낌이 참 좋아. 네게 중요한 돌이라고 했지? 많이 생각해봤어. 무슨 돌일까? 네게 무슨 의미가 있는 돌일까…… 그러다 보면 그 돌이 아주 무거워지는 것을 느껴. 누군가에게 어떤 중요한 의미를 갖는다는 건 아마 무거워지는 일이 아닐까 싶어.
　널 보고 싶을 때마다 이 돌을 봐. 넌 지금 어디서 무엇을 하고 있을까. 음료수대에서 물을 마시다가 무심히 내가 앉던 자리를 보고 있을까, 친구들과 어울려 웃고 있을까…….

여학생은 편지를 쓰다 말고 고개를 든다. 가슴이 답답하게 막혀온다. 하, 숨을 내쉬며 하늘을 보면, 하늘은 아주 높은 곳에 있다. 여학생은 그 하늘이 자신을 놀리는 것 같다고 생각한다.《엄마 찾아 삼만 리》라는 만화책에서 누군가 주인공 소년을 놀렸던 것처럼 그 하늘이 자신을 놀리는 것 같다. 어쩐지 화가 나려 한다. 그 하늘에게.

숲이 수런수런 어두워져서야 여학생은 숲에서 나온다. 그러고도 아주 천천히 걸어 하숙집으로 돌아온다. 하숙집은 언덕 제일 높은 곳에 있다. 하숙집 할머니는 여학생을 보자 얼굴을 활짝 편다.

"늦어서 걱정했다. 들어가거라, 저녁 먹게."

여학생은 걱정했다는 할머니께 미안하다. 할머니는 혼자 사신다. 방이 여러 개인 집을 사람들에게 세주고, 한 방에는 하숙을 친다. 여학생은 할머니와 같은 방을 쓴다. 할머니의 반닫이 옆에 여학생의 앉은뱅이책상이 놓여 있다. 여학생은 교복을 벗고 편한 옷으로 갈아입은 다음, 뒷마당으로 나가 세수를 한다. 뒷마당에는 펌프가 있고, 그 곁에는 앵두나무가 있고, 뒷마당 바로 뒤는 야트막한 산이다. 산에는 밤나무가 여러 그루 심어져 있어 뒷마당으로 밤송이가 떨어져 내린다. 여학생은 세숫대야에 손을 담근 채 떨어진 밤송이를 오래 바라본다.

"세수 안 하고 뭐하니?"

할머니의 말을 듣고야 여학생은 세수를 한다. 저녁을 먹고 할머니가 먼저 자리를 펴고 누운 다음, 여학생은 작은 불을 켜놓고 다시 보경이에게 편지를 쓴다.

하숙집 뒤뜰에 밤송이가 떨어져 있어. 아직 여물지도 않은, 파랗고 연약한 밤송이들이야. 가시가 있지만 너무 연약해서 만지면 그대로 부러지거나 휘어질 것 같았어. 왜 그랬을까. 그걸 보고 있는데 이상하게 슬퍼졌어.

난 알 것 같아. 익지도 않았는데 나무에서 떨어져야 하는 밤송이의 마음을. 너도 알지? 그 밤송이가 다시는 제가 달려 있던 가지로 돌아가지 못할 거라는 사실을.

여학생은 편지를 쓰다 말고 공책 위에 엎드린다. 멀리 있는 것을 그리워하는 일은 너무 몸을 상하게 하지만, 그런 마음이 이는 것까지 막을 수는 없다. 책상 위에 엎드려 어머니가 보고 싶다고, 아버지가 보고 싶다고, 보경이가 보고 싶다고 생각한다. 외가에 계시는 어머니는 여학생이 강릉으로 옮겨왔다는 사실도 모를 것이다. 보경이는 답장을 보내온다. 여전히 분홍빛 편지지에, 단정하게 쓴 편지가 세 장이나 들어 있다.

내가 준 돌, 그게 뭔지 궁금하다고 했지? 놀라지 마. 그건, 내가 삼켰던 돌이야. 아버지가 돌아가셨을 때가 아니라, 어머니가 집을 나갔을 때. 처음 며칠 동안은 괜찮았어. 곧 오시겠지, 어디 친척집에 가셨겠지 생각했거든. 그러나 일주일쯤 지나서 문득, 어머니가 다시는 오시지 않겠구나 하는 생각이 드는 순간이 있었어. 그때 그 돌을 삼켰어. 왜 그랬는지 모르겠어. 그걸 삼키지 않고서는 안에서 마구 솟아나는 화를 어떻게 할 수가 없었어. 그걸 삼키지 않고서는 도저히 울음을 참을 수 없었어.

그리고 말이야, 그날부터 나는 똥을 누지 않았어. 일부러 그런 게 아닌데 화장실에 가게 되지 않는 거야. 열흘쯤 지나자 배탈이 났어. 병원에 갔더니 변비 때문에 장염이 생긴 거래. 너, 관장이라는 거 아니? 그거 참 기분 나쁜 거야. 관장이 끝났을 때, 난 간호사 언니에게 돌을 달라고 했어. 그 돌이야.

여학생은 늘 그렇듯이 또 보경이의 편지에 놀란다. 늘 보경이가 자기보다 나이가 아주 많은 언니처럼 느껴진다. 편지를 읽은 후 여학생은 필통을 열고 돌멩이를 꺼내본다. 하얗고 반들반들한, 제 엄지손가락만 한 돌멩이. 그걸 삼킬 수 있을까, 보경이처럼. 돌을 입가까이 대어본다. 그러나 어림도 없다. 자신은 절대 못 할 거라고,

여학생은 돌멩이를 다시 필통 안에 넣는다. 여학생은 다시 보경이에게 편지를 쓰고, 보경이는 다시 답장을 보내온다. 그렇게 편지가 몇 번 오가고 두 달쯤 지났을 때, 여학생은 시외버스 터미널로 간다. 보경이에게 가는 게 아니라 아버지를 만나러 가는 길이다. 보경이는 만나러 가기에 너무 멀리 있다. 보고 싶은 사람들, 그중에서 가장 가까이 있는 아버지와 동생을 보러 간다. 토요일 수업이 끝난 후.

여학생은 버스가 강릉 시내를 벗어나자마자 벌써 멀미를 시작한다. 굽이가 심한 산길을 돌 때마다 몸이 많이 흔들리고, 속엣것이 밀려 올라오려 한다. 마른침을 삼키며, 속을 다스리려 애쓴다. 임계까지 가는 데는 두 시간 반이 걸린다고 한다. 그러나 버스는 아직 삼십 분밖에 달리지 않았다. 여학생은 창밖을 내다본다. 왼쪽으로 보이는 것은 산밖에 없다. 길을 내기 위해 직각으로 깎은 산은 뻘건 흙을 내보이고 있다. 오른쪽은 낭떠러지다. 낭떠러지도 거의 직각이다. 길가로 잡풀들이 수북수북 자라, 그 길의 가장자리가 어디인지도 알 수 없다. 수풀을 잘못 디디면 낭떠러지 아래로 추락할 것 같다. 어디를 봐도 어지럽다.

버스가 아주 많이 휘어진 모퉁이를 돌 때, 여학생은 기어이 토하고 만다. 옆자리의 할아버지가 비닐봉지를 건네준다. 비닐봉지에 얼굴을 묻고, 오래오래 토한다. 토하면 어김없이 눈물이 난다. 초등학교 오 학년 때, 아버지가 빨간 코트를 사 입히고 버스에 태웠을 때처럼. 더 나올 것이 없을 때까지 토한 다음 여학생은 탈진한 몸을 버스 등받이에 기대고 잠든다. 버스가 목적지에 도착해 잠에서 깨

니, 여학생은 옆자리 할아버지의 어깨에 기대어 잠들어 있었다.

여학생은 낯선 사람의 어깨에 기대어 잠들었다는 사실을 미안해한다. 할아버지는 웃으며, "이제 괜찮아?"라고 묻는다. 여학생은 고개를 끄덕여 보이고 얼른 차에서 내린다. 다 큰 아이가 멀미를 했다는 게 부끄러워서.

나중에, 아주 나중에 그 여자는 문득, 그 할아버지를 생각한 적이 있다. 세상이 참으로 많이 자신을 지켜주었구나 하는 사실을 마음으로 받아들일 수 있게 되었을 때, 참으로 많은 사람의 도움으로 이 세상을 살아왔구나 하는 사실을 진심으로 깨달을 때, 그때야 문득 생각난다. 낯모르는 노인, 버스에서 두 시간 동안 같이 앉아 있었던 그 노인이. 연신 흔들리는 버스에서 남에게 어깨를 빌려주고 부동자세로 앉아 있기가, 나이든 분에게 얼마나 힘든 일이었을까 짐작해보기도 한다. 어떻게 생기셨더라……. 생각나지 않지만 그려볼 수는 있다. 어디서나 볼 수 있는 이 땅의 할아버지들을.

버스에서 내린 여학생은 한 번도 와본 적이 없는 들길을 걷는다. 터미널 근처의 상점 아주머니는 이 길로 쭉 가면 임계고등학교가 있다고 했다. 가을걷이가 끝난 들판은 허전하게 비어 있다. 미처 치우지 못한 허수아비가 두 팔을 벌리고 서서 지나가는 여학생을 오래 바라본다. 여학생도 허수아비를 바라보며 걷는다.

"허수아비의 아들 이름은?"

어머니와 했던 수수께끼 놀이가 생각난다.

"허수."

동생이 먼저 맞추었다. 그때 어머니는 두 손을 불빛 앞에서 이리저리 움직여 벽에 허수아비를 만들어 보여주었다. 그림자로. 어머니는 손으로 무엇이든 만들어냈다. 귀를 쫑긋 세운 토끼, 입을 열었다 닫았다 하는 늑대, 이마에 삼각 모자를 쓴 오징어. 어머니가 불빛 앞에 두 손을 포개고 손가락을 몇 개 세우거나 눕히거나 하면 벽에 그런 모양들이 나타나곤 했다. 그러고는 호랑이가 떡장수 할머니를 무섭게 한 얘기며, 토끼가 포수에게 쫓기는 얘기며 해주었다. 허수아비의 아들은 이름이 허수라는 것도.

논둑길을 걷는 여학생은 아직도 멀미 기운에 속이 메스껍다. 버스 안에서 다 토해버렸는데 아직도 무엇이 남아 있는지 뱃속에서 나쁜 기운들이 솟구치려 한다. 심호흡을 몇 번이나 해도 가라앉지 않는다. 발이 허공을 딛는 느낌이다. 고개를 돌려 자꾸만 허수아비를 보며 여학생은 걸음을 머뭇거린다. 이상하다. 자꾸만 걸음이 멈춰진다.

사실 여학생은 아버지의 집을 모른다. 아는 건 아버지가 임계고등학교에 계시다는 거다. 아버지가 이미 퇴근하셨다면, 학교에 남아 있는 다른 선생님께 여쭤보면 될 것이다. 그래도 자꾸만 무슨 기운이 마음을 뒤로 당기는 것 같다.

여학생은 임계고등학교 교문으로 들어선다. 텅 빈 운동장, 텅 빈 국기게양대, 텅 빈 교실들. 학생들은 모두 하교하고, 선생님들도 퇴근한 모양이다. 여학생은 숙직실이 있을 법한 뒤뜰로 돌아간다. 물어보면 돼. 누구에게든. 그런 생각을 하고 있는데 저 앞에서 자전거를 끌고 나오는 사람이 있다. 아버지다.

아버지도, 여학생도 잠깐 멈춰 선다. 아버지는 놀라는 기색이더니 이내 웃으며 여학생에게 다가온다.

"멀미를 한 모양이구나."

아버지는 여학생의 얼굴을 유심히 보다가 볼을 쓰다듬어준다. 여학생은 아버지의 시선을 외면한다. 아버지가 보고 싶어 찾아왔지만, 언제부터인가 아버지에게 어리광을 부리지 않는다. 아버지에게 무엇을 해달라고 조르지도 않는다. 아버지를 보는 일이 서먹하고, 때로 슬프기도 하다. 아버지는 여학생을 들어 자전거 짐받이에 앉힌다.

여학생은 아버지의 자전거 뒤에 타고, 아버지의 허리를 꼭 붙잡는다. 자전거는 버스를 내린 읍내와는 반대 방향으로 달린다. 포장이 안 된 산길을 달리는 자전거는 금방이라도 쓰러질 것 같다. 여학생은 아버지의 허리를 더 꼭 잡는다. 그래도, 그래도 자꾸만 자전거에서 떨어질 것만 같다. 여학생이 떨어져도, 아버지의 자전거는 멈추지 않고 그대로 앞으로만 나아갈 것 같다. 왜 그런 생각이 드는 걸까. 자전거를 달리며 아버지가 큰 소리로 묻는다.

"공부는 열심히 하니?"

여학생은 고개를 끄덕인다. 그러다가 아버지가 보지 못할 거라는 생각에 말로 대답한다. 네.

"밥은 잘 먹고?"

아버지는 아직도 여학생이 무얼 잘 안 먹는다는 걸 걱정한다. 여학생은 대답하지 않는다. 아버지가 원하는 만큼이 얼마인지는 모르지만 여학생은 그때도 무얼 많이 먹지는 않는다. 자전거는 좁은 산길을 계속 달린다. 동생이 잘 있는지 묻고 싶지만 이상하게도 아버지에게 말을 할 수가 없다. 조금 있으면 볼 텐데……. 여학생은 그 말을 참는다.

이 길로 가도 마을이 있을까 싶은 산길을 한참 달리자 작은 마을

이 나온다. 대여섯 채쯤 되는 집들이 드문드문 서 있다. 아버지는 그중 가장 커 보이는 집으로 들어간다. 마당이 넓고, 집은 마당보다 높은 곳에 잿빛 기와를 얹고 서 있다. 마당에서 댓돌을 밟고 올라가면 그 위에 마루가 있다.

아버지는 마당에 자전거를 세우고 여학생을 내려준다. 여학생은 마당에 내려서며 발목이 삐끗한다. 그래도 아무 말도 하지 않는다. 자전거 소리를 들었는지 마루 저편에 있는 방문이 열린다. 젊은 여자가 고개를 내민다. 여자는 아기를 안고 있다. 여학생은 그 여자를 바라본다. 무언가 이상하다는 느낌으로.

"정숙이 왔다. 저녁 됐니?"

"아직 안 됐어요. 토요일이어서, 중국집에 나가 먹자고 하려 했는데요."

여자는 강원도 사투리를 쓰지 않는다. 수원 말씨, 아니 서울 말씨를 쓴다. 어디서 본 듯도 하다. 초등학교 육 학년 때 아버지와 함께 와 고모라고 인사했던 그 여자의 얼굴과 겹쳐진다. 그러나 기억이 흐려서 두 얼굴이 딱 들어맞는지 알 수 없다.

"그럼 빨리 라면이라도 끓여."

"아이참……."

여학생은 그 장면에서 모든 것을 알아차린다. 젊은 여자에게 빨리 라면이라도 끓이라고 말하는 아버지의 말투에서, 그것에 대해 아이참, 이라면서 말꼬리를 늘이는 여자의 코맹맹이 소리에서 모든 것을 알아차린다. 그런 장면의 가장 본질, 그 장면이 일깨우는 핵심의 깊은 곳에 단숨에 가닿는다. 수원에서 살 때 어머니가 왜 아팠는지, 왜 아무 말도 없이 밑의 두 동생만 데리고 외가에 가버렸는지,

아버지가 왜 직장을 그만두었는지, 아무도 가르쳐주지 않아 늘 궁금했던 그 의문들에 대해 어떤 실마리를 본 것 같다. 그런 장면, 낯선 여자가 아이를 안고 아버지에게 콧소리를 내는 그런 장면이 무얼 의미하는지. 장화 홍련, 콩쥐 팥쥐, 신데렐라. 어렸을 때 그런 이야기를 많이 읽었다.

여학생은 갑자기 목이 아파오며 온몸에서 힘이 빠진다. 아버지가 자전거를 세워두러 집 뒤로 돌아가고, 여자가 방문에서 사라지자, 여학생은 뒷걸음쳐 그 집을 빠져나온다. 마당을 벗어나자마자 달리기 시작한다. 아주 빨리, 온 힘을 다해 달음질친다.

그렇게 두려움에 떨며 도망가듯 달린 일이 또 있었을까. 그때 그 여학생은 무엇으로부터 도망치려 했던 것일까, 아버지나 그 여자로부터? 아니었던 것 같다. 아니, 아니었다고 분명하게 말한다. 아버지는 여학생에게 다정하고, 그 여자는 여학생에게 아무 말도 하지 않았다. 그들로부터 도망칠 이유가 없다. 나중에 생각해보면, 그때 그 여학생은 어떤 검은 손길, 제 삶에 드리워진 어떤 불길한 기운으로부터 도망치려 했던 게 아닌가 싶다. 아무 준비도 되어 있지 않은 때에, 아무 예고도 없이 불쑥불쑥 찾아드는 낯선 사건들, 감당할 수 없는 일들, 그런 것들로부터 도망치려 했을 것이다. 그동안도 자주 그런 일들 때문에 어리둥절했고, 그 이후로도 끊임없이 찾아드는 그런 일들로부터. 그러나 그 여자는 제 삶에 드리워진 불길한 검은 기운으로부터 달아나는 데 별로 성공하지 못한다. 뜀박질이 서툴러서 그랬을까.

여학생은 논둑길을 달리다 산길로 접어든다. 산길로 접어들어 나무 사이로 몸을 숨겼다고 생각되자 이제는 천천히 걷는다. 대체 무엇으로부터 몸을 숨긴다고 생각했을까. 천천히 걸으며, 손바닥을 펴 나무둥치들을 만지며, 여학생은 비로소 눈물을 흘린다. 무슨 까닭인지 알 수 없고 왜 눈물이 나는지도 알 수 없다. 그러나 눈물조차 흘리지 않으면 대체 무엇을 해야 하는지 더욱 알 수 없다.

"다 틀렸어. 이젠 다 틀렸어……."

여학생은 그렇게 중얼거린다. 그동안 내내 마음에 품어온 가장 소중한 기대, 너무나 간절하게 마음에 품고 있어서 입 밖에 내어 말조차 하지 못한 희망, 그것이 일시에 무너진다. 다 끝났어. 언젠가는, 언젠가는 어머니 아버지와 함께 한집에 모여 살 날이 있을 거라고 기대했는데, 언젠가는……. 그러나 이제 다 끝났어. 이제는 모든 게 끝났어.

산길을 한참 들어가니 넓은 평지가 나온다. 키 큰 잣나무들이 심어져 있어 어둑어둑한 숲이다. 크리스마스카드에서 본 나무들처럼 잣나무는 정확하게 이등변삼각형 모양을 하고 있다. 여기저기 잣송이가 떨어져 있다. 키 큰 나무 때문에 햇빛이 잘 들지 않는 땅은 축축하고 푸른 이끼마저 끼어 있다. 걸을 때마다 발밑이 미끈거린다. 아까 자전거에서 내릴 때 삐끗했던 발목이 아파온다.

여학생은 저쪽에 보이는 넓고 평평한 바위로 다가가 그 위에 걸터앉는다. 하늘을 올려다보면 빽빽한 잣나무 잎들 사이로 바늘처럼 가늘고 뾰족한 햇빛이 들어온다. 눈을 감으면 어머니의 얼굴이 보이고 눈을 뜨면 침엽수의 이파리 사이를 지나오는 햇빛이 바늘처럼 눈을 찌른다. 그 모든 것이 눈앞에서 어룽어룽 흔들린다. 갑자기 세상이 달라져 있다. 울음 뒤끝에 맥을 놓으며 여학생은 바위에 엎드린다. 몸도 마음도 어디 아주 낮은 곳으로 떨어져 내리는 느낌이다.

한참을 그러고 있는 동안, 사방이 어둑어둑해진다. 조금씩 조금씩 모든 사물이 무서워 보이기 시작한다. 잣나무도, 바위도, 거뭇거뭇한 이끼도 모두 무서워 보인다. 일어나야지. 그러나 몸을 일으킬 수가 없다. 뼈마디며 살들이 모두 바위에 달라붙어 있고 몸에 있는 힘들이 모조리 바위 속으로 빨려 들어간 듯하다. 사실은 몸속의 힘이 바위로 들어간 게 아니라 바위의 습기와 냉기가 몸속으로 들어온 탓일 게다. 팔을 들어 올릴 힘도 없다.

여학생은 어떻게든 바위에서 벗어나야 한다는 생각으로 몸을 뒤집는다. 두 번째로 몸을 뒤집자 바닥으로 굴러떨어진다. 아프다는 느낌은 없다. 축축한 이끼 위에 이마를 박고 엎드려 있다가 천천히 몸을 일으켜 바위에 기대앉는다. 일어나 앉으니 그제야 몸의 기운들이 조금씩 살아나 혈관을 타고 흐른다. 흐르며 몸의 힘이 살아난다. 눈앞으로는 키 큰 잣나무들의 쭉쭉 뻗은 다리만 보인다. 그 사이로 어둠이 더 많이 밀려온다.

모든 일이 꿈같다. 아버지의 여자도, 아기도, 숲 속 바위 위에 엎드려 있는 자신조차. 돌아가야지. 그러나 갈 곳이 없다. 아버지와 낯선 여자가 있는 집으로 가기는 싫지만 그곳밖에는 달리 갈 곳이 없다. 여학생은 천천히 일어나 걸음을 디뎌본다. 살 속으로 찬바람이 스미고 이내 으슬으슬한 한기가 온다. 그러면서 눈으로, 코로, 입으로 뜨거운 열기가 솟아난다. 박하사탕을 먹을 때처럼 온몸이 화하다. 한기도, 열기도, 화한 기운도 실은 무섬증이다. 등 뒤의 나무들이 두 팔을 벌린 채 달려들 것 같은 무섬증.

간신히 숲을 벗어나자 다시 달리기 시작한다. 등 뒤에 따라오는 키 큰 나무들이며 찬바람이며 검은 기운들로부터 달아나기 시작한다. 조금 전에 아버지의 집으로부터 뒷걸음쳐 달려 나왔듯이 이번에는 숲을 피해 달린다.

그때 깨달았어야 했다. 그렇게 도망칠 일이 아니라는 것을. 아버지의 집으로부터 달아나봐야 갈 곳은 숲밖에 없고 결국 숲에서도 달아나고 있는 자신을 발견했을 때, 그때 깨달았어야 했다. 운명이라는 것, 우리네 삶의 이마 위에 드리워져 있는 솔개의 날개 그림자 같은 것, 그것으로부터는 결코 달아날 수 없다는 것을. 달아날 수 없기 때문에 맞서 싸워야 한다는 것을. 그러나 아직 열세 살. 그런 것들을 알아차릴 나이는 되지 못한다.

아버지의 집이 보이는 지점에 다다라 여학생은 달음질을 멈춘다. 입안에서 단내가 나고 가슴이 심하게 두근거린다. 대문간에 서서 숨결을 고른 다음 마른 손바닥으로 얼굴을 몇 차례 쓸어내린다. 심상한 표정으로 대문 안으로 들어선다. 아버지가 마루에 걸터앉아 대문간을 보고 있다.

"어디 갔었니?"

성큼 마당으로 내려서며 아버지는 금방이라도 화를 낼 것 같은 표정이다. 여학생은 고개를 숙인 채 대답하지 않는다. 아버지는 여학생의 얼굴을 유심히 보더니 저쪽으로 고개를 돌린다. 아주 오래도록 그런 자세로 가만히 있는다. 여학생은 다시 목이 아파오려 한다.

"들어가자, 밥 먹게."

아버지가 먼저 방으로 들어간다. 여학생은 천천히 아버지를 뒤따라 들어간다. 방에는 밥상이 차려져 있다. 아버지의 여자는 안고 있던 아기를 방바닥에 뉘고 아랫목에서 밥 두 그릇을 꺼내 상에 올려놓는다. 여학생은 아버지와 마주 보고 밥상에 앉는다. 그러나 밥이 넘어가지 않는다. 온몸이 으슬으슬 춥고 손이며 팔이 제멋대로 움직인다. 아버지가 여학생 앞으로 자반 접시를 옮겨줄 때, 여학생은 그만 숟가락을 놓는다.

"더 먹거라."

여학생은 밥상 앞에 고개를 숙이고 앉아 또 대답하지 않는다. 아버지는 다시 여학생에게 고개를 돌린 채 문간을 바라보신다. 그렇게 밥상을 앞에 놓고 아버지와 여학생은 한참을 그러고 있는다. 어디선가 탁상시계가 딸깍딸깍 움직이는 소리만 들린다.

"그만 저 방에 가서 쉬라고 하세요."

한참 만에야 아버지의 여자가 조심스럽게 이야기를 꺼낸다. 아버지는 그제야 낮은 목소리, 그러나 분명하게 화를 억누르는 목소리로 말한다.

"밥상 치워!"

여학생은 밥상 앞에서 물러나 건넌방으로 간다. 거기 있는 동생의 옷이며 책들을 보자 그제야 동생이 생각난다. 숲으로 달려가면서부터 동생을 까맣게 잊고 있었다. 왜 아직도 돌아오지 않은 걸까. 아버지는 다시 마루에 걸터앉아 동생을 기다리실까. 아버지께 잘못했다는 생각이 들지만, 그렇지만 다르게는 어떻게도 행동할 수가 없다.

생각해보면, 그때 아버지가 좀 더 잘 설명해주었으면 좋았을 것 같다. 왜 아버지가 그렇게 살고 있는지, 여학생은 어떻게 행동해야 하는지, 그런 것들을 일러주었으면 좋았을 것이다. 그랬다면, 그랬다면 그 여학생이 그때, 막연히 버림받았다는 느낌은 갖지 않았을 것이다. 그렇다. 그 여학생이 받은 충격의 가장 큰 부분은 버림받았다는 점이다. 아버지는 이제 어머니를 사랑하지 않으시는구나. 어머니와 함께 우리 가족 모두를 버리시는구나.

버림받았다고, 아버지는 이제 우리를 모두 버렸다고 생각하는 그 여학생이 그때 하나 알지 못한 것이 있다. 아내와 이혼한 사람도 자식을 사랑하며, 다른 여자와 행복한 가정을 꾸리고 있는 사람도 자식을 사랑하며, 자식을 혼자 하숙시키는 아버지도 자식을 사랑한다는 사실을. 그러나 그때는 알지 못한다. 아는 것은 단 하나, 이제는 아버지가 가족을 모두 버렸다는 점이다. 여학생도 아버지로부터 버림받은 가족 중 하나일 뿐이다.

여학생은 벽장에서 이불을 꺼내 펴고 자리에 눕는다. 동생은 어디 있을까. 늘 이렇게 늦는 걸까……. 그러자 생각은 금세 혼미해진다. 팔다리가 아프고 온몸이 쑤시더니 불덩이처럼 몸이 달아오르기 시작한다. 박하사탕을 입에 문 것처럼 화하게 피어나던 열기가 아니다. 무겁고 끈적끈적한 열기다. 입에서는 신음이, 눈에서는 눈물이 나려 한다. 울지 말아야 한다고 입을 꼭 다문다. 목이, 가슴이, 머리가 아프더니, 기어이 온몸이 아프다. 살갗이 아프다. 이불에 스치기만 해도 살갗이 쓰리고 따갑다. 그렇게 살이 아픈 게 처음이어서 몇 번이나 손바닥으로 팔을 쓰다듬어본다. 굵은 모래나 쇠 수세미로 문지르는 것 같은 통증이 인다. 그런 아픔도 있다니, 이상하다.

눈앞으로는 이상한 그림이며 검은 구덩이며 어른어른한 물체들이 떠올랐다 사라진다. 옆방에서 아버지와 그 여자의 말소리가 얇은 벽을 타고 두런두런 들려온다. 여학생은 다시 가물가물 잠 속으로 빠져든다.

어른이 된 그 여자는 지금도 몹시 힘든 일이 있을 때 잠에 빠져드는 버릇이 있다. 지친 신경이 몸을 탁 쳐서 잠 속으로 밀어 넣는 건지, 지친 몸이 정신을 끌고 잠 속으로 들어가는 건지는 알 수 없다. 한동안은 그런 자신을 비겁하다고 생각한다. 머리가 아프도록 생각해도 해결책이 있을까 말까 한데 그런 상황에서 잠을 자다니, 문제를 정면에서 천착하지 않고 늘 잠 속으로 도망치는 자신의 비겁함과 아둔함에 우울해지기도 한다.

그러나 이제는 안다. 그것이, 그 여자가 살아가기 위해 본능적으로 터득한 또 하나의 생존방식이었다는 것을. 몹시 슬플 때 햇빛 속에 가만히 앉아 있었던 것처럼, 몹시 힘들 때는 잠 속으로 빠져드는 것도 좋은 방법이라는 것을. 자고 일어나면 풀리지 않던 문제의 해결책이 떠오르기도 하고, 몹시 힘들어했던 문제가 별것 아닌 것으로 보이기도 한다. 그 여자는 아무도 가르쳐주지 않은 생존방식들을 그렇게 본능적으로 터득하며 살아간다.

잠이 많은 그 여자에게는 잠에 얽힌 우스운 일화가 많다. 한밤에 선배와 전화 통화를 하다가 수화기를 귀에 댄 채 잠들어버린 일이 있다. 서너 명의 또래가 모여 앉아 불면의 고통에 대해 이야기하는 자리에서도 혼자 슬그머니 잠이 든다. 왜 저들은 잠자지 못할까 생각하면서. 가끔은 잠으로 인생을 탕진하는 게 아닌가 염려하지만, 그래도 잠이 많은 건 고마운 일이다. 그렇지 않았다면 삶은 한층 더 고달팠을 것이다.

여학생은 잠자리에서 눈을 뜬다. 아주 높은 곳에 동생의 얼굴이 있다. 처음에는 꿈인가 한다. 그러다가 동생이 방 안에서 자신을 내려다보고 있음을 알아차린다. 여학생은 힘겹게 몸을 일으킨다.

"언제 들어왔니?"

여학생은 제 목소리가 힘이 하나도 없는 것 같아 염려스럽다. 동생에게 그런 모습을 보여서는 안 된다. 그러나 동생은 대답이 없다.

"저녁 먹었니?"

"응."

"어디서?"

"친구 집에서."

"아버지께 들어왔다고 말씀드렸어?"

동생은 다시 대답이 없다. 창호지 문 밖이 아주 어둡고, 책상 위에 놓인 사발시계는 아홉 시를 넘어 있다. 여학생은 동생의 얼굴을 유심히 본다. 어딘가 달라져 있다. 예전의 부드럽고 뽀송뽀송하고, 슬플 때마다 투정처럼 화를 내던, 그 소년이 아니다. 부드러운 인상도 없어졌고, 투정은커녕 화를 내지도 않는다. 완강하고 어둡고 딱딱하다. 여학생은 다시 목이 아프려 한다. 동생은 여학생을 등지고 책상 앞에 앉는다.

"정훈아."

동생은 대답하지 않는다. 다시 한 번 부르니까, 그제야 대답한다.

"왜?"

완강하고 어둡고 딱딱한 목소리다. 여학생은 할 말이 없다. 겨우 이야깃거리를 만들어낸다.

"책 읽니?"

"보면 몰라?"

여학생은 조금 놀란다. 예전에는 저런 말투를 쓰지 않았다.

"무슨 책이니?"

"만화책."

"재미있니?"

여학생은 억지로 이야기를 끌어나가고, 그때마다 동생은 간단하게 대답하면서 말을 자른다. 여학생은 맥이 빠져 더는 이야기를 하지 못한다. 잊고 있었던 몸이 다시 아프다. 살짝만 건드려도 살갗을 마치 쇠 수세미로 문지르는 것 같은 통증이 온다.

생각해보면, 동생이 달라진 건 당연하다. 그 여학생이 그 짧은 시간 동안에 그토록 충격을 받고 온몸에 열이 올랐던 것을, 동생은 이미 두 달 전부터 매일 보며 살고 있다. 그때 동생은 초등학교 오 학년이다. 그 나이면 다 알 수 있다. 동생은 눈부시도록 총명했고, 나이에 비해 의젓했고, 어머니를 많이 좋아했다. 아버지는 아무것도 설명해주지 않았을 테지만, 동생은 다 알았을 것이다. 그 상황이 무얼 뜻하는지. 동생을 생각하면 자주 안타까운 마음이 된다. 그때 그 집에 살지 않았어야 했다고. 동생은 계속 그 여학생과 함께 하숙을 하는 게 더 나았을 거라고. 동생은 너무 어린 나이에 너무 큰 상실을 알아버렸다고.

옆방에서는 아무 소리도 들리지 않는다. 아주 가까운 곳에서 새가 운다. 올빼미나 부엉이 같은 새. 어렸을 때, 탱자나무 울타리를 친 집에 살 때, 아버지의 제자들이 뒷산에서 잡았다면서 가져다주었던 새끼 부엉이가 생각난다. 갈색 눈이 총명하게 생겨서 자꾸만 들여다보았던 새. 그놈을 머리맡에 두고 잠들었는데, 밤새 문밖에서 다른 부엉이가 우는 소리에 잠을 설쳤다. 잡힌 부엉이는 새끼 부엉이고, 문밖에서 우는 부엉이는 어미 부엉이라고 하면서, 어머니는 부엉이를 돌려보내야 한다고 아이를 설득했다. 부엉이를 몹시 좋아했지만 그것을 떠나보내야 했던 또 다른 사랑.

그러나 부엉이를 생각하자, 온 가족이 함께 살았던 그 시절을 생각하자 통증은 더 심해진다. 여학생은 통증을 잊기 위해 책을 볼까 생각한다. 일어나 동생 곁으로 가니 동생은 여학생을 흘낏 바라본다. 딱딱한 시선이다. 동생은 분명 많이 달라져 있다. 여학생은 동생의 책상에 꽂힌 책들을 제목만 훑어본다. 읽을 만한 책이 없다. 그 옆으로 아버지의 책상에 몇 권의 책이 있다. 세계문학전집.《슬픈 카페의 노래》. 여러 권 중에서 그 책을 꺼내들고 다시 자리로 돌아온다. 이불 속에 엎드려 책을 읽는다. 그러다 잠이 든다.

다음 날 잠자리에서 일어났을 때는 온몸에 들끓던 열이 내려 있다. 그런데 어쩐 일인지 가슴 한쪽이 아프다. 누군가 아주 세게 가슴에 팔매질을 한 것 같다. 돌멩이에 맞은 살이 퍼렇게 멍들고, 그 돌멩이마저 살에 그대로 박혀 있는 듯한 느낌. 밤새워 온몸에 끈적끈적 피어나던 열기가 식으면서 딱딱한 돌멩이가 된 모양이다. 그것 말고는 달리 가슴속의 돌멩이를 설명할 수가 없다.

그날부터, 그 여학생의 가슴에는 늘 돌멩이가 하나 들어 있다. 돌멩이는 잘 없어지지 않는다. 밥을 많이 먹어도, 잠을 많이 자도, 책을 읽어도, 내내 무슨 돌멩이 같은 게 가슴속에 들어 있다. 없어지다니, 오히려 늘 새로운 돌멩이가 더해지며, 점점 더 커질 뿐이다. 그 후로도 오래도록.

9

낙엽은 조금씩 물드는 게 아니라 일순간에 빨갛게, 혹은 노랗게 변한다. 서리나 가을비가 내리고 난 다음에. 사람은 조금씩 늙는 게 아니라 일순간에 갑자기 늙는다. 깊은 병을 앓고 난 다음에, 혹은 가을에서 겨울을 넘어가는 어느 해에.

그 가을에서 겨울을 넘기는 해에 그 여학생도 달라진다. 삶의 변화라는 것은 조금씩 조금씩 찾아오는 게 아니다. 서리 같은, 비 같은 사건이 지나가면 한순간에 모든 것이 바뀐다. 그날 하루 동안에 있었던 그 일로 모든 것이 달라진다. 그날, 아버지의 집을 떠나올 때, 여학생은 제가 읽던 《슬픈 카페의 노래》를 가지고 가겠다고 한다. 아버지는 나머지 책까지 모두 싸준다. 열여섯 권짜리 세계문학전집 한 질 전부를. 그리고 곁에 있던 다른 책 몇 권도 더 넣어준다. 아버지는 늘 여학생이 원하는 것을 들어주었고, 때로는 원하는 것보다 더 많이 해주었다.

책 보따리를 안고 하숙집에 도착하자, 여학생은 아주 먼 길을 다녀온 듯한 느낌이 든다. 전혀 다른 세계를 본 듯한 느낌, 앞으로 펼쳐질 세상은 이전까지와는 다를 것이라는 예감. 가슴속에는 내내 무거운 돌멩이 같은 게 박혀 있다.

그 여학생은 아버지의 집에서 가져온 책들을 읽는다. 어머니가 읊어주었던 시조들을 생각하는 대신, 이제는 책을 읽는다. 르 클레지오의 《홍수》, 존 업다이크의 《달려라 토끼》, 존 파울즈의 《콜렉터》, 카슨 매컬러스의 《슬픈 카페의 노래》……. 1968년 신구문화사 간행, 2단 세로쓰기, 아주 작은 활자들. 여학생은 많은 부분을 이해하지 못한 채 그냥 그 책들을 읽는다. 완전히 이해한 책은 없다. 부분적으로는 이해하지 못하면서도 전체를 어렴풋이 파악하고 넘어간다. 그중에서도 가장 이해하지 못하는 것은 《오토바이》와 로슈포르의 《병사의 휴식》이다. 《오토바이》를 읽을 때는, 왜 주인공 여자가 새벽에 일어나 어제 벗어둔 속옷을 빨랫감들 사이에서 꺼내 입고 남편이 깰까 봐 조심하며 집을 나가는지, 그 도입부부터 이해할 수 없다. 《병사의 휴식》은 군인들의 전쟁 이야기가 아니라, 자살을 하려는 한 남자와 많은 유산을 상속받는 여자가 만나면서 비롯되는 얘기인데, 왜 제목이 '병사의 휴식'인지 이해할 수 없다. 이해하지 못하면서도 여학생은 그 책들을 읽는다. 하인리히 뵐의 《아홉 시 반의 당구》, 그것도 제목부터 무슨 뜻인가 싶다. 그렇게 엉터리로 읽으면서도 그 책을 아주 열심히 읽는다.

세계문학전집과 함께 가져온 책 중에는 《진달래꽃》과 《하늘과 바람과 별과 시》가 있다. 소월과 윤동주의 시집이다. 여학생은 《진달래꽃》을 끼고 나가 남대천 강둑에 앉아 〈개여울〉을 읽는다. '당신은 무슨 일로 그리합니까, 홀로 이 개여울에 나와 앉아서. 파릇한 풀포기가 돋아나오고 강물이 봄바람에 헤적일 때에, 가도 아주 가지는 않노라시던 그런 약속이 있었겠지요…….' 언제 배웠을까. 그 시를 노래로도 부른다. 노래를 부르다 보면 목이 아파오기도 한다. 남대천은 바람에 흔들리며 작은 물비늘을 반짝거리고, 강가의 자갈이며 강둑의 큰 돌 틈에서는 쑥이며 냉이가 자라고 있다.

여학생은 소월이 기다리는 당신이 누구일까 생각한다. 그 노래를 부를 때 여학생의 당신은 외가에 가서 소식이 없는 어머니이고, 책을 싸주던 아버지고, 너무 먼 곳에서 편지만 보내는 보경이고, 그리고 무언가 많이 달라진 동생이다. 그 여학생은 모든 당신을 향해 편지를 쓴다. 그 모든 당신의 대표인 보경이에게. 처음보다는 편지 횟수가 줄어들었지만 아직도 보경이는 그 여학생에게 일주일에 한 통 정도 편지를 보낸다. 그 여학생도 꼬박꼬박 답장을 한다.

그날, 여학생이 아버지의 집에 다녀간 일로 아버지도 당황했음이 틀림없다. 몇 주 후 일요일에 강릉으로 그 여학생을 만나러 온 걸 보면. 아버지는 여학생에게 자상하게 말을 시키고, 무엇이 갖고 싶냐고 묻는다. 여학생은 조금 혼란스러워진다. 아버지가 우리를 모두 버린 줄 알았는데……. 여학생은 순순히 대답한다.

"책이 갖고 싶어요."

아버지는 여학생이 책을 갖고 싶어 한 사실에 대해 기뻐하는 눈치다. 여학생을 서점으로 데리고 가서 원하는 책을 한 아름 사준다. 참고서가 몇 권 있고, 그리고 소설책들이다.

생각해보면, 아버지는 그 여학생을 많이 사랑했다. 모든 아버지가 그러하듯이. 그러나 그 여학생은 그것을 이해하지 못한다. 모든 자식이 그러하듯이.

그 여자는 자신이 아기였을 때 아버지가 부르고 다녔다는 노래를 어머니로부터 들은 일이 있다. 늘 아기를 안고 다니면서 불렀다는 5·3조의 노래. '눈은 아버지 닮았다, 입도 아버지 닮았다, 코도 아버지 닮아라…….' 어머니가 흉내 내던 그 멜로디를 지금도 기억한다.

사설 같은, 그리고 민요 같은. 그 멜로디를 생각하면 지금도 가슴이 먹먹하다.

그해 겨울방학 때, 그동안 소식이 없던 어머니가 여학생을 방문한다. 아무 말 없이 외가로 간 이후, 삼 년 만에 보는 어머니. 삼 년 만에 보는 어머니는 너무나 달라져 있다. 여학생은, 어머니가 그 사이에 많이 뚱뚱해졌다는 걸 가장 먼저 알아본다. 그 다음으로 어머니의 얼굴에서 웃음이 없어졌다는 걸 알아낸다. 그리고 또 달라진 건, 어머니가 예전처럼 자상하게 말하지 않는다는 점이다. 뭐랄까, 어머니도 무엇엔가 많이 화가 나 있는 얼굴이다. 옛날이야기며, 위인들의 이야기며, 시조를 읊어주던 그 어머니가 아니다.

"잘 있었나?"

삼 년 만에 나타난 어머니는 마치 어제 본 사람처럼 말한다. 경상도 사투리로. 여학생은 소월의 시를 읽으며 생각했던 당신, 그 당신이 이 여인인가 물끄러미 바라본다. 하긴 달라지기로 따지면 그 여학생이 더 많이 달라졌을 것이다. 그 여학생도 우리 공주님 오셨네, 그런 말에 활짝 웃던 예전의 그 아이가 아니다.

여학생은 고개를 끄덕인다. 언제부터인가, 여학생은 말이 없어지면서 고갯짓을 하는 버릇이 생겼다. 어머니는 여학생의 얼굴을 물끄러미 바라본다. 두 모녀는 그렇게 잠깐 서로의 얼굴을 물끄러미 바라본다. 어색한 침묵이 흐른다. 답답하고, 숨이 막히는 침묵. 여학생은 목이 뻑뻑하게 아파온다. 어금니를 힘주어 문다.

"어디, 공책 좀 보자."

어머니가 먼저 말한다. 어머니는 선생님이다. 선생님처럼 공책

검사를 하려 한다. 여학생은 무릎걸음으로 책상으로 다가가 공책을 하나하나 빼내 어머니 앞으로 밀어드린다. 어머니는 여학생의 공책을 하나하나 넘겨본다. 여학생은 가슴이 조마조마해져서 어머니를 지켜본다. 어머니가 예전과 같은 거라고는, 아주 엄격하다는 점밖에 없다.

그래도 통지표를 없앤 건 잘한 일이다. 성적 때문이 아니라 가정통신란 때문이다. 가정통신란에는 '애정결핍의 징후가 보입니다. 애정결핍이 성인이 되어서도 나타나지 않도록 주의해주십시오.'라고 적혀 있다. 여학생은 징후라는 낱말을 국어사전에서 찾아보고는 통지표를 구겨서 저만큼 던져버렸다.

학생들에게 직접 나누어주는 통지표에, 누구를 보라고 그런 통신문을 적어 넣었을까. 여학생은 그 통지표를 아버지에게도, 하숙집 할머니에게도 보여주지 않았다. 통지표는 구겨진 채로 쓰레기통으로 들어갔다. 아마 어머니도 그걸 본다면 몹시 마음이 아플 것이다. 통지표를 없앤 건 잘한 일이다.

상처를 받은 일이 있는 사람은 남에게 상처 주는 일을 두려워한다. 그 여자는 대학을 졸업하는 첫 해, 국어 교사가 되어 중학교 일 학년 아이들을 가르친다. 바로 그때, 제 나이 또래의 아이들을. 그러면서 이따금 중학교 일 학년 때의 가정통신란을 떠올린다. 애정결핍이 성인이 되어서도 나타나지 않도록 주의해주십시오. 그 여자는 한 학년이 끝나고 통지표를 작성할 때 유난히 시간을 많이 잡아먹는다. 다른 선생님들은 하루 만에 끝내는 일을 그 여자는 이틀하고도 한 나절을 더 걸려서 한다. 세심하게 말을 고르고, 혹시라도 아이의 마음에 흠집을 남기는 표현이 있을까 봐 조심한다. 그 시기의 아이들에게는 조심해야 한다. 사소한 말이 인생을 전부 바꾸어 버릴 수도 있는 법이다.

어머니는 여학생의 공책을 펼쳐 보다가, 어느 대목에서 고개를 든다. 여학생은 공책을 바라본다. 수학 공책 맨 뒷장에 노랫말이 적혀 있다. 여학생이 다시 어머니를 바라보는데, 갑자기 어머니의 손이 올라온다. 여학생은 무슨 일인가 싶다. 뺨을 맞다니, 더구나 어머니에게 뺨을 맞다니. 아직 상황을 파악하지 못한다. 어머니는 한 번도 여학생을 때린 일이 없다. 어머니가 뺨을 때렸다는 것도 이해할 수 없지만, 더 알 수 없는 건 왜 맞는가 하는 거다.

"이게 뭐니? 벌써 이런 거나 쓰고 있니?"

여학생은 그게 왜 나쁜지 알 수 없다. 여학생은 소월의 〈개여울〉을 노래로 부르는 것과 똑같은 마음으로 그 노래를 불렀다. 그런데 그게 왜 야단을 맞을 일인가. 아무 이유도 모르고, 아무 해명도 하지 못하고 뺨을 맞다니, 부당하다. 나는 잘못한 일이 없어. 왜 뺨을 맞아야 해? 여학생은 마음이 굳는다.

그때 수학 공책 맨 뒷장에 적혀 있던 노랫말은 최안순의 〈산까치야〉다. '산까치야, 산까치야, 어디로 날아가니, 네가 울면 우리 임이 오신다는데, 너마저 울다 저 산 너머 날아가면, 우리 임은 언제오나, 너라도 내 곁에 있어다오.' 어머니는 그 노랫말의 무슨 구절 때문에 그토록 노여워하셨을까. 어쩌면, 그 여학생이 벌써 《슬픈 카페의 노래》를 읽을 만큼 성장해 있다는 걸 몰랐기 때문일까. 아니면, 그것이 대중가요였기 때문일까. 혹은 여학생이 벌써 유흥이나 놀이에 흥미를 보인다고 염려했던 걸까. 어쩌면 자식이 그런 식으로 변해가고 있는데도 아무것도 하지 못한 당신에 대한 자책으로 매운 손을 날렸을지도 모른다.

알 수 없다. 그러나 그 노래는 소월의 〈개여울〉처럼, 그 시절 그 여학생에게 위안을 주었던 노래다. 그 노래를 부르며 여학생은 어머니를 생각하고 보경이를 생각했다. 그런데 그게 왜 뺨을 맞아야 하는 일인지 알 수 없어, 그것이 부당하여 여학생은 마음이 굳는다. 굳은 마음으로 어금니를 힘주어 문다.

그 여자는 나중에야 그때의 어머니를 이해한다. 그때 어머니도 충격과 혼돈 상태에 있었다는 것을. 아버지가 다른 여자와 가정을 꾸리고 아이까지 낳았다는 소식을 듣고, 방학을 이용해 확인하러 온 길이었다는 것을. 어머니는 이미 임계에 가서 아버지와 그 여자를 만나고 오는 길이었다는 것을. 그 여자는 나중에야 그때 어머니의 마음이 얼마나 지옥이었을까 짚어보곤 한다. 그러면, 그 숲, 잣나무 숲의 바위에 엎드려 있던 제 마음이 고스란히 떠오른다. 어머니는 그보다 더했을 거라고.

그 여자의 어머니와 아버지는 아직도 법적으로 부부다. 아버지와 어머니 사이에 어떤 일이 있었는지, 왜 두 분이 아직 부부인 채로 서로 떨어져 살고 있는지, 그 여자는 그런 것에 대해 그리 알고 싶어 하지 않는다. 제 힘으로 어떻게 해볼 수 없는 일에 대해서는 함부로 묻는 게 아니다. 그러나 대학 시절, 어머니께 이혼을 권한 적이 있다.

"엄마, 왜 이렇게 살아요? 아버지랑 이혼하고 다른 사람하고 재혼하세요."

그때 어머니는 아직 젊고 아름다운 편이고, 어머니께 관심을 보이는 중년 남자가 있다는 얘기를 알고 있다. 그러나 어머니는 그 여자를 철없는 것, 하는 시선으로 바라본다.

"나중에 너희들이 결혼할 때, 그 집 부모가 이혼했다는 얘기 들어야 옳겠니? 그러면 옳은 결혼 못 한다."

그 여자는 그때 쓸쓸하게 웃었다. 지금도 그 말씀을 생각하면 그때와 똑같은 웃음이 난다. 그 말씀에는 어머니의 비현실적인 이상주의자로서의 면모가 극단적으로 드러난다. 어머니의 도덕적 완벽주의자로서의 일면이 드러나는 말이기도 하다. 그렇게 따로 사는 것이 벌써 이혼과 다름없고, 호적등본을 떼면 아버지의 동거인으로 어느 여자 이름이, 이복동생들 이름이 줄줄이 적혀 있는데도, 그럼에도 어머니는 자식들의 앞날을 위해 이혼을 하지 않으신다니.

하지만 그 여자는 아무 말도 하지 않는다. 그건 어머니가 지켜나가는 당신의 양식이고 도리다. 누가 뭐래도 바꿀 수 없다. 어머니는 여전히 할아버지의 맏며느리여서, 할아버지가 돌아가시기 전에 수의를 지어놓은 사람도 어머니고, 할아버지를 모실 수 있도록 작은 산을 마련한 사람도 어머니다. 그게 어머니다.

아무튼, 그 중학교 일 학년 때의 겨울방학, 여학생은 어머니께 따귀를 맞고 어금니를 문다. 그래도 눈물을 떨구고 만다. 딸이 울자 어머니는 고개를 들어 먼 곳을 본다. 어머니의 눈에도 물기가 어린다. 두 모녀는 저마다 숨을 죽이며, 저마다 다른 곳을 보며 한동안 그러고 있다. 그 사이로 아주 많은 것이 흘러간다. 어머니의 고집과, 그것을 빼박은 딸의 고집, 어머니의 자책과 그것을 이해하지 못하는 딸의 부당하다는 마음, 어머니가 겪고 있는 고통과 딸이 겪는 혼돈, 그런 것들이 말없이, 그러나 넓은 내를 이루며 흐른다.

한참 만에 어머니는 한숨을 쉬며 가방을 끌어당긴다. 가방에서는 흰 헝겊들과 빨간 상자가 나온다. 어머니는 먼저 빨간 상자를 앞으로 내민다.

"이건, 인삼정과다. 인삼을 꿀에 재워 과자처럼 만든 거니까 매일 하나씩 먹거라. 그냥 씹어 먹으면 돼."

어머니 목소리는 아주 낮게 가라앉아 있다. 여학생은 상자를 끌어당겨 열어본다. 얇은 비닐이 한 겹 덮여 있고, 그 안에 애들 손가락만 한 인삼들이 과자처럼 나란히 들어 있다. 여학생은 어금니를 문 채 고개를 끄덕인다.

"그리고 이건 말이다. 너, 월경이라는 거 아니?"

여학생은 또 고개를 끄덕인다. 중학교 들어가서 첫 가정 시간에, 가정 선생님은 그걸 설명했다. 꽃게 두 마리가 손을 잡고 있는 듯한 그림을 칠판에 그려놓고 나팔관, 배란, 수정 등을 설명했다. 자세한 건 알지 못하지만, 어느 시기가 되면 한 달에 한 번씩, 어디에선가 피가 날 거라는 사실만 기억하고 있다.

"지금 월경을 하니?"

어머니의 눈이 커지더니 목소리가 높아진다. 여학생은 일단 고개를 젓고, 그리고 아직도 볼이 부은 목소리로 대답한다.

"가정 시간에 배웠어요."

가정 선생님은 그걸 성징이라고 발음했다. 약한 혀가 짧은 듯한 그 선생님의 발음 때문에 여학생은 성징이라는 낱말이 주는 이미지가 어둡고 비밀스럽고 떳떳하지 못한 무엇이라는 느낌을 받았다. 그런데도 꽃게 그림과 나팔관, 배란이라는 말은 아름다웠다.

"그래, 그건 말이다. 네가 진짜로 여자가 되었다는 증거야. 그러니까 그런 일이 있더라도 당황하지 말고……."

어머니는 이번에는 광목 뭉치를 앞으로 밀어준다.

"그때가 되면 이걸 사용하거라."

여학생은 나란히 접힌 광목들을 바라본다. 그냥 흰 천이다. 여학생이 가만히 있자 어머니는 그중 한 장을 펼친다. 정사각형이다.

"이거 접는 법은 아니?"

여학생은 공포에 사로잡힌다. 막연히 알고 있던 때와는 달리, 구체적인 물건과 구체적인 방법을 생각하니 혼란스러워진다. 어머니는 사각형의 흰 광목을 우선 대각선으로 접는다.

"이건, 아기들 기저귀 접는 법하고는 다르다."

어머니는 대각선으로 접은 양쪽 귀퉁이를 다시 안쪽으로 접으며 잘 보라고 한다. 어금니를 힘주어 문 뺨은 얼얼하고, 어머니가 꺼내놓은 물건은 공포스럽고 마음은 온통 혼란스럽기만 한 상태에서 여학생은 그 천을 접는 방법이 몹시 복잡하다고만 생각한다.

"그리고 그건 반드시 네 손으로 빨아야 한다. 하숙집 할머니한테 내놔서는 안 돼. 우선 찬물에 한번 헹구고, 그 다음에 비누를 칠해 빤 다음 삶거라. 말릴 때도 사람들이 지나다니는 마당에 널지 말고, 반드시 방 안에 널어 말리고."

어머니는 여학생에게 광목을 한 장 밀어주며 해보라고 한다. 여학생은 대각선으로 한 번 접고 나서 손을 놓아버린다. 어머니는 다시 한 번 아까의 차례대로 반복하며 따라 하도록 한다. 여학생은 그저 어머니가 하는 대로 따라 하기만 한다. 혼돈 속에서, 희고 흉물스러운 광목을 들고서.

"앞으로도 속옷 빨래는 네가 직접 하거라. 겉옷은 할머니가 빨아준다 해도, 속옷은 남에게 맡기는 게 아니다. 여자는, 아무리 고관

대작이 되어도 제 속옷은 빨아야 하는 거다."

　그 여자는 지금도 가끔, 그걸 어떻게 접는지 궁금하다. 어머니가 가르쳐준 것은 바로 그 자리에서 한 번 따라 한 후 잊어버렸다. 광목은 어머니가 떠난 후 곧바로 옷장 깊은 곳에 처넣었다. 그러나 자주, 그걸 접는 법을 제대로 배우지 못했다는 생각이 공포로 변한다. 월경 그 자체에 대한 공포보다 더 커진다. 그걸 제대로 배우지 못했는데, 막상 그런 일이 생기면 어떻게 하나……

　한번은 그걸 꺼내서 어머니가 하던 대로 접어보려 한다. 그러나 되지 않는다. 접는 것뿐 아니라, 그걸 반드시 찬물에 헹구어 빤 후 매번 삶아야 한다는 생각도 공포다. 공포와 절망이다. 공포에 대한 해결책은 엉뚱한 방향에서 나타난다. 여학생이 광목을 본 일 년쯤 후, 코텍스 후리덤이라는 일회용 생리대가 시판되기 시작한다. 그건 이름 그대로 자유다. 공포와 부담감으로부터의 자유.

　인삼정과와 광목 다음으로 어머니가 가방에서 꺼낸 것은 누런 표지에, 굵은 실로 제본이 된 두꺼운 책이다. 어머니는 그 책의 표지부터 보여준다. 여학생은 할아버지 집 현관에 있던, 의성 김 씨라는 한자까지를 읽어낸다.

　"나무도 뿌리가 있고 강물도 샘이 있다. 사람은 무엇보다 제 근본을 알아야 한다. 이건 너희 집 뿌리가 적혀 있는 족보다. 여기 봐라."

　어머니는 그 책의 중간 부분을 펼쳐 여학생 앞으로 밀어준다. 한자들만 가득하다.

　"이건 이번에 새로 만들어진 거라 정훈이 이름까지 올라 있다. 네 이름은 네가 시집가면 그 집 족보에 오르게 된다. 엄마 이름이 여기 올라 있는 것처럼."

여학생은 어머니가 손가락으로 짚어주는 곳에서 할아버지와 할머니 이름, 아버지와 어머니 이름을 읽어낸다.

"너희는 경순왕 후손이다. 경순왕은 알지?"

여학생은 고개를 끄덕인다. 신라의 마지막 왕. 모든 왕조의 마지막 왕은 마음을 아프게 하는 무엇이 있다. 국력이 약해지고 민심이 돌아서고 농사는 흉년이 들고……. 그런 나라의 왕이란 얼마나 큰 고통일까. 가끔 의자왕이나 경순왕이 안쓰러워지는 때가 있다.

"경순왕은 국력이 약해지자 군신회의 끝에 고려에 항복하기로 결정하지. 그게 구백삼십오 년인가 그럴 거다. 그때, 고려 태조 왕건은 딸 낙랑공주를 경순왕과 결혼시킨다. 정략적으로."

경순왕과 낙랑공주 사이에서 두 왕자가 태어난다. 두 왕자 중 둘째가 경북 안동군 의성에 자리를 잡는다. 그의 자손들이 하나의 씨족을 만들었으니, 이름하여 의성 김 씨. 의성 김 씨의 가장 큰 할아버지는 천계공이라 한다. 그것이 어머니의 설명이다.

그러나 그 여자는 어쩐지 경순왕보다 마의태자에게 더 마음이 쓰인다. 경순왕이 왕건에게 항복할 때, 천년 사직을 하루아침에 버릴 수 없다고 반대하며 끝까지 투쟁할 것을 주장했다는 사람. 결국 나라가 망하자 금강산으로 들어가 베옷을 입고 풀뿌리와 나무껍질을 먹으며 여생을 마쳤다는 신라의 마지막 태자. 정사에는 그렇게만 기록된다. 그러나 야사에는, 어머니가 들려주는 야사에는 다른 이야기가 있다.

마의태자는 왕건의 딸 낙랑공주를 사랑했다고 한다. 사랑하는 여인이 정략에 의해 아버지의 아내가 되자 금강산으로 들어간 것이라 한다. 그때, 나라도 망하고 사랑하는 여인도 잃고 끝까지 투쟁하자던 자신의 주장마저 무시당한 채, 묵묵히 금강산으로 들어가던 마의태자의 마음은 어땠을까. 생각하면 공연히 가슴이 아릿하다.

어머니는 그 모든 얘기를, 족보를 하나하나 짚으며 말씀하신다. 그게 벌써 언제 적 얘긴가. 936년이라면, 벌써 천 년도 더 저쪽의 일 아닌가. 아직도 뺨이 얼얼하고 흰 광목에 대한 공포에 사로잡혀 있는 여학생은 어머니가 가리키는 족보를 보며 그런 생각을 할 뿐이다.

"너희는 천계공파 십팔 대 손이다. 어렸을 때 가본 적 있지? 의성에 있는 내압 종가에. 거기가 바로 천계공이 자리를 잡은 곳이다."

여학생은 그때 내압이라는 지명을 이해하지 못한다. 나중에야. 그게 내 앞, 즉 임하면(臨河面)의 한글 이름이라는 걸 깨닫는다. 여학생은 어렸을 때 한 번 가본 그곳을 떠올린다. 맑은 내가 흐르고 내를 따라 키 큰 미루나무들이 줄지어 서 있던 곳, 내를 건너면 큰 기와집과 너른 평야가 펼쳐지던 곳.

"집안 어른 중 한 분이 벼슬을 하면서 전라도와 강원도에 땅을 많이 얻었단다. 그때는 누구나 맡으면 제 것이 되는 땅이 있던 때다."

그런 때가 있었다. 땅도 하늘처럼, 혹은 바람이나 비처럼, 만인이 공유하는 만인의 것이던 시기가 있었을 것이다.

"그런데 할아버지의 할아버지. 그러니까 너희 고조할아버지뻘 되는 문중 어른이 돌아가시면서 그런 유언을 남겼다. 저기 강가에 찍힌 말 발자국이 희미해지면 이곳을 떠나 북으로 가거라. 그래서 할아버지가 강릉으로 오게 된 거다."

"그런데 왜 하필 할아버지가 여기에 왔어요?"

여학생은 아직도 어금니에 힘이 덜 풀린 상태로 묻는다. 어머니에게 빰을 맞은 부당함에 불쑥 억울하다는 마음이 섞여든다. 조상 대대로 오래 살던 곳을 떠나, 전혀 낯선 곳으로 이주하는 무리들의 느린 행렬 같은 것을 떠올려본다. 우리네 삶에 깃들어 있는 강물 같은 부박함, 그 강물 위를 떠도는 나뭇잎 같은 정처 없음이 어린 마음에도 아프게 와 닿는다.

"장남이 아닌 사람, 거기서 못 살았던 사람, 그런 사람들이 전라도와 강원도로 이주했지. 할아버지는 셋째아들이었다."

"왜 못 살아요? 같은 집안사람들인데?"

"고향 농토는 한정되어 있고, 자손은 점점 늘어나고, 그러니까 못사는 사람도 생기게 되지. 그때는 또 일제 시대였거든. 살기가 힘들었지. 할아버지는 도찬이 아저씨 아버지와 함께 이리 왔다. 도찬이 아저씨는 알지?"

여학생은 아버지와 함께 그 집에 간 일이 있다는 말은 하지 않는다. 하마터면 그 집에 맡겨질 뻔했다는 말도. 그저 고개만 끄덕인다.

"저쪽, 금강평 땅이 예전에 문중 어른이 잡아놓은 땅이다. 그곳에 친척들이 많이 산다. 너희 집안 어른들 중에는 훌륭한 사람이 많아. 도찬이 아저씨 말고도 판검사도 많고 대학 총장도 있고. 그런 어른들을 생각하며 항상 올바르게 행동하고, 훌륭한 가문 사람답게 처신하거라."

여학생은 부당함과 억울함에 울적함까지 섞여든다. 어머니의 이야기가 그렇게 교훈으로 끝날 때마다 울적하다. 슬그머니 화도 나려 한다. 지금 필요한 것은 소월의 〈개여울〉과 최안순의 〈산까치야〉다. 돌아가신 어른들의 이름을 외는 일이 아니다.

그 여자는 지금도 가문 따위는 흥미로워하지 않는다. 그런 마음을 드러내면 어머니는 염려스러운 얼굴이 된다. "너희가 원래 양반인데, 객지를 나돌아 다니다 상놈이 다 되었구나." 그러면 그 여자는 픽 웃는다. 어머니를 비웃는 건 아니다. 그저, 시대착오적인 양반이라는 허울, 아무것도 아닌 것을 그토록 소중히 여기는 사람들 마음의 어떤 허기진 구석에 대해 웃는다. 쓸쓸하게. 그 여자는 조상이 누구인지 아는 일이 인간의 근본을 가르쳐주는 전부라고는 생각하지 않는다. 그 이후로는 자주, 몹시 힘들고 외로울 때, 조상이 누구인지 아는 일, 집안에 훌륭한 어른이 많다는 일이 아무런 위안이 되지 않았음을 알고 있다.

차라리 어머니는, 인간은 누구나 혼자이고, 그래서 인간의 삶이란 혼자서 산을 넘거나 강을 건너는 일이라는 것을 설명해주었더라면 더 좋았을 것이다. 산을 넘거나 강을 건너다가 소중한 것들을 하나씩 잃을 수도 있다는 것을 미리 일러주었으면 좋았을 것이다. 바닷가에 혼자 앉아 손가락 사이로 빠져나가는 모래를 바라보는 일, 그게 삶이라는 걸 가르쳐주었더라면. 그랬다면 아마도 삶에 도움이 되었을지도 모르겠다. 그토록 깊은 혼돈과 뼈저린 상실감에 시달리지 않아도 좋았을 것이다.

족보에 대한 얘기까지 모두 마친 후, 여학생과 어머니와 하숙집 할머니는 저녁을 먹는다. 저녁식사 후 어머니는 따로 들고 온 사과 상자를 할머니께 드린다.

"우리 애가 착하긴 한데 좀 고집이 셀 거예요. 그래서 할머니를 힘들게 하는 일이나 없었으면 좋겠는데……."

어머니는 사과를 깎으며 할머니께 미안해한다. 딸을 그렇게 맡기고 한 번도 찾아오지 않은 것에 대해 벌써 두 번이나 미안하다고 말한 후다.

"힘들긴요, 내가 요즘 정숙이 보는 재미로 사는데……."

할머니는 환하게 웃으신다. 정말이실까. 여학생은 어른들이 자신을 앞에 앉혀놓고 그런 식으로 칭찬하거나 하는 일이 늘 불만이다. 어른들은 아이들이 하나도 못 알아들을 줄 알고 저런 말을 하시는 걸까. 다 아는데, 그런 말을 하는 마음까지 다 아는데…….

어머니는 사과를 예쁘게 깎아 접시에 담는다. 귀가 쫑긋한 토끼모양이다. 그러고는 여학생의 손을 끌어다가 사과 껍질로 손등을 문질러준다. 여학생은 그제야 어금니에 남아 있던 힘이 완전히 사라진다. 거기에 예전의 어머니가 있다. 어렸을 때부터, 사과를 먹을 때마다 사과 껍질로 얼굴이며 손등을 문질러주곤 하던 어머니. 그렇게 하면 살갗이 트지 않고 고와진다고 한다.

지금도 그 여자는 사과를 먹을 때, 사과 껍질로 손등을 문지르는 버릇이 있다. 아무 생각 없이, 무의식적으로 사과 껍질로 살을 문지르면 처음에는 사과즙이 묻어 끈적끈적하지만 그것이 마르면서 살갗이 부드러워진다. 두 손등을 마주 비비면 마치 얼음판에서 스케이트를 타는 기분이 된다.

"잘못하는 일 있으면 야단도 치시고, 애한테 심부름도 시키고 하세요."

"잘못하는 일이 있어야 야단을 치지……."

할머니는 여학생의 얼굴을 가만히 들여다보며 웃으신다. 여학생도 조금 웃어 보인다. 할머니가 이웃 준이네서 자고 오겠다면서 방을 나간 후 여학생은 어머니와 함께 잠자리에 눕는다. 이제 여학생은 어머니의 팔을 베지도 않고, 나를 보고 이야기하라며 어머니의 얼굴을 제 쪽으로 돌리지도 않는다. 그래도 어머니는 예전에 그랬던 것처럼 잠자리에서도 얘기를 들려주신다.

"너희는 의성 김가고, 참, 어른들께 네 성을 소개할 때는 김가라고 해야 한다. 김 씨라고 해서는 안 돼. 남의 성을 부를 때만 조 씨, 박 씨 그러는 거다. 엄마는 함안 조가다. 엄마 조상 중에는 성균관 학자였던 조려 어른이 있다. 생육신이었지. 생육신은 알지?"

여학생은 어둠 속에서 고개를 끄덕인다. 그러다가 어머니가 보지 못할 거라는 생각이 들자 네, 하고 대답한다.

"단종이 영월로 귀양을 가자 그 어른은 고향에 내려와 낚시만 하면서 보냈어. 그래서 어계공이라는 호가 있다. 고기 어, 계곡 할 때 계. 엄마는 그런 얘기를 할아버지한테서 들었다. 엄마 할아버지는 글을 많이 쓰신 선비다. 시호는 가나공이고, 함안 종가에 가면 그 어른이 쓴 글을 모은 문집이 많이 있다. 졸리니?"

여학생은 어둠 속에서 아니, 라고 대답한다. 졸리지는 않지만 따분하다.

"나도 할아버지가 이런 얘기 해줄 때는 졸리고, 할배도 참 거짓말도 잘하시네, 생각했다. 호랑이가 사람을 업어서 강을 건네줬다는 얘기는 거짓말 같았지."

"호랑이가 누구를?"

여학생은 다시 이야기에 관심을 보인다. 여학생이 관심을 보이는 것은 무슨무슨 어른들의 이름이나 직함이 아니라 이야기의 재미다.

"고향에 내려와 있던 어계공 어른이 단종 임금을 뵈러 영월에 갔을 때 일이다. 단종이 귀양 가 있는 곳은 청령포라는 깊고 넓은 내가 흐르는 한가운데였다. 강을 건널 길이 없어 그 어른이 강가에 망연히 서 있는데 어디선가 큰 호랑이가 한 마리 나타나더라는구나. 그래서 어계공 어른은 그랬지. 날 잡아먹든지 마음대로 하라고. 나는 이미 패망한 군주의 신하, 무엇을 두려워하겠느냐고. 그런데 호랑이가 그 어른 앞에 넓죽이 엎드리더란다. 그 호랑이를 타고 청령포를 건너 단종을 뵈었단다. 거짓말 같지?"

여학생은 옛날이야기와 진짜 이야기의 경계를 잘 알지 못한다. 그래서 거짓말이라고는 생각하지 않는다. 호랑이가 사람을 업고 강을 헤엄쳐 건너는 장면을 떠올려본다. 불행하게도 창경원에 있던, 엉덩이에 마른 똥을 묻힌 호랑이가 생각난다. 호랑이는 위험이 닥치면 새끼를 먹는다는 것과 삼 년만 지나면 밀림의 왕자가 된다는 아버지의 말도 떠오른다. 여학생은 잠자코 어머니의 얘기를 듣는다.

"어렸을 때는 이 엄마도 할아버지가 그런 얘기를 해주면 순 거짓말, 그렇게 생각했다. 그런데 몇 해 전에 영월에 가보니 거기 정말 호도비가 세워져 있더라. 호랑이 호, 건널 도, 비석 비. 호랑이가 사람들을 업고 강을 건네주었다는 비석이지."

그 여자는 그 밤, 그 이야기들에 묘한 슬픔과 두려움의 기미가 있었음을 기억한다. 어머니의 이야기는 전혀 슬픈 내용이 아닌데도 목이 메고, 벽에 걸려 있는 옷들은 어둠 속에서 어른어른 흔들린다. 나중에야, 그 슬픔의 이유를 이해한다. 사람으로서 근본을 아는 일, 여자로서 성장의 어느 시기에 겪어야 하는 일 등을 한꺼번에 가르쳐준 후, 어머니는 다시는 그 여학생에게 소식을 보내지 않는다. 고등학교를 졸업하고 그 여학생 쪽에서 어머니를 찾아갈 때까지.

그 밤, 어머니의 마음은 어땠을까. 자신이 병들어 친정에 내려가 있는 동안 다른 여자와 살림을 차린 남편. 그럼에도 생리용 광목을 몇 필 끊어가지고 와, 딸에게 여자로서 인간으로서 지켜야 할 도리들을 한꺼번에 일러주며, 그 밤이 딸과의 마지막 밤일지도 모른다고 예감하는 어머니의 마음은 어땠을까. 그런 일들을 생각하면, 어머니를 존경하지 않을 수 없다.

그러나 한 가지, 어머니가 한 가지 더 말해주었다면 좋았을 거라고 생각하는 점이 있다. 그건 아버지와 어머니의 관계, 그렇게 남겨지게 된 여학생의 현재에 대해 납득할 수 있도록 설명해주는 일이다. 왜 그렇게 살아야 하는지, 어른들 사이에 무슨 일이 있었는지, 그런 것들을 알아듣기 쉽게 설명해줬더라면 좋았을 것이다. 그랬다면 그 이후의 혼돈들을 더 지혜롭게 극복했을지도 모른다. 그러나 어머니는 그 부분에 대해서는 작은 언급도 없으시다. 아마 그것은 어머니의 양식이었을 것이다. 무슨 말을 하든, 그때 어머니가 말하는 아버지에 대한 이야기는 부정적이었을 테니까.

10

    그 하숙집에 대해 말하려면 먼저 잿빛이 떠오른다. 그 집의 지붕이 잿빛이고, 그 집의 담장이 잿빛이고, 아침에만 잠깐 해가 들던 뒷마당도 잿빛이다. 그러나 무엇보다 그 집에 사는 사람들의 이미지가 늘 잿빛으로 떠오른다. 어쩌면 그때, 그 여학생의 마음이 온통 잿빛이었기 때문에 그렇게 기억되는지도 모르겠다.

    그 집은 H자형으로 생긴 집이다. H자의 가운데 가로 부분에는 방이 두 개 있고 양쪽 세로 부분에는 방이 세 개씩 있다. 가운데 두 방은 주인 할머니가 사용하고, 양쪽의 여섯 개 방은 모두 세를 주었다. 양쪽 여섯 개의 방에 세 들어 사는 사람들은 방마다 다르다. 그 중에 부모와 자식으로 이루어진 온전한 가족이 사는 집은 백기네 한 집뿐이다. 준이네는 준이와 준이 엄마 둘이 살고 이따금 다리가 불편한 중년 사내가 방문한다. 자취하는 고등학생들이 사는 가구가 있고, 할머니와 딸과 손녀가 사는 가구가 있다. 또 늘 사는 사람이 바뀌는 방도 있다.

    할머니는 여학생과 함께 가로 부분의 방 하나를 사용한다. 또 하나의 방에는 강릉비행장에 근무한다는 공군 소위 두 사람이 하숙을 하고 있다. 여학생은 할머니의 반닫이 옆에 제 앉은뱅이책상을 놓고 공부하고 할머니 옆에서 잠든다. 그건 좋은 일이다. 어렸을 때 외할머니와 함께 살던 따뜻함을 되살아나게 한다. 외할머니가 늘 홍시며 과줄이며, 사과며, 먹을 것을 집어주었듯이 하숙집 할머니도 그 여학생에게 특별한 것을 준다. 그건 고구마다. 그 여학생이 고구마를 좋아한다는 것을 알고, 할머니는 늘 밥 위에 고구마를 쪄준다. 여학생은 어버이날이 되면 할머니에게 꽃을 달아드린다. 아버지에게도, 어머니에게도 아닌, 하숙집 할머니에게.

그러나 그 여학생은 가끔 할머니 때문에 속이 상한다. 할머니가 술을 마시고 앓을 때가 그렇다. 여학생이 학교에서 돌아오면, 할머니는 흰 수건으로 머리를 싸매고 누워 있다. 여학생은 교복도 벗지 않고 '버덩' 마을로 달려가 뇌신이며 명랑을 사온다. 할머니에게 그 약은 만병통치약이다. 술을 많이 마시고 머리가 아플 때도, 소화가 잘 되지 않을 때도, 속상한 일이 있을 때도 뇌신이나 명랑을 먹는다. 그 여학생은 할머니가 왜 술을 마시는지 가끔 생각해본다. 아마 혼자 살기 때문일 거라고, 그 여학생이 혼자 살듯이 할머니도 혼자 살기 때문일 거라고 짐작한다. 그래도 할머니에게는 양자를 삼은 조카가 있다. 그 여학생은 그때는 군대에 가 있다고 한, 한 번도 본 적이 없는 군인의 제대를 열심히 기다린다. 할머니를 위해서, 할머니가 술을 먹고 앓지 않았으면 하는 마음으로.

그건 애정이다. 그 여학생은 이제 돈을 매개로 해서도 애정이 자랄 수 있음을 받아들인다. 수원 하숙집에서 그토록 호되게 마음 아파했던 그 일을, 이제는 자연스럽게 받아들인다. 그 할머니도, 그 여학생도, 서로를 몹시 좋아한다. 거기에는 돈이나 핏줄을 뛰어넘는 애정이 있다.

그때 할머니의 연세가 얼마쯤 되었을까. 쉰다섯, 혹은 예순? 할머니라고 부르긴 해도 그렇게 심한 할머니는 아니다. 살면서 그렇게 순수하고 온화하고, 오직 선의만으로 뭉쳐진 사람을 만나는 일은 드물다는 걸 깨달았을 때 그 여자는 예전의 하숙집을 찾아간다. 그 할머니가 보고 싶어서. 그러나 동네는 완전히 변해 있다. 하숙집이 있던 자리에는 가로로 긴 아파트가 들어서 있고, 그 여자가 명랑이며 뇌신을 사러 다녔던 버덩에는 큰 건물들이 들어서서 낯선 상점들만 즐비하다. 마을 입구에 있는 가게에서는 아무도 그 할머니에 대해 알지 못한다. 어떻게 되었을까. 조금 더 일찍 찾아오지 않은 것을 뉘우친다.

그 여자는 지금도 할머니들을 좋아한다. 모든 할머니가 가지고 있는 둥글고 따뜻한 손을 좋아한다. 할머니들이 가지고 있는 이야기보따리를 좋아하고, 할머니들이 가지고 있는 깊은 주름들을 좋아한다. 아마 그건, 성인이 될 때까지 십구 년의 성장기 중 삼 분의 이를 할머니들 손에서 자랐기 때문일 것이다. 여섯 살까지 자랐던 외할머니 댁, 그 후 강릉시 성남동의 할아버지 댁, 그 이후의 하숙집 할머니……. 지금 그 여자에게 어떤 보수적인 기질이 있다면, 그건 바로 할머니들 손에서 자란 탓일지도 모른다. 삶의 결정적인 순간에 어리석은 결정을 내리기도 하고, 자주 이 세상에 맞지 않는 것 같다고 느끼게 되는 것, 그건 할머니들 손에서 양육된 탓도 있을 것이다. 그 여자도 나중에 할머니가 될 것이다. 그때, 누구보다도 더 둥글고 따뜻한 손을 가진 할머니가 되었으면 한다.

그 하숙집에 세 들어 살았던 사람들 중 그 여자가 잊을 수 없는 사람들이 몇 있다. 하나는 할머니와 딸과 손녀, 삼대의 여자들이 사는 가구다. 그들이 사는 방은 동북향이었던 것 같다. 굴속 같이 컴컴하고, 방 앞으로는 바로 길을 향해 툇마루가 하나 놓여 있다.

할머니는 아주 늙어 보인다. 나이가 얼마인지 알 수 없지만, 걸을 때는 늘 허리가 직각으로 굽어 있고, 앉을 때는 가슴과 무릎이 달라붙는 자세다. 여학생은 학교에서 돌아오는 길에 할머니가 굽은 허리를 더욱 굽힌 채 땅바닥을 살피며 걷는 모습을 본다. 할머니는 늘 무언가를 주우며 다닌다. 길가에 버려진 담배꽁초, 땔 만한 나뭇가지, 버려진 종이, 추수 끝낸 밭에서는 시든 야채 몇 잎도 줍는다. 무언가를 줍지 않을 때는 툇마루에 앉아 있다. 주워온 담배꽁초를 일일이 까서 깡통에 차곡차곡 담거나, 검붉은 녹이 배어나오는 깡통에서 담뱃잎을 꺼내 곰방대에 꾹꾹 눌러 담거나, 곰방대를 입에 물고 하염없이 먼 곳을 바라본다. 흐릿하고 먼 시선, 아무것도 보고 있지 않은 눈길로.

할머니는 한 달에 한 번씩 읍에 나가서 구호양곡을 타온다. 이미 시로 승격한 지 이십 년이 넘는 도시지만 할머니는 그때까지도 그 도시를 읍내라고 부른다. 읍내에 가서 구호양곡을 타오는 데 할머니는 하루를 꼬박 소비한다. 무거운 밀가루 포대를 들고 네댓 발짝 걷다가 쉬고 또 서너 걸음 걷다가 쉬고…… 그렇게 해서 할머니가 집에 도착할 시각은 그 여학생이 육 교시 수업을 마치고 교실 청소까지 끝내고 귀가하는 시각과 비슷하다. 여학생은 하굣길에 할머니의 밀가루 포대를 맞잡아준 적이 있다. 그것이 생각보다 훨씬 무거워서 놀란 마음으로. 그 여학생이 처음으로 돈이 많았으면 생각한 것은 그때이다. 내가 만약 부자라면…… 그러면 그 할머니를 위해 할 일이 아주 많을 것 같다. 그때부터 그 여학생은 자주 그런 상상을 한다. 나중에 내가 부자가 되면…….

할머니에게는 딸이 있다. 삼십 대쯤 되어 보이는 여인이다. 여인은 툇마루에 거울을 내다놓고 오래오래 머리를 빗거나 얼굴에 곱게 분을 바른다. 화장을 끝내면 물끄러미 거울을 들여다보며 앉아 있곤 한다. 거울을 향해 교태스럽게 웃어 보이거나 토라진 표정을 지어 보이거나 화난 얼굴을 해보거나 하면서. 거울을 향해 무어라 속삭이기도 하고, 우는 표정 끝에 정말로 큰 소리로 울어버리기도 한다. 그 여학생은 그 여인을 보는 일이 왠지 두렵다. 그 여인이 미쳤다는 얘기 때문이 아니다. 그 여인에게서 풍기는 신비한 분위기, 그러면서도 언뜻언뜻 비치는 강한 눈빛, 그런 것들을 두려워한다. 그 여학생이 뒷산 비탈에 앉아 있을 때 그 여인이 올라오기도 한다. 여인은 더러 여학생에게 말을 붙인다.

"너, 어디 사니?"

"저 집에요."

여학생은 눈 밑에 내려다보이는 집을 가리킨다. 위에서 내려다보는 지붕은 더 어두운 잿빛으로 보인다. 지붕에 드문드문 피어 있는 잡초 때문에 그런 모양이다. 여인은 그 집이 곧 자신의 집이기도 하다는 사실을 깨닫지 못하는 모양이다. 으응, 하고는 그만이다.

그럼에도 그 여인은 여학생을 만날 때마다 묻는다. 너 어디 사니? 여학생은 늘 똑같이 반복되는 여인의 질문에 대해, 나중에는 대답하지 않는다. 그저 턱짓으로 눈 아래 보이는 지붕을 가리킬 뿐이다. 그래도 여인은 별로 반응이 없다. 여학생이 그 질문을 지겨워한다는 사실도 알지 못한다.

그때는 왜 그 여인이 한 가지 질문만을 반복하는지 알지 못한다.

그러나 이제 그 여자는 안다. 강남에서 돌아온 제비가 진흙이며 지푸라기들을 반죽하여 가장 먼저 거처를 만든다는 것을. 사람들이 집 한 채를 마련하기 위해 삶의 많은 부분을 소모하며 산다는 것을. 더구나 얼마 지나지 않아, 거리며 남대천 가를 떠돌아다니는 그 여인을 보았던 일을 생각하면, 그 질문에 담긴 본능의 간절함을 알게 된다. 그 여인의 질문은 어쩌면, 그 후 여자가 거처할 방을 얻기 위해 그토록 많은 복덕방을 뒤지고 다녀야 하는 일에 대한 일종의 주술 같은 것이었을지도 모른다.

그 여인이 산에 올라오는 것은 대체로 노래를 부르기 위해서다. 그 여학생이 산에 올라오는 것이 대체로 책을 읽기 위해서이듯이. 드문드문 개간하여 빨간 살이 드러난 야산 비탈에서 여인은 노래를 부르고 여학생은 책을 읽는다.

"황혼이 질 때면 생각나는 그 사람⋯⋯."

서편 하늘로는 황혼이 지고, 여인은 황혼을 보며 노래한다. 여학생은 눈으로는 책을 읽어도 이미 노래에 마음이 쏠리고 만다.

"가슴 깊이 맺은 언약 영원토록, 변할 길이 없는데⋯⋯."

붉은 노을에 점차 잉크빛이 섞이며 푸르스름하게 어두워질 때까지, 그 여인은 서쪽 하늘을 바라보며 여러 노래를 계속해서 부른다. 나무 그루터기에 걸터앉아, 하염없이. 단정히 빗은 머리, 오뚝한 콧날, 조금씩 벌어졌다 닫히는 입매, 그리고 깔끔한 옷차림. 여학생은 그 여인이 노래하는 모습을 오래 바라본다. 신비한 분위기, 애처로운 목소리⋯⋯.

"당신과 나 사이에 저 바다가 없었다면⋯⋯."

휴일이거나 방학이어서 온종일 집에 있는 날에도 그 여인의 노래를 듣는다. 뒷산에서건 툇마루에서건, 노래는 한번 시작되면 두세 시간은 지나야 끝난다. 여름비에 녹아 눅눅히 흐르는 노래는 더 구성지다. 투둑투둑 지붕이며 처마를 두드리는 빗소리가 장단을 맞추기도 한다.

"헤일 수 없이 수많은 밤을 내 가슴 도려내는 아픔에 겨워……."

노래는 마디마디 목을 꺾듯이, 성대의 에움을 돌듯이, 혹은 여인의 삶의 고비들을 돌아 나오듯, 그렇게 떨리며 울려 퍼진다. 하숙집 할머니는 "날이 궂으면 더 심해진다더니, 쯧쯧……." 그러면서 김치보시기나 삶은 국수를 한두 그릇 챙겨 나가곤 한다.

어머니는 공책에 써둔 유행가 가사를 보고 뺨을 때렸지만, 여학생은 유행가를 더 많이 배운다. 지금 그 여자가 알고 있는 흘러간 옛 노래의 팔십 퍼센트는 그때 그 여인의 노래를 들으며 배운 것이다. 배우려고 노력한 바는 없었지만 그 시기의 말랑말랑한 머리며 가슴이 그 노래들을 모두 흡수한다. 모든 노래의 곡조며 노랫말이 왜 그토록 하나같이 비극적이고 애절한 분위기를 띠는지, 그걸 의문스러워하면서.

그 여인에게서 배운 흘러간 옛 노래뿐 아니라 라디오에서 한두 번 들은 노래들을 모두 기억한다. 한두 번만 들으면 그걸 따라 부를 수가 있다. 어렸을 때 어머니가 들려주었던 시조를 저절로 외웠던 것처럼. 그때 그 여학생이 혼자 있을 때만 즐겨 불렀던 노래가 하나 있다. 제목도 가수도 기억하지 못하지만 그 곡조며 노랫말은 고스란히 기억한다.

'어머니 너무나 오랜 세월을 당신과 헤어져 살았습니다, 지금도 그 산엔 뻐꾸기 울고 겨울엔 하얀 눈 내리는가요, 지금도 그 산엔

진달래 피고, 가을엔 단풍이 곱게 타나요.'*

여학생은 이따금 뒷산에서, 그 여인처럼 혼자 그 노래를 불러보곤 한다. 그러나 그 여인처럼 크게 부르지는 않는다. 그 여인처럼 구성지게 부를 수도 없다.

대중가요를 폄하하는 사람들은 그 노래가 감상적이고 나약하며, 패배적인 정서를 심어준다고 말한다. 그러나 그 여자는 그렇게 말하는 사람들에게 하고 싶은 말이 많다. 카타르시스 이론이나, 자주 말해지는 한의 정서나, 혹은 힘이 되는 슬픔에 관해서가 아니다. 그 여자는 다른 방식으로 말하고 싶다. 사랑에 빠져본 일이 있느냐고, 혹은 진정한 상실, 뼈가 아린 상실을 경험해본 적이 있느냐고. 그런 때에 푸치니의 〈나비 부인〉과 이미자의 〈동백 아가씨〉 중 어떤 것이 더 가슴에 와 닿더냐고.

그 여자는 모든 예술의 척도를 감동에 두고 있다. 영화를 볼 때도, 그림을 볼 때도, 그것이 가슴에 닿아 얼마만 한 울림을 만드는지를 척도로 삼는다. 가슴에 닿아 울림을 만드는 데 있어서, 음악을 따라올 만한 예술 장르는 없다. 음악은 모든 예술 중에서도 철저하게 영감과 상상력에 의해서만 만들어지는 특별한 분야이며, 그래서 가장 재능 있는 자들만이 할 수 있는 분야라고 믿는다. 그 음악 중에서도, 대중가요가 갖는 힘은 특히 직접적이고 불가항력적이다. 그 여자는 대중가요를 좋아한다.

여학생은 사람들이 그 여인의 남자에 대해 말하는 것을 들은 일이 있다. 그 여인을 그렇게 만들고, 집안마저 그렇게 만들고 떠나버

---

* 이종환 작사, 백순진 작곡의 〈두고 온 고향〉 한 소절이다.

린 남자에 대해. 고시생이었는데, 뒷바라지를 다 해줬는데, 고시에
패스하자 다른 여자와 결혼을 했다는. 혹은 다른 얘기도 있었다. 학
교 선생님이었는데, 아내가 있는 남자였는데……. 여학생은 그런
이야기들을 들으며 두려워한다. 세상에는 정말 그렇게 나쁜 사람이
있을까. 어떤 사랑이 한 사람을 완전히 망가뜨리기도 하는가.《슬픈
카페의 노래》의 여주인공도 그 여인만큼 슬프지는 않았다. 여학생
이 두려워한 것은 그것이었는지도 모른다. 사랑이라는 이름의 폭력
성, 사랑이라는 이름의 비극성. 그런 것을 생각하면 거대한 수레바
퀴나 무시무시한 가위에 짓눌리는 느낌이 된다.

여인은 집을 나가 며칠씩이나 있다가 들어오기도 한다. 그 여인
이 보이지 않으면 여학생은 걱정이 된다. 어디서 나쁜 일이나 당한
건 아닌가 싶어서. 그러나 마을 사람들은 아무도 그 여인의 안부나
행적에 대해 말하지 않는다. 너무나 자주 반복되는 일이어서 범상
한 일상이 되어버린 것 같다.

며칠 만에 집에 돌아올 때면 그 여인은 새 옷을 입고 좋은 물건을
한 아름씩 안고 오기도 하고 때로는 더러운 옷에 며칠씩 씻지도 않
은 모습으로 들어오기도 한다. 그러면 노파는 묵묵히 여인에게 목
욕을 시키고 새 옷을 갈아입히고 밥상을 차려다 준다. 노파가 여인
에게 아무것도 묻거나 채근하지 않는 것처럼 마을 사람들도 그녀
가 어디서 무엇을 하고 다녔는지에 대해 말하지 않는다.

그러던 어느 날, 그 여인은 오래도록 집을 비웠다 돌아오는 길에
작은 계집아이를 한 명 데려온다. 아이는 인형을 안고 있다. 아무도
그 아이가 어디서 온 누구인지에 대해 말하지 않는다. 그저 그 집의
세 여자를 물끄러미 바라보다가 혀를 쯧쯧 찰 뿐이다.

계집아이를 데려온 이후 여인은 달라져 보인다. 아이에게 목욕을 시키고 머리를 빗겨주고 예쁜 옷을 갈아입히며 연신 콧노래를 흥얼거린다. 아이의 손을 잡고 마을을 돌아다니며 사탕을 사주고 아이가 잠깐이라도 보이지 않으면 아이의 이름을 부르며 동네를 이리저리 살피고 다닌다. 그들은 아주 평화로워 보인다. 그들은 이 세상이 아니라 어디 섬 같은 곳에 따로 사는 사람들 같다.

그러나 이따금 그들의 평화가 무너지는 때가 있다. 여인이 아주 낮은 목소리로 숨죽여 울고, 그 옆에서 계집아이가 숨이 넘어갈 듯 소리 높여 울고, 노파는 끝내 묵묵히 숨을 가라앉히고 있는 모습. 여학생은 그런 광경을 목격한다. 친구 집에서 놀다가 늦은 시간에 집으로 들어가는 길이었을 것이다.

"엄마, 미안해. 나 때문에……. 내가 빨리 죽어야 하는데……."

여학생은 발을 멈춘다. 그 집에 손님이 왔는가 싶다. 그건 할머니의 목소리도 아이의 목소리도 아니다. 여인의 목소리 같지도 않다. 노래를 부를 때나 밥 달라고 투정할 때의 여인의 목소리는 그렇지 않다. 간드러지게 꺾이거나 혀가 안으로 감겨들어 간다. 방금 여학생이 들은 목소리는 이성이 담긴 성인의 목소리다.

"불쌍한 것, 어쩌다 이런 데서 살게 돼가지고……."

아이의 자지러지는 울음이 들리고, 할머니의 말소리는 하나도 들리지 않는다.

그때, 아주 순간적으로 여학생은 모든 것을 깨닫는다. 그 여인, 정신이 나갔던 여인이 제정신으로 돌아온 것이라는 사실을.

그 여자는 그때 받은 충격을 지금도 생생히 되살릴 수 있다. 누군가 등을 아주 세게 때리는 듯한 느낌. 도리깨같이 크고 딱딱하고 기다란 것이 등을 내리쳐서, 길바닥에 넘어지고야 말 것 같은 충격. 그때 그 여학생은 길가에 넘어지는 대신 조심스럽게 쭈그려 앉았던 것 같다. 길가에 자라는 싸리나무를 쓰다듬으며 오래도록 여인의 울음소리를 듣는다. 억눌린, 안으로 밀어 넣는 울음소리. 나중에 그 여자는, 맨정신으로 살기에는 인생이 너무 고통스럽다는 사실을 깨달을 때 간혹 그 여인을 떠올린다. 말없이 고개를 숙이고 걷다가, 문득 비명처럼 한두 소절의 노래를 부를 때, 그런 때도 그 여인이 떠오른다.

그 여인이 제정신으로 돌아오지 않는 한, 그 가족은 평화롭고 편안하다. 그러다가 그 일이 생긴다. 학교가 일찍 파했으니 아마 토요일이었고, 아직 동복을 입고 있었으니 이른 봄이었을 것이다. 그랬을 것이다. 노파가 뒷산에서 땔감을 주워 모으고 있었으니, 아마 그때쯤이었을 것이다. 노파는 마른 삭정이를 잘못 디뎌 비탈 아래로 굴렀다고 한다.

산에서 신음하고 있는 노파를 방으로 데려다 눕히자 노파는 낡은 반짇고리를 열고 두툼한 쌈지를 하나 꺼내더라고 했다.

"이제 다 살았지. 이거……. 내 딸한테 전해주고…….."

노파가 내미는 쌈지에는 꼬깃꼬깃한 지폐와 동전들이 담겨 있더라고 했다. 얼마나 오래도록 그 속에 있었는지 동전들은 퍼렇게 녹이 슬어 있더라고 했다.

노파는 마을 사람들이 쑤어준 미음을 먹고, 약까지 먹고 잠든다. 그길로 일어나지 않는다. 노파는 자는 듯이 누워 있고, 그 머리맡으로 여인과 계집아이가 앉아 있다. 계집아이는 아직 새것인 인형의 머리카락을 쓰다듬고 있고, 여인은 노파를 향해 무언가를 중얼거리고 있다. 그 여학생이 직접 목격한 장면은 거기부터다.

"엄마, 배고파, 밥 줘."

여인은 노파의 어깨를 흔든다. 아이에게도 동의를 구하듯 고개를 돌려 아이의 얼굴을 바라보며 웃기도 한다. 그 웃음, 티 없이 맑고 천진난만한 그 웃음을 잊을 수 없다. 어두컴컴한 방, 벽에 걸린 옷들이 날아오르는 혼령처럼 흔들리던 방 안에서 고개를 돌리며 웃던 여인의 흰 옆모습과 고운 목덜미, 티 없이 맑은 웃음…….

사방에서 그물이 죄어오듯 세상이 어두워지고 살갗에 닿는 바람이 새삼 서늘해지고 무엇보다 이 세상이 불공평하고 억울하다는 느낌, 그런 느낌에 휩싸인다. 이것이구나, 죽음이라는 것이, 삶의 궁극적 정체라는 것이 바로 이것이구나.

그러다가 그 여인의 비명을 듣는다. 혹시 그 여인이 제정신으로 돌아온 게 아닐까, 제 어미의 죽음을 인식하게 된 걸까. 그런 생각을 하자 두려워진다. 고개를 돌려보니 여인은 무릎걸음인 채로 노파로부터 뒷걸음을 치고 있다. 울면서, 소리치면서.

"이게 뭐야? 엄마, 엄마!"

아이는 영문을 모르는 채 벌써 울음부터 토해낸다.

"엄마 몸에서, 엄마 몸에서……. 엄마, 이가…… 이가 다 나한테로 오잖아!"

여인은 계속 뒷걸음쳐 마루까지 나온다. 할머니의 몸이 식으면서, 몸에서 살던 이들이 따뜻한 곳을 찾아 나오는 모양이다. 여학생은 눈앞이 뿌옇게 흐려진다. 어떻게 이럴 수 있는가, 산다는 것이, 아니 죽는다는 것이 어떻게 이런 것인가.

그건 그 여자가 목격한 최초의 죽음이다. 싸늘하게 식은 시체에서

이가 기어 나오는 죽음, 미친 딸과 철모르는 손녀를 두고 떠나는 죽음, 상여 없이 나가는 죽음, 이제 막 아지랑이가 피어오르는 벌판을 향해 혼자 차갑게 떠나는 죽음. 그때, 중학교 이 학년이었던 그때, 그 여자는 산다는 행위 속에 깃든 휑한 바람구멍을 보아버린 느낌이다. 절대로 막을 수 없는 바람구멍, 시간이 흐를수록 풍화되고 부식되어 점점 더 커질 수밖에 없는 구멍, 아무리 막으려 해도 막을 수 없고, 잘못 막으면 그것 때문에 질식해버릴지도 모르는 어떤 구멍을 보아버린 느낌이다. 우리네 삶에 깃들어 있는 휑한 바람구멍을.

여학생은 점점 더 혼돈의 상태로 빠져든다. 아버지는 그렇게 마음에서 떨어지고, 어머니는 단 하룻밤을 자고 아무 약속 없이 떠나고, 동생도 완연히 달라지고. 그런데다가 하염없이 유행가를 부르는 여인이며, 몹시도 가난하던 노파의 죽음. 그런 것들 때문에 혼란스럽다. 아마, 막 사춘기가 시작되려 해서였을지도 모른다.

마음이 어수선할 때마다 여학생은 뒷산에 올라가 보경이에게 편지를 쓴다.

죽음이라는 게 무엇인지 모르겠어. 그 할머니가 돌아가신 후에도 세상은 조금도 달라지지 않았어. 사람들은 집으로 돌아가 밥을 하고, 나도 하숙집 할머니와 함께 밥을 먹었어. 밥을 먹으면서, 어떻게 이렇게 아무렇지도 않게 밥을 먹을 수 있을까 생각했어.

보경아, 언젠가 '모든 사람의 인생은 자신에게 이르는 길이다'라는 《데미안》의 구절을 네게 적어준 게 생각나. 자신에게 이르는 길, 그 끝에 있는 게 죽음일까? 모르겠어. 우리도 언젠가는 죽겠지. 우리가 죽은 후에도 세상에는 우리처럼 편지를 나누는 사람들이 있고, 우리가 했던 것처럼 밥을 먹는 사람들이 있겠지.

여학생은 편지를 쓰다 말고 멀리, 서편 하늘 멀리까지를 내다본다. 거기 먼 곳에 죽음의 얼굴이 보이기나 하는 것처럼.

만나고 헤어지고 하는 일은 너무 힘들어. 만날 때는 그 어색함을 없애려고 애쓰고, 간신히 어색함이 없어질 만하면 다시 헤어져야 하고. 헤어질 때는 자꾸만 목이 아파서 힘들고. 그런데 생각해보면, 죽음만큼 힘든 헤어짐도 없을 거야. 그 할머니의 딸은 이제 어떻게 될까. 지금은 제정신이 아니어서 할머니가 죽은 줄 모르나 봐. 그러나 언젠가, 그 여인이 제정신으로 돌아와서 할머니가 죽었다는 걸 알게 되면…… 생각할 수 없어. 그 여인이 숨죽여 울던 소리를, 생각만 해도 목이 아파.

여학생은 보경이에게 편지를 쓸 때마다 얼마간의 두려움에 사로잡힌다. 보경이마저 떠나면…… 그런 두려움이 스며든다.

그리고 그 일이 일어난다. 그 여자의 삶에서 처음으로 당했던 부당한 폭력. 지금도 그 일을 생각하면 그 폭력 자체보다 그 부당함에 더 가슴이 무너지는 폭력. 완전한 폭력.

그날도 여학생은 보경이에게 편지를 쓰고 있다. 토요일 오후쯤 되었으리라. 밖이 아주 환한 때였으니까. 여학생은 늘 보경이에게 편지 쓰는 일밖에 할 일이 없다. 보경이가 보내는 편지에는 늘 여학생이 따라잡기 어려운 성숙한 여자가 담겨 있고, 여학생은 보경이와 수준을 맞춰야 한다는 부담이 있다. 보경이는 이 학년이 되어 어느 선생님을 사랑한다고 씌어 있다.

그가 수업에 들어올 때면 나는 가슴이 뛰어. 가끔, 그와 함께 죽어버
리고 싶어.

여학생은 선생님을 '그'라고 칭하는 보경이의 편지를 여러 번 읽
는다. 아무래도 저는 보경이에 비해 너무 어리다고 생각된다. 보경
이와 수준을 맞추기 위해 여학생은 편지에 《슬픈 카페의 노래》에서
본 구절을 옮겨 적는다.

'사랑이란 그 대상이 누구냐가 중요하지 않다. 목사가 창녀를 사
랑할 수도 있고 부자가 가난한 자를 사랑할 수도 있고……'

글쎄, 기억이 정확한지 모르겠다. 그러나 한 가지 분명한 것은, 그
것이 사랑의 불가해성, 사랑의 무목적성에 대해 말하고 있었다는
점이다. 지금도 그 여자가 믿고 있는, 그래서 친구들이 대체 어떤
사람을 원하느냐고, 원하는 사람을 말하면 구해주겠다고, 그렇게
말할 때 대답할 길이 없는, 그 사랑이라는 것의 불가해성, 혹은 무
목적성에 관한 이야기다. 책의 한 구절을 편지에 옮겨 적고 있을 때
방문이 열린다.

옆방에서 하숙하는 공군 소위다. 여학생은 일 년 가까이 지나도
록 그 사람을 서너 번쯤 보았다. 그는 아주 일찍 일어나 나가고 아
주 늦게 돌아오는 모양이어서, 얼굴을 부딪칠 기회가 별로 없다. 그
는 마루에 무릎을 꿇은 자세로 문고리를 잡고 방 안을 들여다본다.

"할머니 안 계시는데요."

여학생은 공군 소위가 할머니를 찾는다고 생각한다. 그는 대답

없이 여학생을 물끄러미 바라본다. 여학생은 보경이에게 쓰다 만 편지를 계속 쓴다.

'네가 누구를 사랑하든 난 관계없어. 네가 사랑하는 선생님이라면 나도 분명 그를 좋아할 거야.'

여학생도 보경이처럼 선생님에게 '그'라는 호칭을 써본다. 기분이 괜찮은 일이다. 그러나 네가 사랑하는 사람이라면 나도 분명 그를 좋아할 거야, 그 구절은 여학생의 목소리가 아니다. 그때 여학생은 그 글을 쓰면서도 제가 하는 말이 무슨 뜻인지 잘 알지 못한다. 다만 보경이와 수준을 맞추고 싶어서, 그 소설의 여주인공 미스 아멜리아의 목소리를 흉내 냈을 것이다.

문이 닫히는 소리가 들릴 때, 여학생은 공군 소위가 돌아가는 모양이라고 생각한다. 그런데 갑자기, 어두운 그림자 같은 것이 옆으로 다가오더니 여학생의 어깨에 내려앉는다. 통증보다 먼저 느끼는 건 놀라움이다. 경악. 고개를 드는 순간, 다시 얼굴로 손바닥이 날아온다. 공군 소위다. 무슨 일인가 판단하기도 전에 다시 얼굴로 손바닥이 날아온다. 경악 다음에 느낀 건 공포다. 여학생은 완전히 질려버린다. 순식간에 몸 전체가 굳어서 움직일 수도, 말을 할 수도 없다.

달아나야 한다고, 소리를 질러 도움을 청해야 한다고 생각하지만 이미 몸이 굳어버렸다. 입을 벌려보지만 말이 나오지 않는다. 억억, 안으로 잦아드는 그런 소리만 느껴질 뿐이다. 할 수 있는 일이라곤 계속 쏟아지는 손바닥이며 주먹을 피해 구석으로 구석으로 달아나는 것뿐이다. 엉금엉금 기면서. 피해 달아나면서 여학생은 양손으로 가슴을 감싼다. 막 젖멍울이 앉기 시작해서 어쩌다 잘못 모서리 같은 데 부딪치면 눈물이 날 만큼 아프곤 하던 때다.

공군 소위는 달아나는 여학생을 끌어당긴다. 여학생은 빈 자루처럼 바닥에 넘어진다. 주먹은 계속해서 머리며 얼굴이며 어깨로 쏟아진다. 그는 한 번씩 주먹질을 할 때마다 한마디씩 욕설을 한다. 누구를 향한 것인지 알 수 없는, 그러나 여학생에게 하는 것이 아닌 것만은 분명한 욕설이다. 인류 보편적인 욕설, 모든 불특정 다수가 그 대상이 되기도 하는 욕이다. 그의 숨결에서는 지독한 술내가 뿜어져 나온다.

소리를 질러야 해. 누구든 사람을 불러야 해. 그러나 목소리가 전혀 나오지 않는다. 질려서, 기가 완전히 막혀서, 목도 가슴도 딱딱하게 굳어 있다.

여학생은 다시 힘을 내어 문 쪽으로 달아난다. 그 방에는 문이 두 개다. 하나는 마루로 통하고 하나는 부엌으로 통한다. 부엌과 방 사이 벽에는 문 말고 작은 창 같은 게 있다. 스케치북만 한 미닫이문인데 할머니가 그리로 밥그릇을 들여 주면 여학생이 그것을 받아 밥상을 차리곤 하는 통로다. 겨우 문고리를 잡았는가 싶은데 커다란 손이 어깨를 낚아챈다. 여학생은 빈 자루처럼 힘없이 방바닥에 나동그라진다. 공군 소위는 방문 고리를 안으로 잠근다. 두 문 모두. 그사이 여학생은 방바닥에서 일어나 가슴을 감싸고 쪼그려 앉는다. 공포에 질려서, 파랗게 질려서 울지도 못한다. 소리를 지르려 하면 여전히 안으로 잦아드는 억억, 소리만 느껴질 뿐이다. 다시 머리로 어깨로 얼굴로 주먹이 날아온다.

아무 이유 없이, 아무 영문도 모르고, 낯선 사람에게 맞아본 일이 있는가. 그것도 열세 살 때. 방 안에 갇혀, 공포에 질려, 소리를 지르려 해도 말이 한마디도 나오지 않는 경험을 한 적이 있는가. 삼십 분, 혹은 한 시간 동안. 하숙집 할머니와 부엌을 같이 쓰는 백기 어머니가 저녁을 지으러 나오지 않았다면 그 여학생은 얼마나 더 맞았을지, 어떤 더 험한 일을 겪었을지 알 수 없다.

백기 어머니는 방에서 나는 쿵당거리는 소리, 퍽퍽 무언가를 치는 소리를 그저 대수롭지 않게 여긴다. 스케치북만 한 미닫이를 열고 고개를 들이밀며 "할머니, 이 집에 전쟁 났어요?" 한다. 웃음기가 묻어나는 목소리다. 여학생은 순간 살았다고 생각한다. 백기 어머니는 방 안을 보고는 놀라 소리를 지른다. 그때까지도 공군 소위는 여학생을 구석으로 밀어붙여 놓고 가끔 무어라 중얼거리며 여학생을 때리고 있다. 그때쯤, 그의 폭력은 하나의 놀이로 변해 있다.

"아니, 이게 무슨 경우야? 왜 아이를 때리고 그래요?"

백기 어머니는 방문을 잡아당긴다. 그러나 안으로 고리가 걸려 있다. 마구 흔들어보지만 고리는 꿈쩍도 하지 않는다. 그 문은 전체가 나무로 되어 있어 어떻게 해볼 도리가 없다. 백기 어머니는 계속 소리를 지르며 마루로 돌아가 창호지 문을 당긴다. 그것도 잠겨 있자 창호지를 뚫고 안으로 손을 넣어 고리를 벗긴다. 그러는 동안에도 내내 공군 소위는 여학생을 때린다. 여전히 욕을 하며, 여전히 술내를 뿜으며.

"이 사람이, 이게 무슨 경우야? 술을 마셨으면 얌전히 잠이나 잘 것이지, 왜 어린아이를 때리고 그래?"

백기 어머니는 목소리가 크다. 몸체도 크고 마음도 크다. 야단을 치며 공군 소위를 여학생에게서 떼어낸다. 그 여학생은 위험에서 놓여났다고 생각하는 순간부터 눈물을 흘리기 시작한다. 아직도 소

리는 나오지 않아 끅끅 눈물만 쏟는다. 백기 어머니가 이마를 짚어
보고, 등을 쓸어주어도 여전히 안으로 잦아드는 기운이 느껴질 뿐
이다. 울다가, 울다가, 맥을 놓으며 까마득히 정신을 놓는다. 여학생
은 토요일 오후와 일요일을 고스란히 앓는다. 말없이 누워, 이따금
울기만 한다. 울다가 잠들었다가 잠 깨어 다시 운다. 그러면서 턱없
이 어머니와 아버지를 원망한다. 왜 이런 곳에서 살게 했느냐고, 왜
이유도 없이 맞게 했느냐고. 모르겠다. 왜 부모를 원망했는지는. 그
러나 그런 때, 누구라도 원망하지 않으면 가슴이 터져나가려고 할
때, 투정을 부릴 대상은 부모밖에 없지 않은가. 비록 그분들이 아주
멀리 있다고 해도.

하숙집 할머니는 공군 소위를 심하게 야단치고 하숙을 나가달
라고 한다. 술이 깬 그는 고개를 숙이고 앉아 할머니의 야단을 듣는
다. 순하게, 그 모든 폭력성과 광기가 어디에 있었나 싶은 얼굴로.
공군 소위는 다른 하숙집을 얻어 짐을 옮길 때 그 여학생을 찾아와
미안하다고 말한다. 여학생은 대답하지 않는다. 고개를 돌려 그를
바라보지도 않는다. 힘이 세다면, 조금만 더 힘이 세다면, 맞은 만
큼 그를 때려주고 싶다고 생각할 뿐이다. 아주 간절하게.

그건 그 여자가 당한 최초의 폭력이다. 무분별하고 부당하고 납
득할 수 없는 순수한 폭력. 아니, 완전한 폭력. 그 폭력은 여학생에
게 척락의 의미를 일러준다. 그 나이에 무슨 척락이 있었을까마는,
여학생은 예민하고 분명하게 그것을 느낀다. 진창이나 수렁 같은
곳, 아주 낮은 곳으로 굴러떨어졌다고, 그 전에는 누구도 내게 그런
행동을 한 사람이 없었다고. 수원 하숙집에 맡겨질 때 어렴풋이 느
꼈던 척락감. 더 이상 보살핌을 받고 사랑받는 존재가 아니라는 자

각, 어쩌면 부모에 의해 버림받았을지도 모른다는 생각, 그것들은 그 완전한 폭력에 의해 완전하게 완성된다. 척락감, 그건 인간으로서의 존엄성과 고귀함의 상실이다. 여학생은 그 후로도 며칠 동안 밥을 잘 먹지 못한다. 자다가도 깜짝깜짝 놀라고, 얼굴에서 핏기가 사라져간다. 힘이 세다면, 힘이 세다면 그렇게 속수무책으로 맞고 있지만은 않았을 거라고 속상해한다. 반복해서 부모를 원망하며 점점 더 말이 없어진다.

그러던 어느 날, 초조를 한다. 충격과 공포 속에서, 척락감과 존엄성의 상실 속에서, 초경은 그렇게 시작된다.

그 폭력이 충격적이었던 또 다른 이유는 바로 그거다. 폭력과 함께 초경이 시작되었다는 점. 막연한 두려움이었던 초경이, 비로소 시작되었다는 것만으로도 충격이었을 텐데, 그것이 폭력과 더불어 시작된다. 아마 그때 여학생의 무의식 속에는 성적인 어떤 일들이 공포와 충격으로 연계되는 납득할 수 없는 연상 작용이 깃들어버렸을지도 모른다. 그 후로 성을 그토록 부정적이고 불길한 것으로 인식한 것을 보면.

그 공군 소위를 이해하게 된 것은 그 일이 있고 십 년쯤 후다. 그 무렵 그 여자는, 공연히 아무나 때려주고 싶고, 아무에게나 두들겨 맞고 싶은, 그런 마음을 이해한다. 땅 밑을 더듬고 다니는 용암처럼, 가슴속을 이리저리 흐르다가 어느 순간엔가는 폭발하고야 마는, 억압된 울분을 알게 된다. 거리에서 울긋불긋한 기계를 향해 망치를 두드리며 두더지를 내리치는 사람들을 이해하듯이, 넓적한 기계 손바닥을 향해 온 힘을 다해 주먹을 날리는 사람을 이해하듯이,

그 공군 소위를 이해한다. 그 여자가 직접 그런 상황에 처하고 난 후에야. 그는 진급의 바늘구멍을 통과하지 못했거나, 연인으로부터 아무 설명도 듣지 못한 채 버림받았거나, 상관으로부터 몹시 모욕적인 일을 당했을 것이라고.

이해는 하지만 아직도 그 여자는 술 취한 사람을 두려워한다. 길을 걷다가 한적하거나 으슥한 곳에서 술 취한 사람을 만나면 저만큼 비켜서 지나간다. 술에 취하면 목소리가 커지고, 아무에게나 적의를 드러내고, 자잘한 혹은 큰 폭력을 휘두르는 사람과 같은 술자리에 앉아야 할 때는 되도록 멀찌감치 떨어져 앉는다. 그들이 왜 그렇게 행동하는지 잘 알면서도, 도무지 그런 행동들에는 익숙해지지 않는다. 지금까지도.

"술 취한 사람이 뭐가 무섭니? 술 취한 사람은 바보야."

술 취한 사람이 무섭다는 그 여자의 고백에 한 친구는 그렇게 대답한다. 그제야 그 여자는 제가 무서워하는 것의 정체를 알아낸다. 바로 그 무지의 상태다. 이성도 양식도 모두 사라진, 그 날것이고 맹목적인 본능의 상태를 무서워하는 모양이라고.

11

여학생은 여전히 결석하는 일 없이 학교에 다닌다. 다른 모든 친구와 다름없이. 그러나 여학생의 내면에는 이미 너무 많은 일이, 감당할 수 없는 많은 일이 쌓여 있다. 그 여학생에게 또 다른 몇 가지 상실감이 찾아온다.

이 학년 봄이고, 사회 시간이었던 것 같다. 선생님이 대한민국 행정부의 구조를 설명하다가 갑자기 엉뚱한 질문을 하신다.

"여러분은 나중에 무엇이 되고 싶어요?"

체격이 큰 남자 선생님인데도 목소리가 가늘고 곰살맞다. 행정부의 구조에 대해 설명하다보니 어린 시절 꿈이 생각났는지도 모른다. 학생들에게 꿈을 간직하고 사는 일의 소중함에 대해 일러주고 싶었던 모양이다. 선뜻 대답하는 학생이 없자 선생님은 학생을 무작위로 지명해서 대답을 요구한다.

첫 번째 여학생이 대답한다.

"선생님이요."

선생님의 입가에 미소가 번진다. 두 번째 여학생은 간호사라고 대답한다. 선생님은 고개를 끄덕인다. 세 번째로 그 여학생이 지목된다.

"탐정이요."

"뭐라고?"

선생님은 잘못 알아들으신 모양이다. 여학생은 더 크게, 다시 한 번 말한다.

"사립탐정이요."

선생님은 잠시 말이 없더니 고개를 갸웃하며 웃는다.

"왜 사립탐정이 되고 싶지?"

"범인을 잡고, 사건을 해결하고……."

여학생은 다 말하지 않는다. 사실은 뤼팽과 같은 사람이 되고 싶다. 거칠 것 없고 자유롭고, 비범하고 신사적이고, 그러면서 늘 환상적인 세계를 만들어내는 사람이 되고 싶다. 그러나 도둑이 되는 건 어머니의 가르침에 어긋난다. 그래서 뤼팽보다는 답답하지만 홈스 같은 사람이 되기로 했다고.

"그래? 난 아직 여자 탐정이 있다는 얘기는 못 들어봤는데……."

친구들 사이에서는 웃음이 터져 나오고 여학생은 당황한다.

"탐정이 되려면 우선 험한 일을 할 만큼 힘이 세야 하는데, 여자 는 좀 힘들지."

지금 생각해도 그 선생님은 실수한 게 분명하다. 학생들에게 꿈을 간직하고 사는 일의 소중함을 일깨워주려 했을 선생님은 결정적으로 그 여학생의 꿈을 짓밟는다. 꿈을 짓밟는 정도가 아니라 더심각한 고민을 떠안긴다. 왜 여자는 안 되는가.

여학생은 그때까지 단 한 번도 여자이기 때문에, 단지 여자이기 때문에 할 수 없는 일이 있다는 것을 생각해본 적이 없다. 부모의교육 탓일 것이다. 아버지는 자전거 타기도, 장기도, 스케이트도, 동생과 똑같이 가르친다. 어머니 역시 동생과 아무것도 다르게 행동하라고 말한 일이 없다. 심지어는 할머니 제사에도 똑같이 참석했다. 나중에, 여자는 제사에 참석하는 게 아니라는 얘기를 들었을 때, 몹시 혼란스러워진다. 왜 여자는 조상을 공경해서도 안 되는가.

그때부터 여학생은 남자와 여자의 차이를 유심히 느끼기 시작한다. 우선 그동안 읽고 들은 위인전을 생각해본다. 이순신도 한석봉도 을지문덕도 강감찬도 모두 남자다. 여자는 단 한 사람, 신사임당뿐이다. 안데르센, 갈릴레이, 콜럼버스, 베토벤도 모두 남자다. 여자는 퀴리 부인과 헬렌 켈러뿐이다. 남자들은 밖으로 나가 더 의미 있는 일을 하고, 여자들은 집 안에서 빨래나 밥을 한다. 남자들은 정치나 사회 문제에 대해 이야기를 하고, 여자들은 피부 미용과 콩나물 값에 대해 이야기한다. 여성들의 세계는 남성들의 그것에 비해 형편없이 작다.

여학생에게는 어떤 상실감이 찾아든다. 나는 왜 여자로 태어났는가. 아니, 나는 왜 남자로 태어나지 못했는가. 그건 심각한 상실감이 된다. 친구들이 아주 작은 문제를 놓고 다투거나, 별로 중요하지도 않은 것을 크게 떠들어대면, 여학생은 속으로 그렇게 생각한다. 다 여자이기 때문이야. 남학생들은 저렇게 작은 일로 흥분하지 않을 거야. 저런 사소한 문제로 다투지 않을 거야. 그리하여, 여학생의 마음에 찾아드는 것은 남자에 대한 동경이다. 나는 남자로 태어났어야 했어.

그때 품었던 생각, 그때 받았던 상처 역시 오래도록 그 여자를 따라다닌다. 남녀공학 대학의 입시원서를 써주시며 "남학생들과 경쟁하면 힘들 텐데……." 하시는 선생님의 말씀을 들을 때도, 휴학을 하고 싶은데 군대 갈 핑계를 댈 수 없을 때도, 대학 졸업 후 남학생들이 모두 교직 발령이 난 다음에야 여학생들이 발령 날 때도, 남자 사원만을 뽑는다는 사원 모집 광고를 볼 때도, 늘 그런 일들이 가슴에 걸린다. 나는 왜 여자로 태어났는가. 그건 어떻게 해볼 수 없는 원초적 상실감이다. 중학교 이 학년의 그 사회 시간 이후.

모르겠다. 인간이라는 생물 종에서 암컷이 언제부터 그리 열등하고 무력한 존재였는지는. 왜 여자는, "여자가……"라는 말로 차별화되어야 하는지는. 처음에는 남자도 여자도 그저 미생물에서 진화한 똑같은 인간이었을 것이다. 다만 여자는 남자에 비해 체력이 약했을 것이다. 처음에, 인류의 처음에 여자가 남자보다 변방으로 밀려나게 된 것은 오직 체력 때문이었을 것이다.

그래도 한때는 모계사회라는 것이 있었다. 어머니 중심의 사회, 여성의 이데올로기가 지배하던 사회. 그런 의견에 대해 한 후배가 질겁한 적이 있다.

"김 선배, 어디 가서 그런 얘기 하지 말아요. 그때도 모든 결정권과 통치권은 남자에게 있었어요. 여자는 그저 종족 보존을 위한 자손 생산의 수단으로만 보호받았을 뿐이에요."

그는 인류학을 전공했으니, 그의 말이 옳을 것이다. 그럴 것이다. 남자들의 눈에는 여성이 자손을 생산하는 기능을 가진 존재, 집안의 재산을 늘려주는 또 하나의 재산으로 보였을 것이다. 새끼를 낳아주는 어미 소나 말처럼. 그리하여 여자는 점차 남성들의 소유물로 인식되기 시작했을 것이다.

남성 지배 이데올로기 속에서 이 사회는 형성되어왔을 것이다. 그리하여 여성은 보잘것없고 열등한 존재로 인류 역사의 변방을 굴러다니게 되었을 것이다. 그 일이 오래 지속되면서 여성들 자신의 의식 속에도 남성 지배 이데올로기에 대한 복종이 뿌리내리고, 그것이 세대를 거듭하면서 그들의 유전자 속에서 확대 재생산되어 왔을 것이다. 오랜 세월을 두고.

그리하여 그 여자는 아담의 갈비뼈에서 이브를 만들어냈다는 구약성서 창세기를 믿지 않는다. 그 글을 기록한 자는 분명 남자였을 것이다. 아니마와 아니무스도 믿지 않는다. 남성 속의 여성적 요소는 아니마, 여성 속의 남성적 요소는 아니무스라 부른다. 그 여자는 한때 자신에게 아니무스적 요소가 있는 모양이라고 고개를 끄덕인 일이 있다. 그러나 사전에 보면, 아니마는 생명, 영혼, 정신 등의 뜻을 가지고 있다. 아니무스는 적의, 원한, 증오로 풀이되어 있다. 그런 용어를 만들어내고, 그런 사전을 편찬한 사람도 어쩌면 남자였을 것이다.

그 여자는 자신의 내부에 증오나 원한이 있다고 믿지 않는다. 남성을 모조리 적으로 간주하는 시각도 없다. 여권 운동가들의 노력을 존중하면서도, 남성을 모조리 극복해야 할 대상으로 간주하는 그들의 태도에는 반대한다. 그런 태도조차 여성으로서의 열등감이 잘못 표출된 형태로 보이기 때문이다.

그 여자가 원하는 남녀평등이란 다른 게 아니다. 중학교 이 학년짜리 여학생이 진심으로 열망을 담아 탐정이 되고 싶어 할 때, 여자라는 이유로 그것을 짓뭉개지 않는 교육을 말한다. "남학생과 경쟁하면 힘들 텐데……." 그렇게 말하지 않는 교사를 원한다. 그러므로 그 여자가 원하는 것은, 모든 인간이 동등하다는 인식에 대해 인류가 공감해주는 일이다. 인종차별이나, 빈부의 차이, 이념의 차이, 그런 것들에 대한 편견이 없어지기를 바라는 것과 똑같은 마음으로 성별의 차이에 대한 편견도 사라져주기를 바랄 뿐이다.

그러나 아직도 그 여자는 가끔 절망한다. "난, 여자 따위는 선배로 두지 않아. 여자가 무슨 선배야." 그렇게 말하는, 자신과 동갑인 현직 검사를 만난 일이 있다. 그의 목소리에는 남성으로서의 자랑스러움이 가득하다. 그저 웃어넘기지만, 그럼에도 마음은 캄캄해진다. 이 세상에 둘러쳐진 관습의 그물에, 사람들의 핏속에 녹아 있는 편견의 벽에, 여성들 자신의 유전자 속에까지 녹아 흐르는 그 오래된 열등감에 대해. 그 검사가 여성 문제와 연관된 사건을 맡을 경우를 생각해보면서.

지금도 그런 상실감이 그 여자의 무의식 속에 있을 것이다. 그 여자의 작품에 주로 남자 화자가 등장하는 것을 보면 분명 그럴 것이다. 그 여자는 남자 화자를 설정하면 더 넓은 세계를 보여줄 수 있고, 더 많은 이야기를 할 수 있다는 무의식에 지배당하고 있는지도 모르겠다. 어쩌면, 남자를 화자로 내세우는 글쓰기에는 은밀한 보상심리나 쾌감 같은 것이 있을지도 모르겠다. 남자로 태어나지 못했다는 그 상실감을 일시적으로나마 보상받는 만족감 같은 것.

그 여자는 남자 화자를 내세우는 작품에서 이따금 실수를 하기도 한다. 이를테면, '건물 입구 양쪽에 받들어총의 자세로 서 있는 군인들이……'라고 쓸 때, 그 여자는 남자 친구들로부터 지적받곤 한다. "군인들이 보초 서는 자세는 받들어총이 아니고 쉬어총이야."

그러나 이제 그 여자는 다른 꿈을 가지고 있다. 여성을 화자로 내세워 여성들의 이야기를 쓰는 것이다. 대지의 의미로서, 모성의 의미로서 여성들이 어떻게 이 땅처럼 새로운 생명을 키우며 살아왔는가 하는 이야기를 쓰고 싶어 한다. 그 모든 남성조차, 그들을 태어나게 하고 가르친 사람이 바로 여성이라는 사실을 더 의미 있게 받아들이고 있다. 그리하여, 이 글이 끝나면 곧바로 쓰고 싶은 이야기가 있다. 제목도 이미 정해두었다. '담배 피우는 여자'. 글쎄, 그 제목에도 어쩐지 완전하게 극복하지 못한 그 여자의 콤플렉스가 묻어나는 것 같다.

그날, 여학생의 꿈이 좌절된 그날은 토요일이다. 수업이 끝난 후 집으로 돌아오는 길에 여학생은 힘이 하나도 없다. 더구나 그즈음에는 보경이의 편지가 오지 않는다. 여학생은 벌써 두 주째 보경이의 편지를 기다리고 있다.

선생님을 사랑하고 있고, 그와 함께 죽어버리고 싶다는 편지를 보낸 후, 그 여학생이《슬픈 카페의 노래》를 인용해서 답장한 후, 보경이에게서는 편지가 오지 않는다. 여학생은 아마 보경이가 그 선생님에게로 돌아선 모양이라고 생각한다. 예전에, 다른 친구에게서 돌아서서 제게로 다가왔듯이. 그런 생각을 오래 하자니 문득, 혹시 보경이가 정말 죽어버린 건 아닐까 하는 생각까지 든다. 돌도 삼켰는데…… 답장을 기다리다가 여학생이 먼저 편지를 한다. 그러나 보경이는 또 답장이 없다. 편지가 제대로 전달되지 못한 게 아닐까. 일주일쯤 지나 여학생은 다시 편지를 한다. 네가 걱정돼 무슨 일 있는지 답장해줘.

그로부터 열흘쯤 지나 보경이에게서 답장이 온다. 여학생은 가슴을 두근거리며 편지를 연다. 보경이의 편지를 열 때는 늘 가슴이 두근거린다. 그러나 편지 내용은 또 다른 이유로 그 여학생을 가슴 떨게 한다.

아웃 오브 사이트, 아웃 오브 마인드.

편지의 첫 구절은 그렇게 시작된다.

눈에서 멀어지면 마음에서도 멀어진다는 영국 속담을 영어 시간
에 배웠어. 그런데 문득 네가 생각나는 거야. 넌 너무 멀리 있어. 난 너
를 얼마나 좋아하는 것일까. 그렇지만 내겐 가까이 있는 친구가 필요
해. 가까이서 원하는 때에 얼굴을 볼 수 있는 친구, 함께 손을 잡고 팔
달성을 올라갈 수 있는 친구. 너와의 그 시간들을 생각하면, 지금 그런
일을 할 수 없는 내가 너무 답답해.
미안해. 이런 말이 너를 마음 아프게 할 거라는 걸 알아. 그렇지만,
난 보고 싶을 때 볼 수 있는 친구, 원하는 때 손을 잡을 수 있는 친구가
필요해. 신원이 알지? 그 친구와 가까워졌어. 너를 보듯이 신원이를 봐.

편지를 읽는 동안 목에 돌멩이가 들어차는 느낌이더니 신원이라
는 이름을 보는 순간 눈앞이 어롱어롱해진다. 신원이. 그 여학생의
짝꿍이었고, 그 여학생처럼 키가 작고 조용하고 말이 없던 친구다.
여학생은 보경이의 편지에 답장을 쓰지 못한다. 할 말이 없어서.
어쩌면 일부러 쓰지 않는지도 모른다. 상실감 때문에. 너를 보듯이
신원이를 봐. 그 말을 떠올릴 때마다 목에 돌이 걸린다. 답장을 쓰
지 않았으면서도 여학생은 내내 보경이의 편지를 기다린다. 혹시,
혹시, 하는 마음으로. 그러나 보경이는 끝내 편지를 보내지 않는다.
보경이 편지를 기다린 지 벌써 보름이 지나고 있다.
하숙집 대문을 들어서며 여학생은 버릇처럼 먼저 마루를 본다.

우체부 아저씨는 늘 마루에 편지를 던져놓고 간다. 그러나 마루는 비어 있다. 혹시 방 안에라도? 때로는 할머니가 편지를 발견해서 여학생의 책상 위에 올려놓는 일이 있다. 다급하게 방문을 열어보지만 책상 위에도 편지는 없다. 여학생은 교복을 입은 채로 책상 앞에 앉는다. 책상에 팔꿈치를 고이고, 손바닥으로 턱을 받치고 가만히 있는다.

너를 보듯이 신원이를 봐. 그 말이 목에 걸린다. 이제 끝났구나…… 여학생은 막연히 그런 생각을 한다. 보경이는 영영 편지를 보내지 않을 것이다. 여학생은 필통을 꺼내 거기서 하얀 돌멩이를 집어 든다. 하얗고 반들반들한 돌. 제 엄지손가락만 한 돌을 가만히 바라본다. 이건 너무 힘들어…… 여학생의 마음속에 그런 생각이 떠오른다. 보경이의 편지를 기다리며 하얀 돌을 바라보는 일은 너무 힘들다. 떠난 사람의 뒷모습을 그리는 일은 너무 힘들다. 어머니도 그랬고 아버지도 그랬다. 이제는 그런 일들로 힘든 날을 보내고 싶지 않다.

여학생은 교복을 벗고 집에서 입는 옷으로 갈아입는다. 하얀 돌멩이를 주머니에 넣고 하숙집을 나선다. 남대천에는 단오제가 한창일 것이다. 여학생은 천천히 비탈길을 걸어 내려가 버덩을 지난다. 버덩에서부터 벌써 확성기 소리가 들려온다. "안녕하세요, 또 만났군요, 다시는 못 만나나 생각했죠……." 여가수의 목소리가 굵고 크게 울리고 있다. 노래에 맞추어 원숭이가 경중경중 뛰고 있을 것이다.

여학생은 제방에 올라서서 남대천을 내려다본다. 남대천 강변이 온통 얼룩딜룩하다. 그러나 어쩐 일인지 예전같이 마음이 들뜨지 않는다. 단오 때면 늘 들뜬 마음으로 남대천변을 돌아다니곤 했다.

전국에서 몰려든 장꾼들이 펼쳐놓은 물건들을 구경하고 약장수의
천막이며 국극단의 가설무대, 이따금 굿이 벌어지는 사당 근처를
어슬렁거렸다. 약장수들의 서커스며 국극단이 공연하는 〈심청전〉
이나 〈어사 박문수전〉을 보는 게 즐거웠다. 그러나 여학생은 그 모
든 일이 내키지 않는다.

제방을 아래쪽으로 한참 걸어가 사람들이 없는 곳으로 간다. 냇
가, 자잘한 자갈들이 깔려 있는 냇가에 앉아 오래도록 강물을 바라
본다. 보경아……. 한참 만에, 여학생은 마음속으로 보경이의 이름
을 불러본다. 그래, 이게 네 이름을 부르는 마지막일 거야. 주머니
에 든 돌을 꺼내 제가 앉은 바로 옆에 내려놓는다. 그리고 그것을
또 오래 바라본다. 영원히 널 잊지 않을게. 이 돌을 지금 이렇게 강
가에 두고 가지만, 그래서 이 돌도 여러 돌멩이 중 하나에 불과해지
겠지만, 그러나 늘 기억할게. 내게 있었던 단 하나의 특별한 돌, 하
얗고 반들반들한 그 돌멩이 하나를.

여학생은 천천히 냇가에서 일어난다. 보경이의 돌멩이를 보지 않
은 채 몸을 돌린다. 그리고 천천히 제방 쪽으로 걸어간다. 다 끝났
어. 다시는 떠난 사람의 뒷모습을 보며 목에 돌멩이가 걸리는 일은
없을 거야.

천천히 제방을 걷는데 어디선가 아주 높은 여인의 웃음소리가 들
린다. 웃음소리는 높은 톤으로 오래 지속된다. 누가 저렇게 오래 웃
는가. 여학생은 소리 나는 쪽으로 고개를 돌린다. 그러다가 놀란다.
그 여인이다.

툇마루에 걸터앉아 오래오래 화장하던 여인, 뒷산에 올라 오래도
록 유행가를 부르던 여인, 할머니가 돌아가신 후 그 마을에서 사라

진 여인, 마음속으로 내내 궁금하던 여인. 그 여인이 거기, 햇빛 아래에서 환하게 웃고 있다. 고운 화장에 단정한 옷차림을 하고, 가는 허리를 꺾으며 가늘고 높은 웃음소리를 쏟아낸다.

그 여인 주변에는 몇 명의 남자가 있고 그들 앞에는 막걸리와 두부 접시가 놓여 있다. 한 사내가 그 여인에게 술잔을 건넨다. 여인은 술을 받아 단숨에 마신다. 여인이 술잔을 내려놓자 한 사내가 그 여인의 손을 잡는다. 한 사내가 손을 잡자 다른 사내도 다른 손을 잡는다. 여인은 두 사내에게 손을 잡힌 채 웃고 있다. 주변에는 여전히 사람들이 북적거리고, 공중에는 유행가 가락이 흐르고, 햇빛은 쨍쨍 내리쬐고, 그 한가운데서 여인은 사내들에게 둘러싸여 술을 마시며 웃고 있다. 한 사내가 다시 여인에게 술을 권하고, 다른 사내가 여인의 어깨를 감싸 안는다.

부당하다…….

왜 그런 생각이 들었을까. 여학생은 분명 그렇게 생각한다. 부당하다고. 제정신이 아닌 여인에게 술을 먹이고, 그 여인의 손을 함부로 잡는 일은 부당하다고.

모르겠다. 왜 그런 생각이 들었는지. 아마 공군 소위에게 당한 폭력이 떠올랐는지도 모르고, 남자와 여자를 차별해서 말하던 선생님의 말이 떠올랐는지도 모르겠다. 그러나 그날, 여학생은 그렇게 생각한다. 부당하다고. 만약 미친 사내가 있었다면, 정상적인 여인들이 그 사내를 둘러싸고 술을 먹이고 손을 잡지는 않았을 거라고.

그 여인은 어떻게 되었을까. 그날 이후 본 일이 없다. 그 여자의 인생 바깥을 스쳐간 많은 사람이 있지만, 그 여인만큼 오래 기억에서 되살아나곤 하는 사람은 없다. 지금쯤, 노인이 되어 있으리라.

여학생은 그만 제방을 내려선다. 무언가에 대해 자꾸만 화가 나는 것 같은 마음이다. 여자는 사립탐정이 될 수 없다고 말한다. 선생님의 말에, 강가에 두고 온 하얀 돌맹이에, 남자들에게 둘러싸여 웃고 있는 여인에 대해 모두 화가 난다. 그러나 그게 왜 화나는 일인지, 그걸 어떤 식으로 풀어야 할지는 잘 알지 못한다. 그래서 말없이 걷기만 한다.

그런 때 가족이 필요할 것이다. 세상이 왜 그토록 알 수 없는 일투성이이고, 알 수 없는 답답함이 왜 화가 되어 나타나는지조차 알 수 없을 때, 그런 때 부모가 필요한 거라고. 부모가 있으면 그 모든 문제에 대해 대답해줄 수 있을 것이다. 부모가 있다면 한두 번 투정을 부리는 일로 답답한 화를 풀었을 것이다. 그러나 그 여학생은 부모가 없다. 모든 의혹과 답답함, 심지어는 짜증까지도 혼자 참을 수밖에 없다. 안으로 안으로 누적된 울분들이 급기야 엉뚱한 모양이 되어 나타날 때까지.

집으로 돌아오는 길에 여학생은 사립탐정이 되는 꿈을 완전히 포기한다. 생각해보면, 뤼팽도 간혹 어둠 속에서 치고받는 몸싸움을 한다. 여학생은 그걸 못할 거라고 판단하고 꿈을 포기한다. 탐정이 되는 꿈을 가슴 깊은 곳으로 밀어 넣으며, 그 안에 있었던 다른 꿈을 꺼낸다. 과학자가 되는 것.

과학자는 여자도 될 수 있을 것이다. 퀴리 부인이 있으니까. 여학생은 이제 퀴리 부인이 되리라 다짐한다. 훌륭한 과학자가 되리라. 알 수 없는 이 세상의 일들을 풀어나가고 인조인간이나 로봇을 만들리라. 아니면 아버지처럼 농촌진흥청 연구실에서 일하리라.

지금 그 여자는 생각해본다. 언제 그 꿈이 사라졌을까 하고. 아마 그 직후였던 것 같다. 여학생이 꿈을 버린 게 아니라 자신도 모르게 그 꿈으로부터 멀어진 것이다. 공부에서 멀어지면서, 소설책만 읽으면서, 제 마음속만 들여다보는 버릇을 들이면서. 그 여자는 지금도 아쉬워한다. 과학자가 되는 게 나았을 거라고.

이렇게 말하면 과학 분야에서 일하는 사람들, 그 일이 얼마나 많은 인내와 노력과 시행착오를 거듭해야 하는 어려운 일인가를 아는 사람들은 웃을 것이다. 그러나 그 여자는 과학과 문학이 크게 다르다고 생각하지 않는다.

기본적으로는, 두 가지 모두 상상력을 바탕으로 한다. 보다 고열에 견디는 합금을 만들어내는 일이나 전선으로 글을 주고받는 기계를 만들어내는 것은 상상력의 문제다. 문학에서, 한 주제에 맞게 이런저런 이야기들을 만들어내는 것과 똑같은 상상력. 최초의 아이디어가 떠오르면 그것을 어떻게 현실적으로 개연성 있고 실현 가능한 것으로 다듬어내는가 하는 문제가 뒤따른다. 그 다음은 똑같은 형태의 공정이다.

문학은 종이와 연필을 들고 한 자, 한 자 이야기를 형상화시키고 퇴고하는 작업이 필요하고, 과학은 알코올램프와 비커를 이용해 실험하고 검증하는 과정이 필요하다. 무엇을 도구로 하느냐만 다를 뿐, 그 과정의 시행착오나 공정의 정치함도 똑같을 것이다. 공상과학소설에 나오는 모든 상상의 기계들이 하나하나 현실에서 만들어지고 있다. 문학과 과학은 결국 같은 뿌리에서 나온다. 인간의 상상력이라는.

그 여자는 과학자가 되었어도 좋았을 것이다. 아니 좋은 정도가 아니라 훨씬 평온하게 살았을 것이다.

어렸을 때 품었던 꿈, 그러나 좌절된 꿈에 대한 기억은 오래간다. 그 여자는 일상 속에서 과학용어를 자주 사용할 뿐 아니라 지금도 추리소설이나 첩보영화를 좋아한다. 〈바늘 구멍〉이나 〈스니커스〉 같은 비디오를 두 번씩 보고, 〈제시카의 추리극장〉이나 〈신 형사 콜롬보〉를 빠뜨리지 않고 본다. 그럴 때마다 그 여자는 형사나 탐정의 눈이 되어 이야기를 탐색한다. 인물들의 작은 움직임이나 사물의 미세한 기미를 눈여겨보고, 추리와 논리와 직관을 동원하여 범인을 찾아내려 애쓴다. 콜롬보 아저씨나 제시카 아줌마보다 더 열심히. 그리하여 범인을 찾아내면, 되도록 빨리 찾아낼수록, 어쩐 일인지 깊은 만족감을 느낀다. 오랜 상실감을 보상받는 느낌, 오래도록 비워져 있던 어떤 부분이 채워지는 느낌이 든다. 지금까지도. 어린 시절의 상처는 그렇게 깊다.

그 여자가 싫어하는 추리작가가 하나 있다. 세계적으로 유명한 저 애거서 크리스티 여사. 그녀는 늘 사람들을 외딴 산장이나 망망대해의 배 같은 고립된 공간에 가두고 이야기를 시작한다. 그러고는 아무런 단서도, 아무런 실마리도 제공해주지 않고, 아니 그것들을 더 꽁꽁 감추는 방식으로 이야기를 풀어나간다. 소설이 거의 끝날 때까지, 범인이 누구인지 추측할 만한 어떤 단서도 제공하지 않으면서, 모든 인물을 다 범인으로 지목한다. 그러다가, 가장 나중에 가서야 선심 쓰듯, 혹은 독자들을 비웃듯, 모든 범행 방식과 범행 동기와 범행 내용들을 한꺼번에 설명한다. 작가 혼자서 신나게. 애거서 크리스티의 추리소설을 읽고 나면 늘 속은 느낌이 든다. 그런 추리소설은 재미없다.

여학생은 여전히 답답한 마음으로 하숙집으로 들어선다. 다들 단
오 터에 갔는지, 토요일 오후의 하숙집은 적막하다. 여학생은 마루
끝에 앉아, 지붕의 그늘이 마당 가운데를 가로지르는 모양을 오래
바라본다. 지난겨울에는, 한밤에 잠 깨어 밖으로 나갔다가, 마당이
반은 검고 반은 하얀 걸 보며 눈이 왔다고 믿었다. 처마에 가려지
지 않은 쪽만 눈이 쌓였구나. 잠에 취한 걸음으로 서둘러 마당으로
내려섰다. 그리고 손을 뻗어 눈을 만졌다. 마당의 하얀 쪽 부분. 그
러나 손에 닿은 것은 부드럽고 시원한 눈의 감촉이 아니라 꺼칠하
고 딱딱한 낯선 느낌이다. 그제야 여학생은 제가 속았다는 걸 깨달
았다. 너무나 환한 달빛에 속았던 것이다. 힘없이 방으로 들어서며,
달빛이 그리도 환하다는 걸 처음 알았다.

햇빛은 달빛만큼 환하고 탐스럽지 않다. 물론 태양은 달보다 밝
지만, 그래도 어둠을 가르던 달빛만큼 신비롭고 화사하고 탐스럽지
는 않다. 빨리 밤이 왔으면……. 여학생은 마루 끝에 앉아 내내 화
가 난 듯한 마음속을 들여다보고 있다. 그러다가 뒷산에 올라갈까
하는 마음으로 마루에서 일어난다.

집 뒤로 돌아가는 방법은 두 가지가 있다. H자의 왼편에 있는 부
엌을 가로지르거나 오른쪽에 있는 통로를 지나는 방법이다. 여학생
은 통로 쪽으로 간다. 거기는 준이네와, 자취하는 고등학생의 방이
있다. 준이네 앞을 지나갈 때, 여학생은 이상한 소리를 듣는다. 단
오 터에서 보았던 원숭이가 낑낑 우는 듯한 소리, 많이 아픈 사람이
숨죽이며 앓는 소리, 낮기 때문에 더 멀리 퍼지는 거친 숨소리를 듣
는다. 여학생은 놀라 발을 멈춘다.

준이네는 준이와 준이 엄마 둘이 산다. 다리가 불편한 준이 아빠

는 한 달에 한 번 정도 집에 들어온다. 준이도 없는데, 준이 엄마가 혼자 앓고 있구나, 여학생은 그 집 문을 연다. 하숙집 할머니가 술을 마시고 앓을 때 그랬던 것처럼, 뇌신이나 명랑을 사다드려야겠다고 생각한다. 문을 열면 부엌이 있고, 부엌 안에 다시 방문이 있다. 방문은 반쯤 열려 있다. 반쯤 열려진 문틈으로, 방 안 광경이 부분적으로 보인다. 흩어진 이불, 어지럽게 얽힌 다리, 급박하고 거친 움직임. 여학생은 잠시 얼떨떨해진다. 그러나 다음 순간, 자신이 보고 있는 것이 무엇인지를 정확하게 이해한다.

가정 선생님은, 남자의 정자와 여자의 난자가 만나 아기가 만들어진다고 설명했다. "그런데 정자와 난자는 어떻게 만나요?" 한 학생의 질문에 선생님은 당황했다. 얼굴이 빨개지더니, 그런 건 조금 더 크면 알게 된다고 얼버무렸다. 얼굴을 붉히는 가정 선생님을 보며 여학생은 그것이 부끄럽고 감추어야 하는 어떤 일이구나 생각한다. 여학생은 제가 보고 있는 것이, 정자와 난자가 만나는 바로 그것이라는 것을 알아차린다. 책을 읽으며 이해할 수 없었던 부분도 이해한다. 어느 소설에선가 '그 여자는 무릎을 세우고 다리를 벌렸다.'라는 구절을 읽었을 때, 여학생은 왜 그렇게 하는지 이해할 수 없었다. 더 이상 묘사되어 있지 않았기 때문이다. 그러나 그것까지 이해한다. 준이 엄마도 무릎을 세우고 다리를 벌리고 있겠구나…….

여학생은 조용히 문을 닫고 서둘러 그곳을 떠난다. 그러나 뒷산으로 올라가는 걸음이 내내 떨린다. 보아서는 안 되는 것을 보았다는 낭패감, 남자와 여자가 그렇게 얽혀 있는 모습이 추하고 불길하다는 생각, 도무지 그것들을 받아들일 수 없는 거부감, 그런 것들이 걸음을 떨리게 한다. 꼭 그래야 하나. 정자와 난자가 만나는 방법이 꼭 그런 흉측한 자세를 취하는 것밖에 없는가.

여학생은 그 장면을 보며 불길하다고 생각한다. 불결함이 아니라 불길함. 그런 느낌이 어디서 유래했는지 지금은 짐작할 수 있다. 아마 아버지와, 아버지의 여자에게서 유래되었을 것이다. 아버지의 여자도 그렇게 해서 아이들을 낳았겠구나. 그리하여 그 행위는 한 가정을 파괴할 수도 있는 것이구나. 바로 거기까지 생각이 일시에 달려가며, 불길하다는 느낌에 사로잡혔을 것이다. 모든 이유가 거기 있었구나. 자신이 낯선 하숙집에 방치된 원인까지. 여학생은 그런 생각을 했을 것이다.

여학생은 앵두나무가 있는 뒤뜰을 지나 산으로 오른다. 자꾸만 걸음이 헛놓인다. 등 뒤에서 금방이라도 준이 엄마가 나타날 것 같아 걸음이 허둥거리기까지 한다. 간신히 산 위에 올라 밤나무 둥치에 등을 대고 기대앉는다. 기다란 곤충 같은 밤꽃을 올려다보다가, 멀리 서쪽 하늘을 바라보다가, 어쩐 일인지 여학생은 훌쩍거리기 시작한다.

모든 것이 너무 혼란스러웠을 것이다. 그렇지 않아도 가슴에 누적되어 있던 상실감에 보경이를 잃은 또 하나의 상실감이 추가되고, 여자이기 때문에 할 수 없는 일이 있다는 것을 알게 되고, 충격적인 성의 장면을 본다. 아무도 구체적인 것을 알려주지 않은, 그러나 어딘지 무섭고 불길한 그것. 여학생이 훌쩍거린 모든 이유는 그거였을 것이다. 도무지 알 수 없는 세상, 그러나 아무도 그것에 대해 알려주지 않는 답답함.

그 여자는 지금도 자신이 받은 성교육에 문제가 있다고 생각한다. 아무것도 구체적인 것은 알려주지 않고 순결만을 강요했던 교육, 어려움에 처했을 때 그것을 극복할 수 있는 지혜를 주기는커녕 더 깊은 절망으로 빠뜨리는 교육. 그 여자가 알기에, 우리나라에서 학생들을 대상으로 성교육이 시작된 것은 1966년부터다. 그때 문교부에서는 성교육지침서를 마련해서 각급 학교에 하달한다. 그 시대에 알맞게, 가부장제 가족제도 안에서 여성의 수태 의무와 순결 교육에 중점을 둔 내용이다. 그 여자가 중고등학교를 다니던 1970년대 후반에 받은 성교육은 바로 1966년에 만들어진 자료를 바탕으로 한 것이다. 그런 성교육을 받고 자란 그 여자의 친구들은 몇 가지 우스운 일화를 남긴다.

다른 친구들보다 조금 일찍, 스물다섯에 결혼한 친구는 신혼여행을 다녀와서 놀란 얼굴로 말한다.

"난, 내 몸에 외부로 통하는 또 하나의 기관이 있다는 걸 처음 알았어."

친구의 이야기를 들으며 다들 웃었지만, 생각해보면 그렇게 웃어넘길 문제가 아니다. 대체 우리는 무얼 배우는가.

또 다른 친구는 더 우스운 일화를 남긴다. 그 친구는 대학 때, 걱정 어린 얼굴로 간호학과에 다니는 친구를 찾아간다. 망설이다가, 머뭇거리다가, 금방이라도 숨이 넘어갈 듯한 얼굴로 말한다.

"나, 임신했나 봐."

간호학과에 다니는 친구는 놀라서 반문한다.

"뭐? 어떻게?"

"생리가 없어."

"무슨 일 있었니?"

"응, 엠티 가서 남학생들이랑 같이 잤어."

"남학생들?"

"응. 큰 방에서 다 함께 잤거든. 그랬더니……."

공포와 죄의식에 가득 찬 얼굴을 하고 친구가 얘기하는 요지는 이렇다. 엠티를 가서 모두 한방에서 잤는데 그 다음 달에 생리가 없다는 것이다. 그러니 당연히 임신이 된 게 아닌가.

그 시절, 그 여자들이 알고 있는 성교육 상식으로는 당연한 생각이다. '남자와 여자가 함께 자면 남자의 정자가 여자의 난자와 만나서 임신이 된다. 임신이 되면 생리가 없어진다.' 그것이 그때까지 가정 선생님으로부터 배운 성교육의 전부다.

잔다는 행위가 구체적으로 무엇인지, 같이 자기만 하면 늘 아기가 생기는지, 그런 것들에 대해서는 배운 바가 없다. 그러니 한편으로는 고지식하고, 한편으로는 상상력이 풍부한 그 친구가 임신했다고 확신한 것은 당연하다. 나중까지도 웃음거리가 되는 그 친구의 해명은 이렇다.

"나는, 남자의 몸에서 정자가 뿔뿔뿔 기어 나와서 여자의 몸속으로 들어가는 줄 알았어."

그래도 간호학과에 다닌 덕에 인체해부도를 한 번이라도 더 본 친구가 그 친구에게 성교육을 했다고 한다. 세상에, 정자가 뿔뿔뿔 기어 나와서라니. 그러나 바로 그것이 그 여자들이 받은 성교육의 단면이다. 지금은 성교육이 달라졌다고 알고 있다. 1983년에 문교부에서는 공식적인 성교육 자료를 발간하여 진정한 의미의 성교육을 실시하기 시작했다고 한다. 유치원부터 고등학교까지, 성장기에 맞춰 10단계로 성에 대한 지식들을 가르치도록 되어 있다고 들은 바 있다.

그러나 그것 역시 별로 잘 지켜지지는 않는 모양이다. 남자 중학교에서 학생들을 가르치는 친구 말에 의하면, 문교부에서 내려온 성교육 자료를 학급에 비치하는 문제로 교무실에서 의견이 대립된다고 한다. 나이든 교사들은 절대로 그런 책을 보여줘서는 안 된다고 주장한다. 학생들에게 자위행위 방법을 그림까지 곁들여 상세히 설명해준 책을 보여줄 필요가 어디 있느냐는 의견이다. 젊은 교사들은 적극적인 성교육의 필요성을 알고 있지만, 나이든 분들의 완강함을 꺾을 수는 없다고 한다. 그래도 그나마 달라진 것은 참으로 다행스러운 일일 것이다.

바로 그 왜곡된 성교육 속에서 그 여학생은 성에 대해 나름대로 정의를 내리게 된다. 성이란 추하고 불길하며 어둡고 스산한 것이라고. 그런 왜곡된 인식은 그 여학생이 대학에 들어가 성에 대해 또 다른 충격적인 인식을 갖게 되기까지, 오 년 동안 계속된다.

가정 선생님이라도, 얼굴을 붉히며 얼버무릴 게 아니라 사실을 제대로 알려주었다면, 그랬다면 성에 대해 그토록 부정적인 인식을 갖지는 않았을 것이다. 성이란 부끄러워하면서 숨겨야 하는 일이 아니고, 추하고 불길한 것은 더욱 아니며, 오히려 자연스럽고 아름다운 일이기까지 하다는 사실을, 아무도 그 여학생에게 일러주지 않았다. 그래서 그 여학생은, 그 충격적인 장면을 본 이후, 성에 대해 확고하게 부정적인 인식을 갖고 만다. 성이란 추하고 불길한 것이라는.

다른 사람들은 어떤 식으로 성을 익혀나갈까. 어떤 이들은 이미 여섯 살에 모든 걸 이해했다고 하지만, 그 여자는 성을 제대로 이해하기까지 참으로 오랜 시간이 걸린다. 아마, 그것을 처음 알게 되었을 때의 부정적인 인식이 너무 커서, 잘못된 인식을 바로잡는 데 걸린 시간이 그렇게 오래였을 것이다.

12

그 여자는 성선설이나 성악설을 믿지 않는다. 인간이 태어날 때부터 어떻다고 단정하는 것은 너무 편협한 이론이라고 생각한다. 모든 것은 선택의 문제다. 선도, 악도, 그 당사자의 선택일 뿐이다. 중학교 이 학년 일 학기가 끝날 무렵, 조용한 모범생에서 갑자기 떠들썩한 반항아로 변했을 때, 그건 분명히 그 여학생의 선택이었다.

수학 시간이었을 것이다. 수학 선생님은 그 여학생을 유난히 귀여워한다. 자잘한 심부름을 시키고, 앞에 나와서 문제를 푸는 것도 먼저 지목하고, 선생님이 설명하는 삼각형이나 사각형의 입체도형을 앞에 나와서 들고 있도록 하기도 한다. 그날, 수학 선생님은 칠판에 도형을 그리면서 무엇인가를 설명하고 있었을 것이다. 학생들이 모두 고개를 들고 선생님의 설명을 듣고 있어 여학생도 고개를 들고 칠판을 바라본다. 그러나 마음속으로는 다른 생각을 하고 있다. 거듭 자신에게 다가왔던 많은 의혹들을. 그중에서도 준이네 방에서 보았던 그 어둡고 공포스러운 광경을 생각한다. 열심히 설명하는 선생님을 보다가, 혼자 속으로 중얼거린다.

'선생님도 그렇지요? 겉으로는 그렇게 근엄하고 자상한 표정을 짓고 있지만, 밤이면 선생님도 그런 불길한 행동들을 하시겠지요?'

그런데 하필이면 그때, 수학 선생님이 여학생을 부른다.

"김정숙!"

"네."

여학생은 침착하게 대답한다. 선생님은 내가 다른 생각을 하고 있다는 걸 모르실 거야. 웬만한 문제라면 답할 수 있어, 그런 마음으로.

"너 지금, 설명 안 듣고 딴 생각하고 있다."

자상하고, 타이르는 듯한 어조다. 그러나 여학생은 많이 놀란다. 낭패감 같은 것, 치욕스러움 같은 것, 알 수 없는 절망감 같은 것이 순식간에 몰려든다. 여학생은 그만 책상 위에 팔을 포개고 그 위에 고개를 묻는다. 그러고는 또 삐죽삐죽 울기 시작한다. 교실은 조용하다. 친구들도, 선생님도 모두 당황했을 것이다. 아무것도 아닌 일로, 선생님은 그저 한마디 타일렀을 뿐인데 그 일로 책상에 엎드려 훌쩍이다니, 모두 놀랐을 것이다.

그러나 여학생이 운 것은 선생님의 말씀 때문이 아니다. 짧은 순간 마음을 지나가던 여러 가지 일들 때문이다. 차례차례 상실감을 안겨준 부모와 보경이, 이유 없이 방에 갇혀 맞아야 했던 폭력의 부당함, 여자이기 때문에 할 수 없는 일이 있다는 사실에 대한 절망, 추하고 불길하게 다가오던 준이네 방 안 광경……. 그 여학생이 운 것은 바로 그런 것들 때문이다.

여학생은 제 마음속에 들끓고 있는 그것들을 어떻게도 간추릴 수가 없다. 아무도 그런 일들에 대해 설명해주지 않는다. 예전에 어머니와 아버지는 많은 것을 일러주었지만, 이제는 곁에 없다. 여학생이 할 수 있는 일은 그 모든 것을 말없이 참는 것뿐이다. 그 상실감과 혼돈과 억눌림 속에서 여학생은 점점 더 지쳐간다. 어둡고 말이 없는 학생이 되며 작은 일로도 훌쩍거린다.

바로 그날 저녁이었을 것이다. 그 여학생이 반항을 선택한 것은. 선생님과 친구들 앞에서 훌쩍거리는 모습을 보였다는 사실을 내내 부끄러워하다가.

"슬픈 모습 보여봐야 동정밖에 더 받니? 난 동정은 딱 질색이야."

보경이의 말에 깊게 고개를 주억거렸던 여학생은 그날 이후 보경이가 된다. 보경이처럼 반에서 제일 큰 소리로 웃고 떠든다. 보경이가 제 어둠을 숨기기 위해 명랑함을 선택했듯이 여학생도 꼭 그렇게 한다. 아니, 여학생은 한 가지를 더 선택한다. 그건 반항이다. 명랑하게 보여야 할 대상이 친구들이라면, 반항을 할 대상은 선생님들밖에 없다.

아마, 그 여자가 자신의 인생에서 사춘기를 집어내야 한다면, 그때부터였을 거라고 말할 수 있을 것 같다. 이유 없는 폭력 끝에 초조가 시작되던 때, 성이 추하고 불길한 거라고 알아가던 때, 여자이기 때문에 할 수 없는 일이 있다는 걸 알았을 때, 가난한 노인의 죽음을 보았던 때. 그 모든 일이 한꺼번에 일어난다. 알 수 없는 일, 그러나 아무도 자세히 설명해주지 않는 일. 그 시절을 생각하면 헐벗은 마음, 답답한 울분, 햇빛이 발광을 하듯 부서지는 거리 한복판에 힘없이 서 있는 절망, 그런 것들이 떠오른다.

그 시절, 그 여학생을 지켜준 것은 책들이다. 학교에서는 크게 웃고 떠들지만 하숙집에 돌아오면 예전과 같은 학생이 된다. 이제는 공부는 하지 않지만, 그래도 책은 열심히 읽는다. 그 책들이었을 것이다. 그 시절, 그 여학생을 지켜준 것이. 아버지의 집에서 가져온 책들을 다 읽어 더 읽을 책이 없어지면 옆방에 자취하는 고등학생 오빠들의 국어책까지 빌려다 읽곤 한다. 그때, 고등학교 국어 교과서에서 외운 시가 하나 있다. 신석정의 〈그 먼 나라를 알으십니까〉다. '어머니, 당신은 그 먼 나라를 알으십니까……' 그렇게 시작되는 시. 그런 주제, 그런 이미지의 시는 너무나 많이 여학생의 마음을 사로잡는다. '어머니 너무나 오랜 세월을 당신과 헤어져 살았습니다……' 그렇게 시작되는 노래처럼.

저녁에는 책을 읽고 잠들기 전에는 일기를 쓴다. 웬일일까. 그때 여학생은 아주 낯선 문자를 개발한다. 제 일기의 비밀성을 보장받기 위해서. 자음 모음의 순서와 아라비아 숫자의 순서를 조합하여, 그것을 역으로 배치시킨 다음, 또 어떻게 단순화시킨 기호로 만들었다는 사실이 기억난다. 신경을 집중하고 제가 만든 글자로 한 자, 한 자 일기를 쓰는 일은 별로 어렵지 않다. 그러나 그걸 다시 읽기는 몹시 힘들다. 비록 자신이 쓴 글이라 해도. 나중에 보니, 그때 여학생이 개발한 낯선 문자는 사우디아라비아 여객기 옆구리에 붙어 있던 글씨들과 비슷했다.

여학생의 변화가 너무 두드러졌던 모양이다. 아이들을 모아 놓고 큰 소리로 웃고 떠들고, 성적은 조금씩 떨어져 내리고, 선생님이 심부름을 시키면 말없이 도망친다. 그건 모두 동정이라고. 다른 친구들에게 보다 더 마음 써주는 일, 다른 친구들에게보다 한 번 더 시선을 주는 일, 그건 모두 동정이라고 생각하면서.

얼마 지나지 않아 담임선생님이 여학생을 상담실로 부른다. 담임선생님은 키가 크고 아름다운, 젊은 무용 선생님이시다. 지금 생각하면 인정이 많고 다정다감한 교사가 아니었나 싶다. 특히 그 여학생에게 사려 깊은 배려를 해서, 학생들이 투표로 뽑는 학급 임원을, 그 여학생에게만은 지목하여 일을 맡긴 일도 있다. 물론 여학생은 속으로 화를 낸다. 동정은 싫다고. 더구나 친구들의 질투를 받으면서 선생님의 귀여움을 받는 일은 재미가 없다고. 그때, 그 여학생이 원한 것은 단 하나다. 다른 친구들처럼 대해주는 것. 특별이 선생님이 지목하여 학급 임원을 시키지 않는 것, 잘못된 일을 했을 때는 야단을 치는 것, 수업 시간에 유난히 그 여학생에게만 눈길을 보내지 않는 것, 그 여학생이 원한 것은 그거다.

여학생은 방과 후 상담실에 담임선생님과 마주 앉는다. 은밀한 상담을 하기 위해 그렇게 만들었는지, 학교에 여분의 공간이 부족했는지, 상담실이 답답하도록 좁다. 마주 앉으니 선생님과 무릎이 맞닿을 정도다. 아주 가까이서 보는 선생님의 얼굴은 멀리서 볼 때와는 많이 다르다. 멀리서 볼 때는 눈, 코, 입이 입체적으로 생긴 아름다운 모습이었는데, 가까이 보니 평면적인 얼굴 위에 여러 색깔이 선명하다. 눈 위의 푸른색, 입술의 붉은색, 볼의 분홍색. 눈가의 주름까지 보인다. 그 여학생이 화장한 얼굴을 그토록 가까이서 본 건 그때가 처음이다.

"정숙아, 너 요즈음 이상해졌어. 너도 알지?"

선생님이 말을 시작하자 여학생은 고개를 돌려 선생님을 외면한다. 화장한 얼굴이 가짜 같아. 선생님의 말이나 그 말에 담긴 걱정까지도 가짜 같다. 여학생은 입을 다물고 대답하지 않는다.

"선생님은 네가 성실하고, 공부도 잘하는 모범생이라는 거 알아. 봐, 또 얼마나 예쁘게 생겼니."

왜 그랬을까, 그 여학생은 그만 픽, 웃고 만다. 아이를 달래는 듯한 선생님의 말투며, 감정에 호소하여 마음을 움직여보려는 의도가 너무 얄팍해서 속이 비치는 것 같아서였을 것이다. 선생님은 놀란 낯빛이 된다. 여학생은 얼굴의 웃음기를 거둔다.

"아버지와 어머니가 그렇게 된 건, 어른들의 일이야. 정숙이 너와 관계없는 일이고, 또 그 일 때문에 네가 어떤 영향을 받을 필요도 없지. 너는 그저, 네 나이에 맞게, 공부만 열심히 하면 되는 거야."

또 그 얘기다. 면전에서 그런 얘기를 들을 때마다 여학생은 얼굴로 핏기가 모인다. 서러움이나 치욕스러움은 이제 공격적인 성향으로 바뀌고, 그래서 그 말을 하는 입을 노골적으로 외면한다. 그만하세요, 선생님. 선생님이 아무리 그래도 아무것도 달라지지 않아요. 그러나 선생님은 진지한 얼굴을 하고 있다. 너무 진지해서 무얼 잘 모르는 아이처럼 순진해 보인다. 그 여학생은 감히, 선생님이 너무 순진한 방법으로 자신을 설득하려 한다고 생각한다.

"두 달째 성적이 많이 떨어졌어. 수업 시간에 딴짓만 한다는 얘기도 들리고……. 공연히 그러는 건 아닐 거야. 무슨 일이 있었는지 선생님한테 말해보겠니?"

여학생은 고개를 돌린 채 몸을 뒤척인다. 말한다고 해서 선생님이 해결해줄 수 있어요? 이미 맞아버린 술 취한 주먹에 대해, 이미 다른 여자와 아기를 낳고 사는 아버지에 대해, 선생님이 무얼 해줄 수 있어요? 여학생은 입가에 쓸쓸한 웃음을 문다. 제가 할 수 있는 일도 아무것도 없는데 하물며 선생님이 무엇을 해주시겠어요?

"정숙아, 너, 날 비웃는 거니?"

여학생은 놀란다. 선생님을 비웃은 적은 없다. 다만, 자신에 대해, 가족에 대해, 그리고 세상 모두에 대해 쓸쓸하게 웃었을 뿐이다. 물론 선생님이 하시는 말씀이 별로 설득력이 없다고는 생각했다. 그러나 선생님을 비웃은 건 아니다. 이번에는 선생님이 고개를 돌린 채 한동안 말씀이 없으시다. 여학생은 고개를 돌려 선생님을 바라본다. 그러다가 잠깐 놀란다. 선생님이 눈을 빠르게 깜박이고 있다. 여학생은 그게 무슨 동작인지 안다. 눈물이 나오지 않도록, 눈물을 눈 안으로 밀어 넣을 때 그렇게 하곤 했다. 선생님은 눈빛도 빨개져 있다. 여학생은 가슴이 철렁 내려앉는다. 잘하는 일이 아니다. 그러나 뾰족하게 잘못한 일도 없다. 한참 만에 선생님은 여학생의 손을 끌어다 잡는다.

"정숙아, 선생님 말 잘 기억해. 언젠가 너는 어른이 될 거야. 그러면, 지금 네가 겪고 있는 이 모든 일이 다 하찮게 생각될 때가 있을 거야. 참으로 사소하고 별거 아니었구나, 그때는 왜 그랬을까……."

여학생은 얼마간 위기를 느낀다. 선생님에게 잡혀 있는 손이 선생님의 말에 반응하려 한다. 선생님, 잘못했어요. 선생님에게 손을 잡혀 있는 느낌은, 보경이가 손을 잡아줄 때와 비슷하다. 여학생은 그 자리에서 선생님의 말에 수긍하며 제 잘못을 인정하게 될까 봐 마음을 다잡는다. 아무리 그래도 아니야. 술 취한 주먹은 이미 맞은 것이고, 아버지는 이미 다른 여자와 새로운 가정을 꾸리고 살고, 이제 우리 가족은 다시는 예전처럼 한집에 모여 살 수 없게 되었어.

"그때 가서 후회하지 않으려면, 지금 공부를 열심히 해야 해. 넌 그저, 딴생각 말고 공부만 열심히 하면 되는 거야. 선생님 말, 잘 기억해."

선생님은 여학생의 손등을 두드려주고 그만 가보라고 한다. 여학생은 무거운 걸음으로 상담실을 나온다. 무용 선생님이 그 좁은 상담실에 얼마나 더 계시다 나왔는지는 알 수 없다. 복도를 걸으며 여학생은 손등을 코 가까이 대어본다. 손에는 아직 선생님의 온기가 묻어 있고 좋은 냄새도 난다. 다정하고 따뜻한 냄새. 그러나 긴 복도가 끝날 무렵, 이미 온기도 냄새도 간 데 없다. 여학생도 다시 예전으로 돌아간다. 엉뚱한 짓을 하고, 선생님의 질문에 대답하지 않고, 심부름을 시키면 달아나버린다.

그 여자는 이제 안다. 선생님의 말씀이 옳았다는 것을. 그 여자가 지금도 일관되게 나이든 사람들을 존중하는 이유는 그것이다. 어느만큼 살기 전에는, 어느 나이가 되기 전에는, 아무리 노력해도 이해할 수 없는 일이 있는 법이다. 그 여자는 그 후로도 이따금 선생님의 눈물을 생각한다. 왜 우셨을까. 제자의 웃음 때문에 우시진 않았을 것이다. 그랬다면, 그걸 진짜 비웃음으로 받아들였다면 오히려화를 냈을 것이다. 아마, 당신의 힘으로는 어떻게 녹여볼 수 없을 정도로 굳어버린 여학생의 마음을 읽었기 때문인지도 모른다. 아니면, 그 선생님의 마음속에 있는 어떤 사적인 기억들이 선생님을 울게 했을지도 모른다.

그 여자가 무용 선생님의 눈물을 완전히 이해한 것은, 그로부터 구 년 후, 직접 교단에 선 이후다. 무용 선생님의 입장이 되어 그 시절의 자신과 똑같은 여학생을 달래어본 이후다. 그 여자가 담임을 맡은 반에 김혜화라는 학생이 있다. 반에서 가장 말썽꾸러기이고, 친구들을 귀찮게 하고, 선생님들께도 반항한다. 꼬리가 위로 추켜올려진 눈빛에는 반항기가 가득하다. 생활기록부를 보니, 부모가 이혼을 하고 친척집에서 더부살이하는 것으로 되어 있다. 마치 그 시절의 그 여학생처럼. 그 여자는 혜화를 이해할 수 있다. 그 반항과 말썽이 모두 사랑해달라는 외침이라는 것을 안다. 그래서 어느 날, 방과 후에 혜화를 교실에 남게 한다. 그 여자는 혜화와 함께 책상 맨 앞줄에 나란히 앉는다.

"그건 모두 어리석은 어른들의 일이야. 네 잘못이 아니라. 너도 이다음에 커서 그렇게 어리석은 어른이 되지 않으려면, 지금 이렇게 행동해서는 안 돼."

혜화는 교실에 단둘이 있어도 그 여자를 바라보지 않는다. 그 시절의 그 여학생처럼 고개를 돌려 선생님을 외면한다. 눈을 날카롭게 뜨고, 입꼬리에 웃음을 달고 있다. 그 여자는 혜화의 마음을 알 수 있다.

"혜화야, 선생님도 꼭 너 같았어. 내가 어렸을 때 부모님이 헤어졌고, 그때부터 죽 혼자 컸어. 선생님도 혜화만 할 때, 부모님이 밉고, 선생님들이 밉고, 세상이 다 밉고, 그런 마음이 많았어. 그래서 선생님들께 반항하곤 했지. 그렇지만 혜화야, 지금 선생님은 그때 그렇게 행동한 게 어리석었다고 생각해."

혜화는 선생님이 저와 같았다는 말에 놀라는 눈빛이다. 그제야 고개를 돌려 선생님을 바라본다. 야산을 깎아 지은 학교는 밤이 빨리 찾아든다. 벌써 창밖이 푸릇푸릇하다.

"어른들은 무책임하게 말하지. 어린이는 보호받아야 한다고. 선생님도 어른이어서 그런 말을 무책임하게 하고 있는지도 모르겠다. 그렇지만, 그 말은 사실이야. 꼭 부모가 아니라도, 너를 보살펴줄 사람은 많아. 우선 여기 선생님도 있고……."

그러다가 그 여자는 그 시절의 무용 선생님처럼 울음 기운을 느끼고 만다. 그때야 무용 선생님의 붉어지던 눈빛을 완전히 이해한다. 아니, 공감한다. 그건 아이에 대한 섣부른 동정이나, 그때까지도 극복하지 못한 자기연민 때문이 아니다. 그건, 노여움 때문이다. 아직도, 아직도 세상에는 제 잘못이 아닌 일로 고통받는 아이들이 있구나, 그 아이들이 느끼는 캄캄한 절망과 어두운 반항을, 진심으로 이해하고 감싸 안는 사람은 참으로 적구나, 그런 노여움 때문이다.

금세 혜화의 눈빛이 수굿해지고 고개가 숙여진다. 교사와 학생은 한동안 말이 없다. 말없이 나란히 앉아 빈 칠판만 바라본다. 야산을 스치고 지나가는 바람 소리가 더 크게 들리고, 복도를 지나가는 발소리가 전혀 들리지 않을 때까지, 두 사람은 가만히 앉아 있다.

"무엇이든, 네가 하고 싶은 일을 마음에 정해. 그걸 마음속에 똑바로 세워놓으면 작은 서운함에 마음이 흔들리지 않을 수 있어. 그게 튼튼한 기둥이 되어주거든. 혜화는 그림을 잘 그리지?"

혜화는 힘없이 고개를 끄덕인다. 눈빛도, 입매도 이제는 순해져 있다. 그런 아이를 보는 일이 다시 고통스럽다. 그토록 작은 관심, 그토록 작은 애정에도 녹아내리는 아이의 마음을, 어루만져줄 어른이 그토록 없는가.

"혜화는 나중에 화가가 되어도 좋을 거야. 언젠가는 훌륭한 화가가 되겠다, 그런 기둥을 마음속에 세워봐. 나중에 어머니나 아버지께 훌륭한 화가가 된 모습을 보여드리면 얼마나 기뻐하시겠니?"

그리고 또 많은 얘기를 한다. 혜화는 무슨 책을 읽니? 헬렌 켈러 전기를 한번 읽어볼래? 혜화는 노래 좋아하니? 어떤 때는 노래 부르는 일이 마음을 가볍게 해줄 때도 있어. 조용필? 그래, 유행가도 괜찮아. '기도하는 사랑의 손길로……' 그런 노래가 요즈음 유행하지? 한번 불러볼래? 괜찮아. 거기 끝부분, '용서하오 밀리는 파도를, 물새에게 물어보리라······.' 그 부분이 좋던데······.

혜화는 희미하게 웃고, 노래도 한두 소절 우물우물 부른다. 그 여자는 가슴속에서 솟구치는 느꺼움을 안으로 밀어 넣으며, 끊일 듯 이어지는 혜화의 노래를 듣는다. 혜화의 얼굴에서 어둠과 반항의 기미가 완전히 사라진 다음, 혜화를 집으로 돌려보낸다. 그러고도 그 여자는 어두운 교실에 오래 앉아 있는다. 교직에 더 있어야 하는 건 아닐까. 혜화 같은 아이들에게 해줄 수 있는 일, 그런 게 있다면 학교에 남아야 하는 건 아닌가. 이번 학년만 마치면 교직을 떠나리라 하던 결심이, 바람에 흔들리는 유리창처럼 소리 내며 흔들린다.

그날 이후 혜화는 눈에 띄게 달라진다. 청소 시간에는 앞장서서 청소를 하고 합창대회 때는 앞에 나서서 아이들을 지휘한다. 성적도 올라가고 반항의 기미도 사라진다. 그 작은 애정, 그날 저녁에 보여준 그 작은 애정으로도 그렇게 달라지는 아이를 보며, 그 여자는 내내 마음이 느껍다.

교직을 그만두고 떠날 때, 그 여자가 마음에 걸렸던 건 단 하나, 혜화다. 그렇게 잠깐 애정을 주고는, 그만 무책임하게 떠나버리면 오히려 더 큰 상실감만 안겨주는 건 아닌가. 그 후로도 그 여자는 간혹 혜화를 떠올린다. 계속 착하게, 긍정적으로 살았을지. 이따금 연락이 오는 그 시절의 제자에게 묻곤 한다. 혜화는 어떻게 지내니? 그러나 그 여자와 연락이 되는 제자는 혜화의 소식을 알지 못한다고 한다. 그 여자는 아직도 혜화가 궁금하다.

그 여학생은 그 시절의 혜화보다 착하지 못했던 것 같다. 아니면 자의식이 너무 강했거나. 그 여학생은 선생님의 말씀, 진심이 담긴

222

애정 어린 말을 계속 동정이라고 생각한다. 반항은 날로 심해지고 이 학년 말이 되자 성적이 많이 떨어진다. 여학생은 잠깐 위기를 느낀다. 이러다가 영영 바보가 되는 게 아닌가. 그래서 학년 말 시험 때는 공부를 좀 해본다. 성적이 너무 올라가 버린다. 선생님은 몹시 기뻐하며 칭찬을 해주지만 그때부터 여학생은 아예 공부를 집어치운다. 언제든, 공부는 언제든 필요할 때 하면 되는 거라고. 그리고 여전히 자잘한 말썽을 피우고 선생님들께 반항한다. 삼 학년이 되면서 더 심하게.

중학교 삼 학년 때, 사회를 가르치던 선생님이 있다. 배가 좀 나오고 둥글둥글하게 생긴 중년의 선생님이다. 몹시 더운 초여름이었다고 기억된다. 수업을 하다가 선생님은 교실 앞쪽에 놓인 음료수대로 간다. 주전자가 비어 있자 주변을 불러 물을 떠오라고 한다. 그 여학생은 어쩐지 그 일이 부당하다고 생각된다.

"수업 시간에 물 떠오라고 시키는 건 옳지 않은 일 아니에요?"

여학생은 낮게 말한다. 그러자 교실은 일순 조용해진다. 선생님은 그 여학생을 잠시 바라보더니 빈 주전자를 들고 그 여학생의 자리로 온다. 주전자를 여학생의 책상 위에 소리 나게 내려놓는다.

"네가 가서 떠와!"

그 여학생은 움직이지 않는다. 말도 되지 않는다. 어른이, 선생님이라는 분이, 그 정도의 말에 아이들처럼 반응하다니. 여학생은 자리에 앉아 꼼작도 하지 않는다. 어쩐지 조금 우습다는 생각도 든다.

"빨리 가서 물 떠와"

그러나 그 여학생은 끝내 물을 떠오지 않는다. 그 여학생은 자리에 앉아 있고, 선생님은 그 앞에 서 있고, 그리고 교실은 숨소리가 들릴 만큼 조용해진다. 그렇게 얼마쯤 시간이 흐른다. 팽팽한 긴장 속에서. 선생님은 체면이나 자존심 때문에, 여학생은 맹목적인 고집 때문에, 두 사람은 조금도 양보를 하지 않는다. 그들을 살려준 것은 수업이 끝나는 종소리다.

"김정숙, 너 지금 양호실로 와!"

선생님이 먼저 교실을 나가고 여학생도 자리에서 일어난다. 친구들이 걱정 어린 눈으로 보고 있어, 여학생은 입꼬리에 빈정거리는 듯한 웃음마저 달아 보인다. 삼 학년을 가르치는 선생님들은 쉬는 시간에 일 층에 있는 교무실까지 내려가기가 귀찮은지 삼 층에 있는 양호실에서 쉰다. 출석부는 아예 각 반마다 교실에 놓여 있다. 양호실에 들어가니 선생님들이 서너 분 계신다. 그 여학생은 사회 선생님 앞에 가서 선다.

"너, 왜 그러니? 날도 더운데."

선생님은 목소리에도 표정에도 이미 화가 다 풀어져 있다. 사실 여학생도 선생님에게 무슨 나쁜 마음이 있었던 것은 아니다. 그저, 아무 일에나 반항을 하고 싶었을 뿐이다. 그 여학생은 슬그머니 웃는다. 죄송합니다. 그런 웃음.

"왜? 정숙이 너 또 무슨 말썽 부렸니?"

"이 자식 너, 아버지 얼굴을 생각해서라도 그러면 안 되지."

곁에 있던 선생님들이 한두 마디씩 거든다. 순식간에 얼굴에 띠고 있던 웃음이 씻겨나간다. 또 그 얘기다. 어디서든, 언제든, 무슨 일에든, 아버지가 따라다닌다. 부모가 이혼하고 혼자 사는 아이, 가여운 아이. 여학생은 사회 선생님이 저를 야단치지 않은 것도 동정 때문이 아닌가, 급격히 마음이 바뀐다.

"너, 네가 무얼 잘못했는지 알아? 알아, 몰라?"

반항하려는 마음이 사나워진다. 몰라요, 금방이라도 그 말이 튀어나올 것 같다. 그러나 입을 다문다. 그건 별로 올바른 행동이 아니다. 반항은 하지만, 그 여학생은 제가 분명하게 잘못하고 있다는 생각이 드는 일은 하지 않는다. 대답이 없으니 선생님은 여학생이 잘못을 시인하는 것으로 생각한다.

"너, 다음 내 수업 시간에는 네가 물 떠다 놔야 된다. 알았어?"

그 여학생은 굳은 얼굴로 고개만 끄덕인다. 물 떠다 놓는 거야 뭐가 어려운가. 그런 말, 그런 시선, 그런 동정만 받지 않는다면. 빨리 그곳을 빠져나가고 싶은 마음밖에 없다.

"그만 가봐."

여학생은 꾸벅 인사를 하고 양호실을 나온다. 나오면서 입술을 깨문다. 이곳이 아닌 곳, 아버지와 어머니가 이혼했다는 사실을 아는 사람이 없는 곳, 그래서 공연히 동정 어린 시선을 받지 않아도 되는 곳, 그런 곳으로 가리라, 빨리 어른이 되어. 여학생이 양호실을 나서면서 한 생각은 그것이다.

그 후로 여학생은 늘 자잘한 말썽을 피운다. 수업 시간에는 소설 책을 보거나 옆의 친구와 장난을 치고, 점심이나 청소 시간이면 학교 밖 야산에 나가 이리저리 돌아다닌다. 잠자리를 따라다니기도 하고, 쭈그리고 앉아 네잎 클로버를 찾기도 한다. 일요일 날, 베란다를 이용해 교무실 창으로 들어가 선생님들의 책이며 방석이며 온통 바꿔치기해 놓기도 한다. 사회 선생님의 책들을 미술 선생님 책상 위에, 교감 선생님 방석을 무용 선생님 책상 위에, 뭐 그런 식으로 말이다. 그 여학생이 말썽부리는 현장에는 늘 네 명의 친구가 있다. 친구들은 말리면서도, 겁내면서도, 그 여학생이 앞장서면 다들 따라준다. 껍죽이라는 별명을 가진 국어 선생님을, 그 선생님이 수업하는 복도를 지나가면서 골리기도 한다. "껍죽이가 껍죽거린다, 껍죽이가 껍죽거린다……" 크게 합창한다. 선생님은 수업을 하다 말고, 이놈들, 소리치며 달려 나온다. 여학생들은 순식간에 달아나고, 선생님은 복도에 서서 화를 삭이려 애쓴다. 그런 때면, 아무래도 좀 지나쳤다는 생각이 없는 바도 아니지만.

교실 뒤에 걸린 커다란 거울에 태양을 반사시켜 수업하러 들어오는 선생님 얼굴에 쏘기도 하고, 그것으로도 모자라, 비탈 아래쪽에 있는 강릉고등학교 운동장을 향해 비춘다. 운동장에서는 고등학생들이 교련 수업을 받고 있다. 그날 종례 시간에 선생님은 "오늘 강고에서 우리 학교로 항의가 들어왔다. 우리 학교에서 거울로 빛을 반사시켜 강고 운동장으로 쏘아 보내는 일이 있다고 한다. 설마, 우리 반에는 그런 짓 하는 사람 없겠지?" 하신다. 여학생은 가슴이 조마조마하지만 가만히 있는다. 선생님은 더 다그치지 않고 다음 전달사항을 말씀하신다.

중학교에 다닐 때, 그 여학생이 마지막으로 한 장난은 운동장에 큰 글씨를 쓴 일이다. 이월, 운동장에는 눈이 일 센티 두께로 쌓여 있다. 눈 덮인 산이며 눈 덮인 운동장을 보고 있다가, 여학생은 문득 운동장으로 달려 나간다. 그러고는 한 발을 질질 끄는 걸음으로 운동장을 이리저리 뛰어다닌다. 늘 하늘에 글씨를 써보고 싶었다. 파란 물 위에도 글씨를 써보고 싶었다. 그러나 한 번도 그래본 적이 없었으므로, 눈 위에 글씨 쓰는 일은 황홀하다. 추위도 잊은 채 운동장을 열심히 뛰어다닌다.

"잊어주자. 강릉여중."

그 여학생이 운동장에 쓴 글은 그것이다. 글이 완성되고, 중 자의 동그라미 안에 서서 숨을 고르고 있으려니, 어디선가 박수 소리와 함성이 들리기 시작한다. 고개를 들어보니 교실 창마다 얼굴들이 매달려 있다. 교무실 창에까지. 다들 여학생이 눈 위에 써놓은 글씨를 보고 있다. 여학생은 갑자기 화가 나고 부끄러워진다. 그런 짓은, 이를테면 암호로 써놓은 일기를 누군가 해독해버리는 일과 비슷하다. 여학생은 아무 말 없이, 물론 말을 해도 들을 수 있는 거리는 아니지만, 말없이 교실로 들어간다. 교실에 가서도, 친구들이 말을 걸어도 대답하지 않는다.

그것이 중학교에 다니는 동안, 그 여학생이 한 여러 가지 장난들 중의 마지막이다. 그 후 고등학교에 들어가 본격적으로 반항을 시작하는 것에 비하면, 그때까지는 그래도 귀엽고 낭만적인 데가 있는 장난질이다.

그렇지만, 그렇지만 말이다. 여학생은 늘 자신이 하는 행동들을 차갑게 바라보고 있다. 학교에서는 말썽꾸러기 반항아지만 하숙집에 돌아가면 여전히 얌전하고 예의바른 여학생이다. 혼자 책을 읽고 일기를 쓰고, 꽃씨를 따서 색종이 봉투에 담아 두었다가 화단가에 뿌리고, 아침마다 화단에 물을 주는 그런 여학생이다. 자신의 반항이 무엇 때문인지, 어느 정도까지 반항을 해야 하는지, 그런 것까지 일기에 적는다. 하숙집 할머니는 학교에서의 말썽꾸러기 여학생을 알지 못하고, 선생님들은 하숙집에서의 조용하고 차분한 여학생을 알지 못한다. 어떻게 그런 생활이 가능했을까. 그러나 분명한 것은, 집에서 일기를 쓰는 여학생이, 학교에서 반항하고 말썽피우는 여학생을 아주 정확하게 이해하고 있었다는 점이다. 그 이유와 그 배경, 그 정도의 과다까지.

그때는 고등학교 입학시험이 있을 때다. 여학생은 코트 주머니에 양손을 찌르고 시험장으로 간다. 그중 한 손에는 샤프펜슬이 들려 있다. 강릉여고는 영동지방의 여자고등학교 중에서는 최고의 명문이다. 영동지방 모든 중학교 여학생이 강릉여고로 시험을 보러 온다. 다들 초조하게 영어 단어를 외면서, 손에 손에 문제집을 들고서 시험장으로 들어온다. 그러나 그 여학생은 그저 샤프펜슬을 하나 들고 시험장으로 들어간다. 그러고는 누구보다 빨리 답안을 작성하고 집으로 돌아간다.

졸업식 날에는 하얀 사각형 졸업장을 작디작게 접어 주머니에 넣고, 혼자 교문을 빠져나온다. 가족과 함께 사진을 찍는 친구들을 뒤로 하고.

주머니에 샤프펜슬을 넣고 입시를 보러 간 일이나, 졸업장을 작게 접어 주머니에 넣고 나온 일들은, 생각해보면, 그 배면에 늘 지나친 자의식이 자리하고 있다. 반항아가 되기로 선택했던 것처럼. 선생님들의 친절을 동정이라고, 그토록 고깝게 받아들인 것도 다 자의식 때문이었을 것이다. 그러나 그때는 모른다. 바로 그 자의식 때문에 마음에 지옥이 생긴다는 것을. 그것으로 인해 발목에 쇠사슬이 매달리기도 한다는 것을. 그때는 바로, 그 자의식들이 막 생겨나던 무렵이었으므로.

사실 그 여자가, 자의식이 고통스럽고 불필요한 것임을 깨달은 것은 이십 대 중반 이후다. 뒤에 이야기될 어떤 일이 있은 이후, 절을 찾아다니면서, 살려달라고, 살려달라고, 세상의 모든 신들을 향해 빌 때, 그때 알게 된다. 얄팍한 자존심이나 치졸한 열등감 따위, 아니, 인간의 마음에 깃들어 있는 이런저런 감정들 따위, 그것들 때문에 그렇게 숨이 넘어갈 지경이라는 것을. 고통이라고, 좌절이라고, 절망이라고 느끼는 것들이 사실은 자의식에 투영된 어떤 감정들이라는 것을. 그것을 깨닫고 나서 자의식을 버리려 노력할 때까지, 그 여자는 아직도 많은 시간을 힘들게 보내야 한다.

13

식물을 옮겨 심어본 사람은 알 것이다. 아무리 좋은 환경으로 옮겨 심어도, 터전이 바뀌는 모든 식물은 일시적으로 시든다는 것을. 때로는 시들시들하다가 그대로 죽어버리기도 한다는 것을.

그 여학생과 동생은 이미 수원에서부터 옮겨 심어지기 시작해, 그동안도 한 번씩 옮겨 심어져 따로 자랐다. 고등학생이 되자 여학생은 다시 동생과 함께, 할아버지 집의 이 층에서 살게 된다. 그러나 그건 일 학년 때까지다. 이 학년 때는 동생과 함께 어느 할머니의 집에서 하숙을 하고, 삼 학년이 되면 동생과 따로 하숙을 한다. 동생은 강릉고등학교 근처에서, 그 여학생은 제 학교 근처로 다시 옮겨져서.

왜 그렇게 이리저리 옮겨 다니며 살아야 했는지 알 수 없지만, 그래도 그건 어른들의 일이어서, 그 여학생과 동생은 그저, 어른들이 옮겨다 놓는 곳으로 옮겨 다니면서 산다. 옮겨 심어질 때마다 새 흙에 적응하기가 힘들고, 예전의 흙에 대한 기억으로 고통스럽지만, 시들시들해지다가도 어떻게 어떻게 되살아난다. 그럼에도, 옮겨 심어질 때마다 뿌리의 어느 부분에 깨닫지 못하는 흠집이 생기곤 했을 것이다. 그렇지 않다면야, 그렇게 완강하게 입을 다물고 반항적으로 변해갔을 리가 없다. 그 여학생도, 그 동생도.

할아버지의 일본식 집 이 층은 한 칸으로 된 넓은 다다미방이다. 아직까지 그보다 큰 방을 본 적이 없다. 시장 거리가 내려다보이는 창이 있어 내려다보고 있으면 온종일 심심하지 않다. 늘 사람들이 오가고, 길 양편으로 갖가지 물건이 줄지어 있다. 양품점, 양화점, 철물점, 잡화점 등등. 가게 앞에는 할머니들이 커다란 양동이에 나물이며 과일을 담아놓고 앉아 있다. 이빨이 모두 빠져 합죽하고 동글동글한 할머니가 있고 네모반듯한 얼굴에 눈, 코, 입이 큼직큼직한 할머니도 있다. 그들은 대체로 머리에 흰 수건을 쓰고 있다. 할머니들 앞에 놓인 양동이에는 냉이나 쑥, 도라지나 산나물 들이 담겨 있다. 가을에 감을 한 동이 이고 나온 아주머니는 아들이 서울에서 대학을 다닌다고, 그 등록금을 걱정하기도 한다.

골목 한쪽에는 찐 고구마나 군밤을 파는 아주머니도 있어, 골목 안은 늘 달착지근한 냄새가 떠다닌다. 여학생은 할머니들의 양동이를 번갈아 보며, 어느 할머니가 더 많이 팔았는지, 어느 할머니가 더 적게 팔았는지 비교해본다. 그러고는 지나가는 아주머니에게 최면을 건다. 저 할머니의 도라지를 사세요. 감을 살 거면 저 할머니 거를 사세요. 그러나 최면은 잘 듣지 않는다. 일요일 같은 날은 창을 내다보며 온종일을 보내기도 한다.

지금도 그 여자는 시장에 가면 노점상의 물건을 더 많이 사는 버릇이 있다. 시금치가 좀 시들었어도, 배추 포기가 좀 작아 보여도 별로 개의치 않는다. 모르겠다. 왜 그러는지. 그 편이 더 익숙해서라고 해두자. 또 모르지 않는가. 그들에게 장래가 촉망되는 대학생, 뒷바라지를 해줘야 하는 대학생이 있을지도.

여학생은 그 방에서 동생과 함께 산다. 동생은 중학생이 되어 강릉으로 나와 있다. 두 남매는 별로 이야기를 하지 않는다. 여학생은 이미, 집에만 오면 말이 없어지는 버릇이 몸에 배어버렸다. 그동안 동생도 아마 그 여학생과 비슷해진 것 같다. 아니, 그 여학생보다 더 심해졌을지 모른다. 아버지와 아버지의 여자, 그들 사이에서 태어난 벌써 두 명이나 되는 아이들. 그들과 함께 사는 이 년 동안 동생이 어떻게 행동했을지는 보지 않아도 알 수 있다. 밖에서 놀다가 집에는 아주 늦게야 들어갔을 것이고, 집에 가도 누구와도 말을 하지 않았을 것이다. 공부는 일찌감치 때려치웠을 것이고, 안에서 끓어오르는 작은 거품들, 그러나 그때는 그것이 무엇인지 정체를 알 수 없던 그런 것들 때문에 공연히 길 가다가 돌멩이를 걷어차기도 했을 것이다. 그 여학생도 그랬으니까. 동생은 이제 착하고 예쁘고 똘똘하던 예전의 그 모습이 아니다. 가끔 말없이 앉아있을 때면 전에는 한 번도 본 적 없는 얼굴이 나타난다. 그 여학생도 그랬을 것이다. 그전과는 얼굴이 달라져 있었을 것이다.

그러나 두 남매는 그런 이야기를 별로 하지 않는다. 여학생이 중학교 졸업식장에서, 졸업장을 작디작게 접어 주머니에 넣고 나왔다는 얘기를 동생에게 하지 않듯이, 동생도 그 집에서, 아버지와 아버지의 여자와 그 아이들과 함께 살던 때 겪었을 어떤 서운한 일들에 대해 말하지 않는다. 어머니나 아버지에 관한 얘기도, 온 가족이 다 함께 모여 살던 때의 얘기도, 수원의 과수원 창고에 남겨두고 온 푸른 캐비닛에 관한 얘기도 하지 않는다.

슬픔은 나누면 반이 된다는 말은 거짓이다. 두 사람의 슬픔을 나눠서 반으로 만들어본 사람이 있는가. 그저 하기 좋은 말일 뿐이다.

그 여학생과 동생은 그때 이미 알고 있다. 마주 앉아 각자의 슬픔을 털어놓으면, 그건 두 배가 아니라 네 배가 될 수도 있다는 사실을. 동생은 이따금 누나를 재미있게 해주고 싶어 하는 얼굴로 어떤 이야기를 털어놓기도 한다.

"집에 들어가기 싫어서 말이야……."

동생은 잠깐 말을 중단한다. 여학생은 충분히 동생의 마음을 알 수 있다. 단 하루, 이따금 아버지의 집에 가서 단 하루 자고 올 때도 그것이 그렇게 힘들었는데. 누가 꼭 무어라고 해서가 아니다. 그저, 그 모든 것이 견딜 수 없었을 뿐이다.

"그래서 교회 마룻바닥에서 잔 날도 있어. 지난겨울에."

동생은 그런 얘기를 아주 심상하게 말한다. 그 여학생도 되도록 심상한 얼굴로 듣고 있다. 두 남매는 벌써 알고 있다. 제 슬픔을 과장하지 않는 것, 제 슬픔을 타인에게 드러내지 않는 것. 그런 일이 부끄럽고 유치한 일이라는 것을. 그러면서도 그 여학생은 목이 아프다. 초등학교 육 학년짜리가, 집에 들어가기 싫어 추운 교회 마룻바닥에서 잤다는 사실이 목을 아프게 한다.

동생이 해준 또 다른 이야기가 있다.

"초등학교 졸업할 때 말이야, 우리 담임이 나더러 선물을 해주겠다면서, 뭐가 갖고 싶으냐고 묻잖아."

동생은 목소리가 벌써 굵어지고 코밑이 거무스름하다. 타고난 성격이 순해서 목소리도 순하고 느릿느릿하다. 그 여학생은 동생의 마음을 금방 알아낸다. 그런 말을 듣는 일이 죽기만큼 싫었을 것이다. 동정받고 있다고 생각했을 것이다. 그 여학생도 그랬으니까.

"그래서 내가 뭐라고 했게?"

동생은 여학생을 보며 장난스레 웃는다. 여학생은 웃음 띤 얼굴로 고개를 젓는다. 무어라고 엉뚱한 소리를 했을 것이지만 짐작되지 않는다.

"술을 사달라고 했지."

여학생은 가슴이 철렁 내려앉는다. 무언가 다르다. 그 여학생이 그때까지 반항해온 것들과는 무언가 차원이 다른 것 같다. 걱정스런 얼굴로 되묻는다.

"그래서?"

"그랬더니, 그 선생님이 울더라. 여자였는데."

동생의 말투는 순하고, 표정도 순하다. 그저, 그런 일이 있었다고, 친구와 어디서 또 하루를 잘 놀다 왔다고 말하는 투다. 그럼에도 그 여학생은, 동생의 얼굴을 유심히 본다. 가슴 깊은 곳으로 서늘한 물이 밀려든다. 밀려들어서는 가슴속을 출렁출렁 흔들고 다닌다. 위험 신호처럼. 그럼에도 그 여학생은 동생에게 해줄 말이 없다. 왜 그랬니. 다음부터는 선생님께 그러지 마. 그런 말은, 마음에 없는 말이다. 왜 그랬는지는 너무나 잘 알고, 다음부터 그러지 말기엔, 아무것도 위안을 주는 약속이 없다. 두 남매만, 거기 그렇게 방치되어 있었을 뿐이다.

이제 그 여자는 이해한다. 어디에나 사랑은 많았다는 것을. 여학생의 중학교 때 담임선생님이나, 동생의 초등학교 때 담임선생님뿐 아니라, 모든 선생님이 아이들을 사랑했다는 것을. 다만 그 여학생도, 그 동생도, 그것을 순연하게 받아들일 수 없었을 뿐이다. 그동안 이미, 버림받았다는 상실감이 너무 깊이 자리 잡고 있었으므로.

그런 이유들로 인해, 여학생은 동생에게 쉽게 말을 걸 수 없다. 책가방을 싸는 동생을 가만히 바라보는 것만으로도 목으로 뜨거운 기운이 올라오고, 잠자리에 누운 모습을 보다가도 가슴속에 찬물이 밀려들어 출렁거린다. 이 세상에는, 나누어도 반이 되지 않는 슬픔이 있다. 나누면 네 배쯤 불어나는 슬픔도 있는 법이다. 늘 하늘에 먹장구름이 긴 듯 어둡고 쓸쓸하고, 다소 춥다고 느껴지는 날들이 지나간다. 방 안에 함께 있어도 말이 없는 두 남매, 생김도 비슷하고 마음속의 생각도 비슷하고, 어둡고 반항적인 표정도 비슷하다.

이따금 먹장구름이 걷히고 햇살이 비치듯, 웃음을 머금게 하는 일들이 있기도 하다. 아주 이따금씩. 그런 일 한 가지가 기억난다. 저녁이다. 시장 거리가 조용해지고 창밖이 어두워지고, 두 남매는 방에 앉아 각자 책을 읽고 있다. 그 여학생은 소설책 같은 것을 읽었을 것이다. 베개를 깔고 엎드려서. 동생이 무슨 책을 읽고 있었는지는 알 수 없다. 여학생은 책에서 고개를 들고 혼잣말로 중얼거린다.

"왜 이렇게 졸리지?"

동생은 여학생을 바라보더니, 아주 진지하게 천천히 말한다.

"잠이 안 오게 하는 비결이 하나 있는데⋯⋯."

"뭔데?"

여학생은 일어나 앉아 동생을 바라본다. 동생은 알려주기 아깝다는 듯이 머뭇거리다가 큰 선심이나 쓰듯 말해준다.

"눈가에 물파스를 발라봐. 그러면 잠이 싹 달아난대."

동생의 입가에 웃음이 물리는 것은 이상하지만, 맥없이 남의 말을 잘 믿는 그 여학생, 눈가에 듬뿍 물파스를 바른다. 그 다음은 해본 사람만이 알 것이다. 궁금한 사람은 직접 발라보시도록.

그 여학생은 세수를 하고 들어와, 그래도 눈물이 줄줄 흐르고 열이 화끈거리는 눈가를 물수건으로 누른 채, 동생과 함께 웃는다. 배를 잡고, 오래오래. 맥없이 속아버린 자신이 어처구니없어 웃고, 동생에게 어디서 그런 골탕거리를 알게 되었는지 물어보다 또 웃는다. 그래, 그런 기억이 있다. 흐린 날이 계속되다 간혹 날이 개듯이, 그런 기억이 있다. 그런 일 말고는 대체로 먹장구름 아래서 살아간다. 얼굴에도 얼마간의 그늘을 드리운 채.

　고등학교에 들어가 그 여학생은 친구를 두 명 더 얻는다. 중학교 때 친구 넷에, 다른 중학교에서 진학한 친구 둘이 늘어, 짝꿍으로 어울려 다니는 친구는 일곱 명이 된다. 일곱 명은 그들의 모임에 이름을 붙인다. 바이킹. 그러고는 회원증을 하나씩 나누어 갖는다. 무시무시한 이름을 붙인 그룹이지만, 별다른 일을 하는 건 없다. 어울려서 바다에 놀러가거나 학교 앞 분식집에서 만두나 떡볶이를 사 먹을 뿐이다. 그나마 이 학년이 되면서는 빨리 대학의 중요성을 깨달은 친구 순으로 공부에 몰두한다. 물론 가장 나중까지 바이킹 호에 남는 사람은 그 여학생이다.
　그때, 그 여학생과 함께 바이킹 호를 탔던 친구들, 그들 중 셋은 지금 서울과 강원도에서 각각 교직에 있다. 한 명은 대학병원 간호사이고, 한 명은 일간지 기자, 또 한 명은 이 글을 쓰고 있다. 다른 한 명은 무슨 개인 사업을 한다고 뛰어다닌다. 아무도 잘못되지 않았고 아무도 양식에 어긋나는 행동을 하며 살지는 않는다. 그저 일시적인 객기거나 그들 나름의 숨통 틔우기였을 것이다. 그럼에도, 그들은 학생과의 블랙리스트에 삼 년 내내 올라 있었다고, 졸업 후 학생과장 선생님으로부터 듣는다. 지금은 강원도에서 중학생을 가르치는 친구가 언젠가 그 여자에게 해준 말이 있다.

"난 애들이 아무리 말썽부려도 화 안 낸다. 우리가 다 해본 일이 잖아. 그리고 가끔 애들한테 정숙이 네 얘기해줘. 선생님 친구 중에는 진짜 말썽꾸러기가 있었는데…… 그렇게 말이야. 그러고 나서, 선생님은 그렇게 행동하는 너희들 마음 다 알아. 그러니까 너희도 이런 말 하는 선생님 마음 알지? 그렇게 말하면 만사가 형통이야. 한 학기에 한 번씩만 그러면 돼. 아주 진지한 얼굴을 하고."

친구는 좋은 선생님일 것이다. 이해심 많고 다정다감하며 올바른 양식을 가지고 있는. 그 친구가 그만한 이해심을 가질 수 있는 것도 다 경험 덕분일 것이다.

그 여자는 무슨 말썽을 그렇게 부렸는지 기억나지 않는다. 그런 생활이 그저 일상이었기 때문에 특별히 기억나는 게 없는 모양이다. 마음이 온통 캄캄한 진창이었다는 것과, 마음속에 용암 같은 것이 들끓고 있었다는 것과, 그것을 표출할 대상이 가까이 있던 선생님들밖에 없었다는 것은 기억한다. 나중에 친구들에게 물어본 일이 있다. 대체 내가, 무슨 말썽을 그렇게 부렸었느냐고.

"너, 말도 못했어. 네가 또 어떤 말로 선생님을 화나게 할지 늘 조마조마했으니까."

"기억 안 나니? 아예 책상과 의자를 교실 뒤뜰에 내다놓고 수업을 빼먹었잖아. 그래, 좀 물어보자. 그러고 나가서 뭐 했니?"

별다른 기억은 없다. 아마 한 평 크기의 피아노실에 들어가 소설책을 읽거나 학교 근처 풀밭에 가만히 앉아 있거나 했을 것이다. 매점에 있었거나, 양호실에 누워 있었을지도 모른다. 그러나 한 가지, 선명하게 기억하는 일이 있다. 어떤 말썽을 부렸는지 기억나지 않지만, 반항의 파고가 갑자기 높아지게 된 결정적인 사건은 기억한다. 일종의 상처의 형태로.

그 여학생의 고등학교 일 학년 때 담임은 교련 교사다. 그는 풀빛 군복을 입고 기다란 지휘봉을 빙빙 돌리며 천천히 운동장을 걸어 다니고는 한다. 약간 팔자걸음이어서 뒤에서 보면 펭귄이 걷는 모양 같다. 그날은 고등학교에 들어가 채 한 달도 되지 않은 때다. 여학생은 아주 사소한 일로 야단을 맞는다. 무슨 준비물을 가지고 가지 않았거나 자율학습 시간에 딴짓을 했거나 그랬을 것이다. 선생님은 여학생을 교탁 앞으로 불러내어 긴 훈시를 한다. 무슨 말인가 많이 했지만 하나도 기억나지 않는다. 단 하나 기억하는 것은, 그 선생님이 두세 마디에 한 차례씩, 지휘봉으로 여학생의 허리며 배를 쿡쿡 찔렀다는 점이다. 이건 너무 모욕적이야. 차라리 손바닥을 맞거나 따귀를 맞는 게 나아. 이게 뭐야, 더러운 물건 대하듯이⋯⋯. 여학생은 그런 생각을 하고 있다. 그런데 정말, 선생님의 어떤 말이 따귀처럼 얼굴을 때린다.

"너, 아버지 백 믿고 그러는 거야?"

선생님의 말이 화인처럼 머리에 찍히며 머리로 피가 몰린다. 크고 차가운 목소리, 화난 듯하면서도 웃음기 띤 얼굴, 배에 와 닿는 지휘봉의 감촉. 아, 이들도 모두 내 아버지를 알고 있구나. 아버지와 어머니가 별거 중이고, 아버지는 어떤 여자와 함께 사는데 그들 사이에는 벌써 아이가 둘이나 있다는, 그 모든 사실을 알고 있구나⋯⋯. 여학생은 치욕스럽고 부당하다고 생각한다. 치욕스러운 건 아버지라는 낱말이고 부당한 건 '백'이라는 낱말이다. 일개 고등학교 교사인 아버지에게 무슨 백이나 권력이 있겠는가. 설사 아버지가 대통령이라 해도 그걸 믿고 천방지축으로 날뛰는, 그런 아이는 아니라고 스스로 생각한다. 선생님의 천박한 말투에 화가 난다.

지금은 이해한다. 그 선생님의 말투를. 그는 교련 선생님이고, 스무 해 가까이 군 생활을 하다가 교련 교사로 예편한 지 얼마 되지 않은 때다. 계급과 힘, 위계질서가 중시되는 군대의 생리가 어쩔 수 없이 그의 몸에 배어 있었을 것이다. 그게 아주 일상적인 언어였을 것이다.

그러나 그 여학생은 다시 상처가 도진다. 오래도록 그 말을 되풀이해서 듣는다. 아버지 백 믿고 그러는 거야? 그때부터였을 것이다. 그 여학생이, 고등학교 때는 좀 조용히 지내려던 결심을 포기한 것은. 반항은 거칠고 노골적이 되고, 수업 시간에는 아예 교사들과 맞붙어 싸우려 한다. 엉뚱한 말을 하는 교사에게는 "우리는 그런 말 하나도 재미없어요." 그러기도 하고, 어쩌다 잘못된 설명을 하는 교사에게는 "선생님이 잘못 알고 계신 거예요." 하고 항의하기도 한다. 총각 선생님이라는 이유로 모든 친구가 무조건 좋아하는 영어 선생님께는 이유 없이 반항하고, 지렁이를 해부하는 생물 시간에 지렁이 앞에서 무서워하며 벌벌 떠는 친구들도 한심하다고 여긴다. 모든 것이, 세상의 모든 일이 다 불만스럽고, 작은 일에도 반항한다. 왜 그랬을까. 가정이라는 울타리가 와해되었다고 해서 누구나 그렇게 반항적으로 변하지는 않을 것이다. 지나칠 만큼 예리하게 벼려진 감수성과, 서슬 푸른 자의식. 그것 말고는 이유가 없다. 예리한 감수성은 아무것도 아닌 이야기를 너무 깊이 받아들이고, 서슬 푸른 자의식은 아무것도 용납하거나 굽히려 하지 않는다.

그 자의식. 상실감이 거듭 밀려오던 시기에 싹튼 자의식. 자의식이 생긴 다음 상처를 입었다면 아마 그 자의식을 어떤 식으로든 운용하여 나름대로 상처에 대응할 수 있었을 것이다. 그러나 상처가 먼저 있었다. 상처를 통해 자의식이 싹트고 상처와 함께 자의식이 자라난다. 배아의 시기부터 이미 피 흐르고 곪아 있는 자의식이다. 아마 그래서였을 것이다. 예민한 감수성과 서슬 푸른 자의식, 그것 말고는 달리 설명할 길이 없다.

고등학교 이 학년 때 그 여학생과 동생이 함께 지내던 하숙집도 할머니가 밥을 지어주는 집이다. 그때는 할머니라고 느꼈지만 지금 생각해보면 오십 대 후반쯤 되지 않았나 싶다. 방이 두 칸이었는데, 한 방은 할머니와 아들이, 다른 한 방은 그 여학생과 동생이 쓴다. 하숙집 아들은 공무원이었던 것 같다. 늘 양복에 넥타이를 매고 출근했으니까. 그 집에 대해서는 기억나는 게 별로 없다. 그 집 할머니는 여학생이 그전까지 만난 할머니들과 조금 다른 편이다. 중학교 때 하숙했던 할머니는 둥글둥글하고 다정했는데, 그 할머니는 말이 없고 날카로운 인상이다. 할머니의 방으로 건너가 함께 밥을 먹을 때도 별로 말을 하지 않는다. 그래서인지, 식사 시간에 할머니의 방으로 건너갈 때마다 밥을 얻어먹기 위해 남의 집 밥상에 가 앉는 듯한 느낌이 든다. 그때까지 만난 적 없는 새로운 느낌이다.

그런 느낌, 밥을 얻어먹기 위해 남의 집 밥상에 앉는다는 느낌은 그 방문을 열 때부터 시작된다. 방 한가운데 차려진 밥상 앞에 앉으면 더 심해지고, 할머니가 밥통에서 밥을 퍼서 밥상에 올려줄 때면 최고조에 달한다. 그래서 때로는 작은 공기에 든 밥을 반도 비우지 못하는 때도 있다. 왜 그런 느낌이 들었을까. 몇 가지 이유가 있을 것이다. 여학생은 할머니가 웃는 모습을 거의 본 적이 없다. 저녁에, 아들과 함께 식탁에 앉을 때, 아들의 밥을 퍼주며 가끔 입가에 웃음기를 보이기는 하지만, 한 번도 여학생에게 살갑게 말을 붙이거나 웃어 보인 적이 없다고 기억된다. 아마, 기억의 오류일 것이다. 어떻게 단 한 번도 웃어 보인 일이 없겠는가. 그러나 그 여학생은 그렇게 느낀다. 돌멩이 같다고, 제방을 쌓을 때 쓰는 차갑고 모난 돌멩이 같다고. 밥상 앞에서 그 여학생이 하는 일이란, 얻어먹는다는 쓸쓸한 기분을 참기 위해 애쓰는 것, 도중에 숟가락을 놓지 않으려 애쓰는 것이다.

그러나 그 모든 것보다 더 직접적으로 얻어먹는다는 느낌을 주는 것은 밥에서 나던 독특한 냄새 때문이다. 할머니는 언제나 밥을 한 솥 가득 지어서 전기밥통에 넣어놓고 끼니때마다 퍼주곤 한다. 그러니까, 갓 지은 밥을 먹는 것은 여섯 끼 중 한 끼뿐이다. 나머지 다섯 끼는 늘 밥통 속에 보관되어 약간 쉰 듯한 냄새가 나는 밥을 먹는다. 다섯 끼, 여섯 끼 때쯤 되면 냄새만 나는 게 아니라 밥알의 색깔까지 조금 노랗게 변한다. 먹는 일에 적극적이지 못하고, 이런저런 음식들에 늘 마음을 붙이지 못하는 그 여학생은 냄새나는 밥을 먹는 일이 고역스럽다. 아마, 얻어먹는다는 느낌을 가장 강하게 준 것은 그 냄새가 아니었나 싶다.

그 여자는 지금도 전기밥통을 사용하지 않는다. 전기밥통에 보관된 따뜻한 밥보다는 기꺼이 찬밥을 먹는 쪽을 택한다. 전기밥통에 보관된 밥에서 나는 냄새는 부모가 이혼한 남매를 하숙치며 살던 할머니의 권태와 적요의 냄새이고, 살기 위해 어쩔 수 없이 밥을 먹어야 했던 굴종의 냄새이고, 무엇보다 그 시절, 그 여학생이 겪었던 쓸쓸한 반항과 어두운 절망, 곪아터지는 상처의 냄새다. 요즈음도 이따금 식당에 가면 전기밥통에 보관된 밥을 내오는 집이 있다. 그러면 갑자기 울적해진다. 아무 이유도 없이. 그런 때면, 기억의 집요한 고집에 놀랄 뿐이다.

그리고 그 일이 있다. 고등학교 이 학년 때의 추석이다. 날씨는 맑지만 바람결은 매서운, 그런 추석이다. 하숙집 할머니가 차려주신 아침밥을 먹고, 동생과 함께 방 안에 앉아 있다. 말없이. 동생도, 그 여학생도 저마다 다른 벽을 보고 앉아 있었을 것이다. 단 한마디의 말도 없이.

혼자 보낸 명절을 이미 여러 차례 겪었다. 그러나 그해는 유난히 살 속이 시리다. 추석도, 설날도, 왜 모든 명절은 휴일인지, 그것도 불만이다. 명절만 되면 불러낼 친구들도 없다. 이미 지난해 추석 때, 친구 집에 놀러 갔다가 모두 성묘 간 빈집에서 친구의 이름을 두어 차례 부르다 돌아온 일이 있다. 그 길에 쏟아지던 햇살 때문에 자꾸만 눈앞이 뿌예졌던 기억이 있다. 그 여학생은 동생과 함께 말없이 방 안에 앉아 있는 일이 견딜 수 없어진다. 동생을 바라보기만 해도 슬픔이 두 배로 늘어나버린다.

여학생은 말없이 방문을 열고 집을 나선다. 어디어디 걷다보니 남대천 제방을 걷고 있다. 남대천을 따라 내려가면 동해를 만난다. 경포가 아니라 안목 바다. 여학생은 안목까지 걸어가기로 한다. 햇빛을 쏘는 강물을 바라보다 이리저리 움직이는 구름을 바라보다, 멀리 고개를 들어 나지막하게 엎드린 집들을 바라본다. 집집마다 음식 냄새며 웃음소리가 퍼져 나오는 것을 보며 걷는다. 벌써 입이 많이 나와 있고 목이 아픈 지는 오래되어 가슴까지 뻐근하다.

제방을 버리고 강가로 내려간다. 공연히 돌멩이를 발길로 차기도 하고, 납작한 돌멩이를 주워 물수제비를 떠보기도 한다. 물수제비는 쉽게 떠지지 않는다. 다시 한 번 해본다. 그래도 돌멩이는 강물 속에 퐁당 들어가고 만다. 그 여학생은 마치 아주 중요한 할 일을 발견한 것처럼 물수제비뜨는 일에 열심히 몰두한다. 납작한 돌멩이를 고르고, 강물의 표면과 돌멩이의 각도가 십 도 이상 넘지 않게 잘 겨냥하여, 강을 향해 돌을 던진다. 한 번, 두 번, 그러다가 돌멩이는 강물 속으로 곤두박질치고 만다. 어머니는 그걸 잘했다. 여섯 번, 일곱 번까지 물수제비를 뜨곤 했다. 강을 향해 돌을 던지고 또 던지다가 그 여학생은 갑자기 자리에 주저앉는다. 물수제비가 제대로 되지 않아 속이 상하다는 듯이. 그러고는 가만히 앉아 있는다. 방금 제가 던진 돌멩이들이 가슴속에 가득 고인 물속에서 퐁덩 퐁덩 소리를 낸다. 어느 틈에 가슴속에 이토록 많은 물이 고였을까 생각하며, 무릎 사이에 고개를 묻는다. 이게 뭐냐고, 왜 이래야 하느냐고, 속으로 중얼거리면서.

그 여자는 열두 살 이후 지금까지, 어떠한 명절도 가족과 함께 보낸 일이 없고 어떠한 생일도 챙겨본 일이 없다. 그렇지만 이제는 명절이나 생일 따위, 사람들이 만들어둔 관습이나 통념의 벽을 깬 지 오래다. 그날도 다른 날들과 전혀 다르지 않다. 그저 아침에 해가 떠서 저녁에 해가 지는, 그런 여러 날 중 하나일 뿐이다.

그 여자가 명절 때 하는 일이란, 상점이나 식당들이 문 닫을 것에 대비해 음식이나 반찬거리를 사다놓는 일이다. 그 준비가 되지 않아 우유와 사과만 먹으며 보낸 설날이 있고, 라면만 먹으며 보낸 추석 연휴가 있다. 그래서 지금도 그 원칙에 철저하다. 편의점이 생겼을 때 그것이 외국 자본의 국내 상륙이라는 점을 염려하면서도, 그 여자는 은밀히 다행스러워한다. 이제 최소한 명절에 굶는 일은 없 겠구나. 그러나 편의점도 연휴 이틀째부터 먹을 게 없기는 마찬가 지다. 연휴에는 그저 문만 열고 있을 뿐 새로 들어오는 물건이 없다.

그리고 명절 때 그 여자가 하는 일이란 밀린 잠을 자거나 줄창 비 디오를 보는 일이다. 벽에 비스듬히 기대 누워서. 그렇게 해서 어느 추석 연휴에는 열두 편의 비디오를 본 일도 있다. 물론 그것들 중 어느 한 편도 줄거리를 제대로 기억하지 못한다. 이야기들이 서로 뒤섞인 탓도 있지만 이따금 그 여자가 멍하니, 화면이 망막 밖을 지 나가도록 내버려둔 탓도 있을 것이다.

그 여학생, 남대천 강가에서 돌을 던지다 오래도록 강가에 주저 앉아 있던 그 여학생은 아예 머리에 양팔을 받치고 누워버린다. 누 워서 강이며 강가에서 자라는 물풀이며 건너편 제방을 바라본다. 그러다가 조금 놀란다. 그것들이 그전까지 보던 모습과 많이 다르 다. 뭐랄까, 아주 포근하고 너그러우면서도 넓어져 있다. 그 모든 풍경이 천천히 다가와 제 몸을 덮어주는 것만 같다. 여학생은 상체 를 일으켜본다. 앉아서 다시 보니, 그것들은 아까보다 조금 덜 포근 해 보인다. 그러나 뭐랄까, 앙증맞고 아기자기한 풍경이다. 이번에 는 자리에서 일어난다. 서서 보니, 그 풍경들은 아까 보았던 것보다 낯설고 덜 친근해 보인다. 그저 늘 보던 풍경 그대로다.

여학생은 다시 자리에 앉았다가 천천히 바닥에 눕는다. 그러면서 풍경들을 유심히 본다. 그렇게 풍경에 정신을 집중한 채, 몇 번이나 누웠다 앉았다 일어나기를 반복한다. 그러다가 문득 고개를 돌려 사방을 살핀다. 누가 보고 있다면 필경 머리가 이상해진 것으로 착각할 것이다. 그러나 아무도 보는 사람이 없다. 여학생은 다시 강가에 누워, 풍경들이 제 위로 아득하게 덮쳐오는 포근한 느낌을 오래음미한다. 마음이 부드럽게 풀어지는 기분이다.

한참 그러고 있다가 여학생은 엉덩이를 털며 일어난다. 마음이한결 나아져 있다. 강둑으로 올라가 집으로 가는 길을 잡는다. 안목바다까지 가봐야 다리만 아프고, 가슴속에서 언제 또 물이 출렁이게 될지 모른다. 그런 청승은 싫다. 마주 보고 앉아 슬픔이 네 배가되더라도, 동생과 함께 있는 게 나을 것이다. 그러나 걸음은 여전히느리다. 무슨 기쁜 일이 있어 집으로 가는 걸음이 빨라지겠는가. 느리게 걸으며, 이따금 마른 손으로 눈가를 문지른다.

대문을 들어서며 여학생은 벌써 방문 쪽을 본다. 그러다가 대문간에 멈춰 서고 만다. 방문이 활짝 열려 있고, 이쪽으로 등을 돌리고 있는 아버지와, 그 아버지를 바라보고 있는 동생의 얼굴이 보인다. 동생의 눈빛이 아주 사납다. 그동안 한 번도 본 적이 없는 눈빛이다. 금방이라도 큰 소리가 나고, 아버지의 손이 날아갈 기세다. 그러나 두 사람은 그렇게 오래도록 마주 보고 서 있기만 한다. 여학생은 대문간에 붙박여서 꼼짝도 하지 못한다. 이미 무슨 일이 지나간 후일까.

한참 만에, 아버지가 몸을 움직인다. 큰 소리가 나고 주먹이 날아가는 대신, 느리게 몸을 돌려 방을 나선다. 대문간에 서 있는 여학생을 발견하고 잠깐 멈칫한다. 그러나 천천히 구두를 신고, 그리고천천히 마당을 가로지른다. 아주 힘없고 슬픈 얼굴이다. 그전에는한 번도 본 적이 없는 얼굴이다. 여학생은 아버지를 바라보고 서 있다. 아버지는 여학생의 시선을 외면한 채 가까이 다가와 아주 낮은 목소리로, 아주 슬픈 목소리로 지나가듯 말한다.

"난, 너희에게 잘못한 거 없다."

그러고는 아주 느린 걸음으로 여학생을 지나쳐 밖으로 나간다. 여학생은 몸을 돌려 골목으로 멀어지는 아버지의 뒷모습을 바라본다. 아버지의 등이 변해 있다. 어렸을 때 보았던, 당당하고 반듯하던 그 등이 아니다. 완만하게 굽어진 어깨, 그래서 가파른 절벽처럼 보이는 등이다.

지금도 고스란히 되살릴 수 있다. 그 말을 하던 아버지의 어두운 표정, 낮은 목소리, 멀어지던 뒷모습까지. 너무 뜻밖의 말에 오히려 멍청해졌던 마음까지. 난 너희에게 잘못한 거 없다. 꼭 그 말이다. 다시 쓰면서, 목이 아프다. 그렇다. 아버지 말은 사실이다. 단 한 번도 모진 말로 야단을 치거나 매질을 한 일이 없다. 오히려 아버지가 자식들을 사랑했다는 기억을 더 많이 가지고 있다.

다만, 두 남매는 그저 그들 스스로 설움을 타고 상처를 입었다. 평지에서 넘어지면 무릎만 깨질 뿐이다. 그러나 높은 곳에서 넘어지면 바닥으로 추락하면서 뼈가 부러질 수도 있다. 예전의 사랑의 기억들이 그 여자를 너무 높은 곳으로 올려놓았을 것이다. 넘어지면 뼈가 부러질 만한 높이로.

아버지가 자식들을 호되게 꾸짖지 않은 것에 대해 그때는 그저 무관심 때문이라고만 생각한다. 그러나 이제는 그 마음도 이해한다. 아버지의 특수한 입장 때문이었을 것이라고. 아버지도 당신의 삶이 자식들에게 떳떳하지 않다고 느끼고 있었을 것이라고.

"난, 너희에게 잘못한 거 없다."

그 여자는 그 후로도 그것처럼 슬픈 말을 들어본 일이 없다. 그럼에도, 멀어지는 아버지의 등은 벽이다. 가파른 경사를 세워 매달리고 기어오르는 것들을 떨어내는 절벽이다. 아무리 소리쳐도 듣지 못하는 벽창호의 벽이고 두드려도 두드려도 열어줄 문을 갖고 있지 않은 완강한 벽이다. 아버지의 등은 오직 벽이다. 그러나 나중에, 아주 나중에야 그 여자는 깨닫는다. 아버지의 등이 절벽만은 아니었다는 것을. 그 등은, 삶이 무거운 것임을, 혹은 무서운 것임을 말해주는 지친 등이었다는 것을. 그러나 그때는 모른다. 제 내부에 있는 절벽을 기어오르다 지친 여학생에게, 문 없는 벽 앞에서 소리치다 지친 여학생에게 아버지의 등은 다만 절벽일 뿐이다.

여학생이 보고 있는 동안, 아버지는 골목 어귀를 돌아 사라진다. 한 번도 뒤돌아보지 않은 채로, 결국 그냥 가버리시는구나……. 그런 생각이 웬일인지 또 상처가 된다. 아마, 아버지가 돌아와 주기를, 그도 아니라면 한번쯤 돌아봐 주기를 기대했는지도 모른다. 텅 빈 골목을 또 한참 바라보고 있던 여학생은 몸을 돌려 방 쪽으로 간다. 그러나 방으로 들어가지 못한다. 거기서 또 다른 일이 벌어지고 있다. 동생이, 동생이, 아주 무서운 얼굴을 하고 제 책들을 집어던지고 있다. '중학 수학 3'이라고 쓰인 책이 날아오르고 흰 종이가 많은 공책이 날아오르고, 필통이 날아오른다. 날아올랐다가 방바닥으로 떨어지기도 하고 더러는 벽에 부딪쳤다 튕겨져 나오기도 한다. 방바닥은 이미 동생의 물건들로 어지러워져 있다. 동생은 갑자기 두 팔을 늘어뜨린 채 가만히 서 있다. 그 여학생은 방문 밖에 서서 그런 동생을 바라보기만 한다. 그러지 마, 정훈아, 제발 그만둬. 그러나 슬픔은 이미 스무 배쯤 늘어나버려, 목이 아파, 동생에게 아무 말도 하지 못한다. 입을 열면 울음을 쏟을 것이 뻔하다. 동생도, 그 여학생도, 서로가 있는 방에서는 울어본 일이 없다. 동생은 그 여학생을 한번 보더니, 방문을 나서 신발을 신고, 그리고 대문 밖으로 나가버린다. 아무 말 없이, 단 한마디의 말도 없이.

그 여학생은 무너지듯 문턱에 걸터앉는다. 그리고 무릎에 얼굴을 묻고 가만히 있는다. 어깨가 들먹이지 않도록, 온 힘을 다해 몸을 누르면서. 한참 그러고 있다가 신발을 벗고 방으로 들어간다. 문을 닫고, 제가 앉을 만큼만 동생의 물건들을 한쪽으로 밀어놓고, 그러고는 쭈그려 앉아 울기 시작한다. 옆방의 할머니에게 들리지 않도록 조심하면서, 숨을 죽이면서.

그날부터였을 것이라고 그 여자는 생각한다. 동생이 급격히 변하기 시작한 것이. 여학생이 혼자 조용히 다 울고 난 다음, 동생의 물건들을 하나하나 챙겨 책상 위에 정리해놓은 후에도 동생은 돌아오지 않는다. 부러진 연필까지 깎아놓아도 동생은 들어오지 않는다. 아주 조금쯤 저녁을 먹고, 이불을 쓰고 누워 다시 울먹해지는 마음을 다스리며 기다려도, 동생은 돌아오지 않는다. 그날, 동생은 끝내 돌아오지 않는다. 다음 날 아침, 그 여학생이 학교에 가기 위해 책가방을 들고 방을 나설 때, 그제야 동생은 대문을 열고 들어온다. 그때부터였다고 그 여자는 기억한다. 동생이 급격히 변하기 시작한 것이, 동생이 그동안의 삶과는 다른 삶을 살기 시작한 것이.

14

　가족이라는 것이, 혹은 형제라는 것이, 몹시도 서러운 존재라는 것을 아는 사람이 있을지 모르겠다. 거리를 걷다가 우연히 동생을 만나는 일이, 일요일마다 가끔 어머니께 안부 전화를 드리는 일이, 가슴 아릿한 슬픔임을 아는 사람이 있을지 모르겠다. 마주 보기만 해도 목에 돌이 걸린 느낌이어서, 되도록이면 만나는 자리를 피하는 사람의 마음에 대해 아는 사람이 있을지 모르겠다. 일 년에 한두 번씩 만나지만, 그들이 참으로 서로 사랑한다는 사실을 이해하는 사람이 있을지 모르겠다. 그 여자는 동생들도 어머니도 몹시 사랑한다. 아버지? 모르겠다. 아버지에 대한 감정은 너무나 복합적이어서, 한두 마디로 단정 지어 말할 수 없다. 아직까지도.

　그 여자는 가족이라는 것이, 저와 같은 피를 나눈 또 다른 인간이, 아주 슬픈 존재라는 걸 고등학교 때 깨닫는다. 고등학교 삼 학년 때 동생에게서.

　여학생은 이제 강릉여고 삼 학년이 되고 동생은 강릉고등학교로 진학한다. 그들 남매는 다시 헤어진다. 동생은 제 학교 근처로, 여학생은 제 학교에서 좀 더 가까운 곳으로, 각각 하숙을 옮긴다. 여학생은 후남이라는 친구와 같은 방을 쓰게 된다. 김후남. 그 친구에 대해서는 별달리 기억나는 게 없다. 고향이 장성이었다는 것밖에.

일주일에 한 번씩 그 친구와 함께 목욕을 가서 서로 등을 밀어주고, 나란히 수돗가에 앉아 빨래를 하긴 했지만, 글쎄, 그렇게 일 년을 같은 방에서 산 친구에 대해서 아무것도 기억나는 게 없다. 아마, 단조로운 일상 때문이 아니었을까 싶다. 하숙집과 학교만 오가면서 공부만 하는 단조로운 일상.

그 여학생은 고 3이 되어 공부를 시작한다. 아무래도 대학은 가야 하겠기에, 대학을 갈 생각을 하면 벌써 마음이 두근거린다. 대학에 대한 선망이나 동경 때문이 아니다. 대학을 간다는 것은, 그 도시를 떠난다는 것을 의미한다. 그 도시를 떠난다는 건, 집안의 어두운 그림자로부터, 집안을 보는 주변 사람들의 호기심에 가득 찬 시선으로부터 벗어난다는 뜻이다. 중학교 이 학년 때, 공부는 필요한 때, 그때 하면 된다고 생각했던 그때가 바로 고 3인 셈이다.

고 3이 되어서야 그 여학생은 비로소 공부를 시작한다. 갑자기 해서 안 되는 과목은 수학이다. 수학 말고는 다 괜찮은 점수가 나온다. 여름방학 때도 내내 후남이를 따라다니며 학교의 빈 교실에 앉아 공부를 한다. 이 학기가 시작되면서 성적은 전교 십 위권으로 올라간다.

가끔 《진학》이라는 잡지와 우리나라 지도를 펴놓고 어디로 갈까 생각한다. 가장 먼저 제외되는 곳은 강원대와 경북대다. 강원대는 친구들이 많이 가는 곳이고, 경북에는 그 여학생의 외가, 친가 친척들이 많이 살고 있다. 아버지가 사립대를 보내줄 형편이 안 된다는 걸 알기 때문에, 처음부터 그 여학생은 국립대학만을 진학 대상으로 삼고 있다. 친척이 아무도 없는 곳은 전라도와 충청도다. 그러나 전라도는 아무래도 너무 멀다. 그래서 충남대로 가야겠다고 마음속으로 결정해둔다. 공부를 조금만 더 열심히 하면, 장학금을 탈 수도 있지 않을까 기대해보기도 한다. 물론, 그러기 위해서는 수학 공부를 더 열심히 해야 한다. 간간이 선생님들께 반항을 하지만, 그래도 예전 같지는 않다.

가끔씩 늦기는 해도, 아버지는 하숙비와 등록금을 꼬박꼬박 보내준다. 그러나 아버지의 얼굴은 일 년이 넘도록 한 번도 보지 못한 상태다. 물론 어머니에게서 연락이 끊긴 지도 오래되었다. 중학교 이 학년 때 그렇게 떠난 후, 어머니는 그때까지도 소식이 없다. 그때, 그 여학생이 마음으로부터 고마워한 사람은 하숙집 아주머니다. 그 하숙집은 젊은 부부가 사는 집이다. 남편은 회사에 나가고, 아이들은 초등학교 삼 학년과 일 학년인 가족이다. 주인아주머니는 늘 두 여학생의 점심 도시락을 정성들여 싸주고, 저녁이면 초등학교 삼 학년짜리 딸을 시켜 밥을 학교로 보내주곤 한다. 거의 반 년 가까이. 아마 그 하숙집 아주머니가, 그 여학생이 대학을 갈 수 있도록 도와준 가장 중요한 인물이었을 것이다. 지금도 고등학교 삼 학년들은 누구나 그럴 것이다. 그 여학생이 다니던 학교도, 고 3 학생들을 밤 열 시까지 학교에 잡아둔다. 자율학습이라는 이름으로. 그 여학생은 착실히 입시 준비를 한다.

그러나 어쩐 일인지 운명은 그 여학생을 가만히 두지 않는다. 겨우 마음을 잡고 공부를 시작해, 한 학기쯤 착실하게 입시 준비를 한 그 여학생에게 다시 마르코를 놀리던 그 검은 손길이 드리워진다. 이 학기가 시작되고 한 달쯤 지난 후였을 것이다.

"삼 학년 사 반 김정숙 학생, 교무실로 오세요, 전화입니다."

스피커에서 나는 소리는 여선생님의 목소리고, 아마 점심시간쯤

이 아니었나 싶다. 여학생은 먹던 도시락을 열어둔 채 교실을 나선다. 아버지나 어머닐까. 그런 생각을 한다. 그들 중 누구라 해도 별로 마음이 움직이지 않을 것이다. 학교로 전화해서 학생을 찾는 일은 드물기 때문에 잠깐 불길한 느낌을 갖기도 한다. 그러나 무슨 일이 일어난다 해도 놀라지 않을 것 같다.

전화는 사환 언니의 책상 위에 있다. 수화기를 들자, 아주 낯선 목소리가 흘러나온다.

"정훈이 누나인가?"

여학생은 벌써 가슴이 내려앉는다. 불길한 전화일지도 모른다는 예상과, 동생과 관계된 일이구나 하는 생각이 한데 어우러져 금세 가슴이 두근거린다.

"나는 정훈이 담임인데, 아버지께는 아무리 연락드려도 오시지 않고, 할 수 없이 누나가 있다는 얘기를 듣고 전화하는 거다."

여학생은 벌써 숨이 막힌다. 무슨 일인가.

"새 학년이 시작되기 전에 서류 처리를 해야 되는데, 누나라도 와서……."

그 여학생은 그 선생님의 말씀을 정신이 거의 나간 상태에서 듣고 있다. 선생님의 말씀을 정리하면 이렇다. 동생이 지난 오월부터 학교에 나오지 않았고, 새 학년이 시작되기 전에 서류 정리를 해야 하는데, 그러기 위해서는 부모가 와서 자퇴서를 작성해야 한다. 몇 차례나 아버지께 연락을 드렸으나 오시지 않으니, 이제 누나라도 와서 동생의 자퇴서를 작성하라. 그런 얘기다. 그 여학생은 거의 넋이 나갈 지경이 된다. 동생이 학교에 나가지 않았다는 것을 알지 못했다. 고 3이 되어 입시공부를 한다고, 동생을 한 번도 만나보지 않았다. 처음에는 무심한 자신에 대한 원망이 일더니 점차 커져서, 손주들에게 무심한 할아버지, 자식에게 무심한 아버지, 어머니까지 모조리 원망한다. 그런 전화를 건 동생의 담임도.

"올 때, 정훈이하고 아버지 도장을 가지고 와요."

동생의 담임은 그런 말로 전화를 끊는다. 그 여학생은 전화를 끊고, 여전히 넋이 나간 상태로 교무실을 나선다. 담임선생님이 그 여학생을 유심히 바라본다. 그의 시선에서, 담임도 이미 모든 것을 알고 있다는 걸 알 수 있다. 발밑에 땅이 느껴지지 않는 걸음을, 기름을 먹이고 양초로 윤을 낸 미끄러운 복도를 구름 위를 걷듯이 허청허청 걷는다. 교실로 돌아가 제자리에 앉아서도 여전히 구름 위에 앉아 있다. 일시에 모든 것이 주변에서 사라지고 동생과 여학생 둘만 남는다. 부모도 선생님도 아무도 없다. 두 남매는 허허벌판에 마주 보고 서 있다. 사방에서 바람이 불어오고, 그러다가 햇빛이 내리쬐는, 그런 사막에 헐벗고 버림받은 상태로 서 있다. 마주 보는 것만으로도 슬픔이 스무 배쯤 되어버리는 두 남매. 그들 둘 말고는 아무도 없다. 부모도 선생님도.

그 여학생은 도시락을 대충 정리하고 교실을 나선다. 가방은 교실에 둔 채, 친구들에게도 아무 말 없이. 그러나 동생의 학교에는 가지 않는다. 대신 동생의 하숙집을 찾아간다. 동생의 하숙집은 그 여학생이 중학교 때 하숙했던 동네에 있다. 아마 시월쯤이었던 것 같다. 길가에 코스모스가 피어 있어, 공연히 그것들에 발길질하곤 했으니.

얼굴이 긴 하숙집 아주머니가 오히려 놀란 얼굴을 한다.

"그 학생, 지난 학기까지만 우리 집에서 있었는데. 신학기 되면서 다른 데로 옮겼어요."

여학생은 돌아서면서 울고 만다. 동생을 만나면, 동생을 만나기만
하면, 그런 이상한 서류 같은 것은 쓰지 않아도 되리라 생각했다.

지금 그 일을 기록하면서도 정말 그런 일이 있었을까 싶다. 정말
그런 아버지가, 그런 선생님이 있었을까 싶다. 무엇보다, 정말 제
손으로 그런 일을 했는가 싶다. 그 여학생이, 교사라는 사람들이 특
별히 존경할 만한 사람이라고 생각하지 않은 지는 오래되었다. 선
생님도 그저 하나의 직업인일 뿐, 완전한 인격을 갖춘 인간의 모범
은 아니라는 건 이미 알고 있다. 그럼에도, 정말 그런 일이 있었을
까 싶다. 그 일은 그 여자의 인생에서 가장 크고 무거운 회한, 가장
어리석고 치명적인 실수로 남는다. 지금까지도.

다음 날, 다시 동생의 담임에게서 전화가 온다. 왜 어제 오지 않았
느냐고, 늦게까지 기다렸다고, 오늘 내로 꼭 다녀가라고. 그 여학생
은 마치 덫에 걸린 기분이 된다. 허허벌판에서도 덫에 걸릴 수가 있
는 모양이다. 꼼짝도 할 수 없다. 어디로도 구원을 요청할 데가 없
다. 아버지는 몇 차례나 연락을 했지만 와보지 않더라고 하고, 어
머니는 어디에 있는지 알지 못한다. 연락이 끊긴 지 오 년째다. 할
아버지? 할아버지 역시 도움을 줄 상황이 아닐 것이다. 할아버지는
알 수 없는 소송 문제에 걸려 골치를 앓고 있다.

그 여학생은 다시 전날처럼, 교복을 입은 채 학교를 나선다. 가방
은 교실에 두고 선생님께도 친구에게도 아무 말 없이. 거리를 걸으
며 도장 파는 집이 있는가 살펴본다. 시계도 고치고 도장도 새겨주
는 집이 하나 나타난다. 도장 파는 아저씨가 내미는 종이에 아버지

와 동생의 이름을 적어주고, 두 개의 나무도장을 받아들고 나온다.

아무도 용서하지 않을 거라고, 아버지도, 할아버지도, 동생의 담임도, 그리고 지금의 제 행동도 결코 용서하지 않을 거라고 다짐하며 거리를 걷는다. 아무도, 아무도 용서하지 않을 거라고. 목이 아프고 가슴께가 뻐근하고 머리까지 아파온다. 그 여학생의 학교에서 동생의 학교까지는 걸어서 한 시간쯤 걸리는 거리다. 그 길을 걸으며, 내내 여학생은 온몸이 아프다. 너무 몸이 아파서, 어른들에 대한 실망이 너무 커서, 그 일을 하는 자신을 견딜 수 없어서, 그 여학생은 입술을 문다. 비릿한 냄새가 난다. 손가락으로 찍어보니 입술 안쪽에서 피가 배어난다. 죽어버리고 싶다고, 지금 이 길 위에서 죽어버렸으면 좋겠다고, 불현듯 그렇게 생각한다.

그 여학생이 동생 학교의 교무실로 들어서자, 선생님들의 시선이 일시에 쏠린다. 남학교에 여학생이 들어가서가 아니다. 그들도 모두, 어떤 기막힌 집안, 무심한 부모, 또 반항적인 자식에 대해 알고 있을 것이다. 다시 입술을 깨문다. 비릿한 피비린내가 입안에 고인다. 동생의 담임은 중년으로 접어든 남자 선생님이다. 어떻게 생겼는지는 기억나지 않는다. 아무것도 보지 않았으니까. 도장을 건네주자 담임이 그걸 받아 준비하고 있던 서류에 찍는다. 아주 간단하다. 한 사람의 인생이, 삶 전체가 걸린 문제가 그토록 간단하게 처리된다.

그 여자는 교직에 있을 때, 동료 교사들이 장기 결석자에 대해 말하는 소리를 들은 일이 있다. "아휴, 걔 때문에 골치 아파 죽겠어요. 출석부도 지저분해지고, 학급 출석률도 낮아지고. 빨리 자퇴를 시키든지 해야지." 모르겠다. 그게 우리 교육의 현실인지는.

그 여자의 학급에서도 자퇴를 요청한 학생이 있었다. 영임이. 뒤쪽 창가에 앉아 자주 창밖을 내다보곤 하던 아이다. 그 눈빛이 늘 어둡고 깊어 보여, 수업 시간에 딴짓을 한다고 야단칠 수조차 없던 아이다. 영임이는 수업이 끝난 후 불쑥 찾아와 자퇴를 하겠다고 말한다. 아이 입으로 직접 그렇게 말하는 소리를 들으니 어이가 없다. 아이를 조용한 교실로 데려가 묻는다. 무슨 일이냐고. 그러나 아이는 대답하지 않는다. 고개를 숙인 채 손가락만 만지작거린다. 그 여자는 영임이의 손을 잡고 오래 타이른다. 자퇴는 안 된다고, 무슨 일이 있어도 자퇴는 안 된다고, 스스로 생각하기에도 지나치게 완강하게 말한다. 계속 학교에 나오면서 다른 방법을 생각해보자고 아이를 설득한다. 아이는 고개를 끄덕이고 집으로 돌아간다.

그러나 영임이는 이튿날부터 학교에 나오지 않는다. 그 여자는 학교가 파한 후, 주소를 들고 아이의 집을 찾아간다. 비릿한 바닷바람이 끊임없이 불어대는 거리를, 어두운 거리를 걸으며 자꾸만 목이 아프다. 동생의 학교를 찾아가며 피가 배어나도록 입술을 깨물었던 그 일이 고스란히 되살아난다. 어렵게 찾아낸 집은, 골목 깊은 곳에 있다. 작은 바라크집이다. "계십니까, 계십니까?" 아무리 불러도 어두운 집에서는 대답이 없다. 옆집을 노크한다. 아주머니 한 분이 나와 말해준다. "그 집, 오늘 새벽에 떠났어요. 마을 사람 아무도 몰래, 야반도주했어요." 그 여자는 맥이 놓여 다리가 떨리기까지 한다. 돌아오는 길에 또 입술을 깨문다. 그래서는 안 된다고, 누구도 아이에게 그렇게 해서는 안 된다고.

영임이는 끝내 학교에 오지 않는다. 그 학년이 다 끝날 때까지. 그 여자는 한 학년을 마칠 때까지 영임이의 자퇴서를 작성하지 않는

256

다. 그리고 그 학교를 그만두었기 때문에, 영임이가 어떻게 되었는지는 알 수 없다. 끝내 학생의 자퇴서를 쓸 수 없었다. 그 여학생, 동생의 자퇴서를 작성하고 나온 여학생은 거리를 걷다가 아주 늦게야 하숙집에 들어간다. 책상에 앉아 공부를 하고 있던 후남이가 돌아본다.

"너 어디 갔었니? 네 책가방 내가 가지고 왔어."

그러고는 다시 책상에 고개를 박고 공부를 계속한다. 후남이가 더 묻지 않는 게 다행이다. 여학생은 책상에 앉아 일기장에 편지를 쓴다. 아버지께, 어머니께, 그리고 동생에게. 그건 유서 형태의 글이다. 그 일을 한 자신을 견딜 수 없어서, 어디서 무엇을 하고 있을지 모르는 동생에게 미안해서, 그토록 무책임한 부모와 선생님들이 용서되지 않아서, 죽는 방법만이 해결책이라고 생각한다. 내가 죽어야 당신들이 얼마나 잘못했는지 알 거라고. 후남이가 잠자리에 든 후까지도 책상에 앉아 길고 긴 편지를 쓴다.

그 여자는 지금도 그것들을 가지고 있다. 그때 아버지와 동생의 이름을 새긴 나무도장과, 유서를 쓴 일기장을. 그게 1977년의 일이니까, 벌써 십칠 년도 더 저쪽의 일이다. 그동안 열 몇 번이나 이사를 했지만, 그걸 고스란히 가지고 다닌다. 잊을 수 없다고, 절대로 잊지 않을 거라고, 이삿짐을 싸고 풀 때마다 그걸 챙기곤 한다.

아버지, 제가 할 수 있는 최대의 효도를 드립니다. 아버지가 행하신 어떤 일이 열매를 맺어, 이제 최초의 열매가 떨어지려 합니다. 제가 그 첫 열매입니다. 그러나 저 이외의 다른 열매는 떨어지지 않도록 해주십시오. 제가 이렇게 떠남으로써 정훈이에게만은 좀 더 따사롭고 인간적인 아버지가 되어주십시오.

그 여학생이 아버지께 남긴 편지의 줄거리는 그거다. 아버지를
원망하고, 절대로 용서하지 않을 거라고 다짐하는 글이다.

　정훈아, 오늘 너희 학교에 다녀왔어. 날 원망해. 날 미워하고 절대로
나를 용서하지 마. 내가 그랬어. 내가 네 자퇴서에 도장을 찍었어. 정
훈아, 내 꿈이 뭐였는지 아니? 빨리 어른이 되어 돈을 벌면, 큰 집을 사
서, 우리 가족이 모두 한집에 모여 사는 거였어. 그러나 이제는 틀렸
어. 그런 일은 있을 수 없어. 난 포기했어. 모두를, 모두 말이야. 아버지
도 어머니도, 대학도, 그리고 나 자신도. 그렇지만 넌 널 포기하면 안
돼. 지금이라도 공부를 다시 시작해. 어렸을 때 네 꿈은 마도로스였지.
아직 늦지 않았어. 공부를 다시 해.

동생에게 쓴 유서의 줄거리는 그런 내용이다. 물론 그것보다 다
섯 배는 길다. 그 여자는 그 시절의 일기장을 뒤적이다 웃는다. 어
머니의 말투를 흉내 낸 구절이 발견된다.

　너는 우리 집의 장남이니까, 네가 우리 집의 기둥이 되어야 해. 공부
를 계속해. 그래서 꼭 우리 집을 다시 일으켜 세워.

그때는 어머니를 보지 못한 지 오 년이나 지났지만, 그래도 그 여
학생에게는 어머니의 피가 흐르고 있었던 모양이다.
그 여학생은 그러나 죽음을 실천하지 못한다. 간절히 죽어버렸으

258

면 좋겠다고 생각하면서도, 죽음을 실천할 만큼 독하지 못하다. 얼마나 모진 사람들이 스스로 제 목숨을 끊을까, 그런 생각을 하며 지낸다. 가까스로 힘주어 오므리고 있던 손의 힘을 풀어버린다. 모든 것이 손가락 사이로 빠져나간다. 부모도 교사도, 공부도 대학도, 아무 의미가 없다. 야간 자율학습 시간이면 책상과 벽 사이 공간에 누워 잠자기 일쑤다. 바닥에는 방석을 서너 개 깔고, 체육복 가방을 베고. 딱딱한 나무의자에 앉아 있으려면 다들 힘들 텐데, 친구들은 어쩐 일인지 순순히 방석을 내어주곤 한다.

한번은, 밤늦게 학생들의 학습을 순시하던 교장선생님이 교실에 들어온 일이 있다. 그때도 그 여학생은 교실 바닥에 누워 잠을 자고 있다. 누군가 어깨를 흔드는 바람에 일어나 보니 교장선생님이다. 그 여학생은 이미 한 번 교장선생님께 적발된 적이 있다. 그때는, 교장선생님이 그저 말없이 바라보시더니 고개를 끄덕이며 나가시더라고, 나중에 친구들이 전해주었다. 그러나 이번에는 어깨를 흔들어 깨우신다. 그 여학생은 잠이 덜 깬 얼굴로 머쓱해져서 고개만 숙이고 있다. 정신상태가……로 시 작되는 그런 훈시를 들어야 하나 보다 생각 하면서. 그런데 교장선생님은 뜻밖의 말씀을 하신다.

"피곤하면 집에 가서 푹 자고 맑은 정신으로 공부해야지."

그 여학생은 기를 쓰고 반항을 하곤 했지만, 생각해보면 다들 자상하고 이해심 많은 선생님이다.

야간 자율학습을 빼먹고 영화관에 가거나, 남대천으로 경포대로 돌아다닌다. 혼자, 말없이, 무거운 걸음으로. 자율학습 시간, 학교에 있을 때는 교실 바닥에 누워 잠을 자거나 소설책을 읽는다. 그때 읽은 책들을 기억한다. 염상섭의 《삼대》, 박종화의 《금삼의 피》, 황순원의《나무들 비탈에 서다》와 르 클레지오의《홍수》. 죽음을 준비하는 한 남자의 이야기. 중학교 때는 제대로 이해하지 못해 읽다가 집어치웠으나, 그때는 이해한다. 이미 죽음을 꿈꾸었던 터이므로. 아니, 그때도 죽음을 꿈꾸고 있었으므로. 제목이 어려웠던 하인리히 뵐의《아홉 시 반의 당구》도 그때 읽는다. 그 제목이 어려웠던 것은, 당구가 한자로 씌어 있기 때문이다. 오래도록 당구(撞球)를 동구로 읽었으니까.

그 무렵, 수업을 빼먹고 영화관에 갔다가 학생 지도 나온 선생님에게 적발된다. 그 영화 제목은《레드 선》이다.《섬머 타임 킬러》로 국내에서 유명해진 크리스 미첨이 나오는 영화. 크리스 미첨의 인기에 힘입어 개봉된 모양이고, 포스터에는 크리스 미첨의 이름이 크게 적혀 있었지만 막상 크리스 미첨의 얼굴은 열 컷도 나오지 않는다. 그가 무명일 때 단역으로 출연한 영화 같다. 그 영화를 보고 있는데, 누군가가 어깨를 툭툭 친다. 돌아보니 학생과 선생님이다. 드디어, 가장 먼저 그런 생각이 든다. 드디어. 걸렸구나. 그래, 당신들에게 걸려들고 싶었어, 그런 생각을.

그러나 근신이나 정학 처분은 받지 않는다. 영화관에 갔다가 적발되면 최소한 근신이다. 그러나 삼 학년이라는 이유로, 예비고사가 보름밖에 남지 않았다는 이유로, 관대하게 처리된다. 하루에 한 통씩 반성문을 써서 아침마다 학생과장 선생님의 책상 위에 올려놓는 벌로써. 그 여학생은 반성문을 쓴다. 반성하는 것은 별로 없지만, 특히 그 반성을 선생님들을 상대로 해야 한다는 점은 납득하지 않지만, 그래도 일주일 동안 반성문을 쓴다. 그건 공부보다 한결 나은 일이다.

그해 가을에서 겨울 사이에, 그 여학생은 아마 바다라는 것을 발견했던 것 같다. 물론 그전에도 바다를 좋아했다. 해마다 여름이면 바다에서 해수욕을 하고 해변에 모래를 덮고 누워 있곤 했다. 경포대 호수가 얼어붙으면 철새 떼 곁에서 스케이트를 타고, 일제히 날아오른 철새들이 바다로 날아갔다가, 바다를 물고 돌아오는 것을 보곤 했다. 경포대 호수는 석호다. 퇴적작용으로 바닷물이 막혀 생긴 호수다. 그러나 여학생은 어쩐지, 바다와 호수를 오가는 철새들이 바다를 조금씩 물어다가 그 호수를 만들어놓았을 거라고 믿는다.

　그러나 고등학교 삼 학년의 그 어둡고 캄캄한 반항기에 그 여학생은 다른 바다를 발견한다. 오버 주머니에 손을 찌르고 경포대에 나가면 언제나 여학생을 기다리고 있던 바다. 큰 바위 얼굴보다 더 넓고 큰 얼굴을 가지고 있던 바다를 발견한다. 모래밭에 앉아 가만히 바다를 바라보고 있으면 몸 안에 있는 모든 슬픔, 모든 답답함, 모든 반항의 푸른 기미가 슬그머니 빠져나가 바닷속으로 스며든다. 여학생의 모든 혼돈을 받아들인 바다는 여전히 크고 둥근 얼굴을 하고 여학생을 바라본다. 여학생은 큰 바다 얼굴을 바라보다가, 제게서 빠져나가 저만큼에서 출렁이는 혼돈의 기운들을 바라보다가, 조금 가벼워진 마음으로 돌아오곤 한다.

　그때, 그 여학생이 발견한 것은, 어디엔가 위안을 주는 대상이 있다는 점이다. 굳이 사람이 아니더라도, 굳이 부모나 선생님이 아니더라도, 무엇으로부터이든 위안을 받을 대상이 있다는 점. 그렇게 생각하면, 그토록 책을 읽은 것도, 바다에서 얻은 것과 같은 위안을 얻기 위해서였을 것이라 짐작된다. 바다가 되리라. 막연히, 여학생은 그런 생각을 한다. 사립탐정이나 과학자가 되겠다는 결심보다는 추상적이지만, 그래도 가장 제게 맞는 목표 같다. 바다가 되리라.

아마 그때, 그 여학생은 작가가 되고자 하는 꿈을 처음으로 품었던 게 아닌가 싶다. 제게 위안이 되었던 바다와 제가 좋아했던 책읽기가 한데 어우러져, 처음으로 글을 쓰는 사람이 되어야지 하는 생각을 한다. 지금 그 여자가, 문학의 가장 첫 번째 기능으로서, 자기 위무의 기능을 꼽는 이유는 바로 그거다.

지금도 그 여자는 언제나 바다가 자신을 기다리고 있다고 믿는다. 터미널에 가서 버스를 타기만 하면 언제든 그 바다를 볼 수 있다. 큰 바다 얼굴을. 그런 때 바다는 자연이라기보다 하나의 생명체다. 기다림을 오래 삭여 부드럽고 순한 얼굴을 하고 있는 인간이거나, 많은 이야기를 그 안에 감추고 있는 아주 큰 책이다. 이따금 그 여자는 바다를 더 기다리게 해서는 안 된다는 생각이 들곤 한다. 무슨 뜻일까. 아무튼 그 여자는 아직도 바다가 되고 싶어 한다. 어서 바다에 닿아야 한다고.

예비고사를 보기 며칠 전, 여전히 아침이면 반성문을 써서 학생과장의 책상 위에 올려놓고, 저녁이면 야간 자율학습을 빼먹고 학교를 나오던 어느 날, 그 여학생은 거리를 걷다가 동생을 만난다. 우연히, 아주 우연히.

그날도 그 여학생은 정규수업이 끝나자마자 학교를 빠져나간다. 친구들이 야간 자율학습을 위해 저녁식사를 하고 있을 시간이다. 그 여자는 시내를 이리저리 걷는다. 버스를 타고 경포대로 나가볼까 생각하고 있을 때, 누군가 발 앞을 막아선다. 고개를 드니, 동생이다. 동생은 생각했던 것만큼 많이 달라지거나 낯선 모습을 하고 있지는 않다. 누나에게 먼저 웃어 보인다. 그러나 그 여학생은 벌써 목이 아파 웃어 보이지 못한다. 둘은 말없이 마주 보고 서 있는다. 주변으로 차들이 지나가고 사람들이 스쳐간다. 한참 만에, 여학생이 말한다.

"어디서 사니?"

"친구 집에."

동생의 목소리는 낮고 굵고, 여전히 순하다. 표정도 순하다. 그런데 이빨 사이로 침을 뱉는 모습은 낯설다. 예전에는 그러지 않았다.

"뭐 하는데?"

"아무것도 안 해."

다시 두 남매는 말이 없다. 여학생은 동생의 자퇴에 대해 말하지 못한다. 동생도 제가 학교를 집어치운 지 오래되었다는 말을 하지 않는다. 그러나 둘 다 서로 그 사실에 대해 알고 있다.

"아버지한테는……."

"아버지 얘긴 꺼내지도 마."

동생은 여학생의 말을 자른다. 벌써 사나운 눈빛이 되려 한다. 여학생은 자신에 대해 화가 난다. 동생을 보살피지 못하는 자신에 대해, 힘도 없고 돈도 없고 집도 없는 자신에 대해. 두 남매는 다시 말이 없다. 바람이 지나가고, 주변으로 땅거미가 느리게 느리게 내려앉는다.

"나 갈게."

그러고도 동생은 또 잠시 서 있는다. 여학생은 한 걸음도 움직이지 못한다.

"걱정하지 마."

동생은 덧붙여 말하고는 단호하게 여학생을 스쳐 지나간다. 여학생은 동생에게 이끌리듯 몸을 돌려 오래도록 그 뒷모습을 바라본다. 입술을 깨물며, 목 가득 차오른 돌멩이가 달그락거리는 것을 느끼며, 그토록 속수무책이고 무기력한 자신에 대해 화를 내면서.

동생은 그렇게 멀어져간다. 그 여자의 인생에서 하나하나 떠나버린 어머니나 아버지, 보경이처럼, 동생도 그렇게 그 여자에게서 떠나간다. 그 여자는 그러나, 동생을 오래도록 가슴에 안고 있다. 무거운 추로, 어두운 죄의식으로 오래오래 가슴에 안고 있다. 대학에 입학할 때도 동생이 생각나고, 교직에 있을 때도 동생이 생각나고, 글을 써서 상금을 많이 받을 때도 동생이 생각난다. 동생을 생각할 때의 마음은 늘 죄의식이다. 제가 동생을 그렇게 만들었다는. 그러면서 다짐한다. 언제나, 동생이 어디서 어떤 일을 하든 언제나, 동생을 이해할 것이라고. 세상 사람들이 모두 동생에게 돌을 던진다면, 동생 편에 서서 그 돌을 맞을 거라고.

그 여자는 지난여름에 동생의 차를 타고 강릉에 간 일이 있다. 차 안에서 그 여자와 동생은 오랜만에 긴 이야기를 주고받는다.

"아버지는 가끔 만나니?"

그 여자는 아버지를 만나지 않은 지 오래되었지만, 강릉은 좁은 도시니까 거기서 사는 동생은 간혹 아버지를 만날지도 모르겠다.

"일부러 찾아가지는 않아. 무슨 감정 같은 게 남아서 그런 건 아니고, 순전히 그 집을 위해서지."

동생은 오래도록 아버지를 용서하지 못했다고 한다. 그러나 결혼을 하여 아들을 낳은 후 아버지를 이해했다고 말한다. 여전히 순하고 느린 목소리로.

"그 집은 이미 하나의 완전한 가정이야. 그 동네에서도, 아버지의 학교에서도, 아버지의 아내나 자식은 다 그 집에 있는 사람들로 알려져 있지. 공연히 내가 나타나 혼란스럽게 할 필요가 뭐 있어. 그 집 아이들에게도 그래. 얼굴도 모르는 사람이 불쑥 나타나 오빠라고 해봐. 얼마나 당황하겠어."

세월이 많이 흘렀다. 가장 큰 약은 시간이라고, 나이든 사람들이 그런 말을 할 때는 그걸 비겁함이라고 받아들였다. 그러나 이제는 이해한다. 가장 좋은 약은 시간이라는 것을.

"언젠가 길에서 한번 아버지를 본 적이 있어. 가게 앞에서 소주를 마시고 있었어. 그러고 갔으면 잘 사시든가……."

그 여자는 동생의 말에 아무 대답도 하지 않는다. 동생은 그랜저를 타고 가다가 가게 앞, 거리에 내놓은 간이탁자에서 소주를 마시는 아버지를 보았다고 한다. 그저 보고 지나쳤다고. 그러고 갔으면 잘 사시든가……. 그 말이 오래도록 그 여자의 가슴을 타고 흐른다. 차창을 스치는 강원도의 산들을 바라보다가 가슴을 타고 흐르는 지난 시간들을 바라보다가 그 여자는 조심스럽게 그 말을 꺼낸다.

"너, 학교 그만둔 거……."

"그때는 그렇게 사는 게 제일 좋은 일인 줄 알았지, 뭐."

동생은 뜻밖에도 가볍게 대답한다. 그 여자는 그때도 제가 자퇴서에 도장을 찍으러 갔었다고 말하지 못한다. 지금까지도 그 말을 하지 못하고 있다. 동생에게뿐 아니라 이 세상 어느 누구에게도, 단 한 사람에게도.

그 여자는 얼마 전에 친구 언니로부터 생명보험에 가입하라는 권유를 받은 적이 있다. 언니는 보험 서류를 작성하면서 이런저런 것들을 묻는다. 생년월일이며, 주소며, 전화번호며. 그 끝에 머뭇거리면서 덧붙인다. "이건 말이야, 만약에, 아주 만약의 경우에 대비해서 묻는 말인데, 만약에 네게 무슨 일이 생기면 보험금을 누구에게 지급했으면 좋겠니?" 그 말을 그토록 조심스럽게 말하는 언니의 마음의 깊이가 느껴져서 그 여자는 조금 웃는다. 웃음 끝에 자연스럽게 동생이 떠오른다. 정훈아, 내가 죽으면 내 보험금을 네가 가져. 그러나 그 여자는 거의 목까지 올라온 동생의 이름을 삼킨다. 그건 동생에게 너무 잔인한 일이 될 것 같아서. 보험 서류에는 법적 상속인이라고 기록된다.

이제 동생 얘기는 그만하기로 하자. 동생은 지금도 강릉에 살고, 강릉에서 이런저런 사업들을 하고 있으며, 결혼하여 아이가 하나 있다. 그 여자의 조카는, 꼭 어렸을 때의 동생처럼 생겼다. 총명하고 영특하다. 이제는 동생을 보는 일도 그렇게 가슴이 에이지는 않는다. 동생에게도 모든 혼돈과 갈등을 다 넘어온 안정감과 평화, 그 끝의 넉넉함이 있기 때문에.

15

　그 여학생이 예비고사를 치르고 난 며칠 후, 아버지가 그 여학생의 하숙집을 찾아온다. 그때까지도 대학을 가야 하는가 하는 갈등에 시달리고 있던 그 여학생은 아버지를 대하는 마음이 소용돌이처럼 사납다. 하숙방 친구 후남이가 자리를 비켜주어 여학생은 아버지와 둘이 마주 앉는다. 절벽의 등을 보이며 골목을 빠져나간 그날 이후, 처음으로 보는 아버지다. 아버지는 몸이 더 마른 것 같다. 그러나 그 여학생은 고개를 숙인 채, 아버지를 보지 않는다. 아버지에 대한 원망이 마음 한구석을 비집고 나오려 한다. 졸업만 하면 강릉을 떠나리라. 아무도 나를 모르는 곳으로 가리라. 위안을 주는 것은 그거 하나다. 곧 졸업을 한다는 것.
　"대학은 어디로 갈 생각이냐?"
　여학생은 아버지를 외면한 채 대답하지 않는다. 대학은 무슨 대학……
　"정훈이는, 자기가 싫어서 공부를 그만둔 거다. 자기가 공부를 안 하려고 하는 사람에게는 나도 신경 쓰지 않는다. 그러나 공부를 하겠다고 하는 사람은, 끝까지 책임져주마."
　그 여학생은 아버지의 말에 대답하지 않는다. 아버지를 바라보지도 않는다. 어떻게 그렇게 말할 수 있느냐고, 그런 무책임한 말이 어디 있느냐고. 그러나 그런 말도 하지 않는다. 아버지 때문에, 오직 아버지 단 한 사람의 무책임한 행동 때문에 어머니가 아프고, 집안이 온통 풍비박산이 되고, 동생이 그렇게 되었는데, 어떻게 그런 말을 할 수 있느냐고. 고개를 숙인 채 그런 생각을 할 뿐이다.

"대학은 어디를 가도 상관없다. 다만, 경북으로만 가지 말거라."

여학생은 멍청해진다. 그런 말을 하는 아버지의 마음속에 어머니와 외가가 자리 잡고 있으리라고 짐작한다. 그때의 의식이나 사고의 폭으로는 그 정도밖에 생각할 수 없다. 여학생은 아버지에게 실망한다. 실망하여 심술을 부린다. 경북이 아니라면 어디든 가도 좋다는, 공부를 하겠다면 끝까지 책임져주겠다는 아버지의 말에 모두 반발한다.

"그럼, 서울에 있는 사립대에 가도 보내줄 거예요?"

그건 심술이다. 아버지를 곤란하게 하고 싶어서 해본 말이다. 어디, 당신의 말에 얼마나 책임을 지는지 두고 보겠어요.

"어디든 상관없다, 경북만 아니라면."

아버지는 아무런 감정의 동요 없이, 아니 다소 쓸쓸한 낯빛을 하고 대답한다. 그 낯빛에 깃들던 쓸쓸함의 정체를, 아주 나중에야 이해하게 된다. 딸에게 경북으로 가지 말라고 말하는 아버지의 마음속에 있던 것이, 지도를 펴놓고 진학할 도시를 찾던 여학생의 마음속에 있던 것과 똑같은 감정이었다는 것을. 그 감정에 이름을 붙인다면, 그건 상실감이나 박탈감쯤이었다는 것을.

그러나 그때는 아버지의 마음을 알지 못한다. 인생의 중대한 문제를 그렇게 감정적으로 처리해서는 안 된다는 것도 알지 못한다. 대학에 들어가서, 한 학기를 제외한 나머지 등록금을 어머니에게 부담 지우게 될 줄 알았다면, 그때, 그렇게 감정적으로 일을 처리해서는 안 되었다.

아무튼, 그 여학생은 《진학》이라는 잡지를 펴놓고 갈 대학을 찾아본다. 예비고사 커트라인과 본고사 시험 과목을 체크한다. 그러다가 적합한 학교를 하나 발견한다. 그 여자가 아는 황순원, 조병화 교수가 있고, 그 옆으로 그 대학을 나온 유명 문인들의 이름이 여럿 적혀 있는 학교, 경희대 국어국문학과. 예비고사 커트라인도 충분할 것 같고, 무엇보다 그 대학 인문계열은 수학 시험을 보지 않아도 된다. 그렇지 않아도 수학을 제대로 따라잡지 못하고 있던 차에, 그 대학이 가장 적합하다. 여학생은 그 학교에 입시원서를 낸다.

대학입시를 보던 때, 그 여학생의 일기장에는 다음과 같이 적혀 있다.

1978년 1월 18일. 수

7:00 강릉 출발. 두 시간 경과 후 눈이 심하게 옴. 옆자리의 현숙이는 잠들어 있음.

11:00 서울 터미널 도착. 현숙이 오빠가 마중 나와 있음.

11:30 택시로 경희대 앞에 도착.

11:45 교문 앞에서 서성이던, 민박을 소개하는 아주머니를 따라가 하숙집에 도착. 이 박에 오천 원, 수고비 오백 원. 이공계에 다니는 대학 일 학년 남학생의 하숙방인 듯함. 한옥의 행랑채. 아주 좁음.

12:00 점심식사 후 학교 구경.

1:00 예비소집. 고사장을 확인하고 주의사항을 들음. 1고사장 11번, 제일 앞자리. 1고사장 수험생 50명 중 여자는 셋. 원서를 쓸 때 "남학

생과 경쟁하면 힘들 텐데……"라면서 여자대학을 권했던 선생님 말씀이 생각남.

2:00 하숙방에 도착, 잠이 듦.

5:00 잠에서 깸. 다리가 몹시 아프다.

1978년 1월 19일. 목

8:00 기상. 마당 수돗가에서 세수를 하고 들어오는데 문고리가 손에 달라붙음. 몹시 추운 날씨.

9:15 고사장 입실.

1:00 시험 끝. 별로 어렵다거나 쉽다거나, 그런 생각 없이 시험을 보았음.

1978년 1월 20일. 금

9:00 학교 도착

9:50 면접 시작. 아주 귀엽게 생겼군. 이 학교에 지원하게 된 동기는? 제가 원했습니다. 국문과 교수님을 존경하고 동문들 중에 유명한 문인들도 많아서요. 말들은 잘하는군. 강릉 학생치고는 예비고사 점수가 좋은데? 면접관 아저씨는 마음씨 좋게 생겼는데, 말투가 기분이 나빴음.

10:15 하숙집 도착. 이제 짐을 챙겨야 함.

거기까지다. 아무 감정도, 아무 느낌도 없이 시간대별로 기록되어 있다. 그러나 그 여자는 그때의 감정을 고스란히 기억한다. 몹시 춥고 황량하고 낯설었던 기억을. 하숙방이 너무 좁아서 낯설었던 기억. 함께 입시를 보는 사람들 중에 교복을 입고 온 사람이 저하나여서 낯설었던 기억. 그 낯설음을 다른 식으로 풀이하면 서러움쯤 될 것이다. 긴장이나 기대도 없이 대학입시를 치르며, 그 여학생은 계속 시달린다. 과연 대학을 갈 필요가 있을까, 동생을 강릉에 그렇게 두고서.

여기서 아버지에 대한 이야기를 해야겠다. 누구에게도 굽힐 줄 모르는 자존심과 자신감을 가지고 있었던 아버지, 그러나 머리가 큰 자식들의 반항에 대해, 난 너희에게 잘못한 거 없다, 그밖에 말할 수 없었던 아버지. 큰아들이 학업을 중단해도 아무 손도 쓰지 않았던 아버지. 그 아버지를 이해하기 위해서는, 먼저 할아버지에 대한 이야기부터 해야 한다. 아버지의 삶이 아주 완만한 경사 같은 것이었다면, 그 경사면의 제일 위쪽 끝은, 할아버지의 삶에서 시작된다. 할아버지의 삶 중에서도 금세기 초, 할아버지가 고향인 경북 의성을 떠나 강원도 강릉으로 이주하면서부터 시작된다.

"저기 강가에 찍힌 말 발자국이 희미해지면 이곳을 떠나 북으로 가거라."

임종 때 자손들에게 그런 유언을 남겼다는, 낭만적 예언가의 기질을 지닌 선조가 있다. 어머니로부터 그 이야기를 처음 들었을 때, 우리네 삶에 깃들어 있는 강물 같은 부박함, 그 강물 위를 떠도는 나뭇잎 같은 정처 없음이 어린 마음에도 아프게 와 닿던 이야기가 있다. 그때 왜 억울하다는 마음이 앞섰을까. 그 이주의 내막에 대해 아무것도 모르고 있었으면서도 여학생은 억울하다고 생각한다.

그 이주는, 새롭고 희망찬 세상으로 향하는 가슴 부푼 발길이 아니었을 것이다. 고향에서 살기가 팍팍한 사람들이 보따리를 이고지고 떠난 유적의 길이었을 것이다. 그래도 한번 살아보려고, 마지막 희망 같은 것을 저마다 가슴에 안고, 발걸음마다 흔들리는 그 희망과 다짐이 허물어질세라 조심스럽게 발을 내디디던, 그런 이주였을 것이다. 첫 이주자는 아마 스무 가구나 서른 가구쯤 되었을 것이다.

할아버지는, 도찬이 아저씨의 아버지라는 분과 함께 그 이주의 책임자다. 할아버지는 선조가 맡아두었다는 금강리 땅을 두부 자르듯 똑같이 나누어 문중 사람들에게 나누어준다. 정작 할아버지 자신은 땅을 하나도 갖지 않고, 강릉시 성남동 번화가에 일본식 이층집을 마련해서 장사를 시작한다. 대문 한편에는 의성 김 씨 종친회라는 현판을 단 채. 사농공상(士農工商)의 의식을 아직도 가지고 있었을 당시, 할아버지의 선택은 파격이다. 그 파격에는 약간의 자조적 기미가 묻어 있다. 계산해보면, 할아버지가 아버지를 낳은 나이는 서른이 훨씬 넘어서다. 그 시기의 결혼 관습을 염두에 두면 할아버지는 이미 한 번쯤, 젊은 시절의 삶을 실패한 경험이 있었을지도 모른다. 어쩌면 그 실패가 할아버지의 강릉 이주의 계기가 되었는지도 모른다.

모든 건 그저 그 여자의 짐작일 뿐이다. 누구에게서도 그런 내막에 대해서는 들은 바 없고, 이제는 그 이야기를 들려줄 할아버지마저 돌아가시고 없다. 어쩌면 그 여자가 너무 낭만적으로, 혹은 감상적으로 받아들이고 있는지도 모르겠다. 그렇더라도 할 수 없다. 정확한 내막을 알지 못하므로.

강릉으로 이주한 이후 할아버지의 삶은 자꾸 낮아지는 담벼락과 같다. 물론 한때는 영광도 있었을 것이다. 강릉에서 가장 번화한 거리에, 당시로서는 좋은 집이었을 일본식 이층집을 가지고 있었으니, 좋은 날이 없었다고 할 수는 없을 것이다. 그러나 그 여자가 철이 들기 시작한 이후, 할아버지의 삶은 완만한 허물어짐이다. 그 여자는 기억한다. 주변의 집들이 하나하나 양옥 건물로 바뀌는 동안에도 여전히 검은 콜타르의 목조 건물로 남아 있던 할아버지의 집을. 주변의 건물들이 모두 밝은 색 벽과 화사한 창을 가진 이후에도, 마지막까지 검은 몸체를 하고 비스듬하게 기울어지려 하던 할아버지의 집을.

그리고 결정적으로, 허물어지는 담벼락 같던 할아버지의 삶에 마지막 망치질을 하는 사건이 일어난다. 그건 어떤 소송 사건이다. 문중 어른이 벼슬을 할 때 그냥 맡아두었다는 땅, 임자도 없고 주인도 없는 땅, 그러나 분명히 금강리 주민들의 것이었을 땅. 그 땅을 두고 뒤늦게 소송이 일어난다. 이를테면 원주민과 이주자들 사이의 분쟁 같은 것이다. 그 소송은 여학생이 고등학교 삼 학년이 되던 해에 일어난다. 재판은 공정하다. 금강리 땅은 반 이상, 원래 그 지방 주민들이었던 사람들에게 넘겨진다. 할아버지도 집을 넘겨주고 강릉 변두리에 작은 집을 마련하여 거처를 옮긴다. 할아버지는 그 집에서 십 년 가까이 더 사시다 돌아가신다. 완만한 기울어짐과 웅장한 무너짐.

할아버지의 삶은 그것이다. 할아버지가 돌아가셨을 때, 안동에서 오신 어른들, 할아버지의 사촌이며 조카라는 분들은 할아버지를 안동으로 모셔야 한다고 주장한다. 거기가 할아버지의 진정한 고향이라고. 그것은 원칙론이다. 그러나 강릉에 있는 할아버지의 자손들은 모두 할아버지를 강릉에 모시기를 원한다. 이제 할아버지의 제사를 모실 사람은 아들과 손자다. 그들이 안동까지 성묘를 다닐 수는 없다. 더구나, 할아버지를 안동에 모시면, 그다음에 아버지는 어디다 모시느냐고, 그런 의견이 대두된다.

원칙론과 현실론 사이에서, 늘 그렇듯이 현실론이 승리한다. 할아버지의 수의와 할아버지를 모실 산자락을 미리 마련해둔 어머니의 치밀함의 승리인지도 모른다. 결국 할아버지는 강릉 변두리의 야산에 모셔진다. 의성 김 씨, 천계공파 십육 대손인 할아버지는 그렇게 해서 진정으로 강릉에 뿌리를 내리게 된 셈이다. 할아버지는 다시는 고향에 돌아가지 못할 것이며, 아버지는 결코 고향에 돌아가지 않을 것이며, 동생과 그 여자는 바로 강릉이 고향이다. 그 여자나 동생은 한두 번밖에 가본 적 없는 아버지의 고향에 대해 미련이 없다. 주민등록증 본적 란에는 경북 안동군 임하면 임하동으로 적혀 있고, 호적등본을 떼기 위해서는 임하까지 가야 하지만, 그럴 때마다 오히려 불편하다고 느낄 뿐이다. 한 가문의 이주는 그렇게 삼대에 걸쳐서야 겨우 자리를 잡는다.

아버지는 그런 상황에서 성장했을 것이다. 낯선 곳, 식물도 옮겨 심으면 제대로 뿌리내리기 힘들다는 그 이주를 아버지는 힘들게 받아들였을 것이다. 고향에 대한 미련이나 그리움 같은 것이 젊은 아버지의 마음속에 있었을 것이다. 그것이 아니라면 강릉에서 고등학교를 나와, 더 가까운 대학을 두고도 굳이 경북대로 진학한 아버지의 행적에 대해 설명할 길이 없다. 그러나 아버지의 고향은, 아버지를 받아들이기보다, 상대적인 상실감만 더 크게 했음이 분명하다.

"대학은 어디를 가도 상관없다. 다만, 경북으로만 가지 말거라."

대학입시를 앞두고 아버지가 했던 말을 이제는 다르게 받아들일 줄 안다. 그건 고향에 대한 아버지의 상실감의 극단을 나타내는 말이다. 그 여자는 제 경험으로 그걸 안다. 강릉이 아닌 곳, 아무도 저를 아는 사람이 없는 곳으로 가기 위해 지도를 펴놓고 진학할 도시를 고르던, 고등학교 삼 학년짜리 여학생의 마음속에는, 아버지가 있었다. 딸이 경북으로 진학하지 않기를 바라는, 상실한 고향에 대한 원망을 아직도 간직하고 있는 아버지의 피가 있었을 것이다.

대학에서 아버지는 한 친구를 만난다. 여름방학에 그 친구의 집에 놀러 갔다가 친구의 사촌 여동생을 본다. 친구의 여동생은 고향 마을에서 초등학교 교사를 하고 있다. 아버지는 친구의 여동생을 사랑하게 된다. 방학 내내 친구의 집에 머물면서 친구의 여동생이 출퇴근하는 고개 위 길목을 지키고 있다. 초등학교 교사, 그녀가 바로 어머니다.

그 여자는, 어머니와 아버지의 사랑이 시작되었다는 그 고개를 알고 있다. 청송 외가의 마당에 서면 저만큼 물러나 보이는 산봉우리다. 강을 건너고 사과 과수원을 지나면 그 산이 있다. 그 여자가 여섯 살까지 살았던 마을, 거기서 아버지와 어머니의 사랑은 시작된다.

선남선녀의 결혼이었을 거라고 그 여자는 생각한다. 빛나는 장래가 약속된 젊은 남녀, 누가 보기에도 아름다웠던 두 분. 외할아버지는 당신의 딸들 중에서 셋째 딸이 가장 잘살 거라고 믿었다고 한다.

아버지는 강릉에서 교직을 갖게 되고 그들의 신혼은 거기서 시작된다. 이주 이 세대인 아버지가 강릉에 뿌리를 내리기 시작하는 셈이다. 그 여자의 어린 시절 기억에는 아버지가 당신의 가정을 공들여 가꾸던 모습이 새겨져 있다. 아버지는 마당가에 빙 둘러가며 탱자나무를 심어 울타리를 가꾼다. 탱자나무 울타리의 상징성. 그게 아버지의 마음이었을 것이다. 아이는 탱자나무의 파란 열매가 노랗게 변하는 것을 보며, 가시 사이로 기어 다니는 사마귀와 함께 논다. 아버지는 형광등 스위치를 끌어내려 아이들 손이 닿을 수 있는 높이에 고정시켜준다. 그때는 초록과 흰색이 반반씩 섞인 달걀 모양의 스위치가 공중에 매달린 형광등이 판매되던 시기다. 아이는 아버지가 벽에 고정시켜준 형광등의 똑딱 스위치를 올렸다 내렸다 하면서 논다. 아버지는 제비가 집을 지을 수 있도록 처마 밑에 나무판을 달아놓는다. 아이는 제비가 날아들어 나무판을 디딘 채 그 위쪽 공간에 집을 짓는 모습을 바라보며 자란다. 아버지는 당신의 가정을 소중히 여겼을 것이다.

아버지가 집 안팎에서 무엇을 할 때면 아이는 동생과 함께 늘 아버지 곁에서 그 신기한 손길을 구경한다. 아버지에게 망치며 펜치며 집어주면서. 아버지는 라디오를 분해하여 그 안 어딘가에 납땜을 한 후 다시 조립한다. 벙어리 라디오는 다시 지저귄다. 아버지는 시계를 분해하여 멈춘 바늘이 돌게 하고, 겨울이면 방 안에 연탄난로를 설치하고 연통을 길게 늘여 창으로 뺀다. 그러면서 내내 아이에게 전기에 있는 음극과 양극의 보이지 않는 힘, 큰 톱니와 작은 톱니가 맞물려 돌아갈 때 그것들이 도는 횟수의 차이, 따뜻한 공기는 위로, 찬 공기는 아래로 흐르는 기류의 흐름 등등에 대해 설명한다. 아이는 아버지의 이야기를 재미있게 듣는다. 어머니가 들려주는 옛이야기며 시조를 재미있어하는 것과 똑같은 정도로. 그 모든 기억 속에는 다정하고 자상한 아버지, 가정을 소중하게 가꾸는 튼튼한 울타리로서의 아버지가 있다.

그 여자, 지금 혼자 살고 있는 그 여자의 집에는 예쁜 공구함이 있다. 열면 양편으로 네 단짜리 서랍이 펼쳐지는, 오너드라이버들이 차에 넣어가지고 다니는 것보다 조금 큰 공구함이다. 그 안에는 망치며 드라이버 세트, 각종 못이며 콘센트, 긴 전선과 펜치가 있다. 날을 접어 손잡이 안으로 밀어 넣을 수 있는 작은 톱까지. 그 여자는 그것들을 사용한다. 마치 아버지가 그랬던 것처럼. 가전제품을 사용하기 편리하도록 전선을 길게 연결하고, 두꺼비집을 열어 퓨즈를 갈아 끼우고, 고장 난 헤어드라이어를 분해하여 끊어진 전선을 연결한 후 다시 조립한다. 아버지가 그랬던 것처럼. 그 여자의 공구함에는 몇 개의 나침반과 줄자와 혈압측정기와 오디오용 케이블과 크기가 다양한 연결 잭 등이 있다. 그 여자는 전기를 두려워하지 않고 이런저런 기계들에 호기심과 친근감을 느낀다. 아마, 아버지의 피일 것이다.

그런데 어쩌다 이런 일이 생겼을까. 아버지와 어머니, 두 분의 관계에 금이 가기 시작한 계기가 무엇이었는지, 그들 사이에 어떤 일이 있었는지, 그 여자는 알지 못한다. 어떤 질문은, 당사자에게 직접 묻는 것이 그의 코앞에 주먹을 들이미는 행위가 되기도 한다.

그 여자는 그런 부분에 대해 한 번도 말을 꺼낸 적이 없다.

아버지가 시도했던 비상, 농촌진흥청 연구실에 근무하면서 대학원 과정을 밟으면 서울농대 교수가 될 거라고, 어머니가 설명해준 그 비상을 아버지는 포기한다. 스스로 사직서를 내고. 아버지가 왜 사직서를 냈는지, 그때 두 분 사이에 어떤 일이 있었는지 그 여자는 아직도 모른다. 다만, 이제는 모든 게 아버지 탓만은 아닐 거라고 생각한다. 어머니에게도 원인이 있었을 것이고, 무엇보다 계속 미끄러져온 할아버지의 삶의 연장에 아버지가 있었을 것이다. 불가항력의 힘, 살다 보면, 인간의 힘으로는 도저히 어쩌지 못하는 일들을 만날 수도 있다. 아버지에게도 그런 일들이 있었을 것이다.

강원도의 시골 고등학교에서 다시 교편을 잡고, 다른 가정을 가꾸며 아버지는 다시 일어나보려 했을 것이다. 그러나 아버지는 이미 너무 나이가 많았을 것이다. 뒤늦게 본 자식들을 키우는 데, 또 삶의 많은 부분을 투자해야 했을 것이다. 그 여자가 대학을 진학할 무렵, 동생이 아버지를 영원히 떠나던 그 무렵, 아버지는 무력감에 빠져 있었을 것이다. 그래서 떠나는 동생을 잡지 않았을 것이다. 당신의 삶조차 포기한 무력감의 상태에서. 아버지의 무너짐, 그건 이미 할아버지의 기울어지는 삶 속에 내재되어 있었다.

할아버지의 기울어짐을 이야기할 때 또 하나 빼놓을 수 없는 사람이 있다. 아버지 바로 밑에 있었다는 동생, 그 여자가 한 번도 얼굴을 본 적이 없는 삼촌, 그러나 할아버지의 가슴에 굵은 쇠못으로 박혀 있었을 삼촌이다. 서울대 상대를 다니고 머리가 비상했다는 삼촌, 월북한 후 행방불명이 되었다고만 알고 있는 삼촌이 있다. 집안 어른들 사이에서는 그 삼촌에 대해 말하는 것이 금기여서, 그에 대해 별로 들은 바가 없다. 그러나 그 여자는 이런저런 책들을 보며, 강릉 명주 지방에 좌익이 강했다는 것을 알게 된다. 강릉보다는 사천, 연곡, 금강 일대가 더 강했다고 한다. 이인모 노인의 수기를 보면 그도 강원도 명주군 사천면 사람이다. 그 지방 사람 중에는 아들 여섯이 고스란히 월북한 노인도 있고, 아내는 여맹위원장을, 남편은 경찰 순경을 한 부부도 있다. 무슨 이념이나 주의를 체계적으로 받아들인 바는 없었을 것이다. 그러나 지정학적으로, 원산에서 배를 타고 동해안으로 왕래하던 그 시기의 교통편에 의해 강릉 명주 지방은 좌익이 강한 지방이 되었을 것이다.

인천상륙작전이 있고 미군이 이 땅을 먹어갈 때, 강릉 명주 지방의 좌익인사들은 극단적인 투쟁을 한다. 그들의 투쟁은 극단적이면서도 순진하고 비극적이면서도 낭만적인 데가 있다. 그 단적인 예가 동진국(東進國)이다. 영동지방의 좌익인사들은 대관령을 막고 미군들과 대항하며 대관령 동쪽을 자주적인 하나의 자치지구로 인정해줄 것을 요구한다. 우리는 당신들에 대해 상관하지 않을 테니 당신네도 이쪽에 대해 간섭하지 말라. 그때, 그들이 만든 나라의 이름은, 아, 그 이름은 동진국이다. 동진국, 동진국. 대관령 서쪽에 대한 욕심이 전혀 없는 나라. 그러나 동진국은 사흘 만에 패망하고 좌익인사들은 동해안을 타고 북으로 올라간다. 똑똑한 사람들은 그때 다 월북했다고, 남아 있는 사람들은 자조적으로 말한다. 그 여자의 삼촌도 그렇게 월북한다.

그 여자가 삼촌을 본 것은 어느 점술가의 집에서다. 신촌에 있는 그 아주머니는 어려서 죽은 동생이 들어 신을 받았다고 한다. 동생은 태백산에서 사는지 그 아주머니의 집에는 '태백산 동자'라는 간판이 있다. 아주머니는 요령을 흔들고 부채를 살피고 하다가 그 여자에게 묻는다.

"누나야, 아버지 형제 중에 젊어서 죽은 사람 있니?"

동자신이 내린 상태에서 아주머니는 그 여자를 누나라고 부른다. 목소리도 완연히 어린아이의 혀 짧은 목소리다.

"돌아가셨는지는 알 수 없고, 육이오 때 월북해서 행방불명이 되었다는 분이 계세요."

"죽었다."

아주머니는 단정적으로 말한다. 가느스름하게 눈을 감으시더니 혀를 쯧쯧 찬다.

"아깝다. 아주 잘생겼구나."

아주머니는 감긴 눈 안으로 삼촌의 모습을 보는 듯 말한다. 그 여자는 가슴이 싸하게 아파온다. 아주머니의 눈을 빌릴 수 있다면, 그 얼굴을 한번 보고 싶다.

"그런데 아직 좋은 곳으로 못 가신 모양이죠? 아주머니에게 나타나는 걸 보면?"

"한이 많겠지. 할 일도 못 하고 결혼도 못 하고 객지에서 거칠게 죽었으니까. 그동안 제사도 안 지냈겠지."

목이 뻐근하게 아파온다. 그게 벌써 언제 적 일인데 아직도 이 땅을 떠돌고 계시다는 말인가. 삼촌이 꿈꾸던 세상이 지구상에서 거의 사라져가고 있는 이 시점에서도 아직 이 땅의 허공을 떠돌 만큼 못 이룬 꿈에 대한 미련이 많으신가.

"죽은 사람도 안됐지만 살아 있는 사람한테도 안된 일이다. 조상 중에 이런 귀신이 있으면 자손들 앞길을 막거든."

그 여자는 눈을 크게 뜬다. 어느 조상이 자손들 앞길을 막겠는가. 삼촌은 결코 그런 분이 아니었을 것이다.

"귀신이 일부러 해코지하는 건 아니야. 오히려 귀신은 자손들이 예쁘다고 쓰다듬어보고, 잘되라고 어루만지지. 그렇지만 귀신이 원과 한이 많은 거친 손으로 만지면 산 사람은 탈이 나. 병이 나든가, 하는 일이 꼬이든가 그러는 거야."

그럴듯한 말이다. 그 여자는 삼촌을 도와드리고 싶다. 이제 그만 좋은 곳으로 가시라고, 그 여자가 할 수 있는 일이 있다면 하고 싶다. 죽은 영혼은 누구나 편히 쉴 권리가 있다. 죽은 자는 누구나 이 땅에서의 고달픔을 이겨낸 승리자다. 그 승리와 인내에 걸맞은 휴식을 취할 권리가 있다. 그 여자는 아주머니에게 그렇게 할 방법이 없느냐고 묻는다.

"귀신의 원을 풀어주고 천도를 하면 되지."

비용은 굿의 종류나 내용에 따라 다르다고 한다. 산에 가서 빌고 제대로 하려면 몇 백만 원도 든다. 그러나 아주머니는 그 여자에게 오십만 원만 내라고 한다. 사십 년 가까이 허공을 떠돌고 있는 영혼이 휴식을 취할 수 있다면, 그 여자는 그렇게 생각한다.

"그런데 조카가 해주는 게 무슨 소용이 있겠어. 어머니 손으로 해주는 게 제일 좋은데……."

그 여자는 대답하지 못한다. 어머니는 그런 것을 믿지 않는다. 그 세대의 어른들이 맹목적으로 조상신을 믿고 섬겼던 데 비해, 어머니는 그것에 대한 반발처럼 모든 걸 비과학적인 미신이라고 치부한다. 조상을 섬기지 않는 게 아니라 조상의 귀신이 있어서 이런저런 일들에 관여한다는 사실을 믿지 않는다.

"그러면 어머니 돈을 조금 섞어. 어머니에게서 용돈을 받아서 그 돈에 포함시키거나, 아니면 그 돈을 어머니 손으로 만지게라도 한 다음에 가져와."

그 여자는 벌써 십 년 이상 어머니께 용돈을 받은 일이 없다. 손으로 돈을 만지게 하기에도 어머니는 너무 멀리 있다. 아주머니는 음력을 짚어 날짜와 시간을 잡아준다. 그러면서 돈은 그날로부터 삼사 일 전쯤에 가져오라고 한다. 의식에 필요한 음식이나 양초 같은 물건들을 모두 자손의 돈으로 마련해야 한다는 것이다. 그 여자는 삼촌에게 말한다. 삼촌, 저는 삼촌이 한 번도 본 적이 없는 조카예요. 조카면 어때요? 제가 드리는 정성이라도 받으세요.

그 여자는, 진정으로 삼촌의 영혼을 위해 그 일을 했을까 반문해 본다. 조상 중에 그런 귀신이 있으면 자손들 앞길을 막는다는 말 때문에, 제 이기심에서 그 일을 했던 건 아닐까, 마음 깊은 곳까지 들여다본다. 그러나 아니다. 아니라고, 마음 깊은 곳에서 대답한다. 진정으로 삼촌을 위해서다. 고단한 영혼 사십 년이 되도록 이 땅의 머리 위를 떠돌고 있다는 영혼, 아직도 그 꿈을 버리지 못한 채 불행한 근대사의 표식처럼 흐르고 있을 영혼, 그동안 제대로 된 제사상을 받아본 일이 없는 허기진 영혼, 그 영혼을 위해서다. 혹시 자신을 위하는 마음이 있었다면 그것은 우리 불행한 근대사에 대한 회한, 삼촌을 그런 식으로 외면해온 가족 모두의 무심함에 대한 죄의식, 그런 것들을 보상받고 싶어서였을 것이다. 그것이다. 제 작은 정성으로 삼촌의 영혼이 편안함을 얻는다면, 그것으로 충분하다고 그 여자는 생각한다.

약속된 시간에 갔을 때는 모든 준비가 되어 있다. 불상과 삼신상 앞에 제사상이 마련되어 있고, 양초와 향이 준비되어 있다. 쾌자를 입고 목에 염주를 세 개쯤 건 아주머니는 방문을 활짝 열고, 상 위의 굵은 양초에 불을 붙이고, 상 위에 매달린 종을 세 번 치고, 그리고 상 앞에 앉는다.

"서울시, 서대문구, 대현동에 사는, 정해년 칠월, 초여드레 술시생, 김 씨 공주가 비옵니다. 태백산 신령님, 옳은 공수 내려주시어……."

아주머니는 먼저 신에게 자신을 아뢰고 옳은 공수를 내려달라고 빈다. 그 여자는 아주머니 뒤에 무릎을 꿇고 앉아 비나리를 듣는다. 마음이 아주 먼 곳으로 달아나는 것 같다. 그 아주머니의 영혼이 가려고 하는 곳, 그러나 그 여자에게는 아무것도 보이지 않아 그저 텅 빈 세계인, 그런 공간으로 들어가는 기분이다.

"서울시, 서대문구, 홍은동에 사는, 기해년 섣달 스무아흐레 인시생, 김 씨 공주가 비옵니다. 작은 정성을 바치니, 조상들께옵서는 부디……"

요령이 흔들릴 때마다 머릿속의 뇌수가 출렁출렁 흔들린다. 처음에는 가슴으로 서늘한 바람이 밀려들더니 이내 심하게 울렁거리기 시작한다. 산다는 일의 고단함에, 살아 있는 자나 죽은 영혼이나, 이 세상 어디엔가 깃들어 있다는 그 고달픔에, 그렇게라도 매달려보려는 지푸라기의 부질없음에, 그런 것들 때문에 기어이 눈앞이 흐려진다. 가슴에 무엇인가를 맺어두고 사는 일의 그 지독한 독성 때문에, 그렇게 많은 시간이 흘렀는데도 그 독성에서 해독되지 못한 젊고 유망했던 청년 때문에.

비나리는 오래 계속된다. 한 손으로는 요령을 흔들고 다른 손으로는 장구를 두드리는 일정한 리듬에 맞추어 아주머니의 비나리는 영혼들의 세계에서 구비를 돌고 또 돈다. 삼십 분, 혹은 한 시간쯤. 아주머니의 목소리가 완연히 잠기기 시작할 무렵, 흐르다 그치다 하던 그 여자의 눈물이 멎을 무렵, 아주머니는 문득 뒤를 돌아본다. 왼편으로 고개를 돌렸다가 다시 오른쪽으로 고개를 돌린다. 아주머니는 눈을 가느스름하게 뜨고 있다. 요령을 멈추고 부엌에서 일하는 사람을 부른다.

"저기 문간에 밥하고 국 두 그릇씩 내다놔라. 수저하고 반찬도 챙겨서."

아주머니는 조금쯤 더 신명을 낸다. 비나리의 내용이 바뀐다. 이렇게 오셨으니, 작은 정성이지만, 많이 드시고, 원도 한도 모두 푸시고, 부디 좋은 곳으로 가소서, 여기 일일랑은 걱정 마시고……. 그 여자는 등줄기로 소름이 돋는다.

그렇게 그 의식은 끝난다. 아주머니는 목에 걸었던 염주를 벗으며, 깊은 한숨을 내쉬며 말한다.

"친구와 함께 왔다. 피 묻은 옷을 입고 있더라."

목이 아파온다. 피 묻은 옷을 입고 친구와 함께……. 함께 산길을 더듬어 북으로 갔던 동료였을까. 쫓기고 쫓기다가 어느 계곡에서 총에 맞았을까.

"옷이 더럽다고 방에 안 들어오려고 하더라."

다시 눈물이 흐른다. 문간에 내다놨던 두 그릇의 밥과 국을 이해한다. 어디 계곡 같은 데서, 총에 맞아 피 흘리며, 넘어지면서 온통 흙투성이가 되었을 삼촌이, 여전히 그 옷차림을 한 삼촌의 영혼이, 저기 문간에서 초라한 식사를 하고 있을 모습이 떠오른다. 방 안에 저렇게 잘 차려진 상을 두고서. 그 여자는 입술을 깨문다.

"나갈 때, 저기 음식 그릇들 보지 말고, 집에 도착할 때까지 절대 뒤돌아보지 마라."

그 여자는 아주머니의 말뜻을 알아듣는다. 귀신이 따라올 수도 있다는 뜻일 거다. 귀신은 귀엽다고 쓰다듬고 잘되라고 어루만지지만, 한이 많은 그 거친 손이 닿으면 산 사람은 탈이 나지……. 아주머니는 먼저 나가 치맛자락으로 음식 그릇들을 가리고 선다. 그 여자는 고개를 숙인 채, 음식 그릇들을 외면한 채, 그 집을 빠져나온다. 세상은 어느새 어두워졌고 허공을 떠도는 바람은 예전 같지 않다.

삼촌, 보셨어요? 제가 삼촌 조카예요. 어머니나 아버지 정성이 아니면 어때요? 삼촌을 위해서 차린 상이었는데 많이 드시지 않고요. 기껏 한 그릇 식사밖에 드리지 못했지만, 더구나 삼촌을 외면하고 이렇게 돌아서지만 삼촌을 이해하고 존경해요. 삼촌의 꿈도, 삼촌이 이루려 했던 것도, 삼촌의 삶과 죽음 전체를 이해해요. 이제는 그만 쉬세요. 부디 좋은 곳으로 가셔서……. 어두운 거리를 넋 놓고 걷다가, 문득 정신을 차리고 택시를 잡는다.

아주머니는 집에 도착할 때까지 뒤를 돌아보지 말라고 했다. 소돔을 떠나는 롯의 무리들처럼, 명부에서 에우리디케를 데리고 나오는 오르페우스처럼, 절대로 뒤를 돌아봐서는 안 된다고 했다. 뒤를 돌아봐서는 안 된다는 금기에는 늘 존재 전체에 대한 위협이 있다. 롯의 아내가 소금 기둥으로 변한 것처럼, 에우리디케가 어둠 속으로 사라진 것처럼.

그러나 그 여자는 택시에서 내려 집으로 가는 골목을 걷다가 무심히 뒤를 돌아본다. 그건 의식하지 못한 행동이다. 고개를 돌려 뒤를 보면서야, 아, 내가 뒤를 돌아보고 있구나, 깨닫는다. 아마, 무의식이 시킨 일일 것이다. 그렇게 삼촌을 외면하고 돌아오는 데 대해 자책을 느끼는, 더 깊은 곳에 있는 마음이 고개를 돌리게 했을 것이다. 고개를 돌려 바라보는 등 뒤에서는 검은 하늘, 검은 가로수, 검은 바람이 지나간다.

그 여자의 삼촌은 조카를 따라오지는 않은 모양이다. 그 후 그 여자가 소금 기둥으로 변하거나 어둠 속으로 사라지거나 하지는 않았으니까. 그것이 전부다. 그 여자가 삼촌에 대해 아는 것, 타인의 눈을 통해서이지만 삼촌의 모습을 본 것은 그것이 전부다. 이제는 좋은 곳으로 가셨을까, 아직도 이 세상 머리 위를 떠돌고 계실까. 이따금 그것이 궁금하다.

그 여자는 삼촌을 생각할 때면 하고 싶은 일이 하나 있다. 언젠가, 동진국에 대한 이야기를 쓸 수 있었으면 하는 거다. 극단적이면서도 순진한, 비극적이면서도 낭만적인 그 나라 이야기. 단 사흘 동안 존재했던 나라, 이 세계에서 가장 짧은 기간에 패망한 나라. 그러나 그 사흘 동안 그 나라를 세운 젊은이들이 꾸었을 꿈과 희망, 그들이 만들었을 새로운 세계, 그 세계를 운용하기 위한 공동체적 세목들……. 그런 것들에 대해 쓰고 싶다. 순전한 허구에 의해 만들어지는 완전한 유토피아로서의 어떤 세계, 그러나 역시 불합리함을 내포하고 있는, 그런 나라를 이 땅의 동쪽 허리쯤에 세워보고 싶다. 제사상을 차리고 삼촌의 영혼을 불러 한 끼 식사를 대접하는 것보다는, 그 이야기를 쓰는 것이 진정으로 삼촌의 영혼을 위로하는 의식이 될 것이라는 생각으로.

정말 그 이야기를 쓰게 될지는 모르지만, 한 가지 분명한 것은, 아직은 때가 아니라는 점이다. 그 여자 속에 그 글을 쓸 만한 연륜이나, 세상을 조감할 수 있는 큰 눈, 한 나라에 대한 통시적 안목이 생길 때까지 기다려야 한다. 어떤 나이가 되기 전에는 절대 해서는 안 되는 일, 결코 할 수 없는 일이 있는 법이다. 쉰 살쯤 되면……. 쉰은 그리 먼 미래가 아니다.

16

　여학생은 지도를 펴놓고, 강원도 강릉시에 빨간 동그라미를 치고 경북 청송군 안덕면을 찾아 다시 동그라미를 친다. 두 동그라미 사이에 표시된 철도 표시와 국도 표시들을 따라가 본다. 되도록 열차 표시를 따라간다. 버스보다는 기차가 멀미를 덜 하기 때문이다. 강릉에서 남쪽으로 내려가는 철도 표시는 묵호, 삼척을 거쳐 영주에서 갈라진다. 한 끝은 서울로, 다른 끝은 안동으로 이어진다. 안동에서는 다시 국도 표시를 따라간다. 청송을 거쳐 안덕까지 갈 수 있다. 안덕면에 내리기만 하면, 일곱 살 이후 한 번도 가본 적이 없지만, 거기까지만 가면 외가를 찾을 수 있을 것 같다. 외가를 못 찾는다면 안덕초등학교를 찾아가면 된다.

　여학생이 어렸을 때 보았던 만화《엄마 찾아 삼만 리》에서, 주인공 소년 마르코는 이탈리아에서 아르헨티나까지 간다. 겨우 열두 살에. 여학생은 대학입시를 본 후 열아홉 살이 되었고, 그곳은 이미 어렸을 때 살았던 곳이다. 어려울 게 전혀 없는 일이다. 정작 여학생을 어렵게 하는 것은, 아버지의 동의 없이 어머니를 만나러 가는 게 옳은가, 어머니는 어떤 표정을 지을까, 어머니를 만나면 어떻게 행동해야 할까, 그런 것들이다. 무슨 말부터 해야 하는가.

　대학 합격 여부는 전화로 확인했다. 선생님이 발표일 이틀 전에 집으로 전화를 걸어, 알아보라고 했다. 공식적인 발표는 모레지만 지금쯤 이미 결과가 나왔을 거라면서. 전화로 합격 소식을 알려준 사람은 여자다. 합격 소식을 알려준 후, 몹시 상냥하고 들뜬 목소리로 축하합니다, 라고 덧붙였다. 그러나 여학생은 전혀 기쁘지 않았다. 대학을 가야 하는구나. 이 모든 혼돈된 상황에서도 대학을 가는구나. 아침 일곱 시 버스로 서울에 올라가 대학병원에서 신체검사를 받고, 그날 밤 열 시 열차로 내려오면서도 내내 그 생각만 한다. 대학을 가는구나, 동생을 그렇게 남겨둔 채로. 그리고 삼월이 되기까지, 한 달 하고도 며칠이 되는 시간이 남아 있다.

후남이는 짐을 싸서 집으로 돌아갔고, 하숙집에는 그 여학생만 있다. 삼월이 되어 서울로 올라가게 될 때까지 꼼짝없이 그 집에 있어야 한다는 사실이 고통스러워 벌써 몇 차례나 경포대 근처를 서성였는지 모른다. 아무것도 할 일이 없다. 전기대 입시에 떨어진 친구들은 후기대와 전문대를 준비하느라 바쁘고, 거의 매일 찾아간 경포대 바다는 이제 더 이상 여학생을 반기지 않는 것 같다. 아니, 다른 일을 하라고 말하는 것 같다. 그럼에도, 여학생은 한 번도 아버지의 집에 갈 생각을 하지 않는다. 하숙방에 틀어박혀 소설책을 읽다가, 급기야 여학생은 결심한다. 경북으로만은 가지 말거라. 아버지의 말씀을 생각하면 그건 작은 반란이다. 그러나 그 여학생 속에 있는 어머니의 피가, 그 피를 나누어준 임자를 보고 싶어 했을 것이다.

여학생은 지도를 펴놓고 외가까지 가는 길을 찾아낸 다음, 강릉역으로 전화한다. 기차는 이튿날 아침 열 시에 출발한다고 한다. 그때 여학생이 몰랐던 것이 있으니, 미리 예매를 해야 한다는 사실이다. 다음 날 아침 역에 나갔을 때는, 입석표밖에 남아 있지 않다. 지금도 생각난다. 빨간색과 검은색이 적절히 섞여 있던 체크무늬 바지, 그 위에 입었던 자줏빛 스웨터, 겉에는 학생용 감색 오버를 입고 학생용 검은 구두를 신고 있던 모습. 손에는 아무것도 들고 있지 않다. 오버 주머니에 얼마간의 차비가 들어 있을 뿐이다. 그런 차림으로 여학생은 열차 승강구 쪽에 매달려 있다. 매운바람이 얼굴을 때리고 지나가고 이따금 열차는 완벽한 어둠 속으로 들어간다. 열차가 굴속에 들어갈 때마다 숨이 멎을 듯 탁한 공기가 머릿속까지 온통 채운다. 그럴 때마다, 완벽한 단절감 속에서 단 한 가지 생각이 떠오른다. 과연 이 여행이 옳은 것인가.

그래도 단 하나 위안이 되는 것은 열차 옆으로 따라오는 바다다. 언제 보아도 너그럽고, 언제 보아도 다정하고, 그러면서도 늘 다른 모습, 다른 색깔로 제 모양을 드러내 보이는 바다. 바다의 얼굴이 그토록 여러 개라는 사실을 아는 사람은 바닷가에서 자란 사람들 뿐일 것이다. 그러나 그 바다도 북평을 지나면서부터 사라지고, 이제 시야에는 텅 빈 논이며 앙상한 나무가 듬성듬성 서 있는 야산만이 지나간다.

그 여행이 이상하도록 슬펐던 것은, 열차 옆으로 따라오던 바다가 사라졌기 때문만은 아니다. 다섯 시간 동안 열차 승강구에 매달려 매운바람을 맞았던 때문이 아니다. 오 년 만에 만나는 어머니를 어떤 식으로 대면해야 하는가 하는 어색함 때문도 아니다.

황량한 벌판이 눈앞을 빠르게 스쳐 지나가면서 자꾸만 그 여학생에게 무슨 말인가 건네려고 하고 있다. 여학생이 슬픈 것은, 들판의 말을, 나무들이 손 흔들며 간절하게 외치는 소리를 전혀 알아듣지 못하는 것 같은 안타까움 때문이었을 것이다. 저 나무가 내게 무슨 말인가를 하려고 해. 그런데 한마디도 알아들을 수가 없어. 그리하여 그 여학생이 슬펐던 진짜 이유는, 이제 어른이 되었다는 사실이다. 어른이 되면, 나무들의 이야기를 알아들어야 한다고 믿기 때문이다. 누가 어른이라는 것에 그리도 큰 환상을 심어주었을까. 아마, 그 여학생의 주변에 있던 어른들이었을 것이다. 무엇이든 다 알고 있던 아버지, 언제나 많은 이야기를 들려주었던 어머니, 모든 것을 다 이해하고 받아들이던 할머니 할아버지들. 그들이 여학생에게 그런 무거운 관념을 심어주었을 것이다.

그 여학생은 이제 어른이 되었다고 생각한다. 이제는 어떠한 슬픔이나 어려움에 대해서도 누구에게 원망을 돌려서는 안 된다는 생각, 이제는 모든 걸 스스로 해결하고, 어떤 일에 대해서도, 어떤 결과에 대해서도 스스로 책임져야 한다는 생각. 여학생은 그런 생각 때문에 마음이 무겁다. 열차가 안동에 도착할 때까지.

안동역에 내린 것은 오후 세 시쯤이다. 짧은 겨울 해가 벌써 서쪽으로 많이 기울어져 역사 밖의 바람에는 어수선한 저물녘의 기미까지 묻어 있다. 여학생은 조금 초조해진다. 오늘 안으로 안덕까지 갈 수 있을까. 그러나 아직 세 시, 짧아진 태양에게 속지 않으리라 다짐한다. 여학생은 역사를 나서서, 작업복 차림의 아저씨에게, 청송으로 가는 버스는 어디서 타느냐고 묻는다. 그가 손을 들어 가리키는 곳에, 바로 눈앞에 보이는 거리에 버스 터미널이 있다. 여학생은 고마워한다. 터미널을 찾아 낯선 도시를 헤매고 다니지 않아도 되는 점이, 조금이라도 시간을 단축할 수 있는 점이 고맙다.

그 여자는 이제 알고 있다. 거의 모든 도시에서, 버스 터미널과 기차역은 걸어서 오 분 거리 이내에 있다는 것을. 지금까지 전국의 여러 도시를 여행하면서, 그 여자가 늘 고마워한 점은 바로 그거다. 그런 때면, 거의 매사에 조상들의 도움으로 살고 있다는 생각이 든다. 인간은 오래전부터 이 땅에서 살아왔으며, 후손들을 위해 여러 가지 편리한 시설이며 제도를 만들어두었다. 그러한 고마움에 단 하나 예외가 되는 도시가 있으니, 그건 서울이다. 그 여자는 아직도 서울에 정을 붙이지 못한다.

여학생은 안동 시외버스 터미널의 매표창구 위에 붙은 시간표와 요금표를 읽는다. 안덕면까지 가는 버스는 없다. 아무래도 청송에서 갈아타야 할 모양이다. 청송으로 가는 버스는 삼십 분쯤 후에 출발한다고 되어 있다. 여학생은 차표를 한 장 산 후 터미널 밖으로 나간다. 터미널에서 역까지 되짚어 걸으며 노점들을 구경한다. 처음 보는 거리, 처음 보는 상점, 처음 보는 사람들. 한복을 입고 머리에 갓을 쓴 노인들이 자주 눈에 띈다. 여학생은 노인들을 오래 바라본다.

그것들을 바라보면서, 낯선 거리를 걸으면서, 여학생은 강릉에서 출발할 때의 그 이상한 슬픔의 기미가 사라지는 것을 느낀다. 처음 보는 것들에 대한 호기심과, 낯선 도시에 혼자 있다는 호기로움 같은 것이 더 커진다. 아무것도 아니야. 여학생은 이제 슬픔 따위는 느끼지 않는다. 마음이 긴장되면서 모험심과 호기 같은 것이 커진다. 간간이 고개 들어 하늘을 올려다본다. 아무래도 겨울 해는 너무 짧지만, 그래도 아직 네 시도 되지 않았다.

버스를 타고 청송으로 가는 도중, 짧은 겨울 해는 이미 산을 넘어버린다. 맨 앞자리에 앉은 덕에 멀미를 심하게 하지 않은 것을 다행으로 여기며 여학생은 청송에 내린다. 아직 여섯 시도 되지 않았는데 사방이 어둑어둑하다. 여학생은 서둘러 청송 시외버스 터미널에 들어가 운행 시간표를 읽는다. 왜 모든 터미널의 운행 시간표는 그렇게 높은 곳에, 그렇게 작은 글씨로, 그렇게 복잡하게 적혀 있는지 알 수 없다면서, 이리저리 글자들을 뒤져 안덕면으로 가는 버스 시간표를 찾아낸다. 여섯 시에 출발하는 막차가 있다. 여학생은 손목시계를 들여다본다. 여섯 시 오 분이다. 가슴이 철렁, 내려앉는다. 서둘러 버스 승강장 쪽으로 가본다. 역시 텅 비어 있다. 오 분 동안 달렸다면 버스는 이미 많이 갔을 것이다. 조금만 서둘렀으면, 혹은 터미널에 들어가 버스 시간표를 읽지만 않았다면, 그 버스를 탈 수 있었을 것이다. 버스가 그렇게 연계된다는 사실을 아는 사람들은 다들 그 버스를 타고 떠났을 것이다.

여학생은 버스 승강구에 서서 잠시 망연해진다. 이런 일은 예상하지 못했다. 그저 철도 표시와 국도 표시만 따라가면 될 줄 알았다. 어떤 일로든, 지도에 그려진 그 길이 끊기게 될 줄은 예상하지 못했다. 문득 사방이 단절된 낯선 공간에서 여학생은 길을 잃는다. 어떻게 하나……. 처음 와보는 도시, 아는 사람이 전혀 없는 도시에서 이 밤을 어떻게 하나……. 여학생은 잠시 터미널 의자에 앉는다. 온몸에서 힘이 빠진다. 사방은 더 어두워지고 바람은 더 차가워지고 터미널은 문득 텅 비어버린다. 어떻게 하나……. 마르코는 어떻게 했는가…….

잠시 터미널 의자에 앉아 고개를 숙이고 있던 여학생은 크게 숨을 들이쉬고 자리에서 일어난다. 다시 매표창구 쪽으로 가서 운행 시간표를 읽는다. 다음날 아침 첫차는 여섯 시에 출발한다고 되어 있다. 여섯 시……. 여학생은 터미널을 나선다. 거리는 완전히 어두워져 있고, 어둠을 묻혀 불어오는 바람은 더 차가워졌다. 여학생은 낯선 도시의 추운 밤거리를 천천히 걷는다. 열두 살짜리 마르코는 헛간에서도 자고 벌판에서도 잔다. 별일 아니다. 여학생은 몇 차례 심호흡을 하고 몇 군데 음식점을 둘러본 후, 가장 불빛이 환한 집으로 들어간다. 청송식당. 아주머니가 물컵을 가져다주며 여학생을 아래위로 훑어본다. 여학생은 아주머니의 시선을 외면한 채 벽에 붙은 글들을 읽는다. 국밥, 곰탕, 설렁탕, 비빔밥. 여학생은 비빔밥을 주문한다.

그 여자는 비빔밥 맛이 어땠는지는 기억나지 않는다. 그러나 별로 많이 먹지는 않았다는 것은 분명하다. 두려움이나 낯섦 때문이 아니라, 아직도 속이 메슥거리는 멀미 뒤끝 때문이다. 조심스러운 눈길로 여학생을 바라보는 아주머니의 시선 때문이기도 하다. 열아홉 살이라고는 해도, 체구가 작고 얼굴이 동안인 여학생은 거의 중학생으로밖에 보이지 않는다. 여학생은 몇 숟가락 먹지 않고 숟가락을 놓는다.

식당을 나와 다시 거리를 걷는다. 짧은 시가지를 대여섯 차례 오르내려도 빨리 결심이 서지 않는다. 여학생은 계속 여관과 여인숙 간판들을 보고 있다. 청송여관, 서울여인숙, 우리여인숙. 그 거리를 통틀어 여관과 여인숙은 여섯 개다. 여학생은 여관과 여인숙을 유심히 살피다가 그 두 간판의 차이를 알아낸다. 여관이라는 이름이 붙은 곳은 여인숙이라는 이름이 붙은 곳보다 집이 깨끗하고 큰 편이다. 값도 차이가 날까. 여학생은 주머니에 남은 돈을 계산해본다. 식당에 혼자 들어갔을 때 아주머니가 아래위로 훑어보았던 것처럼, 여관에 혼자 들어가도 그럴 것이다. 여학생은 조금 더 거리를 걷는다.

그 거리를 걷다가 걷다가, 더 이상 추위와 피로를 견딜 수 없게 되었을 때, 거리를 지나다니는 사람들이 거의 눈에 띄지 않게 되었을 때, 여학생은 가장 불빛이 환한 집으로 들어선다. 평범한 가정집처럼 생긴 집이다. 청송여관.

대문을 미니 대문에서는 딸랑딸랑 종이 운다. 대문 안으로는 마당이 있고 마당 주변으로 ㄷ자로 된 집이 있다. 모든 방문이 마당을 향해 있고, 각 방마다 그 앞에 마루가 달려 있다. 대문과 마주보이는 방문 중 하나가 열리더니 노인 한 분이 나온다. 마른 몸에, 머리가 하얀 노인이다.

그 여자는 지금 이 글을 쓰면서 입가에 비스듬한 웃음을 문다. 방에서 나온 노인에게 여학생이 했던 말이 생각나서다. 여학생은 노인에게 이렇게 말한다. 꼭 이렇게.

"하룻밤 묵어갈 수 있습니까?"

그건 어머니가 들려준 옛날이야기에 나오는 대사다. 한양으로 과거를 보러 가던 선비가 산속에서 길을 잃었더란다, 그렇게 시작되는 이야기. 선비는 마침 멀리서 빛나는 불빛을 발견하고 그 집으로 달려간다. 그 집에서는 예쁜 처녀가 나와 뉘시옵니까? 묻는다. 선비는 정중하게 대답한다. 저는 한양으로 과거를 보러 가는 길손이온데, 그만 산중에서 길을 잃었습니다. 폐가 되지 않는다면 하룻밤 묵어갈 수 있습니까? 그러면 여우가 변신한 예쁜 처녀가, 요깃거리라도 좀 드릴까요? 그렇게 묻는 이야기. 그때 여관으로 들어서서, 하룻밤 묵어갈 수 있습니까? 그렇게 묻던 여학생의 의식 속에는 고즈

넉하고 평온한 산속 외딴집이 들어 있었을 것이다. 모든 옛날이야기에는 해피엔딩이 마련되어 있다는 믿음과 함께.

노인은 여학생을 아래위로 훑어보거나 하지는 않는다. 예쁜 처녀처럼 여학생에게 손짓하고는 ㄷ자로 생긴 방들 중 하나의 문을 연다. 노인이 불을 켜자 방바닥에 깔려 있는 이불과 요가 보인다. 자주색 두꺼운 솜이불, 하얀 홑청에는 빳빳하게 풀이 먹여져 있다.

"방이 따뜻할 거야."

그러고는 노인은 잠시 사라진다. 여학생은 방으로 들어가 사방을 둘러본다. 벽에 못이 다섯 개 박혀 있고, 못 머리마다 노란 종이가 감겨 있다. 옷을 걸 때, 옷이 상하지 말라고 그렇게 해둔 모양이다. 그러고는 아무것도 없다. 문간에 노란 시멘트 종이가 한 장 놓여 있을 뿐이다. 여학생은 길 잃은 선비처럼 안도하는 마음으로 이불 밑에 발을 묻고 잠시 서 있다. 노인이 다시 나타나 검은 표지가 된 종이철을 펼쳐 보인다.

"이거 좀 적어요."

여학생은 노인이 내미는 종이를 들여다본다. 맨 위에, 숙박계라고 적혀 있다. 이름, 주소, 본적, 주민등록번호, 전 숙박지, 다음 숙박지 등의 빈칸이 있다. 여학생은 오버 주머니에서 주민등록증을 꺼낸다. 주민등록증은 고등학교 삼 학년 봄쯤에 발급받았다. 경찰서에 가서, 다섯 손가락에 꺼먼 등사용 잉크를 묻혀 지문을 찍은 다음에. 어디에 쓸모가 있을까 싶었던 주민등록증을 처음으로 용도에 맞게 사용하는 셈이다. 여학생은 주민등록증을 숙박계 옆에 꺼내놓고 주민등록번호와 본적, 주소를 한 자 한 자 옮겨 적는다. 전 숙박지에는 강원도 강릉이라고 적고, 다음 숙박지에는 경북 안덕이라고 적는다. 그러는 동안 노인은 여학생이 적어나가는 것을 말없이 지켜보고 있다.

"오천 원이에요."

노인은 숙박계를 접어 들고는 벌써 방문 쪽으로 걸어 나간다. 여학생은 생각보다 하룻밤 묵어가는 비용이 비싸지 않다는 데 안도한다. 주머니의 여유가 많지 않기 때문이다. 노인은 여학생이 내민 돈을 받아들고 밖으로 나가다가, 마루 밑에 있는 여학생의 구두를 집어준다.

"방 안에 들여놓고 자요."

그제야 여학생은 문간에 놓여 있던 누런 시멘트 종이의 용도를 알아낸다. 여학생은 그 방에서 하룻밤을 잔다. 처음으로 들어가 본 여관, 연탄이 잘 피어서 몹시 따뜻했던 방, 이따금 창호지를 흔들고 지나가는 바람이 깨어 있음을 알려주던 방. 여학생은 그 방에서 편안하고 깊은 잠을 잔다. 한양으로 과거를 보러 가는 선비와, 여우가 변한 예쁜 처녀와, 내내 여학생과 함께 다닌 마르코와, 그리고 윗목에 놓인 학생용 구두와 함께.

글쎄, 그 기억에는 그다지 슬프다거나 우울하다거나 하는 느낌은 없다. 어른이 되었다는 사실을 확인하는 가슴 뿌듯함이 있고 어떤 경우에도 차분하게 일을 처리하면 된다는 자신감 같은 게 있었다고나 할까. 아무튼, 어떤 큰 산을 하나 넘은 기분이었을 것이다. 그럼에도, 그 여학생이 전혀 두려워하지 않았다는 건 거짓이다. 거리를 몇 차례나 오르내리며 모든 여관과 여인숙을 다 살피고, 그중에서 가장 불빛이 환하고 가정적으로 보이는 집을 택하고, 잠들기 전에 문고리를 주의해서 잠갔던 것을 생각해보면.

그곳은 그 여자가 태어나서 처음으로 들어가 본 숙박업소다. 그 이후, 이곳저곳을 여행하면서 때로는 설움으로, 때로는 두려움으로, 때로는 담담함으로 들르곤 했던 곳. 숙박계를 쓸 때마다 부랑과 상실의 기록인 양 그것을 꼼꼼히 적었던 곳. 얼마나 많은 사람이 저것을 잡았을까 생각하면 방문의 손잡이조차 예사로이 보이지 않는 곳. 그런 곳에 대한 최초의 경험이다. 그때까지도, 여관이나 여인숙은 객지를 여행하는 사람들이 하룻밤 묵어가는 곳이라고만 알고 있는 여학생이, 바로 그 인식의 오류 때문에 얼마 후, 치명적인 실수를 저지르게 되는 바로 그 숙박업소다.

여학생은 안덕행 첫차 시간에 늦지 않게 잠에서 깬다. 아침에 일어나니 모든 것이 다소 황망하다. 그곳이 깊은 산속 외딴집이 아님을 햇빛 아래서 확인하며 세수도 양치도 생략한다. 한양으로 과거 보러 가는 선비가 아니기 때문에, 고맙습니다. 인연이 있으면 또 만나겠지요, 하는 인사도 생략한다. 새벽 거리는 지난 저녁보다 더 춥다. 전날 일었던 호기와 모험심 같은 것은 사라지고, 어른이 되었다는 뿌듯함도 사라지고, 남은 것은 낯선 거리를 걷는 쓸쓸함이다. 시외버스 터미널에 도착하니 이미 손끝이 차갑게 식어 있다.

안덕행 버스에 올라, 여학생은 마음이 자꾸만 무거워지는 것을 느낀다. 목적지에 가까워질수록, 아니 어머니에게 다가갈수록 달리는 차 안에서 마음이 뒷걸음친다. 어머니는 어떤 얼굴을 하실까, 처음 만나면 어머니께 무슨 말을 해야 하나, 이 여행이 옳은 일인가……. 그러나 그 모든 것보다 가장 무거운 것은 동생에 대한 이야기다. 동생의 일을 어떻게 이야기해야 하는가. 차가워진 손끝의 냉기가 팔을 타고 올라와 심장으로까지 펴져 나간다. 창밖으로는 아주 다른 산, 강원도의 높고 울창한 산과는 다른 야트막하고 아기자기한 산들이 계속 지나간다. 지나가면서, 여학생에게 무어라고 말을 건다. 그러나 여학생은 산이며 나무들이 하는 이야기를 알아들을 수 없다. 저들이 내게 하려는 말이 무엇일까.

여전히 답답하고 무거운 마음으로 안덕면에 내린다. 버스에서 내린 곳부터, 벌써 기억의 어느 곳엔가 깃들어 있던 그 거리들이 먼지를 털고 일어난다. 모든 것을 고스란히 알아볼 수 있다. 길모퉁이의 작은 경찰서, 마당이 넓은 정미소, 하얀 쌀들이 수북이 놓여 있는 싸전……. 그 길을 계속 걸으면 안덕초등학교가 나온다. 처녀 시절의 어머니가 재직했던 학교, 결혼 후 그만두었다가 다시 복직했다는 학교가 거기 있을 것이다. 어머니는 학교 사택에 계시거나, 거기 없다면 외가에 계실 것이다. 여학생은 텅 빈 학교 운동장으로 들어선다. 고개를 들면, 학교를 감싸고 있는 산이 보인다. 산에는 하얀 가르마 같은 길이 나 있다. 그 고갯길을 넘고 과수원을 지나고 강을 건너고 다시 밭을 지나면 외가 마을이다.

여학생은 운동장에 서서 뒷산의 고갯길을 잠시 바라보다가 교무실로 들어선다. 교무실에서는 남자 선생님 한 분이 연탄난로에 불을 붙이다가, 문 열리는 소리에 고개를 든다. 여학생은 그 선생님에게 다가가 어머니의 이름을 댄다. 아주 오랜만에 입 밖에 내어 말해보는 어머니의 이름이 자신의 귀에도 낯설게 들리는 것을 느끼면서. 선생님은 연탄집게를 들고 있던 팔을 떨어뜨린다. 맥없이, 툭.

"전근 가신 지 몇 년 되었는데……."

여학생은 선생님이 떨어뜨린 팔처럼, 자신의 몸속에서도 무엇인가 철렁 내려앉는 것을 느낀다. 교무실 창밖으로 작고 까만 새 몇 마리가 지나간다. 깊게 한숨을 쉬고, 여학생은 고개를 끄덕인다. 마르코도 그랬다. 몇 번이나 어머니를 만나지 못하고 허탕을 쳤다. 단번에 어머니를 만날 수 있으리라 기대하지는 않았다. 여학생은 되도록 침착하고 담담하게 묻는다. 이제 어른이므로.

"그럼, 지금은 어디 계십니까?"

"현동면에 있는 현동초등학교라고, 거기 사택에 계시다고 들었다. 여기서 버스 타고 한 시간 반 정도 가야 되는데……."

여학생은 고맙다는 인사를 하고 학교를 나온다. 운동장을 걷다가 하늘을 올려다본다. 파란 하늘이 말끔한 얼굴로 여학생을 내려다보고 있다. 아무리 그래도 네 마음을 다 알아. 하늘은 여학생에게 그렇게 말한다. 여학생은 하늘을 외면하듯 고개를 숙인다. 운동장의 누런 흙들이 어른어른 흐려온다. 깊이 숨을 들이쉬고, 다시 내쉬고, 그러면서 천천히 운동장을 걸어 나온다. 다시 싸전과 정미소와 경찰서를 지나, 시외버스 터미널로 돌아간다. 매표구 위에 붙은 행선지와 시간표, 요금표를 읽는다. 버스는 세 시간쯤 기다려야 온다고 적혀 있다. 여학생은 좁은 터미널 의자에 앉았다가, 터미널 밖으로 나와 햇빛 아래 서 있다가, 짧은 시가지를 몇 차례 오르내리다가 한다.

그때만큼, 기다림이 지루함이라는 사실을 절감한 때가 또 있었던가. 그 여자는 이미 그때도 혼자 시간을 보내는 일에 익숙해 있다. 기차 승강구에서 다섯 시간을 매달려 있을 때도, 청송면의 밤거리를 오르내릴 때도, 그때처럼 지루하지는 않았다. 그런데 문득, 안덕면의 짧은 시가지를 오르내리며 문득, 지루함을 느낀다. 그 지루함의 정체는 사실 초조함이다. 한번 허탕 친 일이, 어머니가 계신 곳을 정확히 알고 있다는 사실이, 이제 버스를 타기만 하면 곧바로 어머니가 계신 곳에 닿을 수 있다는 사실이 여학생을 초조하게 만든다. 그 여자가 지금, 어떠한 기다림에도 초조해하지 않는 것은 아마 그때의 그 초조함 속에 이미 모든 것을 소진했기 때문일지도 모른다.

현동면으로 가는 버스는 청송에서 타고 온 버스보다 조금 낡았다. 낡은 버스일수록 휘발유 냄새가 더 심하고, 그럴수록 여학생은 멀미를 더 많이 한다. 버스에 오를 때부터 멀미 기운이 느껴지더니, 차가 출발하자 속엣것들이 밀려 올라오려 한다. 그러나 전날 저녁밥을 조금 먹은 이후, 계속 비워둔 속에서는 아무것도 올라오지 않는다. 여학생은 아침을 굶기 잘했다고 생각하며 운전기사 뒷자리에 앉아 있다. 버스는 산속으로, 산속으로만 들어간다. 다리가 놓이지 않은 얕은 강을, 바퀴를 적시며 건너기도 한다. 아무래도 사람이 살 것 같지 않은 산길에서도, 구비를 돌 때마다 마을이 나타나고, 그러면 버스에서는 사람이 내리거나 타거나 한다. 버스를 한 시간쯤 달린 후 여학생은 상체를 앞으로 숙이며 운전기사에게 묻는다.

"현동면은 아직 멀었습니까?"

운전기사는 룸미러로 여학생의 얼굴을 바라본다. 거울 속에는 운전기사의 눈과 이마, 앞머리만 비친다. 그 앞머리가 희끗희끗하다.

"여기가 다 현동면인데……."

"현동초등학교를 찾아가는 길인데요……."

운전기사는 모퉁이를 도는 동안 말이 없다. 맞은편에서 오는 트럭과 길을 비켜 지나간 다음, 다시 룸미러를 통해 여학생을 본다.

"도착하면 알려주지."

여학생은 고개를 끄덕이고 의자 등받이에 기대앉는다. 그러나 다시 상체를 꼿꼿이 세운다. 등받이에 기대자마자 멀미 기운이 올라오려 한다. 허리를 꼿꼿이 세우고 앉아 여학생은 다시 깊은 산모퉁이를 돌아가는 버스를 바라본다. 팔을 내밀면 만질 수 있을 것 같은 사과나무들이 길옆으로 지나가고, 멀리 허물어질 듯한 원두막이 지나가고, 빨간 지붕을 인 작은 집들이 지나간다. 빨간색이 선명한 지붕은, 그 풍경 속에서 아무래도 너무 생경하고 이물스럽다. 멀리에서, 가까이에서, 둥그스름한 산봉우리들이 앞으로 다가왔다가 옆으로 비껴간다. 여학생은 산봉우리들의 크고 작은 생김새를 유심히 본다. 큰 산을 끼고 돌자 작은 마을이 형성되어 있는 시가지가 나타난다. 여긴가? 생각하는데 운전기사가 차를 세우고, 고개를 돌려 여학생을 본다.

"여기서 내려요."

고개를 돌리는데 보니, 운전기사는 거의 할아버지다. 할아버지들처럼 이마에 주름이 굵게 잡히고, 온화한 낯빛을 하고 있다. 여학생은 "고맙습니다." 말하고 버스에서 내린다. 버스가 출발하자, 버스에 가려져 있던 맞은편 길가에 바로 초등학교 건물이 보인다.

여학생은 학교 교문 안으로 걸어 들어간다. 운동장 오른편으로 교사가 보이고 그 왼편으로는 작은 집이 한 채 있다. 그게 사택일 것이다. 여학생은 망설이지 않고 곧장 사택으로 보이는 집을 향해 걷는다. 망설이지 않고? 아니다. 여학생은 내내 속맘으로 머뭇거리고, 뒷걸음치고, 진땀을 흘리고 있다. 오 년 만에 보는 어머니. 어떻게 대해야 하는가. 어머니는 어떤 표정을 지을까. 텅 빈 운동장으로 바람이 지나가며 하얀 먼지들을 휩쓸어 올린다. 먼지와 함께 한두 장의 쓰레기가 날아오른다. 여학생의 마음도 허공으로 떠오른다. 여기가 어딘가. 나는 왜 이곳을 걷고 있는가. 문득 낯선 느낌에 휘감긴 여학생은 걸음을 멈추고 운동장 가에 서 있는 미루나무, 그 위에 얹힌 까치집을 오래 바라본다. 낯설다. 많이 보아온 미루나무도 까치집도 모두 낯설다. 대체 저 나무는 얼마나 오래 자란 것이며, 저 까치집은 정말 까치가 만들었는지.

　너무 긴 여행은 좋지 않다. 그 여자는 그때 이후로도 많은 여행을 하는데, 긴 여행의 중간에는 늘 그런 질문과 맞닥뜨리곤 한다. 여기는 어딘가. 지금 어디로 가는 길인가. 여섯 시간쯤 달리는 버스에 앉아, 앞좌석의 흰 시트를 바라보며 문득, 대체 나는 무엇을 하는 사람인가, 그런 느낌과 맞닥뜨리는 경험은 황망하고 낯설다. 여행이 자기 성찰에 좋다고 말하는 이유는 그런 점들 때문일 것이다. 그러나 그때, 열아홉 살짜리 여학생은 그 낯선 느낌을 어쩌지 못해 자꾸만 걸음이 느려진다.

　가까이 다가갈수록, 사택의 금 간 벽이며, 슬레이트 지붕이며, 처마 밑에 놓인 망가진 책상들이며, 그런 것들이 보일수록 여학생의 걸음은 더 느려진다. 걸음이 느려지면서, 마음속에 이상한 혼돈과 설움의 기운들이 드리워진다. 그 깊은 산속에, 그 허름한 집에, 그 낯선 곳에 어머니가 있다는 사실을 받아들일 수 없다. 이건 아니야……. 무엇이 아니라는 건지도 모르면서, 여학생은 입술을 깨문다. 이건 아니야. 어머니가 여기 계시다는 건 옳지 않아.

　일자형으로 지어진 집은 방문이 세 개다. 양쪽 가장자리로는 부엌인 듯한 공간이 있어, 방문과는 다른 나무문이 달려 있다. 집 앞의 작은 텃밭에는 시든 야채 몇 잎이 누렇게 시들고 있다. 여학생은 마당 가운데 잠시 서 있다. 집 안에서 어떤 기척이 들리지 않을까 귀를 기울여본다. 그러나 처마 밑을 휘감아 돌아가는 바람 소리뿐이다. 여학생은 심호흡을 하고, 큰 소리를 낸다.

"계십니까?"

목소리가 그리 크지 않다. 안에서 듣지 못했는지, 혹은 사람이 없는지, 아무도 나오지 않는다. 여학생은 문득 초조해진다. 아무도 없다면? 그렇다면, 또다시 어느 낯선 곳을 향해 버스를 타고……? 그런 생각은 싸늘하게 식은 손끝을 더 시리게 한다. 여학생은 조금 더 크게 소리친다. 계십니까?

왼쪽 끝 방의 문고리가 달그락거리고 경첩이 삐걱대는 소리가 들린다. 여학생은 그쪽으로 한두 걸음 옮긴다. 방문이 열리고, 얼굴을 내미는 사람은……. 아, 여학생은 숨이 멎는다. 어머니다. 그러나 어머니가 아니다. 검은 스웨터, 검은 바지 차림의, 살이 많이 찌고 얼굴이 부석부석한 여인은 어머니가 아니다. 여학생의 머릿속에 있는 어머니, 분홍빛 볼을 가지고 고운 웃음을 지으며, 우리 공주님 오셨네, 그렇게 반기던 어머니가 아니다. 흰 광목을 펼쳐놓고, 이리저리 접는 법을 일러주던 오 년 전의 그 어머니도 아니다. 여학생은 움직이지 못한다. 아무 말도 하지 못한다. 반가움도 어색함도 아닌, 무언가 부당하고 억울하다는 느낌에 사로잡혀 있다. 이건 아니야. 어머니 역시, 여학생을 바라보며 잠시 동작을 멈춘다. 오 년 만에 만나는 어머니와 딸은, 그렇게 마주 보며 잠시 말이 없다. 찬바람이 휘몰아치는 한겨울, 산골 마을의 한 집에서.

"들어오너라. 춥겠다."

어머니는 심상하게 말하며 방문을 조금 더 열어 보인다. 여학생은 그제야 걸음을 옮겨, 신발을 벗고 마루로 올라가 방 안으로 들어간다. 방 안은 어둡다. 어둡고 답답하다. 작은 장롱 하나, 벽에 걸린 옷들, 앉은뱅이책상 하나, 부엌으로 이어지는 듯한 문간에 놓인 전기밥솥과 전기프라이팬……. 한눈에 그것들을 둘러보며, 여학생은 급기야 목이 아프기 시작한다. 눈으로 벌써 뜨거운 열기가 몰린다.

"이리 앉거라."

어머니는 아랫목에 깔린 담요를 들춰 보이며 손짓한다. 여학생은 어머니가 시키는 대로 자리에 앉는다. 어머니는 여학생과 맞은편 자리에 앉으며, 여학생의 무릎까지 담요를 덮어준다. 여학생의 얼굴을 유심히 바라보다가 고개를 왼쪽으로 돌린다. 잠깐 그러고 있더니 다시 여학생의 얼굴을 바라본다. 그러는 동안, 여학생은 담요의 붉은 꽃무늬를 바라보며 목에 걸린 돌멩이가 더 커지지 않도록 조심한다. 이건 아니야, 어머니가 여기서 이런 모습으로 살고 계시는 건 받아들일 수 없어…….

"강릉에서 오는 길이냐?"

어머니의 목소리가 억눌려 있다. 마음속의 무엇인가를 누르기 위해 몸에 힘을 많이 주고 있는 것 같다. 여학생은 말없이 고개를 끄덕인다. 목에서 달그락거리는 돌멩이 때문에 대답을 할 수가 없다.

"할아버지도 편안히 잘 계시나?"

여학생은 또 고개를 끄덕인다. 어머니는 손을 뻗어 담요 위에 놓인 여학생의 손을 감싸 쥔다. 어머니의 손은 거칠고, 그러면서도 따뜻한 온기를 전해온다. 목의 돌멩이가 걷잡을 수 없이 커지기 시작하더니, 금방이라도 눈 주변으로 화한 열기가 솟구쳐오를 것 같다.

"정훈이는?"

여학생은 몸이 굳는다. 어머니를 만나는 것을 그토록 두려워했던 가장 큰 이유가 바로 그거였을 것이다. 동생에 대해 어떻게 말할 것인가. 벌써 숨이 막힌다. 그 고통, 그 원망, 그 죽음에의 강렬한 희구. 말하고 난 뒤 어머니의 상심을 감당할 자신도 없다. 이미 지난 일, 여학생은 깊이 숨을 들이쉬며, 작게 고개를 끄덕인다. 어머니는 그 고갯짓을, 동생이 잘 지낸다는 뜻으로 받아들였을 것이다.

"점심도 안 먹었겠구나. 가만 있거라."

어머니는 여학생의 손등을 툭툭 두드린 다음, 고개를 돌리고, 몸을 돌리고, 그리고 일어서서 부엌으로 통하는 방문을 나선다. 어머니가 방을 나서자, 여학생은 눈을 깜박여, 눈 안 가득 고여 있던 눈물을 떨어뜨린다. 휴지를 찾아 코를 풀고, 코 푼 휴지를 오버 주머니에 넣는다. 코 푼 휴지조차, 어머니에게 보일 수 없다.

고개부터 돌려 딸을 외면하며 부엌으로 나간 어머니가 그때 무엇을 하셨는지 그 여자는 모른다. 방 안에서 여학생이 그랬던 것처럼 빨리 눈물을 수습하고 코를 풀었는지, 오래도록 마당가에 서 있었는지, 찬바람을 맞으며 하늘을 올려다보았는지. 지금도 어머니는 자잘한 감정을 잘 표현하지 않는다. 왔구나. 아주 오랜만에 만나도 그 한마디가 전부다. 가거라. 오래될 이별 앞에서도 그것이 전부다. 그 여자에게도 어머니의 피가 있다. 부둥켜안고 울면서 질척거리는 이별이나, 감정을 온통 드러낸 채 준 것과 받은 것을 겨루는 애정 싸움에 질색하는 기질은 바로 어머니에게서 왔을 것이다. 이별이 잦고, 그렇게 헤어지면 다음에 만날 때까지의 공백이 긴 삶에서, 그런 기질을 타고난 것은 다행스러운 일이다. 아니 어쩌면, 반복되는 그런 삶이 그런 기질을 만들었을지도 모른다.

혼자 남겨진 여학생은 다시 한 번 방 안을 둘러본다. 받아들일 수

없다고, 이건 부당하다고 생각하면서. 앉은뱅이책상 위에는 초등
학교 육 학년 교과서와 방학책이 꽂혀 있다. 어머니와 함께 떠날 때
다섯 살이었던 막내가 그사이 초등학교 육 학년이 된 모양이다. 그
위의 동생은 중학생일 것이다. 목이며, 가슴이며, 등이 아파온다.
여학생은 앉은 자세로 가슴을 누르며 상체를 숙인다. 힘주어 누르
고 있는 가슴이 떨리고, 그러면서 온몸의 힘이 빠진다. 그 자세 그
대로, 여학생은 비스듬히 모로 눕는다. 이건 아니라고, 어머니가 이
런 모습으로 사신다는 건 받아들일 수 없다고, 생각 끝에 슬며시 잠
속으로 빠져든다. 편리한 잠. 언제나 정신이 긴장된 순간에 몸을 탁
때려서 의식을 마비시키는 잠. 그렇게 자고 일어나면 모든 것이 다
괜찮아 보이는 잠.

　여학생은 누군가 흔드는 것을 느끼며 잠에서 깬다. 눈을 뜨면서
야, 아, 어머니에게 왔지……. 다시 확인한다. 잊고 있던 부당함이,
잊고 있던 설움이 슬그머니 밀려오려 한다.
　"일어나거라. 밥 먹자."
　창호지 문은 이미 푸르스름하게 어두워지고 있다. 잠든 사이에
어머니가 그랬을까, 오버가 벗겨져 있다. 방 안에는 밥상이 차려져
있고 밥상 앞에는 두 동생이 앉아 있다. 여학생은 동생들의 얼굴이
어렸을 때와 많이 달라지지 않았다는 것을 먼저 알아본다.
　"누나잖아, 인사해야지."
　어머니는 동생들에게 닭볶음탕을 퍼주며 말한다. 동생들은 여학
생을 바라보며 조금쯤 웃어 보인다. 말없이, 그리고 순박하게. 여학
생도 조금 웃어 보이며 밥상 앞으로 다가앉는다.

"어서 먹거라. 그래, 토끼가 잡혔드나?"

어머니는 먼저 여학생에게 말하고, 고개를 돌려 동생들에게 묻는다.

"아니, 한 마리도 안 잡혔어요. 토끼들이 약아서, 한번 덫에 걸린 장소로는 다시는 다니지 않는가 봐요."

둘 중에 큰 동생이 말한다. 현동에는 중학교가 없어, 동생은 외가에 머물며 안덕중학교에 다닌다고, 어머니가 설명한다. 여학생은 말없이 고개를 끄덕인다. 토끼를 잡기 위해 덫을 놓았는데 잘 잡히지 않는 모양이다.

"정말 토끼가 잡히니?"

여학생은 동생에게 묻는다. 심상하게.

"응, 토끼 말고, 가끔 가다가 오소리 같은 것도 걸려들어."

동생은 음식을 입안 가득 넣고, 우물거리면서 대답한다. 여학생은 고개를 끄덕인다. 토끼가 잡히다니, 여기는 얼마나 깊은 산골인가. 또다시 부당하다는 생각이 든다.

"밥 먹고, 다시 덫을 놓으러 갈 거예요."

"나도 같이 가자, 형."

막내가 형을 돌아보며 동의를 구한다. 그러나 큰 동생은 고개를 젓는다.

"너는 못 따라와. 청막골까지 갈 거란 말이야."

막내는 시무룩해진다. 청막골은 여기서도 더 깊고 험한 골짜기인 모양이다.

"너는, 연날리기하면 되잖아."

어머니가 조심스럽게 막내를 달랜다. 막내는 벌써 볼이 부어 있다.

"연이 다 망가졌어!"

이게 가족인 모양이구나. 여학생은 문득 그런 생각을 한다. 밥상 앞에 모여 앉아, 그날 한 일을 말하고, 투정을 부리기도 하고, 서로 달래주기도 하고……. 이게 가족이구나……. 이런 밥상 앞에 앉아보는 게 얼마 만인가, 어머니가 차려주는 밥을 먹어보는 게 얼마 만인가. 여학생은 또 밥이 넘어가지 않으려 한다. 크게 숨을 들이쉬고, 가족처럼, 매일 밥상 앞에서 만나는 가족들처럼 자연스럽게 말해본다.

"많이 망가졌니? 내가 연 만들 줄 아는데……."

막내 동생이 여학생을 돌아본다. 정말? 까맣고, 총명하게 반짝이는 눈빛이 그렇게 묻고 있다. 여학생은 웃으며 고개를 끄덕여 보인다.

식사가 끝나고, 어머니는 상을 들고 부엌으로 나가고, 큰 동생은 털모자와 털장갑을 끼고 덫을 놓으러 나간다. 여학생은 창호지며 대나무를 챙겨들고 앉아 연을 만들기 시작한다. 막내 동생은 곁에서 여학생의 손길을 바라보고 있다.

연 만들기도 어렸을 때 아버지에게서 배운 것이다. 먼저 연 모양으로 창호지를 자르고, 마름모꼴 창호지 위에 십자가 되게 대나무를 고정시킨다. 대나무를 고정시킬 때는 작은 사각형 종이를 잘라 대나무를 덮어씌우듯 해서 창호지에 붙이면 된다. 다시 활시위 모양으로 대나무를 덧대고 마지막으로 창호지를 길게 연결해서 꼬리를 달아준다. 그러면 가오리연이 된다.

동생은 연을 들고 어두워지는 밖으로 나간다. 그러나 이내 돌아와 툴툴거린다. 연이 잘 날지 않는다고, 금방 바닥으로 곤두박질친다고. 여학생은 연실을 잡고 연을 살펴본다. 수평이 맞지 않으면 그렇다고 아버지가 말해주었었다. 연실을 조정하여 연의 균형을 맞추어준다. 연이 잘 나가는지, 동생은 이번에는 빨리 돌아오지 않는다.

설거지를 마치고 돌아온 어머니가 방 안의 불을 켠다. 형광등의 푸른 불빛 아래 다시 어머니와 둘이 앉아 있으니 잊고 있던 부당함이 되살아난다. 어머니는 행복하지도 넉넉하지도 않아 보인다. 이건가, 사는 게 이런 것이라면, 앞으로 또 얼마나 힘든 일들을 만나야 하는가. 가슴속으로 밀려드는 탁한 연기를 가리기 위해, 여학생은 고개를 숙인다.

"대학은 합격했지?"

어머니는 여학생의 얼굴을 유심히 보다가, 볼을 쓰다듬으며 묻는다. 여학생은 볼에 와 닿는 어머니의 손이 차고 딱딱하다고 느끼며 고개를 끄덕인다.

"장하다. 어느 학과로 진학했나?"

"국문학과요."

어머니는 잠깐 실망하는 눈치다. 무언가 다른 걸 기대했던 것일까.

"멀리서지만, 난 네가 한의대에 갔으면 했다. 한의학은 낡은 옛날 의학이 아니라 음양오행 이론에 바탕을 둔 과학적인 의학이다. 앞으로는 점점 더 발전할 거다."

여학생은 속으로 웃는다. 엄마는 내가 얼마나 문제아로 중고등학교 시절을 보냈는지 모르니까 저런 말을 하시는 거야, 그런 생각이 들자 슬그머니 어머니께 미안해진다.

"나는 글을 쓰고 싶어요."

"그래, 일단 선택했으니 열심히 하거라. 엄마 할아버지도 한학자였다고, 내가 전에 말했지? 가나공이라는 분 말이다."

여학생은 고개를 끄덕인다.

"그분이 쓴 문집이 건, 곤, 감, 리 네 권이 있는데 그중 두 권은 영남대 도서관에 보관되어 있다. 너도 후손들에게 남길 수 있는 좋은 글을 쓰거라. 그리고 공부를 많이 해서 학자가 되면, 너희 내압 종가에 있는 고문서들을 다 정리해서 빛을 보게 하거라. 내압 종가에 가면 서고에 선조들의 문집이 가득하다."

여학생은 어머니가 제게 바라는 것이 너무 커서 무거워진다. 아주 엄격하고, 늘 크고 올바른 것을 생각하도록 했던 어머니가 다시 나타나, 여학생을 버겁게 한다.

"그동안 내가 아파서…… 너희들에게 신경 쓰지 못해 미안하다. 숙아, 너도 기억하지? 수원에서 엄마가 아팠던 거."

여학생은 고개를 끄덕인다. 수원에서 거친 숨을 쉬며 정신을 잃은 듯한 어머니 머리맡에 앉아, 엄마 죽지 마, 울었던 기억. 그 공포스러웠던 밤. 마음이 어둡고 캄캄한 곳에 갇히는 듯하던 그런 기억.

"이제야 겨우 그 병이 나았다. 이거 보거라."

어머니는 여학생 앞으로 책을 한 권 내민다. 표지에 몸을 뒤트는 용이 그려져 있고 왼쪽으로 치우쳐 세로로 '동의보감'이라고 씌어 있다. 여학생은 어머니가 나았다는 말에 속으로 몰래 한숨을 쉰다.

"내가 이 책 보고 병을 고쳤다."

자주 아프던 때, 어머니는 꿈을 꿨다고 한다. 꿈속에 용이 한 마리 날아와 어머니의 발등을 물었다. 어머니는 이상한 꿈이라고 생각하며 출근한다. 그런데 그날, 학교로 책장수가 온다. 어머니가 꿈에 본 바로 그 용이 그려진 책을 들고서. 그 책이《동의보감》이다.

그 여자는 지금도 어머니의 꿈을 이상하다고 생각한다. 그건 세간의 해몽으로 따지면 태몽에 가깝고, 프로이트적으로 따지면 억압된 리비도의 상징이다. 그러나 어머니에게 그 꿈은 예시 같은 것인 모양이다. 영혼이 맑은 사람만이 꾼다는 꿈. 그 여자도 자주 꿈을 꾸지만, 단 한 번도 예시 형태의 꿈을 꾼 적은 없다. 그 여자가 꾸는 꿈은 대체로 무의식의 표출이다. 그저, 자신을 다스리는 데나 사용할 수 있을 뿐이다. 그러나 어머니의 꿈에는 예지력이 있다.

"이 책에 보면, 잠가지는 병에는 씀바귀가 좋다고 되어 있다. 그래서 씀바귀를 먹었지. 봄이면 천지가 다 씀바귀니까."

어머니는 그 병을 잠가진다고 표현한다. 경상도 사투리로. 목이 잠긴다거나, 힘이 빠져나간 몸이 아래로 가라앉을 때 사용하는 잠긴다는 말처럼. 어머니는 몸이 아니라 마음이 잠겼을 것이다. 여학생은 어머니께 씀바귀를 어떻게 먹었느냐고 물어보지 못한다. 다만 봄빛 속에서, 아지랑이가 유령처럼 어른어른 흔들리는 봄빛 속에서, 산비탈이며 밭둑을 앉은걸음으로 옮겨 다니며 씀바귀를 캐었을 어머니를 생각한다. 자신을 살릴 수 있는 것은 자신밖에 없고 그것도 자신의 손으로 캐는 씀바귀밖에 없다는 사실을 믿으며, 봄빛 속을 어른어른 움직여 다녔을 어머니.

"그거 먹고 나았다. 또 쓸개도 효험이 있다고 적혀 있더라. 씀바귀가 나지 않는 철에는 쓸개를 먹었다."

"쓸개요?"

"그 병에는 쓴 것이 좋다. 씀바귀도 쓰고 쓸개도 쓰지. 닭 파는 집에 부탁해서 닭 쓸개를 구했다. 네가 한의대에 갔으면 했던 것도 그래서고. 그동안, 숙아, 너와 훈이한테 신경 쓰지 못해 미안하다."

여학생은 고개를 끄덕인다. 괜찮다고, 나도 어머니께 신경 쓰지 못했다고. 그러면서, 동생 이야기는 안 하는 게 백번 낫겠다고 속으로 다짐한다. 그 여자는 아직도 어머니가 씀바귀를 어떤 식으로 먹었는지, 닭의 쓸개를 어떤 식으로 먹었는지 알지 못한다. 씀바귀를 김치처럼 양념에 버무려 먹었는지, 말렸다가 한약재처럼 달여 먹었는지, 아니면 국이나 찌개에 넣고 끓여 먹었는지. 쓸개는 씹어 먹었는지, 물에 타서 마셨는지, 혹은 상추 같은 데 싸서 한입에 꿀꺽 삼켰는지. 아무려면 어떤가. 이미 다 지난 일.

창호지 문 밖이 어둑어둑해져도, 연을 날리러 간 동생도, 토끼 덫을 놓으러 간 동생도 돌아오지 않는다. 어머니는 아랫목에 이불을 펴고 여학생이 눕도록 한다. 여학생이 이불 속으로 미끄러져 들어가자 어머니도 그 곁에 눕는다. 바람이 창호지 문을 팽팽히 잡아당겼다 놓고는 멀리 달아난다. 여학생은 바람이 가는 곳까지 귀를 기울여본다. 바람 소리 말고는 아무 소리도 들리지 않는다.

"숙아……."

어머니의 목소리, 울림이 많이 섞인 어머니의 목소리가 어두운 창호지 문을 흔들면서 바람 같은 소리를 낸다.

"이제 대학에 가면, 남학생들과 같이 공부하게 될 텐데……."

어머니는 잠시 말을 중단한다. 생리대 접는 법을 일러주었던 것처럼, 어머니가 이제부터 무슨 말씀을 하실지 여학생은 어렴풋이 짐작한다.

"우선은 공부를 열심히 하고, 남학생 사귀는 것은 함부로 하지 말거라. 그 나이에는 아직 자신을 바로 세우지 못하기 때문에, 이성교제도 서투르게 마련이다. 다른 일과는 달라서, 여자는 특히 이성교제를 조심스럽게 해야 한다."

이성교제. 여학생은 어머니가 말하는 그 단어를 낯설게 느낀다. 그때까지도 별로 생각해본 적이 없는 단어여서 더 그럴 것이다.

"네가 이런 말을 이해할지 모르겠다만, 그 나이에는, 남자들은 여자의 몸에 더 관심이 많다. 그래서 얼마쯤 사귀고 가까운 관계가 되면, 같이 자자고 요구하는 일이 있을 거다. 무슨 말인지 알아듣니?"

어머니는 누운 자세로 고개를 돌려 여학생을 바라본다. 여학생은 누운 자세로 고개를 끄덕인다. 눈앞으로 언뜻, 준이네 방에서 본 어지러운 광경이 지나간다. 추하고 불길한 일. 얼굴 쪽으로 열이 몰린다.

"그렇지만, 절대로 그런 요구에 응해서는 안 된다. 여자는 몸을 잘 간수해야 하고, 꼭 결혼할 사람에게만, 결혼한 다음에만 몸을 허락해야 한다."

여학생은 어머니의 말을 알아듣는다. 고등학교 때, 가정 선생님도 그런 말씀을 하신 적이 있다. 여성에게는 아이를 낳는 일과 순결을 지키는 일이 중요하다고. 예전의 여인들은 순결을 지키기 위해 은장도를 품에 넣고 다녔었다고. 그 말을 들을 때 여학생은 얼마간 저항감을 느꼈다. 여자의 목숨은 고작 그 정도의 가치밖에 없는가.

"그리고…… 남자들은, 일단 여자를 정복하고 나면 그 여자에게 흥미를 잃게 되는 일이 많다. 왜 그런지는 모르겠다만, 아이들이 장난감을 사달라고 조르다가도, 막상 그 장난감을 손에 넣으면 곧 싫증을 내는 것처럼, 그렇게 쉽게 싫증을 느끼는 모양이더라. 그러니 남학생을 사귀는 일은 신중하게, 조금 더 있다가 하도록 해라."

여학생은 어머니의 말에 고개를 끄덕인다. 남학생을 사귀는 일은 별로 생각해본 적도, 관심을 가져본 적도 없는 일이다. 어머니의 말은 언제나 옳고, 실천하기가 버겁긴 하지만 그대로 따라야 한다고 믿고 있는 여학생은, 어머니의 말을 깊이 받아들인다. 특히, 여자는 몸을 잘 간수해야 한다는, 결혼할 사람에게만, 결혼한 다음에만 몸을 허락해야 한다는, 바로 그 말을.

그 여자는 지금도, 그날 밤을 떠올릴 때면 막막하고 안타까운 마음이 되곤 한다. 어머니가, 오래 보지 못한 딸에게, 이제는 성인이 되어 남학생과 함께 공부하게 되는 딸에게, 그런 교육을 한 것은 너무나 당연했을 것이다. 문제는, 어머니가 한 성교육이, 당신이 그 나이에 외할머니로부터 교육받은 십구 세기적 덕목들이었다는 점일 것이다. 그 여자는, 그때의 어머니나 고등학교 때의 가정 선생님이 그런 교육을 하지 않았으면 좋았을 거라고 생각한다. 제대로 된 성교육을 하지 못할 바에는 아예 아무것도 가르쳐주지 않는 편이 나았을 거라고.

이십 세기 말을 살아가야 하는 그 여자에게, 학교에서는 1966년에 만들어진 교재로 성교육을 하고, 어머니는 당신이 외할머니로부터 배운 십구 세기적 덕목들을 가르친다. 아무것도 모르는 맹탕인 상태에서 오직 그런 것들만 배운 그 여자가, 얼마 후, 충격적인 성을 만나게 되었을 때, 혼돈과 좌절 속에서 어리석은 선택을 하게 된 것은, 온전히 그 여자의 어리석음 탓만은 아닐 것이다. 성에 관해, 그 여자를 그토록 보수적이고 맹탕으로 길러놓은 교육 탓도 있을 것이다. 성으로 인한 어려움에 처했을 때, 그것을 극복할 수 있는 지혜를 주기는커녕, 오히려 더 큰 절망과 자기혐오에 빠뜨리는 그 교육 탓도 있을 것이다. 여자에게는 순결이 목숨만큼 중요하다는 그 잘못된 성교육의 문제였을 것이다.

그래, 여기서 이번에는 어머니 이야기를 해야겠다. 친구들의 어머니와는 너무나 다른 어머니. 남자로 태어났더라면 천하를 휘어잡았을 운이라는 어머니. 환갑이신 지금도 학교에서 초등학생들을 가르치고, 또 시간을 내어 사람들에게 침을 놓으시는 어머니. 어머니가 다른 어머니들과 다른 점을 이야기하기 위해서는 일본에서 자랐다는 열한 살까지의 성장기를 염두에 두어야 할 것이다.

어머니는 어린 시절을 일본에서 지냈다 한다. 아버지가 할아버지와 함께 강릉으로 이주하던 무렵, 어머니는 외조부모와 함께 일본으로 건너간다. 그곳에서 외할아버지는 가내수공업 같은 것을 하셨다 한다. 밤이면 조선 사람들이 늘 외가댁에 모여, 숨겨둔 태극기를 꺼내보며 무엇인가를 의논하곤 하던 모습을 보았다고 한다. 그때 외할아버지가 정확히 어떤 일을 하셨는지는 알지 못한다. 그것을 말해줄 외할아버지도 이젠 돌아가시고 안 계시다. 당시로서는 여러 면에서 근대화되어 있던 일본에서의 성장기가 어머니를 다른 어머니들과 다르게 만들었을지도 모른다. 어머니뿐 아니라, 어머니의 형제들, 하나같이 그 연배의 다른 여성들보다는 앞서가는 의식을 가지고 있던 이모들 역시 일본에서 성장하면서 그런 성향을 갖게 되었을 것이다.

외가는 해방이 되어 고향으로 돌아온다. 외할아버지는 부산의 번화가에 정착하는 방안과, 외할아버지 형제들이 사는 안덕에 정착하는 방법을 놓고 망설임 없이 안덕을 택하신다. 자식들 교육에는 조용한 시골이 더 낫다고. 그곳에 집과 과수원과 얼마간의 땅을 마련한다.

어머니는 안덕에서 학교를 졸업하고, 바로 위의 언니와 함께 대구사범에 진학한다. 그리고 초등학교 선생님이 되어 다시 안덕으로 돌아온다. 교편을 잡고, 어머니는 동생들이 차례차례 학업을 계속할 수 있도록 보살핀다. 외삼촌이 대학을 가게 하고, 중학교를 졸업하고 놀던 그 밑의 이모를 야간고등학교에 다니게 한다. 그 이모가 야간고등학교에 입학할 때의 일화가 있다.

어느 날 어머니가 밤늦게 퇴근해서는, 오늘 당장 대구로 나가야 한다고 말한다. 그때는 이미 대구로 나가는 차도 끊어진 때이고, 이모는 입고 나갈 마땅한 옷도 없다. 어머니는 이모에게 당신의 옷을 입히고, 무작정 시외버스가 지나다니는 큰길로 나간다. 거기서 열여섯, 스물하나인 두 처녀는 한참을 기다려 지나가는 트럭을 얻어 탄다. 대구로 간다는 트럭에는 운전사와 조수, 젊은 두 남자가 타고 있다. 가다가 트럭은 고장이 난다. 이모는 혹시 그들이 나쁜 마음을 품고 있는 게 아닌가 가슴을 졸이지만, 어머니는 별로 걱정하는 얼굴이 아니다. 트럭은 고쳐지고, 다시 출발한다. 두 자매는 무사히 대구에 도착하여, 대학을 다니고 있는 외삼촌의 자취방에서 잠을 잔다. 다음 날 이모는 섬유공장에 입사 면접을 보러 간다. 그 섬유공장에는, 공장에 부설된 야간고등학교가 있다. 공장에 입사하면 산업체고등학교에서 학업을 계속할 수가 있다. 어머니는 바로 그 회사에 이모를 입사시키기 위해 한밤에 무리한 여행을 한 것이다. 그러나 그 공장에는, 나이가 열여덟 살 이상이어야만 입사할 자격이 있다고 한다. 이모는 나이가 두 살 모자라 불합격 처리된다. 이모는 낙담하여 그날로 집으로 돌아가려 하지만, 어머니는 하루만 기다려보라고 한다. 그러고는 어머니의 친구의 친구의 아버지라는 그 공장 사장을 직접 찾아가 이모가 공장에 취직하도록 해준다.

이 얘기는 이모의 글에서 읽은 내용이다. 그 이모는, 야간고등학교를 졸업한 후 대학에 들어가고, 영등포에서 학생들을 가르치다가 지금은 장학사로 있다. 이모의 꿈은 장관이 되는 것이라 한다. 장관이 되면 그때 자서전을 출간할 거라면서, 벌써부터 당신의 지난 삶을 기록하고 있다. 이미 자서전 제목까지 정해두었다. '여공에서 장관까지'. 그 여자는 이모가 읽어보라고 준 자서전 초고에서 그 내용을 읽었다. 이모가 어떻게 해서 장관이 될 수 있을지는 알 수 없지만, 그 여자는 이모의 꿈이 이루어지기를 기대한다.

그것은 어머니의 성격을 가장 잘 드러내는 일화다. 인간의 삶은 항상 새로운 것을 배우고 무엇인가를 성취하는 발전적인 것이어야 한다는 믿음이라든가, 일단 목표를 세우면 어떤 일이든 끝까지 해내는 집념이라든가, 그 과정에서 자신뿐 아니라 형제나 타인들과 함께 이루어야 한다는 이타심 같은 것. 그것이 어머니의 성격이다. 대의명분을 중시하고, 항상 올바른 것을 좇고, 삶은 웅장한 것이라고 믿는, 그것이 어머니다. 서사적. 어머니의 성격이나 어머니의 삶에 대해서 그것 말고 더 적합한 표현은 없다.

어머니가 공부를 계속할 수 있도록 해준 외삼촌은 지금 대학교수고, 그 밑의 이모는 장학사고, 그 밑의 이모는 느닷없이 국회의원에 출마하는 남편을 도와 당사자보다 더 열심히 뛰어다니는 정치가다. 어머니가 없었다면 또 다른 방법이 있었겠지만, 아무튼 그들은 성장기의 중요한 시기에 어머니의 힘에 의지한다. 지금도 그들은 모두 공통적으로 인정한다. 외가를 일으켜 세운 사람은 바로 어머니라고.

그 여자도 지금 인정하는 것이 있다. 자신을 비롯해 형제들을 올바르게 자라게 한 힘은 바로 어머니라고. 그 여자가 한때 어두운 반항과 출구 없는 혼돈 속에 있을 때, 거기서 길을 잃지 않도록 해준 사람은 어머니다. 어머니가 몸속에 넣어준 어머니의 피이고, 어머니가 어린 시절에 가르쳐준 양식과 도덕들이다. 그건 동생들에게도 마찬가지였을 것이다.

어머니에 의해 양육된 두 동생 중 큰아이는 한때 가수가 되는 게 꿈이었다. 그는, 대학에 진학한 것은 오직 대학가요제에 출전하기 위해서였다고 살짝 귀띔해준 바 있다. 대학 때도 공부보다 밤무대에서 기타를 연주하는 일에 더 열성을 쏟는다. 그러나 지금은 그 열정을 접고 사업을 한다. 땅을 빌려 그 위에 제 손으로 삼 층짜리 건물을 짓고 카인테리어를 시작할 때, 그는 전화를 걸어 가게 이름을 지어달라고 부탁한다. 그 여자는 몇 가지 아이디어를 주지만 나중에 결정된 이름은 동생의 머리에서 나온 것이다. '오키드 테크닉'. 모르겠다. 그게 왜 비디오 제목들을 떠오르게 하는지.

"누님아, 여기 한번 와봐라. 우리 가게, 누님한테 보여주고 싶은데……."

그는 제 사업이 자랑스러운 모양이다. 아니, 예전과는 다른 방식으로 살고 있는 모습을 누나에게 보여주고 싶은 모양이다. 한때 땅주인과의 갈등도 있고 한번 부도를 내기도 했지만 지금은 그런 대로 안정된 듯하다. 그 밑의 동생은 지금 중국에서 유학 중이다. 여기서는 전산학을 전공했지만 거기서는 아직 어학 코스를 밟고 있다. 장차 무슨 일을 하고 싶어 하는지는 모르지만 아마 저대로 다 생각이 있을 것이다. 중국의 국제전화는 콜렉트콜밖에 되지 않는다. 동생은 늘 콜렉트콜로 전화해서 말한다.

"누님아, 나 여기 있을 때 한번 놀러 와라. 여기 왔다 가면 생각이 많이 달라질 거다. 누님 글 쓰는 세계도 넓어지고."

그 여자는 동생의 말을 들으며 웃는다. 그는 거기서 배우고 느끼는 게 많은 모양이다. 언젠가는 한번 중국에 가보리라 생각한다.

그 동생들도 모두, 성장기의 어느 시기에 그 여자처럼 어두운 반항과 혼란스러운 방황의 시기를 지났다. 초등학교나 중학교 때까지는 모두 모범생이고, 그 다음에는 혹독한 반항과 방황의 시기를 거치고, 그리고 다시 제자리로 돌아오는 과정을 거쳤다. 그런 일이 없었으면 더 낫겠지만, 그런 일이 있었다고 해서 나쁠 것도 없다. 어쩌면 그런 일들로 인해 동생들은 더 많이 성장하고, 더 큰 가슴과 더 멀리까지 내다볼 수 있는 눈을 가지게 되었을 것이다. 동생들이 모두 제자리로 돌아오게 만든 것, 그게 바로 어머니의 힘이라고 그 여자는 조금의 의혹도 없이 말할 수 있다. 어머니의 인내, 어머니의 보살핌, 그리고 무엇보다 어머니의 피.

그런 어머니의 결혼이 실패로 결말났다는 것은 받아들일 수 없다. 결혼이 실패나 성공이라는 말로 단정할 수 있다는 전제 하에서 말이다. 사실 그 여자는 결혼이나 연애, 혹은 무엇이 성공한다거나 실패했다는 표현을 좋아하지 않는다. 어떤 일을 성공이나 실패라는 척도로 양분하는 일을 좋아하지 않는다. 성공이나 실패는 모두 당사자의 마음속에 있기 때문이다. 함께 살면서 지지고 볶는 것보다는, 이혼함으로써 그 결혼생활이 더 바람직하게 끝났다고 믿는다면, 이혼이 바로 결혼의 성공일 수도 있다. 그럼에도, 세상의 가치관에 기대어 어머니의 결혼이 실패였다면, 그것을 받아들일 수 없다는 뜻이다. 어머니는 무엇에 실패하는 유형의 인물이 아니다. 어떤 좌절에도 주저앉지 않고, 어려움을 극복하면 더 큰 투지가 생기는, 그런 기질을 가지고 있다. 그러므로 어머니의 결혼생활에 대해 말하려면 신중해야 한다.

한동안 그 여자에게 아버지와 어머니의 파경은 수수께끼다. 두 분 사이에 무슨 일이 있었는지 그 내막을 알 수 없고, 사실 별로 알고 싶지도 않다. 그건 그 여자가 어떻게 해볼 수 없는 당사자들의 문제이므로. 지금도 결코 그 일에 대해서는 묻지 않는다. 어떤 질문을 당사자에게 직접 하는 것은, 코앞에 주먹을 들이미는 행위이기 때문에.

그러나 이제는 알 수 있다. 그 여자의 내부에 있는 어머니와 아버지의 피, 그것들이 서로 맞서 싸우는 것을 다스리며, 서로 다른 방향으로 가려는 두 피를 한 방향으로 달래며, 그렇게 이십 대를 보내면서 어머니와 아버지의 갈등이 무엇이었는지 짐작한다. 어렴풋이나마.

절망 속에서, 죽어버려야겠다고 아주 손쉽고도 감정적인 결정을 내리는 것은 아버지의 피다. 그럼에도 꾸역꾸역 살아가고, 꾸역꾸역 살면서도 맡은 일에는 늘 최선을 다하는 것, 그것은 어머니의 피다. 컴퓨터 게임에 빠져들고 놀 때 신명을 내는 것은 아버지의 피고, 그러고 돌아서면 무언가 잘못 살고 있는 게 아닌가 하는 강박관념에 시달리는 건 어머니의 피다. 두 피는 늘 비슷한 질량, 비슷한 농도로 그 여자를 지배한다. 그러면서, 때로는 아버지의 피가 겉으로 나오고, 때로는 어머니의 피가 전면에 나선다. 이십 대를 보내는 동안, 그 여자는 내내 내부에서 피 터지게 싸우는 두 피의 갈등에 시달린다.

그러나 이제, 그 여자는 두 피를 내부에서 조화롭게 섞을 줄 알게 되었다. 아버지의 피는 그 여자에게 낭만적인 기질을 가져다주고 어머니의 피는 절망 속에서 몸을 추스르는 힘을 준다. 아버지의 피는 일상을 가꾸는 일을 하고 어머니의 피는 이상을 간직하는 일을 한다. 두 피는, 그 여자의 삶에 적당한 균형감각을 가져다준다.

　그리고 깨닫는다. 아버지와 어머니의 갈등은 바로 그것이었을 것이라고. 그 여자가 살면서 느꼈던 두 피의 갈등, 그것과 똑같은 것이 두 분 사이에 있었을 것이라고. 그 여자의 갈등보다 서너 배쯤 강한 상태로 서로 힘을 견지하고 있었을 것이라고. 그것 말고는, 가정을 공들여 가꾸던 자상한 아버지와, 삶이 보다 나은 것이 되어야 한다고 믿는 올곧은 어머니의 파국을 어떻게도 설명할 도리가 없다.

　그 여자의 물방울은 시원을 나섰을 때 세상에 대해 어리둥절했고, 개천을 흐를 때는 안정되지 못해 작은 돌멩이에 걸려서도 하얀 물거품을 만들곤 했다. 그리고 이제 그 물방울은 조금 더 넓은 하천으로 들어서 있다. 한강만큼 넓지는 않지만 강릉 남대천 정도는 될 만한, 그런 하천이다. 눈앞에 보이는 세상은 더 넓어지고 알아내야 할 사물도 많아지고, 그리하여 세상이 갑자기 넓어진 것에 대해 조금쯤 두려워하는 마음도 있었을 것이다. 그럼에도 그곳은, 그 여자의 삶의 목적지에 이르는 길이다. 그 강을 따라 계속 흐르기만 하면 언젠가는 바다에 닿으리라는 믿음이 생기는 하천.

　이제 넓은 하천의 상류쯤에 있는 그 여자의 물방울을 이 글에서는 '그 여자'라고 부르자.

　사실 그 여자는 '그 여자' 혹은 '그 남자' 등의 표현을 좋아하지 않는다. 그런 말들에는 인간을 동등한 인간으로 보지 않는 차별성이 전제되어 있는 것 같아 불편하다. 그런 때의 차별성이란 여성이 남성의 소유물이었던 인류 기원부터의 관습일 것이다. 그러나, 그러나 바로 그 이유 때문에 '그 여자'라고 부르기로 한다. 바로 그런 의식조차, 바다에 이르기 위해서는 깨어버려야 한다는 것을 알고 있기 때문에.

그 여자는 이제 가면을 버린다. 중학교 이 학년 때 선택했던 반항과 억지웃음 따위를 모두 벗는다. 가면은 아무리 오래 써도 얼굴이 되지 못한다. 민얼굴과 가면 사이에서 엉거주춤 살 필요도 없어진다. 이제 주변에는 아무도 그 여자의 가정에 대해 아는 사람이 없으므로, 공연히 동정받거나 편견의 시선을 참아내야 할 필요가 없어졌으므로. 가면을 벗어내자 그 여자는 가면 뒤의 제 얼굴에 당황한다. 우울하고 어둡고, 세상에 대해 아무것도 모르는 아이가 갑자기 햇빛 속에 나서며 당황한다. 눈이 부셔서, 부신 눈으로 보는 세상이 모두 낯설다. 그 여자의 대학 생활은 그렇게 시작된다. 가면을 벗는 일로, 갑자기 민얼굴을 드러내며 당황하는 일로, 민얼굴로 보는 세상이 미궁이라는 사실을 깨닫는 일로.

그 여자에게 대학은 거대한 미궁이다. 교양학부 건물의 그 잿빛 난간과 옥상으로 오르는 길도 미궁이고, 전국에서 모여든 저마다 다른 사투리를 쓰는 친구들도 미궁이고, 이제 어떻게 해서 문학에 이르는 길을 찾는가 하는 것도 미궁이다. 그러나 무엇보다 가장 큰 미궁은, 그때까지도 마음을 알 수 없는 아버지다.

아버지는 입학식 날 그 여자와 함께 서울로 올라온다. 이불은 화물로 부치고, 나머지 짐은 분홍색 트렁크에 담았다. 아버지의 손에서 흔들리는 트렁크를 보며 그 여자는 다시 한 번 확인한다. 살아가는 데는 그리 많은 것이 필요하지 않다고. 그 여자가 입학식에 참석하는 동안 아버지는 하숙을 구하러 다닌다. 입학식이 끝난 후 찻집에서 아버지를 만나, 그 여자는 아버지와 차를 마신다. G다방, 그 여자가 처음으로 들어가 본 다방. 온통 초록색으로 장식되어, G가 그

린의 머리글자일 거라는 사실을 짐작하게 하는 실내. 그 다방에 마주 앉은 아버지와 딸은 시종 말이 없다. 두 사람 사이에 흐르는 아주 막막하고 서럽고 무거운 기운만이 선연하게 느껴진다. 그 여자는 동생을 생각하고 있다. 이래도 되는가. 아버지는, 왜 동생을 붙잡아다 야단이라도 치지 않는가. 그 무겁고 답답한 분위기를 벗어나기 위해선지 이따금 아버지는 딸에게 말을 시킨다.

무슨 말이었을까. 지금은 전혀 기억해낼 수 없다. 다만, 아버지가 딸의 굳은 표정을 풀어주기 위해 조심스럽게 노력했다는 것은 분명하게 기억한다. 아버지로서의 도리를 다하기 위해, 딸의 마음에 맺혀 있을 멍울을 풀어주기 위해, 아버지는 섬세하게 배려한다. 찻잔을 앞으로 밀어주고, 커피에 설탕을 넣어주……. 그런 배려 밑에는, 이제는 성인이 된 딸 앞에서 무언가를 조금쯤 미안해하는 마음도 있었을 것이다. 그러나 그때의 그 여자는 그런 아버지의 마음을 전혀 모른다. 그때는, 그때는 마음 깊은 곳에 아버지에 대한 원망이 푸릇푸릇 돋아 있고, 그러면서도 아버지는 당연히 자식을 사랑하고 보살펴야 한다고만 믿고 있다. 지금도 그 찻집을 생각하면 목이 아프다. 조금씩 어긋나며, 조금씩 헛짚으며, 그러다가 끝내는 돌이킬 수 없는 경지로까지 치닫고 마는 일들.

아버지는 그 여자를 하숙집에 데려다 주고, 화살표를 주며 화물을 찾는 법을 일러주고, 저녁차로 내려간다. 하숙집은 학교 후문 쪽에 있다. 마루를 가운데 두고 방이 네 개 있는 한옥, 방 하나는 주인이 쓰고 나머지 세 방에는 모두 하숙생들이 산다. 그 여자는 가정과 사 학년인 선배와 한방을 쓰게 된다. 다시 낯선 하숙집에 떨구어진 그 여자는 또 밥을 잘 못 먹는다. 어쩌면 그 여자의 짧은 입맛이나 복잡한 마음 탓이 아닐 것이다. 너무나 달라진 음식의 맛 때문일 수도 있다.

그 하숙집에 대해 기억하는 건 별로 없다. 같은 방을 쓰던 선배가 너무 깔끔해서 그 여자가 내내 불편했다는 것과, 하숙집 아들 삼형제의 이름이 독특했다는 것 정도가 기억난다. 세 아들 이름은 강(江), 정(井), 진(津)이다. 모두 외자 이름이고 모두 물과 관련되었다. 집안 어른 중에 누군가, 물의 마음을 이해했던 사람이 있었던 모양이다.

그 여자는 대학에 가면 바로 전공을, 아니 문학을 공부할 수 있으리라 믿었다. 그러나 일 학년 커리큘럼은 교양과목으로만 채워져 있다. 강의도 인문계와 사대 학생들을 한데 섞어 육십 명이나 되는 학생들이 한 강의실에서 배운다. 국문과, 영문과, 사학과, 가정관리학과, 영어교육과…… 여러 학과 학생들이 함께 듣는 교양과정은 고등학교 시절과 별반 다를 바 없다. 교양학부는 A, B, C, 세 반으로 나뉘어 있다.

그 여자는 실망한다. 수학이나 체육, 민주시민론 같은 것을 배우기 위해 대학에 온 것이 아니다. 더구나 교양국어, 교양영어, 교양철학, 그런 강의과목 이름들은 묘한 거부감을 준다. 교양이라는 말에서는 중세의 영주들이 떠오른다. 농노들을 착취하면서, 시인이나 음악가들의 패트런(Patron)이 되어주었던 귀족과 귀부인들. 그들의 허영과 나태와 잔인함의 복합성이 떠오른다. 릴케가 평생을 이 성, 저 성을 떠돌며 돈 많은 성의 여주인들로부터 보살핌을 받았다는 사실을 알았을 때 그 여자는 릴케에게 실망한다. 삶은 그런 것이 아니라고 믿기 때문이다. 그런 의미에서, 근대사회로 접어들면서 문화가 산업으로 자리 잡은 것은 잘한 일이라 믿는다. 어떤 이들은 문화가 산업이 되면서 지나치게 도식적, 상업주의적이 되어간다고 말하지만, 그 여자는 차라리 그게 낫다고 믿는다. 시도, 음악도 제 힘으로 벌어먹어야 한다. 농노들을 착취한 영주들의 부스러기 돈으로 연명하기보다는.

교양과정은 대부분 재미없다. 그중에서, 그 여자가 단 하나 흥미를 느꼈던 과목은 교양철학이다. 교양철학 교수는 독일에서 박사 학위를 받고 막 귀국하여, 처음으로 강단에 서는 젊은 교수다. 그의 얼굴에 늘 깃들어 있는 웃음이 생각난다. 그 웃음은, 그렇지 않아도 동안인 그의 얼굴을 더 젊어 보이게 한다. 그의 전공은 논리철학. 그래서 그는 서양철학사를 개괄적으로 강의한 다음, 자신의 전공분야를 조금 더 깊이 있게 강의한다.

어느 강의시간이 생각난다. 교수는 강의가 끝나갈 무렵, 불쑥 엉뚱한 질문을 한다.

"냉장고에 코끼리를 넣는 방법은?"

젊은 교수의 얼굴에는 웃음이 깔린다. 학생들은 엉뚱한 질문에 잠깐 침묵한다. 그 여자는 고개를 돌려 창밖을 바라본다. 교양학부 강의실 창밖으로는 이문동의 한옥 지붕들이 내려다보인다. 하나같이 똑같은 크기의 집들, 대체로 잿빛 기와를 얹고 있고, 그 가운데 물음표 같은 빨간색 지붕이 드문드문 섞여 있다. 냉장고에 코끼리를 넣는 방법? 섣불리 대답할 수 없는 어떤 의표가 읽혀진다.

"코끼리만큼 큰 냉장고를 준비합니다."

불어교육과의 키 큰 남학생이 대답한다. 젊은 교수는 얼굴에 웃음을 띤 채 고개를 끄덕인다.

326

"다른 의견은?"

"코끼리를 토막토막 잘라서 넣습니다."

또 다른 목소리다. 젊은 교수는 여전히 얼굴에 웃음을 띠고 있다. 그 여자는 교수가 왜 그런 질문을 하는지 궁금하다. 그는 조금 전까지 논리철학에 대해 강의하고 있었다. 분명 무슨 논리의 맥락이 있을 것이다. 그러나 짐작할 수 없다. 그래서 그 여자는 교양철학 강의를 좋아한다. 전혀 몰랐던 세계에 접근하는 새로움이 있다. 그 교수는 읽을 책의 목록을 공책 한 페이지는 되게 불러주었다. 이규호 교수의 《사람됨의 뜻》, 다니 엘 벨의 《이데올로기의 종언》, 윌 듀란트의 《철학 이야기》. 시중에 나와 있는 책들 중에서, 철학에 접근하기 쉬운 책들이다. 그전까지 오직 소설책만 읽던 그 여자는 비로소 다른 책들을 읽기 시작한다. 이야기를 따라가는 독서가 아니라 논리를 따라가는 독서. 그건 새로운 경험이다.

"냉장고만큼 작은 새끼코끼리를 구해서 넣습니다."

대답은 점점 궁색해진다. 학생들 사이에서도 실없는 웃음이 터져 나온다. 교수는 한걸음 학생들 앞으로 다가선다.

"자네, 새끼코끼리가 얼마만 한지 본 적 있나?"

"없습니다."

큰 대답이 나오고, 강의실에는 웃음이 왁자하게 퍼진다. 교수는 다른 대답을 기다리는지 잠시 학생들을 둘러보다가 다시 교단 앞으로 가서 선다.

"냉장고에 코끼리를 넣는 방법은……."

교수는 또 학생들을 한 바퀴 둘러본다. 강의실이 조용해진다. 그 여자도 교수의 얼굴을 유심히 본다.

"우선, 냉장고 문을 연다. 다음, 코끼리를 넣는다. 마지막으로, 냉장고 문을 닫는다."

잠시 멍한 침묵이 흐르고, 이어서 왁자한 웃음이 터져 나온다. 그러나 여학생은 웃지 않는다. 마음속에서 아, 하는 감탄사가 솟구쳐 오른다. 무언가 아주 다른 세계를 발견한 듯하다. 자유로운 의식의 세계, 편견과 선입견의 벽이 허물어지는 세계, 그것을 허물어야만 도달할 수 있는 새로운 논리의 세계. 그전까지 알지 못했던 다른 세계다.

"그럼 이번에는, 그 냉장고에 하마를 넣는 방법은?"

학생들의 웃음이 잦아들기를 기다려 교수는 다시 질문을 한다. 학생들은 다시 어리둥절해진다. 하마와 코끼리가 대체 무엇이 다른가. 방금 직접 답을 말해준 그 질문을 다시 하다니. 그 여자는 교수의 웃음 띤 얼굴을 미궁처럼 바라본다. 잠시 침묵이 흐르고, 한 용감한 학생이 대답한다.

"냉장고 문을 엽니다. 하마를 넣습니다, 냉장고 문을 닫습니다."

그러나 교수는 그런 대답을 원한 게 아닐 것이다. 아무도 말이 없다. 이번에는 교수는 많은 뜸을 들이지 않고 바로 정답을 말해준다.

"우선, 냉장고 문을 연다. 다음, 냉장고 안에 있는 코끼리를 꺼낸다. 다음, 하마를 넣는다. 마지막으로, 냉장고 문을 닫는다."

이제는 아무도 웃지 않는다. 다들, 교수가 말하고자 하는 바가 무엇인지 알아차렸을 것이다. 정치한 논리의 세계. 우리가 일상에서 사용하는 언어, 생각, 행동 들에 얼마나 논리가 결여되어 있는가에 대한 예리한 지적. 중요한 것은 교수가 말한 '그 냉장고'라는 부분이다. 무심히 흘려보내기 쉬운, '그'라는 지시대명사 하나. 그러나 교수에게서 그런 부연설명은 전혀 없다. 시계를 보더니, 멍한 충격에 빠져 있는 학생들을 두고 단호히 강의실을 나간다. 여전히 얼굴에는 희미한 미소를 띤 채.

그로부터 사오 년 후, 그 여자는 냉장고에 코끼리를 넣는 이야기를 다시 듣는다. 세상을 떠도는 농담의 하나로서. 그러나 그때는 이미 김이 빠진 맥주처럼 선도가 떨어져 있다. 사람들 사이에 오가는 농담에는, 새로운 논리의 세계가 열리는 충격도, 우리의 일상에 얼마나 논리가 결여되어 있는가에 대한 통찰도 없다. 그저, 맥 빠진 웃음이 있을 뿐이다. 같은 이야기도, 언제 어디서 누구로부터 듣느냐에 따라 그토록 달라진다.

교수가 나가자 학생들도 금세 충격에서 빠져나와 서둘러 강의실을 떠난다. 그날 마지막 강의여서, 강의실을 비워줄 필요가 없다고 판단한 그 여자는 창밖을 내다보며 조금 더 앉아 있다. 미궁 같은 이문동 주택가를 내려다보면서, 지붕들 사이로 보이는 골목길을 이리저리 따라가 보면서, 꽃을 다 떨군 개나리가 푸른 잎을 무성하게 피워내는 것을 바라보면서.

그 여자의 마음속에 있는 것은 미궁, 그 미궁에서 벗어나고자 하는 초조함이다. 저 교수와 같은 의식에 다다르려면 얼마나 많은 공부를 해야 할까. 문학에 이르는 길은 어디에 있는가. 교양과정 일 년이 끝나도록 체육이나 수학, 민주시민론 따위만 배우다 말 것인가.

"저기……."

누군가 부르는 소리에 그 여자는 고개를 돌린다. 가정과 친구다. 굵은 웨이브가 진 긴 머리에 파란 원피스를 입고, 둥글게 패인 목에는 큰 목걸이를 걸고 있다. 그 여자는 말없이 친구를 돌아본다. 왜 불렀느냐는 눈빛으로.

"약속 있니?"

그 여자는 고개를 젓는다. 친구의 눈빛에 환한 안도의 기미가 깃든다. 강의실 입구에 몇몇 여학생이 모여 서서 두 사람을 바라보고 있다.

"그럼, 나 좀 도와줘. 미팅을 주선했는데 여학생이 한 명 모자라. 너, 미팅 안 한다는 건 알지만……."

그 여자는 말없이 창 쪽으로 고개를 돌린다. 싫다. 다른 감정은 없다. 다만 미팅이 싫을 뿐이다. 수학이나 체육을 배우러 대학에 온 것이 아니듯이 미팅을 하러 대학에 온 것도 아니다. 그 여자는 친구를 돌아본다.

"부탁 들어주지 못해서 미안해. 그렇지만 싫어."

친구는 당황하면서 멀어진다. 미팅을 하기 위해 그토록 성장을 한 친구를 보며, 그 여자는 마음 깊은 곳에서 솟는 미미한 짜증을 느낀다. 왜 다들 미팅을 하지 못해 안달일까. 하루에 세 탕을 뛰었다고 자랑하는 친구도 있고, 오늘로써 오십 번째의 미팅 기록을 세운다고 떠드는 친구도 있다. 그 여자는 그런 친구들을 이해할 수 없다. 이해하지 못하는 정도가 아니라, 은근히 무시하고 경멸하는 마음까지 있다. 강의가 끝난 후, 들떠서 미팅 장소로 가는 친구들을 보면, 한사코 밖으로만 나가려는 발정기의 강아지가 생각난다. 무언가 불길하다는 느낌과 함께.

그 여자는 이제 그런 제 생각이 잘못되었다는 것을 안다. 언제나 그 시기에 맞는 일을 하며 살아야 한다는 것을 안다. 그러나 그때는 몰랐다. 마음속에 있는 것이란 세상을 다 살아버린 노인의 마음이고, 성과 이성에 대한 부정적인 인식이고, 빨리 문학으로 이르는 길을 찾아야 한다는 미궁 속의 초조함이다. 그래서 미팅하는 친구들을 이해하지 못한다. 대체 남학생과 마주 앉아 무슨 얘기를 할까. 그런 일들이 무슨 의미가 있을까.

그 여자는 다시 창밖을 내다본다. 강의실이 완전히 빌 때까지 기다리면서, 제 마음속의 미궁을 들여다보면서. 강의실이 완전히 빈 것을 확인한 다음 책을 펼친다. 어제 서점에서 산 두 권의 책 중 하나다. 《올바른 문장 쓰기》. 그 여자는 대충 목차를 훑어보고 본문을 읽어나간다. 그러나 읽을수록 고개를 저을 수밖에 없다. 전날 읽었던 책과 별반 다를 바 없다.

전날, 수업이 끝난 후, 그 여자는 학교 근처의 서점으로 갔다. 아무래도 이 학년이 되어 전공과목을 배울 때까지 기다릴 수 없기 때문이다. 마구잡이로 읽었던 소설책과 문학에 대한 막연한 애정만으로는 아무것도 할 수 없다. 문학이 무엇인지 차근차근 공부해야 하고, 그러기 위해서는 어떻게든 방법을 찾아내야 한다. 그 여자는 서점에서 두 권의 책을 찾아낸다. 《소설 작법》과 《올바른 문장 쓰기》다. 그러나 집으로 가자마자 읽기 시작한 《소설 작법》은 그 여자가 원하던 내용이 아니다.

그 여자가 알고 싶은 것은 원고지 쓰는 법이나 문단 나누는 법, 인물을 어떻게 만들어내고, 문장을 어떻게 다듬고, 끝마무리를 어떻게 하고, 그런 기능적인 가르침들이 아니다. 보다 본질적인 것, 보다 깊이 내려가 문학이란 무엇인가 하는 핵심에 도달할 수 있는 것, 그런 것을 원한다. 문학이라는 것 안에 내포되어 있는 의미, 이 세상 한가운데서 문학이라는 것이 말하고자 하는 것, 문학으로써 다

다를 수 있는 궁극적인 곳, 그런 것을 알고 싶어 한다. 그러나《소설 작법》도《올바른 문장 쓰기》도 그 여자가 원하는 것에 대한 대답은 가지고 있지 않다.

그 여자는 몇 페이지 읽지 않고 책을 덮는다. 어딘가에 방법이 있을 텐데. 내가 그 길을 못 찾고 있을 뿐인데. 그 여자는 책을 챙겨들고 일어난다. 도서관으로 가보리라는 생각이다. 책과 노트를 챙겨 품에 안고, 가방을 어깨에 메고 자리에서 일어난다. 동향의 강의실은 어느새 어둑어둑해 있다. 출입문 쪽으로 걸어가다가, 그 여자는 이상한 느낌을 받는다. 어떤 힘이 시선을 끌어당기는 느낌, 누군가 오래도록 자신을 보고 있는 느낌, 그 시선이 아주 간절하게 자신을 부르는 느낌. 그러나 강의실은 비어 있다. 여자는 고개를 숙인 채 강의실 문을 열고 복도로 나선다. 강의실 문을 닫고 고개를 들다가, 잠깐 놀란다.

텅 빈 복도에 한 남학생이 있다. 키가 크고 마른 남학생. 눈썹이 짙고 눈이 크고, 머리카락이 까치집처럼 제멋대로 자라 있는 남학생, 헐렁한 잿빛 바바리를 입은 남학생, 그리고 그 여자와 같은 과라고만 알고 있는 남학생. 그는 교양학부 A반이다. 남학생은 방금까지도 창을 들여다보고 있었던 듯하다. 무엇을 찾고 있었을까. 두 사람의 시선이 마주치고, 그 여자는 남학생의 시선에 아무 표정도 떠올라 있지 않은 것을 본다. 마음을 아주 깊은 곳에 가두고 있는 사람. 그래서 여간해서는 얼굴에 표정이 드러나지 않는 사람. 그 여자는 이내 남학생을 외면하고 지나간다. 낯가림을 한다기보다는 남학생의 무표정에 당황했을 것이다.

몇 걸음 걷다가 여학생은 뒤를 돌아본다. 남학생은 여전히 창가에 서서, 교실 안을 들여다보고 있다. 네모난 창 하나에 그의 얼굴이 가득 담겨 있을 것이다. 그는 빈 강의실에서 무얼 보고 있을까. 남학생의 잿빛 바바리 자락이 바람에 잠깐 흔들린다. 얼핏 그 옷자락에서 출렁이는 바다를 본 듯하다. 흐린 날, 혹은 비가 올 때, 하늘과 바다가 하나의 공간으로 녹아내리는 잿빛의 출렁임. 그 여자는 문득 바다가 보고 싶어진다. 고향에 있는 바다. 자신의 슬픔과 혼돈을 받아들여주던 바다, 언제나 자신을 기다리고 있을 것 같은 바다.

그 여자는 교양학부 건물을 나와 도서관을 향해 걷는다. 교정에는 햇빛 아래 앉아 있는 학생들이 드문드문 눈에 띈다. 교정의 햇빛 아래 서면, 늘 숨이 막힌다. 햇빛이 고스란히 가라앉아 있는 길은, 마치 눈길을 걷듯 걸음을 무겁게 한다. 발길마다 무거운 햇살의 더미들이 차이고, 그러나 발길에 차이는 것은 단지 햇살의 무게가 아니다. 햇살조차 무겁게 만드는 교정의 침묵과 억압된 분위기이다.

그때는 1978년이다. 그 다음해 기어이 무너지고야 마는 바로 그 정권이, 이십 년 가까이 억압해온 모든 것이 세상 곳곳에 누적되어 있던 때다. 누적된 억압이 정교하고도 치밀해서, 어디에서도 작은 반발이 용납되지 않던 때. 그래도 1975년까지는 시위도 있고 그 끝에 구속되는 학생들도 있었다고 들었다. 그러나 1978년, 세상은 재갈을 물린 듯 조용하다. 강요된 침묵. 그 여자가 교정에서 막연히 받는 무력감과 답답함에는 아마 그런 분위기 탓도 있었을 것이다.

고딕 양식처럼 둥근 지붕을 한 도서관은 언제 보아도 너무 크다. 그 안 어디에 그 여자가 원하는 책이 있을까. 그 여자는 도서관으로 들어가 입구에 비치된 도서카드 목록을 살펴본다. 손바닥만 한 노란색 카드. 각 장마다 고유 넘버가 있고 그 밑으로 도서명, 저자명,

출판사와 출판연도가 적혀 있다. 800번 대가 문학이다. 그 여자는 800번 대의 도서명들을 하나하나 읽어본다. 문학개론이나 문장론 같은 책 말고, 문학사나 소설책 말고, 무언가 도움이 될 만한 책을 찾는다. 그러나 제목만으로는 알 수 없다. 노란색 도서목록도 하나의 미궁이다. 냉기가 솟는 도서관 건물의 열람카드 앞에서 그 여자는 오래도록 도서목록을 읽는다.

지금 생각해도 슬그머니 웃음이 나온다. 문학에 무슨 길이 있을까. 문학은 이런 것이며 소설은 이렇게 쓰는 것이라는 사실을 명쾌하게 말해줄 수 있는 사람이 있을까. 하물며 그런 책을 기대했다니. 하지만 그 일은 그 여자에게 유익했을 것이다. 그런 노력 속에서 문학에 대한 환상을 키우고 애정을 공고히 했을 것이다.

그 여자는 지금 문학에 대한 환상이라고 말한다. 그 말을 정정하고 싶은 마음은 조금도 없다. 그 여자를 지탱한 것은 문학에 대한 환상이다. 문학이 거대하고 힘 있는 무엇이라는 환상. 제가 소설을 읽으면서 많은 위안을 받고 앞날을 결정했듯이, 모든 문학에는, 그리고 앞으로 제가 할 문학에도, 그런 위대한 기능이 있는 줄 알았다. 그건 환상이다. 그러나 그게 환상인 줄 모르고 환상 속에 빠져 있을 때가 행복했다. 지금은 모든 환상이 깨어지고, 환상과 함께 열정도 사라지고, 남은 것은 고통뿐이다. 그럼에도, 이제 돌아서 나가기엔 너무 많이 와버렸다. 그때, 처음으로 문학 속으로 걸어 들어갔던 1978년, 그때 이미 모든 것이 결정되었다. 친구 혜정이 어머니는 "넌 하고 많은 일 중에서 하필이며 그렇게 방구석에 처박혀 있는 일을 택했니. 소설이 그렇게 좋으면 서점에 가서 한 권 사다 읽으면 될 텐데……."라고 말씀하신다. 그 말씀이 백번 옳다. 아직도 문학이 무엇인지 잘 모르고, 자주, 이 길로 들어선 것을 후회한다. 다르게 살 수 있었을 텐데.

그러나 이제 다르게 살기에는 너무 늦었다. 서른여섯의 나이는, 무엇을 마무리하기에는 너무 이르고, 무엇을 새로 시작하기에는 너무 늦다. 할수록 글 쓰는 일이 어렵고, 늘 얼마간의 자신 없음에 시달리기 때문에, 그 여자는 자주 이 길에서 도망치고 싶다. 그러나 이미 1978년, 그 여자는 이 길로 들어서 있다.

문학이 무엇인지 알지 못해 초조해하던 그 시절, 그 여자는 우연히 책을 한 권 발견한다. 선배가 들고 있는 책을 무심히 넘겨 보았을 것이다. 그런데 그 책이, 바로 그 여자가 원하는 내용을 담고 있는 것 같다. 그 여자는 서점에 가서 그 책을 구해서 읽어본다. 그 책은 그 여자를 다른 곳으로 데려간다. 낯선 곳, 그 전까지 가보지 못했던 곳, 모든 사물과 모든 이야기가 사라지고, 아주 깊은 곳으로 내려가 문학이 무엇인가 하는 본질에 가닿을 수 있는 곳. 그 책을 한 번도 쉬지 않고 단숨에 읽어 내린다. 기쁨과 열정에 들떠서. 문학이란 이런 것이구나, 그 여자는 문학의 온몸을, 문학의 속살까지를 본 느낌이다.

그 책은 김현 선생님의 평론서《상상력과 인간》이다. 주로 시인론과 시집에 대한 서평들을 모은 책이다.

그 여자는《상상력과 인간》에 언급된 시집들을 사다 읽는다. 시집을 읽고, 다시 평론을 읽어본다. 그러면서, 문학이란 무엇인가를 조금씩 알아나가는 느낌이 든다. 특히 김춘수의 시〈처용 단장〉을 무의식의 시로 분석해놓은 부분이 마음에 큰 울림을 만든다. 그 후로도 오래도록 그 여자는 문학평론서를 읽는다. 어떤 문학평론은 작품보다 아름답다. 클리언스 브룩스의 《잘 빚어진 항아리》나, 콜린 윌슨의 《아웃사이더》나 《독수리와 집게벌레》 같은 책은, 문학보다 더 아름답고 더 많은 이야기를 들려준다. 김현 선생님의 평론도 그렇고, 김화영 선생님의 카뮈론도 그렇다. 여기에 일일이 열거할 수 없는 많은 문학평론서를, 그 여자는 문학수업의 일환으로 읽어 나간다.

평론을 읽으며 문학을 공부한 게 옳은지 모르겠다. 작가의 서가에 300권 넘는 문학평론서가 있다는 사실을 의아하게 여기는 사람들의 시선이 더 옳을지도 모르겠다. 그러나 한 가지 분명한 것은, 그 여자가 평론이라는 장르에 참으로 공감하고 매혹된다는 점이다. 어떤 평론은 문학작품보다 더 많은 것을 말해준다. 분명 작가가 의도하고 쓰지 못했을, 그러나 작가의 무의식이나 본성 속에서 말하고 싶어 하는 것들을 평론은 발견해낸다. 마치 사립탐정이, 범인이 흘린 사소한 머리핀에서 사건의 단서를 찾아내듯이.

글쎄, 비유가 옳을지 모르겠다. 아무튼, 문학평론은 허공을 떠도는 문학작품에 근사한 옷을 입혀, 어딘가에 자리 잡을 수 있도록 위치를 설정해준다. 그저 줄거리만 따라 읽던 소설 읽기에서 벗어나 작품 속에 깃들어 있는 다른 요소들을 읽게 된 것, 그것은 평론서들을 읽은 영향이다. 그건 영화를 보는 방식이 바뀌는 경험과 비슷하다. 그저 줄거리를 따라가고 주제만 의식하던 영화 보기가, 영상언어를 읽어내고, 카메라 워크와 조명, 음악, 심지어는 로케 장소와 분장까지를 염두에 두고 보게 되는 쪽으로 바뀌는 것과 같은 경험이다. 더 많은 것을 보는 눈을 갖는 것. 그게 꼭 바람직하지만은 않은 점도 있을 테지만, 아무튼 그 여자는 문학평론에 빚진 바가 많다.

그 여자는 도서관을 나온다. 원하는 책을 찾지 못해 소설책을 두 권 대출한다. 그 무렵 많은 화제를 모으던 박완서 선생님의 〈나목〉과 〈휘청거리는 오후〉다. 도서관을 나와 조금 걷는데 눈앞에 낯익은 옷자락이 보인다. 아까 복도에서 보았던 잿빛 바바리를 입은 남학생이다. 그동안 내내 강의실 창을 바라보고 있었던 걸까. 바람을 맞아 그의 바바리 자락이 둥글게 부풀어 오른다. 파도치는 바다처럼.

바다 같아, 경포대 바다. 답답함을, 설움을, 어두운 반항을 안고 찾아가면 늘 말없이 크고 둥근 얼굴로 맞아주던 바다. 큰 바다 얼굴. 마음이 벌써 바다로 달려간다. 대학에 들어와서 제일 답답한 것은 바다를 볼 수 없다는 점이다. 그 여자는 앞서 걷는 남학생의 잿빛 바바리 자락, 흐린 날의 바다처럼 출렁이는 옷자락을 바라보며 걷는다. 머릿속에서 말 하나가 만들어진다.

'그대 넓은 옷자락에 감추어진 바다를 나는 알고 있다.'

잿빛 바바리를 입은 남학생은 아주 천천히 걷는다. 고개를 숙였다가, 부풀어 오르는 바바리 자락을 여몄다가, 머리를 쓸어 올렸다가 하면서. 그 여자는 그의 뒷모습을 보며 그만큼 천천히 걷는다. 그의 뒷모습이 둥글다. 둥글고 수굿한 등이 그 여자에게 무슨 말인가를 하려 한다. 그는 교문을 지나고 상점들을 지나고 사람들을 지나쳐 가며, 두리번두리번 주변을 살핀다. 그 여자도 그가 보는 곳을 둘러보며 걷는다. 그의 옷자락이, 그 옷자락에 감추어진 바다가 말하는 것을 알아들으려 노력하면서. 잿빛 바바리를 입은 남학생은 잠시 걸음을 멈추더니 몸을 돌려 한 건물 입구로 들어선다. 그가 눈앞에서 사라지자 그 여자는 문득 당황한다. 바다를 놓친 마음으로.

그 여자는 천천히 걸어가 잿빛 바바리를 입은 남학생이 사라진 입구를 바라본다. 이 층으로 올라가는 계단, 빨간 카펫이 깔린 계단이 어둠 속으로 사라진다. 그 여자는 길을 잃은 느낌이다. 계단의 끝부분이 보이지 않아, 더욱 그런 느낌을 받는다. 저 계단의 끝에는 무엇이 있을까. 거기가 찻집이고, 한두 번 들어가 본 적이 있는 곳임에도, 그 여자는 계단의 끝이 알 수 없는 세상을 향해 뻗어 있다는 느낌을 받는다. 그 끝을 알 수 없는 마음으로, 혹은 그 끝을 확인해 보고 싶은 마음으로, 그 여자는 천천히 계단을 올라간다. 이끌림 같은 것, 호기심 같은 것, 갑자기 갈 곳이 없어진 황망함 같은 것이 모두 힘을 모아 그 여자를 계단으로 밀어 올린다. 한편에서 마음은 변명을 준비한다. 그래, 나도 차나 한잔 마시고 가자.

찻집은 바깥보다 어둡다. 실내가 눈에 익지 않아 잠깐 입구에 서 있는데 누군가 그 여자를 부른다.

"정숙아, 어쩐 일이니?"

김경이다. 사대 영어교육과로 입학한 교양학부 B반 친구. 아름다운 구슬 옥, 경(瓊)이야. 자신의 외자 이름을 그렇게 소개한 일이 있다. 그 여자는 혼자 앉아 있는 경이에게 다가가 맞은편에 앉는다.

"누구 기다리니?"

"아니야. 넌 왜 이제 나오니?"

"도서관에 들렀다가……."

"책 빌렸니?"

경이는 그 여자가 테이블 위에 놓은 책들을 가져다 살펴본다. 그 여자는 주변을 살펴본다. 잿빛 바바리를 입은 남학생은 그 여자와 대각선으로 마주 보이는 구석에, 그 여자 쪽으로 얼굴을 향하고 앉

아 있다. 그는 맞은편에 앉은 남학생의 얼굴을 바라보며 이따금 고
개를 끄덕인다.

"난 김수영을 읽고 있어."

그 여자는 잿빛 바바리를 입은 남학생으로부터 시선을 거둬 경
이를 본다. 경이가 내미는 책은 김수영 시집《거대한 뿌리》다. 그 여
자는 경이가 내미는 시집을 펼쳐 넘겨 본다. 여기저기, 굵은 펜으로
그어놓은 밑줄이 보인다.

"나는 김수영 같은 시를 쓰고 싶어. 힘 있고 주제의식 강하고, 그
러면서도 서정적인."

그 여자는 고개를 끄덕인다. 김수영이든 김춘수든, 자신도 시를
쓰고 싶다고. 경이는 사대에 다니지만 문학에 대한 열정이 크다. 그
여자는 제 속에 있는 그것으로 경이의 그것을 알아볼 수 있다. 또
하나, 경이에게서 알아볼 수 있는 것은 내밀한 어둠이다. 일부러 행
동을 크게 하고 목소리에 힘을 넣고 밝게 말을 붙이는 태도. 그 태
도에서 경이의 내밀한 어둠을 본다. 그걸 읽을 수 있는 것은, 제 속
에도 그와 똑같은 것이 있기 때문이다. 그 여자는 그런 일들에 대한
감응이 빠르다. 똑같이 환하게 웃는 사람들 사이에서 마음 깊은 곳
에 어둠을 숨기고 있는 자의 얼굴을 가려내는 눈이 있다. 그 여자가
보기에, 잿빛 바바리를 입은 남학생도 그런 부류임이 분명하다.

두 여학생은 잠시 말이 없다. 경이는《나목》을, 그 여자는《거대
한 뿌리》를 읽으면서. 그렇게 얼마간의 시간이 흐른다. 시를 다섯
편쯤 읽을 시간.

"아, 나온다!"

경이의 말이 마치 쟁반 위에 떨어져 구르는 구슬 같다.

그 여자는 고개를 들어 경이를 본다.

"이 음악, 내가 신청한 거야."

그제야 그 여자는 실내에 음악이 흐르고 있음을 깨닫는다. 처음 듣는 곡이다. 관악기로 연주되는 곡의 섬세한 음색이 금세 가슴에 닿아 울림을 만든다.

"무슨 곡이니?"

"〈환상의 폴로네즈〉. 바흐의 관현악곡이야."

폴로네즈, 군대용 무곡. 전사들이 승전의 기쁨을 표하던 춤곡. 어떻게 이렇게 섬세하고 감성적인 음악에 맞추어 승전의 기쁨을 나타냈을까. 음악을 듣고 있자니 몸 전체가 하나의 관악기로 변하는 느낌이다. 몸속에 원통형의 빈 공간이 생기고, 그리고 바람이 빠져나가면서 울림소리를 내는 것 같다. 호흡이 벅차오르며 손이 조금쯤 떨린다. 몸속을 관통하는 음악.

음악을 들으며 그 여자는 잿빛 바바리를 입은 남학생 쪽을 바라본다. 그가 이쪽을 보고 있다. 해독할 수 없는 세상에 대한 호기심이 담긴 눈빛으로. 그 여자도 똑같은 눈빛으로 그를 바라본다. 두 사람의 시선이 허공에서 만난다. 그러나 그 여자 쪽에서 먼저 고개를 돌린다. 음악 때문에, 그의 눈빛 때문에, 숨이 막혀오는 그 알 수 없는 느낌을 감당할 수 없어서.

바흐의 관현악 소품인 〈환상의 폴로네즈〉. 그 음악을 잊을 수 있을까. 지금도 그 음악을 들을 때마다 바로 그 시절의 정서를 고스란히 되살릴 수 있다. 따뜻한 기대에 차 있던 대학 첫 학기, 조금씩 문학 쪽으로 걸어가던 설렘의 열정, 잿빛 바바리 자락에 바다를 감추고 있던 남학생과, 김수영의 시집을 읽던 경이, 답답하게 억눌린 느낌을 주는 교정에 그래도 안온하게 쏟아지던 그날들의 햇살…….

지금까지 많은 음악을 들으며 그 여자는 한 가지 깨달은 게 있다. 어떤 음악이든, 그 음악을 처음 들었을 때의 감동이나 정서에 영원히 지배당한다는 점이다. 지금도 〈개여울〉을 들으면 강릉 하숙집 뒷산에 올라 어머니를 생각하던 중학생이 오른다. 〈엘 콘도르 파사〉를 들으면 고등학교 일 학년, 수업을 빼먹고 피아노실에 쭈그리고 앉아 책을 읽던 그 먼지 냄새가 되살아난다. 〈한계령〉을 들으면 십 년 전, 아침마다 눈을 뜨면 플레이어에 바늘을 올려놓던 삼송리의 습한 자취방, 천장 가까운 벽에 피었던 곰팡이와 억울해, 억울해 울며 잠 깨던 날들이 생각난다.

그렇듯이, 그 여자는 플루트로 연주되는 〈환상의 폴로네즈〉를 들으면 늘 대학 일 학년 때의 그 공간으로 돌아간다. 모든 것이 변하고, 기억 속에 있는 형상조차 희미해진 다음에도, 고스란히 되살아난다. 그런 일이 있다. 그 음악을 처음 들은 때로부터 꼭 십 년 후의 출근길에서.

그 여자는 출근시간에 맞추어 회사에 도착한다. 어쩌면 십 분쯤 늦었을지도 모른다. 엘리베이터 앞에서, 전날 마신 술로 속이 쓰려 약을 사먹으러 간다는 선배와 엇갈린다. 선배는 내리고 그 여자는 엘리베이터를 탄다. 안에는 십이 층 버튼을 누른 사람이 한 명 있다. 그 여자는 육 층 버튼을 누른다. 엘리베이터 벽에 기대섰을 때에야, 스피커에서 나오는 음악을 듣는다. 플루트로 연주되는 바로 그 〈환상의 폴로네즈〉. 그동안 레코드점에 갈 때면 가끔 그 곡을 찾아보는데, 주로 바이올린으로 연주된 것밖에 없었다. 그런데 뜻밖에도 출근길 엘리베이터에서 플루트로 연주되는 그 곡을 듣는다.

음악을 듣는 순간 그 여자는 이미 엘리베이터 안에 있지 않다. 음악과 함께, 엘리베이터와 함께 들어 올려져, 그 찻집, 경이와 잿빛 바바리를 입은 남학생과 함께 있던 그 찻집으로 옮겨진다. 문학에 대한 막막한 열정을 가진 대학 일 학년생이 되어. 그 여자는 엘리베이터가 육 층에 멈추고, 문이 열렸다 다시 닫히는 것을 모른다. 엘리베이터에 있던 남자가 내림으로써 거기가 십이 층이라는 것을 깨닫는다. 그러나 그 여자는 아무 버튼도 누르지 않은 채 가만히 있는다. 음악이 제 몸의 빈 공간을 돌아나가는 것을 느끼면서, 음파들이 가슴 내벽에 닿아 가슴을 떨게 하는 것을 느끼면서.

엘리베이터는 누군가가 불렀는지 십구 층으로 간다. 십구 층에서는 제복을 입은 젊은 여자가 탄다. 문이 닫히고 엘리베이터가 내려가고, 젊은 여자는 십 층에서 내린다. 다시 엘리베이터는 한동안 움직이지 않고 서 있는다. 그 여자는 여전히 고개를 숙인 채 음악을 듣고 있다. 몸 안을 휘감던 음파가 몸 밖으로 퍼져 나오면서, 미세하게 살갗을 떨게 한다. 잿빛 바바리를 입은 남학생의 눈빛이 떠오르고, 그 시절의 문학에 대한 열정이 되살아난다. 그 여자가 하, 숨을 몰아쉴 때, 엘리베이터는 다시 아래로 내려가기 시작한다. 깊은 숨을 내쉬듯 음악이 끝나고, 엘리베이터가 멈추면서 문이 열린 곳은 다시 현관이다. 현관에는 아까 약을 사먹으러 갔던 선배가 서 있다. 그는 그 여자를 발견하고는 눈을 크게 뜬다. "아니, 왜 아직도 여기 있어?" 그 여자는 희미하게 웃기만 한다. 음악 때문이었다고, 음악에 휘감겨 올라 다른 공간을 다녀오는 길이라고, 말해도 이해하지 못할 것이므로.

대학 일 학년 일 학기는 아직 평화롭다. 운명은 아직 그 여자를 조롱하지 않는다. 문학에, 음악에, 그리고 친구와 학교에, 아직은 따스한 기대감과 편안함이 깃들어 있다. 그들과 함께, 많이 펼쳐져 있는 새로운 세계를 향해, 조금씩 발을 내딛고 있다. 그때까지는, 아무 일도 일어나지 않는다.

그날, 그 여자가 바다에 이끌리듯 뒤따라갔던 잿빛 바바리를 입은 남학생은 앞으로 그 여자의 삶의 많은 부분을 차지하게 된다. 아니, 삶의 많은 부분이 아니라 의식의 많은 부분이라는 게 더 옳은 표현이다. 그와의 만남은 그렇게 시작된다. 말없이 그 뒷모습을, 혹은 옆모습을 바라보는 것으로. 그와의 관계가 늘 그의 옆모습이나 뒷모습을 바라보는 것만 같았던 것도, 아마 첫 대면이 그랬기 때문일 것이다.

사람들은 늘 시작이 중요하다고 말한다. 한 해는 새해 첫날을 어떻게 보냈느냐에 좌우되고, 장사는 마수걸이가 중요하고, 택시기사조차 첫 손님으로는 안경 낀 사람과 여자를 태우지 않는다. 모두 그토록 중요하게 여기는 시작. 그 시작을, 그 여자와 잿빛 바바리를 입은 남학생은 말없이 서로를 바라보는 것으로 시작한다. 옆모습이나 뒷모습을. 앞으로 이 글에서, 잿빛 바바리를 입은 남학생을 잿빛 바바리라 부르기로 한다.

【 2부 】

18

그 여자는 아직 한 번도 아버지의 여자에 대해 정식으로 언급한 일이 없다. 무슨 마음에 맺힌 감정이나 입 밖에 내기 싫은 어떤 일이 있어서가 아니다. 그보다는 정식으로 언급할 만한 어떤 사건이나 감정이 전혀 없어서다. 일 년에 한 차례, 혹은 두 차례씩 아버지를 만나러 갈 때마다 한 번씩 볼 뿐이다. 그때마다 그 여자는 입을 다물고 아무 말도 하지 않는다. 아버지에게도 거의 말을 하지 않기 때문에, 아버지의 여자에게 말이 없는 건 당연하다. 그녀 쪽에서도 먼저 말을 걸지 않는다. 아마 그들은, 서로를 나무나 돌처럼 생각해 왔는지도 모른다.

물론 그 여자 나름대로 아버지의 여자에 대한 한두 가지 감정은 있다. 하나는, 그녀가 어머니보다 예쁘지 않다는 점이다. 아버지는 왜 어머니보다 못생긴 저런 여자를 사랑하는 걸까, 어린 마음에는 그런 생각도 한다. 또 하나는 그녀의 나이가 너무 적다는 점이다. 그 여자가 중학교 일 학년인 열세 살 때, 그때 처음 만났던 그녀는 채 스물이 못 되었다고 들었던 것 같다. 물론 정확히는 모른다. 지금까지도. 아버지가 환갑일 때, 그녀의 나이가 삼십 대 후반이었다고만, 지금도 그렇게만 알고 있다.

아버지는 수원에서 그녀를 처음 만난다. 나중에 알게 된 얘기다.

아버지가 농촌진흥청에 다닐 때, 쥐약을 만들어 전국 쥐잡기의 날에 배포하는 일을 할 때, 그녀는 그 일에 고용된 일용직 노동자였다한다. 그러면 모든 의혹이 풀린다. 어머니가 아팠던 것도, 아버지가 직장을 그만둔 것도, 가정의 울타리가 일시에 와해된 것도. 아버지는 인생을 다시 시작하고 싶었을 것이다. 그녀와 함께, 다른 곳에서, 다른 삶을 가꾸고 싶었을 것이다. 아버지가 어머니에게서 느꼈을 법한 모든 부정적인 요소가 그녀에게는 전혀 없었을 것이다. 모든 남자가 여자는 그저 여자, 어머니나 창녀이기를 바란다. 아내가도덕 선생이나 기숙사 사감이기를 바라는 사람은 없다. 아버지도그랬을 것이다.

대학을 한 학기 마치고 여름방학을 하자, 그 여자는 갑자기 갈 곳이 없어진다. 비싼 하숙비를 치르며 하숙집에 머물 수도 없고, 그긴 여름방학을 아버지의 집에서 보낼 수는 더욱 없다. 한 번도, 아버지의 집에 하루 이상 묵는 일을 상상해본 일이 없다. 어머니? 거기도 두 달이나 묵을 곳은 아니다. 어머니에게 그런 짐을 지워서는안 된다는 생각이다. 두 분이 헤어질 때, 그 여자와 동생의 양육은아버지의 몫이었다. 어머니에게는 어머니가 책임져야 하는 그 밑의 두 동생이 있다. 더구나, 대학은 어디를 가도 좋다. 다만 경북으로만 가지 마라, 아버지는 그렇게 말했다. 그런 말을 하는 아버지의 마음을 선명하게 이해할 수 없듯이, 어머니를 찾아가는 걸 저어하는 자신의 마음 역시 선명하게 설명할 수 없다. 그 여자는 차라리자취를 할 걸 싶어진다. 그러면 방학이 되어도 비싼 하숙비 걱정 없이 방에 머물 수 있다. 갈 곳이 없어 쩔쩔매지 않아도 된다. 돈도 절약될 것이다. 그 여자는 이 학기부터는 자취를 하리라 결심한다. 그래도 당장 갈 곳이 없다.

그 여자는 일단 강릉으로 내려간다. 그리고 우선 할아버지 집에 들른다. 완만한 경사면이었던 할아버지의 삶, 시내에 있던 집을 잃고 강릉 변두리로 밀려나 있는 할아버지의 삶. 할아버지는 그 여자의 손을 잡는다. 마르고 거친 손, 눈가가 짓무른 노안, 당신의 삶이 계속 비탈을 구르는 동안 날로 가팔라진 몸피. 그 여자는 할아버지의 손을 잡고 입술을 깨문다. 부당하다고, 인간의 삶은 이래서는 안 되는 거라고 생각하면서.

할아버지는 이제 할머니와 함께, 아버지가 보내드리는 생활비로 생활하신다. 할머니는 그 여자에게 점심을 차려주시고, 그 여자가 밥을 먹는 동안 밥상 앞에 앉아 계신다. 그러다가 조심스럽게, 그러나 지나가는 말투로 말씀하신다.

"아버지한테서 생활비가 잘 안 온다. 너 대학 들어갈 때, 선영이 에미가 너 대학 보내지 말라고……."

할머니는 잠시 말을 중단하신다. 선영이는 아버지와 그 여자 사이에서 태어난 첫딸이다. 그 여자는 멍한 기분이 된다. 왜 그녀가 그런 말을 하는가. 그녀가 할 말이 아니지 않은가.

"아버님, 정숙이 대학 보내지 말라고 하세요. 정숙이 대학 가면, 아버님 생활비 드릴 수 없어요, 그러더니, 그 말이 정말이었던 모양이다."

할머니는 그녀의 목소리를 흉내 낸다. 넘어가던 밥이 명치쯤에서 걸린다. 그 여자는 물을 한 모금 마시고 숟가락을 놓는다. 한 번도 아버지의 여자에 대해 어떤 감정을 가져본 적이 없다. 그녀는 그저,

나무나 돌처럼 거기 있었을 뿐이다. 그 여자가 놀란 건, 그녀가 나무나 돌이 아니라는 사실이었을 것이다. 그녀가 할아버지의 생활비를 쥐고 있고, 그 여자의 대학 등록금을 쥐고 있다는 사실이었을 것이다. 그 여자는 그것을 받아들일 수 없다.

그 여자는 할아버지의 집을 나와 친구 집으로 간다. 친구들의 집을 이리저리 떠돌면서 거의 한 달을 보낸다. 그러면서 마음은 내내 갈 곳이 없다고 생각한다. 갈 곳 없는 마음, 거처할 만한 안정된 공간이 없는 자의 마음, 한사코 백사장을 휘몰아치는 파도 같은 마음을 어쩌지 못하면서 명자네, 혜란이네, 순영이네, 영옥이네……. 그 여자는 여름방학 내내 친구들의 집을 떠돌아다니며 보낸다.

그 여자는 이쯤에서 감히 말하고 싶다. 자신을 키운 건 팔 할이 친구들이었다고. 그 여자의 삶에서 친구들이 없었다면? 글쎄, 무어라고 말할 자신이 없다. 아버지와 어머니가 없는 자리는 늘 친구들로 채워져 왔다. 가정이라는 울타리 대신 친구들의 울타리에 둘러싸여 살아왔다. 친구들의 작은 위안이 큰 힘이 될 때도 있고, 친구가 곁에 있다는 사실만으로 마음이 따뜻해지는 일이 있다. 그 여자는 지금도 어려운 일에 처하면 가족이나 친척보다 먼저 친구를 찾는다. 심리적으로 어려울 때, 경제적으로 어려울 때, 갈 곳이 없어 어려울 때, 언제든 그 여자는 친구들을 찾아간다. 친구가 없으면 친구의 어머니와 이야기를 나누다 온다. 무어 그리 뾰족한 이야기가 있겠는가. 그저 어머니들의 이야기를 듣다가 오는 것뿐이다. 지금도 그 여자에게 김장을 해주시는 분은 친구들의 어머니다. 혜정이 어머니, 혜락이 어머니.

그 여자의 어머니는 가끔 그런 점이 서운하신 모양이다.

"우리 애들은 어떻게 가족이나 친척보다 친구들을 더 좋아하는지 모르겠다."

그러면 그 여자는 웃고 만다. 아마 어머니는 영원히 모르실 거라고. 지금 그 여자가 그토록 친구들의 일에 헌신적인 것은, 그 여자가 바로 그만큼 헌신적인 친구들의 도움을 받았기 때문이다. 그 여자가 받은 사람과, 그 여자가 주는 사람이 다르면 어떤가. 인류는 모두 지구 위에 있고, 지구 위를 흐르는 따뜻한 대류는 여러 방향으로 흐르기도 하는 것이다.

친구들의 집에서 여름방학을 보낸 후, 그 여자는 아버지의 집을 방문한다. 개학이 얼마 남지 않았고, 그래서 아버지의 집에 들렀다가 서울로 올라가리라 생각한다. 그때 아버지는 인제군 원통면에 있다. 교육 공무원은 오 년에 한 번씩 근무처가 바뀐다. 아버지는 정선군 임계면에서 오 년이 지나 인제군 원통면으로 발령이 난다. 인제 가면 언제 오나 원통해서 못 살겠다. 그런 농담이 있는 오지. 아버지는 이제 강릉이나 원주 같은 도시로는 발령이 나지 않는다. 그건 운명이 아버지에게 가하는 복수다. 이미 한번 버리고 떠난 교직이기에, 필요에 의해 다시 찾아온 옛 애인을 대하듯, 운명은 아버지에게 다정하지 않다.

아버지의 집은 논밭으로 둘러싸인 한가운데, 스무 가구쯤 되는 마을에 있다. 그 마을 중에서 가장 끝 집이다. 그 여자가 찾아갔을 때 집은 비어 있다. 열린 대문, 열린 방문으로 방 안이 훤히 들여다보인다. 마당이 넓고 ㄱ자로 방이 세 개 달려 있는 집, 방 안에 흩어져 있는 아이들의 장난감이 보인다. 작은 블록들을 끼워 맞춰 집이며 나무며, 자동차를 만드는 장난감. 그 여자가 어렸을 때도 아버지와 무릎을 맞대고 앉아 더 기발하고 멋진 자동차를 만들기 위해 블록을 이리저리 바꿔 끼워보곤 했다.

　방 안에 있는 블록은 로봇 모양을 하고 있다. 그 여자는 마루에 걸터앉아 로봇을 오래 바라본다. 머리는 빨간 블록으로, 몸체는 노란 블록으로, 팔다리는 초록색 블록으로 맞추어져 있다. 그것을 바라보면서, 무언가 이상한 감정, 아주 낯선 감정이 마음 깊은 곳에서 미미하게 솟는 것을 느낀다.

　그 여자는 로봇을 외면하고 마루에서 일어난다. 마당을 이리저리 걷다가 집 모퉁이를 돌아 뒤뜰로 간다. 뒤뜰에는 닭을 키우는 양계 축사와 돼지를 키우는 양돈 축사가 정교하게 지어져 있다. 양계 축사에는 스무 마리쯤 되는 장닭이 있고, 두 칸으로 나뉜 양돈 축사에는 희고 살집 좋은 돼지가 한 마리씩 들어 있다. 그중 한 마리는 막 새끼를 낳아, 열 마리 가까이 되는 새끼들을 배 위에 얹은 채 비스듬히 누워 있다. 흰 새끼돼지들은 어미돼지의 젖꼭지를 하나씩 물고 있다. 젖꼭지를 차지하지 못한 새끼 한 마리는 어미의 엉덩이쯤에 한사코 머리를 비벼댄다.

　그것들을 보다가, 그 여자는 블록을 보며 느꼈던 낯선 감정의 정체를 알아낸다. 마음속에서 미미하게 솟던 감정, 그 감정의 정체를 확연히 깨닫는다. 아버지는 이제 완전히 다른 가정을 가꾸고 계시는구나……. 예전에 탱자나무를 심어 울타리를 만들었듯이, 이제는 이 집에 축사를 만드셨구나. 아버지는 이 가정에 몹시도 만족하며, 이 삶을 보다 나은 것으로 만들기 위해 최선을 다하고 계시는구나……. 그리하여, 뒤뜰을 돌아 나오며 그 여자가 도달한 결론은 하나다. 이제는 내 아버지라고 말할 수 없다는 것. 그런 마음에는 마당가에 가꾸어진 텃밭도 예사로이 보이지 않는다. 문득, 집을 잘못 찾아왔다는 낯설음에 휩싸이고, 그냥 돌아갈까 하는 마음도 인다. 이젠 내 아버지가 아니야.

글쎄, 그게 무슨 감정인지 모르겠다. 사랑의 배타성이었을까. 아이들의 장난감이며, 아버지가 돼지를 치고 닭을 키우는 일이며 왜 그토록 서운하게 느껴졌을까. 그러나 그 여자가 그때는 미처 깨닫지 못한 게 있다. 아버지가 돼지를 키운 진정한 이유에 대해서. 지금 생각해보면, 아버지는 아마 그 여자 때문에 돼지를 키우기 시작했는지도 모른다. 고등학교 교사의 봉급으로는 늦게 본 자식들을 양육하고, 노부모에게 생활비를 드리고, 큰딸의 대학 등록금과 하숙비를 대기가 벅찼을 것이다. 아버지가 집에 텃밭을 가꾸고 돼지를 친 진정한 이유는 어쩌면 그런 일들 때문이었을지도 모른다. 그때는 왜 몰랐을까. 그때는 왜 아버지가 새로운 가정에 대한 즐거움과 보람에서 그 일을 한다고만 믿었을까. 모르겠다. 어느 나이에 이르기 전에는 이해할 수 없는 일도 있는 법이다.

그 여자는 아버지의 집 대문을 나와 잠시 멍한 상태로 서 있는다. 그냥 돌아갈까? 그러나 어디로? 그런 때, 그 여자는 잠깐씩 제 존재가 거추장스럽다. 사라져버릴 수 있다면, 작은 흔적도 남기지 않고 감쪽같이 이 땅에서 없어질 수 있다면. 그 여자는 논 사이로 난 길을 따라 걷는다. 어금니를 힘주어 문 채. 벼들이 푸르게 자라고 있는 논길을 한참 지나자 제방이 나온다. 제방으로 올라서니 눈 아래로 넓은 강이 흐르고, 강 저편에는 병풍을 친 듯 곤추선 산이 있다. 여자는 둑을 내려가 강가에 선다. 흐르는 강물을 한참 바라보다가 납작하고 둥근 돌멩이를 골라 물수제비를 떠본다. 역시 잘 되지 않는다. 몇 차례 물수제비를 뜨다가 강가에 주저앉는다. 주저앉아, 가만히 가슴을 누른다. 가슴 저 깊은 곳에서 미미한 통증이 올라온다. 고등학교 때의 어느 추석이 떠오르고, 그날의 남대천이 떠오르고, 그리고 그날의 혼란스럽던 슬픔이 되살아난다. 강가에 주저앉아 가슴을 누른 채, 그 여자는 자꾸만 숨을 들이쉰다. 흐르는 눈물을 되삼키려는 듯이.

아직도 강은 그 여자에게 아주 슬픈 무엇이다. 강가에 찍힌 저 말발자국이 희미해지면 이곳을 떠나 북으로 가거라. 그렇게 말했다는 낭만적 예언가의 기질을 지닌 조상이 있다. 그의 말에 따라, 보따리를 이고 지고 강을 건넜을 할아버지가 있다. 낯선 곳으로 이주하는 무리의 느린 행렬, 우리네 삶에 깃들어 있는 강물 같은 부박함, 그 강물 위를 떠도는 나뭇잎 같은 정처 없음……. 그 후로, 그 여자가 보는 강은 늘 햇빛을 받아 물결을 어룽어룽 반사해 올리며, 눈시울을 적셔오는 무엇이다. 생각해보면, 강이 그렇게 슬픈 것은, 그것이 아직도 미완성이라는 점 때문일지도 모른다. 바다에 닿기 위해, 아직도 고단하고 먼 길을 가야 하는 막막함 때문일지도 모르겠다.

강가에 앉아 가슴을 누르고 있던 그 여자는, 마른손으로 얼굴을 몇 차례 문지르고 강을 떠난다. 이제쯤 집에 사람이 와 있겠지. 그가 누구든, 빈집에 있는 것보다는 낫겠지. 논길을 아주 천천히 걸어 다시 아버지의 집으로 돌아간다. 대문을 들어서다가, 아버지의 여자를 본다. 아버지의 여자는 마루에서 마당으로 내려서서 대문 쪽으로 걸어 나온다. 다시 배가 불룩해져 있다. 세 번째 아기일 것이다. 그녀는 몇 걸음 걷다가 고개를 들고, 그리고 그 여자를 발견한다. 두 사람은 마당을 사이에 두고 잠시 마주 보고 서 있는다. "아버님, 정숙이 대학 보내지 말라고 하세요. 정숙이 대학 가면 아버님께 생활비 드릴 수 없어요." 그렇게 전하던 할머니의 말이 떠오른다. 그녀가 나무나 돌이 아니라 할아버지의 생활비와 그 여자의 등록금을 쥐고 있다는 사실을 받아들일 수 없다.

그 여자는 그때의 정황이 어땠는지 정확히 기억나지 않는다. 그 여자가 먼저 모진 말을 했는지, 아버지의 여자가 먼저 등록금에 대한 얘기를 꺼냈는지 모르겠다. 다만, 제가 한 말은 기억한다.

"당신이 뭔데, 내가 대학 가는 걸 간섭하고 그래요?"

정확하게 그런 표현이었는지는 모르지만, 아무튼 그런 뜻이다. 이미 상심과 절망에 충분히 벼려진 그 여자는 그게 칼날이라는 걸 알면서도 서슴없이 날린다. 아주 낮고 차분한 목소리로. 이어 몇 마디 말이 오간다. 모두 합쳐서 세 마디, 혹은 네 마디쯤. 그러나 그 한두 마디가 서로 상대방에게는 가장 치명적인 말들이다. 가장 예민한 곳에 닿아, 회복 불능의 상처를 입히는 말. 싸울 때, 어떻게 그렇게들 본능적으로 상대방의 급소를 알아내는지 모르겠다. 그렇다, 그건 싸움이다. 살면서 그 여자가 처음으로 해본 싸움.

그래서는 안 되었다고 그 여자는 지금도 생각한다. 그녀, 아버지의 여자, 그녀도 어쩌면 그렇게 사는 자신에 대해 진저리를 치고 있었을지도 모른다. 어렸을 때, 무얼 잘 모르는 순정에 아버지를 따라나섰겠지만, 그때쯤이면 이미 그 삶에 충분히 진저리를 칠 만하다. 그 여자는 이따금 아버지의 여자를 생각해볼 때가 있다. 왜 인생을 그런 식으로 풀어나갔을까. 그러면 가슴이 답답해진다. 그 여자 역시 인생을 잘 풀어나갔다고 말할 수 없으므로. 그 가슴 답답함 속에는, 그들 두 여자의 유전자에 똑같이 녹아 흐르는 억압, 남성 지배 이데올로기에 대한 복종의 벽이 있을 것이다.

두 사람은 마주 보고 서 있다. 아니, 마주 보지는 않는다. 서로 다른 곳을 보면서, 입술을 깨물고 마주 서 있다. 둘 다. 눈가에 물기가 그렁그렁 차오른다. 그 여자처럼, 그녀도 싸움을 잘하지는 못하는 모양이다. 그 여자처럼, 그녀도 나이가 많지 않았기 때문인지도 모른다. 그때 막 이십 대 중반을 넘어서고 있었으니. 두 사람이 그러고 있는 동안 아버지가 들어온다. 아버지는 걸음을 멈추고 두 사람을 번갈아 바라보다가, 낮은 목소리로 묻는다.

"무슨 일이야?"

아버지의 물음과 동시에, 그녀는 참고 있던 울음을 쏟으며 크게 소리 내어 울기 시작한다. 제 편에 되어주는 사람이 있으면 더 힘이 나거나 더 설움을 타거나 하듯이. 울음을 쏟지 않은 것으로 보아 그 여자는 이미 아버지가 제 편이 아니라고 판단한 모양이다. 이미 다른 가정의 아버지라는 걸 아까부터 깨닫고 있다. 아버지의 여자는 한 손으로 입을 막고, 울면서 집 모퉁이를 돌아간다. 먹이를 기다리고 있었던 걸까, 뒤뜰의 돼지들이 갑자기 큰 소리로 운다. 아버지는 집 모퉁이를 돌아가는 그녀의 모습을 보다가, 고개를 돌려 그 여자를 본다. 아버지의 시선이 제게 닿을 때, 그 여자는 아찔한 현기증을 느낀다. 화살, 아버지의 눈에서 자잘한 화살이 날아와 심장에 박힌다. 그 여자는 어금니를 힘주어 문 채 쓰러지지 않으려 애쓴다. 그러는 동안, 아버지는 몸을 돌려 집 모퉁이를 돌아간다. 그 여자는 또, 아버지의 등에서 절벽을 본다. 가파른 절벽, 이미 자신을, 동생을, 가족을 떨쳐낸 절벽. 그 여자는 화살에 맞아 절벽으로 떨어지는 제 영상을 본다. 그러면서도 그 상황이 이해되지 않아, 한동안 그 자리에 멍하게 서 있는다.

뒤뜰의 돼지들은 이제 잠잠하고, 그녀의 울음소리만 커졌다 작아졌다 한다. 그 사이로, 그녀를 달래는 아버지의 목소리가 웅얼웅얼 들려온다. 내용은 알아들을 수 없지만 그 말에 담겨 있는 간절하고 절박한 기미는 너무나 선연하다. 그제야 그 여자는 몸을 돌린다. 천천히 대문을 빠져나와 아까와는 반대 방향으로 걷는다. 시내로 나가는 길, 버스 터미널이 있는 곳. 몇 가구 되지 않는 마을을 금방 지나 논둑길로 접어든다. 이따금 메뚜기가 날고, 벼이삭이 자꾸만 팔이며 다리를 할퀸다. 손바닥으로 쓰린 팔을 문지르며, 그제야 그 여자는 울기 시작한다. 다 끝났어. 이제는 내 아버지가 아니야. 주변에 아무도 없다고 생각하자 울음은 크게 소리 내는 흐느낌으로 변한다. 울면서, 울면서, 그 여자는 아버지의 집을 떠난다. 다시는 아버지를 보지 않을 거야. 나중에, 아버지가 늙어서 나를 찾아올 때까지, 절대 아버지를 보지 않을 거야.

머릿속에서 무엇인가 걷잡을 수 없이 뒤섞이고, 가슴속에 있는 무엇인가 둔중하게 무너지고, 그 여자는 기어이 논둑길에 주저앉는다. 그러면서 한 가지 영상을 본다. 등 뒤에서 커다란 대문이 닫히고, 안쪽으로 큰 빗장이 질러지고, 빗장 위로 굵은 대못이 박힌다. 딱딱하고 어두운 낯빛을 한 대문, 그 여자를 밀어내는 대문, 주먹에서 피가 나도록 두드려도 결코 열리지 않을 대문. 논둑길에 쭈그려 앉아 훌쩍거리며 그 여자는 단 한 가지만 생각한다. 버림받았구나……. 이제 아버지는 나를 버렸구나. 그동안 아버지가 나를 키워준 것은, 사랑이 아니라 의무였구나. 그 전에도 아버지는 얼마든지.

나를 다리 밑에 버릴 수 있었겠구나…….

글쎄, 모르겠다. 지금도 분명한 것은, 아버지는 그 여자를 버린 일이 없다는 것이다. 그럼에도, 그 여자는 버림을 받는다. 혹독하게, 햇빛이 쨍쨍 내리쬐는 들길을 걸어 그 집을 떠나면서, 그 여자는 다시 한 번 아버지의 등에서 절벽 아래로 떨어져 내린다.

주머니를 뒤져보니 서울은커녕, 강릉으로 돌아갈 차비도 되지 않는다. 그 여자는 터미널을 오가는 버스를 바라보며 멍하니 서 있는다. 어떻게 하나. 터미널의 딱딱한 나무의자에 앉아 또 시간을 보낸다. 이제 대학은 끝났다. 무얼 하며 살까. 몇 가지 직업이 떠오른다. 다방 디제이가 있고, 다방에서 서빙하는 직업이 있고……. 그리고 생각나지 않는다. 왜 그런 일밖에 떠오르지 않았을까. 세상에는 참으로 여러 가지 직업이 있는데, 그때 그 여자에게 떠오르는 일거리는 그런 것뿐이다.

주머니의 돈을 세어본다. 이 돈으로 갈 수 있는 곳까지 가서, 거기 눌러앉으리라. 거기 가면, 무엇을 하든 이 몸을 먹여 살리지 못하겠는가. 그 여자는 한숨을 쉰다. 먹여 살려야 하는 육체, 그것이 다시 거추장스러웠다.

그러고도 또 터미널에 한참을 앉아 있는다. 그렇게 딱딱한 나무의자에 앉아 무엇을 기다렸던 것일까. 아버지가 자신을 찾아 터미널로 달려오기를 기다렸을까. 모르겠다. 삼십 분, 혹은 한 시간쯤 지났을 것이다. 시간이 지날수록, 아버지가 오지 않으리라는 게 확실해질수록, 아버지에게 버림받았다는 느낌이 선명해질수록, 낯선 도시에 가서 아무 일이나 하며 살 자신이 없어진다. 어떻게 하나. 어김없이 떠오르는 것은 친구다. 우선 강릉으로 가야겠구나…….

그 여자는 깊은 숨을 크게 들이쉬며 주변을 둘러본다. 좁고 스산한 터미널 안에는 사람들이 몇 없다. 교복을 입은 남학생 둘, 아이를 업은 아주머니, 보따리를 품에 안은 채 눈을 감고 있는 할머니…… 그들 사이에 양복을 단정히 입은 중년 사내가 있다. 다시 한 번 심호흡을 하고, 그 여자는 양복 입은 사내에게 다가간다.

"죄송합니다만……"

중년 사내는 그 여자를 바라본다. 그중에서도 여자의 눈을 유심히 본다. 그때까지도 울음의 기미가 남아 있을 붉은 눈동자를. 여자는 문득 부끄러워진다. 그래서 빨리 말해버린다.

"차비가 부족해서 그러는데, 이백 원만 주실 수 있으세요?"

중년 사내는 여자의 말이 끝나기도 전에 주머니를 뒤진다. 커피 한 잔이 백오십 원 하던 시절, 그 여자는 전혀 모르는 사내에게서 이백 원을 얻는다.

"고맙습니다."

고개를 숙이고 돌아서는데 다시 눈가에 물기가 차오른다. 낯선 사람에 대한 고마움으로, 그럼에도 어쩔 수 없는 자신에 대한 모멸감으로 입술을 깨문다. 요즈음도 그 여자는 기차역이나 버스 정류장 같은 데서 돈을 달라고 하는 사람들을 만난다. 그중에는, 그걸 직업으로 삼는 사람들도 있다. 방금 돈을 받아 간 사람이 다시 다가와 돈을 청하는 일을 겪었기 때문에 알게 되었다. 그가 두 시간 동안 서울역 광장을 오가며, 순진해 뵈는 대상을 고르고, 그에게 다가가 손을 내미는 걸 지켜보기도 했다. 그럼에도, 그 여자는 언제나 돈을 준다. 돈을 청하는 자의 마음을 알기 때문이다. 아버지의 집을 떠난 절망적인 상황에서, 중년 사내가 주는 이백 원에 의해 겨우 그곳을 벗어날 수 있었던 기억. 그 후에도 그 여자는 버스 정류장에서 낯선 사람에게 토큰을 얻은 일이 있다. 그렇기에, 그 여자는 지금도 돈을 청하는 사람들을 외면할 수 없다. 그가 누구든 간에.

얼마나 낙담하고 얼마나 기진했던 것일까. 버스에 오르자마자 그 여자는 잠이 든다. 정신이 몸을 탁 쳐서 아무것도 모르는 상태로 빠뜨리는 그 편리한 잠. 이따금 머리가 창에 닿아 잠이 깨기도 하고, 잠이 깨면 잠깐씩 이제 무얼 하면서 사나 생각하지만, 그래도 이내 잠 속으로 빠져든다. 꿈과 식은땀과 절망이 뒤섞인 여행, 그렇게 비몽사몽 속에서 아버지의 집을 떠난다.

버스가 강릉 터미널에 닿았을 때, 그 여자는 아주 낯선 곳에 와 있다는 느낌을 받는다. 전혀 낯선 곳, 처음 와보는 도시, 서편으로 지는 해를 받아 사물들이 혼령처럼 긴 그림자를 드러내고, 공중에는 푸르스름한 기운이 안개처럼 끼어 있는 저녁. 그 여자는 또 터미널의 딱딱한 의자에 앉아 얼마간 시간을 보낸다. 아직도 정리되지 않는 상황을 이해하려 애쓰면서, 문득 자신의 주변을 둘러싸고 있는 그 딱딱하고 푸르스름한 껍질을 깨어보려고 애쓰면서. 몸도 거추장스러운데 몸 바깥을 둘러싸고 있는 이 고치의 정체는 무엇인가.

그 여자는 터미널을 나와 천천히 강릉 시내를 걷는다. 어디로 가나. 그 도시 어딘가에 있을 동생이 떠오른다. 동생이 더 현명했다. 이렇게 혹독하게 버림받기보다는 진작 아버지를 떠났어야 했다. 기대와 미련으로 오래 머물다 보면, 상처는 더 깊어지게 마련이다. 동생이 옳았다. 걸음이 제대로 놓이지 않는다. 온종일 아무것도 먹지 않아서가 아니라, 온몸이 아픈 울음을 기진하도록 울어서가 아니라, 몸 주변에 끼어 있는 푸르스름하고 딱딱한 껍질 때문이다.

"아버지한테 안 갔어?"

친구 명자는 놀란 눈을 한다. 그 여자는 친구의 방에 들어가 벽에 등을 기대고 미끄러져 앉는다. 벌써 잠자리에 들던 참인지, 방바닥에는 얇은 이불이 깔려 있다. 친구는 맞은편에 앉아 그 여자를 유심히 본다. 그 여자는 입술을 깨문다. 친구는 섣불리 그 여자에게 무얼 물어보지 못한다. 한참 만에, 그 여자가 먼저 입을 연다.

"이 나이에, 내가 할 수 있는 일이 뭐가 있을까?"

"저녁 먹었니?"

친구는 기다렸다는 듯이 엉뚱한 얘기를 꺼낸다. 그 여자는 친구를 한번 바라보고, 그러고는 이불을 뒤집어쓰고 눕는다. 아무도 이해하지 못해. 아버지에게 버림받은 마음에 대해 아는 사람은 없을 거야. 친구는 그 여자의 이불을 벗긴다.

"야, 밥 먹었냐니까?"

그래, 밥만큼 중요한 게 있을까. 그때도, 어디서 무엇을 하며 사나하는 마음에는, 제 몸을 먹여 살려야 한다는 의무감이 있다. 육체만 없다면, 먹여 살려야 하고 추위로부터 보호해주어야 하는 육체만 없다면, 어디서든 살 수 없겠는가. 대관령 꼭대기나 동해 바다 한가운데라도 못 살겠는가. 그런 마음 뒤에는, 거추장스러운 육체가 사라져주었으면 하는 마음이 깃든다. 그건, 죽음에 대한 유혹이다. 이미 작년에도 한 차례, 심하게 그것을 향해 이끌려갔던 그 죽음에 대한 유혹.

"명자야, 넌 왜 사니?"

그 여자는 자리에서 일어나 앉으며 묻는다. 친구는 픽, 웃는다. 여자는 그 웃음에 의해 한 걸음 뒤로 밀려난다. 아무도 이해하지 못해.

"너, 아버지하고 싸웠니? 그랬다고 왜 사냐고까지 묻는다면 너무 유치하다."

그러나 그 여자는 아무 말도 하지 않는다. 아버지하고 싸운 것도, 아버지가 그 여자를 버린 것도 아니다. 그저 그 여자가, 아버지에 의해 버림받았을 뿐이다.

"아버지 말고 또 있잖아. 너희 엄마. 야, 난 이미 오래전부터 아버지가 없었어. 너, 아버지 있다고 내 앞에서 너무 그러지 마."

친구는 웃는다. 어떻게든 상황을 자꾸만 가벼운 것으로 만들어보려는 친구의 마음을 이해한다. 그러면서, 그때서야 처음으로 어머니가 떠오른다.

어머니에게 등록금을 달라고 해볼까. 그러나 이내 고개를 젓는다. 그런 일로 어머니를 찾아가는 건 옳지 않다. 두 분이 헤어질 때, 그 여자와 동생의 양육은 아버지의 몫이었다. 어머니께 그런 부담을 지우는 건 부당하다.

"보아하니, 너 아버지하고 무슨 일 있었던 모양인데, 그러지 말고 내일 다시 아버지한테 가봐. 그래봤자 너만 손해야. 아버지한테 가기 싫으면 어머니한테 가든가. 어쨌든 학교는 마쳐야지. 그래야 독립을 할 거 아니니."

독립. 그래, 그 여자는 늘 빨리 어른이 되어 빨리 부모로부터 독립하고 싶어 했다. 그리고 그때는 이미 성인이다. 십구 세, 법적으로도 성인으로 인정되는 나이. 그럼에도 여전히 젖을 떼지 못한 아이처럼, 아버지로부터 버림받았다는 상실감에 시달린다.

"내가 차비 빌려줄 테니까 내일 엄마한테 가."

그 여자가 다음 날, 경상북도로 가는 버스에 오른 것은 친구의 말 때문이 아니다. 그 밤에, 그 여자는 밤새도록 꿈에 시달린다. 꿈과 꿈 사이에서 잠깐씩 정신이 들면, 맨정신으로는 한 번도 생각해본 일이 없는 생각이 떠오른다. 난 문학을 하고 싶어 했어. 글을 쓰고 싶어. 그러기 위해서는 공부를 계속해야 해. 지금 세상에 나가 다방 디제이를 시작하면, 영원히 글을 쓰는 일로부터 멀어져버릴 거야. 그리고 새벽녘에 마지막으로 꾼 꿈 다음에 깨어, 그 여자는 결심한다. 어머니의 도움을 받기로. 어머니에게 양육의 부담을 지우는 게 아니라, 대학을 졸업할 때까지만 어머니의 돈을 빌려 쓰기로.

그 여자는 그 여행의 고단함을 기억한다. 먼 여행, 멀미를 참으며, 등록금을 얻으러 간다는 구차함을 참으며, 넉넉하지도 행복하지도 않은 어머니께 그런 부담을 지워도 되는가 하는 의구심을 참으며, 사는 게 왜 이리 힘든가 하는 설움을 참으며, 여덟 시간 가까이 버스 안에서 흔들리던 여행. 버스에서 내려서도, 몸에 여진이 남아, 털털거리는 걸음으로 어머니의 집을 찾아갔던 길, 마당으로 들어서는 마지막 그 순간까지도 등 뒤에서 잡아당기는 어떤 기운과 싸우기 위해 애쓰곤 하던 마음.

여름날은 길어, 어머니의 집에 도착한 늦은 저녁에도 사방이 환하다. 어머니는 부엌에서 개숫물이 담긴 양동이를 들고 나오다가 그 여자를 발견한다. 딸의 뜻밖의 방문에도 어머니의 얼굴에는 어떠한 표정도 떠오르지 않는다. 양동이에 든 개숫물을 수돗가에 버리고는 그 여자에게 다가온다.

"왔구나, 들어가자."

모녀는 나란히 마당을 가로질러, 어머니는 부엌으로, 그 여자는 방으로 들어간다. 그 여자는 방에 들어가, 여전히 넉넉하지도 행복하지도 않아 보이는 방 안을 둘러보며 입술을 깨문다. 이래도 되는가……. 어머니는 그때도 학교 사택에서 살고 있다. 전번에 가보았던 현동은 아니고, 거기서 조금 더 안덕 가까운 곳으로 옮겨와 계신다. 동생들은 모두 어머니와 함께 산다. 어머니는 잠시 후 밥상을 차려 들어오신다. 밥상을 받으며, 그 여자는 말한다.

"등록금이 없어요."

빨리 말씀드리지 않으면 영영 그 말을 못할 것 같은 초조함, 그것 때문이다. 어머니는 말없이 고개를 끄덕이신다. 아무것도 묻지 않으신 채. 마당가에 서 있는 딸의 얼굴을 볼 때, 이미 그때 다 알아차리신 모양이다. 다음 날 아침, 어머니는 농협에서 융자를 받았다면서 등록금을 내어준다.

"올라가면 재학증명서 한 통 떼서 보내거라."

아무 감정도, 아무 억양도 없는 목소리다. 더구나 아무것도 묻지 않는다. 그 여자에게 무슨 일이 있었는지에 대해서도, 아버지에 대해서도, 아버지의 여자에 대해서도. 그런 것들에 대해 말하지 않아도 된다는 다행스러움 때문에 그 여자는 어머니의 우울한 침묵에 대해 생각해볼 여유가 없다.

"그리고 이제는, 하숙비가 너무 비싸니까, 네 손으로 자취를 해라."

그 여자는 그렇지 않아도 그럴 생각이었다고 말한다. 어머니를 위로하기 위해서, 딸을 하숙시킬 능력이 없는 부모의 처지를 어머니가 너무 깊이 느끼지 않으시도록 하기 위해서.

"하숙집은 식사 시간에 맞춰야 하는 것도 불편하고……."

그러나 그런 말이 위로가 되기에는 어머니는 너무 많은 것을 알고 계실 것이다. 세상이라는 것에 대해.

"이 돈으로 방을 구하고, 필요한 물건을 사거라. 내가 일직만 아니라면 같이 올라가서 방을 구해줄 텐데."

어머니는 따로 오십만 원이 조금 넘는 돈과, 작은 전기밥솥을 내어준다. 전기밥솥은 새것이다. 노란 몸통에 까만 손잡이가 반짝반짝 빛난다. 주의 표시처럼, 모든 위험 시설에 대한 경계표지처럼.

"일직 끝나면 곧 개학하니까 여길 떠날 수가 없구나. 공연히 작은 일로 힘 빼지 말고, 공부 열심히 하거라."

어머니는 내내 감정이 담기지 않은 목소리로, 건조하고 씩씩하게 말씀하신다. 그 여자는 어머니가 내어주는 등록금과 전기밥솥을 들고 서울로 올라온다. 내내 입술을 깨물고 멀미를 참으면서.

그때는 어머니가 왜 아무것도 묻지 않는지에 대해 알지 못한다. 그저, 아버지와의 사이에 있었던 일을 설명하지 않아도 된다는 사실이 다행스러워, 그 외에는 생각해볼 여유가 없다. 어머니의 얼굴이 왜 시종 굳어 있었는지, 등록금이 어떻게 그렇게 금방 마련되었는지, 왜 어머니가 노란 전기밥솥을 사두셨는지. 어머니는 그때 이미 모든 걸 다 알고 계셨다. 아버지의 여자가 했다는 말, "정숙이 대학 보내지 말라고 하세요, 정숙이 대학 보내면 아버님께 생활비 드릴 수 없어요." 이미 그 말을 전해들은 후다. 어머니는 조만간, 딸의 교육비와 생활비가 당신의 몫이 될 거라는 걸 짐작하고 계셨던 것이다.

그때부터 대학을 졸업할 때까지, 그 여자의 학비와 생활비는 어머니의 부담이 된다. 그때부터 대학을 졸업할 때까지, 그 여자는 등록금 영수증을 모은다. 이 돈은 어머니에게서 빌려 쓰는 거야. 졸업을 하면 고스란히 되돌려드릴 거야. 당분간, 당분간만 빌려 쓰는 거야. 그러면서 다짐한다. 대학만 졸업하면, 그때부터는 절대 누구에게도 돈을 부탁하지 않겠다고.

지금, 이 글을 쓰기 위해 찾아낸 옛날 공책과 수첩들 사이에서 등록금 영수증이 고스란히 나온다. 영수증은 파란색, 노란색, 분홍색등 색깔이 다양하다. 그때 어머니로부터 받았던 일 학년 이 학기 등록금은 24만 8,000원이다. 이 학년 등록금은 26만 7,000원, 삼 학년등록금은 31만 500원, 사 학년 등록금은 37만 1,000원. 대학을 졸업한 후에는 어머니께 돈을 받은 일이 없다.

지금쯤 다 돌려드렸을까. 그 후로 그 여자는 목돈이 생기면 언제든 어머니께 드린다. 소설을 발표해서 첫 원고료를 받았을 때, 구년간 직장생활을 하고 퇴직금을 받았을 때, 그리고 고액의 상금을탔을 때, 그 여자는 늘 그 돈을 어머니께 드린다. 월급을 나누어 드린 일은 없다. 수리감각이 없는 그 여자는 월급을 쪼개서 어머니께드릴 만큼 경제적이지는 못하다. 물론 어머니도 그런 돈은 받지 않을 것이다. 오히려 어머니는 그 여자가 드린 돈을 모두 돌려주겠다고 말씀하신다.

"내가 할 수 없이 그걸 받았지. 퇴직해서 퇴직금 받으면 모두 돌려주마. 그 전에라도, 너 시집가면 그때 모두 돌려주마."

어머니가 그렇게 말씀을 하시면 그 여자는 서운해진다. 아마, 그여자가 등록금 영수증을 모았다는 걸 알면 어머니도 서운해 하실 것이다. 그때, 농협에서 융자받아 딸의 등록금을 마련해주곤 할 때,

초등학교 교사인 어머니의 월급은 어느 정도였을까. 알 수 없다. 막연히, 많지 않았을 거라고만 짐작한다. 어머니는 결혼 후 교직을 떠났다가 십 년 만에 복직했기 때문에, 나이에 비해 경력이 적고, 따라서 급여가 얼마 되지 않을 것이다. 나중에, 그 여자는 직장을 그만두었다가 다시 취직하는 일이 생긴다. 직장을 그만두고 본격적으로 소설을 쓰리라 계획했는데 일 년 동안 끙끙대다가 결국 포기한다. 다시 직장을 구한 후, 어머니께 전화를 걸어 그 사실을 알린다.

"그렇게 다시 취직할 거면 한군데 가만히 있지, 왜 그만뒀니? 직장 자주 옮기는 사람은 성실하지 못한 사람이다."

어머니의 사고는 늘 그런 식이다. 예전에는 감당하기 버거웠던 그것, 그러나 이제는 대충 눙치며 받아들일 수 있는 그것.

"엄마, 그런 게 아녜요. 나도 다 생각이 있어서 그랬지."

"그래, 결정했다면 열심히 하거라. 그런데, 월급은 제대로 받고 가는 거냐?"

그 여자는 그때까지 어머니께 제 월급이 얼마인지 말한 적이 없고, 어머니의 월급이 얼마인지 물어본 적도 없다. 아마 미안해서일 것이다. 막연히, 어머니에 비해 자신의 월급이 너무 많으면 어쩌나 하는 미안함이 있었을 것이다. 그러나 그때는 어머니께 제 월급 액수를 말한다. 어머니가 걱정하지 않도록 하기 위해서.

"네, 연봉으로 따져서 이천사백만 원이에요."

어머니는 대답이 없으시다. 잠깐, 아주 조용하시다. 그 여자는 무얼 잘못했는지 금방 알아차린다. 어머니의 급여에 비해 내가 너무 많구나, 그런 생각이 스쳐간다. 그러나 그때도 어머니의 월급이 얼마인지 물어보지 못한다. 더 나중에, 그 여자는 어머니의 갑근세 영수증을 본 일이 있다. 그 여자보다 두 배나 많이 사신 어머니가, 그 여자의 반보다 조금 더 많은 급여를 받고 있다. 그 돈으로, 그 여자를 가르쳤고, 동생들을 가르쳤고, 그리고 또 다른 동생의 사업자금을 끊임없이 대어주셨다. 어머니의 월급 액수를 생각하면 목이 아프다. 무엇이 잘못되었는가.

19

그 여자는 어머니로부터 받아온 오십만 원을 들고 햇빛이 쨍쨍한 골목을 걷는다. 저만큼, 골목에 세워진 복덕방 간판이 보인다. 늘 학교를 오가며 본, 흰색 나무판에 빨간 페인트로 큼직큼직하게 쓰인 복덕방이라는 글씨. 그 밑으로는 가옥 매매, 전세, 월세, 그런 글들이 적혀 있다. 그 여자가 처음 가보는 복덕방이다. 그러나 그 후, 일 년에 한 번씩, 혹은 일 년에 두 번씩 드나들게 되는 복덕방, 나중에는 멀리서 복덕방 간판만 봐도 눈물이 쏟아질 것 같은 복덕방이다.

그 여자가 다녀본 모든 복덕방은 서로 비슷하다. 문을 열면 뿌연 담배 연기와 오래된 담뱃진 냄새가 먼저 다가든다. 용수철이 빠져나왔거나 쿠션이 아예 주저앉은 응접용 의자에는 돋보기를 쓴 노인들이 앉아 있고, 그 앞 테이블에는 장기나 화투판이 벌어져 있다. 화투는 대체로 육백이다. 낡은 철제 책상 위에는 낡은 공책이 있고, 그 안에는 서툰 글씨로 매물들의 목록이 적혀 있다. 그리고 모든 복덕방 문들은 유리로 된 미닫이문이다. 열면 드르륵 가슴을 훑고 지나가는 소리. 그 여자가 처음 열었던 학교 근처 복덕방 문도 그렇다.

"방 구하러 왔어?"

노인은 얼굴만 보고도 모든 것을 알아차렸을 것이다. 자취방을 구하러 온 가난한 대학생. 그 여자는 고개를 끄덕인다.

“네.”

“전세, 사글세?”

그 여자는 머뭇거린다. 그때까지도 전세나 사글세에 대해 생각해
본 일이 없으므로. 그런 때는 속을 뒤집어 보이는 방법밖에 없다.

“돈이 오십만 원 있어요. 그 돈으로 구할 수 있는 방이면 좋겠는
데요.”

“오십만 원?”

노인은 돋보기를 끼고 공책을 펼친다. 그 여자는 가까이 다가가
노인의 공책을 들여다본다. 전세 150만 원, 방 2, 부엌 1, 그 밑으로
는 월세 보증금 30만 원, 월 3만 원, 방 1, 부엌 1, 그렇게 씌어 있다.
그 옆으로는 각 집들의 주소와 전화번호가 적혀 있다. 노인은 그런
것들이 가득 적힌 공책을 몇 페이지 넘기더니 돋보기를 벗는다. 복
덕방 문을 잠그고 앞장서서 휘적휘적 걷기 시작한다. 그 여자는 노
인을 따라간다.

“이 학교 다녀?”

노인은 학교 담장을 가리킨다. 높은 담장이 길 저 끝까지 이어지
고 있다.

“네.”

“그럼 여기서 가까운 데가 좋겠지?”

“네.”

노인은 혼자 고개를 끄덕이더니 걸음을 빨리한다. 그 여자는 종
종걸음으로 노인을 따라간다. 그러면서 노인이 자신을 다른 모든
손님과 똑같이 대해주는 게 다행스럽다. 나이도 어린 사람이? 라거
나 여자 혼자서? 하는 시선을 보내지 않아서 좋다. 그 여자가 반년

동안 살아온 하숙집을 지나고, 한 번도 가본 적이 없는 골목을 이리 저리 걸어 들어가, 한참 만에 초록색 대문 앞에 선다. 그러고는 대문 기둥에 달린 초인종을 누른다.

"누구세요?"

대문 안에서 들리는 아주머니의 목소리는 후덕하다. 그 여자는 조금쯤 마음이 놓인다. 집이 깨끗하고, 보안이 잘 되어 보이는 점도 마음이 놓이게 한다.

"방 보러 왔습니다."

노인이 큰 소리로 대답한다. 대문이 열리자 시원하게 넓은 정원과 깨끗한 단층짜리 양옥이 보인다. 대문에서 현관으로 반듯하게 뻗은 시멘트길 외에는 모두 꽃과 나무가 심어져 있다. 주인아주머니는 오십이 넘어 보이는 후덕한 인상이다. 그런데, 대문 안으로 들어선 그 여자는 정원 가운데로 난 길이 아닌, 왼쪽 담장 밑의 좁은 길로 안내된다. 담장을 끼고 정원 구석으로 난 길.

그 길 끝에는 양옥 처마와 담장 사이 빈 공간에 어설프게 덧대놓은 방이 하나 있다. 잿빛 담벼락에 문만 하나 달려 있어, 언뜻 보면 방이라기보다는 창고나 화장실 같아 보인다. 아마 문 때문에 그렇게 보일 것이다. 하늘색 페인트가 칠해진 나무 문, 위쪽에 공책만 한 유리창이 달린 문. 고등학교 때 화장실 문이 꼭 그랬다.

그 여자는 느닷없이 목이 아프다. 그러나 심호흡을 하고 복덕방 할아버지가 열어주는 방 안을 들여다본다. 방은 기찻길처럼 좁고 긴 모양이다. 게다가 화물차 속처럼 어둡고 컴컴하다. 담장 쪽 벽에만 공책만 한 창이 하나 있을 뿐이다.

"부엌은 없지만, 여기다 부엌살림 놓고 밥 해먹으면 돼요."

주인아주머니는 양옥의 처마 밑, 사다리와 호미, 쇠스랑 따위가 놓인 처마 밑을 가리킨다. 한쪽으로 노란색 장판을 덮은 나무 테이블이 하나 있다. 주인아주머니가 가리키는 구체적인 공간은 그 테이블인 모양이다. 대답이 나오지 않는다. 이미 목이 잠겨버려서.

"화장실은 저기 있어요. 오다가 봤죠?"

아주머니가 가리키는 곳은 대문 옆에 있는 작은 건물이다. 화장실이 차라리 그 여자의 방보다 더 깨끗해 보인다.

"우리는 집 안에 수세식 화장실이 있으니까, 저 화장실은 학생 혼자 사용하는 거예요. 그 옆에는 수도도 있고."

정말, 화장실 옆에는 수도꼭지가 하나 달려 있다. 수도꼭지 끝에는 기다란 호스가 매달려 다른 쪽 끝이 정원 안으로 사라진다. 그여자는 맥없이 고개를 끄덕인다. 심호흡을 하고 다시 또 고개를 끄덕인다. 그래, 살아보는 거지 뭐. 속으로 그렇게 중얼거린다. 완전히 상실된 용기가 되살아나주기를 기대하면서.

그 방은, 그 여자가 제 손으로 스스로를 옮겨다 심은 최초의 방이다. 여기저기 옮겨 심어지는 나무는 튼튼할 수 없다. 이사를 자주 다니면 가구도 상처를 입는다. 그렇게 자주 이사 다니는 사람의 마음속에도 눈에 드러나지 않는 상처가 쌓이게 마련이다. 그 여자는 잠깐 세상을 의심한다. 자신들은 크고 편리한 양옥에 살면서 헛간 같은 방을 덧댄 그곳에 다른 사람을 살라고 할 수 있을까. 그것도 돈을 받고? 잘 믿어지지 않는다. 아니, 부당하다. 인간의 마음속에 그런 마음이 있을 거라는 사실을 믿을 수 없어 그 여자의 나무뿌리에는 눈에 보이지 않는 상처가 생긴다.

그 방은 그 여자가 그동안 살아온 방 중에서 가장 작고 초라하다.

그러나 그때까지도 알지 못한다. 그 후로 몇 해 동안, 그보다 더 작고 더 초라한 방들을 찾아 이사 다녀야 한다는 사실을.

그 여자는 하숙집에서 짐을 싼다. 이불은 이불 보자기에 넣고, 옷은 분홍색 트렁크에 넣고, 몇 권의 책은 박스에 담아 비닐 끈으로 묶는다. 그 짐들을 세 번에 걸쳐 자취방으로 나른다. 이불 한 번, 트렁크 한 번, 책 한 번. 어머니가 준 전기밥솥은 트렁크를 옮길 때 함께 옮긴다. 아무에게도 도움을 청하지 않고 혼자서. 왜 그랬을까. 오기 같은 것이었을까. 아니면 서러움 같은 것? 아니다. 그 여자는 안다. 그 여자는 열두 살 이후, 누구에게 무엇을 해달라고 말해본 적이 없다. 그래서 그때도, 그저 모든 일을 저 혼자 해야 하는 것인 줄 알았을 것이다.

대충 짐을 정리한 다음, 마을 근처에 있는 시장에 간다. 필요한 물건을 한꺼번에 다 들고 올 수 없어 시장도 세 번에 나누어 오간다. 세숫대야와 그릇들 한 번, 다리를 접도록 된 포마이카 밥상과 삼 단짜리 비키니장 한 번, 그리고 작은 석유곤로 한 번. 그릇과 곤로를 대충 나무 테이블 위에 놓고, 방으로 들어가 비키니장을 조립한다. 비키니장은 납작한 종이상자에 들어 있다. 사용설명서를 꼼꼼히 읽으며 쓰인 대로 판을 세우고 귀를 맞추고 나사를 조인다. 세 단으로 된 장은 각 층마다 위로 들어 올리도록 된 문이 달려 있다.

그리고 또 한 번 밖으로 나간다. 석유통과 석유를 사러. 곤로의 사용설명서를 꼼꼼히 읽은 다음 곤로에 석유를 넣고 불을 붙인다. 심지를 많이 올려서 불을 붙인 다음, 둥근 속뚜껑을 닫아 좌우로 조금씩 돌려주고, 불꽃이 파랗게 되도록 심지를 조절한다. 불을 켠 기념으로 세숫대야에 물을 담아와 그 위에 올려놓는다. 잘 데워진 물로 마당 구석 수돗가에서 세수를 하고 방으로 들어가 눕는다. 누워서 보니, 천장은 나무판으로 되어 있다. 팔을 뻗어 벽을 쓰다듬어본다. 문 반대편의 벽도 나무로 되어 있다. 공연히 나무벽을 몇 차례 쿵쿵 두드려본다. 그제야 빠뜨린 것이 생각난다. 쌀이다. 그 저녁, 그 여자는 굶은 채 잠든다.

서러웠을까. 이사를 하고 살림살이들을 마련하는 동안? 아니다. 새삼 슬프거나 힘들다는 생각은 하지 않는다. 그 여자는 모든 일을 혼자 판단해서 혼자 결정하고 혼자 실천하는 게 벌써 몸에 배어 있다. 서럽다기보다는, 어딘가 부당하다는 생각과, 인간에 대한 신뢰가 조금 허물어지는 느낌이 있을 뿐이다.

정작 그 여자를 힘들게 한 건, 저녁을 거른 채 천장을 바라보며 한 생각은, 대학이 백일몽이나 악몽이 아닐까 하는 점이다. 대학이, 넉넉하지도 행복하지도 않은 어머니를 희생시킬 만한 가치가 있는지 되새겨본다. 가슴 한편에는 여전히 아버지로부터 버림받았다는 상실감을 품은 채. 그러면 이제 대학은 꿈과 이상과 젊음과 낭만이 있는 공간이 아니다. 백일몽이거나 악몽이고 상실감과 무력감을 안겨주는 공간일 뿐이다.

이 학기가 시작되고 그 여자는 다시 학교에 나간다. 어두운 얼굴을 하고, 그래도 문학서적들을 읽으며 언젠가는 바다가 될 수 있을까 생각한다. 이따금 복도나 계단에서 잿빛 바바리와 마주치기도 한다. 그는 여전히 잿빛 바바리를 입고 있다. 방학 동안에는 그걸 빨았을까. 그는 하루도 빠짐없이 잿빛 바바리를 입고 다닌다. 그 여자는 아주 멀리서도 그의 펄럭이는 잿빛 바바리를 찾아낼 수 있다.

바다. 그 여자가 보고 싶어 하는 바다를 담고 있는 옷자락.

이 학기가 시작되고 얼마 지나지 않아, 그 여자는 같은 B반이면서 국문과인 친구들로부터 연극부에 들어오라는 권유를 받는다. 그들은 문형진과 이경재다. 형진이는 아인슈타인처럼 생긴 친구다. 마른 몸에, 곱슬곱슬한 머리와 높은 코를 가지고 있다. 번역극을 무대에 올릴 때 서양인 분장이 잘 어울리는 외모다. 경재는 넓적한 얼굴에 모난 데 없이 둥글둥글하게 생긴 친구다. 비올라를 전공하는 음대생과 연애를 해, 늘 그녀의 비올라를 들고 다니곤 한다. 그 여자는 연극부 가입 권유를 받고 망설인다. 연극에 대해서는 아는 것이 없고, 하고 싶은 일은 글을 쓰는 일이다.

"연극부에 들어와서도 글을 쓸 수 있어. 안 그래도 창작극이 없다는 게 늘 문젠데, 네가 들어와서 창작극 쓰면 되잖아."

연극이라니, 넉넉하지도 행복하지도 않은 어머니의 돈으로 공부를 하는데 연극이라니, 어쩐지 당치 않다는 생각이다. 더구나 말수가 없고 내성적인데다 키도 작고 얼굴도 못생겨서 연극 무대에 선다는 것은 생각할 수도 없는 일이다.

"이따가 다섯 시에 우리하고 같이 연극부에 가자. 우선 가서 구경만 해."

그 여자는 친구들의 진지한 설득에 넘어간다. 우선 구경만 하기로 하고 연극부에 간다. 연극부 서클룸은 학생회관 건물 칠 층에 있다. 칠 층 계단을 오르는데 벌써 힘이 부친다. 연극이라니, 가당찮다. 서클룸은 열두세 평쯤 되어 보인다. 안쪽 벽에 캐비닛이 하나 있고 중앙에는 책상 두 개가 나란히 붙어 있다. 그 주변에 의자를 놓고 앉아 몇몇 학생이 대본 읽기를 연습하고 있다. 그들 중 한 남

자가 유리창 밖을 내다보고 있다. 형진이는 그 여자를 창밖을 내다
보는 남자에게 데려간다.

"현규 형, 우리 과 여학생이에요. 이름은 김정숙."

창밖을 내다보던 남자가 고개를 돌린다. 마른 얼굴에 광대뼈가
높고 눈빛이 날카로운 사람이다. 창으로 들어오는 빛을 받아 얼굴
의 음영이 더 선명하게 드러난다. 언뜻, 무서운 사람이겠구나 싶다.

"인사해, 연극부 부장이야."

그 여자는 고개를 숙여 보인다.

"아직 가입은 안 하고, 우선 구경만 하기로 했어요."

형진이가 대신 말해준다.

"그래? 그럼 저기 앉아서 구경해."

부장은 의자를 가리킨다. 작고 가는 목소리에 소홀하게 여기는
태도다. 형진이는 그 여자를 입구 쪽에 있는 의자에 데려다 주고는
공책 크기만 한 책을 한 권 내민다.

"이거 읽어봐. 이번 가을 공연에 올릴 희곡이야."

겉장에는 큰 글씨로 '어디서 무엇이 되어 만나랴'고 씌어 있다.
그 밑으로는 작은 글씨로 최인훈 작, 하현규 연출이라고 씌어 있다.
연극부 입구 의자에 앉아 그 여자는 최인훈의 희곡을 읽는다. 소설
가 최인훈 선생님이 희곡도 쓰시는가, 하는 마음으로.

중앙 테이블에서는 부원들이 대본 읽는 소리가 들리고 이따금 그
들이 서로에게 애정과 배려로써 잘못된 부분을 지적하거나 가벼운
농담을 주고받는 소리가 들린다. 부드럽고 친화력 있는 분위기다.
희곡을 몇 장 넘기다가 그 여자는 그것에 이끌려 들어간다. 그때까
지 희곡이란 교과서에서 배우는 따분한 장르라고만 생각했다. 그러

나 '어디서 무엇이 되어 만나랴'는 다르다. 그 환상적인 상상력의 공간, 신화의 현대적 변용, 시적이고 함축적인 대사, 모두가 매혹적이다. 희곡에 고개를 박고 얼마간 지났을 때, 그 여자는 무심히 고개를 든다. 모르겠다. 그때 왜 고개를 들었는지. 긴장으로 숨이 막혔거나 고개 숙인 자세 때문에 목이 뻣뻣해지거나 했을 것이다. 그런데 고개 드는 순간, 눈앞에 서 있는 잿빛 바바리를 본다. 그가 웬일일까? 그 여자와 잿빛 바바리는 눈길이 마주친다. 이따금, 복도나 계단에서 눈길이 마주쳤던 것처럼. 그 여자는 그의 시선을 외면한다. 어쩐지 그를 바라보곤 한 마음을 들켜버린 것 같아서.

"알지? 우리 과 A반, 이번 학기에 연극부에 들어왔어."

형진이가 다가와 그 여자에게 잿빛 바바리를 소개한다. 잿빛 바바리는 고개를 끄덕인다. 그 여자도 고개를 끄덕인다. 푸른빛을 띠어가는 서쪽 창이 그의 잿빛 바바리 자락에 푸르게 배어든다.

"자, 다 왔으면 발성 연습에 들어가자."

부장이라는 선배가 자리에서 일어나며 큰 소리로 말한다. 그는, 저기 앉아서 구경해, 하고 말할 때와는 완전히 다른 목소리를 낸다. 강하고, 힘차고, 억양이 분명한 목소리. 그 여자는 조금 놀란다. 한 사람이 저렇게 서로 다른 목소리를 낼 수도 있구나. 부원들은 의자에서 일어나 연극부 중앙에 둥글게 마주 보고 선다. 그 여자는 여전히 입구 쪽 의자에 앉아 그들을 바라본다.

처음에는 아주 작고 낮은 목소리에서부터 시작된다. 아, 아, 아. 깊은 우물에서 어린 소가 낮게 우는 소리 같다. 아, 아, 아. 소리는 조금씩 커진다. 들판에 서 있는 말이 먼 곳을 바라보며 우는 소리. 아, 아, 아. 돼지가 요동치면서 격렬하게 우는 소리. 아, 아, 아. 급기야 창문을 향해 대포가 쏟아지는 것 같은 소리가 나온다. 스무 명쯤 되는 사람들이 둥글게 서서 더러는 눈을 감고, 더러는 허리에 손을 얹고 소리 지르는 장면. 그건 이상하게 감동적이다. 아주 낮고 작은 소리에서부터 조금씩 조금씩 높고 큰 소리에 이르는 발성. 그건 단순한 감동이 아니라 목소리에 자신을 담아내는 일종의 도취다.

그 여자는 발성 연습 장면을 바라보며 감동한다. 마치 자신이 직접 소리를 지르는 것처럼 호흡이 가빠지더니 머릿속이 텅 비는 느낌이다. 몸 안에 있는 모든 답답한 것들이 공중으로 떠올라 허공에서 흩어지는 것을 느낀다. 그때까지 한 번도 내부에 있는 어려움이나 혼돈들을 밖으로 내보내본 적이 없는 그 여자는 마음껏 소리 지르는 사람들을 오래 바라본다. 머릿속이 텅 빈 느낌으로.

지금 생각하면 그건 일탈감이다. 어떤 일에 몰입할 때, 자신의 전부가, 의식도, 정신도, 심지어는 몸 전체가 그 대상을 향해 빨려 들어가는 상태. 그리하여 이 지상 위에서 자신이라는 존재가 사라져버리는 상태. 그 여자가 그때 느낀 감동은 일탈감이다.

둥글게 서서 소리 지르던 그들은 약간씩 몸을 풀더니 이번에는 둘씩 마주 선다. 마주 서서, 한 사람이 먼저 말한다. 아주 낮고 작은 소리로. "더 큰소리로 말해." 마주 서 있는 사람이 그보다 조금 큰 소리로 대답한다. "더 큰 소리로 말해." 서로가 서로에게 더 큰 소리로 말하라는 그 발성 연습 방식이 재미있어 그 여자는 구석 자리에 앉아 혼자 웃는다. 목소리가 점점 커지면서, 연극부실 안이 온통 더 큰 소리로 말하라는 고함으로 가득 찬다. 그때, 그 발성 연습 광경을 보면서 그 여자는 연극부 가입을 결정한다. 희곡에서 받은 매혹, 발성 연습에서 받은 일탈감, 부원들 사이에 흐르는 따뜻한 친화력,

그런 것들에 끌려든다. 어쩌면 잿빛 바바리가 연극부에 있다는 사실에 더 많이 끌렸을지도 모른다. 그들 옆에 앉아 가슴으로 따뜻한 물이 차오르는 느낌이다. 새롭고 신선한 세계로 들어가는 문을 열고 있는 기분.

그러나, 생각해보면, 그해 구월의 어느 날, 그 여자는 학생회관 칠 층으로 가지 않았어야 했다. 아니, 그 다음에라도 연극부에 가입하지 않았어야 했다. 거기서 만난 두 사람, 연극부 부장이었던 사람과 잿빛 바바리에 의해 그 후로 그토록 힘든 날들을 보내게 될 줄 알았다면, 그때, 거기 가지 않았어야 했다.

그 사람, 연극부 부장이던 그 사람을 이 글에서는 '그 남자'라 부르자. '그 여자'라는 호칭에 대비되는 의미로서 말이다. 그 남자는 그 여자와 같은 과 삼 학년에 다니는 선배고, 시를 쓴다고 한다.

그 여자는 이제 연극부에 가입한다. 강의가 끝나면 연극부실에 가고, 강의가 없는 빈 시간에도 연극부실에 가서 시간을 보낸다. 책을 읽거나 기존에 공연한 작품 카탈로그들을 뒤져보면서. 교정에서 받는 답답함의 기미는 여전하지만 그런대로 모든 일이 만족스럽고 평온하게 굴러간다. 마음속에 있는 아버지에 대한 상실감, 넉넉하지도 행복하지도 않은 어머니에 대한 부담감도 여전하지만.

그 여자는 이제 형진이나 경재에게처럼 잿빛 바바리와도 자연스럽게 말할 수 있게 된다. 때로 그 여자는 강의가 끝나면 잿빛 바바리와 나란히 걸어 연극부실로 가기도 한다. 문리대에서 학생회관에 이르는 길은 노천극장 주변으로 둥글게 이어진다. 둥근 해안선 같은 그 길을 잿빛 바바리와 함께 걸을 때, 그 여자는 공연히 가슴이 두근거린다. 조심스럽게 숨이 막혀오기도 한다.

"조금 있으면 저 낙엽들이 일제히 데모할 거야. 머리에 빨간 띠를 두르고."

잿빛 바바리는 장난기 어린 손을 들어 가로수를 가리킨다. 그 여자는 고개를 들어 잿빛 바바리의 웃음 띤 얼굴과 긴 팔을 바라본다. 그는 키가 커서, 그 여자는 언제나 그를 올려다보아야 한다. 그가 손가락으로 가리키는 곳에, 가로수들이 아직은 파란 잎을 달고 서 있다. 그도 교정에서 억눌리고 답답한 기미를 느끼는 모양이구나. 그 여자는 공연히 고개를 끄덕인다. 구월의 햇살이 발치에 가득 쏟아져 내리는 길을 걸으며.

"난 가끔 길을 가다가 탁, 넘어지고 싶어."

그 여자는 잿빛 바바리가 하는 말을 대체로 가만히 듣기만 한다. 그가 사물을 보는 시각에 대해 늘 새롭게 감탄하면서. 학생회관으로 들어가, 칠 층으로 오르는 계단을 걸어 올라갈 때는, 그의 발소리가 유난히 크게 울리기도 한다.

"이렇게 계단을 올라갈 때는, 넘어질 수도 없을 거야. 그치?"

그 여자는 또 가만히 웃기만 한다. 잿빛 바바리는 고개를 숙여 그 여자를 내려다보면서 동의를 구한다. 그 여자는 그저 고개만 끄덕인다. 계단을 걸어 내려가다 넘어지는 사람은 있어도, 계단을 걸어 올라가다 넘어지는 사람은 없을 것이다. 왜 평범한 말도, 그의 입으로 들으면 새로운 발견처럼 느껴지는지, 그 여자는 늘 그것이 신기하다.

"내가 한번 넘어져 볼까? 계단을 걸어 올라가다?"

그 여자는 놀라 잿빛 바바리를 올려다본다. 그는 웃고 있다. 짓궂고 장난스런 웃음이다. 그 여자는 그에게 고개를 저어 보인다. 계단의 모서리, 인조 대리석 가장자리마다 구릿빛 쇠붙이가 두 줄씩 박혀 있는 계단들은 너무 날카로워 보인다.

"아니야, 여기서는 말고, 내가 말이야, 연극부실 문을 열고 들어가면서 쫘당, 넘어져 볼게."

"왜?"

그 여자는 비로소 잿빛 바바리에게 무언가 제 마음을 말해본다. 왜 넘어져 보려고 하는데? 그렇게 묻는 자신이 어리석게 여겨지기도 한다. 자신이, 잿빛 바바리가 가지고 있는 감성과 의식의 세계를 이해하지 못하는 듯한 느낌이 들면서.

"그냥."

잿빛 바바리는 간단하고 덤덤하게 대답하지만 그 여자는 무언가 다른 걸 읽어낼 수 있을 것 같다. 스스로 넘어져 보려는 사람의 새로운 의식 세계. 넘어지면, 늘 반듯이 서 있기만 하는 세상이 누워 있는 것처럼 보일 수도 있을 것이다. 그 의식 속에는 너무나 꼿꼿하게 서서 직립 보행하는 유인원에 대한 반발의 의지가 있을지도 모르겠다. 그 여자는 잿빛 바바리의 말이나 행동에서 만나는 새로운 감성과 의식의 세계를 늘 놀라운 느낌으로 받아들인다. 그는 정말 넘어진다. 칠 층 계단을 다 걸어 올라가서, 연극부실 문을 열자마자 그대로 앞으로 엎어지듯 넘어진다. 두 손으로 가슴께를 받치면서. 넘어진 그의 몸 위로 잿빛 바바리 자락이 넓게 펼쳐진다. 바다. 모래사장을 덮치듯 밀려오는 바다. 그 여자는 엎드린 잿빛 바바리에게서 그것을 본다.

"어때? 나, 정말 넘어졌지?"

그 여자는 웃지 못한다. 스스로 넘어지는 그의 마음이, 거기서 본 바다가, 그 여자를 아주 낯설고 새로운 세계로 이끌어 올린다. 새삼 그에게 도취되는 듯한 느낌이다.

"인마, 너 왜 그래?"

"어디 안 다쳤어요?"

실내에 있던 부원들이 일제히 걱정 어린 시선으로 한두 마디 한다. 그러나 그는 아무렇지도 않게 바닥에서 일어나 옷자락을 툭툭 턴다.

"괜찮아요."

그렇게 말할 때 그의 목소리는 음악 같다. 그는 그 여자를 바라보며 웃는다. 은밀한 웃음. 내가 왜 넘어졌는지 너만 알고 있으라는 듯한 웃음. 그 여자는 황급히 고개를 끄덕인다. 그의 의식이나 감성의 내밀한 세계를 본 듯한 느낌으로.

그 여자는 잿빛 바바리를 가까이 대하면서 더 많이 그에게 끌린다. 그가 가지고 있는 감수성과, 사물을 제 것으로 해석하는 시각, 그 모든 것이 가능하게 하는 자유로운 의식의 세계에 이끌린다. 그는 내부의 어둠을 극복하고 남을 만큼 재기 있는 유머를 구사하기도 한다. 그 여자는, 그가 가지고 있는 모든 미덕이 어쩌면 그의 옷자락에 숨어 있는 바다 때문일지도 모른다고 생각할 만큼 그에게 매혹된다.

이제 그 여자는 연극부실 문을 열면 먼저 눈으로 잿빛 바바리를 찾는 버릇이 생긴다. 그가 실내에 있을 때면 어김없이 두 사람의 눈길이 마주친다. 눈길이 마주치는 순간, 그 여자는 잿빛 바바리에게서 흘러나오는 난류가 제 가슴으로 전해지는 것을 느낀다. 차가운 바다 밑을 일정한 방향으로, 일정한 양으로 흐르는 난류. 그러면 가슴이 따뜻하게 차오르면서 무언가를 보상받는 느낌이 되곤 한다. 살면서 상실해온 모든 것을.

〈어디서 무엇이 되어 만나랴〉에서, 잿빛 바바리가 맡은 역은 병사3이다. 온달장수의 신하가 아니라 온달이 죽고 정권이 바뀐 다음에 평강공주를 잡으러 오는 병사 역할이다. 형진이는 병사1, 경재는 병사2다. 그 여자가 맡은 역할은 소품 담당이다. 그 여자는 긴 대걸레 자루에 은박지를 입혀 병사들이 무대에 등장할 때 들고 들어가는 창을 만든다. 그 여자에게 소품 담당을 시킨 사람은 그 남자다. 연극부 부장. 그는 그 여자에게 자잘한 심부름을 많이 시킨다.

"효진이하고 동대문시장에 가서, 자주색 벨벳 천을 가로 세로 이 미터 정도만 사와."

남자는 주머니에서 몇 장의 지폐를 꺼내주며 딱딱한 얼굴로 말한다. 그는 어떠한 경우에도 웃지 않기로 작정한 사람 같다. 한 번도 부원들과 큰 소리로 흔쾌하게 웃는 모습을 본 일이 없다. 늘 진지하고 날카로운 인상에, 얼마간 화난 사람처럼 보인다. 사람들과 어울려 농담을 하는 일도, 다정하게 이야기를 나누는 일도 없다. 벨벳 천을 사오라고 할 때조차 그는 아무 설명도 하지 않는다. 시키는 대로 하라는, 얼마간 독선적인 태도다.

그 여자는, 부장이라는 직책은 다 그렇게 무섭고 독선적이어야 하나 보다 생각하며 효진이와 함께 동대문시장에 간다. 그 여자가 처음으로 가보는 동대문시장은 너무 크고, 너무 복잡하고, 너무 어지럽다. 그 여자는 효진이 뒤를 따라다니면서, 효진이가 물건을 고르고 값을 흥정하는 모양을 지켜보기만 한다. 사실 효진이도 물건을 사는 데 그리 능숙하지는 않다. 가로 세로 이 미터짜리 자주색 벨벳을 들고 학교로 돌아오면 그제야 그 남자는 다음 지시 사항을 말해준다.

"여기 이 네모 상자 있지? 헝겊으로 이 상자를 꼼꼼하게 싸. 압정으로 고정하든지, 저기 스테이플러로 찍든지 해서."

그 여자는 효진이와 함께 또 시키는 대로 한다. 그 남자는 무엇에 사용될 소품인지 설명해주지도 않는다. 그러나 그때쯤이면, 아, 이게 평강공주가 앉을 의자인 모양이구나 짐작할 수 있을 뿐이다. 그 여자가 효진이와 함께 나무 상자에 벨벳 천을 씌우고 있으면 잿빛 바바리가 다가온다.

"이게 벨벳이니?"

그는 큰 손으로 벨벳의 표면을 쓰다듬는다. 결을 따라, 기모직의 헝겊이 색깔을 바꾸는 것을 유심히 보면서. 그 여자가 벨벳 천의 네 귀를 여미면 잿빛 바바리는 압정으로 모서리를 고정시킨다. 그 여자는 그의 자잘한 도움에 턱없이 감동하는 제 마음을 오래 들여다 본다. 아버지에 대한 상실감, 어머니에게 부당한 짐이 되고 있다는 자책이 가득한 그 여자의 가슴속에 무언가 다른 것이 싹튼다. 평화로움, 따뜻함, 설렘. 거기에, 연극을 하면서 낯선 세계를 알아나가는 기쁨이 있다. 비록 자신이 하는 일은 자잘한 심부름에 불과하지만, 그래도 그 여자는 그것으로 충분하다. 대학이 어쩌면 악몽이나 백 일몽만은 아닐지도 모른다는 기대감이 싹트기도 한다. 푸르게, 조금씩 푸르게.

그러나 그때도 그 여자가 할 수 없는 일이 하나 있다. 발성 연습을 할 때 다른 사람들처럼 소리를 지를 수 없다는 점이다. 그들이 소리치는 것을 보며 일탈감을 느꼈으면서도 자신은 그게 되지 않는다. 안에, 너무 오래도록 쌓아둔 답답한 어둠이며 설움이 끈끈하고 딱딱하게 뭉쳐져 있어, 아무리 해도 털어내듯 소리를 칠 수가 없다. 그것만 빼면 모든 것이 좋다.

그 여자는 선배들의 작업을 감탄 어린 눈으로 지켜본다. 음대 다니는 선배는 연극에 사용될 음악을 작곡하고, 의상학과 선배는 평강공주와 온달, 등장인물이 입을 무대 의상을 디자인한다. 기계과에 다니는 선배는 조명 기기들을 점검하고 설치하고, 또 다른 선배는 이제는 사회생활을 하는 연극부 대선배들을 방문해 찬조금을 얻어오기도 한다.

선배들의 분업을 지켜보며 그 여자는 내부에서 무엇 하나가 깨어져 나가는 것을 느낀다. 어린아이, 가족으로부터 버림받았다는 상실감에 시달려온 그 여자 속의 여학생이 조금씩 사라져간다. 그래, 이제 어른이 된 거야. 어른들처럼, 모든 것을 스스로 해내야 하는 거야. 저 선배들처럼. 그런 마음은, 그 여자가 내부에서 치르는 일종의 성인식이다.

〈어디서 무엇이 되어 만나랴〉의 공연 포스터는 물방울을 주로 그리는 화가의 그림을 배경으로 사용한다. 금방이라도 굴러떨어질듯 푸르고 투명하고 찰랑찰랑한 물방울들이 화폭 가득 그려져 있던 그림. 포스터 디자인은 미대 친구 종철이가 했다.

인쇄된 포스터가 배달되자, 부원들은 포스터를 한 장씩 들고 그것을 바라본다. 그 여자도 물방울 그림들을 오래 바라본다. 물방울 하나하나가 저마다 무슨 이야기인가를 그 여자에게 하고 싶어 하는 것 같다. 저마다 다른, 저 많은 물방울이, 결국 어디선가 다시 만날까. 거기는 바다일까. 그 여자는 문득 바다가 보고 싶어진다. 그래서 공연히 또 한 번 잿빛 바바리를 바라본다. 그의 옷자락에 감추어져 있는 바다.

잿빛 바바리는 포스터를 멀리 쳐들고 바라보다가 그것을 유리창에 붙이기 시작한다. 물방울 그림 위에 경희극장 제24회 공연, 〈어디서 무엇이 되어 만나랴〉가 크게 적혀 있다. 그 아래 작은 글씨로, 희곡 최인훈, 연출 하현규, 무대감독 김용준 등등이 적혀 있다. 다른 식구들이 저마다 포스터를 연극부실 문 안팎에, 캐비닛 문에, 벽에 붙이고 있을 때 그 남자가 그 여자를 부른다.

"이거, 각 단과대학으로 돌아다니면서 게시판마다 붙여. 저기 있는 스카치테이프 가지고 가서."

그 여자는 그 남자가 내미는, 둘둘 말린 포스터 뭉치를 받는다. 팔이 휘청할 만큼 무게가 만만치 않다. 결코 웃는 일이 없는, 그 남자의 딱딱하고 지시하는 듯한 태도도 버겁다. 그 여자는 잿빛 바바리를 돌아본다. 도와줄 수 있느냐는 눈빛으로. 잿빛 바바리는 성큼성큼 다가와 포스터 뭉치를 받아든다. 그 여자는 책상 위에 놓인 스카치테이프와 넓은 푸른색 테이프를 집어든다. 그 남자가 무언가 더할 말이 있는 듯한 눈빛을 하다가 그만둔다. 그 여자는 잿빛 바바리와 함께 연극부실을 나선다.

"무겁지 않니?"

계단을 걸어 내려가며, 잿빛 바바리는 고개를 저어 보인다. 일 층에 다다르자 우선 학생회관 게시판 앞에 멈춘다. 잿빛 바바리는 게시판 밑에 포스터 뭉치를 내려놓고 그중 두 장을 꺼내 게시판에 댄다.

"비뚤어지지 않았어?"

그 여자는 두세 걸음 뒤로 물러나 포스터를 바라본다. 포스터보다, 그것을 잡고 있는 잿빛 바바리의 뒷모습이 더 많이 눈에 들어온다. 포스터에 동글동글하게 맺힌 물방울들이 금방이라도 잿빛 바바리 자락으로 스며들 듯하다. 그 여자는 스카치테이프를 알맞은 크기로 잘라 잿빛 바바리에게 건네주고 그는 그것을 받아 포스터의 네 모서리를 고정시킨다. 몇 걸음 물러서서 방금 붙인 포스터를 바라보고, 그러고는 내려놓은 포스터 뭉치를 집어들고 성큼성큼 걷기 시작한다. 그 여자는 스카치테이프를 손가락에 끼워 빙글빙글 돌리면서 그의 뒤를 따라간다. 가을빛이 화사하게 발밑으로 부서져 내리고 성급한 나뭇잎 몇몇은 이미 낙엽이 되어 떨어지고 있다. 시월이다.

"정문 게시판에 붙이고, 그 다음에 쭉 올라오면서 붙이자."

그 여자는 잿빛 바바리와 함께 정문으로 간다. 정문 옆 게시판에서, 날짜가 지난 동문회 공고를 떼어내고 그 자리에 포스터를 댄다. 다시 그 여자는 서너 걸음 뒤에서 "오른쪽이 조금 내려왔어." 말하고, 잿빛 바바리는 포스터 오른쪽 귀를 조금 올린다. 그 여자는 스카치테이프를 떼어주고, 잿빛 바바리는 그것을 받아 포스터를 붙인다.

정문에서 교시탑에 이르는 길 중간쯤을 걷다가, 잿빛 바바리가 문득 걸음을 멈춘다. 포스터 뭉치를 내려놓더니 그중 한 장을 길가에 있는 가로수 둥치에 둥글게 감는다.

"여기가 더 나을 거야. 등교하는 사람들이 게시판을 보려면 고개를 돌려야 하지만, 여기는 그냥 앞을 보고 다니는 사람들의 눈에도 금방 띄는 곳이잖아."

그 여자는 고개를 끄덕이며 스카치테이프를 잘라준다. 그의 탄력 있고 기발한 생각에 감탄하면서. 그는 포스터 뭉치들이 있는 곳으로 가더니 거기서 다시 두 장을 꺼내 길 한가운데로 간다.

"너, 사람들이 걸을 때, 시선을 어디다 두고 걷는지 알아?"

그 여자는 주변 사람들을 둘러본다. 둘씩, 셋씩 하교하는 학생들은, 옆 사람과 이야기를 나누면서도 저마다 앞을 바라보고 있다. 혼자 걷는 사람은 고개를 숙이고 있거나 전방 삼사 미터쯤 앞을 보고 있다.

"여기 붙이는 게 제일 좋을 거야."

잿빛 바바리가 길 중앙에 주저앉아 손을 내민다. 그 여자는 테이프를 떼어준다. 그의 기발한 생각에 감탄하면서도 한편으로는 염려스럽다. 그래서 제 염려스러운 마음을 조금 말해본다.

"그러면 사람들이 밟고 다니잖아?"

잿빛 바바리는 포스터를 다 붙이고 일어나며 그 여자를 바라본다. 장난스런 웃음이 가득 담긴 얼굴이다.

"밟히는 게 어때서? 이 포스터들은 사람들의 시선에 노출되고 제 온몸으로 사람들에게 호소하기 위한 운명을 타고난 거야. 사람들은 포스터를 딱 밟는 순간, 자신이 밟은 것을 한 번 더 보게 되지. 가장 환기 효과가 크다고."

환기 효과. 그 여자는 고개를 끄덕인다. 저 포스터를 밟는 순간 사람들은 발바닥으로 물기가 차오르는 듯한 느낌을 받겠지. 그 여자는 늘 잿빛 바바리에게 감탄한다. 그는 무슨 책을 읽을까, 그는 무얼 먹을까. 그런 것들이 궁금해지기도 한다.

잿빛 바바리는 교시탑에서 도서관으로 이르는 길까지 이십 미터 정도 간격으로 길바닥에 포스터를 깐다. 도서관 게시판에, 도서관

에서 문리대로 이르는 길에, 문리대 게시판에, 공대, 산업대, 정경
대……. 그렇게 게시판마다 포스터를 붙이고, 간간이 길바닥에도
그것을 깔아둔다. 그의 말 한마디, 행동 하나하나가 그 여자에게는
모두 감탄이 된다. 예상치 못했던 의식의 세계, 사물을 제 식으로
받아들이는 독특한 시각, 그러면서도 내내 부드럽고 따뜻한 행동
들. 그의 모든 것이 그 여자의 생각 속, 마음속, 의식 속에 깃들기 시
작한다. 무얼까, 이런 이끌림은…….

　포스터 뭉치를 안고 걷는 잿빛 바바리 곁에서, 스카치테이프를
손가락에 끼워 빙글빙글 돌리며 걸으면서 그 여자는 아주 다른 세
계로 들어서는 느낌이 든다. 진달래를 따 먹던 외가 뒷산이나 단오
제가 한창인 남대천 강가를 그와 함께 걷는 느낌. 부드러운 바람이
사물을 천천히 어루만지고, 따스한 햇살이 몸 깊은 곳까지 스며들
고, 아무것도 무게가 느껴지지 않는 발걸음은 자유롭고……. 그 속
에서 오래된 어떤 친화력을 느낀다. 자연과의 친화력, 곁에 있는 사
람과의 친화력 같은 것.

　그런 느낌은 터무니없이 부풀어 아주 오래전부터 잿빛 바바리와
함께 있었던 듯한 기분이 된다. 여섯 살 때의 외가 뒷산이나 열 살
무렵의 남대천 강변이 아니라 그보다 더 오래전, 저 건물이 들어서
기 이전, 저 나무가 태어나기 이전, 아니 인류가 이 세상에 무리지
어 살기 이전부터 그를 알고 있었던 듯한 느낌이다. 양서류가 뭍에
올라와 포유류로 진화할 때, 그때, 그 여자는 잿빛 바바리와 함께
나란히, 육지에 발을 디디며 허파로 호흡하기 시작한 것 같은 느낌
이 든다. 그런 감정이, 그런 맹목적인 이끌림이 얼마나 위험한지도
모르는 채, 그 여자는 그런 느낌을 가슴 가득 받아들인다. 이끌림,

설렘, 따뜻함……. 살면서 상실해온 모든 빈자리에 잿빛 바바리가 들어찬다. 그는 알까, 이런 마음을? 그런 생각으로 그를 올려다보다가 공연히 얼굴이 붉어지기도 한다.

포스터를 다 붙이고 학생회관으로 돌아가는 길에 잿빛 바바리는 돌다방 안으로 들어간다. 돌다방은 문리대와 학생회관 중간쯤, 해안선처럼 굽어지는 그 길의 중간쯤에 있다. 돌을 깎아 만든 테이블과 의자로 사용할 수 있는 원통형 의자들이 여섯 세트쯤 놓여 있다. 잿빛 바바리는 테이블 위에 포스터 뭉치를 내려놓고 그중 두 장을 꺼내 들고 게시판 쪽으로 간다. 그 여자는 원통형 돌의자에 앉아 잿빛 바바리를 본다.

"왼쪽이 조금 올라갔어."

잿빛 바바리는 팔꿈치로 포스터를 누른 채, 혼자 스카치테이프를 뜯어 포스터를 붙인다. 두세 걸음 물러서서 방금 붙인 포스터를 올려다보고, 그러고는 성큼성큼 걸어 그 여자 맞은편 돌의자에 앉는다.

"포스터를 거의 소화했네."

그는 만족스러운 듯 입을 크게 벌리며 웃는다. 소리 없이. 그 여자는 그의 웃음을 또 유심히 바라본다. 웃는 모습도 보기 좋아, 생각하면서. 씩, 소리가 날듯이 크게 벙글어지는 입매가 시원하고 순해 보인다. 크고 둥근 손길로 사물을 어루만지는 웃음이다.

"너, 노래 잘하니?"

그 여자도 잿빛 바바리를 따라 웃는다. 웃으며 고개를 젓는다. 그 여자는 노래를 좋아하지만, 노래는 그 여자를 좋아하지 않는다.

"너, 노래 하나 불러볼래?"

여기서? 그 여자는 놀라 더 세게 고개를 젓는다. 여기, 교정 한가운데서, 주변으로 학생들이 오가는 길가에서 노래를? 그 여자는 하숙집 뒷산이나 학교 운동장 가장자리, 음악실 같은 곳에서만 노래했다. 이런 곳에서는 노래해본 적이 없다.

"내가 불러볼까?"

잿빛 바바리는 '내가 넘어져 볼까?' 하고 말할 때처럼 묻는다. 장난스럽고 짓궂은 웃음을 얼굴 가득 띤 채. 그 여자는 고개를 끄덕인다. 그가 연극부실을 열며 넘어질 때처럼, 그의 의식이 어디쯤 떠돌고 있을까 짚어보면서.

그는 정말 노래한다. 돌의자에서 일어나 두 손을 배 근처에 모으고 아주 먼 곳을 보며 노래한다. 약간의 바리톤에 약간의 허스키한 음색이 섞여든다.

"아름다운 이 바다와 그리운 그 빛난 햇빛, 내 맘속에 잠시라도 떠날 때가 없도다……."

노래를 듣는 동안, 그 여자의 기억 속에 있는 바다, 그 여자가 늘 보고 싶어 하는 바다, 그리고 잿빛 바바리 자락에 감추어진 바다, 그 모든 바다가 일제히 공명을 일으킨다. 아니, 그 모든 바다가 하나가 되어 출렁인다. 그 여자는 파도가 출렁이는 따뜻한 바닷속에 들어가 있는 느낌이다.

"돌아오라, 이곳을 잊지 말고, 돌아오라, 소렌토로, 소렌토……."

학생들이 한두 명, 잿빛 바바리를 바라보고, 그 여자를 바라보고 지나간다. 그는 노래도 잘하는구나, 아름다운 목소리를 가지고 있구나……. 그 여자는 문득 행복해지기까지 한다. 노래가 끝나자 잿빛 바바리는 고개를 돌려 그 여자를 바라본다. 어때? 그런 웃음을 웃고 있다. 그 여자는 크게 웃어 보인다. 네 노래 듣기 좋았어. 그런 웃음이다. 잠깐 마주 보고 웃고는, 잿빛 바바리는 포스터 뭉치를 집어든다.

"가자."

그는 노래한 사실에 대해 조금쯤 쑥스러워하는 모양이다. 그는 포스터 뭉치를 안고 앞서 걷고 그 여자는 스카치테이프를 빙글빙글 돌리며 뒤따라 걷는다. 사방에서 푸른 바다가 넘실거리고 따뜻한 햇살이 쏟아지는 가을의 교정을.

연극부실에 들어서니 선배들은 연습 중이다. 싸움에서, 제 편의 장수에게 칼을 맞은 온달장군의 혼령이, 승전보를 기다리며 잠자리에서 뒤척이는 평강공주의 꿈에 나타나는 장면이다. 온달과 공주 이외의 다른 식구들은 창가의 긴 나무의자에 앉아 그들의 연습을 지켜보고 있다. 그 남자는 그들 앞에 서 있다. 그 여자는 잿빛 바바리와 함께 입구 쪽에 있는 의자에 나란히 앉아 연습 광경을 지켜본다.

"십 년 전 그날, 이 몸이 하늘을 보던 그날, 당신이 내 오막살이에 오신 날, 그날 이후 당신은 나의 하늘이었습니다. 당신을 위해 나는 싸웠습니다. 공주, 고구려 평양성의 인심은 무섭더이다. 다 부질없는 일들……. 공주, 당신이 나의 고구려였습니다. 고구려, 그건 당신이었습니다."

온달장군 역을 맡은 선배는 국문과 삼 학년이다. 그는 늘 진지하고 우직해서, 그냥 있어도 온달장군처럼 보인다. 그는 혼령처럼 가만히 서서, 평강공주 역을 맡은 무용과 선배를 바라보며 대사를 말한다. 평강공주 역을 맡은 선배는 거의 쓰러질 듯 온달장군 쪽으로 몸을 기울이고 있다.

"아니야, 거기는 그런 식으로 처리하면 안 되지. 더 낮은 목소리로, 더 담담하게 말해. 그렇게 비탄과 고통을 다 드러내서는 안 돼."

그 남자는 온달장군의 대사를 끊으며 말한다. 늘 그렇듯이 웃음기 없고 딱딱한 얼굴이다. 저 선배는 왜 웃지 않을까. 그 여자는 잠깐 그런 생각을 한다. 온달 역을 맡은 선배는 다시 한 번 대사를 반복한다. 더 낮은 목소리로, 더 담담하게. 온달의 혼령이 퇴장하고 공주는 가위눌리는 잠에서 깨어 소리 지른다. 시녀들이 달려온다. 공주는 시녀들을 물리치고 혼자 앉아 있다. 또다시 공주의 긴 독백이 이어진다.

"꿈이었는가? 아, 꿈이었으면……. 내가 장군을 첫눈에 보았을 때, 오, 나야말로 하늘을 보았지. 생시가 꿈이 되고 꿈이 생시가 되는 그 마음. 내 인연의 길목에 홀연히 모습을 나타내신 장군. 그런데 그 길을 바라지 않으셨다니, 내가 드리는 말씀을 한마디도 물리치지 않으신 당신은 당신이 아니었습니까? 당신은 정말 누굽니까? 그토록 오랜 세월, 이 몸의 하늘이었으면서도 지금 그렇지 않다고 하시는 당신은 누굽니까? 님이여, 당신은……."

무용과 선배의 목소리는 애절하다. 가늘고 높으면서 조금씩 떨린다. 그 여자는 공연히 가슴이 떨려온다. 아, 당신은 누굽니까? 그 여자는 잿빛 바바리를 돌아본다. 그는 무엇엔가 생각에 잠긴 얼굴을 하고 있다.

나중에 생각해보면, 그 여자의 마음이 잿빛 바바리에게 끌리는 데 가장 큰 촉매 역할을 한 것은 그 연극이었던 것 같다. 온달과 평강공주의 사랑 이야기. 그 속에 들어가서, 평강공주의 대사를 머리에 새기며, 끊임없이 잿빛 바바리를 바라보았던 그날들. 현실과 이야기를 잘 구분하지 못하는 버릇이 있는 그 여자는 간혹 평강공주가 되어 온달장군을 바라보듯 잿빛 바바리를 바라보았을 것이다. 그와 아주 오래전부터 알고 지냈던 듯한 느낌을 받은 것은, 그와 함께 육지로 올라와 처음으로 허파 호흡을 한 듯이 느껴지던 것은, 결국 그 연극의 주제인, 윤회와 인연설의 영향일 것이다. 부모 미생전의 소식을 듣는 듯한.

그리하여 결국, 온달장군이 제 나라 장수에 의해 목숨을 잃고 공주마저 온달의 정적에 의해 가슴에 칼을 맞은 것처럼, 현실은 그 비슷하게 진행된다. 그 연극은 가슴 들뜨는 사랑의 촉매이면서, 또한 그들의 내밀한 사랑, 조금쯤 싹트던 사랑을 일순간에 짓밟는 그 다음 일들에 대한 주술 같은 것이었는지도 모른다. 그 연극, 〈어디서 무엇이 되어 만나랴〉는.

공연 하루 전날, 선배들은 공연장 뒤 공터에서 철야 작업을 한다. 나무와 철근을 실어다 놓고 그것을 세우고, 짜맞추고, 못을 박고, 종이를 붙이고, 물감을 칠하고……. 마치 거대한 중생대의 생물 같은 세트가 하룻밤 만에 만들어진다. 그 여자는 세트를 만드는 선배들 옆에서 못이며 망치를 집어주며 밤을 새운다. 별로 하는 일도 없으면서, 그러나 그 공동체적인 분위기와, 그들이 만들어내는 완성된 성취물에 이끌려서 자리를 뜨지 못한다. 이 모든 것을 우리가 완성한 거야. 그 여자는 내밀한 성인식을 치르는 기쁨에 도취되어 있다. 정작 자신이 한 일은 아주 작은 부분이면서도.

첫 공연 날 오전에는 리허설이 있다. 그 여자는 또 분장실 구석에 앉아 미대 선배가 배우들의 얼굴에 도란을 칠하는 손길을 유심히 본다. 그의 손길 아래서 평강공주의 도도하고 아름다운 모습이, 온달의 선량하고 우직한 얼굴이, 온달 어머니의 주름진 노인의 얼굴이 만들어지는 것을 지켜본다. 모든 것이 새롭고 아름답고 충만한 기쁨이다. 텅 빈 객석에 앉아 리허설을 보는 듯한 느낌은 도취감이다. 그 여자가 살면서 처음으로, 진지하게 맞이하는 성취감이며, 또한 남몰래 치르는 성인식의 내밀한 기쁨이다. 첫 공연은 오후 네 시에 있다. 리허설이 끝난 후 저마다 자장면으로 점심 요기를 하는 중에, 그 남자가 또다시 그 여자와 효진이를 부른다.

"공연장 입구에 의자하고 테이블 하나씩 내놨으니까, 두 사람은 거기 앉아서 프로그램 파는 일을 해."

그 남자는 여전히 딱딱한 표정으로 지시한다. 발성 연습이나 연기 지도를 할 때의 단단하고 큰 소리와는 달리, 작고 가는 목소리로 말한다. 그 여자는 효진이와 함께 프로그램을 안고 밖으로 나간다. 선배들이 책상과 의자를 내놓고, 그 앞에 팸플릿 오백 원이라고 적힌 종이를 붙이고 있다. 그 여자는 효진이와 나란히 의자에 앉아 카탈로그 파는 일을 한다. 그것도, 큰 완성의 작은 일부분이라는 충만감에 포함된다.

그때까지는, 모든 일이 아름답고 평화롭다. 아니 이따금 행복하기까지 하다.

20

공포나 두려움, 그런 감정들의 정체는 늘 모호하다. 그 여자는 이따금 겁이 없다는 얘기를 듣는다. 그러면서도 자주, 아주 작은 일로도 납득할 수 없는 두려움에 휩싸인다. 그 두 감정 사이에서 간혹 혼란을 느낀다. 자신을 잘 알 수가 없어서.

아마 혼자 서울로 대학 입시를 보러와 낯선 하숙집에 묵으며 시험을 보고 내려간 일은 겁이 없는 행동일 것이다. 처음 가보는 낯선 도시의 처음 들어간 낯선 여관에서도 아무 두려움 없이 잠들 수 있는 것, 그건 분명 두려움이 없는 행동이다. 그때까지는, 세상이 얼마나 거칠고 험한 곳인가를 잘 모르기 때문에 겁이 없었을 것이다.

그 여자가 공포라는 감정을 심각하게 깨닫기 시작한 것은 그 무렵부터다. 연극 공연이 끝나던 무렵부터. 생각해보면 그전까지는 세계에 대해서도, 인간에 대해서도, 어떤 사물에 대해서도 공포를 느낀 일이 별로 없다. 아니, 공포를 감지하는 기능이 아직 본격적으로 작동하지 않았던 것 같다. 그러나 그 시기에, 어떤 사람을 만나면서 심각하게 공포를 느끼고, 위축되기 시작한다. 왜 그렇게 심각하게 겁에 질렸을까. 지금도 그 이유를 잘 알 수 없다.

그 여자에게 두려움을 깨닫게 하는 사람은 그 남자다. 늘 딱딱한 얼굴에 얼마간 날카로운 눈빛을 하고 한 번도 웃는 모습을 보인 일이 없는 사람. 어떤 일을 시킬 때도 늘 화난 듯한 얼굴로 말해서, 부장이라는 자리에 있으면 늘 그렇게 긴장하고 독선적으로 행동해야 하는가 짐작하게만 하던 사람. 그래서 상대하기 버거웠던 그 남자가 구체적인 두려움의 대상으로 떠오른다.

그 연극의 마지막 날 공연에는 연극부 선배들이 많이 온다. 찬조금을 뜯긴 선배들, 연습 때 빵이며 음료수를 사들고 오던 선배들. 그들은 일 년에 한두 차례 학교에 오는 일이, 옛 시절의 추억과 낭만을 반추하고 후배들을 격려하는 축제의 자리이기도 할 것이다. 이제는 사회생활을 하면서 돈을 버는 선배들은, 제 대학 시절의 궁핍을 생각하며 서슴없이 지갑을 푼다. 재학생들에게도 그것은 하나의 축제다. 선배들의 돈으로 마음껏 먹고 마실 수 있으니까. 그건, 연극부에 오래전부터 내려오던 전통이라고 한다.

마지막 공연이 끝난 후, 다들 작은엄마집으로 몰려간다. 작은엄마집이라는 간판 대신, 짝엄마집이라고 더 많이 불리는. 노란 양은 주전자에 막걸리가 담겨 나오고, 흰 사발이 하나씩 배당된다. 굵게 채 썰어 양념한 단무지가 나오고 그 다음부터 차례차례 묵, 파전, 동태찌개가 나온다.

그 여자는 공연이 끝나고 난 뒤 느끼는 허탈감이 의외로 크다는 사실에 조금 놀라고 있다. 그 허탈감은 바로 그 작품을 준비하고 공연하는 동안 느끼는 성취감과 비례하는 것 같다. 다들, 비슷한 느낌일까, 막걸리 잔에 첫 잔을 따르자 다들 단숨에 그것을 들이켠다. 그 여자도 막걸리를 마신다. 처음 마시는 막걸리는 새콤하고 달콤하다. 맛이 나쁘지 않다.

"다들 고생했다. 자, 건배나 하자."

졸업한 지 이 년쯤 되고, 지금은 기업체에서 샐러리맨으로 근무하는 선배가 먼저 술을 들어 올린다. 그의 깨끗한 양복과 파스텔 톤의 넥타이가 아무래도 후줄근한 후배들 사이에서 너무 두드러진다. 건배! 축하합니다! 어디서 무엇이 되어 만나랴! 다들 술잔과 함께 한두 마디씩 허공으로 띄워 올린다. 술잔을 서로 부딪치는 바람에 뿌연 막걸리가 손가락을 타고 흐르기도 한다.

"특히 현규, 너 수고했다."

술잔을 내려놓으며 그 남자가 웃는다. 아, 저 사람도 웃는구나. 그 여자는 그 남자가 웃는 모습을 신기하다는 듯 바라본다. 절대로 웃지 않기로 작정하거나 웃음의 기능이 실조한 사람 같던 그 남자가 웃는 모습은 이상하다. 웃는다는 사실만으로도 이상한데, 그 웃음은 더 뜻밖이다. 그는 그 딱딱하고 경직된 얼굴에서는 도저히 나올 것 같지 않은 웃음을 웃는다. 수줍은 듯하고, 금세 훼손당할 듯하고, 어쩐지 여성적인, 그런 웃음이다. 그 여자는 속으로 많이 놀란다. 가늘고 작은 목소리를 내다가 갑자기 크고 힘찬 목소리를 낼 때 놀랐던 것처럼, 딱딱하고 엄격한 그 얼굴에서 수줍고 순한 웃음을 대하는 순간, 많이 놀란다. 서로 상반되는 두 가지가 한 사람 내부에 공존한다는 사실이 잘 믿어지지 않아서, 그 여자는 마치 어떤 속임수를 대하고 있는 듯한 느낌이 든다.

물론, 지금은 안다. 한 사람의 내부에 열 개, 스무 개는 되는 얼굴이 있을 수도 있다는 것을. 직장인의 얼굴, 아버지의 얼굴, 남편의 얼굴, 선배의 얼굴, 후배의 얼굴, 대부분의 사람이 그런 여러 얼굴을 가지고 있다. 세상이 복잡해질수록 얼굴은 더욱 다면체가 된다. 인간은 기본적으로 다면체이고, 어느 방향에서 그를 보느냐에 따라 그에 대한 인식은 정반대가 될 수도 있다. 다면체의 얼굴, 심리의 중층구조, 지금 그 여자는 그런 것들을 이해한다. 그러나 그때, 열아홉 살 때는 그것이 너무 뜻밖이다. 뜻밖이어서, 속임을 당하는 듯한 느낌을 받고 만다.

"작품이 좋더라. 희곡 선정도 잘했고, 배우들도 연기를 잘했고……."

그 남자는 여전히 웃고 있다. 수줍은 듯한, 금방이라도 훼손당할 듯한 여성적인 웃음을. 식구들은 저마다 술을 마시거나 파전을 먹으며 선배들의 이야기를 듣고 있다. 그 여자도 술을 마신다. 한 잔쯤 마시고 나자, 금세 온몸으로 따뜻한 기운이 퍼져 나간다. 그러면서 몸 안에 맺혀 있던 무엇인가 풀려나가는 것이 느껴진다. 오래 억눌러온 억압, 오래 뭉쳐져 있던 슬픔, 오래도록 지속된 상실감 같은 것이 제풀에 스르르 녹아내린다. 눈덩이처럼, 얼음처럼. 그 여자는 술을 마신 후 몸 안에서 일어나는 변화를 유심히 느껴본다. 아, 사람들이 바로 이런 이유 때문에 술을 마시는 모양이구나. 정서적으로 이완되면서 갑자기 마음속의 모든 것이 풀려나가는 이 신기한 느낌 때문에. 그 매혹적인 느낌 때문에 그 여자는 또 한 모금 술을 마신다.

"그런데 말이야, 클라이맥스에서 몰아치는 힘이 부족해. 왜 작품이 질질 늘어진다는 느낌이 들지? 한 번쯤 휘몰아치듯 몰아주는 장면이 있어야 할 텐데, 아무리 기다려도 그게 없어."

선배의 말투에서는 애정이 묻어난다. 선배로서의 어른스러움에, 한때의 젊음과 낭만이 있던 그 공간을 여전히 아름답게 바라보는 시선이 느껴진다. 그 여자는 고개를 주억거린다. 그런데 웬일인가.

웃고 있던 그 남자의 표정이 바뀐다. 순하고 수줍은 듯한 미소가 사라지면서 금세 예전과 같은 딱딱하고 날카로운 인상이 된다. 마치, 얼굴에서 얇은 가면을 한 꺼풀 벗겨낸 것처럼. 얼마든지 그럴 수도 있을 테지만, 그 변화의 속도가 너무 빨라서, 그 변화가 너무 극단적이어서 그 여자는 놀란다.

"그리고 말이야, 조명이 왜 그리 어수선하니? 이펙트 머신을 너무 많이 사용한 것도 그렇고."

또 다른 선배, 지금은 대학원에서 공부하는 선배가 한마디 거든다. 그 남자의 얼굴은 더 날카로워진다. 그 남자가 금방이라도 선배들을 향해 화를 낼 것 같아 그 여자는 가슴이 조마조마하다. 술기운으로 이완되어 있던 몸과 마음이 조금쯤 긴장한다.

다른 식구들은 저마다 나른하고 행복한 표정, 혹은 허탈하고 서운한 표정으로 술만 마시고 있다. 술을 사주며 잘못을 지적하는 선배의 존재조차 행복일 수 있다. 잿빛 바바리는 형진이와 경재와 함께 이야기를 나누고 있다. 그들은 병사 1, 2, 3의 역할에 대해 말한다. 내내 무대 뒤에서 기다리기만 하다가 3막에서 온달의 관을 들어내기 위해, 4막에서 평강공주의 주검을 들고 퇴장하기 위해 잠깐씩 등장했던 그 역에 대해. 관보다는 공주가 더 무거웠지? 보기에는 깡말라 보이는데, 왜 그리 무겁냐? 그들의 이야기를 들으며 무용과 선배는 웃고 있다.

그 남자는 더 이상 웃지 않는다. 웃지 않을 뿐 아니라 말도 하지 않는다. 두 시간 이상 계속되는 술자리에서, 여전히 딱딱하고 날카로운 얼굴로 술만 마실 뿐이다. 한쪽 구석에 조용히 앉아서. 이따금 후배며 선배들이 술을 권하면 받기만 할 뿐, 그들에게 술을 따라

400

주는 일도 없다. 딱딱한 얼굴로 말이 없는 그 남자의 존재가 모두의 눈에 불편하게 여겨질 즈음, 술자리가 끝난다.

선배들은 모두 집으로 돌아가고, 재학생들끼리 찻집으로 간다. 차를 한잔 마시고, 조용히 작품 합평회 같은 것을 할 예정이었을지도 모른다. 그 여자는 잿빛 바바리 조금 뒤에서 걷는다. 술기운에 몸은 따뜻하고 마음도 부드럽게 녹아내리고, 거듭 다가오는 가을밤의 바람은 기분 좋게 얼굴을 스치고 간다.

일행이 들어간 찻집은 그 여자가 이끌리듯 잿빛 바바리를 따라 들어갔던 바로 그 찻집이다. 스무 명쯤 되는 식구가, 테이블을 서너 개쯤 붙이고, 두 줄로 길게 마주 보며 앉는다. 앉다 보니, 그 여자는 잿빛 바바리와 마주 앉게 된다. 잿빛 바바리 곁에는 형진이가, 그 여자 곁에는 효진이가 앉아 있다. 그 남자는 저쪽 구석에서 여전히 딱딱한 얼굴을 하고 있다. 다들 술에 취해, 애초에 의도했던 합평회 같은 것은 불가능하다. 저마다 옆에 있는 사람들과 이야기를 나누고 있고, 그 가운데로 커피며 콜라 잔이 놓인다.

잿빛 바바리도 그 여자처럼, 술기운으로 인해 정서의 어느 부분에서 매듭이 풀린 모양이다. 씩, 소리가 날 것 같은 큰 웃음을 지으며 그 여자를 건너다본다.

"정숙아, 너희 아버님은 연세가 어떻게 되시냐?"

그 여자는 커피를 마시다 말고 잠깐 동작을 멈춘다. 너무 뜻밖의 장소에서, 뜻밖의 사람으로부터 뜻밖의 질문을 받은 셈이다. 아버지! 아버지의 나이. 여전히 아버지로부터 버림받았다는 상실감이 가슴 한편에 고여 있는 그 여자는 아버지의 나이를 계산해본다. 그러나 잘 떠오르지 않는다. 아버지의 나이 대신, 햇빛이 부서지던 쟁

쨍한 논둑길을 울면서 걸었던 제 모습이 떠오른다. 불과 석 달 전의 모습. 그러자 알 수 없게도, 정말 알 수 없게도 가슴속에서 서늘한 찬물이 밀려 올라오려 한다.

"우리 아버지는 쉰에 나를 낳았다. 넌, 아버지가 할아버지라는 사실이 얼마나 큰 슬픔인지 아니?"

그 여자는 잿빛 바바리를 건너다본다. 그에게도, 그에게도 어떤 종류의 아버지에 대한 상실감이 있는 모양이구나……. 그에게서 보이던 내밀한 어둠의 기미, 아주 깊은 곳에 감추어진 슬픔의 기미가 그것인가.

"너, 아버지한테서 야단맞아본 적 있니? 우리 아버지는 나를, 캄캄한 겨울밤에, 옷을 모두 벗겨서 마당에 서 있게 한 적이 있어. 너, 겨울밤에 알몸으로 마당에 서 있어본 적 있어?"

겨울밤에 알몸으로 마당에 서 있는 아이……. 그러나 그 여자는 더 이상 그 아이의 마음을 짚어볼 수 없다. 그런 경험을 가진 스무 살짜리 남자에 대해서도. 그보다 먼저, 즉각적으로, 중학교 때 바위에 엎드려 있던 침엽수 숲이 떠오르고, 그날의 신열이 떠오르고, 울면서 논둑길을 걸어 아버지의 집을 떠났던 여름 한낮이 떠오른다. 추운 겨울밤이나, 더운 여름 한낮이나, 같을 것이다. 그 상실감은. 잿빛 바바리의 목소리에서 울림이 많은 슬픔의 기미가 느껴지는 것은, 그 여자의 몸에 가득 차버리고 만 물기 탓일 것이다. 취기로 나른하게 풀려 있는 정서로는, 밀려 올라오는 물기를 막을 수 없다. 몸의 모든 기관이 느슨하게 풀어져 있는 그 상태로는. 목의 통증도 없이, 기어이 눈가로 물기가 스며 나오고 만다. 그 여자는 테이블에 두 팔을 올리고, 그 위에 이마를 얹는다. 그러고는 삐죽삐죽 밀려올라오는 눈물이 옷자락에 스며들도록 내버려둔다.

"정숙아, 너 왜 그래?"

잿빛 바바리가 그 여자의 머리를 흔든다. 물기가 가득 찬 귀로 드는 그의 목소리도 완연히 젖어 있다. 그 여자는 고개를 들지 않는다. 눈물이 어룽어룽 번진 눈을 보여줄 수는 없다. 잿빛 바바리는 그 여자의 머리를 흔들던 손을 거두더니 잠시 후, 그 여자의 손을 하나 빼내간다. 그 여자는 잿빛 바바리에게 끌려가는 제 손을 그대로 둔다. 손바닥이 뒤집어졌다가, 엎어졌다가, 손가락이 펴졌다가 한다. 잿빛 바바리가 그 여자의 손을 이리저리 보는 모양이다. 손바닥을 보았다가, 손등을 보았다가, 손가락을 보았다가……. 그 여자는 한 손을 잿빛 바바리에게 내준 채 가만히 엎드려 있는다. 여전히 몸 안에서 스며 나오는 물기가 옷자락에 스며들도록 내버려둔 채.

잿빛 바바리도 많이 취한 모양이다. 그 여자의 손바닥이 공중으로 보이게 펴더니 거기에 무엇인가를 쏟아 붓는다. 그 여자는 설탕이구나, 생각한다. 그토록 미세한 중량감을 가지고 주르르 흘러내려 쌓이는 입자는, 테이블 위에 놓인 설탕밖에 없다. 주변의 친구며 선배들은 저마다 이야기에 취해 큰 소리로 떠들고 있고, 거기에 찻집에서 틀어둔 음악까지 더해져 실내에는 거대한 소음 덩어리가 떠다니고 있다.

"우리 어렸을 때, 설탕만큼 좋은 과자가 어디 있었니? 각설탕을 녹여서 과자를 만들던 뽑기, 정숙아, 너도 그거 해봤지?"

그 여자는 여전히 테이블 위에 이마를 박고 대답하지 않는다. 몸 안에서 밀려 올라오는 물기가 아무래도 멎지 않는다. 더 퍼내야 할 모양이라고, 그렇게 생각할 뿐이다. 손바닥에 더 이상 설탕이 쌓이지 않는다. 조금 후, 어떤 다른 느낌이 온다. 처음에는 약간의 중량감, 그 다음에는 따뜻한 온기, 그 다음에는 서늘한 기운……. 그게 무슨 느낌일까. 잿빛 바바리가 손바닥 위에 설탕을 놓고 뽑기를 하려는가. 그런 느낌이 서너 차례 반복된 후에야, 손바닥 위에서 느껴지는 감촉이 무엇인지 어렴풋이 짐작한다. 잿빛 바바리가 그 여자의 손바닥 위에 입을 대고, 거기 놓인 설탕을 먹고 있는 것 같다. 정말일까. 그 여자는 눈가의 물기를 옷자락에 닦고 고개를 든다.

정말이다. 잿빛 바바리, 그가 그 여자의 손바닥 위에 얼굴을 묻고 열심히 설탕을 먹고 있다. 그 여자는 문득 목이 뻐근해진다. 그의 모습은, 그 여자의 마음속에 있는 어린 여학생, 아버지로부터 버림받았다는 상실감의 가장 처음에 움츠러들었던 그 여학생을 떠올리게 한다. 잿빛 바바리의 행동은, 그 여학생이 차고 딱딱한 바위에 엎드렸던 그 행동들과 똑같다. 똑같이 어둡고, 똑같이 절망적이고, 똑같이 절박한 외로움을 드러내고 있다. 그거였을까. 잿빛 바바리에게 그토록 강하게 이끌렸던 것이. 내밀한 곳에 있는 그 공통의 상실감이었을까. 그 여자는 손을 거두어들일 수 없다. 그런 잿빛 바바리의 모습을 보고 있을 수도 없다. 목의 통증이 가슴으로 번져간다. 그 여자는 다시 테이블 위에 고개를 묻는다.

네 곁에 있고 싶어. 네게 이렇게 손을 빌려줄 수 있다면, 그것만으로도 난 기쁠 거야. 거기 있어줘. 멀리 가지 말고, 언제나 내 앞이나 내 옆에 있어줘.

그 여자는 목에서 가슴을 거쳐, 등 쪽으로 번져나가는 통증을 참으며 속으로 중얼거린다. 네 곁에 있고 싶어. 내 손이 필요하다면 얼마든지 사용해……. 그 여자는 잿빛 바바리가 손바닥의 설탕을

깨끗이 혀로 핥고, 다시 한 번 설탕을 붓는 걸 느끼며 가만히 있는
다. 그는 새로 부은 설탕을 또 먹기 시작한다.

"야 인마, 너 뭐 하는 거야?"

잿빛 바바리 옆에 앉은 형진이가 그를 만류하는 모양이다. 형진
이는 잿빛 바바리의 상체를 일으키고 그 여자의 손바닥에 있는 설
탕을 털어낸다. 그제야 그 여자는 가만히 손을 거두어들인다. 손바
닥에는 아직도 그의 감촉, 그의 느낌이 고스란히 남아 있다. 그의
상실감과 그의 절박한 외로움의 기미가. 공중에서는 여전히 소음의
덩어리들이 돌아다니고, 그 여자는 머리 위로 돌아다니는 소음의
덩어리들을 들으며 테이블 위에 엎드려 있다.

한참 만에 얼굴의 물기를 수습하고 고개를 드니, 잿빛 바바리는
의자 등받이에 기대어 눈을 감고 있다. 잠들었는가. 그 여자는 그의
검은 눈썹을 오래 바라본다. 멀리 가지 마. 늘 내 곁에 있어줘.

잿빛 바바리를 보고 있는 그 여자는 얼굴 오른쪽에서 이상한 느
낌을 받는다. 날카롭고 차가운 기운 같은 것이 오른쪽 뺨에 느껴진
다. 섬뜩한 기운이다. 천천히 고개 돌리다가, 그 남자와 시선이 마
주친다. 그 남자가 그 여자를 보고 있다. 늘 얼마간 딱딱하고 날카
로운 그 얼굴 그대로, 그 여자를 보고 있다. 그 여자는 거의 반사적
으로 그 남자의 시선을 외면한다.

나중에 생각해보면, 그 남자로부터 반사적으로 고개 돌릴 때, 그
여자가 느낀 감정은 두려움이다. 그는 늘 얼마간 두렵고 어려운 선
배였지만, 그때는 더 날카로운 눈빛을 하고 있다. 그 눈빛은 그 남
자에게서 나오는 것이 아닌 것 같다. 그의 뒤쪽 아주 먼 곳, 그 여자
가 읽었던 동화책이나 만화책의 어느 부분에서 만났던 어두운 장

면에서 나오는 것 같다. 신데렐라가 탄 마차를 호박으로 변하게 하는 자정의 스산한 종소리 같은 것, 죽은 아이의 영혼이 담겨 괴력을 행사하는 인형의 눈빛 같은 것, 모르겠다. 왜 그런 느낌이 들었는지. 그러나 분명, 그 여자는 술기운이 싹 가실 만큼 등줄기가 오싹해지는 두려움을 느낀다. 정체를 알 수 없는 두려움, 정체를 알 수 없기에 더 몸을 얼어붙게 하는 두려움이다.

연극 〈어디서 무엇이 되어 만나랴〉의 교내 공연이 끝난 후, 그 작품은 대학 연극제에 출품된다. 대학 연극제는 남산 드라마 센터에서 열린다. 세트며 의상이며 소도구 들을 모두 트럭에 실어 드라마 센터로 나르고, 선배들은 그곳 무대에서 다시 조명을 점검하고 세트를 세우고 리허설을 갖는다. 그 여자는 별로 하는 일도 없으면서 빠짐없이 그 모든 현장을 따라다닌다. 대학 연극제에는 일곱 개 학교가 참가한다. 교내 공연에서와는 달리 입장료를 받아서, 그 여자는 매표창구에 서 있다가, 현관의 카탈로그를 파는 자리에 서 있다가 한다.

입장객들은 모두 들어가고, 공연이 시작된 십 분쯤 후, 그 여자는 객석으로 들어가 앉는다. 입구 가까이, 객석 뒤쪽에 혼자 앉는다. 연기하는 사람은 무대 위에, 조명이나 음향을 맡은 사람은 조명실에, 무대 감독을 맡은 사람은 무대 뒤에 있다. 그 여자처럼 심부름이나 하는 까마득한 새내기는 늘 그렇듯이 막상 공연이 시작되면 할 일이 없다. 이미 열 번도 넘게 본 그 연극을, 그 여자는 또 한 번 보고 있다. 대사를 다 외울 지경이다. 객석에는 다른 대학 학생들이 많이 앉아 있다.

연극이 시작된 지 삼십 분쯤 후, 누군가 조용히 그 여자 옆에 와서 앉는다. 연극부 부장, 바로 그 남자다. 얼마간 무섭고 두려운 선배. 연출자도 막상 막이 오르면 할 일이 없을 것이다. 그 여자는 많은 자리를 두고도 그가 하필 제 곁에 와서 앉는 게 불편하다. 그러나 말없이 무대만 바라보고 있다. 연극은 3막의 뒷부분으로 치닫고 있다. 클라이맥스 부분이다.

　공주가 온달장군이 죽은 전장에 도착한다. 병사들이 아무리 관을 옮기려 해도 관은 꼼짝도 하지 않는다. 공주는 관 옆에 무릎을 꿇고, 관 뚜껑을 열어, 시체를 쓰다듬으며 오열한다. "장군, 이게 웬일입니까?" 그 배경으로 합창이 퍼진다. "그 옛날 봄날에 님의 이름 들었네, 무섭고 그리운 님의 이름 들었네……." 단조로운 멜로디에 저음으로만 이루어진 노래는 낮고 넓게 객석으로 퍼진다. 그 앞에서 공주의 독백이 이어진다.

　"장군, 비록 어제까지 장군이 치닫던 벌판이라 하나, 이제 누구를 위해 여기 머물겠다고 이렇게 떼를 쓰십니까? 장군의 마음을 내가 알고 있으니 이제 집으로 돌아가십시다. 고구려는 내 아버지의 나라, 당신의 원수를 용서치 않으리다. 자, 돌아가십시다."

　공주가 손짓하자 병사들은 다시 관을 들어올린다. 그제야 관이 들려 올라온다. 배경으로는 여전히 합창이 퍼지고 있다. "그 옛날 그때부터 이 몸은 꿈이었네, 아둔하고 우둔한 내 님의 꿈이었네……." 그 여자는 관을 들고 나가는 병사 중에서 잿빛 바바리를 찾아낸다. 그는 관의 오른쪽 앞을 들고, 정면을 응시하며, 무대 밖으로 퇴장한다.

　그런데 그때, 그 여자가 공주의 오열과 병사들의 남성 합창을 들고 있는 그때, 갑자기 어깨에 이상한 무게가 실린다. 긴장되어 있던 몸이 소스라치게 놀란다. 어떤 무거운 물체가, 그 여자의 어깨에 이리저리 부딪치고 있다. 이어, 곁에서 한 목소리가 들린다.

"아, 좋다."

그 남자다. 그 남자가 그 여자의 어깨에 얼굴을 묻고, 격정과 감동을 어쩌지 못하여 높고 떨리는 목소리로 중얼거리고 있다. 그 여자의 어깨에 묻은 얼굴을 좌우로 비비기까지 한다. 그 여자는 놀랐다가, 어리둥절했다가, 기어이 두려워진다. 대체 이게 무슨 일인가.

"아, 작품이, 작품이, 너무 좋다!"

그 여자는 완전히 굳어버린다. 그런 식으로, 누군가 제 어깨에 얼굴을 묻고 비비는 일은 상상도 해본 적이 없다. 더구나 가까운 사람도 아니고, 그는 조금 어려운 연극부 선배일 뿐이다. 그 여자에게 양해를 구하지도 않았고, 전에 그런 일이 있었던 것도 아니다. 그 일을 어떻게 받아들여야 할지, 또 어떻게 행동해야 좋을지 몰라 굳어버린다. 겨우 조금쯤 어깨를 들썩이자 그제야 그 남자는 그 여자의 어깨에서 고개를 든다. 그 여자는 너무 놀라서 아무 말도 하지 못한다.

그 일로 그 여자는 많이 놀란다. 하나는 그의 일방적이고 무례한 면 때문이다. 사전에 양해도 구하지 않고(사실, 네 어깨에 얼굴을 비벼도 되겠니? 그렇게 양해를 구하는 일을 상상하면 좀 우습기도 하다) 그런 행동을 할 수 있는가 하는 점이다. 인간과 인간 사이에 이루어지는 행동들에는 사회에서 약속한 규율이나 관습이 있다. 강아지나 고양이를 안고 볼을 비비는 것도 아닌데, 어떻게 그렇게 함부로 행동할 수 있을까. 그 여자는 그 점에 놀란다.

또 하나 놀란 것은 그 남자가 제게 호감을 가지고 있으면 어쩌나 하는 점이다. 그 여자는 늘 그 남자를 버거워했다. 딱딱하고 긴장된 얼굴, 웃거나 농담하는 일이 없는 태도, 일을 시킬 때의 그 일방적으로 지시하는 방식, 그 모든 것을 부담스러워했다. 그런데, 그런데, 혹시 그가 나를? 그런 생각이 들자 잔뜩 겁을 집어먹고 만다. 더구나 그 여자의 마음에는 이미 잿빛 바바리가, 그의 옷자락에 깃들어 있는 바다가, 그 여자의 빈 곳을 가득 채우고 있던 때다.

그러나 그 무엇보다 놀란 점은 그 남자의 어떤 기질이다. 뜨거운 자기애나 눈먼 자아도취 같은 것. 그 작품은 그가 연출한 것이고, 그 무대는 다른 학교 작품들과 경연하는 대학 연극제 출품 무대다. 객관적으로 작품을 지켜보거나 반성적으로 성찰하는 기미 없이, 맹목적으로 빠져들어 감동하고 감탄하는 기질, 그것에 놀란다. 그 여자라면, 아마 작품의 결함만을 보았을 것이다. 제 부족함을 반성하면서, 다음번에는 같은 실수를 반복하지 말아야겠다고 생각하면서. 그 여자가 자신을 지나치게 차갑게 바라본다면 그 남자는 자신을 지나치게 뜨겁게 사랑한다.

이만큼 살면서 그 여자가 깨달은 것이 있다면 세상에는 두 부류의 인간이 있다는 점이다. 자신을 너무나 사랑하는 사람과 자신을 너무나 사랑하지 않는 사람.

어떤 집을 방문하면 자신의 사진을 액자에 넣어 책상 앞이나 책장에 세워둔 것을 보게 된다. 심지어는 사진을 크게 확대하여 벽에 걸어놓은 경우도 있다. 그들은 자기애가 강한 사람들이다. 그들은 옷차림에 세심하게 신경 쓰는 멋쟁이들이고 자주 거울을 들여다보는 습관을 가진 사람들이다. 그들은 자신의 자랑스러운 점에 대해서는 남에게 말해도 자신의 실수나 나쁜 습관에 대해서는 결코 말하지 않는다. 그와 반대로, 자신을 너무나 사랑하지 않는 사람들이 있다. 그들은 집에 사진이 담긴 액자는 물론 제대로 된 큰 거울도 없다. 옷차림에 그다지 신경을 쓰지 않고 물건들에 대한 애착이 없다. 그들은 자신을 포함해서 세상 모두를 아주 차갑게 바라본다. 그렇기 때문에 자신의 실수나 나쁜 습관까지도 웃음거리의 소재로 사용한다.

　두 부류의 인간형 중 어느 쪽이 더 옳다거나 그르다고 말하려는 게 아니다. 두 가지 다, 그저 살아가는 방식일 뿐이다. 자기애가 강한 사람들은 자기애의 뜨거운 열정을 발판으로 이 세상을 살아가고, 자기를 사랑하지 않는 사람들은 그 객관적이고 냉철한 태도로 세상을 살 뿐이다. 자기애가 터무니없는 자만이나 자기만족으로 치닫지만 않는다면, 자기를 사랑하지 않는 사람이 심각한 냉소주의나 자기혐오에만 빠지지 않는다면, 무엇으로 살든 어떠한가.

　그 여자가 말하고 싶은 것은, 그렇게 다른 두 사람이 처음 만날 때 발생하는 충격에 관해서이다. 그 여자는 완연히 후자에 속한다. 그 여자는 지금도 자신의 실수담이나 못난 점을 농담거리로 사용하는 버릇이 있다. 그 말을 농담으로 웃어넘기지 못하는 사람, 자기애가 강한 사람들은 그 여자의 실수를 심각한 결함으로 받아들인다. 그 여자가 왜 결함을 들추어 보이며 푼수 짓을 하는지 이해하지 못한다. 그런 때, 그 여자는 고독을 느낀다. 인간이라는 공통의 존재는, 서로 말은 안 해도, 지하로 연결된 통신 케이블 같은 게 있으리라 믿어온 신뢰가 무너진다. 일순간에 세상의 모든 전선이 잘려나가고 혼자 어둠과 적막 속에 남겨진다.

그 남자는 전자에 속한다. 그는 빨간 실크 와이셔츠를 입고 싶어 하고 머리에 무스를 바르고 싶어 한다. 자신의 물건들에 대한 애착이 강하고 모든 열정과 신명은 하늘에 닿아 다시 그에게 되돌아온다. 드라마 센터 객석에서 그 여자가 받은 가장 큰 충격은 그것이다. 달아오른 냄비 같은 그의 자기애와 열정. 그것에 닿으면 무엇이든 까맣게 타고 말 거라는 두려움이다. 그리고 얼마 후 정말 그런 일이 일어난다. 그 여자를 공포 속으로 밀어 넣는 일이.

대학 연극제 성과는 별로 좋지 않다. 그 일들이 끝난 후, 연극부는 겨울방학 때 워크숍 공연이 있을 때까지 별다른 일이 없다. 그래도 갈 곳이 없는 부원들은 강의가 끝나면 관성처럼 학생회관 칠 층으로 모인다. 연습이 없기 때문에 그들을 모으는 구심점이 없다. 얼마간 스터디를 하다가, 밀린 리포트를 쓰다가, 하나둘씩 사라지거나 왁자하게 술집으로 몰려가곤 한다.

그 무렵부터, 그 남자의 존재는 그 여자에게 확실한 두려움의 대상이 된다. 그 여자가 연극부실에 나타나면, 그 남자는 자잘한 일을 시키곤 한다. 캐비닛을 열고, 그 안에 있는 지난 공연의 카탈로그와 대본들을 일제히 정리하는 일이라든가, 소품으로 쓰고 구석에 세워둔 창이며 나무 상자며 소반이며 정리해서 창고로 옮기는 일 같은 것들. 그 여자는 그 남자가 일부러 일을 만들어 자신에게 시키고 있다는 느낌을 받는다. 그렇지 않아도 버겁고 부담스러운 그 남자가, 점점 더 무겁게 느껴진다. 그 여자는 그만, 연극부로 가는 발길을 끊는다. 당장은 연습도, 워크숍도 없으니, 가지 않아도 상관없다. 그 여자는 어느새 그 남자를 피하고 있다.

그런데 이상한 일이다. 문리대 근처에서 자주 그 남자와 맞닥뜨린다. 그 여자가 공부하는 교양학부에서는 반드시 문리대 앞을 지나야 정문이든 후문이든 나갈 수 있다. 그 남자는 문리대 앞 잔디밭, 교양학부 쪽에 있는 잔디밭에 앉아 책을 읽거나 공책에 무언가를 쓰고 있다. 그 여자와 시선이 맞닥뜨릴 때마다 그는 아주 날카로운 눈빛을 한다. 그 여자의 두려움은 점점 더 구체적인 모양을 잡아간다. 그럴 때 이따금 그 여자는 잿빛 바바리를 떠올린다. 넌 어디 있니? 날 좀 잡아줘.

그 여자는 두려움 속에서 점점 당황하고 혼란스러워진다. 그런 일에 대한 사전지식이 없었으므로 어떻게 행동해야 할지 알 수 없다. 할 수 있는 일이란 최선을 다해 그를 피하는 것이다. 그와 같은 공간에 있는 것을 피하고, 그의 시선에 노출되는 것을 피한다.

그럼에도, 그 남자의 존재는 독수리의 날개 그림자 같다. 어디든 나타나고, 슬그머니 제 존재를 드러내며, 그림자처럼 말이 없다. 또한 그림자처럼 어둡고 음습한 분위기를 주변에 가득 뿌리곤 한다. 이제는 문리대 앞에만 나타나는 게 아니라 집으로 가는 길목에서도 맞닥뜨린다. 그 남자는 그 여자가 지나가는 모습을 말없이 바라보기만 한다. 그 여자는 말없이, 고개 숙인 채 말없이 그의 곁을 지나간다. 그러나 속맘은 이미 두려움과 버거움으로 얼어붙어 있다.

조금씩 모양을 잡아가던 두려움이 구체적인 형상으로 다가온 날이 있다. 그날, 그 여자는 그 남자를 피해 학교 뒷문으로 가는 길을 버리고 정문으로 나간다. 그 남자가 뒷문 근처에서 지키고 있을 것 같아, 정문으로 나가는 먼 길을 택한다. 하지만 정문으로 가도, 후문으로 가도 결국 지나갈 수밖에 없는 길이 있다. 그 남자는 바로 그 지점에서 나타난다. 그 여자는 지옥문을 지키는 야차를 만난 듯 놀란다.

그 여자는 멈춰 서서 그 남자를 바라본다. 그 남자는 화가 많이 난 얼굴이다. 그 여자가 자신을 피해 정문으로 나갔다는 사실을 안 모양이다. 그러나 말없이 여자에게서 몸을 돌리더니 가만히 서 있기만 한다. 그 여자는 두려움을 안으로 밀어 넣으며 그를 지나쳐 집으로 가는 길을 걷는다. 그 남자는 말없이 그 여자 뒤를 따라오기 시작한다. 아직 해가 많이 남아 있는 한낮, 주택가의 거리는 을씨년스럽도록 한산하다. 이따금, 아주머니 한두 사람이 지나갈 뿐이다. 그 남자는 시종 말없이, 어쩌자는 작정도 없이, 그렇게 여자 뒤를 따라온다. 그 여자는 겁에 질려 발걸음이 잘 놓이지 않는다. 그런데 갑자기 등 뒤에서 큰 소리가 들린다.

"전쟁!"

그 소리는 마치 커다란 대포처럼 그 여자의 등을 명중시킨다. 그 여자는 그 자리에서 주저앉을 것만 같다. 전쟁이라니. 그러나 그는 분명, 발성 연습할 때 소리 지르는 그 목소리로 전쟁, 이라고 소리질렀다. 목에서 나오는 소리가 아니라 내장 깊은 곳에서, 심장이나 허파 깊은 곳에서 나오는 소리, 그래서 그의 온갖 감정이 고스란히 담겨 있는 목소리다.

"아, 아, 아!"

그 남자는 다시 소리친다. 그 여자는 공포에 질려버린다. 할 수 있는 일이란, 그 자리에 주저앉지 않고, 공포를 드러내지 않고 계속 걷는 일밖에 없다. 책을 쥔 손에, 등줄기에 조금씩 땀이 배어난다.

"아, 아, 전쟁!"

그때, 그가 다시 한 번 전쟁, 이라고 소리칠 때, 그 여자는 한 가지 깨닫게 된다. 중학교 이 학년 때 읽은 로슈포르의 소설《병사의 휴식》. 많은 유산을 상속받은 여자가 유산을 처분하기 위해 시골에 내려갔다가 자살을 기도하는 남자를 발견해 그를 구해주는 것으로 시작되는 소설. 두 사람 사이에서 지긋지긋하게 지속되는 일방적으로 헌신하고 파괴하는 관계의 사랑 이야기. 그때는 군인들의 전쟁 이야기가 아닌, 두 남녀의 사랑 이야기에 왜 그런 제목을 붙였는지 알 수 없었다. 그러나 그때 문득, 그 제목의 비밀을 깨닫는다.

소설 속 두 남녀의 사랑이 일종의 전쟁이다. 일방적으로 공격하고 일방적으로 굴복하는 전쟁. 이상하게도, 굴복하는 사람은 기쁜 마음으로, 공격하는 사람은 음울하고 허무적인 상태로 그 일을 한다. 그 소설의 매력은 거기에 있다. 어떤 사람들은 그걸, 마조히즘과 사디즘의 관계로 풀이하고 싶어 하겠지만, 그런 관계는 결코 아니다. 그보다는, 사랑의 무목적성과 불가해성에 관한 이야기다.

그 남자는 그때까지는 별다른 행동을 하지 않는다. 그저 소리 지르며 따라오다가 그 여자가 집으로 들어가면 돌아간다. 다가와 말을 붙이지도 않는다. 그러니 그 여자도 그에게 무어라 말할 수 없다. 그는 어부가 그물을 좁히듯이 점점 그 여자에게 다가올 뿐이다. 말없이, 그러나 확신에 찬 열정으로, 어둡고 음습한 그림자로.

그럴수록 그 여자는 점점 더 커지는 두려움을 느낀다. 그 여자가 두려워하는 것은 그의 열정이다. 지나치게 달아오른 양철 지붕, 벌겋게 과열된 냄비, 끊어지기 직전의 퓨즈. 그의 행동에서 그런 것들을 본다. 거기에 닿으면 모든 것이 타고 말 것이다. 그 여자가 두려워하는 것은 바로 그 점이다. 언젠가는 그가 자신을 태워버릴지도 모른다는 것.

그때, 왜 그렇게 심각하게 공포에 질렸을까. 몇 가지 이유를 짚어본다. 늘 버겁고 무서웠던 선배, 이미 한차례 어깨에 얼굴을 비벼 얼어붙게 한 선배, 그 후 독수리의 날개 그림자처럼 나타나던 선배. 그의 존재는 두려움일 수밖에 없다. 더구나 그 여자는 신사임당식 여성 교육을 받다가 시골에서 올라온 열아홉 살이다. 키가 작고 몸무게는 38킬로그램이고, 늘 혼자 책만 읽으며 자라서 세상에 대해 아는 게 전혀 없다. 세상에 대해 조금만 더 알았다면, 주먹의 힘이라도 좀 강했다면, 그토록 겁에 질리지는 않았을 것이다. 호랑이 앞에서 토끼가 겁에 질릴 때, 토끼는 거의 본능적으로 자신이 약자라는 걸 알아차린다. 그 여자도 그랬을 것이다.

여기서 미리 말해두고 싶은 게 있다. 그 남자가 광기에 휩싸여 있었거나 선천적으로 악한 마음을 가진 사람은 아니라는 점이다. 그저 남보다 더 많은 열정과 신명을 가지고 있었을 뿐이다. 앞으로 그 남자가 그 여자에게 어떤 일을 하든, 그건 모두 그의 열정이고 신명이고, 어쩌면 사랑이었을 거라는 점이다. 그 일이 어떤 가혹한 것이든 간에.

나중에 들은 바에 의하면, 그 여자가 연극부에 가입 권유를 받은 것도 이미 그 남자의 뜻이었다. 형진이와 경재가 연극부 창밖을 내려다보고 있을 때 그 여자가 그 밑을 지나갔던 모양이다. 그 여자는 늘 학생회관 곁을 지나 후문 쪽에 있는 자취방으로 돌아갔으니까. 그들은 창밖에 지나가는 그 여자를 가리키며 농담한다.

"저기 혼자 가는 여자애 있죠? 쟤도 우리 과예요. 늘 혼자 다녀서

415

솔리터리 걸이라고 불러요."

형진이가 그런 농담을 했을 것이다. 형진이의 농담에 그 남자가 말을 받는다.

"그래? 한번 데려와 보지."

"어떻게요?"

"연극부에 들어오라고 해봐."

그렇게 해서 형진이는 그 여자에게 그토록 간곡하게 연극부 가입을 권유하고, 우선 구경이라도 해보라고 말했던 모양이다. 아무것도 우연한 일은 없다. 모든 것이 처음부터 그렇게 준비되기 시작한다. 연극부에 들어간 첫날, 그 여자를 소홀히 대하던 그 남자의 태도에도, 그 여자에게 유난히 이런저런 심부름을 많이 시켰던 것도, 다 준비되어 있는 일이다. 그 남자의 마음속에. 그것을 모르는 사람은 그 여자뿐이다.

그 여자는 이제 겁이 많다. 그때 깨닫기 시작한 공포가 그 후 줄곧 따라다니는지도 모른다. 지금도 공포 영화를 보지 못하고 밤이면 마루에 불을 켜놓고 잠든다. 아주 오래된 버릇이다. 캄캄한 밤에 혼자 누워 있으면 어둠 속에 보이는 모든 물체가 어른어른 살아 움직이는 것 같다. 책도 옷도 레코드도, 그 모든 것이 무서운 형상을 하고 달려들 것 같다.

공포나 두려움, 그것은 정체를 알 수 없다. 평소에는 아름답거나 우스꽝스러워 보이던 물체가 어느 순간, 심장을 오그라뜨리는 공포가 된다. 그런 물건 중 하나가 인형이다. 흔히 볼 수 있는, 방문이나 승용차 유리창에 달랑달랑 매달려 있는 인형. 그 여자도 오래전에, 방문에 그런 인형을 매달아둔 적이 있다. 눈이 동그랗고, 노란 머리

털이 바글바글한 서양 인형이다. 머리 뒤에 달린 끈을 압핀으로 방문에 꽂아두었다. 인형은 아무렇지도 않은 물건으로 여러 날 거기에 있었다. 방문을 열 때마다 조금씩 흔들거리면서.

그런데 어느 날 밤, 그 여자는 화장실에 가기 위해 방문을 열다가, 그 인형과 시선이 딱 마주친다. 인형은 그 여자를 똑바로 바라본다. 눈을 부릅뜬 채 방문에 매달려서. 그 여자는 가슴을 손으로 누르며 주저앉고 만다. 그건 공포다. 두근거리는 가슴을 진정시킨 다음, 신문지로 인형을 싸서 쓰레기통에 버린다. 고개를 많이 돌린 채.

인형과 눈이 마주쳤을 때 왜 그리도 놀랐을까. 지금은 설명할 수 있다. 공포는 상상력이라고. 그때 그 여자가 인형에서 보았던 것은, 산발을 한 채 효수당하던 이조시대 선비이고, 사약을 마시고 죽어가던 사극 속의 왕비이고, 어렸을 때 만화에서 본, 죽은 아이의 영혼이 담겨 괴력을 행사하는 인형이다. 모든 그들의 원혼을 그 인형의 눈빛에서 보았을 것이다. 공포는 상상력이다.

이제 그 여자는 겁이 많다. 공포는 상상력이다. 공포에 대한 상상력도, 심각한 공포 속에 빠져본 사람의 의식 속에서는 더 넓게, 더 깊게 확장된다.

21

    그 여자는 어느 날 성폭력 상담소로부터 전화를 한 통 받는다. 전화기 저편에서 울려나오는 성폭력 상담소라는 말이, 그 여자의 귀로 들어와 가슴을 거쳐, 먼 기억의 밑바닥까지 단숨에 가 닿는다. 우연이라도 떠오를까 봐 무거운 돌로 꼭꼭 눌러놓은 기억을. 그 여자는 전화기를 든 손에 땀이 밴다.

    성폭력 상담소에서는 거기서 발행하는 책자에 콩트를 써달라고 한다. 주제는 자유라고. 그러면서 덧붙인다. 원고료는 많이 드리지 못할 거라고.

    그 여자는 잠시 망설인다. 그러나 원고료를 많이 주지 못할 거라는 말에 원고를 쓰기로 한다. 아마, 그들은 몹시 어려운 살림살이를 빠듯하게 끌고 나가는 단체일 것이다. 그런 시민단체의 재정이란 뜻있는 사람들의 기금으로 운영되며, 그곳에 일하는 사람들은 거의 무보수 봉사를 하고 있다는 사실을 그 여자도 알고 있다.

    그 여자는 원고를 우편이나 팩스로 보내지 않고 담당자를 직접 만난다. 교보문고 스낵 코너에서. 담당자는 야무지고 올곧아 보이면서도 몹시 맑은 인상을 가지고 있다. 테 없는 안경을 쓴 걸 보면 신세대 같기도 하다. 성폭력 상담소 간사. 장윤정. 명함은, 한번 사무실을 옮겼는지, 인쇄된 전화번호 위에 줄을 긋고 펜으로 다른 전화번호를 적어놓았다. 사무실을 자주 옮기는 것도 재정과 관계가 있을 거라고 막연히 생각한다.

차를 마시며, 그 여자는 얼굴에 철판을 깐다. 제 표정을 감추기 위해서, 혹시라도 묻어두었던 기억이 표면으로 떠오를까 봐, 철판 위에 콘크리트도 덧씌운다. 그러고는 아주 심상한 표정으로 묻는다.

"성폭력 상담소는 언제부터 운영되었지요?"

"이제 한 오 년 됐어요."

그 여자는 생각한다. 그래, 그때는 그런 기관조차 없었다고. 1978년에는, 그 여자 주변에 아무도 없었다고.

"주로 어떤 일을 하죠?"

"그런 일을 당한 사람들에게 상담을 해주고, 성폭력에 관한 사례나 분석을 담은 책자를 내고, 그리고 그런 문제가 법적으로 비화될 때는 법정 투쟁을 지원해주는 일도 하고……."

그 여자도 알고 있다. 자신을 폭행한 의부를 죽인 여대생이, 어렸을 때 자신을 폭행한 남자를 이십 년 만에 찾아가 죽인 여자가, 법정 투쟁을 하고 있다는 사실을. 그런 기사를 대할 때마다 그것을 꼼꼼히 읽지 못한다. 다만, 읽지 않아도 다 알 수 있다. 그 여자들의 마음을. 이십 년이 지나도 도무지 용서가 되지 않는 그 마음들을. 이십 년은 그리 긴 시간이 아니다. 어떤 모욕에 대한 울혈을 풀기에는 그 시간은 아직 짧다. 그 여자는 이십 년 만에·제 폭행범을 죽였다는 여자의 기사를 제목만 읽으며, 그 일이 있었던 때를 꼽아보았다. 십육 년 전의 일이다.

"일하는 직원들은 많은가요?"

"한 스무 명쯤, 다들 자원 봉사 식이에요."

"힘들겠네요. 재정도 빠듯할 텐데. 윤정 씨는 왜 이 일을 하게 되었죠?"

초면에는 실례가 되는 질문을 하고 있는지도 모른다. 그럼에도 그것이 알고 싶다. 어떤 사람들이 그런 일을 하는가. 어떤 마음으로, 어떤 계기로. 그 여자도 때로 그런 일을 하고 싶다. 자신의 경험을 토대로 해서, 다시는 자신과 같은 어리석은 결정을 하고, 자신과 같이 삶의 어느 시기를 몽땅 망가뜨리는 사람들이 더는 없었으면 한다.

"우연히 하게 되었어요. 전 결혼할 마음이 없거든요."

그 여자는 더 묻지 않는다. 똘똘하고 맑아 보이는 얼굴 뒤편에는 그 여자의 것과 같은 어둡고 습한 이미지는 없다. 그녀의 맑음이 다치지 않고 잘 보호받았으면 생각한다.

며칠 후, 그 여자는 성폭력 상담소에서 발송된 두툼한 서류 봉투를 받는다. 성폭력 상담소에서 간행된 책자들과 몇 편의 논문이다. 직장 내 성폭력 세미나 자료집, 어린이 성폭행 세미나 자료집, 데이트 강간 세미나 자료집, 성희롱 사건 자료집……. 그 여자가 너무나 진지한 관심을 보였음이 분명하다.

'치부를 드러내 보일 수 있는 용기'라는 말이 있다. 자신을 극복하기 위해서는, 보다 완성된 예술의 세계를 보여주기 위해서는 그것이 필요하다는 뜻일 것이다. 처음 그 말을 들었을 때 이십 대 초반, 그 여자는 다르게 생각한다. 치부를 드러내 보일 수 있으려면 아예 수치심을 느끼지 못하는 철면피가 되어야 한다. 혹은 감정이 푹 퍼져서 수치심이 사라지는 나이가 되어야 한다. 그것도 아니라면 치부까지도 미화될 만한 권력과 지위를 가진 사람이어야 한다.

그 여자는 입술을 깨물며 고개를 젓는다. 결코, 죽을 때까지도, 그 일을 누구에게도 말하지 않으리라. 누구에게도, 죽을 때까지도.

그러나 이제 그 이야기를 하려 한다. 자의식의 많은 부분을 깨어버리고 감수성의 날을 뭉툭하게 갈아낸 그 여자는 이제 그 이야기를 하려 한다. 한 번도 말해본 적이 없는 그 일, 기억의 지층을 내려가 가장 밑바닥에 묻어두었던 그 일. 그 여자는 기억을 시간 순으로 차곡차곡 쌓아두지 않았다. 기억의 창고에 내려가, 기억들의 가장 밑바닥, 절대로 올라오지 못할 맨 밑바닥에 그 기억을 묻었다. 우연이라도, 실수로라도 떠오르지 못하도록 무거운 돌로 단단히 눌러두었다.

이제 그 이야기를 하려고 하니, 치부라는 말부터 잘못되었다고 생각된다. 왜 치부인가. 누구에게나 부끄럽고 숨기고 싶은 지난날이 있을 것이다. 그러나 그건 그저 살면서 겪은 특수한 경험일 뿐이다. 미숙함으로 인해 행한 시행착오거나, 제 뜻이 아니면서 받아야 했던 상처들일 뿐이다. 그러므로 치부라는 말은 잘못이다. 그 말에는 이미 이 세상의 관습과 편견의 벽이 존재한다. 치부라는 말은 옳지 않다.

짝엄마집이다. 둥근 탁자 위에는 막걸리 주전자와 흰 사발 들이 놓여 있고 둥글넓적한 파전이 있고 굵게 채 썰어 양념한 단무지가 있다. 공중에는 담배 연기가 자욱하고 여러 테이블에서 학생들이 떠드는 소리가 허공에서 뒤섞여 뇌를 흔든다. 테이블 주위에는 연극부 사람들이 앉아 있다. 늘 호기롭고 목소리가 큰 치대 선배 기호 형이 있고, 잘 가꾸어진 난초처럼 고운 친구 효진이가 있고, 아인슈

타인을 닮은 친구 형진이가 있고, 〈어디서 무엇이 되어 만나랴〉에서 온달 역을 맡은 선배 상영이 형이 있다. 그리고 물론 그 여자와 그 남자, 그리고 잿빛 바바리도 있다. 예닐곱 명쯤 되는 사람들이 있다. 누군가의 생일이었거나, 졸업한 선배가 찾아와 술을 사주었거나, 그랬을 것이다.

"이번 겨울 워크숍 공연은 뭐로 하지?"

"글쎄, 단막극으로는 사르트르의 〈벽〉도 좋은데……."

"사르트르도 좋지만, 아라발의 〈세발자전거〉를 한 번 더 하는 건 어떨까?"

"한 편으로는 부족하겠지? 부원들에게 골고루 연습할 기회를 주려면, 두 편은 있어야 할 텐데."

"그러지 말고 형, 아예 이번 워크숍은 장막으로 해보는 게 어때요?"

처음에는 다들 진지하게 이야기를 나눈다. 연극에 대해, 젊음에 대해, 그리고 내다볼 수 있는 만큼만의 앞날에 대해. 그 여자는 이따금 잿빛 바바리를 바라본다. 잿빛 바바리도 붉어진 얼굴로 가끔 그 여자를 바라본다.

얼마간 술이 들어가자 분위기가 바뀐다. 둘씩, 셋씩, 저마다 이야기를 한다. 화장실에 갔다 오는 사람이 있고, 일이 있다면서 먼저 나가는 사람이 있다. 그런데 그 남자가 문득 그 여자 옆으로 오더니, 옆에 앉은 효진이에게 좀 비켜달라고 한다. 그 여자는 또 긴장한다. 그의 그런 행동, 제멋대로이고 다른 사람에 대한 배려는 전혀 없는 그런 행동에 질려버린다. 그러나 마음을 다잡고, 그에게 말하리라 결심한다. 제발 그러지 말라고. 그 남자는 늘 그렇듯이, 옆에 와서 앉을 뿐 아무 말도 하지 않는다. 그가 죄어오는 그물에 숨이 막힐 지경이다.

그 여자는 술을 두 잔쯤 마시고, 망설이고, 망설이다가 그 남자에게 말한다.

"내게 그러지 말아요. 난 형이 무서워요."

그는, 적어도 그 자리에서는 연극부 부장인 그는 아무 말도 하지 않는다. 알아들었다는 뜻인지, 그 여자의 말을 되새기고 있는지, 화를 삭이고 있는지 알 수 없다. 그 남자는 말없이 그 여자에게 술을 권한다. 그 여자는 술을 받아 마신다. 이미 한 차례 술의 매혹에 끌려들어 간 일이 있다. 온몸이 따뜻해지면서 몸 안의 매듭이 스르르 풀려나가는 느낌. 그 기분 좋은 느낌을 다시 느끼며 술을 마신다.

그러나 그때, 그 여자가 알지 못했던 것이 있다. 제 주량이 얼마나 되는가 하는 점이다. 그 여자는 그때까지도, 자신이 술을 즐기는 아버지의 체질을 닮은 줄 안다. 그러나 알고 보니 그 여자는 어머니의 체질을 닮았다. 양조장 근처에만 가도 머리가 아프다는 어머니의 체질. 어머니 정도는 아니지만 그 여자의 주량은 정말 별것 아니다. 그 여자는 이따금, 술을 잘 마셨으면 싶을 때가 있다. 가슴이 터질 것 같은 때, 몸 안에 누적된 억압들이 바야흐로 썩으려 할 때, 술을 왕창 마시고 길바닥에 쓰러지고 싶은 때가 있다. 그러나 그날, 제 주량이 얼마인지 모른 채 술을 마시고, 그 후로 도무지 웅어리가 풀리지 않는 울혈을 가슴에 안게 된 그 여자는 그날 이후 술을 두려워한다. 비겁하게도, 술병에서 모든 알코올의 도수를 확인하곤 한다. 맥주는 4도, 와인은 8도, 소주와 정종은 16도, 양주는 40도.

그러나 그때, 제 주량이 얼마나 되는지 알지 못하는 그 여자는 그 남자가 주는 술을 겁 없이 받아 마신다.

"나 때문에 형이 그러는 거, 우스워요. 내가 뭐라고……."

그 말은 그 여자의 정직한 생각이다. 그 여자는 자신의 보잘것없음을 너무나 잘 알고 있다. 학교에는 늘씬하고 화사하고 재기발랄한 여학생들이 얼마든지 많다. 그 여자는 우울하고, 말이 없고, 늘 어두운 낯빛을 하고 다닌다. 키도 작고, 매력적인 곳이라곤 없다.

그 남자는 또 말없이 술을 권하고, 그 여자는 술을 받아 마신다. 잿빛 바바리, 그는 난초처럼 고운 효진이와 무슨 얘기를 나누고는 크게 웃는다. 그 여자는 잿빛 바바리를 바라본다. 그의 큰 웃음을. 동심원의 파문을 그리며 밀려와 그 여자를 더 멀리 밀어내는 그 웃음을 본다. 날 좀 지켜줘. 그 여자는 잿빛 바바리에게 그런 신호를 보낸다. 그러나 그는 알아듣지 못하는 모양이다.

그 남자는 말없이 그 여자에게 술을 권하기만 한다. 그 여자가 아무리 말을 해도 한마디도 대꾸하지 않는다. 오히려 그 여자 쪽에서 지쳐버린다. 술자리는 그런 식으로 계속되다가 열한 시가 훨씬 넘어 끝난다. 저마다 해소할 수 없는 갈등과 열정을 공중에 띄워 올리고, 조금쯤 가벼워진 마음으로 짝엄마집을 나선다. 누군가는 134번 버스를 타고, 누군가는 38번 버스를 타기 위해 큰길 쪽으로 걸어간다. 또 어떤 사람은 전철을 타러 간다.

그 여자는 학교 뒤에 있는 자취방으로 가기 위해 걷는다. 술이 조금 취한 것 같은 느낌이다. 발이, 땅바닥을 딛는 발이 허청허청 흔들리고, 머리가 몹시 아프다. 먹은 것들이 모두 도로 올라올 것처럼 속이 불편하다. 하늘을 올려다보면, 캄캄하게 어두운 그곳에서 별이 한두 개 빛나고 있다. 그 남자는 또 그 여자를 따라온다. 함께 걷던 사람들이 저마다 갈라지고, 둘만 남게 되었을 때 그 남자는 그 여자에게 차를 한잔 마시고 가라 한다.

그 여자는 그 남자가 무슨 할 말이 있는 모양이라고 생각한다. 아까 그 여자가 하는 말에 한마디도 대답이 없더니, 이제야 그 말에 대답을 해줄 모양이라고. 근처에 찻집이 보이지 않자 남자는 오던 길을 되짚어 걷는다. 그 여자의 팔을 잡으며. 그 여자는 슬그머니 몸을 비틀어 팔을 빼낸다.

그 여자는 처음 들어가 보는 찻집에 들어간다. 그동안 다닌 찻집보다 조금 더 넓고 고급스럽게 꾸며진 곳이다. 그러나 그 찻집은 잠깐 보았을 뿐이다. 바깥의 맑고 시원한 공기를 쐬다가 실내의 덥고 탁한 공기를 쐬어서 그랬을 것이다. 금세 어지러워지면서 구역질이 올라온다. 그 여자는 그 찻집의 빨간 카펫에 토하고 만다. 황급히 찻집 밖으로 뛰어나가 길모퉁이 벽에 머리를 박고 또 토한다. 막걸리가, 파전이, 단무지가 올라온다. 이유 없이 눈물이 삐죽삐죽 솟는다. 이렇게 살아서는 안 되는데. 어머니를 생각하면, 동생을 생각하면, 아버지를 생각하면, 그렇게 살아서는 안 된다. 그 여자는, 그런 자신이 싫다. 무언가 잘못하고 있다고 생각하면서 벽에 기대어 앉는다. 어지러워서, 힘이 없어서, 일어날 수가 없다. 그대로 모로 쓰러져 잠들 것만 같다. 아니, 잠들었으면 좋겠다고 생각한다.

"어디서 좀 누웠으면 좋겠어요."

그 여자는 그렇게 중얼거리고 그 남자는 그 여자에게 휴지를 건네준다. 여자는 휴지를 받아 코를 풀고 입가를 닦는다. 눈물도. 그리고 벽을 잡고 일어선다. 그때, 그때 갑자기 그 여자는 몸이 공중으로 붕 떠오른다. 어떻게 된 상황인지 미처 판단하기도 전에, 공중에 떠오른 몸이 어딘가를 향해 마구 나아간다. 그가, 그 남자가 그 여자를 업고 달리고 있다.

여자는 내려달라고 한다. 공중에 떠서 흔들리니 더 어지럽고 메슥거린다. 그 여자가 고통스러워하는 것은, 그저 메슥거림과 어지럼증이다. 기진한 느낌 속에서 그 여자는 빨간 여관 간판을 본다. 그때, 그 여자가 가장 먼저 한 생각은, 쉴 수 있겠구나 하는 점이다. 그 남자는 그 여자를 업은 채로 여관으로 들어간다. 그러나 여관 주인이 방이 없다고 하는 소리가 들려온다. 그 남자는 다시 그 여자를 업고 여관을 나온다. 그 여자는 그 남자에게 내리겠다고 한다. 내려서 걸어가겠다고. 그 여자가 하고 싶은 일은 딱 하나다. 어디서든 몸을 뉘어 편히 쉬는 것. 그 여자는 그 남자의 부축을 받으며 다른 여관으로 들어간다. 그때도 그 여자는 그 남자가 자신을 쉬게 해주려나 보다 생각한다.

모르겠다. 돌이켜 생각해도 왜 그렇게 어리석었는지. 그 여자는 그때까지도 여관이란 객지를 여행하는 사람들이 묵어가는 곳이라고만 알고 있다. 여관에 다른 기능이 있다는 것도, 다른 일이 일어날 수 있다는 것도 아는 바가 없다. 아무도 그런 일이 있을 수 있다는 사실에 대해 말해주지 않았다. 그것 때문이었을 것이다. 보수적인 도시, 보수적인 학교, 하숙집 할머니와 생활한 성장기가, 그 여자를 그토록 맹탕으로 만들었을 것이다.

그 여자는 고등학교 때까지도 남학생과 이야기를 나누어본 일이 없다. 그때까지도 시내버스를 타면 멀미를 하고, 전철을 타면 내리실 곳이 왼쪽이라는 안내방송에 어느 문이 왼쪽인지 몰라 당황한다. 젖 못 뗀 아이처럼 아버지에게 버림받았다는 상실감에 사로잡혀 있고, 성이란 불길하고 추한 것이라고만 막연히 알고 있다. 그런 상황이다.

그 여자는 여기까지 쓰고 손을 놓는다. 그 뒤를 어떻게 써야 할지 자신이 없다. 그 일을 쓰고 있을 자신을 견딜 수 없다. 그냥 건너뛸까 생각해본다. 그리고 누구나 상상할 수 있는 그런 일이 있었다, 라고 쓰면 될 것 같다.

그 여자는 손을 놓고 여러 날을 보낸다. 공연히 시장에 가서 유자를 잔뜩 사다가 이번에는 유자차를 담근다. 유자는 모과보다 육질이 부드러워 손톱을 썰지는 않는다. 유자 껍질에 십자형으로 칼집을 넣어 먼저 껍질을 벗기고, 알맹이는 씨를 뺀 다음 믹서에 간다. 거기에 10 대 8 분량의 설탕을 재우고 그 다음에는 벗겨둔 껍질을 얇게 채 썬다. 그 여자는 일 년에 한 번씩 칼을 가는데, 그건 가을에 모과차나 유자차를 담글 때다. 채 썬 유자 껍질까지 유자청에 버무린 다음 차곡차곡 병에 담는다. 유자가 공기와 닿지 않도록 병 윗부분에 끓여둔 시럽을 붓는다. 랩으로 병을 밀봉하고 서늘한 공기가 통하는 베란다에 내놓는다. 그러는 동안 내내 한 목소리가 따라다닌다. 그 얘기를 써야 해. 목에 걸려 있는 바위를 빼내려면, 억울해, 억울해, 소리치며 울다 잠 깨지 않으려면, 그 얘기를 써야 해.

모과차는 담근 그날 먹을 수 있지만 유자차는 한 일주일쯤 묵혀서 유자청이 잘 우러난 다음에야 먹을 수 있다. 그때 담근 유자차를 먹을 수 있는 만큼 시간이 흐른 다음, 그 여자는 유자차를 한 잔 타 들고 다시 컴퓨터를 켠다.

톨스토이인지 헤밍웨이가 그런 말을 했다고 기억한다.

'나는 내가 경험한 것만 쓸 뿐이다. 그러나 경험한 대로는 쓰지 않는다.'

그 여자도 제가 경험한 그 일을, 경험한 그대로가 아닌, 완전히 허구인 인물들의 행동으로 쓴 적이 있다. 《새들은 제 이름을 부르며 운다》라는 작품에서, 진은혜라는 인물이 김시현이라는 인물에게 폭행당하는 장면이 그것이다. 그 작품에서 진은혜는 또 한 번 선배에게 폭행을 당하고, 그 남자와 결혼을 결심한다. 그 여자는 그런 결말을 끌어낼 때 많이 망설인다. 한 여자를 두 번씩이나 폭행당하도록 하는 상황을 망설인 게 아니다. 그 작품 속의 진은혜라는 인물, 영리하고, 다정하고, 제 일을 야무지게 처리하는 그런 성격의 여자가 과연 선배에게 폭행당했다는 이유로 그와 결혼을 결심할까, 그것이 자신 없다. 그런 선택은 객관적으로 판단할 때 그다지 설득력이 없다. 오히려 진은혜 같은 인물은 지혜롭게 그 일을 극복하고 올바른 길을 찾아 떠나는 편이 더 개연성 있을 것이다. 그걸 잘 알면서도 그 여자는 무리수를 둔다. 그 이유를 이 글을 읽는 사람들이 납득할 수 있었으면 좋겠다.

그 작품에는 그 장면이 다음과 같이 묘사되어 있다.

'깜빡 잠이 깼을 때 은혜는 제가 거대한 물체에 깔린 줄 알았다. 어렸을 때 자전거를 타다가 넘어져 자전거 밑에 깔렸을 때처럼 무겁고 버거운 느낌이었다. 자전거를 밀쳐내듯 손을 뻗는데 두 손을, 완강한 힘으로 감싸 쥐고 머리 위에서 찍어 누르는 손이 있었다.'

그때 잠에서 깼을 때의 느낌을 그것 말고 다르게는 표현할 수 없다. 그 다음부터는 그 소설과 다르다.

그 여자는 그 남자가 제 몸 위에 엎드려 있다는 사실을 발견했을 때에야 어렴풋이 무엇인가를 깨닫는다. 사랑하는 사람을 위해 첫날 밤까지 순결을 지켜준다는 것은 소설에나 나오는 얘기라는 것을, 여관이라는 곳에서도 그런 일이 일어날 수 있다는 것을, 그 남자가 이제부터 자신에게 하려는 행동이 무엇인가 하는 것을 한꺼번에 알아차린다. 그 여자는 몸을 뒤틀며 소리 지른다. 그 남자는 여자의 두 손을 더 힘껏 누르며, 제 입으로 비명 지르는 여자의 입을 막는다. 여자는 고개를 뒤튼다. 입에 와 닿는 그의 입을 견딜 수 없다. 그는 점점 더 난폭해지고, 그 여자는 점점 더 필사적이 된다. 이런 일을 당하려고, 이런 모욕을 당하려고, 넉넉하지도 행복하지도 않은 어머니의 돈으로 등록을 한 것이 아니다. 여자는 그런 생각을 한다.

그건 전투다. 삼십 분, 혹은 한 시간쯤 지속되는 전투.

그 여자는 손이 묶이고 몸이 짓눌리는 상황에서, 계속해서 몸을 비틀어 달아난다. 그 남자는 한 손으로 그 여자의 손을 결박하고, 다른 손으로는 그 여자의 옷을 벗기려 한다. 그 여자는 더 애쓰며 몸을 뒤튼다. 아직 술기운이 걷히지 않았는지, 혹은 충격 때문인지, 몸부림을 칠 때마다 머릿속이 핑핑 돌 만큼 어지럽다. 그러나 그 여자는 온 힘을 다해 몸을 비튼다. 그렇게 얼마간 시간이 지나자 그 남자가 그 여자의 몸에서 떨어져 나간다. 그 여자는 깊은 한숨을 내쉰다. 이제 살았구나……. 그 여자는 천천히 일어나 벽에 기대앉는다. 머리가 출렁거리고 두통이 심하다. 그 남자는 그 여자에게 등을 보이며 돌아누워 있다.

지금 생각하면, 그때라도 그곳을 뛰쳐나왔어야 했다. 그러나 그 여자는 이제 살았구나 생각한다. 그 남자가 포기했구나. 그래서 잠시 벽에 기대앉았다가 다시 미끄러지듯 쓰러져 잠이 든다. 술기운에, 두통에, 그와의 전투에 모두 지쳐 있었던 모양이다. 이 글을 쓰면서도 답답하다. 왜 그토록 맹탕이었는지. 왜 아무도 그런 일들에 대해 일러주지 않았는지. 지금 생각해보면, 그가 잠시 그 여자에게서 떨어져나간 것은, 신체적인 이유에서였을 것 같다.

그 여자는 다시 잠이 깬다. 그 남자가 또 그 여자 위에 있다. 그제야 그 여자는 자신의 어리석음과, 위험을 감지하는 기능이 잘못된 그 대책 없음을 깨닫는다. 그가 포기한 것이 아니었구나, 그저 잠깐 휴식이었던 모양이구나. 공포는 두 배쯤 되고 절망은 세 배쯤 된다. 그래도 그 여자는 최선을 다해 피한다. 다시 손이 머리 위로 묶이고 몸이 짓눌리고 입으로 입이 틀어막힌다. 고개를 저으며, 몸을 뒤틀며, 다리로 허공을 차며……. 그 여자는 소리를 지른다. 도와달라고, 누구든 좀 도와달라고. 그러나 사방은 고요하기만 하다. 숨이 턱까지 차올라 금방이라도 호흡이 멎을 듯하다. 몸부림치며, 몸부림치며, 얼마나 시간이 지났을까. 그 여자의 포박된 손과 머리가 벽에 닿는다. 벽, 더 이상 몸을 뒤틀어도 피할 수 없는 벽. 두 벽의 모서리였던 것 같다. 어디로도 몸을 뒤틀 수 없는 상황. 그 여자가 절망하기도 전에, 먼저 바지가 찢겨나가는 소리를 듣는다. 그 여자가 입고 있던 바지는 파란색 코르덴바지다.

기절할 수 있다면. 그 상황에서 그 여자가 바란 것은 단 하나, 그것이다. 비록 그것이 임시방편적이고 비겁한 도피라 해도, 기절하면 이 모든 굴욕과 고통과 인간에 대한 수렁 같은 절망에서 벗어날 수 있을 것이다. 기절하고 싶다, 기절할 수 있다면. 그러나 정신은 더 날카롭게 벼려지면서 굴욕을, 고통을, 절망을 더 깊은 뇌수까지 전달한다. 그 여자는 소설에서처럼, 제 혈흔을 보고 울거나 하지는 않는다. 입술을 깨물고, 눈을 감고, 죽은 듯이 누워 있다. 죽어버렸으면, 죽어버렸으면, 생각하면서. 그 와중에서도 버릇처럼 대체 무엇을 잘못했는가 꼽아본다. 주량을 알지 못하고 술을 마신 일? 그 남자를 믿었던 일? 혹은 세상을 너무 몰랐던 일? 그러나 그런 잘못이 그토록 치욕스러운 일을 겪어야 할 만큼 치명적이라고는 생각되지 않는다. 아무리 양보해도. 그 폭력은 그 여자가 중학교 이 학년 때 겪은 폭력과 비슷한 데가 있다. 무분별하다는 것, 아무 이유가 없다는 것, 아무리 생각해도 그런 일을 당할 만한 잘못을 저지른 적이 없다는 것, 존엄성의 철저한 상실이라는 것, 그리고 성과 관계되어 그릇된 인식을 심어주었다는 점.

그때부터 그 여자에게 성이란 다만 부정적이고 불길한 무엇이 아니라 전투이고 치욕이다. 전투 중에서도 패전군의 부대에서 치르는 전투다. 내내 수세에 몰리다가 온몸에 상처를 입고 탈진하여, 두 팔을 들고 투항하거나, 힘들게 모욕을 참아내거나, 혹은 혀를 깨물고 자결하는 게 차라리 더 낫지 않을까 싶은, 그런 전투다. 하늘을 향해 배를 드러내고 자빠지면, 그것만으로도 치명적인 패배가 되는 거북이나 말똥구리나 풍뎅이 같은, 그런 전투다. 그렇게 성은 부정적이고 왜곡된 형태로 자리 잡는다. 그 후로도 오래도록.

그 남자는 벽에 등을 기대고 앉아 있다가, 그 여자의 파란 코르덴 바지를 들고 방을 나간다. 그 여자는 그 틈에 달아나버렸으면 좋겠다고 생각한다. 달아나서, 다시는 그의 얼굴을 보지 않아도 되는 곳으로 숨어버리고 싶다. 그러나 속옷만 입고 거리로 달려 나갈 용기는 없다. 다시 죽은 듯이 누워 있는다. 눈을 감고, 입술을 깨물고, 죽어버렸으면, 생각하면서. 한참 만에 그 남자는 그 여자의 바지를 들고 들어온다. 그 남자가 어디서 바지를 고쳤는지 알 수 없다.

　나중에, 나중에, 그 여자는 남자에게 그때 바지를 어디서 고쳤느냐고 물어본다. 여러 해가 지난 다음에. 사람들의 눈에 그들이 다정하고 잘 어울리는 한 쌍의 커플로 인식되고, 그 여자도 그렇게 믿으려 애쓰며 자신을 죽이려 노력할 때. 그 남자는 웃으며, 계면쩍어하며 대답한다. 세탁소에서 고쳤다고. 그 대답을 들었을 때 여자는, 그 남자가 전에도 한 번 이상 그런 경험이 있었을 거라고 짐작한다. 왜 그런 생각이 들었는지는 알 수 없지만 거의 반사적으로 그런 생각을 한다.

　그날 아침 여관을 나왔을 때의 햇살을 아직도 기억한다. 갑자기 모든 것이 달라져 보이던 햇살. 너무나 화사해서 자신을 비난하는 듯이 보이고, 너무나 가벼워서 지난밤의 어두운 기억을 더욱 짓누르고, 너무나 맑아서 그 여자의 추악함을 두드러져 보이게 하던 햇살. 아무것도 전날과 같은 것은 없다. 햇살뿐 아니라 길가의 가로수며, 빠르게 지나가는 자동차며, 막 문을 여는 상점들이 모두 그 여자를 향해 손가락을 세워 보인다. 그 여자는 다시 한 번 죽어버렸으면, 생각한다. 햇살이 투명하고 질긴 끈으로 제 목을 감아 조용히 죽여주었으면 기대한다. 영원히, 영원히, 그날 아침의 햇살을 잊지 못한다.

　그 여자는 집으로 돌아와 자리에 눕는다. 몸의 통증과 마음의 통증이 서로 손을 잡고 그 여자를 어두운 계곡으로 끌고 갔다. 춥고 어두운 계곡에 죽은 듯이 누워 그 여자는 신열과 치욕과 싸운다. 그 여자가 가진 무기는 눈물밖에 없는지, 그런 것들과 대항하려면 늘 눈물이 난다. 가끔씩, 탈진해 잠에 빠지면, 가위에 눌리다가 잠에서 깬다. 아주 높은 곳에서 끝없이 추락하고, 아무리 달아나려 애써도 다리가 마비되어 한 발짝도 옮겨 디딜 수 없는, 그런 꿈들에 시달린다.

그러면서 그 여자는 한 가지 이야기를 생각한다. 어렸을 때 들은 나무꾼과 선녀의 이야기다. 동생과 함께 어머니의 양팔을 하나씩 베고 누워 들었던 이야기. 사방은 조용하고, 창호지 문을 뚫고 들어오는 달빛은 하얗고, 멀리서는 부엉인지 올빼미가 울고…….

"옛날에, 옛날에……."

모든 이야기는 언제나 그렇게 시작된다. 그 말을 들을 때마다 아이의 마음은 깊은 산, 초가집, 맑은 물, 그런 곳으로 단숨에 가 닿는다. 어둠 속에서 듣는 어머니의 목소리는 울림이 많아 더 슬프게 들린다.

"금강산에 사는 나무꾼이 색시를 얻게 해달라고 산신령께 빌었단다. 나무꾼은 나이가 들었지만 시집오려는 사람이 없어 혼자 살고 있었거든. 나무꾼의 기도를 들은 산신령은 보름달이 뜨는 날, 연못에 가보라고 일러준단다. 그날, 선녀들이 내려와 목욕을 하니까, 선녀들이 벗어놓은 날개옷을 하나 감추라고 말이다. 나무꾼은 보름달이 뜨는 날을 기다렸다가, 산신령이 일러준 대로 날개옷을 하나 감추었단다……."

결국 날개옷을 잃고 홀로 남겨진 선녀는 나무꾼과 결혼한다. 그 이야기를 들을 때 아이는 눈을 말똥말똥 뜨고 어둠 속에 누워 생각했다. 나무꾼이 잘못하는 거야. 그렇게 남의 옷을 함부로 감추는 법이 어디 있어. 그때 이미 어떤 행동을 옳은 것과 그른 것으로 판단하는 버릇이 들어 있던 아이는 나무꾼의 행동이 옳지 않다고 생각한다. 산신령도 잘못한 거야. 그런 비밀을 함부로 말해주는 법이 어디 있어. 아무 영문도 모르고, 아무 잘못도 없이, 날개옷을 잃고 하늘나라로 돌아가지 못한 채 울고 있는 선녀가 불쌍해서 아이는 눈물이 난다.

"나무꾼과 선녀는 결혼하여 아이를 하나 낳고 또 하나 낳아 둘이 되었단다. 그러던 어느 날, 선녀가 나무꾼에게 묻는단다. 혹시 날개옷을 감추었느냐고. 나무꾼은 그제야 모든 사실을 고백하지. 이야기를 듣고 난 선녀는 가만히 있다가, 날개옷을 한번 입어보고 싶다고 말한단다. 나무꾼은 안 된다고 하지. 산신령이 나무꾼에게, 선녀가 아이를 셋 낳을 때까지 절대로 날개옷을 꺼내줘서는 안 된다고 했거든. 그렇지만 선녀가 하도 조르니까 나무꾼은 할 수 없이 날개옷을 내주고 말았단다……"

선녀는 날개옷을 입자마자 양팔에 아이들을 하나씩 끼고 하늘나라로 올라가버린다. 아이는 속으로 박수를 친다. 처음부터 나무꾼이 잘못했어. 선녀는 나무꾼과 살면서도 하늘나라만 생각하고 있었을 거야. 선녀가 나무꾼과 평생을 산다는 것은 부당해. 아이는 선녀가 훨훨 날아 하늘나라로 돌아가, 예전처럼 행복하게 살기를 바란다.

여자는 그 동화를 떠올린다. 나무꾼이 잘못했다고, 산신령이 나쁘다고, 아무것도 모르는 채 날개옷을 잃고 낯선 나무꾼의 아내로 살게 된 선녀가 불쌍하다고, 눈물 흘렸던 아이를 떠올린다. 벌거벗은 몸으로 지상에 포박된 선녀의 마음을 이해할 것 같다. 어렸을 때는 막연히 불쌍하다고만 생각했던 선녀의 내부로 들어가, 그 선녀가 느꼈을 좌절과 공포, 캄캄한 단절감을 고스란히 느낀다. 나무꾼이 나쁘다고, 산신령이 잘못했다고 생각하면서.

산신령이란 아마, 누대를 두고 누적되어온 우리의 관습이거나 사회적 통념일 것이다. 여자는 남자보다 열등한 동물이어서, 그저 남자의 소유물에 불과하다는 편견, 여자에게는 처녀막이 목숨만큼 중요하다는 통념, 남자는 어떤 방법으로든 여자를 제 것으로 만들기만 하면 된다는 보쌈 같은 관습. 그 모든 것이 산신령일 것이다.

그 여자는 나무꾼과 선녀의 전설을, 제가 들은 최초의 성폭행에 관한 이야기로 받아들이는 모양이다. 그건 아마 우리 문학사에 등장하는 최초의 성폭행 문학이기도 할 것이다. 옛날에 옛날에, 그렇게 시작되는 이야기, 그렇지만 늘 현재인 이야기. 아름답고 슬픈 이야기, 그러나 냉혹하고 잔인한 이야기.

그러므로 그 일로써 그 여자가 그토록 고통받은 것은 단지 몸에 입은 상처 때문이 아니다. 그 여자의 의식 속에, 핏줄 속에, 뇌수 속에, 세대를 거듭하며 복제되어 넓게 깃들어 있는 어떤 통념 때문일 것이다. 여자에게는 처녀막이 제일 중요하다는 통념. 가정 선생님이 가르쳐준 순결 교육 같은 것. 바로 그 의식이 그 여자를 고통스럽게 했을 것이다. 그게 순결이 아니라 그저 어떤 피부 조직에 불과하고, 팔뚝에 상처가 나면 피가 흐르는 것과 같은, 대수롭지 않은 일이라는 것을 말해준 사람은 아무도 없다. 약을 바르면 팔뚝의 상처가 아물듯이, 그 일도 잘 다스리고 잘 대처하면 금세 극복할 수 있다고 말해준 사람은 아무도 없다. 그 여자는 지금도 자신이 받은 성교육에 문제가 있다고 생각한다. 아무것도 구체적인 것은 알려주지 않고 순결만을 강요했던 교육, 어려움에 처했을 때 그것을 극복할 수 있는 지혜를 주기는커녕, 더 깊은 절망으로 빠뜨리는 교육. 그 교육에 문제가 있었을 거라고.

그러므로 똑같은 방식으로 말하면, 그 일은 또한 그 남자의 잘못이 아니다. 이미 인류의 처음부터 선녀의 옷을 훔치라고 일러주던 산신령, 여자를 보자기에 싸서 업고 오면 그것으로 그만인 풍습, 누구든 먼저 도장 찍는 사람이 임자라는 통념, 그런 것들이 그의 핏줄과 유전자 속에 흐르고 있었을 것이다.

그러므로 굳이 잘못의 소재를 따져야 한다면, 그의 핏줄 속에, 유전자 속에 녹아 있는 바로 그 나무꾼과 산신령의 잘못일 것이다.

22

바다에 빠져본 일이 있는 사람은 이해할 수 있을 것이다. 하나의 파도가 밀려가고, 이제는 어떻게든 헤엄을 쳐 해변으로 나가려 할 때, 등 뒤에서 다시 밀려오는 파도. 두 번째 파도에 휩싸이면 공포와 절망은 더 커진다. 그때야, 파도는 끊임없이 계속 밀려온다는 사실과, 어쩌면 반복되는 격랑 속에서 탈진하여, 끝내 숨을 거두고야 말 것이라는 사실을 공포와 함께 깨닫게 된다는 사실을.

그 여자는 바다에 빠진 일이 있다. 중학교 삼 학년 때. 경포 해변에서 오리바위까지 매달아놓은 밧줄을 잡고, 수영을 할 줄도 모르면서 바다로 헤엄쳐 들어간 일이 있다. 해변과 오리바위 중간쯤 갔을 때, 누군가 밧줄을 밟아 바닷속으로 많이 내려앉게 한다. 수영을 할 줄 모르는 그 여자는, 줄을 잡고 고스란히 바닷속으로 달려 들어간다. 그 속에서 충분히 짠물을 먹었을 때, 줄을 밟던 발이 사라졌는지 물 위로 올라온다. 그 여자는 심호흡을 하고, 다시 헤엄쳐 오리바위 쪽으로 간다. 왜 그렇게 겁이 없었는지 모르겠다. 아니, 겁이 없었던 게 아니라 위험을 감지하는 기능이 없었던 것 같다. 그게 위험한 일이라는 것을 몰랐으니까.

얼마쯤 줄을 잡고 갔을까. 누군가 또 줄을 바닷속으로 밟아 내린다. 그 여자는 아까 먹은 소금물을 생각하며 줄을 놓는다. 그 순간,

437

파도가 밀려와 그 여자를 밀어낸다. 밧줄에서 먼 곳으로. 당황하면서도, 그 여자는 밧줄 쪽으로 헤엄을 치려 한다. 평소에도, 머리를 물속으로 넣으면 헤엄을 조금 치곤 했으니까. 그러나 다시 파도가 밀려와 그 여자를 더 멀리 밀어낸다. 몸이 물속에 거꾸로 처박힌다. 다시 한 번 헤엄을 치려 하자, 또다시 파도가 밀려온다. 그 여자는 방향감각과 균형감각을 잃고 물속에서 허우적거린다. 이러다가 죽는 모양이구나 생각할 때, 누군가 그 여자를 살려준다. 인공호흡을 해야 할 정도로 심하지는 않아, 백사장에 멍하니 앉아 있다가 일행이 있는 곳으로 다가간다. 그리고 또 아무 말도 하지 않는다.

그런 파도에 대해서 말하려 한다. 끊임없이 밀려와 결국 물속에 빠뜨리는 파도. 영화 〈빠삐용〉에는 탈출을 시도하는 스티브 맥퀸이 파도를 관찰하는 장면이 나온다. 그는 절벽 아래로 코코넛 자루를 던져, 파도가 밖으로 멀리 밀려나가는 정확한 시간을 알아낸다. 대부분의 파도는 코코넛 자루를 절벽 쪽으로 밀어붙이지만, 일곱 번째 파도는 자루를 바다 한가운데로 밀고 나간다. "일곱 번째 파도가 행운이야." 스티브 맥퀸은 더스틴 호프만에게 그렇게 말해준다. 그 대사를 들으며 눈물을 흘린 일이 있다. 일곱 번째 파도의 행운을 만나기 전에, 여섯 번의 파도만으로도 대부분의 사람은 뻗어버릴 것이라고. 아니, 두 번째의 파도만으로도.

그날, 그 한 차례의 일로써 모든 게 끝났다면, 그 여자는 그렇게까지 그 남자에게 포획당하지 않을 수도 있었을 것이다. 아무리 순결이 목숨만큼 중요하다고 배웠어도 그 정도의 일에 인생을 모두 헌납할 만큼 어리석지는 않다. 그러나 일은 그날로써 끝나지 않는다.

그 일이 있은 후, 그 여자는 며칠간 제 자취방에 누워 있는다. 그러나 학기말 고사 기간이 되어 다시 학교에 나간다. 그날 시험은 교양수학이다. 시험을 끝내고 나온 친구들은, 시험지에다 시를 한 편 적었다고도 하고, 학점을 호소하는 '교수님 전 상서'를 썼다고도 한다. "교수님, 저는 고등학교 때도 수학을 싫어했습니다. 대학에 와서까지 수학을 배워야 할 줄은 몰랐습니다. 그저, D 학점이면 만족하겠습니다." 그런 이야기를 나누며 친구들은 강의실 밖에서 웃고 있다.

그 여자는 시를 쓰지도, 편지를 쓰지도 않았다. 아마, 시험지를 거의 빈 채로 제출했던 것 같다. 시험지를 마주하고 앉아서도, 그 기억과 싸워야 했다. 그 치욕과 그 절망과 그리고 자신의 어리석음과. 그 여자의 교양수학 학점은 아마 D였을 것이다. 재수강을 받거나 하지는 않았으니까.

그 여자는 웃고 있는 친구들 사이에서 경이를 찾아낸다.

"나랑 차 한잔 마실 시간 있니?"

경이는 고개를 끄덕인다. 그 여자가 누군가에게 차를 마시자고 말을 건넨 게 그때가 처음이지 않았나 싶다. 그들은 학교 앞 찻집으로 들어간다. 플루트로 연주되는 바흐의 관현악 소품곡이 나오는 찻집. 연극부 친구들도, 같은 과 친구들도 대부분 그 찻집을 이용하기 때문에 언제 들러도 아는 얼굴을 한두 명 만나게 되는 찻집.

찻잔이 날라져 오고, 차가 거의 바닥을 보일 때까지 그 여자는 말을 꺼내지 못한다. 어떤 식으로 말해야 할지, 경이라고 그런 일에 대해 알고 있을지, 과연 그 일을 제 입으로 말할 수나 있을지, 아무것도 알 수 없다. 그 여자가 망설이는 동안, 얘기를 하는 쪽은 경이다.

"난 지금 신동엽 시집을 읽고 있어. 《금강》이야."

경이는 시집 한 권을 그 여자에게 들어 보인다. 예전 같으면 그걸 받아서 펼쳐 보았겠지만 그 여자는 그저 보기만 한다. 김수영이, 신동엽이 아무리 위대한 시인이라고 해도, 지금 그 여자에게 중요한 것은 그게 아니다. 그 여자는 고개를 숙인다. 말할 수 있을까.

그동안 흐르던 모차르트가 끝나고 바흐의 〈환상의 폴로네즈〉가 흐르기 시작한다. 그들이 들어온 것을 보고 계산대에 앉아 있는 주인 여자가 특별히 틀어준 모양이다. 그 여자는 고개를 들어 계산대 쪽을 본다. 주인 여자가 희미하게 웃어 보인다. 그 여자도 마주 웃어주려 하지만 되지 않는다. 신동엽의 시집을 받아 펼쳐볼 마음이 생기지 않았던 것처럼. 그 일을 내 입으로 말할 수 있을까. 말하고 나면 더 치욕스러워지는 건 아닐까. 말한다고 해서 경이에게 무슨 뾰족한 방법이 있을까. 그 여자의 머릿속은 그런 생각들로 복잡하다.

"박덕구 씨요? 안 계십니다."

계산대에 앉은 주인 여자가 전화 통화하는 소리가 들린다. 전화기 저편에서 찾는 사람은 같은 과 친구다. 찻집 주인은 계속해서 안재천 씨도 안 계십니다, 한다. 그러더니 수화기를 귀에서 떼고 실내를 둘러보며 큰 소리로 말한다.

"박기형 씨 아시는 분 있으면 전화 좀 받아보세요."

그 여자는 찻집 주인처럼 실내를 둘러본다. 아무도 일어나는 사람이 없다. 그 여자가 자리에서 일어난다. 그 여자는 박기형을 안다. 박덕구의 고등학교 때 친구이고 대구에 살고 있으며 가끔 덕구를 만나러 학교에 오곤 한다. 그를 몇 번 본 일이 있고 그가 시를 쓴다는 것도 알고 있다. 그 여자가 수화기를 들고 여보세요, 하자 저쪽에서 다급한 목소리가 쏟아진다.

"누구십니까?"

"김정숙인데요."

"아, 김정숙 씨, 내가 지금 무임승차로 청량리역에 잡혀 있어요. 차비 좀 가지고 청량리역으로 와줄래요?"

그의 목소리는 다급하지만 그 여자는 슬그머니 웃음이 난다. 그가 서울에 오는 방식은 늘 그렇다. 대구에서 무임승차를 해서 용산역에 내린 다음, 그곳에서 철길을 건너 전철을 탄다. 청량리역에서 내려 시내버스를 갈아타고, 그러면 그가 대구에서 학교까지 오는 데 드는 돈은 전철요금과 시내버스비면 된다. 그 시절, 1978년에는 문청들에게 그런 객기, 그런 낭만이 남아 있다. 그리고 누구나 조금씩 가난하다. 그 여자 역시 돈이 없어, 경이에게 얼마간 돈을 빌린다.

"경아, 청량리역까지 한 삼십 분이면 다녀올 테니까, 가지 말고 기다려줄래?"

"그러지 뭐. 빨리 갔다 와."

경이는 벌써 신동엽 시집을 펼쳐 든다. 그 여자는 책과 가방을 자리에 두고 일어난다. 돌아와서는 얘기해보자. 날이 좀 어두워지면, 그러면 말하기가 쉬워질지도 모른다. 그 여자는 그렇게 마음먹는다. 찻집을 나서며 경계하듯 잠시 사방을 둘러본다. 그 남자는 보이지 않는다. 그 여자는 안심하는 마음으로 길을 건너 134번 버스를 탄다. 134번 시내버스는 경희대에서 남가좌동까지 다니는, 학교 앞이 종점인 버스다. 종점이기 때문에, 버스는 그 여자가 타고도 출발 시간이 될 때까지 삼사 분쯤 더 있다가 출발한다.

그때까지 그 여자는 자취방과 학교, 그리고 학교 근처만 안다. 가장 멀리 나가본 게 전철을 타고 종로서적에 가본 일이고, 효진이와 동대문시장에 자주색 벨벳을 사러 간 일이 전부다. 그때마다 그 여자는 전철을 탄다. 아직도 버스를 타면 숨이 막히고 멀미를 하기 때문이다. 그 여자에게는 서울이 그렇게 넓을 필요가 없다. 학교 근처에도 그 여자가 필요한 건 뭐든 다 있다.

그 여자는 청량리에서 버스를 내려 지하도로 들어간다. 매표창구 가까이 얼굴을 대고, 무임승차로 잡혀 있는 사람은 어디에 있느냐고 묻는다. 창구 안의 역무원은 오른쪽 멀리를 가리킨다. 가다 보면 오른쪽으로 문이 하나 있을 거라고. 그 여자는 사무실이 있을 법한 곳을 두리번거리며 지하도 구내를 걷는다. 지하도에 들어가기만 하면 방향감각을 잃기 때문에, 이따가 나갈 방향도 염두에 둔다. 그때, 누군가 그 여자의 어깨를 친다. 기형인가 생각하며 고개 돌린다. 어떻게 벌써 풀려났을까.

그러나, 아, 그러나……. 그 여자는 금방이라도 바닥에 주저앉을 것 같다. 그 남자를 보는 것만으로도 몸이 얼어붙는다. 순식간에 밀려오는 치욕과 공포가 그 여자를 꼼짝도 못 하게 한다. 더구나 전혀 예상치 못한 곳에서 맞닥뜨리다니……. 찻집에서도, 찻집을 나와서도 그는 없었다. 어디서 나타난 걸까. 그 여자는 벌써 팔다리가 떨려온다. 심호흡을 하며, 당황스러움과 공포감을 다스리려 애쓴다.

나중에, 아주 나중에, 그 여자는 그 남자에게 그날, 어떻게 해서 청량리역에 있었느냐고 묻는다. 아무리 생각해도 그런 우연에 삶의 방향이 뒤틀려버린다는 게 받아들여지지 않아서다. 그날, 청량리역에서 그를 만나지 않았다면, 그에게서 벗어나기가 더 쉬웠을 것이다. 한 번 있었던 그 일을 어떻게 어떻게든 이겨내었을 것이다. 그 여자의 물음에 그 남자는 웃으며 대답한다.

"네가 그 찻집에 들어서는 걸 보고 그 앞에서 지키고 있었지. 찻집에서 나오기에 이제 집으로 가나 보다 싶어 가게에서 신문을 한 장 샀는데 그사이 네가 사라진 거야. 집 쪽으로 가는 길을 멀리까지 내다봐도 없었지. 사방을 두리번거렸더니, 134번 버스를 타고 있잖아. 그 버스가 막 출발하기에 뒤에 있는 택시를 탔어. 그리고 그 버스를 따라간 거야."

그 남자는, 그런 말을 아주 순한 얼굴로, 웃음마저 띤 평온한 얼굴로 말한다. 그러나 그 말을 들을 때 그 여자는 숨이 막힌다. 그의 집착에서, 그의 욕심에서 결코 벗어날 수 없을 거라고. 그건 어쩌면 사랑일 테지만, 그 여자는 그 사랑을 사랑으로 받아들이지 못한다. 청량리역 지하도에서, 그 여자가 공포와 치욕을 다스리고 있을 때, 그 남자는 말없이 그 여자 앞을 막아선다. 그 여자는 그에게서 받는 무섬증을 안으로 밀어 넣으며 말한다.

"기형이 만나러 가야 해요. 무임승차로 여기 잡혀 있대요."

그러나 그는 앞을 비켜주지 않는다. 여자가 다른 방향으로 몸을 돌리면 다시 그 앞을 막아선다. 말없이, 굳은 얼굴로, 충혈된 눈빛으로. 오른쪽으로 몸을 돌리면 오른쪽으로, 왼쪽으로 몸을 돌리면 왼쪽으로, 계속해서 그 여자의 앞을 막아선다. 한마디 말도 없이, 그 여자가 하는 말은 전혀 듣지 않은 채.

고양이나 강아지를 길러본 사람은 알 것이다. 그놈들이 가려는 앞길을 막고 막고 또 막으면 어떻게 사나워지는지를. 그 여자는 제자리에서 뱅뱅이를 칠 만큼 화가 나고 혼란스럽다. 어떻게 해야 할지 모른다.

"대체, 왜 이러는 거예요? 날 가게 해줘요."

그러나 그 말이 그를 더 자극한 것 같다. 굳은 얼굴로, 충혈된 눈빛으로 끝내 말이 없던 그의 얼굴이 변한다. 눈이 더 날카로워지고 볼의 광대뼈가 더 불룩해진다. 그 여자는 숨이 막히며, 떨리는 팔다리가 딱딱하게 굳어오는 것을 느낀다. 금방이라도 무슨 일이 일어날 것 같다. 그가 발작을 하든지, 자신이 그 자리에서 쓰러지든지. 기형이에게는 미안하지만, 지금은 그 남자에게서 벗어나는 일이 더 중요하다고 판단한다. 그 여자는 몸을 돌려 지하도 밖으로 나간다. 그러나 아직 길눈이 어둡고 지하에 들어서기만 하면 방향감각을 잃는 그 여자, 더구나 공포와 혼돈 상태에 빠져 있는 그 여자는 엉뚱한 곳으로 나가고 만다.

거기가 어디였을까. 한 번도 본 적이 없는 길. 사 차선 도로 옆으로는 궁색한 인도가 있고, 그 옆으로는 완강하게 돌아서 있는 집들의 잿빛 담만 이어지는 길. 초겨울의 오후 다섯 시는 벌써 어둑어둑하다. 바람은 차갑고 무겁게 흐린 하늘은 거의 길바닥까지 내려와 있다. 그 여자는 몸을 돌린다. 집으로 가는 방향을 잡기 위해서. 그러나 말없이 따라오던 남자는 다시 그 여자의 앞을 막아선다. 막아서고, 막아서고, 또 막아서고.

그 여자는, 다시는 그럴 수 없다고, 다시는 그를 보지 않을 거라고, 힘주어 입술을 문다. 다시는, 다시는……. 다시는 그렇게 속수무책으로 당하지 않을 거라고. 그 여자는 다시 몸을 돌린다. 그러고는 낯선 길을 아주 빠르게 걷는다. 어디엔가 길이 있을 것이다. 모든 길은 다른 길들과 이어진다. 그러나 아무리 가도, 오른쪽이나 왼쪽으로 돌아나갈 만한 곳이 없다. 길을 못 만나면 도움을 청할 만한

곳이라도 있을 거라고, 그 여자는 계속해서 빠르게 걷는다. 파출소
든, 상점이든 있을 것이다. 그 여자는 예전에, 따라오는 남자를 피
해 길가의 상점에 들어간 적이 있고, 파출소에도 들어가 본 적이 있
다. 고등학교 때와, 대학 일 학년 일 학기 때. 그들은 전혀 낯선 사람
이거나 아주 조금 안면이 있는 사람들이었다. 그 여자는, 그때처럼,
가게나 파출소를 생각하며 걷는다. 어디엔가 있을 것이다.

그러나 갈수록 잿빛 벽은 더 높아지고, 사방은 점점 더 어두워진
다. 여자는 울고 싶어진다. 바닥에 주저앉아 목을 놓고 싶다. 그렇
지만 그 여자는 더 빨리 걷는다. 그 남자는 여전히 그 여자를 따라
온다. 그 길을 얼마쯤 걸어 들어갔을까. 아무도 없고, 사방은 더욱
캄캄한 그 길의 어느 지점에서, 그 남자는 걸음을 빨리해서 그 여자
앞을 막아선다. 그 여자가 몸을 돌릴 때마다 다시 앞을 막아선다.
그러면서 조금씩 조금씩 여자를 벽 쪽으로 밀어붙인다. 그 여자는
이제, 차가운 벽에 등을 댄 자세로 서 있다. 금방이라도 숨이 넘어
갈 것 같은 공포에 질려서.

"대체 왜 이러는 거예요? 날 좀 내버려둬요."

그 여자는 떨림을 진정시키며 되도록 안정된 목소리를 내려 한
다. 그 남자를 자극하지 않으면서도 제 의견을 분명히 전달하고자
한다. 그는 여전히 완강한 침묵으로, 딱딱한 표정으로, 충혈된 눈빛
으로 그 여자를 바라본다. 그의 눈에서 자잘한 칼날 같은 것이, 푸
른 불꽃 같은 것이 솟아나고 있다. 그 여자는 그의 얼굴을 외면한
다. 너무 무서워서.

"그 일은 없었던 걸로 생각할게요. 그러니 내게 부담 갖지 말아
요."

그 여자, 아직도 무얼 한참 모르는 그 여자는 그 남자가 그 일에 대한 부담감 때문에 그럴지도 모른다고 생각한다.

그 남자는 고개를 숙인다. 금방이라도 포효할 듯한, 상처 입은 짐 승의 모습으로. 눈에 반짝, 물기 같은 것이 어리기도 한다. 그 여자, 땅바닥에 주저앉아 목을 놓고 싶은 것은 오히려 제 쪽인 그 여자는 그의 울음을 어떻게 받아들여야 할지 알지 못한다. 아주머니 한 사 람이 두 사람을 흘깃 바라보고, 그러고는 이내 외면하며 지나간다. 여자는 그 아주머니를 불러 도움을 청할까 생각해본다. 그러나 그 여관에서, 그렇게 소리치고 벽을 두드렸지만 아무도 도와주지 않았 던 일이 생각나 그만둔다.

얼마쯤 시간이 흘렀을까. 그동안에도 사 차선 차도에는 시내버스 며 택시들이 지나가고, 인도에도 한두 명쯤 사람들이 지나간다. 사 방은 완전히 어두워져, 가까이 있는 남자의 얼굴도 아주 어둡게 보 인다. 가로등도 켜지지 않은 길. 여자는 이제 좀 안정되는 듯한 남자 를 보며 안심한다. 극단적인 일까지는 이르지 않으리라 생각한다. 남자가 다시 고개를 들자 여자는 여전히 남자를 외면한 채 말한다.

"가겠어요."

그러나 남자는 다시 여자의 앞을 막아선다. 안정된 게 아니었다. 울고 나서, 그는 더 사나워져 있다. 그 여자가 빠져나가려고 몸을 돌릴 때마다, 그 남자는 더 거친 동작으로 앞을 막아선다. 여자는 더 절망적이 된다. 다리가 아주 많이 떨려서, 쓰러지지 않으려면 잿 빛 벽에 등을 기대고 서야 한다.

"이러지 말아요. 아무리 그래도 소용없어요."

그 말이 결정적으로 그 남자를 자극한 모양이다. 울부짖는 듯한,

포효하는 듯한 어떤 소리가 들리는가 싶더니, 여자의 얼굴 근처로 주먹이 날아온다. 주먹은 그 여자의 얼굴 바로 옆 벽을 친다. 한 번, 두 번……. 그 여자는 얼굴을 얻어맞은 듯한 충격과 공포에 질려 숨이 멎는다. 그 여자가 기대서 있는 벽은 만질만질한 벽이 아니라 뾰족뾰족하게 시멘트가 돋아 있는 벽이다. 남자는 그 뾰족뾰족한 벽을 주먹으로 친다. 세 번, 네 번……. 그 여자는 얼굴 왼쪽에서 구체적이고도 생생한 통증을 느낀다. 아니, 온몸에서. 그 남자의 손등에서는 피가 흐른다.

기억은 집요하다. 그 남자가 벽을 칠 때, 그 여자가 반사적으로 떠올린 것은 중학교 이 학년 때, 공군 소위에게 맞았던 기억이다. 온몸의 기가 질려, 소리치려 해도 말이 한마디도 나오지 않던 기억. 윽윽, 그런 소리가 안으로 안으로 잠겨들며 온몸이 굳고 숨이 막히던 기억. 그때의 충격과 공포가 고스란히 살아난다.

여자는 기어이 바닥에 주저앉고 만다. 다리가 떨려서, 숨이 막혀서, 온몸이 딱딱하게 굳어서, 서 있을 수가 없다. 그 남자는 주저앉은 여자를 사납게 잡아끈다. 그때처럼, 온몸이 굳으면서, 말을 한마디도 뱉을 수 없다. 윽윽, 그런 비명만이, 아니 짐승의 울부짖음 같은 소리만이 목 안으로 안으로 말려든다.

남자는 지나가는 빈 택시를 세우더니 여자를 자동차 안으로 밀어넣는다. 던져지듯 자동차에 들어가며 여자는 자동차 문틀에 이마를 찧는다. 그러나 통증을 느끼지 못한다. 금방이라도, 금방이라도 그 남자가 저를 죽이고야 말 것 같다. 모든 것이 마비되어, 머릿속이 텅 비어, 어떻게 해야 하는지 아무것도 생각할 수 없다.

그때, 그 여자는 어떻게 해야 했을까. 지금 이 글을 쓰면서도 생각해본다. 그 상황에서라도 빠져나가는 방법이 있지 않았을까 하고. 택시 기사에게 도움을 청할 수도 있었을 텐데. 좀 더 정신을 차리고 이성적으로 생각했더라면 분명 방법이 있었을 텐데. 그렇게 공포와 혼돈에 빠져 허우적거릴 게 아니라 좀 더 이성적으로 상황을 판단하고 대처했었더라면…….

그러나 그때, 그 혼돈과 공포 속에서 그 여자가 했던 생각은 단 하나다. 힘이 세다면, 힘이 세다면 이 남자를 때려눕히고 달아날 수 있을 텐데. 태권도를 배워두었더라면, 아니면 아무 운동이라도 좀 열심히 했더라면, 하다못해 달리기라도. 중학교 이 학년 때, 공군 소위에게 이유 없이 맞고 그랬던 것처럼, 힘이 세다면, 조금만 더 힘이 세다면. 그런 생각을 한다. 그 밖에 다른 생각은 하지 못한다. 이제 또 그런 일을 당해야 한다고 생각하면 온몸이 딱딱하게 굳으면서 숨이 막힌다.

택시는 어딘지 알 수 없는 길을 한참 달려 낯선 주택가에 선다. 큰 집들이 나란히 붙어 있고, 골목에는 사람이 하나도 보이지 않는다. 그 남자는 한 손으로는 여자를 잡고 다른 손으로는 열쇠로 대문을 연다. 여자는 조금 안심이 된다. 집이라면 괜찮을 것이다. 가족들이 있을 테니까, 전번 같은 무서운 일은 일어나지 않을 것이다. 그 여자는 남자가 이끄는 대로, 별다른 저항 없이 대문 안으로 들어선다.

대문 안에는 비탈진 화단이 있고 그 한쪽으로는 대여섯 개쯤 되는 계단이 있다. 그 남자는 그 여자를 앞세운다. 그 여자는 계단을 걸어 올라간다. 아직도 후들거리는 다리로, 떨리는 가슴으로. 현관 앞에 다다라 그 여자는 걸음을 멈춘다. 그 남자가 현관문을 열고 그 여자를 안으로 밀어 넣는다. 현관으로 들어서서야, 그 여자는 다시 무엇인가 잘못되었다는 느낌을 받는다.

집 안이 캄캄하다. 가족이 있고, 말소리와 웃음소리가 들리고, 실내에는 따뜻한 공기가 떠다니고……. 그런 것을 예상했던 그 여자는 집 안이 캄캄한 데 우선 놀란다. 그 남자가 현관의 불을 켜자, 눈에 들어오는 것은 휑하니 빈 거실이다. 마룻바닥 한쪽에 큰 화분 두 개가 있을 뿐이다. 싸늘한 냉기와, 차가운 적막이 순식간에 온몸을 휘감는다. 거실을 향하고 있는 서너 개쯤 되는 방문이 모두 닫혀 있다. 빈집? 그 여자는 믿을 수 없다. 어떻게 이렇게 큰 집에 젊은 남자 혼자 살 수 있는가. 머리를 흔들며 고개를 숙이는데, 현관 앞 빈 공간에 놓인 구두, 단 한 켤레인 그 남자의 갈색 구두가 눈에 들어온다. 정말 혼자인가? 정말? 그 여자는 현관에 쭈그려 앉는다. 다시 공포가 밀려오며 다리가 떨리고 숨이 막힌다. 어떻게 그럴 수가? 등록금을 얻기 위해 멀미를 참으며 먼 여행을 했던 그 여자, 어머니가 주는 돈으로 부당하다고 생각되는 작은 방을 얻은 그 여자는 믿을 수가 없다. 이렇게 큰 집에 혼자 살다니…….

그 남자는 그 여자를 일으켜 세워 현관 마루에 걸터앉게 한다. 그 여자는 거의 자포자기 상태다. 이 남자를 벗어날 수 있을까. 그 여자가 자포자기의 상태에 빠진 것과, 그 남자가 완연히 태도가 바뀐 것은 거의 동시다. 그 남자는 부드러운 손길로 그 여자의 신발을 벗기고, 그 여자를 부축해서 방으로 데리고 들어간다. 마루를 향하고 있는 방들 중 하나의 문을 열고. 방에는 책상과 책장 같은 것이 있다. 그 여자는 방 안에 들어서자 다시 벽에 기대어 주저앉는다. 공군 소위에게 맞을 때처럼, 어떻게도 해볼 도리가 없다. 계속해서 그 남자의 주먹이 쏟아지는 것 같다. 숨이 막히며, 기운들이 몸 안으로 잦아든다. 금방이라도, 정신을 놓으며 쓰러질 것 같다.

그 남자, 그 남자는 완연히 달라져 있다. 거리에서 앞을 막고 막고 또 막던 그 얼굴도 아니고, 주먹으로 벽을 치던 그 얼굴도 아니다. 부드러운 얼굴에, 조심스러운 행복의 기미까지 묻어난다. 그는 그 여자를 잠시 내려다보더니 밖으로 나간다. 방문 닫는 소리, 멀어지는 발소리, 주방쯤에서 달그락거리는 소리. 그 여자는 벽에 기대앉아 비로소 정신을 가다듬기 시작한다.

이 집에서 나가야 해. 방문을 열고, 현관을 나가서, 신발을 신고, 거리로 달려 나가면……. 주머니에 든 돈을 생각한다. 이천 원 정도가 있다. 여기는 어디쯤일까. 택시비로는 부족할 것이다. 버스를 타면…… 사람들에게 물어보면……. 대체 여기는 어디쯤인가.

그 여자는 자리에서 일어난다. 그는 아직도 주방에서 달그락거리는 소리를 내고 있다. 한두 걸음 걷는데 벌써 다리가 떨린다. 발끝 걸음으로 걸어 방문을 연다. 조심스럽게, 소리 나지 않게 그러나 딸깍, 손잡이 돌아가는 소리와 삐걱 경첩 우는 소리가 우레만 하게 들린다. 다리가 떨리고 가슴이 조마조마하다. 한 걸음 방문 밖으로 발을 디디자, 바로 옆 공간에서 그 남자의 얼굴이 나타난다. 그 여자는 헉, 숨을 들이쉰다. 숨이 목에 걸린다.

"왜?"

그 남자는 행복한 낯빛으로 그 여자에게 다가오며 자상한 말투로 묻는다. 그 여자는 대답하지 못한다. 그의 얼굴을 외면하며 방문을 닫고 방으로 들어간다. 그 남자가 따라 들어온다.

"뭐, 필요한 거 있어?"

그 여자는 고개를 젓는다. 틀렸어. 이제 어떻게 하지? 그 남자의 폭력성과, 감당할 수 없는 열정과, 저 모든 것을 다 어떻게 하지……. 그 여자는 다시 벽에 기대앉는다. 그 남자는 여자를 잠시 내려다보더니 방을 나간다. 다시 주방에서 달그락거리는 소리가 들려온다. 저 남자가 이 집에 있는 한, 저 현관을 벗어날 수는 없을 것이다. 다른 방법이 없을까. 무엇을 할 수 있을까. 한 가지 생각이 난다. 그 여자는 조심조심 일어나 문간으로 간다. 그러고는 단추처럼 생긴 방문의 잠금 장치를 조용히 밀어 넣는다. 딸깍, 소리는 또 천둥소리만큼 크다. 금방이라도 그 남자가 달려올 것 같다. 그 여자는 가슴 졸이며 문간에 서서 바깥의 기척을 살핀다. 주방에서는 여전히 달그락거리는 소리가 난다.

그 여자는 다시 방구석으로 가서 쭈그려 앉는다. 숨이 잘 쉬어지지 않아 내내 가슴이 답답하고 몸이 떨린다. 어쩌자는 것인가, 문을 잠가서. 그건 미봉책이다. 그래서는 이 방에서 영영 나갈 수 없고, 그 남자는 얼마든지 도끼를 가지고 와서 저 문을 부술 수 있을 것이다. 그럼에도, 그럼에도, 다른 방법이 없다. 그 여자는 점점 더 힘이 빠지는 것을 느낀다. 자포자기의 마음, 방임의 마음, 수렁 깊은 곳에서 살아나가기 위해 몸부림치다가, 끝내 모든 노력을 포기하는, 그런 마음을 느낀다. 어쩔 것인가.

《콜렉터》라는 소설이 있다. 영국 작가 존 파울즈가 쓴 작품. 나비 수집가인 주인공 남자는 자신의 창으로 보이는 사무실에서 일하는 아가씨를 짝사랑한다. 그러다가 그녀가 지나가는 길목에 차를 세워놓고 그녀를 납치한다. 마취약을 묻힌 수건으로 그 여자의 입을 틀어막고서. 그 남자는 상속받은 큰 집에서 혼자 살고 있다. 남자는 그 여자를 집으로 데려가 사랑을 구한다. 여자가 거절하자 그녀를 지하실로 옮긴다. 여자는 추위와 굶주림 속에서 병이 들지만 남자는 병원으로 옮겨달라는 여자의 부탁을 거절한다. 그 과정에서 남자와 여자는 피 터지는 머리싸움과 힘겨루기, 고집 싸움을 벌인다. 여자는 끝내 그 집의 지하실에서 숨을 거둔다. 남자는 숨을 거둔 여자를 내버려둔 채 밖으로 나간다. 스낵 코너에 들어가 다시 마음에 드는 여자를 발견한다. 그 여자가 지하실에 죽어 있는 여자처럼, 이름이 M으로 시작한다는 사실에 만족스러워한다.

중학교 이 학년 때 그 소설을 읽으며, 여자를 납치하는 남자의 사랑에 놀랐다. 그게 사랑일까 하고. 또 죽음에까지 이르는 여자의 고집에 질렸다. 자신이라면, 자신이라면 결코, 죽음에 이르도록 싸우지는 못할 것이라고 맥을 놓았다. 무엇보다, 현실에서는 그런 일이 일어나지 않을 거라 생각했다. 그러나 소설은 결국 현실의 반영이다.

그 여자는 벽에 기대앉아 가슴 졸이며, 내내 그 남자의 기척에 귀를 기울이고 있다. 바깥에서 달그락거리는 소리가 멎은 후, 가까이 다가오는 발소리, 이어서 방문 손잡이를 비트는 소리……. 그 여자는 심장이 멎는다. 그 남자는 손잡이를 이리저리 돌리며 방문을 당긴다. 그 소리에 점점 더 거친 기미가 느껴진다. 그 여자는 숨도 쉬지 못한 채 앉아 있다. 방문의 동그란 손잡이를 바라보면서.

"문 열어."

그 남자의 목소리는 아주 부드럽다. 애원하는 것처럼 들리기도 한다.

"숙아, 문 열어."

그 여자는 온몸에 소름이 돋는다. 그 남자가 자신을 숙아, 라고 부른 사실에 진저리친다. 그가 주먹으로 시멘트벽을 두드릴 때보다 더 놀란다. 숙아. 그 여자를 그렇게 부르는 사람은 어머니밖에 없다.

그 남자는 몇 차례 손잡이를 비틀고 방문을 흔들고 하더니 조용해진다. 마루를 가로지르는 소리, 다른 방문을 여는 소리, 잠시의 고요……. 그 여자는 다시 공포 속으로 빠져든다. 그가 도끼를 가지고 올 것 같다. 도끼를 가지고 와서 방문을 깨부수고……. 그 여자는 정말 죽었구나 생각한다. 이제 난 더 이상 이 세상에 없구나.

다시 방문 닫는 소리, 마루를 가로지르는 소리, 달그락거리는 쇠붙이 소리……. 그 여자는 절망한다. 열쇠구나. 그토록 간단한 방법이 있었구나. 그 여자는 자신의 대항이 얼마나 무력하고 가소로운 것인가를 깨달으며 절망한다. 이제 정말 죽는구나. 그 남자는 방문을 열고 들어온다. 그 여자는 그 남자를 바라보지 못한다. 그가 얼마나 무서운 얼굴을 하고 있을지, 그가 이제 어떻게 행동할지, 그런 것들 때문에 질려 있다. 겁에 질려, 공포에 질려, 쭈그리고 앉아 떨고 있다. 그 남자는 그 여자 앞에 서서 잠시 미동이 없다. 금방이라도, 금방이라도 온몸으로 주먹이 날아올 것 같다. 온몸의 신경, 온몸의 숨구멍, 온몸의 솜털 하나하나가 모두 이제 있을 폭력에 대해 긴장하고 있다.

"숙아……."

그 남자가 자신을 그렇게 부르는 소리에 놀라기도 전에, 더 뜻밖의 일이 벌어진다. 그 여자를 향해 주먹을 날릴 줄 알았던 그 남자가, 그가, 그 여자의 몸 위로 무너진다. 무너지면서, 애절하게 그 여자의 이름을 부른다. 숙아……. 대체 무슨 일인가. 그 여자는 영문을 모른다. 그의 행동을 어떻게 받아들여야 할지 알 수 없다. 그는 다시 한 번 숙아…… 하고 부른다.

그 여자는 완전히 얼어서 꼼짝도 못한다. 어떻게 된 상황인지, 어떻게 해야 좋을지도 모른다. 무슨 말도 할 수가 없어, 그저 가만히 있는다. 그 남자의 격정이 가라앉은 기미가 보이자 그 여자는 몸을 뒤척인다. 그 남자가 고개를 든다. 무섭고 날카로운 얼굴이 아니다. 연민을 불러일으키는, 상처 입은 짐승의 표정이다. 그 여자는 놀란다. 작고 가는 목소리와 크고 강한 목소리, 딱딱한 얼굴과 수줍은 듯한 미소, 자잘한 불티를 날려 보내는 눈빛과 상처 입은 짐승의 눈빛……. 그 모든 것을 이해할 수 없다. 차라리, 차라리 그가 자신을 때렸으면 덜 혼란스러울 것 같다.

그 여자는 그 남자의 몸을 피해 자리에서 일어난다. 그 남자가 따라 일어난다.

"어디 가려고?"

그 여자는 할 말이 없다. 가고 싶은 곳은 바로 이 집 문밖이다. 그러나 그 남자가 또 어떻게 사나워질지 알 수 없다. 그는 아까 길에서도 울고 나서 더 사나워졌다. 그 여자는 겨우 말한다.

"화장실."

그 남자는 그 여자의 팔을 잡고 방문을 열고 데리고 나가, 벽에 붙은 스위치를 켜준다. 그 여자는 화장실 안으로 들어가 문을 잠근다. 그는 한 뭉치나 되는 열쇠를 가지고 있지만, 그 여자는 화장실 문을 잠근다. 그 여자는 변기에 걸터앉아 오래 생각한다. 어떻게 해야 하는가. 화장실 유리창을 올려다본다. 너무 높고, 너무 작다. 다른 방법이 없을까. 그 소설, 《콜렉터》에서는 어떻게 했더라……. 그러나 생각나지 않는다. 그 소설뿐 아니라, 아무것도 생각할 수 없다. 변기에 걸터앉아, 손바닥으로 얼굴을 감싸고, 그 여자는 숨을 쉴 수가 없다. 대체 어쩌자고 이런 일이 일어나는가. 내가 무엇을 잘못했는가. 얼굴을 가리고 있는 팔이, 어깨가 심하게 떨린다.

화장실 문을 노크하는 소리에 그 여자는 또 놀란다. 그가 계속해서 화장실 문밖에 서 있었던 걸까. 아니, 그 여자는 그것을 짐작하고 있었던 것 같다. 그는 이제 곧 열쇠로 저 문을 딸 수도 있을 것이다. 그 여자는 천천히 일어나 화장실 문을 연다. 그 남자는 그 여자의 팔을 잡아 부드럽게 부축하는 태도로 방으로 데리고 간다. 그 남자는 거의 행복한 표정이다. 그 표정에 그 여자는 더욱 질린다.

물론 지금은 그 남자의 그런 행동들을 이해한다. 그때는 전혀 이해할 수 없었던 그 표변한 태도를. 그 남자는 사랑에 빠져 있었고, 방법이야 어찌 되었든 그 여자를 자신의 집에 초대한 것이다. 그 여자가 내내 겁에 질려 도망칠 궁리를 하고 있는 동안에, 그 남자는 내내 행복에 들떠서 초대한 연인에게 무언가를 해주려 한다. 그 여자가 방 안에서 떨고 있을 때, 그 남자는 주방에서 그 여자에게 줄 차를 만들고 있다. 그런 방법으로 자신의 사랑을 표현하고 싶었을 것이다. 행복에 가득 차서.

처음부터 잘못된 그 관계는 계속해서 그런 착오 속에 있다. 그 남자의 행동은 그 남자의 입장에서 정당하고, 그 여자의 행동은 그 여자의 입장에서 온당하다. 그런 입장의 차이, 그릇된 관계, 심각한 착오는 그 후로도 오래도록 계속된다. 그 관계가 끝날 때까지.

그 남자의 부모는 교육자다. 지방에서 사립 중고등학교를 운영하며, 아버지는 교장직을, 어머니는 이사장직을 맡고 있다. 그 남자의 부모는 큰아들이 대학에 들어가자 서울 이주를 위한 계획을 세운다. 우선 서울에 집을 사서 큰아들을 살게 한다. 그렇게 해서 그 남자는 그 큰 집에 혼자 살고 있다.

그날 밤, 그 여자는 다시 한 번 전투를 치른다. 패전군의 부대에서 내내 수세에 몰리다가 끝내 굴욕을 참으며 투항하는 전투. 두 번째 전투는 첫 번째 전투보다 빨리 끝난다. 그 여자에게 저항할 의지가 별로 강하지 않아서, 그 여자가 이제는 완전히 죽어 있었으므로.

그렇다. 그 밤부터 그 다음 날과 그 다음 날 저녁까지, 그 여자는 죽어 있다. 죽어가는 생생한 과정 속에 있다. 밥? 먹었다는 기억이 없다. 화장실? 그것도 기억이 없다. 한마디도 말이 없고 조금도 움직이지 않는다. 그건 죽음이다. 여기는 어딘가, 나는 이제 어떻게 되는가. 그런 생각을 하는 마음은, 자신이 죽어가고 있음을 생생하게 느낀다.

그 여자는 물에 빠진 적이 있다. 열 살 무렵, 바다가 아니라 남대천 강물에. 바닥이 움푹 들어간 지점만 건너면, 저쪽은 다시 얕은 물이어서 언니며 오빠들이 다 그곳에서 놀고 있다. 아이는 수심이 깊은 강을 내려다본다. 그리 폭이 넓지 않다. 머리를 물속에 넣으면 얼마간 헤엄을 치니까, 두세 번만 헤엄을 치면 저쪽으로 건너갈 수 있겠구나 생각한다. 숨을 크게 들이쉬고, 물속에 고개를 박고 헤엄친다. 세 번, 네 번. 이제 다 건넜겠구나 생각하며 몸을 일으키는데 발밑에서 바닥이 느껴지지 않는다. 몸이 아래로 가라앉기만 한다. 허우적려 보지만 떠오를 수 없다. 물을 먹으며, 아래로 아래로 내려가는 몸이 바닥에 닿기를 기대한다. 바닥을 세게 차면 물 위로 떠오를 수 있을 것이다. 그러나 몸은 강바닥에 닿기 바로 직전에 다시

위로 떠오른다. 물을 먹으면서, 이번에는 몸이 물 위로 떠오르기를 기대한다. 그러나 몸은, 수면 바로 밑에서 다시 밑으로 가라앉는다. 꼭 그렇게, 바닥에 닿기 직전까지 가라앉았다가, 수면 위로 떠오르기 직전까지 떠올랐다가……. 그것을 서너 차례 반복하면서야 아이는 깨닫는다. 이렇게 죽는구나. 강물을 따라 떠내려가서 바다에 닿겠구나. 엄마, 아버지가 몹시 슬퍼하시겠구나…….

그 여자는, 그 남자의 방에 누워 꼭 그런 죽음을 체험한다. 아예 죽지도 않고, 아예 살지도 못하고, 지금 죽고 있구나…… 그런 생생한 느낌 속에 있다. 차라리 죽었으면, 그러나 바닥까지 내려가지 않는다. 이 집에서 나갈 수 있다면, 그러나 수면 위로 떠오르지 못한다. 내내 죽음의 과정에 있다. 물에 빠졌을 때처럼, 공포와 무력감에 가득 찬 채로. 그때 아이는, 더 하류에서 수영하던 오빠들에 의해 구조된다. 그 여자는, 아무도 자신을 구조해주지 않을 거라는 사실을 안다. 그래서, 그래서 더욱 생생한 죽음의 과정에 있다.

그 집에서, 그 죽음의 과정에서, 그 여자는 모든 것을 포기한다. 모든 것이란, 그 여자가 꿈꾸어온 어떤 사랑, 어떤 미래, 어떤 희망이다. 그 속에는 잿빛 바바리도 포함된다. 이제 이 남자와 평생을 살아야겠구나. 다시는 잿빛 바바리를 못 보겠구나. 그 밖에는 다른 방법이 없겠구나.

그건 그 여자가 그때까지 받은 교육과 그 여자가 가지고 있는 양식에서 나온, 가장 온당한 결정이다. 고등학교 때 가정 선생님은 순결의 중요성에 대해 가르쳤고, 어머니는 결혼한 사람에게만 몸을 허락해야 한다고 일러주었다. 그 여자에게, 다른 선택이란 있을 수 없다. 평생 이 남자와 살아야 하는구나. 순서가 뒤바뀌긴 했지만.

그건 그 여자의 핏줄 속에, 유전자 속에 녹아 있는 의식이 내린 결정이다.

그 집에서, 마지막 밤인가, 그 전날 밤에 있었던 일도 있다. 글쎄, 이 글을 쓰면서도 잘 믿어지지 않는 일. 그 여자의 삶에, 도무지 현실에서 일어날 법하지 않은 일들이 그토록 빈번하게 일어나는 이유가 무엇인지 알 수 없다. 그런 일들 중 하나다.

그 여자는 온몸에 미열이 있다. 그 미열이 차라리 독감이나 장티푸스 같은 병이 되기를 바라며 신열을 참고 있다. 병이 난다면, 치명적인 병이 든다면 이 집에서 벗어날 수 있을 것이다. 그런 생각으로 꼼짝없이 누워 있는 그 여자를 내려다보며 그 남자가 말한다.

"숙아, 우리 결혼하자."

그의 얼굴은 행복에 가득하고, 목소리는 다정하다. 그 여자는 멀리서 들리는 소음처럼 그 소리를 듣는다.

"지금 하자. 지금 당장."

그는 자리에서 일어나 책상으로 가서 무엇인가를 뒤진다. 그 여자는 누운 채 눈을 감는다. 지금 당장? 결혼을? 그가 무엇인가를 찾아내는 소리, 성냥을 그어 불을 켜는 소리, 그런 것을 들으며 그 여자는 눈을 감고 누워 있다. 양초 타는 냄새가 희미하게 건너온다. 그 남자는 다시 그 여자에게 다가와 몸을 흔든다.

"숙아, 일어나."

그 여자가 움직이지 않자 그 남자는 그 여자의 몸을 일으킨다. 그 여자는 검불처럼 간단하게 들려 올라간다. 눈을 뜨니, 책상이나 책장이 놓이지 않은 벽 쪽에 양초가 세워져 있다. 한 자루? 혹은 두 자루? 기억이 없다. 다만 그 남자가 전등을 끄는 바람에, 기괴한 붉은

빛을 뿌리던 촛불과, 두드러지는 사물들의 그림자 때문에 다시 한 번 두려움을 느꼈던 게 기억난다.

"우리 결혼하자. 저 촛불 앞에서."

그 남자는 그 여자를 일으켜 세워 촛불 앞으로 데려간다. 어깨를 눌러 촛불 앞에 무릎을 꿇게 한다. 그러고는 자신도 그 여자 곁에 무릎을 꿇고 앉는다. 촛불이 일렁인다. 그 남자는 두 손을 가슴 앞에 맞붙여 모으고는 그 여자에게 그렇게 하라고 한다. 미쳤어. 그 여자는 기어이 그런 생각을 한다. 그는 제정신이 아니고, 나는 죽어가고 있어. 우리는 둘 다 제정신이 아니야. 그 여자가 가만히 있자 그 남자는 그 여자의 두 손을 가슴께에 모으게 한다. 그 여자는 그가 시키는 대로 한다. 우리는 둘 다 제정신이 아니야.

"따라해. 김정숙은 하현규와 결혼합니다."

그 남자의 목소리는 진지하고, 그리고 다정하다. 우리는 둘 다 제정신이 아니야……. 어둠 속, 빨간 촛불만 빛나는 어둠 속에 무릎을 꿇고 앉아, 등 뒤에 검고 큰 그림자를 거느리고……. 제정신이 아니야. 그러나 그렇게 느끼는 마음은 제정신이다. 차라리 미친 여인처럼, 엄마, 엄마 몸에서 이가 다 나한테로 오잖아…… 그렇게 소리지르던 미친 여인처럼, 그렇게 될 수 있다면. 그 여자는 따라하지 않는다. 그는 다시 한 번 타이르듯 반복한다.

"내가 먼저 말할 테니까 네가 그 뒤에서 따라해."

그리고 그는 먼저 말한다.

"하현규는 김정숙이와 결혼합니다."

그 여자는 아직도 미치지도 않았고, 죽지도 않았다. 그저, 죽어가는 생생한 과정에 있을 뿐이다. 빨리 죽어버렸으면, 빨리 미쳐버렸

으면……. 그 남자가 다시 한 번 따라하라고 타이를 때, 그 여자는
따라한다.

"김정숙이는……."

그 남자는 어떻게 해서 그런 식의 애정관을 갖게 되었을까. 그가
타고난 열정에, 그때가 이십 대 초반이라는 점을 감안하고, 또 그의
핏줄 속에 살아 있는 나무꾼과 산신령을 다 염두에 두어도, 그래도
그의 사랑에는 이해되지 않는 부분이 있다. 그는, 사랑에 대해 무언
가 잘못된 인식을 갖고 있었음이 분명하다. 그 여자가 성에 대해 부
정적인 인식을 갖게 된 것처럼, 그에게도 사랑을 잘못 인식하는 어
떤 계기가 있었을 것이다. 그 역시 《콜렉터》를 읽었거나, 성장과정
에서 어떤 상실을 겪었거나, 그랬을 것이다. 그러나 지금 돌이켜봐
도, 그 여자는 그 남자가 어떻게 해서 그런 애정관을 가지게 되었는
지 유추할 만한 정보를 가지고 있지 않다. 그에 대해 아는 것이 별
로 없다. 그 남자는 많은 말을 했을 테지만, 그 여자가 듣지 않았을
것이다. 귀도, 마음도 닫혀 있었으므로.

한 가지 짐작할 수 있는, 그 남자가 하필 촛불을 켜고 그 앞에서
그런 일을 한 이유는 짐작해볼 수 있다. 그때 그는 바슐라르의 《초
의 불꽃, 불의 정신분석》이라는 책을 들고 다니며 읽곤 한다. 아마
그 책의 어떤 구절에서, 그런 일을 할 아이디어를 떠올리지 않았을
까 싶다.

기억이 어렴풋한 것은 그 집에 그 남자 말고 누가 또 있었던 것
같다는 점이다. 그 남자의 동생이거나 일해주는 사람이거나 누구.
마지막 날에, 문밖에서 누군가 다른 사람이 움직이는 소리가 들리
는 것 같았다. 환청이었을지도 모른다. 누군가 있어주었으면 좋겠

다는 간절한 마음이 헛소리를 들었는지도 모른다. 설사 누군가 있었다 해도, 그 여자는 뛰쳐나가 도움을 청하지 않았을 것이다. 그 여자는 죽었고, 그리고 수치심과 절망으로, 무력감과 공포로, 꼼짝도 할 수 없는 상태에 있다.

경이와 기형이는 어떻게 되었을까. 기형이는 그 여자 말고도 다른 사람에게도 부탁했는지 누군가 와서 차비와 벌금을 물어주었다고 나중에 듣는다. 경이는, 경이는 그 여자를 기다리다가 찻집에 그 여자의 책과 가방을 맡겨놓고 집으로 갔다고 한다. 그 집에 있는 동안은 경이와 기형이를 생각할 여유조차 없다.

그 여자, 그 일로 그 남자와 평생을 살아야겠구나, 결심한 그 여자의 의식이 바로 진은혜라는 인물을, 자신을 폭행한 선배와 결혼하게 만든다. 그들의 파경이 뻔히 보이는데도. 요즈음도 자신을 폭행한 남자와 결혼하는 여자가 있을까. 그 여자는 궁금증을 친구에게 물어본다.

"예전에 선배 교사들 중에는 그런 일들이 더러 있었대. 시골 학교로 발령 나면 사택에서 살게 되잖아. 사택에 불 때주러 오는 총각한테 그런 일 당해서, 그 사람과 결혼한 선생님들 얘기가 심심찮게 전해 내려와."

친구는 강원도에서 중학생들에게 국어를 가르치고 있다.

"그래서 오지로 발령받는 여교사들은 대체로 그런 전설들을 듣게 되지. 타산지석으로 삼으라는 뜻으로."

"요즈음도 그러니?"

"요즈음이야 어디 그렇겠어? 군불 때는 아궁이가 연탄보일러나 기름보일러로 바뀐 것만큼 세상이 달라졌는데."

글쎄. 그 여자는 고개를 갸웃한다. 군불 땔 때는 아궁이가 보일러로 바뀌는 것과 같은 변화가 사람들의 의식 속에도 일어났다고 장담할 수 있을까. 인류의 모든 문제는 문명이 발전하는 속도를 문화가 따라잡지 못하는 데서 비롯한다고들 입 모아 말하는데.

"그렇게 결혼한 사람들은 잘 사니?"

"그럼 어떡하니? 달리 아무 방도가 없으니 그저 참고 사는 수밖에."

그 여자는 제 문제가 거기에 있었다고 짐작한다. 선배들처럼 모든 걸 받아들이고 인내와 순종으로 살기에는 무엇을 너무 많이 배웠다. 그러나 그것을 툭툭 털고 일어나기에는 제대로 배운 게 아무것도 없다. 모든 걸 받아들이기에는 너무 늦은 세상에 태어났고, 극복하고 일어나기에는 너무 일찍 태어났다. 그 여자가 가끔 자신을 계곡에 빠진 세대라고 느끼는 이유 중 하나가 그 점이다. 너무 늦게 태어났거나 너무 빨리 태어난 셈이다.

그런 선택을 해서는 안 되었을 것이다. 낡은 관습과 그릇된 성교육에 묶여 자신을 폭행한 사람을 받아들여서는 안 되었을 것이다. 비록 그것이 사랑이라 해도, 그 남자가 그녀의 발을 씻어주고, 그녀의 눈물을 제 입술로 핥아준다 해도, 그 남자를 선택해서는 안 되었다. 어떠한 헌신적인 사랑에 의해서도 가슴속에 남은 앙금은 걷히지 않는다. 이따금 한숨짓게 하고, 자주 모든 것을 작파하게 하고 더 자주 자신에 대한 염오에 시달려야 한다. 그건 그 여자와 그 남자, 두 사람 모두에게 고통스러운 일이다.

더구나, 아주 특별한 경우가 아니면 사랑은 그렇게 길지 않다. 그 사랑이 식을 때 그렇게 모진 행동을 했던 사람은 또 다른 모진 행동으로 치명적인 일격을 가할 수 있다. 그렇게 되면, 그렇게 해서 든 피멍을 지우는 데는 빨라도 삼 년쯤, 어쩌면 십 년쯤 걸리게 된다. 그 여자가 몰랐던 점, 그 여자가 치명적으로 어리석었던 점은 그거다. 그런 선택을 해서는 안 되었다는 점.

그 여자는 성폭력 상담소에서 온 자료집을 읽어본다. 강간의 첫 번째 정의는, 상대를 정복하기 위해 물리적인 힘이나 폭력, 협박 등을 사용해서 성관계를 하는 것이라고 되어 있다. 피해를 입은 후의 대책은, 즉시 안전한 곳으로 몸을 옮긴다, 강간을 결코 자신의 잘못 때문이 아님을 명심한다. 가능한 한 빨리 당신이 신뢰하는 사람에게 사실을 말하고 도움을 받는다, 전문가에게 상담하도록 한다, 성폭력에 대해 더 배우도록 노력한다, 호신술 훈련을 통해 자신을 강화시킨다…….

읽어보면, 그 여자는 모든 면에서 그것과 정반대로 행동한 셈이다. 그 일에서 자신의 잘못이 무엇인가 먼저 따지고, 누구에게도 그 사실에 대해 말하지 않기로 다짐하고, 어느 전문가와도 상담하지 않고, 안전한 장소로 몸을 옮기기는커녕, 그 남자와 평생을 살아야 한다고 결정한다. 왜 그때, 아무도 이런 일들에 대해 일러주지 않았을까. 그때 1978년에, 그런 자료라도 있었다면……. 그 여자는 시선을 먼 곳으로 돌리며 책자를 덮는다. 이미 다 지난일……. 그 여자는 너무 늦게 태어났거나 너무 빨리 태어났다. 그리하여, 그 늦음과 빠름의 사이, 어떤 계곡에 빠진 셈이다.

23

  그 남자 곁에 머물기로 하고, 그 남자와 평생을 살아야 한다고 결정한 것은 어머니의 피가 시킨 일이다. 그 여자가 교육받은 관습, 어머니가 심어준 강박에 가까운 도덕, 그런 것들이 내린 결정이다. 그러나 그 여자 속에 있는 아버지의 피는 그걸 잘 받아들이지 못한다. 그 결정을 받아들이지 못하는 게 아니라 잿빛 바바리를 향하는 마음을 접지 못한다. 다시는 잿빛 바바리를 보지 않아야겠구나, 그런 결정을 내린 건 어머니의 피다. 아버지의 피는 그 결심을 잘 따르지 못한다.

  이 학년이 되면서 그 여자는 같은 과 학생들과 전공을 공부한다. 교양학부에서 육십 명이나 되는 학생들과 공부하다가, 문리대 건물에서 같은 과 친구 서른 명과 함께 강의를 받으니, 강의실이 텅 빈 느낌이다. 더구나, 이제는 그 텅 빈 강의실에서 잿빛 바바리와 늘 가까이 앉게 된다. 그 여자에게 고통스러운 것은 바로 그 일이다.

  그 여자는 강의실 창 쪽 뒤에서 두 번째 자리에 앉아 있다. 어머니는 다시 농협에서 융자를 받아 그 여자의 등록금을 마련해주었고 그 여자는 등록금 영수증을 잘 접어 수첩 갈피에 보관한다. 언젠가는 갚아드릴 거야. 그 여자는 강의가 시작되기 전 시간을 이용해서 책을 읽는다. 콜린 윌슨의 《아웃사이더》다. 그 여자는 놀라운 느낌으로 그 책을 읽고 있다. 그것도 일종의 문학평론서라고 할 수 있지만, 이론가들이 문학작품을 분석해놓은 책과는 다르다. 문학작품 속에 묘사된 주인공들이 어떻게 아웃사이더들인가에 대한 이야기다. 그들이 어떻게 제 열정과 고독을 극단으로 몰고 가서, 결국은 발작하거나 죽음에 이르는가 하는 이야기다. 그 여자는 책을 읽다가 연필을 들어 밑줄을 긋는다.

> 페시미즘을 더욱 추진시켜 완전한 극단까지 밀고 가면 그 결과는 인생의 위험이 될, 인생을 완전히 부정하는 니힐리즘이다. 고흐의 "불행은 결코 끝나지 않으리라"와 "아무것도 할 만한 가치가 없다"는 말을 결합하면 그 결과는 죽음, 혹은 발광에 이르는 정신적 매독증이라 할 만하다.

그 여자는 일부러, 더 일부러 책에 정신을 쏟는다. 어딘든 정신을 위탁할 곳이 필요하다. 그 폭력과 공포의 기억들을 떨치기 위해서도, 이제는 죽었다는 사실에 짓눌리지 않기 위해서도, 어딘가 다른 곳으로 정신을 돌려야 한다. 그 여자는 노동을 하듯 책을 읽는다. 그러나 기억의 창고 가장 밑바닥, 우연이라도 떠오르지 않을 가장 깊은 곳에 묻고 그 위에 돌멩이까지 묻어둔 그 기억들이, 불쑥불쑥, 위로 떠오르려 한다. 그리하여, 그 여자가 읽는 책에서 잡아내는 구절들은 대체로 그런 것들이다. 페시미즘의 극단, 인생을 부정하는 니힐리즘, 불행은 결코 끝나지 않으리라…….

그 여자는 그 후로도 오래도록 콜린 윌슨을 따라다닌다. 그의 저서들이 번역되면 가장 먼저 사 읽는다.《문학과 상상력》,《독수리와 집게벌레》라는 두 권의 문학평론서를 지나, 신실존주의라는 걸 주창하고, 그러다가 다시, 신비주의와 블랙 매직에 빠져들고, 그 다음에, 인간의 본성이 얼마나 잔혹한가를 분석한 그의 책들을 모두 사본다.《어느 철학자의 섹스 다이어리》는 인간의 성적 충동과 신비주의, 블랙 매직에 관한 책이고《살인백과》와《잔혹》은 인간의 잔혹한 본성에 대한 책이다.

처음에 그 여자는 콜린 윌슨이 아웃사이더의 반대 개념에 부르주아를 설정한 것을 못마땅해한다. 아웃사이더란, 단순한 빈부 개념에 의해 분류되는 인간의 유형이 아니라고 믿기 때문이다. 그의 관심이 문학평론을 떠나, 신비주의와 블랙 매직, 인류의 살인과 잔혹함 쪽으로 기울 때는 또 그걸 염려스러워한다. 그에게는 더 온당하고 바람직한 학문을 할 수 있는 천재성이 있다고 믿기 때문이다. 그러나 그의 삶을 알고 나면 그를 이해할 수밖에 없다. 가난한 구두 수선공의 아들, 식중독을 일으킨 부모와 다섯 형제가 늙은 돌팔이 의사에 의해 한꺼번에 죽어버린 어린 시절, 십 대에 고아가 되어 제 입을 제 손으로 먹여 살리며 독학한 성장기. 그런 것들을 염두에 두면 그의 블랙 매직조차 이해하지 않을 수 없다. 어떤 상처는, 특히 어린 시절의 상처는, 일생을 두고 그 사람을 지배하는 법이다. 그 여자는 콜린 윌슨을 좋아한다.

"정숙아, 너 왜 연극부에 안 오니?"

그 여자는 책에서 고개를 든다. 형진이다. 여전히 아인슈타인처럼 코가 삐죽하고 둥그스름한 곱슬머리를 하고 그 여자를 내려다본다. 그의 목소리에는 생기가 가득 차 있다. 예전에, 그 여자의 목소리도 그랬을 것이다.

"봄 정기 공연 작품 결정됐어."

"뭔데?"

그 여자는 제 목소리가 음산하고 우울하다는 것을 느낀다. 벌써 이런 목소리를 내다니, 고작 스무 살에…… 울적해진다.

"〈세일즈맨의 죽음〉. 연출은 용준이 형이 맡고, 무대감독은 현규 형이 맡았어. 중요한 캐스팅도 끝났고. 너, 오늘부터는 꼭 연극부에 나와."

그 여자는 대답할 수 없다. 무대감독은 그 남자라는 것이다. 그의 이름을 듣자 얼굴로 열이 몰린다. 그 여자는 대답 대신 질문을 한다.

"세일즈맨은 누구야?"

"성철이. 그리고 난 그의 아들."

형진이는 입가에 웃음을 띤다. 그의 웃음은 순하고 부드럽다. 그 여자도 따라 웃는다.

"오늘부터는 꼭 나와. 리딩 연습에 들어갈 거야."

형진이는 말을 마치고 제자리로 돌아간다. 강의가 시작되려면 아직 오 분 정도 남았다. 강의실은 반 정도 차 있다.

그 여자는 다시 책으로 고개를 묻는다. 앉은 자리에서는 창이 머리 위에 있어 밖이 내다보이지 않는다. 그러나 몸을 일으키기만 하면 보일 것이다. 창밖에 흐드러진 봄빛과 그 사이에서 피어나는 개나리나 진달래가 아니다. 몸을 일으키기만 하면, 창밖 어딘가에서 서성이고 있을 그 남자가 보일 것이다. 그 여자는 더 고개를 숙인다. 그런 일은 예상하지 못했다. 그 남자의 곁에서 평생을 살기로 결정하고 나면 모든 것이 편안해질 줄 알았다. 그러나 착오다. 그 남자를 보는 일은 여전히 공포이고 굴욕이다. 기억의 가장 밑바닥에 묻고, 다시는 떠오르지 못하도록 큰 돌로 눌러둔 그 기억들이 그를 만나면 단숨에 표면으로 떠오르면서 증폭된다.

그 남자는 어디서 그런 사랑을 배웠을까. 불도저처럼 돌진해오는 그런 방식의 사랑을. 그는 개강 첫날부터 그 여자의 강의가 끝나는 강의실 밖에 있다. 그 여자가 가는 곳이면 어디든 나타난다. 친구들과 점심을 먹는 식당이든, 책을 빌리는 도서관이든, 공강 시간을 죽이는 찻집이든. 그러고는 매일 한 장씩 엽서를 준다. '사랑한다' 그렇게만 씌어 있기도 하고 '그림자의 작은 부분이라도 볼 수 있다면 잠을 이룰 것 같다'고 씌어 있기도 하다. 때로는 대여섯 행쯤 되는 시가 적혀 있기도 하다. 그 남자는 늘 그 엽서를 직접 준다. 그 여자가 어디에 있든 반드시 찾아내어, 얼굴을 맞대고 직접 준다. 그 남자는 그 여자의 강의 시간표를 적어가지고 다니는 게 분명하다. 그렇지 않다면, 강의가 끝날 때마다 그렇게 틀림없이 나타날 수가 없다. 그 여자는 남자가 내미는 엽서를 말없이 받는다. 그러나 대충 한 번 읽고는 어딘가에 처박아 넣는다. 다시는 눈에 띄지 않을 곳에.

그 남자는 사랑에 대해 미숙했던 게 분명하다. 그렇게 저돌적으로 달려들면, 꼭 그만큼 상대가 멀리 도망친다는 그 사랑이라는 감정의 불가해성에 대해 몰랐을 것이다. 아니면 사랑에 대해 잘못 알고 있었거나.

그 여자 역시 사랑을 잘 모른다. 잿빛 바바리를 향해 잠깐 싹텄던 그 감정이 사랑이었을 거라고 막연히 생각할 뿐이다. 그래서 그가 주는 엽서를 그토록 소홀히 취급하는 것에 대해 아무런 자책감도 없다. 그 여자는 그 남자가 달려오는 그 속도, 그 거리만큼 뒤로 물러난다. 아니, 이건 비유적인 표현이 아니다. 그 여자는 정말 그를 피해 몸을 숨긴다. 그가 강의실 밖에 서성이고 있을까 봐, 강의실에 서조차 창 너머로 얼굴이 보이지 않도록 조심한다. 그 남자도, 그 여자도, 사랑에 대해 잘못 알고 있었음이 분명하다.

책에 고개를 박은 채로, 그 여자는 느낀다. 아, 잿빛 바바리가 강의실 뒷문을 열고 들어서는구나. 보지 않아도 알 수 있다. 그가 보내는 시선, 그에게서 와 닿는 빛과 어둠의 전파, 그런 것들이 서늘한 바람 기운처럼 등에 와 닿는다. 그 여자는 책에 코를 박은 채, 등줄기가 서늘해지는 그의 존재를 느낀다. 이어, 그의 발소리가 들린다. 성큼성큼 걸음을 떼어놓는 큰 동작, 성큼성큼 걸으면서도 힘없이 끌리는 듯한 발소리. 소리는 강의실 뒤편을 가로질러 그 여자 가까이 다가온다. 그러다가 어느 지점에서 멎는다. 의자가 밀리는 소리, 책상 위에 책을 내려놓는 소리, 옷자락이 스치는 소리, 그러고는 이내 조용하다. 그 여자는 책에 코를 박고도 그가 앉은 위치를 정확하게 알아낸다. 그는 그 여자의 오른쪽 대각선 쪽에 앉아 있다. 고개를 돌리면, 바로 그와 시선을 맞출 수 있다. 고개를 돌리고, 그를 향해 웃어 보이고, 그와 이야기를 나누고 싶어 하는 아버지의 피를, 어머니의 피가 억누른다. 그건 옳지 않다고. 두 피가 몸속에서 자잘한 방울을 만들며 소용돌이친다. 그 여자는 책에 코를 박고 미동도 않는다.

시간이 되어 교수가 들어온다. 편안한 이웃 아주머니처럼 생긴 교수가 강의하는 내용은 음운론이다. 교수는 시니피앙과 시니피에, 표음과 표의에 대해 설명한다. 그 여자는 제 속에서 들끓으며 싸우는 피가, 한쪽은 시니피앙이고 다른 한쪽은 시니피에 같다고 느낀다. 아버지의 피는 기의, 어머니의 피는 기표. 잿빛 바바리를 돌아

보고 싶어 하는 마음은 기의, 완강하게 정면만 바라보고 있는 태도는 기표.

그 여자가 교수를 바라보며, 그러나 마음속으로는 엉뚱한 생각을 하고 있는 도중, 큰 손이 오른쪽에서 다가온다. 가늘고 긴 손가락에 섬세한 손, 피가 멎는 느낌. 손은 정확하게 공책을 집고, 그 여자의 어깨 밑으로 그것을 빼내간다. 교수는 여전히 시니피앙과 시니피에에 대해 설명하고 있다.

한참 만에 잿빛 바바리는 그 여자의 공책을 돌려준다. 아까와 똑같이, 불쑥 손만 내밀어서. 거기, 공책에 잿빛 바바리의 글씨가 씌어 있다.

> 햇빛이 포도주처럼 흐른다
> 흘러 옷깃을 적시고 머리카락을 헝큰다
> 아무도 벗어날 수 없는 대낮의 덫
> 달은 아직도 먼 곳에 있다.

글쎄, 기억이 정확한지 모르겠다. 아무튼, 그 비슷한 이미지다. 햇빛과 포도주와 디오니소스의 이미지. 광인이, 누구의 마음에나 살아 있는 그 술 취한 시인이 햇빛 속을 뛰쳐나가는 이미지다. 그 여자는 잿빛 바바리의 마음속에 있는 디오니소스를 본다.

어쩌면 좋니. 넌 아무것도 모른 채 예전처럼 나를 대하지만, 난 어쩌면 좋니? 이제 난, 네게 곁에 있어달라고 말할 수 없어. 아무 말도, 아무 행동도, 아무것도 할 수가 없어. 내가 할 수 있는 일이란, 네게 끌리는 마음을 죽이는 것뿐이야.

그 여자는 고개 숙인 채, 잿빛 바바리의 글씨를 오래 바라본다. 그 표음과 표의를. 꼼짝도 하지 않으면서. 창으로 들어오는 햇살이 그 글씨들 위로 포도주처럼 흐르는 것을 바라보면서.

강의가 얼마간 진행된 후, 다들 조용한 강의실에서 한 목소리가 들린다.

"교수님."

그 여자는 또 금방 알아듣는다. 잿빛 바바리의 목소리, 얼마간의 바리톤에 얼마간의 허스키한 분위기가 섞인 음색. 그 여자 앞에서 〈돌아오라 소렌토로〉를 불러주던 목소리. 가슴으로 서늘하게 찬물이 밀려든다. 그 여자는 하, 한숨을 쉬며 고개를 들어 교수를 본다. 교수는 실내를 둘러보다가 잿빛 바바리가 있는 곳쯤에서 시선을 고정시킨다.

"개나리가 많이 피었어요. 햇볕도 좋고……."

잿빛 바바리의 말을 들으며 교수는 웃는다. 벌써 중년의 나이임에도, 교수의 웃음은 소녀 같다. 맑고, 수줍은 웃음. 그 웃음은, 이제부터 학생들이 원하는 게 무엇인지를 다 알고 있다는 뜻 같기도 하다.

"야외수업 합시다."

잿빛 바바리의 제안에 강의실이 일순 들뜨며 소란스러워진다. 그 럽시다, 합시다, 나가요……. 이런저런 소리들이 어우러진다. 그 여자는 말없이 그 소리들을 듣고 있다. 다들, 다들 다른 세계에 있구나……. 그들의 밝고 명랑한 목소리가 그 여자의 그늘과 치욕을 더 두드러지게 한다.

"여러분은 어떨지 모르지만, 아직 야외수업하기에는 밖이 좀 추워요."

교수는 정말 추위를 타는 얼굴을 한다. 학생들은 아니라고, 나가 보시면 아침과 다를 거라고, 일제히 말한다.

"교수님, 만약 야외수업을 하신다면, 제가 교수님께 꽃을 바치고, 교수님을 위해 노래를 불러드리겠습니다."

잿빛 바바리다. 그의 크고 굵은 목소리가 두드러진다. 교수는 여전히 수줍게 웃으며, 살랑살랑 고개를 젓는다. 학생들이 다시 함성을 올린다. 그 여자는 더 깊이 고개를 숙인다. 다 다른 세계 같아……. 아무것도, 아무것도 예전 같은 것은 없어. 마음이 이렇게 달라지다니…….

"그래요, 그럽시다."

결국은 학생들의 제안에 응하는 교수의 목소리를 들으며 그 여자는 그대로 고개를 숙이고 있다. 친구들이 함성을 지르며 자리에서 일어나는 소리, 의자 끌리는 소리, 어수선한 발소리……. 그런 소리들을 듣고 있다가, 강의실이 조용해진 다음에야 가장 나중에 자리에서 일어난다. 천천히 밖으로 나가며 먼저 주변을 둘러본다. 그 남자가 보이지 않는다는 걸 확인하자 절로 한숨이 나온다. 안도감. 친구들은 이미 노천극장 계단에 모여 앉아 있다. 교수는 계단 가장 아래 칸에 서서 위쪽을 보고 있고, 친구들은 계단 대여섯 칸쯤에 저마다 편하게 흩어져 앉아 있다. 바람은 아직 차다. 그 여자는 계단 제일 위 칸, 친구들의 가장 뒤쪽에 앉는다. 돌을 쌓아 만든 계단도 차다.

잿빛 바바리는 어디서 준비했을까. 정말 장미 한 송이를 들고 있다. 서양의 기사처럼, 한쪽 무릎을 꿇고 두 손으로 장미를 높이 든다. 교수는 여전히 수줍은 미소를 지으며 장미를 받는다. 받아들고 코끝 가까이 댄다. 친구들 사이에서 박수와 함성이 터지고, 그사이로 햇살이 가득 퍼진다. 잿빛 바바리는 허리를 펴고 일어나 두 손을 배 가까이 댄다. 그 여자는 가슴이 철렁한다. 그가 정말 노래할 모양이구나. 예전처럼, 두 손을 배에 대고 먼 곳을 보면서 〈돌아오라 소렌토로〉를 부를 모양이구나…….

잿빛 바바리는 정말 그 노래를 부른다. 그때처럼 얼마간 낮은 저음으로, 얼마간 허스키한 음색으로, 그 노래를 부른다. 그 여자는 고개를 숙인다. 가슴으로 다시 서늘한 물결이 밀려든다. 넌 똑같구나, 그때와 똑같구나……. 난 어쩌면 좋니. 이렇게 말하는 것조차 숨이 막히는, 난 어쩌면……. 그 여자는 입술을 깨문다. 가슴이 서늘하게 얼어붙는다.

"돌아오라, 이곳을 잊지 말고, 돌아오라 소렌토로, 소렌토……."

그 여자는 고개를 젓는다. 다시는, 다시는 그 시절로 돌아갈 수 없어. 그의 웃음을 보며 마주 웃고, 충만한 마음으로 그의 노래를 듣던, 그 시절로는 돌아갈 수 없어. 아니, 이제는 그 모든 것을 잊어야해. 잿빛 바바리의 노래가 끝나자 다시 박수와 함성이 터진다. 그여자는 고개를 숙인 채 입술을 깨문다. 목에 자잘한 돌멩이들이 가득 차오른다.

그 여자는 누군가 가까이 다가오는 기척에 고개를 든다. 노래를 끝낸 잿빛 바바리, 그가 그 여자 바로 앞에 와서 앉는다. 그 여자는 그의 뒷모습을 오래 바라본다. 교수는 교재를 펼치려 하지만 학생들은 아무도 책을 펴지 않는다. 이런저런 이야기가 오가고, 또 누군가 나가서 노래를 부르고, 햇살은 여전히 화사하게 떨어지고…….
강의는 내내 그런 식으로 계속된다. 그 가운데서, 그 여자만 굳은 얼굴로, 답답하고 억눌린 마음으로, 추위를 타면서 앉아 있다. 이따금 고개를 들어 잿빛 바바리의 뒷모습을 바라보면서.

날 좀 도와줘. 내가 어떻게 해야 하는지 말해줘. 잿빛 바바리의 등을 볼 때마다, 그 여자는 그렇게 중얼거린다. 그러나 이내 고개를 젓는다. 아니야, 혼자 감당해야 하는 내 몫의 고통이야.

그 여자가 잿빛 바바리의 등을 보고 있을 때, 그가 문득 고개를 돌린다. 문득, 정말 문득. 그러고는 그 여자를 향해 웃어 보인다. 그러나, 그러나 그 여자는 잿빛 바바리의 웃는 얼굴과 마주치자마자 고개를 숙인다. 딱딱하고 굳은 얼굴을 보여주기 싫어서, 더 깊이 고개를 숙인다. 잿빛 바바리는 그 여자의 얼굴을 바라보다가, 천천히 고개를 돌린다.

미안해. 나도 나를 어떻게 할 수가 없어…….

그 여자의 목에 차오른 돌멩이가 가슴으로까지 번져나간다. 가슴이, 가슴이 서늘하게 떨려온다. 그렇게 야외수업은 끝난다. 입술을 깨물고, 고개를 숙이고, 서늘하게 떨리는 가슴을 억누르고 있는 동안. 수업이 끝나고도 그 여자는 그냥 계단에 앉아 있다. 친구들이 모두 계단에서 사라질 때까지, 그들 틈에 묻혀 잿빛 바바리가 가버릴 때까지.

그 여자가 두려운 것은 잿빛 바바리와 마주치는 게 아니다. 그와 마주치면, 아버지의 피를 다스릴 수 없을 것 같은 마음 때문이다.

어떻게, 어떻게 이런 마음으로 그를 볼 수 있는가. 이런 지옥으로. 한참 만에 수런거리며 일어나는 친구들의 소음이 모두 가라앉은 다음에, 그 여자는 책을 챙겨들고 계단에서 일어난다. 잘했어. 다시는 잿빛 바바리를 보지 않을 거야. 그 여자의 내부에 있는 어머니의 피가 크게 한숨을 들이쉰다.

천천히 몸을 돌리다가, 아, 들이쉰 숨이 목에 걸린다. 잿빛 바바리가 거기에 있다. 그 여자에게서 조금 떨어진 계단에 앉아, 황소처럼 큰 눈으로 그 여자를 보고 있다. 머릿속이 핑 도는 느낌이 온다. 그러지 마. 네가 도와줄 수 있는 일이 아니야. 내가 감당해야 하는 내 몫의 고통이야. 그 여자는 천천히 고개를 돌린다. 어머니의 피가 고개를 돌리게 한다. 화이트 홀, 세상의 모든 물체를 빨아들이는 희고 거대한 미궁. 그 여자는 그런 곳에 갇힌다. 햇빛 화사한 봄날, 크고 환한 운동장 가에서, 어떤 미궁에 갇혀 꼼짝도 하지 못한다.

고개를 돌리고 서서, 그 여자는 잿빛 바바리가 계단에서 일어나는 것을 느낀다. 성큼성큼 걷는 그의 발소리가 멀어지는 것을 듣는다. 바다가 감추어진 그의 바바리 자락이 출렁출렁 흔들리는 모습을 본다. 다 알 수 있다. 고개를 돌리고 선 채로도.

잠시 후, 그 여자는 고개를 돌려 잿빛 바바리의 뒷모습을 찾는다. 그는 돌다방 옆을 지나고 있다. 성큼성큼 걷는 발걸음에 따라 그의 옷자락이 허적허적 흔들린다. 그 속에서 출렁이는 바다, 바다가 기르는 온갖 생물, 그것들이 일제히 일어나 그 여자를 향해 다가온다. 얼핏 파도에 휩쓸리듯 현기증이 인다. 그 여자는 현기증을 참으며 그의 뒷모습을 본다. 둥그스름하고 수굿한 등, 바다의 뒷모습 같은 등, 그 속에 온갖 생물을 키우는 등. 가슴으로 다시 칼날이 지나간다.

꼭 그래야 했을까. 지금도 그 여자는 알 수 없다. 아버지의 피가 시키는 대로 따를 수는 없었을까. 잿빛 바바리의 손을 잡고, 그와 힘을 나누어 가지며, 그와 함께 다른 길을 걸을 수는 없었을까. 생각하는 것만으로도 목이 아프다. 그러나 그때는 불가능하다. 그 여자가 교육받은 도덕과 양식으로는 그런 선택은 있을 수 없다. 여자에게 목숨보다 중요한 것은 순결이고, 여자는 순결을 바친 남자와 평생을 살아야 하고……. 그때는 그게 가장 큰 도덕이고 가장 중요한 덕목이다.

그 여자는 잿빛 바바리에게 설명하고 싶다. 왜 고개를 돌리며 입을 다물 수밖에 없는지, 왜 그의 뒷모습을 말없이 지켜볼 수밖에 없는지, 그걸 말하고 싶다. 그러면 그의 이유 없는 고통을 덜어줄 수 있을 것이다. 그가 받는 그 답답함을 풀어줄 수 있을 것이다. 그러나 어떻게? 그 치욕과 자포자기와 두 손을 들고 투항하는 패잔병의 마음을 어떻게 설명하는가.

그 후로도 오래도록 그 여자는 잿빛 바바리의 뒷모습을 바라본다. 아니, 뒷모습만 바라본다. 그가 말을 붙이면 희미하게 웃거나 짧게 대답할 뿐이다. 그러면서도 그가 강의실에 들어오면 그에게 모든 신경이 쏠리고, 그가 가까이 와서 앉기를 바라고, 그가 공책을 가져다 한두 구절의 글을 적어주기를 기대한다. 다시는 그를 보아서는 안 된다고, 그를 향해 열리는 마음을 접어야 한다고, 그렇게 다짐하면서도 그를 향하는 시선마저 거둘 수는 없다. 강의실에 들어서면 눈으로 먼저 그를 찾고, 그가 지나가면 시선은 멀리까지 그의 뒷모습을 따라간다.

그 여자가 잿빛 바바리에게 할 수 있는 최선의 일이란, 리포트를 보여주거나 시험 때 공책을 빌려주는 것뿐이다. 연극을 준비하는 기간에는 그는 자주 강의를 빼먹는다. 그를 볼 수 없는 안타까움 속에서 그 여자는 그를 위해 강의노트를 기록한다. 그 여자가 조금 더 용기를 내어 할 수 있는 일이란 예상문제를 짚어주는 일이다. 시험

전에, "이 부분 한 번 더 읽어봐. 시험에 나올 거야."라고 말하는 게 고작이다. 잿빛 바바리는 그 여자를 한번 바라볼 뿐, 더 읽지는 않는다. 시험을 다 보고 나서, "거봐, 아까 읽어봤으면 좋았을걸……." 하면 그는 또 그 여자의 얼굴을 물끄러미 바라보다가 강의실을 나갈 뿐이다. 그 일 년 동안, 삼 학년이 되어 그가 입대할 때까지 일 년 동안, 잿빛 바바리와 그 여자는 고통 속에서 서로의 뒷모습을 바라보기만 한다. 그 여자는 두 피가 싸우는 고통 속에서, 잿빛 바바리는 그 여자에 대한 이해 불능의 고통 속에서.

그 여자는 지금도 사람들의 뒷모습을 바라보는 버릇이 있다. 어떤 사람을 이해하기 위해서는 그의 얼굴뿐 아니라 손을 보아야 하고, 그 다음에는 뒷모습이 들려주는 이야기에 귀를 기울여야 한다고 믿는다.

얼굴에는 대체로 그 사람의 의식이 드러난다. 그의 욕심이라든가 선량함이라든가 고통에 찬 마음 같은 것. 손에서는 그 사람의 경험과 감성을 본다. 몸을 아끼지 않고 일을 하는 손, 게으르고 나태한 손, 감성이 예민한 손 등등. 얼굴이나 손에 대한 인상은 거의 즉각적으로 온다. 아마 그건, 관상과 수상에 관한 책을 너무 많이 본 탓일지도 모르겠다.

그러나 뒷모습을 읽는 법을 가르쳐주는 책은 없다. 하지만 그 여자는 사람들의 뒷모습에서 그들의 내밀한 무의식을 읽어낼 수 있을 것 같다. 어깨를 펴고 시선을 먼 곳에 둔 채 걷는 사람과, 고개를 숙인 채 제 발 밑만 내려다보며 걷는 사람의 의식은 다를 것이다. 금방이라도 주먹을 날릴 듯 힘이 들어가 있는 등과, 수굿하게 방어의 태도를 취하고 있는 등의 주인은 서로 다른 생각을 가지고 있으리라. 그 여자는 지금도 얼굴 못지않게 사람들의 뒷모습을 유심히 보는 버릇이 있다.

잿빛 바바리가 학생회관 현관으로 사라진 후, 그 여자는 천천히 문리대 주변을 둘러본다. 그 남자는 보이지 않는다. 그러나 안심할 수 없다. 그는 언제 어디서든 나타날 것이다. 나타나서, 말없이 따라오거나 엽서를 한 장 내밀 것이다. 엽서에는 그의 열정이, 그의 신명이, 감당할 수 없을 만큼 담겨 있을 것이다. 그러면 그 여자는 기억의 지층에서 떠오르는 그 밤들의 공포와 굴욕을 참으려, 힘주어 입술을 깨물 것이다.

그 여자는 고개를 숙이고 걷는다. 아직도 해는 많이 남아 있다. 아버지의 피는 그 여자에게 연극부에 가라고 한다. 그러나 어머니의 피가 막는다. 도서관에 가서 책을 읽거나 집으로 가. 그 여자는 아버지의 피를 따르고 싶다. 연극을 하고 싶다. 무엇엔가 도취되는 자유로운 일탈감, 부원들과의 따뜻한 일체감, 아무것도 없는 상태에서 많은 것을 만들어내는 그 성취감을 맛보고 싶다. 아주 성숙한 작업, 이제 어른이 되었구나, 실감하게 되는 그 일을 하고 싶다. 그 여자의 꿈은 제가 쓴 창작극을 무대에 올리는 것이다. 그게 워크숍용 단막극일지라도.

갈림길에서 그 여자는 걸음을 멈춘다. 왼쪽으로 가면 연극부가 있는 학생회관이고, 오른쪽으로 가면 도서관이 있고, 곧바로 가면 교문으로 나가게 된다. 갈림길에서 그 여자가 멈추어 선 건, 그러나 내부에서 싸우는 피 때문이 아니다. 그 여자의 발을 막아서는 또 다른 발 때문이다. 보지 않아도 알 수 있다. 그 남자다.

그 여자는 고개를 들어 그 남자를 바라본다. 그 여자를 완전히 포획한 사냥꾼인 그 남자가 거기 서 있다. 그러나 그는 사냥에서 승리한 포수의 성취감이 아니라, 포수에게 포획당한 짐승의 상처 입은 낯빛을 하고 있다. 홀쭉한 볼, 상대적으로 높은 광대뼈, 그 위에서 붉게 충혈된 눈, 그리고 화를 참듯 거친 숨을 고르고 있다. 저런 얼굴은 내가 하고 있어야 할 텐데…… 생각하다가 그 여자는 깨닫는다. 봤구나. 잿빛 바바리의 뒷모습이 아주 멀어질 때까지 바라보던 내 모습을 그가 또 지켜보고 있었구나……. 그러나 어쩌겠는가. 그것까지 어쩌란 말인가. 아버지의 피가 소리치려 한다.

"연극부 가지 마."

그 남자의 목소리는 낮지만 힘차고, 부드럽지만 거칠다. 아니, 잔인하다. 그는 벌써 이틀째 똑같은 말을 한다. 바로 이 지점에서, 그 여자의 발 앞을 가로막고, 상처 입은 짐승의 얼굴을 하고. 그 남자도 알고 있을 것이다. 그 여자를 포획하긴 했지만 그 여자의 마음까지 그물에 거두어 담은 것은 아니라는 것을. 그 사실을 어쩌지 못해 상처 입는다. 그러나 그건, 그 여자 자신도 어쩌지 못하는 문제다.

그 여자는 그 남자를 외면한다. 고개를 숙인 채, 아무 말 없이 돌아선다. 돌아서는 등에 대고 그 남자가 다급하게 덧붙인다.

"집으로 가."

그건 뒤에서 쏘는 총이거나 머리 위로 드리워지는 그물 같은 것이다. 그 여자는 도서관으로 가는 길마저 포기한다. 그를 이길 수는 없다. 그 여자가 도서관으로 가는 길로 들어선다면 그는 달려와 앞을 가로막고 가로막고, 또 가로막을 것이다. 그 여자가 교문으로 이르는 길로 접어드는 것을 확인한 다음 그 남자는 연극부로 가는 길을 올라간다. 그는 이번 정기공연에서는 무대감독이다.

그 여자는 그날 이후 연극을 잃는다. 영원히. 끊임없는 상실의 연속인 삶에서 그 여자는 또 하나, 연극을 잃는다. 다시는 연극부에 가지 못한다. 그저 공연 때마다 객석에 앉아 다른 사람들의 무대를 구경할 뿐이다. 연극을 계속할 수만 있었더라도 삶은 조금 달라졌을 것이다. 그 따뜻한 분위기와 성실한 장인들, 그 일탈감과 성취감속에서 분명 다른 전망을 얻었을 수도 있을 것이다. 그렇게 캄캄하고 무기력한 나날을 보내지 않아도 좋았을 것이다.

그 여자는 다시 생각해본다. 왜 싸우지 않았을까. 그토록 하고 싶었던 일이라면 그 남자와 싸워서라도 원하는 연극을 해야 하지 않았을까. 아니, 그 이전에도, 그토록 공포에 질려 떨기만 할 게 아니라 그와 피 터지게 싸워야 하지 않았을까. 아무리 무얼 모른다고 해도, 그토록 맹탕으로 그 굴욕과 죽음을 받아들이다니⋯⋯.

그러나 그 여자는 싸움에 소질이 없다. 아버지의 여자와 싸운 게, 그게 싸움이라면, 그 여자가 살면서 행한 싸움은 그게 전부다. 성장하면서 열두 살 때까지, 그 여자는 어른들이 싸우는 걸 본 일이 없다. 여섯 살 때까지 살았던 외가 마을이나 그 이후 강릉에서 모두 그렇다.

어머니와 아버지 사이에 한때 긴장된 갈등의 나날이 있었지만 어머니는 늘 그 여자의 가슴을 토닥여 잠재우곤 했다. 그래서 그 여자는 열두 살 때, 어른들이 싸우는 모습을 보며 충격을 받는다.

수원에서, 초등학교 육 학년 때, 하굣길에 그 광경을 본다. 길가에 리어카를 세워놓고 아주머니와 아저씨가 삿대질을 하며, 고함을 지르며 싸우던 모습. 리어카에는 아무것도 담겨 있지 않거나 빈 대야

들이 놓여 있거나 했을 것이다.

"아, 어른들도 싸우는구나!"

그건 충격이다. 싸움이란, 구슬치기나 딱지치기를 하는 아이들이나 하는 거라고 알고 있다. 어른들은 모두 다정하고 너그럽고, 그리고 어른스러운 걸로만 알고 있다. 어른스럽다는 건 싸움 따위는 하지 않는다는 뜻이다. 대낮에, 어른들이, 큰길에서, 싸우다니. 다리가 떨리고 가슴이 뛰고, 무엇보다 낯선 세계를 본 듯하다.

그래서일까, 그 여자는 싸움에 소질이 없다. 시장 아주머니들과 물건 값을 놓고 실랑이하기보다는 차라리 바가지를 쓰는 편이 마음 편하다. 이따금 자신의 그런 맹함에 대해 화가 날 때는, 다른 사람들에게 물어보기도 한다. 어른들이 싸우는 걸 처음 본 때가 언제였느냐고. 시장 거리에 살았다는 친구는 하루도 싸움을 보지 않은 날이 없었다고 말한다. 농촌에 살았던 친구는 가뭄에 물을 두고 삽을 휘두르며 싸우던 어른들에 대해 이야기한다. 그 여자는 농촌에서도 자랐고 시장 거리에서도 살았다. 그런데 어째서 한 번도 그런 걸 보지 못했을까. 어째서 열두 살이나 되어서야 어른들이 싸우는 모습을 보며 충격을 받았을까.

그 여자가 어른들의 싸움을 자연스럽게 받아들이게 된 것은 아주 나중이다. 직장생활을 할 때, 부장에게 대지를 집어던지는 선배, 논쟁이 취미라고 말하는 선배, 그런 선배들을 보면서이다. 논쟁이 취미라고 말하는 선배는 아주 영민하고 말을 잘해서, 늘 누군가를 붙잡고, 늘 사소한 주제를 놓고 논쟁을 벌인다. 왜 마감을 하루 앞당길 수 없는가 하는 문제로 데스크와 한 시간씩 논쟁을 벌이고 왜 재즈를 들어야 하는가 하는 문제로 재즈를 싫어하는 사람을 두세 시간씩 붙들고 늘어진다. 그는 상대방의 말을 받아서 그것을 낱낱이 해체한 다음, 거기에 제 방식의 양념을 해서 되돌려준다. 끝내 상대방이 제가 양념한 음식을 먹는 시늉이라도 할 때까지.

그 선배는 늘 경탄의 대상이다. 대체 무얼 먹기에 저토록 정열이 넘칠까. 경탄의 대상이면서도 버거움의 대상이다. 그 선배는 그 여자와 같은 부서인데다가, 또 바로 옆자리에 앉는다. 그 여자는 그 선배에 대한 버거움을 덜기 위해, 때로는 거부감까지 드는 것을 피하기 위해, 그 선배를 부를 때 늘 어떤 관용구를 사용한다. "제가 늘 존경과 애정으로 대하는 이 선배, 점심이나 사주세요." "제가 늘 존경과 애정으로 대하는 이 선배, 그 책 좀 집어주세요." 주변 사람들은 농담으로 받아들이고, 당사자는 "됐어, 김정숙 씨 마음 충분히 알았으니 이제 그만해." 하지만, 그 여자는 멈추지 않는다. 그렇지 않으면 그의 정열과 대결성에 뻗어버릴 것 같아서.

그 여자는 지금도 논쟁하는 사람들을 버거워한다. 저마다 제가 옳다고 생각하는 대로 믿으면 그만일 텐데, 왜 서로들 싸울까. 물론 그런 논의와 논쟁을 통해 이론의 세계가 넓어지고, 의식이 예리하게 벼려지고, 새로운 이론이 탄생하기도 하는 이점은 있을 것이다. 정반합의 넓이와 깊이를 획득하게 될지도 모르겠다. 그럼에도 그 여자는 논쟁을 싫어하고, 논쟁하는 사람들을 버거워한다. 정반합의 세계는 한 개인의 마음속에서도 이루어질 수 있을 것이다.

아무튼 그 여자는 싸움에 소질이 없다. 그래서였을 것이다. 그 남자의 횡포를, 그 남자의 일방적인 행동을, 고스란히 받아들이기만 했던 것은. 다시 태어난다 해도 그의 열정과 그의 신명에 대항할 수 없을 것이다. 그 여자가 할 수 있는 일이란 말없이 물러나는 것뿐이다. 죽음의 생생한 과정 속에서.

그 여자는 정문을 향해 걷는다. 정문 앞 게시판에는 각 고등학교 동문회 공고, 각 서클 신입회원 모집 공고들이 빼곡하게 붙어 있다. 그 여자는 게시판의 한 지점을 찾아낸다. 저기쯤이었지. 푸르고 투명한 물방울들 앞에, 금방이라도 물방울이 되어 스며들 듯하던 그가 서 있었지. 왼쪽이 조금 올라갔어, 그렇게 말했던 여자가 있었지. 그 여자는 고개를 젓는다. 까마득히 오래전 일이다. 높고 험한 산 저편에 남겨두고 온 일. 다시는 되돌아갈 수 없는 산 저편. 고개를 저으며 걸음을 계속한다. 천천히, 숨이 차는 느낌으로.

교문을 나서서 길을 걷다가, 그 여자는 첫 번째 보이는 약국에 들어간다. 약사는 노회해 보이는 중년 사내다.

"신경안정제 좀 주세요."

약사는 그 여자의 얼굴을 한번 바라본다. 시선이 화살처럼 날카롭게 박힌다. 그 시선을 감당할 수 없어 덧붙인다.

"한 번 먹을 거요."

약사는 조제실 유리 칸막이 뒤로 들어갔다가 하얀 사각형 종이에 노란 알약을 담아가지고 나온다. 걸어오면서 종이를 대각선으로, 다시 대각선으로 접는다. 그 여자는 무심히 약을 받아 주머니에 넣고 나온다. 그냥 산 것이다.

신경안정제를 복용해야 할 만큼 신경이 몸 밖으로 뻗어 나오거나 잠을 못 자거나 하는 일은 없다. 그걸 복용할 생각은 전혀 없다. 그럼에도, 그 여자는 신경안정제를 산다. 불쑥 가게에 들어가 전혀 요긴하지 않은 인형이나 액세서리를 사듯이 약을 산다.

약을 주머니에 넣고 나니 걸음에 좀 힘이 난다. 그래, 아직도 남은 게 있어. 하나하나 다 잃어왔지만, 어머니를 잃고 아버지를 잃고, 동생을 떠나보내고 잿빛 바바리를 떠나보내고, 그리고 연극을 잃었지만, 아직도 하나 남은 게 있어. 그게 제일 소중해. 그것만 있어도 살 수 있을 거야. 그 여자는 콜린 윌슨의 책을 든 손에 힘을 준다. 그것만 있으면 된다고. 그럼에도 마음 한편이 헛헛한 것은 어쩔 수 없다.

집에 도착하니 방문 앞에 은영이 구두가 놓여 있다. 검고 단정한 단화. 그 여자는 은영이의 신발을 보면서 벌써 마음이 편안해진다. 은영이와 함께 살게 된 것이 다시 한 번 다행스럽다. 늘 혼자 살아왔지만, 그래도 빈방에 들어갈 때는 새삼 막막하다. 은영이는 그런 막막함을 덜어준다.

"은영아, 벌써 왔니?"

그 여자는 방문을 열며 큰 소리를 내어본다. 그러나 헛헛한 마음이, 헛헛하게 바람 빠지는 소리를 낸다. 은영이는 책을 보고 있다가 고개를 돌려 그 여자의 낯빛을 유심히 본다. 방금 읽은 책을 이해하지 못하겠다는 표정으로.

"날씨가 좋지?"

고집스럽게, 제 속의 혼돈을 보이지 않기 위해 다시 한 번 웃으며 말해본다. 그 말이 결정적으로 그 여자를 울적하게 만든다. 좋은 날씨가 다 무슨 상관인가. 방에 들어가 책과 가방을 내려놓고, 벽에 기대앉는다. 삼 단짜리 비키니장과 그 곁에 개어놓은 이불 사이에. 은영이는 책을 덮고 그 여자 정면으로 몸을 돌린다.

"너, 무슨 일 있었니?"

"아니야."

"아니긴, 뭐가 아니야. 얼굴이, 육백 미터 달리기를 여섯 번은 한 얼굴인데."

그 여자는 웃는다. 은영이의 표현이 재미있어서 웃는 것이다. 그러나 웃다가, 입매가 비스듬히 일그러진다. 그 여자는 입술을 깨문다.

"그 형 때문에 그러니?"

입술을 깨문 채 그 여자는 고개를 젓는다. 은영이도 그 남자를 안다. 벌써 몇 번이나 집 앞에 와서, 창문 밑에 와서, 그 여자를 부르곤 했다. 그때마다, 하얗게 굳던 그 여자의 얼굴을 은영이도 보아왔다. 그 여자는 고개를 젓는다. 왜 그 남자 때문이겠는가. 모든 것이 자신 때문이다. 어떻게도 몸을 틀어볼 수 없는 답답함, 어떻게도 헤쳐 나갈 방법을 발견할 수 없는 멍청함 때문이다. 몸 안에서 싸우는 두 피에, 피가 들끓으며 만들어내는 하얀 방울들에 탈진해버린 탓이다.

"저녁 하자."

그 여자는 단호하게 일어나 밖으로 나간다. 은영이는 서울여대 영문과에 다닌다. 서울여대는 일 학년은 무조건 생활관에서 생활해야 하기 때문에 은영이는 일 학년 내내 생활관에 있었다. 이 학년이 되면서 그 여자의 방에 합류한다. 은영이와 살게 되면서 방에는 비키니장이 하나 더 는다. 처음에는 혼자 살기에도 좁을 것 같은 방이었는데 막상 은영이와 함께 사니, 그런대로 살 만하다. 방의 너비는 두 사람이 겨우 누울 정도지만 그래도 길이가 길어서 별 불편은 없다. 그 여자는 이 인분의 쌀을 씻어 전기밥솥에 안치고 은영이를 보며 묻는다.

"우리, 김치 담글까?"

"난, 한 번도 해본 적이 없어."

은영이가 곤란한 표정을 띤다.

"내가 할게. 넌 구경만 해."

그 여자는 은영이와 시장에 가서 무와 배추, 그리고 양념거리를 사온다. 시장에 다녀오는 사이 밥은 벌써 되어 있다. 김치를 담고 된장찌개를 끓여 은영이와 마주 앉아 먹는다. 밥을 먹다가, 거추장스러운 육체를 먹여 살리기 위해 입으로 밥을 퍼 넣어주다가, 잠깐 울적해진다. 그러나 숟가락을 놓지 않는다. 어렸을 때는, 불과 얼마 전까지만 해도, 그런 일이 있으면 늘 숟가락을 놓곤 했다. 그러나 이제는 그래서는 안 된다고, 이 육체를 먹여 살려야 한다고, 꾸역꾸역 숟가락질을 한다.

밥을 먹고, 그 여자는 은영이와 벽에 나란히 기대앉아 이야기를 나눈다. 주로 고향 이야기. 그 여자는 은영이가 선물한 털목도리와 모자, 그걸 쓰고 툭하면 나가곤 했던 경포 이야기를 한다. 아직도 그 여자를 기다리고 있을 것 같은 바다……. 바다를 생각하면 늘 목이 아프다. 은영이는 그 여자가 선물한 실크 스카프, 제 생일날 실크 스카프를 목에 감아주며 불렀던 노래에 대해 말한다.

"넌 정말 음치야."

그 여자는 노래를 좋아하지만 노래는 그 여자를 좋아하지 않는다. 그 여자는 정말 음치다. 그러나 은영이는 노래를 잘한다. 합창 대회 때 솔로 파트는 늘 은영이 몫이다.

"너, 노래 하나 불러볼래? 찬송가는 빼고."

은영이는 그 여자의 어깨를 친다. 그 손길이 무얼 말하는지 안다. 은영이는 늘 그 여자를 교회에 데리고 가고 싶어 한다. 고등학교 때부터. 그러나 그 여자는 한 번도 은영이의 소원을 들어주지 않는다.

은영이는 목을 가다듬더니 찬송가를 부른다. 그 여자는 웃으며 그 찬송가를 듣는다. 그러고도 또 많은 이야기를 했을 것이다. 은영이는 대학 생활과 교수들에 대해 이야기한다. 그러나 그 여자는 자신의 현재에 대해 말하지 않는다. 아직 어떻게도 말할 수가 없다. 그 남자와의 일도, 잿빛 바바리에 대해서도. 그저 은영이의 이야기를 듣고만 있다.

결국, 또 왔구나. 거리 쪽으로 면해 있는 창을 두드리는 소리가 들릴 때, 그 여자는 그런 생각을 한다. 순식간에 온몸에 소름이 돋으며 머리에서 핏기가 빠져나간다. 보지 않아도, 듣지 않아도, 말하지 않아도 알 수 있다. 연극 연습이 끝날 시간, 아홉 시가 조금 넘어 있다. 그 여자는 이불을 뒤집어쓰고 누우며 낮게 말한다.

"네가 나가서, 나 없다고 말해줘."

은영이는 그 여자를 한 번 보더니 방문을 열고 나간다. 창문은 너무 높은 곳에 있어 고개가 닿지 않는다. 그 남자는 골목에 있는 쓰레기통을 딛고 올라서서 그 여자의 창을 두드린다. 쓰레기통을 딛고 서서.

그 여자는 일어나 앉아 바깥의 기척에 귀를 기울인다. 은영이는 쉽게 돌아오지 않는다. 아마, 그 남자가 또 고집을 부리고 있을 것이다. 그 여자에게 했던 것처럼, 은영이를 붙들고 있을 것이다. 한참 만에 들어온 은영이는 지친 얼굴이다.

"있는 거 안대. 창밖에서 우리가 얘기하는 거 다 들었대."

그 여자는 다시 몸이 굳는다. 창밖에서 이야기를 엿들으며 숨죽이고 있었을 그의 모습이, 열에 들뜬 날카로운 눈빛이 잠깐 스쳐간다. 어떻게 그런 남자와 평생을 살아야 하는가.

"잠깐이면 된대. 얼굴만 보고 가겠대."

그 여자는 할 수 없이 밖으로 나간다. 잠깐이면 된다는 그의 말을 믿어서가 아니다. 어떻게든 상황을 해결해야 한다는 마음 때문이다. 은영이가 뒤따라 나오다가 대문이 바라보이는 지점에 멈추어 선다. 그 남자는 대문 안쪽을 바라보며 서 있다. 상처 입은 짐승의 얼굴을 하고. 그 여자를 보더니 입술을 깨물며 고개를 돌린다.

돌이나 쇠붙이가 아니라면, 그때 그의 표정을 보며 마음 아프지 않을 수 없을 것이다. 그 여자도 돌이나 쇠붙이는 아니다. 다 안다. 그의 열에 들뜬 열정도, 가라앉힐 수 없는 고통도 다 안다. 그러나 도저히 그걸 감당할 수 없다. 그 여자가 진정으로 두려워하는 건, 그렇게 늦은 시간에 찾아오는 그를 피하는 건, 또다시 패잔병의 전투를 하고 싶지 않아서다. 어두운 밤에, 그 여자의 앞길을 가로막고 또 가로막으며, 강제로 차에 태워, 혼자 사는 그의 집으로 데려갈까 봐 두려워하는 것이다. 그 공포, 그 고통, 그 치욕을 다시 겪고 싶지 않아서다.

그 남자는 고개를 돌린 자세로 말이 없다. 그 여자도 두려움 속에서 말없이 그 남자를 바라보기만 한다. 아주 오랫동안. 얇은 스웨터 속으로 한기가 몰려든다. 여자는 추위 때문에 몸이 조금씩 떨린다.

"들어가야겠어요. 그만 돌아가세요."

그 남자는 반사적으로 고개를 돌린다. 눈빛이 날카로워져 있다. 늘 그 여자를 두려움 속으로 밀어 넣는 충혈된 눈빛. 그 여자는 긴장한다. 그 남자가 그 여자의 팔을 잡는다. 그 여자는 슬그머니 대문의 굵은 창살을 잡는다. 그 남자는 여자의 팔을 잡은 손에 힘을 준다. 아프다. 마음속의 고통과는 달리, 팔에는 오직 육체적인 고통이 온다. 그 여자는 대문을 잡은 손에 조금 더 힘을 준다.

"너무 늦었어요. 할 얘기 있으면 내일 하세요."

그 여자는 남자를 설득하려 한다. 되도록 차분하고 안정된 말투로, 그러나 섣부르게. 그 남자는 손에 힘을 주어 그 여자를 당긴다. 그 여자는 맥없이 앞으로 끌려간다. 그러나 다른 손으로 그 남자의 가슴을 버티며 선다. 다시는 그런 굴욕을 견딜 수 없어.

"정숙아, 빨리 들어와."

멀리서 보고 있던 은영이가 때맞춰 그 여자를 부르며 다가온다. 그 남자는 손에서 힘을 빼며 고개를 돌린다. 그사이, 여자는 몸을 돌려 대문 안으로 들어간다. 문을 닫고 뒤를 돌아보지 않고 방으로 들어간다.

그 남자가 얼마나 더 대문간에 서 있었는지는 알 수 없다. 방 안에서 숨을 죽이고 있다가, 한참 만에 밖으로 나갔다 돌아온 은영이가 "아직도 대문간에 있어."라고 말한다. 은영이는 방에 불을 끄고, 베개 위에 머리를 박고 기도한다. 은영이는 늘 잠자리에 들기 전에 그런 자세로 기도한다. 그 여자는 은영이의 기도를 바라보다가 잠이 든다. 그 남자가 언제까지 거기 서 있었는지는 알 수 없다.

글쎄, 그 행동들을 어떻게 설명할까. 그 여자는 그 남자와 평생을 살기로 결정했다. 그래서 그 남자를 다 받아들인다. 그가 주는 엽서를 거절하지 않고 받는 것, 그가 가지 말라고 하는 연극부에 가지 않는 것, 그가 길목마다 나타나는 것을 당연한 일로 여기는 것, 그가 커피를 마시자고 하면 찻집에 앉아 있는 것, 그것이 그 여자가 그 남자를 받아들이는 방식이다. 그래서 그 여자는, 그가 여전히 상처 입은 짐승의 표정으로 고통스러워하는 이유를 이해하지 못한다.

생각해보면, 그 여자가 그때 전혀 알지 못한 게 있다. 사랑이, 스킨십과 성적인 접촉을 자연스럽게 요구하는 것이라는 사실이다. 그 여자가 아는 사랑은 머릿속이나 가슴속에 있는 것이다. 그 여자는 인간을, 육체적인 인간과 정신적인 인간으로 나눌 수 있다고 믿고, 육체란 먹여 살려야 하는 거추장스러운 것이라 여긴다. 성이란 추하고 불길한 것이며, 패잔병의 부대에서 치르는 전투라고 생각한다. 그때의 그런 의식으로는, 그 남자를 이해할 수 없다.

물론 지금은 이해한다. 그가 그토록 고통받은 이유를. 그는 그 여자의 마음을 그물로 거두어들이지 못한 것을 고통스러워했을 것이다. 그러나 그보다는, 그 여자와 전투를 치르지 못하는 것을 더 고통스러워했을지도 모른다. 그가 알고 있었을 사랑은 상대방의 마음을 얻는 것, 그리고 상대방의 손을 잡고 스킨십을 즐기는 것, 그것이었을 것이다. 아니, 그 두 가지는 사랑에서 가장 중요한 항목일 것이다. 그러므로 그가 늘 상처 입은 짐승의 얼굴을 하고 있었던 것은 어쩌면 당연할 것이다.

그런 오해와 사고방식의 차이, 처음부터 어긋난 관계 속에서 그 남자와 그 여자는 저마다 고통받는다. 어떻게 해볼 도리가 없는, 도저히 건너지 못하는 심연이 두 사람 사이에 가로놓여 있다. 그 후로도 오래도록.

24

은영아,

난 지금도 내가 무얼 찾고 있는지 모르겠어. 내가 찾는 게 춥고 캄캄한 산속에서 멀리 빛나는 외딴집 불빛 같기도 하고, 멀미 없이 달릴 수 있는 잘 포장된 도로 같기도 하고, 아니면 아주 큰 무엇, 그래서 눈에 보이지 않는 무엇을 찾고 있는 것도 같아. 개미의 눈에는 코끼리가 보이지 않고 새우의 눈으로는 상어를 볼 수 없잖아. 난 개미거나 새우의 눈으로 헛되이 코끼리나 상어를 찾으려 하는 것 같아.

아니면 그 모든 것도 아닌, 어떤 요술모자나 '열려라 참깨' 같은 암호를 찾고 있는지도 모르겠어. 어렸을 때 냇가에서 본 모자, 그 속으로 들어가면 완전히 딴 세상이 펼쳐지는 요술모자 말이야.

넌 벌써 짐작하고 있겠구나. 이제부터 내가 말하려 하는 것을. 그래, 네가 짐작한 대로야. 난 떠나.

지친 것 같아. 외딴집 불빛을 찾다가, 잘 포장된 도로를 기다리다가, 요술모자를 찾다가, 그러다가 지친 것 같아. 삶이, 개미의 눈으로 코끼리를 보려 헛되이 노력하는 것일 뿐일지도 모른다고 생각되면, 두려워. 끝내 볼 수 없는 코끼리가 두려운 게 아니라, 내 속에서 비집고 올라오는 헛헛한 기운, 모든 것이 바람에 쓸려나가는 것 같은 그 기운이 두려워. 서늘한 냉기가 순식간에 살 속까지 파고드는 지하실 같은 곳에 있는 것도 같고.

이런 말로 설명이 될 수 있을지 모르겠다. 그렇지만 다르게는 말할 수 없어. 여러 가지 이유가 있지만 아무것도 말할 수 없어. 그저, 지금 이곳이 아닌 곳, 아무도 모르는 다른 곳에서 다른 삶을 살 수 있다면 싶어.

은영아, 너도 알지, 내가 속없이 솔직하다는 거. 그렇지만 이번은 아니야. 아주 가까운 친구에게조차 말할 수 없는 일이 생길 거라고는 나도 예상하지 못했어. 말할 수 없다는 사실조차 고통스러운 일. 나중에, 아주 나중에, 지금의 이 결정이 치명적인 실수이고 돌이킬 수 없는 바보짓이었다고 후회하게 되더라도, 지금은 이게 최선의 선택이야. 어디로 갈지는 나도 몰라. 갈 곳이 결정되었다고 해도 말해주지 않았을 테고.

나를 찾지 마. 연락 없더라도 걱정하지 말고, 우리 부모에게도 알리지 마. 네가 보고 싶을 거야.

그 여자는 편지를 접어 책상 위에 놓는다. 그리고 책상 위에 꽂혀 있는 공책들 사이에서 한 권을 빼낸다. 카키색이 도는 비닐 커버로 된 공책이다. 그 여자는 공책을 넘겨 본다. 제일 첫 장에는 '기도'라는 제목의 글이 적혀 있다.

　　주여, 나로 하여금 나 자신에게 절망하도록 하소서
　　그러나 당신에 대해서는 절망하지 않도록 하여 주소서
　　나로 하여금 미혹에서 오는 모든 슬픔을 맛보게 하옵시고
　　고뇌의 모든 불길이 나를 덮치게 하옵소서

492

내가 스스로 견디어나가는 것을 도와주지 마시고
내가 발전시켜나가는 것도 거들어주지 마소서!

　그 여자는 읽다가 그만둔다. 다음 장에는 성 프란체스카의 기도
문이 있고, 그 다음 장에는 '여호와는 나의 목자시니, 내게 부족함
이 없도다'로 시작되는 시편 23편이 적혀 있다. 그 다음에는 라이
너 마리아 릴케의 〈기도〉가 있고, 그 다음에는 윤동주의 〈서시〉가
있고…… . 대체로 그런 시들이다.

　공책은 은영이가 준 것이다. 고등학교 삼 학년 때, 그 여자가 어두
운 반항의 극한을 치닫고 있을 때, 은영이가 염려의 눈빛으로, 조금
은 수줍어하면서 내민 공책이다. 입시 공부를 하는 틈틈이, 친구에
대한 염려로 그 공책을 메우고 있었을 은영이를 생각해본다. 그러
면, 이렇게 떠나서는 안 된다는 마음이 든다. 그 여자를 키운 팔 할
인 친구들. 모르겠다. 왜 모든 친구가 그 여자에게 다정하고 친절했
는지.

　그 여자는 은영이의 마음만 받아들인다. 그 기도는 받아들이지
못한다. 정말 자신에 대해 절망하고, 정말 모든 슬픔과 고뇌의 불길
을 맛본 사람은 그런 시를 쓰지 못할 것이다. 아무리 그것이 절대자
에 대한 태산 같은 믿음에서 오는 확신이라 해도, 그 여자는 그걸
받아들일 수 없다. 제가 처한 그 고통이 도무지 소화되지 않는데,
어떻게 더 슬픔을 달라고, 고뇌의 불길을 달라고 기도하는가. 지금
이것으로 충분하다. 그 여자는 그렇게 생각하며 공책을 덮는다.

　공책을 책꽂이에 꽂으려다가 다시 한 번 바라본다. 언젠가, 언젠
가는 진심으로 이 기도들을 받아들이는 날이 있을지도 몰라. 아니,

이 기도가 필요한 날이 올지도 몰라. 기도하고 싶은데, 기도문을 알지 못해 초조해하는 일이 생길지도 몰라. 그 여자는 방금 쓴 편지를 공책 사이에 꽂아 가방에 넣는다. 갈아입을 옷 한 벌, 속옷 몇 벌, 그리고 칫솔을 챙겨 넣는다. 그 밖에 뭐가 더 필요할까. 별로 생각나는 게 없다. 사는 데 필요한 것이 많지 않다는 건 이미 오래전에 터득했다.

가방을 들고 일어서서 그 여자는 방을 둘러본다. 비키니장 두 개, 그 곁으로 개어놓은 이불 두 채, 그 곁으로 앉은뱅이책상. 이불 위에는 은영이가 벗어둔 잠옷이 허물처럼 놓여 있고 비키니장 위에는 촛대와 성냥갑들이 어지러이 흩어져 있다. 성냥갑은 찻집 같은 곳에서 가져온 것들이다. 그 작고 앙증맞은 것들이 예뻐서. 그 여자는 가방을 내려놓고 은영이의 잠옷을 개어 가지런히 놓아둔다. 그런 다음, 비키니장 위에 있는 성냥갑들을 들추고 제일 아래쪽에서 성냥갑 하나를 찾아낸다. 다른 것들에 비해 부피가 큰 성냥갑이다. 열어보니, 노란 알약이 몇 개 들어 있다. 여자는 그것도 가방에 넣는다.

그러고도 다시 방 가운데 서서 방을 둘러본다.

이제 서둘러야 한다. 은영이가 교회에서 돌아오기 전에 집을 나가야 한다. 은영이는 한나절가량 교회에 있다가 오기도 하지만, 어떤 때는 한 시간 만에 돌아오기도 한다. 그리고 늘 그 여자를 교회에 데려가고 싶어 한다. 그 여자는 단 한 번, 은영이의 소원을 들어주기 위해 단 한 번 따라가 봤을 뿐이다. 그리고 다시는 가지 않는다.

그 여자는 방을 나서다가 말고 도로 들어간다. 책상 위의 책꽂이를 뒤져본다. 딱 한 권만. 모든 걸 두고 떠날 때는, 그곳에서 꾸었던 꿈마저 벗어두고 가야 한다. 다른 땅에 가면 그 땅에 맞는 다른 꿈을 꾸어야 한다. 그럼에도, 그 여자는 딱 한 권만, 책을 가져가고 싶어 한다. 무슨 책이 좋을까.《금각사》?《금각사》는 일 학년 때, 일본 전후문학의 탐미주의적인 분위기에 빠져들 때 읽었던 책이다. 사르트르? 그건 실존주의에 빠져들던 이 학기에 읽었던 책이다. 연극부에서는 워크숍으로 사르트르의 〈벽〉을 공연했다. 그러나 그 여자는 고개를 젓는다. 다른 것, 다른 어떤 책이 있을 텐데……. 그러나 집어낼 수 없다. 막막한 마음으로 책상을 내려다보다가 입술을 깨물며 돌아선다.

그 여자는 집 앞에서 버스를 탄다. 청량리역에 내릴까, 마장동에 내릴까. 그 여자는 버스 안에서야 그걸 생각한다. 거기 가야만 멀리까지 가는 차를 탈 수 있다. 그 여자는 별로 망설이지 않고 청량리역에 내린다. 시외버스를 타고 멀리까지 가려면 또 멀미를 할 텐데, 그걸 참을 수 있을 것 같지 않다. 청량리역에서는 세 군데쯤 갈 수 있다. 춘천, 인천, 수원. 다 기차나 전철을 타고 가기 때문에 멀미 걱정은 하지 않아도 된다. 대상 지역에서 춘천을 가장 먼저 제외시킨다. 그곳에는 강원대로 진학한 고등학교 친구들이 많아 숨어 살기에는 적합하지 않다. 수원과 인천 중에서 어디로 갈까 망설인다. 수원과 인천은 전철 요금도 비슷하다. 더 먼 데까지 가는 차표를 끊어, 둘 중 먼저 오는 전철을 타기로 결심한다.

승강구에는 사람들이 많다. 그 여자는 천장에 매달린 검은 바탕에 초록 불빛으로 글씨가 적힌 전자 안내판을 본다. 이번 전철은 수원행입니다. 다음 전철은 인천행입니다.

그 여자는 수원행, 이라는 전광판을 오래 바라본다. 수원. 그 여자에게 처음으로 상실감이 무엇인가를 알려준 도시.

이런 결정을 내릴 줄 알았으면 등록을 하지 않는 건데……. 미련을 가지고 아버지 곁에서 서성이다가 더 큰 상처를 입은 것처럼, 그 여자는 다시 운명으로부터 상처를 받는 기분이다. 그때, 일 학년 여름방학 때 학교를 그만뒀어야 했다. 결국 이렇게 떠나게 될 줄 알았다면, 운명에게 서성이며 매달리는 게 아니었다. 공연히 넉넉하지 못한 어머니의 돈만 없앤 셈이다.

그 여자는 아무것도 견딜 수가 없다. 그 남자와 평생을 살기로 작정했으면서도 그를 받아들일 수가 없고, 그 밤들의 공포와 치욕의 기억들을 떨칠 수 없다. 어떻게 그런 일이 있었는지, 정말 그런 일이 있었는지조차 믿을 수 없다. 잿빛 바바리를 향하는 마음을 접을 수도 없고, 영문을 몰라 하는 그의 고통을 지켜볼 수도 없고, 행복하지도 넉넉하지도 않은 어머니께 짐이 되고 있다는 부당함도 지울 수 없다. 그 남자는 늘 뒤에서 나타나며 숨이 막히게 하고, 그 여자는 그를 만날 때마다 그 밤의 공포와 치욕이 고스란히 되살아난다. 그 여자는 여전히 물에 빠져, 죽음의 과정을 생생히 느끼는 날들 속에 있다. 나는 죽고 있구나. 대체 이 죽음의 과정은 언제 끝나는가. 사방에서 밀려드는 압박감들을 안고, 그 여자는 죽어가고 있다.

책을 읽으면, 글을 쓰면, 그러면 될 줄 알았다. 그러나 아니다. 시간이 가도 아무것도 달라지지 않는다. 그 상황을 벗어날 수 있는 방법은 단 하나다. 그 모든 압박감을 주는 현장으로부터 떠나는 것. 그것은 어쩌면, 끊임없이 그 여자를 따라다니는 어떤 심술신으로부터, 어떤 운명의 저주로부터 달아나는 일이다. 떠나는 것, 그 땅에서 꾸었던 꿈도 모두 버리고 떠나는 것.

그 여자는 고개를 숙이고 입술을 깨물며 수원행 전철에 몸을 싣는다. 아주 먼 곳, 아무도 없는 곳, 운명이나 심술신조차 찾을 수 없는 곳. 그 여자는 전철이 자신을 그런 곳으로 데려다 주기를 기대한다.

그 여자는 수원으로 가는 전철에서 아무것도 본 것이 없다. 눈이 제 마음만을 들여다보며 피 흐르는 속살만을 핥고 있어서, 고개를 들고 창밖을 내다보긴 해도 아무것도 눈에 들어오지 않는다. 세상의 모든 것이 그 여자의 마음 바깥을 그냥 지나간다.

수원역 광장은 넓다. 넓고 황량하고 어수선하다. 다시 아무도 없는 허허벌판에 서 있다. 텅 빈 광장 앞으로는 버스들이 지나간다. 다시 버스를 타고 어디로, 조금 더 외진 곳으로 가야 한다. 아직도 겨울의 찬바람이 남아 있는 광장을 지나 버스 정류장에 선다. 낯선 지명을 알리는 버스들이 잠깐씩 멈춰 섰다가 이내 떠나간다. 그 여자는 버스들의 이마에 써진 지명을 읽으며 서 있다. 신갈, 화서, 매산로. 추억처럼, 매산동이나 화서동을 가는 버스들이 먼저 눈에 들어온다. 그러나 그런 버스는 타지 않으리라 생각한다. 아무 연고도 없는 곳, 아무도 아는 사람이 없는 곳으로 가리라.

그 여자가 탄 버스가 어디 행이었는지는 기억나지 않는다. 다만, 도심을 벗어나, 이제 막 개발되기 시작하는 곳, 새로 지어진 건물들이 하얗게 빛을 반사하고 있는 거리에 내린 게 기억난다. 멀리로는 아직도 논이며 밭이 마른 흙을 드러내고 있다.

그 찻집에 들어선 것은 순전히 이름 때문이다. 햇살다방. 아주 오래된 이름이면서도, 아주 가까이 있는 이름. 아주 다정한 것 같으면서도 상대적인 그늘을 부각시키는 이름, 햇살. 햇살다방은 이름처럼 실내에 햇살이 가득 차 있다.

그 여자는 그 찻집이 하얗다고 기억한다. 이름처럼 실내에 가득 차 있는 햇살 때문이기도 하고, 의자마다 씌워놓은 흰 덮개 때문이기도 하고, 넓은 공간에 손님이 별로 없어 텅 비어 보이기 때문이기도 하다. 그 여자는 찻집이 마음에 든다. 카운터 쪽 테이블에 두 중년 남자가 있고 난로 가까이에 청년이 한 명 있다. 청년은 신문을 읽고 있다. 그 여자는 창가 자리에 가서 앉는다. 중년 남자 옆에 앉아 있던 두 아가씨 중 한 사람이 천천히 일어나 주방에서 물컵을 꺼내, 난로에 놓인 주전자에서 물을 따라 그 여자에게로 온다. 슬리퍼를 신은 맨발, 엄지발톱에는 빨간 매니큐어가 칠해져 있다. 찻집 여자는 물컵을 그 여자의 테이블 위에 놓고 돌아선다. 기다리는 사람이 있으리라 생각한 모양이다. 그 여자는 돌아서는 찻집 여자를 불러 커피를 부탁한다.

그 여자는 커피가 올 때까지 망설인다. 이건가, 이건가, 도무지 판단이 서지 않는다. 어떤 식으로 얘기를 꺼내야 하나. 그러나 그 아가씨가 커피를 가지고 왔을 때, 그 여자는 어느새 그렇게 말하고 있다.

"얘기가 하고 싶은데, 좀 앉을 수 있으세요?"

찻집 여자는 스스럼없이 앞에 앉는다. 둥글고 넓적한 얼굴에는 아무것도 궁금하거나 이상할 것 없다는 자연스러운 표정이 떠올라 있다. 그 얼굴에서 조금 용기를 얻는다.

"여기서 일하려면 어떻게 해요?"

그래, 바로 그 얘기를 하러, 그 말을 하러 거기까지 갔다. 그 말을 하기 위해 서울에서부터 버스를 타고, 전철을 타고, 다시 버스를 타고 그 찻집까지 간 것이다. 낯선 여자에게 그 말을 하기 위해서. 찻집 여자는 별로 놀라거나 이상하다는 눈빛을 하지 않는다.

"왜요? 여기서 일하려고요?"

그렇게 물으니 할 말이 없다. 어디서든 무슨 일이든 하려고 했고, 제가 할 수 있는 가장 적합한 일이 그걸 거라고 생각했다. 그러나 면전에 대고 그렇게 물으니 대답할 말이 없다.

"여기서 일하면, 잠은 여기서 잘 수 있어요?"

"그런 거야 걱정 없어요. 먹고 자고 하는 거야 어디서든 못 하겠어요?"

찻집 여자는 시원시원하게, 아무렇지도 않은 심상한 표정으로 대답한다. 그 여자는 더 물어볼 말이 없다. 그래, 어디서 무얼 하고 살든, 먹고 자고 하는 거야 다 하게 되어 있는 게 아닌가. 무언가 다른 걸 염려하는 게 아닐까. 제 속맘을 들여다본다. 그러나 잘 알 수가 없다. 그 모든 중압감으로부터, 심술신의 장난으로부터 벗어나는 방법이 과연 그것밖에 없는지. 넉넉하지 못한 어머니의 돈이지만 그래도 공부를 계속해야 하는 게 아닌지. 마음속에는 또 다른 마음이 있다.

그 여자가 더 말이 없자 찻집 여자는 자리에서 일어난다. 찻집 여자가 신은 굽 높은 슬리퍼, 그 위에 얹힌 발뒤꿈치가 갈라져 있다. 하얗게 각질이 일어 있다. 그 여자는 어쩐 일인지 목이 멘다. 찻집 여자는 아까 앉았던 자리로 되돌아간다. 중년 사내가 그녀를 반긴다.

"내 옆에 가만히 있어."

그녀의 어깨를 손으로 감쌌다가 다시 손을 내려 다리를 쓰다듬는다. 그녀는 가만히 있는다.

"미스 신, 언제 쉬지? 우리 설악산 놀러 갈까?"

"아이참, 저렇다니까. 돈 한 푼 더 아끼려고 꼭 이런 비수기에 가려고 해요? 여름도 아니고 가을도 아니고, 지금 설악산에 뭐 볼 게 있어요?"

"볼 게 뭐가 필요해? 난 미스 신만 보면 돼."

그리고 그들 쪽에서는 웃음과 콧소리가 들려온다. 그 여자는 고개를 숙인다. 아니야, 저건 아니야. 단오 터에서, 미친 여인에게 술을 먹이고 손을 잡던 사내들이 떠오른다. 그때처럼 부당하다는 생각이 든다. 그저 차만 나르면 되는 줄 알았는데.

그 여자는 천천히 커피를 마신다. 할 수 있을까. 다시 한 번 물어본다. 마음은 선뜻 대답하지 못한다. 낯선 남자 옆에 앉아 그가 어깨에 손을 얹고, 다리를 주무르고…… 그러는 일을 참아낼 수 있을까. 아니 그것보다도, 저 찻집 여자처럼 활짝 웃을 수나 있을까. 흔쾌히, 크게 웃어본 일이 언제인지 기억나지 않는다. 찻잔을 내려놓으면서도 다시 묻는다. 할 수 있을까.

아무리 되새겨 생각해도 자신이 없다. 그 자신 없음의 가장 밑바닥에 있는 게 무엇인지 알기 때문에 더 움츠러든다. 그 남자다. 그 남자가 자신의 몸과 마음에 가한 고통과 모욕이다. 그것이 너무나 생생하게 되살아나서, 그 여자는 더 이상 찻집에 앉아 있을 수조차 없다. 아니야, 이 일은 아니야.

그 여자는 쫓기듯 찻집을 나온다. 찻값을 받으면서도, 아까의 찻집 여자는 아무것도 묻지 않는다. 아니, 이상하다는 눈빛조차 보내지 않는다. 그 여자는 비겁하게, 형편없이 비겁해져서 찻집에서 도망친다. 난 못 해. 그 일조차 할 수 없어.

그 여자는 지금, 그 찻집 여자의 얼굴을 다시 떠올려본다. 세상을 아주 많이 살고, 세상을 아주 많이 알고 있는 얼굴. 어떠한 일에도 놀라지 않고, 어떠한 일에도 노엽지 않고, 어떠한 일에도 슬프지 않고……. 그렇게 덤덤하고 무심한 얼굴. 그때는 그 얼굴을 이해하지 못한다. 그러나 지금은 안다. 지금은 그 여자의 표정도 많이 그 찻집 여자를 닮았을 것이다. 아니, 그렇게 되기를 원하고 있다.

찻집에서 나오니 다시 갈 곳이 없다. 따뜻한 곳에 있다가 나와서인지, 찬바람이 더 사납게 몸을 파고든다. 이제 어디로 가나……. 넋이, 그 여자의 몸을 벗어난 넋이 머리 위에서 훨훨 날아다닌다. 그저 빈 껍질 같은 몸만이 휘적휘적 거리를 걷고 있다. 무엇을 할 수 있을까. 어디로 갈 수 있을까. 갈 곳이 없다. 아버지의 집은 이미 떠나왔다. 그곳의 방 두 칸짜리 집에는 아버지와 그의 여자, 그리고 어느새 세 명으로 늘어난 아이들이 있다. 그곳에 방이 열두 개가 있다 해도 그곳으로 가지는 못할 것이다. 넉넉하지도 행복하지도 못한 어머니에게? 시골 초등학교 사택으로? 그 여자는 고개를 젓는다.

전생에 무얼 그리 잘못했을까. 부모 미생전의 소식을 알고 싶다. 그때, 거기서, 자신이 무엇을 그리 잘못했는지. 무엇을 잘못했기에 이토록 힘든 일을 당해야 하는지. 그 여자는 타박타박 걷는다. 그렇게 걷다 보면 지구 끝까지, 인연의 끝까지, 부모 미생전의 그곳까지 닿을 수 있을 것도 같다. 스산한 봄바람이 끊임없이 곁을 스쳐간다. 부모 미생전의 그곳에서, 자손 탄생 후의 그곳까지. 글쎄다. 말이 되는가. 그러나 그 여자는 그렇게 생각한다.

갈 곳이 없다……. 다시 그런 생각이 들자 저절로 걸음이 멈춰진다. 죽어버렸으면……. 작은 몸이 더욱 작아져서 땅 밑으로, 얇은 흙먼지 밑으로 스며들었으면. 감쪽같이 이 세상에서 사라질 수 있다면……. 고개를 드는데 간판 하나가 눈에 들어온다. 명륜철학관. 갈색 나무판에 검은 글씨가 세로로 쓰인 간판이 허름한 건물 입구에 붙어 있다. 명륜철학관. 부모 미생전의 소식……. 그 여자는 이끌리듯 천천히 그리로 다가간다. 낡은 삼 층짜리 건물 입구는 아주 좁고 계단은 가파르다. 계단을 오르며, 그 여자는 정말로 절실하게 제 미래를 알고 싶다. 언제쯤, 언제쯤 이 지옥에서 벗어날 수 있을지. 아니, 벗어날 수 있기나 한지. 부모 미생전의 소식도 듣고 싶다. 대체 그곳에서 무슨 잘못을 그리 많이 했는지.

좁고 가파른 계단을 다 올라가니 나무로 만든 문이 있다. 문의 가슴에는 명륜철학관이라는 간판이 가로로 달려 있다. 문 안에는 신발들이 놓인 좁은 공간을 제외하고는 모두 온돌방처럼 꾸며져 있다. 가장 먼저 보이는 것은 병풍이다. 한자들이 세로로 적힌 여섯 폭짜리 병풍, 그 앞으로는 중년의 아저씨가 앉은뱅이책상 앞에 앉아 있고 그 앞에는 네 명의 아주머니들이 그 여자에게 등을 보인 자세로 앉아 있다. 그 여자는 문간에서 실내를 바라보며 멍하니 서 있는다. 앉은뱅이책상 앞의 아저씨가 고개를 든다.

"왜 그러고 있어? 들어와."

그 여자가 신발을 벗고 방 안으로 들어가자 아저씨는 방 한쪽에 차곡차곡 쌓인 방석을 가리킨다. 여자는 방석을 하나 가져다 아주머니 옆에 앉는다. 그러고도 고개를 숙인 채 멍하니 있는다. 어디로 갈 수 있을까, 무엇을 할 수 있을까……. 그 여자는 답답함 때문에 고개를 젓는다. 차가운 머리카락이 볼을 스치며 흔들린다. 어떻게 살아야 하는가. 삶이 과연 살 만한 가치가 있는가.

난로에서 따뜻한 기운이 전해져 그 여자의 마음을 조금쯤 풀어준다. 언제, 어디서든 따뜻한 것은 좋다. 마음이 풀어지면서 몸이 무너질 것 같다. 여기서 살 수 있을까. 여기서 심부름을 하면서……. 아니 여기서 죽어버렸으면, 이 방석 위에서 잠들어 영원히 깨어나지 말았으면. 그 여자는 널뛰듯 오가는 생각들을 잠재울 수가 없다.

얼마쯤 시간이 지났을까, 아주머니들이 자리에서 일어난다. 네 명이 모두 일행인지 그들이 한꺼번에 나가고 나자 방이 휑하니 빈다. 중년 아저씨는 그 여자에게 제 앞으로 다가와 앉으라고 한다. 그 여자는 무릎걸음으로 앉은뱅이책상 앞에 가 앉는다. 아저씨는 책상 위의 공책을 한 장 넘겨 깨끗한 면이 되게 해놓고 그 여자를 바라본다.

"이름은?"

그 여자는 이름을 말한다. 아주 낯선 이름을 말하듯 제 이름을 발음한다.

"한자로요?"

"곧을 정, 맑을 숙."

아저씨는 그 여자의 이름을 공책에 쓴다. 제 것 같지 않은 이름을 그 여자는 무심히 바라본다.

"생년월일은?"

"천구백육십 년 일월 이십이 일이요."

"음력이야?"

"아니에요, 양력이에요."

아저씨는 곁에 있는 책을 끌어다 어딘가를 펼친다. 자잘한 한자와 아라비아 숫자들이 페이지마다 가득가득 적혀 있다. 연필 끝으로 거기 어딘가를 짚더니 1960년 1월 22일 밑에 1959년 12월 24일이라고 적는다. 그 여자는 그게 제 음력 생일인가 보다 생각한다.

"태어난 시는 알아?"

"아니요. 그냥, 새벽에 첫닭이 울 때쯤이었다고 들었어요."

"그러면 인시나 묘시겠는데……."

그러면서 아저씨는 공책에 무엇인가를 쓴다. 기해, 정축, 기유. 그런 글자들이 공책을 채운다. 그러더니 그 여자에게 앞머리를 들춰 보라고 한다. 이마를 한참 보고, 얼굴을 뜯어보고, 그리고 묻는다.

"혹시 부모가 이혼했어?"

그 여자는 놀란다. 벌써 그것을 알아차린단 말인가? 놀라서 고개만 끄덕인다.

"그러면 인시야. 자, 축, 인, 할 때 인시. 앞으로는 그렇게 기억해 두라고."

그 여자는 또 놀란다. 부모가 이혼했다면 인시라니? 그러면 제가 인시에 태어나서 부모가 헤어지게 되었다는 뜻일까. 무언가 혼란스럽다. 그러나 사주를 다 풀고 난 다음에 그 아저씨가 들려주는 말은 더 혼란스럽다.

"부모덕이 없어 초년고생이 많겠구먼. 그렇지만 초년만 넘기면 다 괜찮아. 이 사람은 본성이 착하고 남을 잘 도와주는 성격이어서 스스로 복을 불러들이는 사주야. 노력하면 노력한 만큼 그 대가를 받게 되고, 어떤 일을 해도 야무지게 잘한다, 그렇게 나와. 솜씨, 맵시 다 좋고, 단 하나, 좀 고집이 센 게 흠이야."

그 여자는 왠지 목이 아프고 속이 울먹거린다. 그 아저씨를 붙들고 울어버릴 것 같다. 힘들다고, 그런데 왜 이렇게 힘드냐고 울면서 소리를 지를 것 같다.

"건강도 괜찮아. 어디가 크게 나쁜 곳은 없고, 소화기 계통만 조심해. 신경 쓰면 소화 안 되고 그럴 거야. 그건 그렇게 타고난 거니까, 살면서 조심하는 수밖에 없어."

그 여자는 고개를 끄덕인다. 먹는 것에 까다롭고 툭하면 멀미를 하는, 그게 다 타고난 운명이란 말인가. 그렇게 생각하는 마음은 벌써 그 아저씨의 말을 믿고 있다. 물에 빠진 사람이 지푸라기를 잡는 심정으로.

"학생이지?"

"네."

"음, 이 사주는 나중에 시집가면 남편을 출세시키는 운이야. 아무리 말단 공무원과 결혼해도 그 사람을 고관대작으로 만들지. 누구든 이 사람을 데려가는 사람은 꽃방석에 앉는 셈이야. 또 올해도 좋은 일이 있겠어. 팔월이나 구월쯤, 음력으로 말이야, 팔구월쯤에 관을 쓴다고 나와."

무슨 말을 듣고 있는가. 너무 절망적인 얼굴을 하고 있으니까 희망을 주기 위해, 용기를 주기 위해 그렇게 말하는가. 아무 데도 갈 곳이 없고 아무것도 할 일이 없는 여자에게, 자신의 현재로부터 도망칠 궁리만 하는 여자에게, 그 아저씨가 하는 말은 너무 비현실적이다. 물에 빠진 사람도 제가 잡은 지푸라기가 아무 도움이 되지 않는다는 사실을 깨달으면 더 실망한다. 물에 빠진 절망 위에 실망까지 겹친다.

"뭐 특별히 더 물어보고 싶은 거 있으면 물어봐."

그 여자는 무엇을 물어봐야 하나 생각한다. 어디로 가야 해요? 무엇을 하며 살아야 해요? 그건 아무래도 낯선 아저씨에게 물어볼 만한 내용은 아니다. 한 남자가 있는데, 그 사람이 너무 무서워서……. 그렇게 물을 수도 없다. 그러다가 겨우 한 가지 물어본다.

"학교를 그만두려고 하는데요."

"왜?"

그 여자는 대답하지 못한다. 넉넉하지 못한 어머니의 돈으로 공부하는 게 미안해서? 한 남자로부터 달아나고 싶어서? 그게 진짜 학교를 그만둘 만한 이유가 되는가?

"다닐 수 있으면 계속 다녀. 왜 학교를 그만둬? 힘든 일 있어도 그저 초년고생이라고 생각해. 그게 나중에 다 덕이 되는 거야."

아저씨는 아주 부드러운 목소리를 낸다. 그 여자는 거의 울음이 터질 것 같다. 아주 오랜만에 그런 말을 들어보는 것 같다. 따뜻하고 부드러운 말. 마음을 어루만져주는 손길 같은 말. 그 여자는 심호흡을 한 번 하고 다시 묻는다.

"그러면 제가 나중에 어떻게 돼요?"

지금 생각해도 어처구니없는 질문이다. 그러나 그때는 너무나 절실한 질문이다. 이렇게 살다가 대체 어떤 꼴을 하게 될지. 아저씨는 덤덤하게 잘라 말한다.

"나중에 좋다니까. 초년만 넘기면 다 좋아."

막연하게, 뭐가 좋다는 말인가. 그때가 되면 그 남자에게서 벗어날 수 있다는 건가, 넉넉하지 못한 어머니에게 진 부담을 돌려드릴 수 있는가. 그러나 그 여자는 더 물어보지 못한다. 눈물이 가슴 가득히 차올라 있다. 방을 나와 등 뒤로 문을 닫으면서, 기어이 눈물을 떨구고 만다.

그때 복채가 얼마였더라. 이천 원이나 삼천 원쯤 되지 않았을까.

요즈음은 복채가 일만 원이거나 이만 원이다. 물론 그보다 더 비싼 곳도 있지만 대체로 그 정도다. 그 여자는 그날 이후, 음력 1959년 12월 24일 인시생 사주를 들고 역술가들을 찾아다닌다. 지금까지도. 일 년에 한두 차례씩 특별히 무엇을 결정해야 할 일이 있을 때는 하루에 세 군데를 가보기도 한다.

그 여자는 운명이라는 걸 믿을 수밖에 없다. 그게 아니라면, 거듭 밀려들어 몸을 휘청거리게 하는 파도에게 어떤 이름을 붙여야 할지 모르기 때문이다. 자신의 선택이 아니었던 어려움들, 자신의 잘못이 아니었던 고통들, 극복할 만하면 되풀이하여 밀려들던 파도들. 운명이 아니라면 그걸 어떻게도 설명할 수 없다. 길을 걷다가 머리 위로 떨어지는 돌멩이에 맞는 듯한, 그 우연한 불행들을 어떻게도 설명할 수가 없다.

그 여자는 결국, 불행이라는 말을 사용하고 만다. 불행하다고 느끼지 않기 위해 많은 애를 썼다. 그저 남들과 조금 다른 환경에 처해 있었을 뿐이라고, 그렇게 생각하며 살아왔다. 그러나 지금, 마음 깊은 곳에서 나온 어떤 힘이 그 여자의 손을 움직여 불행이라는 단어를 쓰게 한다. 그렇다, 불행.

운명을 믿지만, 자주 역술가들을 찾아다니지만, 그 여자가 원하는 것은 제 앞날을 예견해달라는 게 아니다. 그 여자가 역술가들에게서 진정 원하는 것은 정신과 상담의의 기능이다. 어떤 일을 결정해야 할 때, 혹은 마음속이 몹시 혼란스러울 때, 어머니나 언니의 기능, 혹은 정신과 상담의의 기능을 역술가들에게서 찾는다. 정신과 의사를 만나 스스로도 다 아는 제 문제를 시시콜콜 털어놓기보다는 역술가를 만나 그들이 들려주는 덕담을 듣는 편이 더 위안이 된다.

중년이 되면 좋을 거야, 말년도 괜찮아. 무슨 일을 해도 잘할 거야. 그런 말들에서 힘을 얻기 위해 역술가들을 찾아다녔을 것이다.

회사를 그만두려고 하는데 어떨까요? 중국으로 유학을 가려는데 어떨까요? 소설을 포기하려는데 다른 일을 할 만한 게 없을까요? 그렇게 물으러 다닐 때, 그 여자는 역술가의 충고나 결정을 바라는 게 아니다. 이미 결심이 선 상태에서, 후원을 기대하는 것이다. 그래, 잘될 거야. 그런 격려의 말. 그리고 대부분의 역술가들은 그 여자에게 용기를 준다. 그거면 충분하다.

역학에서는 인간의 삶의 한 주기를 육십 년으로 잡는다고 한다. 환갑이란 육십갑자(甲子)가 한 바퀴 돌아 제자리로 돌아오는 시점이다. 그러므로 환갑이 되면, 사주풀이 상 한 살 때의 운과 똑같아진다. 역술에서 보는 인간의 운명은 육십 세까지다. 환갑이 넘으면 그건 덤으로 사는 생이다. 별로 조심할 것도 주의할 것도 없이, 그저 지금까지 살던 대로 살아가기만 하면 된다고 한다. 환갑을 크게 기념하는 것도 그래서이고, 인생은 육십부터라는 말이 생긴 것도 그래서일 것이다. 인생은 육십 년, 그러니 초년은 이십 세까지다.

그때, 그 여자는 딱 스무 살이다. 초년고생이 끝난다는 스무 살. 그럼에도 평화는 쉬 오지 않는다. 아니, 그때까지보다 더 힘들고 절망적인 일들이 기다리고 있다. 그런 일이 있을 때마다 그 여자는 음력 기해년 섣달 스무나흘 날 인시 사주를 들고 역술가들을 찾아다닌다. 대체 언제쯤 이 어둠을 벗어날 수 있는가 하고.

스물이 넘어도 초년고생은 끝나지 않고 스물다섯이 되어도 초년고생이 끝나는 것 같지 않다. 인간의 평균 수명이 늘어나면서 초년도 길어진 걸까. 그 여자는 급기야 역학에 관한 책을 사다 읽고, 수상에 관한 책을 펼쳐놓고 손바닥을 들여다보며 앉아 있는다. 운명선이 토성구에서 시작되는 건 자수성가하는 손금이다. 그건 초년고생을 뜻한다. 관상학 책을 펴놓고 거울 앞에 앉는다. 관상에서는 이마가 좁아 초년에 고생을 한다고 나온다. 관상에서 말하는 이마의 넓이란, 위아래 높이만 말하는 게 아니라 좌우 폭을 말한다는 걸 그때 처음 안다. 사주도, 손금도, 관상도, 모두 그 여자의 초년고생에 대해 말한다.

지금도 그 여자는 매년, 토정비결을 보는 것으로 새해를 시작한다. 토정비결 풀이 책을 두 권이나 가지고 있다. 매년 책력을 사서, 주변 사람들의 토정비결을 봐준다. 멀리 있는 친구에게 전화로 읽어주기도 하고, 가까이 있는 사람에게는 복사해서 나눠준다. '세월이 흐르는 물 같으니 매사를 속히 도모하라.' '마음이 산란하니 세상 일이 꿈같다.' '동산에 청송을 옮겨 심어 숲을 이룬다.' 그런 구절을 읽을 때 그 여자는 토정 선생을 아주 가까이서 느낀다. 어린 손주를 지켜보며 늘 빙그레 웃으시던 외할아버지의 모습으로, 삼베옷을 입고 금강산으로 들어가는 신라의 마지막 왕자의 모습으로, 초야에 묻혀 두 구절까지 사언시에 우주를 담아내는 시인의 모습으로.

그런 때, 토정비결은 그 여자의 삶의 풍향계이고, 나침반이기도 하다. 삶에 위안이 되고 마음을 편히 가지게 하고, 무슨 일이 생겨도 수용할 태세를 갖추게 해준다. 그거면 충분하다. 토정비결이 미신이고 불확실한 확률 놀음이면 어떤가. 그 여자는 그것으로 충분하다.

가장 최근에 그 여자가 만난 역술가. 그는 기(氣) 철학자인데, 그 여자의 사주를 한 번 보고, 그 여자의 얼굴을 한 번 보고 말한다.

"기특해. 지금 이런 모습으로 사는 게."

그 여자는 금세 목이 아파온다. 역술가는 그 여자의 사주에서, 얼굴에서 무엇을 읽어낸 걸까. 알 수 없지만, 그래도 그 여자가 힘들게 자신을 지켜왔다는 것은 알았을 것이다. 그 여자는 그런 자잘한 위안을 얻기 위해 역술가들을 찾아가는지도 모른다.

그날, 영원히 사람들을 떠나리라 생각하고 집을 떠난 날, 그 여자는 다시 서울행 전철을 탄다. 복채를 내고 남은 돈으로 겨우 차비를 해서. 철거덕철거덕, 쇠바퀴가 구르는 소리에 맞춰 중얼거린다. 초년만 넘기면, 초년만 넘기면…… 그 작은 말에 기대어 다시 집으로 돌아간다. 그 말을 지푸라기처럼 두 손에 꼭 잡고. 그 지푸라기가 얼마나 보잘것없는 것인가를 잘 알면서도 갈 곳 없는 마음은 보물처럼 그것을 잡는다.

인형의 집을 나간 노라는 어떻게 되었는가? 결국 집으로 돌아왔을까. 냉소적인 사람들은 말한다. 그 시대에, 집 나간 여자가 뭐가 됐겠어? 술집 작부가 되거나 또 다른 인형의 집으로 들어갔겠지. 정말 그 방법밖에 없었을까. 정말, 한 인간으로서의 존엄성을 지키며, 자주적이고 독립된 개체로서 온당하게 사는 법은 없는가. 그 시대에는, 더구나 여자에게는? 그렇다면, 스스로 목숨을 끊는 건 어떨까. 그래서 다음 생에서는 인간이 아닌 무엇, 아니 여자가 아닌 무엇으로 태어날 수 있다면 더 낫지 않을까. 강아지나 프리지어나 그도 아니라면, 거리를 달리는 자동차라도.

그 소설이 진정한 리얼리즘을 획득하려면, 거기서 끝나서는 안 된다. 노라가 자살을 하든가, 창부가 되든가, 아니면 또 다른 인형의 집으로 들어가는 데까지 보여주어야 한다. 아무것도 모르는 여자를 세상 한가운데 던져놓고 소설을 끝내다니, 그리고 그것을 여성의 자아회복이라고 하다니, 받아들일 수 없다. 어떻게 그 소설이 여성의 잃어버린 아이덴티티를 되찾는 리얼리즘과 페미니즘의 걸작인가.

차창 밖으로 멀어졌다 가까워졌다 하는 불빛들을 바라보며 그 여자는 멍하니 앉아 있는다. 아무것도 보지 않으면서, 아무것도 듣지 않으면서, 제 상처만 핥으면서. 규칙적으로 흔들리는 전동차의 진동만이 세상이 깨어 움직이고 있음을 알려준다. 인형의 집을 떠난 노라는 결국 집으로 돌아갔을 것이다. 떠나는 길보다 돌아가는 길이 더 멀었을 것이다. 발목에서 절그럭거리는 자괴심으로 길은 더 멀고 아득했을 것이다. 그 여자는, 이제 고스란히 그 어려움들 속으로 되돌아가는구나 생각하면서 벌써 고통스러운 중압감에 짓눌리고 만다. 중압감에 짓눌리며, 그 여자는 의자 등받이에 몸을 기대고 눈을 감는다. 편리한 잠. 깨어보니 종점이다. 청량리역에 내려 가방 속의 편지를 꺼내 찢는다. 잘게 찢긴 종이를 휴지통에 넣고 손바닥으로 얼굴을 한 번 쓸고, 공연히 옷을 툭툭 털고, 지하도를 나온다. 찬바람이 서늘하게 볼을 긋고 지나간다. 칼날에 의해 갈라진 듯 살갗이 서늘하다. 볼에, 피처럼, 눈물이 흐른다. 온종일 참아온 눈물을, 어둠 속에서 아무에게도 들키지 않는다고 안심하는 마음이, 종일 참은 눈물을 흘려보낸다. 그 여자는 흐르는 눈물을 내버려둔다. 어느 정도 비워내는 게 좋다. 그래야만 속절없이 넘치는 눈물로 은영이를 당황하게 하지 않을 것이다.

은영이는 잠옷 차림으로 성경책을 읽고 있다.

"어디 갔었어? 도서관에서 오는 길이니?"

그 여자는 대답하지 않는다. 은영아……. 속으로 은영이의 이름을 부른다. 넌, 내가 지금 널 얼마나 반가워하는지 아니?

"저녁 안 먹었지?"

은영이는 밖으로 나가 저녁상을 차려준다. 밥상에는 밥과 며칠 전에 그 여자가 담근 오이김치, 그리고 은영이 어머니가 보내주신 멸치볶음이 있다. 그제야 그 여자는 온종일 아무것도 먹지 않았음을 깨닫는다. 머릿속의 생각들에 휘둘려서, 제 상처를 핥느라, 배가 고프다는 사실을 느낄 신경이 남아 있지 않다. 아니 어쩌면 그런 방법으로 자신을 벌주고 있지 않았나 싶다.

지금 생각하면, 그 일은 감상이다. 아마, 어느 소설에선가 읽은 얘기를 흉내 낸 행동인지도 모른다. 그렇게 떠나서는 안 되었다. 제가 안고 있는 문제와 맞서 싸우거나, 싸우지 못하면 받아들이거나 했어야 한다. 그러나 그때는 그것을 알지 못한다. 아니, 그 후로도 오래도록 그것을 깨닫지 못한다. 그저, 죽음의 생생한 과정 속에 있을 뿐이다. 그때의 그 중압감들에 대해서는 어떻게도 몸을 움직여볼 수가 없다. 그 여자가 교육받은 관습, 그 여자가 가지고 있는 양식, 무엇보다 그 여자의 어리석음으로는.

(2권으로 이어집니다)